坐看云起时

顾之川随笔集

顾之川◎著

广西教育出版社

自序

……………

这部《坐看云起时：顾之川随笔集》所收的文章，都是2018年以来陆续写成的，也可以看作《顾之川语文人生随笔》（山东教育出版社，2019）的续编。随笔属于“非专业写作”，好处就是不必板起面孔、正襟危坐，也不用添加注释和参考文献之类，写起来比较随意，记叙、说明、议论、抒情各随其便，可以夹叙夹议，也可以借题发挥，全凭兴之所至，笔底腾挪。巴尔扎克说他是法国社会的“书记官”，我没有他那种如椽巨笔，亦无济世匡时之才，只能做自己的“书记官”，平实地记录一个语文教育工作者的日常生活与所思所感。但我的态度是真诚的，力求言必有据、视角新颖、不装腔作势、不故弄玄虚，多角度叙写自己的人生阅历与心路历程，尽可能地做到像孟子说的“求其放心而已矣”。全书大致以类相从，分为“往事依依”“致敬淮师”“语文地图”“语文人物”“语文杂谈”“语文撷英”“纵横华夏”“周游世界”“教育及其他”“附录”。“往事依依”是对个人经历的追忆，也可以看作我的“情感自传”，其中

《却顾所来径，苍苍横翠微——我的语文之路》写我与语文结缘并相伴终生的经过，还有几篇是对学生时代美好瞬间的温馨回忆。“致敬淮师”是为我的母校编纂的纪念文集《永远的淮阳师范》写的，淮阳师范学校（现周口幼儿师范学校）是我从农村青年向中学教师转变的一个重要节点，也是我梦想起步的地方。“语文地图”的写作灵感，源于文学界近年逐渐兴起的“文学地图学”，旨在从语文的角度，对各地独具特色的语文教育资源进行梳理归纳。近年来，我每到一地，因为接触的多为语文教师或教研员，往往“三句话不离本行”，自然会谈到与语文教育有关的人或事，这为我的创作提供了丰富素材。“语文人物”也不是一般意义上的人物评传，而是聚焦于令我感触较深或我接触较多的语文专家名师，书写范围仅限于自己的见闻。“语文杂谈”涉及我和中国教育学会中学语文教学专业委员会（全书简称“全国中语会”）的故事、教材往事、媒体访谈、会议发言等，大多与语文有关。“语文撷英”是我应语文界朋友之邀，为他们的论著所写的序言、题词等。“纵横华夏”“周游世界”则是游记，前者是国内游，后者是国外游。“教育及其他”多为“命题作文”，前几篇是应《辽宁教育》之约写的卷首语；《商水一高赋》是为我工作过的家乡学校校史馆写的；《用文博精品塑造民族精神》是承中国文物报社社长李耀申兄厚爱，参加 2020 年全国十大文博精品评选时所写；《“所为”与“所乐”》则是看电影的观后感。这些虽与语文关系不大，但敝帚自珍，也可算作一种特别的纪念。“附录”出自朋友们对我的厚爱，编在这里，正是《诗经·小雅·伐木》“嘤其鸣矣，求其友声”的意思。

近年来，我逐渐对老子“知足不辱，知止不殆”有了新的领悟，并特意请朋友写成条幅，以勉励自己“知足”“知止”，具体就是做“减法”，追慕孟子所谓“人有不为也，而后可以有为”。比如，我在 2018 年后不再参与教材编写，2019 年不再担任全国中语会理事长，2020 年不再续签高校特聘教授协议，2022年不再参与国家考试命题。近年来，我常与朋友们分享我的“三点论”，即“该干点啥干点啥”“想干点啥干点啥”“能干点啥干点啥”，三者相辅相成、缺一不可，只干自己“该干的”“想干的”“能干的”。这样“减”下来的结果，就形成了我的生活常态：读书、写作、看电影、散步。就这四件事也不能“眉毛胡子一把抓”，仍需要进一步选择。比如读书，书是任谁也读不完的，只能凭个人“兴之所至”进行阅读。语文教育是我安身立命之本，写文章、编书、做讲座是工作需要，当然不能不读相关的书。我更多的是看与语文关系不大的书，尤其是读马克·吐温曾嘲笑过的“大家都认为应该读而没有读的东西”，有意识地选读一些哲学、历史、文学、艺术等书籍，尤其是外国的书籍。因为我在学生时代所受的教育是不全面的，先天不足，现在的阅读带有“补课”性质。无奈缺口太大，补不胜补，就采取一些讨巧的办法：一是搜罗网上的公开课，如朱孝远“西方文明史导论”、彭刚“西方文化名著导读”、潘迎春“简明世界史”、周毅“美国文化”、杨立华“中国哲学史”、戴锦华“影片赏析”，以及《中国通史》《世界历史》《人文清华》等纪录片；二是散步时“听书”，辅之以网络资料或影视作品；三是看电影只选择历史、传记、文学或纪录片，当作另一种形式的读书，而不仅仅是消遣。写作基本上也是“两路并行”法，专业写作即语文教育方面的文章，非专业写作即随笔。所幸部分作品得到学界认可，2部作品入选“十四五”国家重点出版物出版规划项目，3部作品获得国家出版基金资助，5部作品入选“教师喜爱的100本书”。

感谢广西教育出版社对我的厚爱，使我多年来的研究成果得以出版面世。如我主编的“中国语文教育研究丛书”（包括我所著《语文工具论》），曾获2017年国家出版基金资助，入选教育部中小学图书馆馆配书目。任彦钧、刘远主编的“当代中国语文教育家口述实录”丛书收有我整理的《刘国正口述：教师 · 编辑 · 作家》，获 2020 年国家出版基金资助，入选《中国教育报》“2021 年度教师喜爱的 100 本书”。多年愉快合作的经历，让我感受到同行加朋友般的温暖。

王维诗云“行到水穷处，坐看云起时”，我所期待的，其实远不止在终南山上看云卷云舒，还想践行古人所说的“读万卷书，行万里路”，领略庄子“天地有大美而不言”的深邃意境，也为迎接中国式现代化做好自身准备。

顾之川

写于 2023 年元旦

目录

往事依依

致敬淮师

语文地图

语文人物

语文杂谈

语文撷英

纵横华夏

周游世界

教育拾掇

附录

往事依依

却顾所来径，苍苍横翠微
——我的语文之路

人生有许多机缘，有的是自己能够把握的，有的则是时代社会使然。风云际会，机缘巧合，全在于天时地利人和。英国音乐家约翰·列侬说："所有事到最后都会是好事，如果还不是，那它还没有到最后。"回顾我与语文结缘，并没有刻意强求，不过是应势从命、顺其自然。以 1994 年为界，1994 年之前我学语文、教语文，之后我编语文教材、研究语文教育。语文是我安身立命之本，已成为我人生的重要组成部分。

一、学语文

学语文贯穿于我的求学全过程，是从小学开始的。我上小学时，正赶上"文化大革命"。记得头一年我跟着哥哥到我们顾庄向北约两公里的西口头学校，老师问了问情况，说我年龄还小，明年再来吧！第二年我们村所属的娄冲大队新办了学校，离家更近，我就成了娄冲小学第一届学生，季乃泉老师是我的第一位语文老师。整个小学阶段语文是怎么学的，什么时候开始有语文课本，早已记不得了，但有三点却印象非常深刻。

一是用《毛主席语录》做课本。开学前一天，生产队长口头通知，要求每个入学新生都要带一本“红宝书”，即《毛主席语录》。好在那时候家家都有，我家还不止一本。第一天上课我印象特别深刻，季老师既不教汉语拼音，也不教生字，直接教我们学习《毛主席语录》第一条：“领导我们事业的核心力量是中国共产党，指导我们思想的理论基础是马克思列宁主义。”季老师先是范读、领读，再逐字讲解，然后串讲全句意思。一上午就学这么两句话，倒也背得滚瓜烂熟，但要理解却不行。记得班上年龄最大的是同村的顾富德同学，老师叫他站起来复述意思，他也只是重新把句子读一遍：“领导我们事业的核心力量”就是“领导我们事业的核心力量”，“是中国共产党”就是“是中国共产党”，“指导我们思想的理论基础”就是“指导我们思想的理论基础”，“是马克思列宁主义”就是“是马克思列宁主义”，结果引得全班同学哄堂大笑。

二是第一次写作文。三年级时教我们语文的是魏世俊老师，他中等身材，胖胖的，有着一双小眼睛，是一位公办教师，家住附近魏坡。有一次下课时他告诉我们，下周他要教我们写作文了，我们兴奋了好几天。作文课那天，天气晴朗，魏老师先在黑板上写出作文题目，再给我们列出写作提纲，并强调写作中要联系自己的实际。

那时候我们心目中的英雄是雷锋、刘胡兰和刘文学，崇尚大公无私的精神。放学后同学们争先恐后，做好人好事，帮生产队浇菜园，不拿工分，类似于现在的志愿者活动。夕阳西下，我们一边推着水车，一边看着绿油油的黄瓜，心想要是能够吃一根，那该多美啊！事实上每次干完活儿，我们总能得到一根黄瓜作为奖励。我就把自己的这一经历包括私心杂念都写进了作文，没想到居然得到魏老师的表扬，他给我的评语是：“好，好，真是小作家！”还在全班念了我的作文。这让我感觉到，写作文并没有什么难的呀，不就是把自己亲身经历的事情写出来吗？从此坚定了学语文的信心。可见小学教师的一句鼓励或表扬对孩子来说是多么重要！

三是背样板戏剧本。那时在中原农村，人们的生活从物质到精神都处于极度贫困状态，家里根本买不起书，更接触不到什么绘本、童话等课外读物。那时流行唱“革命样板戏”，广播里在播，戏台上在演，于是看样板戏的剧本就成了我的最爱。我正是记忆力好的时候，熟能生巧，八大样板戏基本上都能背下来。特别是《沙家浜》《红灯记》《智取威虎山》，不仅唱词、对白，甚至连括号里的“幕徐徐闭”都背得滚瓜烂熟，有时还能煞有介事地给大人模仿一段儿。那些剧本都经过反复修改、千锤百炼，有生动的故事情节、鲜明的人物形象，尤其是汪曾祺参与创作的《沙家浜》，更是文采飞扬，是语言运用的典范。对我们来说，读起来更有趣。

1977 年 10 月，在邓小平同志的主持下，我国恢复了中断 11 年的高考制度。我是高考前 20 多天的时候，才稀里糊涂地报了名，马上找来高中物理、化学课本复习。一周后，同村的顾西来告诉我，高考分文科理科，我这才又改报文科。第一场考语文，作文题是“我的心飞向毛主席纪念堂”。数学虽然考得并不理想，但凭着平时爱看些杂书的积累，我凭着不错的语文成绩，最终考取了淮阳师范学校语文班，是我们汤庄公社高中那几届唯一考上的。

淮阳师范学校创办于清宣统元年（1909 年），是河南省创办最早的师范学校之一，被誉为“豫东教师的摇篮”。五四时期著名作家徐玉诺、著名教育家李秉德曾在此任教。尽管只是中师，但老师们上课决不含糊，非常认真。古代文学、现代文学、古代汉语、现代汉语、文学概论等专业课，让我们如饮琼浆、如吸甘露。尤其是班主任戴俊贤老师的写作课，更是让我们大开眼界、获益终身。那是一个人人思进、百舸争流的年代，同学们都憋着一股劲儿，要把被“四人帮”耽误的青春夺回来！

1981年，河南教育学院首次招收中文本科进修生，但要考试，考录比为3∶1，报考条件有三条：一是在职高中语文教师，二是不超过45岁，三是大专以上学历。当时我在离县城十来里的化河完中教学。县教育局人事股长经过翻来覆去摸底排查，发现全县只有我一人符合前两条报考条件，勉强可以报考，这才找到我，让我报考。没想到我一考即中，这才有了进修本科的机会。全班共60个同学，多为重点高中或师范学校的语文教师，班长陈达仁是省中学语文教研员。我的劣势很明显：一是来自农村，二是不是重点高中教师，三是只有中师学历。但我也有自己的优势：一是年龄小，精力旺盛、记忆力好；二是没有家庭拖累，可以全身心投入；三是农村人不怕苦不怕累，吃苦耐劳。因为是工作以后再来进修，一边读书，一边还拿着工资，所以我格外珍惜这个难得的机会。河南教育学院属于在职进修学校，师资力量有限，只能勉强开设中文专业的必修课，古代文学、现代文学还是请郑州大学的老师上的，更不要说开设选修课了。唐代文学是请俞绍初先生上的，现代文学是请刘继献、孙浩先生上的。唐代文学期末考试我得了全班最高分92分，不少同学只得了70多分。从那以后，每逢考试，常有同学借我的笔记。我当时想得很实际，反正毕业后要回到县里教中学，中学语文教学最难啃的“硬骨头”是文言文，就想多学些古汉语，于是到处找古汉语的书看，还常向教我们古汉语的沈伟方老师请教。沈老师看我对古汉语感兴趣，就让我当古汉语课代表。有一次，沈老师上课时，讲起文字学、音韵学、训诂学后继乏人，几成绝学，我就逐渐产生了报考古汉语研究生的冲动。后来还跟詹素芳同学到郑州大学旁听齐冲天先生的训诂学、许梦麟先生的汉语语音史。读得多了，逐渐就有了自己的想法。比如，读到陆宗达先生《训诂简论》《说文解字通论》引用《左传》“野人与之块”相关考证材料，马上就联想到秦牧的《土地》中“晋文公重耳之亡”这一段史料。找来课本一看，发现注释不准确，就写了一篇《对高中语文课本一条注释的异议》，投到《语文教学之友》，居然被发表了。看到自己的名字第一次变成铅字，对我无疑是极大鼓励。在河南教育学院进修期间，我还第一次见到了语言学家张志公、张静，文学家任访秋、霍松林等。我的毕业论文《商水方言中的“唻”》被收入河南教育学院首届本科班学员优秀论文集。

1985 年我考取西南师范大学（现西南大学）研究生，汉语史专业训诂学研究方向，导师是时任汉语言文献研究所所长、《汉语大字典》副主编的李运益先生。报考时，我特意将自己的名字改为“顾之川”，取意于《论语》“子在川上曰：逝者如斯夫”，以激励自己要像那奔流不息的河水一样，珍惜青春年华，努力奋进。缙云山下，嘉陵江边，我与吴泽顺、汪启明、吴福祥等同学整日沉浸在《说文解字》《尔雅》《方言》《释名》等国学经典中，徜徉于《诗经》《楚辞》《史记》《汉书》等文史名著里。书山学海，俯仰钩沉。切磋琢磨，质疑辩难。我的研究生论文，聚焦于明代方以智的《通雅》，我以一篇《通雅转语研究》顺利获得硕士学位。

1991 年我考取中国社会科学院博士生，汉语史专业古代白话研究方向，导师是时任中国社会科学院语言研究所所长、中国语言学会会长的刘坚先生。第一次见刘先生，我问这学期开哪些课。不料先生却说：“博士生还上什么课呀？主要是自己看书，著书立说。”于是我谨遵师教，每有疑惑或心得，便向先生以及江蓝生、白维国、曹广顺等老师请教汇报。我们那一届分两个班，一班是文史哲班，二班是经济班。我们班同学涉及文学、历史、哲学、社会学、民族人类学等专业，时常交流切磋，以广见闻。因为我入学前就以“《通雅》与明代汉语词汇研究”课题申请到 1991 年国家社科基金（青年），自然把“明代汉语词汇研究”作为博士论文选题。我读了三年《金瓶梅》等明代白话小说、戏曲作品，凭着博士论文《明代汉语词汇研究》顺利取得文学博士学位，同时该论文也成为国家社科基金课题的结项成果。虽然从古汉语转到近代汉语，但总也没有离开中国传统语言学，这为我后来与语文交融打下了初步基础。

二、教语文

我从 1976 年开始当民办教师教语文。我教初中毕业班（初二）语文，还教初一政治。当时的理想是“我是革命一块砖，哪里需要哪里搬”。正是“初生牛犊不怕虎”的年纪，面对的是天真烂漫的孩子，接触的是纯真质朴的乡民，能把自己所学教给学生，我的内心感到非常充实，精神也极为愉快。

1979 年秋，我们从淮阳师范学校提前离校，各回各县实习，我被分到商水县舒庄高中，跟着语文组组长王来老师（他后来调到县高中改名“王九贤”）听课、改作业、备课、试讲。因为我在淮师时，听过豫东名师郎笑天讲鲁迅《药》的录音，所以试讲时我就选了这篇小说。大概得益于我当过民办教师，试讲受到好评。1980 年 4 月正式毕业，我被分到化河完中，还曾被借到化河小学代教小学语文。秋季开学后，我在化河完中先教一学期初二语文，接着教一学期高二语文。虽然我在化河完中待的时间不长，但小学、初中、高中的语文课居然都教了个遍。

1983 年秋，我从河南教育学院回商水县实习，在周清臣副校长举荐下，我到了商水县高中，这是全县的最高学府。李富昌校长是一位忠厚长者。第一次见面，我还满怀忐忑，跟他说我想报考研究生，希望别安排我当班主任，没想到他满口答应，说年轻人想深造是好事，特意交代教务处只给我安排高二一个班的语文课。我心存感激，一边认真教课，一边准备研究生考试。暑假到河南大学旁听研究生辅导课，学校还按出差标准给我报销差旅费和资料费。那时语文教学流行“以纲为纲、以本为本”，即以教学大纲为纲，以课本为本。从时代背景、作者介绍、生字生词、段落大意，到中心思想、写作特点，这样一路讲下来。虽然我也采用了讲授式教学，但我常常能够旁征博引，不时借助一些英语单词句式进行比较，学生既感到新奇，又心生佩服。我的语文课也从不拖堂，常常戛然而止，学生往往感到意犹未尽。我尽管不当班主任，也坚持与学生一起跑早操，师生关系也极融洽。只是有些年轻同事对我不跟他们一起打牌颇有微词，我则每以同乡先贤陈涉“燕雀安知鸿鹄之志”聊以自慰。偶然看到于漪、陶本一主编的《中学语文备课手册》，如获至宝。大概从这时起，我便开始写教研论文，试图用自己对古汉语学习的点滴心得，解决语文教学中遇到的具体问题。比如，我教《孔雀东南飞》时，感到课本上“黄昏”“人定”的注释不够准确，就到张汝舟的《二毋室古代天文历法论丛》中查找资料，写成《刘兰芝“举身赴清池”时间考》，冒昧地寄给《周口师专学报》主编萧士栋教授，本来是想请他指教，结果不久就收到《周口师专学报》1984 年第 4 期样刊和 7 元稿费。1985 年 5 月，河南省中学语文教学研究会年会在商水县召开，由周口师专的萧士栋教授主持，他是河南省中学语文教学研究会副理事长。在这次会上，我不仅见到了我的老师于佑民（河南省中学语文教学研究会理事长）和几位同学，还第一次听到来自北京的语文名师章熊、时雁行的报告。

1988 年研究生毕业后，我如约到青海师范大学当了三年学报编辑。虽然没有直接教语文，但与语文密切相关，更重要的是为我后来从事编辑出版工作奠定了基础，这里是我语文人生的重要驿站。编辑工作需要深厚的语言文字修养，我负责语言学、文学、哲学、美学等版块内容，接触了最贴近实际的语言文字应用。北京师范大学青年教师韩震投来一篇书评稿，为了编好这篇稿子，我请他寄来《人的哲学》（袁贵仁主编）。我认真读了一遍，获益匪浅。这一时期，我还第一次知道了马斯洛的需要层次理论，这得益于张一兵的一篇哲学稿件。青海虽然地处偏远，学术环境不理想，但学报编辑也有不少便利和优势。第一，各高校学报间（也有省级社科院刊物参与）免费互赠刊物，我得以广泛浏览学术期刊，及时把握学界动态，能够“跳出专业看专业”，扩大学术视野；第二，因为每天跟稿件打交道，我又刚经过硕士论文写作训练，自然就把编稿、审稿、改稿与科研结合起来，也与不少学报同行建立了联系，发表文章相对容易；第三，高校毕竟还是讲究科研的，在那样的学术环境下，稍微有点儿成绩就更容易受到重视。所以我在青海三年如鱼得水，逐渐进入科研“高产期”，共发表汉语史、《通雅》研究等论文十几篇，尤其是在国家图书馆主办的期刊《文献》、湖南师范大学主办的期刊《古汉语研究》上发了几篇论文，更增添了自己从事科研的信心。我还以“方以智及其《通雅》研究”成功申报了青海省古籍整理项目，后来又以“《通雅》与明代汉语词汇研究”成功申报国家社科基金，也是青海省当年唯一申报成功的国家社科基金项目。这为我后来编语文教材、研究语文教育奠定了坚实基础。

三、编语文教材

我在 1994 年博士毕业时面临着职业的重新选择。当时我有一个非常现实的考虑，如果继续做纯学术研究，意味着要把自己关在书斋，心无旁骛，板凳要坐十年冷。大概因为我出自草根，就想着能把过去当中学语文教师、做编辑积累的经验派上用场最好，可以利用自己所学，为社会做些实事。于是我把自己的想法向刘坚先生汇报，先生就极力推荐我到人民教育出版社工作，并说虽然是做编辑工作，但人民教育出版社不同于一般的出版社，研究氛围很浓，社里的叶圣陶、吕叔湘、张志公、隋树森、吴伯箫、王泗原、张中行等先生，学识人品均为学界称道。这样，我才找到赖以托付终身的“东家”——人民教育出版社，由学语文、教语文，转而编语文教材、研究语文教育。

人民教育出版社不仅是出版机构，还是当时我国唯一研究编写中小学课程教材的研究机构，类似于民国时期的国立编译馆。百年大计，教育为本。教育大计，教材为先。新中国成立之前，党中央就开始擘画中小学教材事业。1949 年 4 月 15 日，华北人民政府教育部教科书编审委员会成立，叶圣陶被聘为该委员会主任，周建人、胡绳被聘为委员会副主任，金灿然被聘为委员会秘书主任。在此基础上，1950 年 12 月 1 日人民教育出版社成立，毛泽东亲自题写了社名。2020 年 11 月 29 日，在人民教育出版社（后简称“人教社”）成立 70 周年之际，习近平总书记给人教社老同志回信，勉励人教社用心打造培根铸魂、启智增慧的教材。因此，这里的编辑，既有编辑工作，同时还承担着中小学各科教材的研究开发任务，也就是说，既是编辑，又是教材编者。我到人教社报到时，还有不少很有影响的语文教育专家健在。进社不久，我就跟张厚感、熊江平等同事一起去拜望全国中语会首任会长、语言学家吕叔湘先生。此外，我还记得第一次随顾振彪先生拜望张志公先生时，张志公先生还风趣地说:“我现在只能以学术委员会主任的身份欢迎你加盟人教社！”我还和顾振彪先生拜望过王泗原、朱堃华先生，那时张中行先生每天还来上班。后来我与刘国正、张定远、顾振彪等语文界前辈逐渐熟悉起来，彼此结下了深厚情谊。借助人教社和全国中语会，我结识了更多语文界的朋友。

2018 年我退休时写过一篇《使命完成，祝福人教》的文章，回顾自己在人教社工作 24 年间主要做的三件事：一是编写语文教材，二是参加全国中语会相关活动，三是参与某些国家级考试命题。编语文教材是我的本职工作，也是我的安身立命之本。我前后主持或参与主持编写的语文教材有十几套，上百个品种。其中最有代表性的有三套：一是“两省一市”（江西、山西和天津）高中语文教材，1997—2006年使用，后推广至全国；二是人教版初中语文课标教材，2000—2016年使用，全国70%以上地区使用该教材；三是人教版高中语文课标教材，2004年至今仍在使用，全国80%以上地区使用该教材。尽管当时是“一纲多本”，但这几套语文教材，无论是社会评价还是市场占有率，在全国都是首屈一指的，是人教社的拳头产品，也是名副其实的主流教材。

我因为在人教社编语文教材，得以与全国中语会和考试命题结缘。全国中语会原名为“全国中学语文教学研究会”，1979年成立于上海，后并入中国教育学会，改名为“中国教育学会中学语文教学专业委员会”。人教社与全国中语会有着深厚渊源。全国中语会首任会长是曾任人教社副总编辑的吕叔湘先生，名誉会长叶圣陶，副会长张志公、吴伯箫都曾任人教社副总编辑。我来人教社工作时，结识了曾任人教社副总编辑的中语会理事长刘国正先生，曾任人教社报刊社社长的秘书长张定远先生。在他们二位的提携与鼓励下，我开始参加全国中语会工作，先后任副秘书长、秘书长。2013年在全国中语会第十次年会上，经民主投票，我当选为第九届理事长，直到2019年换届时卸任，前后服务全国中语会长达20多年。1997年开始，我受人教社领导委派，参与国家级考试命题工作长达25年，以此为人教社业务工作的一部分。这些成为我后来研究语文教育的直接诱因和重要契机。

四、研究语文教育

编写语文教材，当然就要研究语文教材的历史与现状，研究语文教材该怎么编。人教社本来就是个研究机构，经过70多年的积淀，形成了“以编带研、以研助编、编研一体、相互促进”的工作氛围，这对我从事语文教育研究无疑具有促进作用。第一，语文教育界有“三老”，指的是叶圣陶、吕叔湘、张志公。他们都长期在人教社从事语文课程教材研究与教材编审工作，又都是中语会的创会元老。受“三老”精神的耳濡目染，我当然要不断努力，做好自己的本职工作。第二，1983 年经教育部批准，人教社成立了课程教材研究所，该所科研部每年都组织申报课题、中青年优秀论文评选、说课比赛、演讲比赛等。我曾两次获得人教社中青年优秀论文一等奖，多次担任评委。我主持的国家社科基金子课题“中学语文学业评价标准研究”、教育部重点课题“高考语文阅读能力考查研究”，都得到课程教材研究所的资助。第三，中国教育学会有十几个专业委员会就设在人教社，人教社每年给学会提供大量学术支持和经费资助，这也成为我参与中语会工作的重要支撑。我在主持全国中语会工作期间，主编《我和中语会》、“中国语文教育研究丛书”、“文心经典”丛书、“名师语文课”丛书，组织开展“中语走基层”、义务支教等活动。第四，人教社有系列学术期刊，如《课程·教材·教法》《中国教育科学》《中小学教材教学》《小学语文》等，为我的文章提供了发表园地，我的不少学术研究成果是通过这些期刊发表的。

考试评价是对教师教学和学生学习成果的检验，也是语文教育研究的重要组成部分。这项工作牵涉语文教育各个方面。从学科教育来说，涉及课程标准（教学大纲）、教材、教学；从考查目标来说，涉及基础知识、关键能力、学科素养与核心价值；从学科内容来说，涉及语言文学、人文社会、自然科学，而且古今中外无所不包，大中小学一脉贯通，因而特别强调基础性、综合性、应用性、创新性。有时为了找一篇合适的测试语料，要阅读浏览数千字甚至上万字，最后能用的可能只有上千字甚至几百字。这也在客观上逼着我不断读书、学习、思考、实践，练就火眼金睛，做到眼观六路、耳听八方，才能不负重托、不辱使命。

五、我的几点体会

第一，古人有“立德、立功、立言”之谓，教材、教学与考试，贯穿语文教育全过程，既是教育理论实践的“大学问”，也是知识分子以身许国的大事业。我能够全程参与，实属人生之大幸。人生有多种选择，并不是每一种选择都心甘情愿，也不是每一种选择都能如愿以偿。对我来说，选择语文，最初并非我的主动追求，但经过几十年浸染沉淀，语文不仅成了我的安身立命之本，更成为我生活中甚至生命中重要的组成部分。语文既不负我，此生我亦当不负语文。

第二，现实社会充满机遇与挑战，有着太多的尴尬与无奈。作为个人，我们可能无法改变社会，也改变不了现实，甚至也不能改变周围任何人，唯一能改变的只有我们自己。我能从乡村民办教师一路走来，做点实事，就在于有梦想又有行动。无论身处何地，有梦想就有希望。但有梦想更要有行动，光说不练，梦想永远只在梦中。重要的是行动，从自身做起，从身边小事做起，涓涓细流，汇成江河。机遇总是偏爱有准备的人。学然后知不足，教、编、研然后知困。一分耕耘，一分收获。既要仰望星空、敢想敢干，更须脚踏实地、善作善成。

第三，教育事业是良心事业，必须凭良心办事，不能掺杂任何功利目的。尤其是基础教育，面对的是儿童少年，教育的使命在于丰富知识、启迪智慧、砥砺精神、完善人格、滋养心灵。教育工作者不管是在理论上还是在实践中，最重要的是要接地气，注重应用，不尚空谈。教育研究固然要有全球视野和国际意识，但归根结底，还是要把根扎在中华大地上，实事求是，求真崇实，不故弄玄虚，不崇洋媚外，走民族化、科学化、现代化改革之路，重在解决中国教育存在的实际问题。

第四，语文教育的根本任务在于立德树人，通过识字写字、阅读、写作实践，培养学生的听说读写能力，让学生享受语文学习的成功和快乐，进而热爱国家语言文字，植入中华文化基因，培育家国情怀，坚定文化自信。民族复兴的基础是教育现代化，当务之急是语文教育现代化。

语文课程、教材、教学、考试现代化，需要一代代语文人不忘初心，传道授业，树蕙滋兰，接续奋斗。语文教育工作者使命光荣，责任重大，功在当代，利在千秋。

李白在《下终南山过斛斯山人宿置酒》中说：“却顾所来径，苍苍横翠微。”面对苍苍茫茫青翠山林，诗人的满意自得油然而生。回望我的语文之路，心有戚戚焉。虽然我也做了一点微不足道的事情，但决不是自己有什么能耐，只是我能得到上天眷顾，比别人更幸运而已。学语文期间幸得良师益友，教语文和担任学报编辑的实践经历，则给我奠定了坚实基础。更重要的，是我在改革开放年代，拥有人教社和全国中语会两大平台，得以近距离接触到众多语文大家名师。近水楼台，近朱者赤，并非“居高声自远，非是藉秋风”，我只不过是水涨船高而已。正如穆旦诗云“这才知道我的全部努力，不过完成了普通的生活”。我感恩父母家人和一路相伴的师友，更感恩人教社和这个伟大时代。

2021 年 1 月 16 日

我的中学时代

我上中学是 1972 年至 1976 年，正是“文化大革命”后期。那时学制为小学五年，初中两年，高中两年。但因为我读初中时赶上由春季招生变为秋季招生，所以初中多上了一学期，总共两年半。又因为农村学校分分合合，初中我先后换过王堂学校、大李庄中学和高楼中学三所学校。高中我在西陵寺镇的公社高中就读。那是我学生时代的重要节点，也是从乡村懵懂少年到中学教师的奠基阶段，见证了我的青春岁月，至今难以忘怀。

一、我的初中

1. 王堂学校

1971 年底我从娄冲小学五年级毕业，1972 年春进入王堂学校。王堂学校是一所七年制学校，提供相当于现在的义务教育阶段的教育。王堂学校主要提供小学教育，初中部只有一个班，校园内每天都是小学生叽叽喳喳的欢闹声，特别是在放学的时候。我家离学校有四五里地，通常要走个把小时，如果中午回家吃午饭，不光我来回辛苦，大人做饭也很麻烦。我大哥当年也曾在王堂上小学，就在张楼我姨姥家搭伙。张楼与王堂两个村几乎挨着。因为有大哥的先例，我也就顺理成章，在姨姥家吃午饭。那是一段充满温馨与亲情爱意的日子。姨姥白白胖胖、慈眉善目，几个表叔对我特别亲热，家务活儿一点也不让我插手。每逢下雨，四表叔或五表叔还会打着伞来接我，无微不至。在姨姥家跟我平时在家的“放养式”生活大不一样，每天都有做客的感觉。在王堂学校留下的回忆不多，但都与我的经历有关。一是因为离家远，所以就特别羡慕家离学校近的同学。最羡慕的就是同班同学陈桂芬，她就住在校内，她爸爸是我们的语文老师。她很活跃，每次上台表演节目总少不了她。张四妮家也在附近，她常在学校操场打篮球，放学时总能听见“四妮儿，四妮儿，甩了！”的喊叫声。二是我在娄冲小学没怎么上过体育课，即使上也就是“立正稍息向右看齐”的训练或跑步之类，结果就闹了笑话。那是一个阳光灿烂的午后，几个人在打篮球，我在边上看。本来是大家乱抢，后来说要比赛，刚好缺一个人，阴差阳错，一个像队长模样的人指着我：“你来！”我从没打过篮球，看他命令得那么不容置疑的样子，我也就硬着头皮上去给他们凑数。结果球一传给我，我抱起来就跑，惹得全场哈哈大笑。从那以后，我再也不敢上场了。

2. 大李庄中学

在王堂学校只上了一学期，秋季开学后，我就转到了大李庄。大李庄中学在王堂南面二里多远，城（关）巴（村）公路北边。现在想来，应该是王堂学校初中部学生少，被合并到这里的。虽然我在大李庄中学也只上了一学期，却有以下几点印象。

一是吃午饭。大李庄离家更远了，往返差不多要走两个小时，回家吃午饭肯定不行。与我同村的有四五个同学，我们征得管伙老师同意，允许我们在教师伙房煮面条。我们几个轮流值班，轮到谁，谁就负责带菜叶，冬天多是大白菜，面条由大家各自带，值班的负责煮，吃完后各人洗自己的碗。中午放学后，住在附近的同学都回家去了，我们不用来回跑，就在学校煮面条吃，似乎享受到特殊待遇，比其他同学多了一种荣耀感，这是我们的一大乐趣。十几岁的孩子，吃饭有一种“隔锅香”心理。其实面条还是那个面条，做法也差不多，只不过换了个地方，换了个锅，跟不同的人在一起吃而已，就有了不一样的感受。我们多数时候带的是面条，有时妈妈来不及擀面条，就带点粉条，但几个人的放在一起，还是以面条为主，相当于多个品种，可以变着花样吃，部分满足了我们求新求变的好奇心。

二是励志教育。教语文的是陈老师，个子不高，但衣服永远是整洁的，胡子刮得很干净，人也显得特别精神。他教的课我已记不得了，但有个细节却记忆犹新。那是一个晴朗的午后，温暖和煦的阳光照进教室，陈老师讲课一向口若悬河，滔滔不绝，却忽然话题一转，说到要我们努力学习。只见他左手拿着课本，右指连连点着左腕，说：“同学们，你们看，这是什么？手表！好好学习，将来你们也可以戴上手表。”又抬起脚，露出他那油光锃亮的皮鞋，说：“你们再看，这是什么？皮鞋！好好念书，将来你们也能穿上皮鞋。现在不好好念书，将来只能穿布鞋，穿草鞋！”

农村知识分子那种悠然自得的自豪感，溢于言表。尽管从小父母就灌输“万般皆下品，唯有读书高”的道理，但经他这么生动形象的现身说法，我们更加相信“知识就是力量”，也更加坚定了用知识改变命运的决心。

三是受批评。我从上小学起都是受表扬，从来没有受过批评。有一个星期天，老师要我们几个同学到学校摘棉花。按照事前分工，我完成了自己的任务。忘了是因为离家远还是别的什么原因，没等其他同学结束我就匆匆回家了，后来教务处赵主任检查时发现了，就在全校大会上提出批评，说：“还是班委哩，参加义务劳动居然提前走了。”尽管没有直接点名，但我心里清楚，脸唰一下红了，连忙低下了头。印象中那是我在学校仅受的一次批评。

3. 高楼中学

我们公社西南片有三个大队（现在叫“村”），即雷坡、魏楼、娄冲，简称“雷魏娄”。在三个大队交界处，有一处高地，人称“高楼”。那里曾经有个国营林场，后来林场撤销，1973 年就在原址新建了高楼中学。因为离家只有二三里路，我就又转到高楼中学，在这里读了三个学期，一直到 1974 年初中毕业，所以我对高楼中学的印象也更深一些。印象深刻的事件主要有以下几件。

一是戴大红花。在高楼中学的前两个学期，学校就建立起正常的教学秩序。平时怎么学的已没有多少印象，但我记得我期末戴上了大红花。那应该是 1973 年底放寒假的时候，是我学生时代最风光的一次。考试成绩出来后，学校组织同学排着队，敲锣打鼓，把奖状和成绩单送到成绩优秀的同学家中。送到我家时，引得村上很多小孩都追着看热闹，真有中状元的感觉。那次考试的成绩单我很久都舍不得丢，数学、物理都是 100 分，化学 98 分，历史 95 分，其他科目也都在 90 分以上。那也是我数理化考得最好的一次。

在高楼中学，老师们特别敬业、循循善诱，同学也都用功学习、刻苦努力。校长邵国义教政治，后来他调到公社高中，让我用架子车拉着行李给他送到西陵寺。那时候我们能帮老师做点儿事，是一种莫大的荣耀，无比风光。教语文的顾天福老师，大高个儿，一表人才，玉树临风。尤其是朗读课文时声情并茂，感情激越，让我们深受感染；顾老师还写得一手好字，粉笔字、毛笔字都没得说的。后来我当语文老师，也暗中模仿他。雷中枢老师在王堂学校就教过我代数，后来调到高楼中学。雷老师最突出的有“三大”：大眼睛、大嗓门、大肚子。他爱跟我们开玩笑，常用两手比着腰，说他的裤腰三尺二，边说边哈哈大笑。他上几何课还有个绝活儿，能徒手在黑板上画圆和三角形，又标准，又好看。我们常想，即使用圆规和三角板画，也不过如此吧？王克祥老师教物理和英语，他的物理课我没记住多少，但他一板一眼领读的“中式英语”却给我留下深刻印象，我们一遍又一遍地跟着他用英语说“毛主席万岁”“中华人民共和国万岁”“我是王克祥”。当然我们说的时候，要把“王克祥”换成自己的名字。那时只觉得学英语特好玩儿，并没有想着有一天会用得上。那也是我第一次上英语课，在考上研究生之前，我只有王克祥老师这一位英语老师。王老师家里离学校远，周末才能回家。学校平时一般下午5点多就放学了，太阳还老高。我们路过食堂门口，总能看到他背靠着树，就着蒜瓣，悠哉地在吃中午剩下的面条，也不加热，大概因为是夏天，图个清爽，又省事。这时我们也已饥肠辘辘，不觉暗自咽口水，觉得当老师真幸福。于万春老师教音乐，我们跟他学了不少“革命样板戏”，《红灯记》中的《临行喝妈一碗酒》，《智取威虎山》中的《打虎上山》《我们是工农子弟兵》《共产党员时刻听从党召唤》，《沙家浜》中的《朝霞映在阳澄湖上》《智斗》等唱段，都是我们喜欢唱的。每次全校开会，都会像部队“拉歌”那样，群情激昂，气氛热烈，各班轮流唱，有人打拍子指挥，颇有点比赛的意味。还常有人点歌，大家齐声喊：“×××，来一个！”

二是学中央文件。组织初中生学习中共中央红头文件，也是那个时代特有的一道风景线。运动一来，学校就会把我们集中起来，学习中共中央文件或《人民日报》上的文章，传达上级指示精神。学校没有礼堂，只有露天会场。夕阳西下，各人带着凳子坐好，师生一起听文件传达。其实很多内容我们也不懂，早已听得不耐烦，但也只能忍着，一直听到“此件传达至县团级”，大家才算舒了一口气。

三是照毕业照。毕业时的合影原计划在县照相馆照。县照相馆在城关东街路北，是一家很小的铺面，那也是全县唯一的照相馆。我和几个同学一大早出发，6点多就到了。有几个同学没有准时到达，耽搁了一会儿。屋子小，人站不下，不得不换到院子里。这样来回一折腾，太阳已悄悄爬上了墙头，大家赶紧拿遮阳伞挡，最终也没有挡住，老板只好宣布，光线太强，照不成了。送上门的生意做不成，他显得很沮丧。我们就更麻烦了，老师跟大家商量怎么办，要么明天早点再来，要么去周口大照相馆照。大家都说好不容易来了，就去周口吧！于是大队人马又奔向周口。商水到周口有十多公里，我们吃了点随身带的馍，照完相已是下午两三点，又急匆匆往回赶，我到家已是晚上8点多了，估计雷坡那帮同学10点多能够到家就不错了。那种人困马乏的狼狈相至今难忘。

二、我的高中

我的高中生活，大致跟路遥《平凡的世界》中的孙少平相似。我们都出生于农村，1974年入学，1976年毕业，是同一届高中毕业生；毕业后都当过民办教师，待遇也一样，生产队每天记10个工分，每月还有6元补助；都参加了“文化大革命”后的第一次高考。所不同的是，他在陕西，我在河南；他读的是县城中学，我读的是公社高中；他当民办教师被人顶替了，我因为参加宣传队不得不辞职；他高考没考上就挖煤去了，我很幸运地考上了淮阳师范学校。所以我对《平凡的世界》特别能感同身受，不仅读了小说，还看了电影和电视剧。前年去延安大学时，还特意参观了路遥文学馆，凭吊了路遥墓。高中阶段上过什么课，读了哪些书，印象已模糊，但参加宣传队、学兽医、收麦子、勤工俭学等活动，因为有趣，给我留下了深刻的印象。

1. 宣传队

宣传队全称叫“毛泽东思想文艺宣传队”，很多学校都有，属于校园文艺社团，负责组织一些有文艺专长的同学排练文艺节目，在校内外演出。但我们这个宣传队有些特别。一是公社主管教育的党委委员赵委员喜欢文艺，而且真抓实干，常来看我们排练。二是教我们音乐的张玉亭老师在县剧团当过导演，组织能力很强。天时地利人和，学校宣传队轰轰烈烈地成立起来了。开始是各班抽几个比较活跃的积极分子排练些节目，在学校开会时表演。结果很受欢迎，演出越来越多，名声越来越大，还选了几个校外文艺骨干参加。赵委员显然是把宣传队当作他所抓教育工作的一项重要内容了。宣传队的节目有顾玉格、雷秀萍的豫剧清唱，另有陕北民歌《绣金匾》、小合唱、快板书、三句半、对口词、魔术等。我表演对口词，类似于相声，开始跟同班雷富林合作，我说他捧，后来换成一年级的张华。我们先后两次代表汤庄公社到县大礼堂参加全县文艺汇演，也到各大队巡回演出。那时的农村极度缺乏文化活动，我们举行义务巡演，不收费，所到之处很受欢迎。当地只管饭，吃饭是两三人一组，分派到各社员家。在东口头村我还闹过笑话。听到主人说姓顾，是本家，倍感亲切，我就有点忘乎所以，悄悄抓起桌上的酒瓶尝了一口，立马吐了出来，原来是煤油！可见我们也没把自己当外人。张老师还从公社机械厂请来一位王老师当编剧，吃住在学校，他具体编了什么我没有印象，光看他每天在校园游荡，落落寡合，教语文的郭温盈老师告诉我们，他那是在构思。我们才知道，原来写作是需要时间构思的。有一次下大雨，大家都往屋里跑，他还是慢悠悠走着，问他咋不跑，他说反正都会淋湿，跑和不跑没啥区别。张玉亭老师有一次光临我家，父亲热情置酒相待，他喝得兴起，对我父亲说："别看你老哥种了一辈子地，要论在戏台上锄地，你可没有我锄得像。"说着他就站起身，拿着两支筷子当锄把，表演《朝阳沟》里栓保教银环锄地那一段，引得我们大笑，父亲也连连点头称是。

高中毕业后，我回到村里，因为是学校的活跃分子，大队干部就安排我到娄冲学校当民办教师，那也是我从事教育工作的起点。娄晓鸽校长也特别器重我，上来就让我教初中毕业班的语文和初一的政治，还兼当班主任。结果教学刚刚走上正轨，公社来了通知，要求宣传队恢复活动。下级服从上级，大队当然也得听公社的，于是我就又回到学校参加排练。没过几天，传来一个令人震惊的消息，毛主席逝世了！举国哀痛，停止一切娱乐活动。宣传队只能就地解散，我被分到公社砖瓦厂。我兴冲冲去报到，不料厂长说："现在厂里正在放假，你先回去吧，等开工我们再通知你。"明知道他在搪塞我，我也没办法，只好回到村里。这时学校已安排了别人上课，我就当起了农民。后来恢复高考，我才又有了改变命运的机会。

2. 学兽医

我们读高中时，正值"文化大革命"后期。高考已中断多年，大家压根也不会想到升学的事，农村知识青年从哪来回哪去，理所当然要各回各村。毛主席语录中有一条说："学生也是这样，以学为主，兼学别样，即不但学文，也要学工、学农、学军，也要批判资产阶级。"为了贯彻落实这一指示精神，高二时学校就打乱了原来的班级，重新编成卫生、兽医、农机、木工等学习小组，把学生分到公社相应的单位，跟着专业人员学习实用技术，相当于职业技术学校实习。卫生组最吃香，他们分到公社卫生院，农机组分到农机厂，我在兽医组，分到公社兽医站。我们的指导教师顾应泉，小名“石头”，当过兵，戴眼镜，文质彬彬，大高个儿，说话大嗓门，说起话来两眼常常眯成一条线。顾应泉老师教学非常认真，先讲理论，然后实践。我们学习怎样给牛洗胃，给马喂药，给鸡打针，倒也没多少技术含量，跟着练几次，也就慢慢上手了。那时兽医站有一项例行工作，每年要给鸡打防疫针，防禽流感。我们赶上了一次。我和刘玉英同学分在一组，负责她们铁炉村。我们下午出发，因为村民收工后家里才有人。玉英同学领着我，一家一家地打。打着这一家，就让下一家提前抓鸡，做好准备，到黄昏一片鸡叫声。有的一家只有三五只倒还好办，有的一家有一二十只，就要忙活一阵子了。大约两三个小时才干完活儿，我当晚就在玉英家吃住，第二天才回学校。

3. 收麦子

农村学校一般农忙时都要放假，大多是各回各村，帮助生产队干活。顾应泉老师那时正在雷坡驻队，大约相当于现在的帮扶干部。我们兽医组就跟他一起到了雷坡，帮农民收麦子，前前后后半个月。想来应该是他向学校特别申请的，因为其他组并没有参加这项特殊劳动。雷坡是一个大村，有三千多口人，分南坡、北坡，我们去的是南坡。我们白天收割，晚上扬场，连轴转。我虽然出生在农村，但毕竟是重体力劳动，开始还有点兴奋，干着干着就精疲力竭了。有一次晚上加班，我在厕所里就睡着了。顾老师在全校总结大会上汇报时，还特意举了我的例子。我们虽然累，但有十来个男女同学每天在一起吃住，而且放开肚皮随便吃，有时还互相开开玩笑，倒也非常快乐。我们小组的总结报告是我执笔写的，顾老师汇报时还特意摘引了“我们从西陵寺的高门台，来到雷坡的坡洼地，来到贫下中农之间”等语句，受到学校领导的表扬。

我们公社离县城较近，原来没有高中，上高中都是到县城去。我们是第一届公社高中学生。学校不在公社所在地，而在汤庄西北二三里外的西陵寺。传说那里是一处汉代墓地，与范蠡和西施有关。校长顾垂芳是口头村人，讲话非常幽默。有个同学找他告另一个同学的状，校长问他怎么了，他说那同学喊他父亲的名字。不料校长一听笑了："我们不是每天都在喊毛泽东毛泽东嘛，你父亲的名字怎么就不能叫呢？"说得那个同学哑口无言。邵国义老师教政治，他是我在高楼读初中时的校长，对我特别关照。还有一位教物理的陈老师，学校开会时，居然唱了一段曲剧《李双双》，字正腔圆，让我们大开眼界，原来陈老师还有这一手！

4. 勤工俭学

自从全国教育大会提出"德智体美劳全面发展"以后，劳动教育成为中小学生的必修课。想起当年我们也参加劳动，只是不叫"劳动"，而是称"勤工俭学"。对我们那一代中学生来说，不仅不觉其苦，反而自得其乐，是一种铭记终生的温馨回忆，也是人生的一笔宝贵财富。至今想来，仍对家乡的淳朴民风感念不已。

按照《现代汉语词典》的解释，"勤工俭学"有两个义项：①利用学习以外的时间参加劳动，把劳动所得作为学习、生活费用。②我国某些学校采取的一种办学方式，学生在学习期间从事一定的劳动，学校以学生劳动的收入作为办学资金。我们那次勤工俭学，经历了这两种形式。只不过头一天是学校组织的，第二天才是我们的个人行为。

那是1975年初秋，我在家乡汤庄公社高中读书，学校在李（寨）城（关）公路北面的西陵寺，现为河南省商水县汤庄乡初级中学。当时高中是两年制，刚上二年级不久，学校便组织我们开展勤工俭学，具体就是拉着架子车到沙河河滩里装沙子，然后运到县城北面的一个建筑工地，往返大约20公里。女生两人一辆车，男生一人一辆，自带午餐。我读高中时，一日三餐在附近马庄村大舅家搭伙，住在学校。和我一起在马庄村亲戚家搭伙的，还有我们同村的顾改化和雷庄的雷连功，我们仨都在一起上下学。那天大舅妈提前做好早饭，大舅帮我收拾好架子车，吃完饭我们就上路了。到学校跟同学会合后，大队人马就浩浩荡荡出发，直奔西北赵集方向而去。十几岁的少男少女，正是荷尔蒙勃发之时，浑身上下有使不完的劲儿。农村学校不像城市学校有春游秋游什么的，学生平时被关在教室里，一下子不用上课了，就像放飞的小鸟，别提多兴奋了，恨不得走路都要蹦起来似的，不亚于现在中小学生去研学旅行。大家七嘴八舌，说说笑笑，到沙河边，已是中午，兴致勃勃地吃了馍，开始装沙子。等到往回走时才发现，原来所谓勤工俭学，并不总那么好玩儿。一来已走半天，有些累了，那股新鲜劲儿也早过去了；二来拉着满满一车沙子，不禁感到吃力。我在家倒是常用架子车拉土送粪什么的，但有不少同学显然没干过，第一次负重远行，便越走越慢。有的女生实在走不动了，只好停下来歇息。这样队伍就越拉越长，等我们把车拉到那个建筑工地，已经是掌灯时分了。大家强打起精神，卸掉沙子，借助微弱的照明灯光，小心翼翼地堆好沙堆，用铁锨拍得方方正正。工地有人过来，量好长宽高，报出立方尺寸，给带队老师付了工钱。我们虽然累，但第一次靠自己的劳动为学校挣到了钱，还是很有成就感。尤其当老师宣布“今天累了，明天放假一天”，我们顿时就来了精神。好友刘四俊就找我商量，反正明天不上课，我们干脆再拉一趟怎么样？我一听还能挣外快，何乐而不为呢？便欣然答应。不过我提出：万一送到他们不收怎么办？他说刚才他特意打听了，只要拉过去他们就收，价钱也一样。看来这家伙消息灵通，早已成竹在胸。他见多识广，社会经验丰富，大概跟他老爸在县委招待所工作有关。

第二天我们又如法炮制，因为有了前一天的经验，一切都还顺利。

只是有两点估计不足：一是出门晚了，耽搁了一会儿；二是干粮没带够，返程时又累又饿，眼冒金星，腿肚子打战，拉着架子车，无精打采，越走越艰难，不时数着里程碑上的数字。走到氨水厂附近，大约还有一公里，实在走不动了，只好停下来休息。往北望去，不远处有亮光，我便灵机一动，想看看能不能找点儿吃的。走过去一看，原来是个工棚，显然他们已经开过晚饭，厨师正在抽着烟休息。我忙上前叫声“大爷”，向他说明情况，问能不能给我们点儿吃的。他问了我是哪个村的，父亲是谁，原来他是邻村吕庄的季清！因为我父亲当过大队会计，他认得我。我不禁喜出望外，颇有“他乡遇故知”之感。他反而略带歉意，说：“没有菜和稀饭了，剩的只有馍，锅底有水，你自己拿吧！”我俩把锅里的剩馍来了个“大扫荡”。那馍真香啊，后来再没有吃过那么好吃的馍。人是铁，饭是钢，我俩顿时来了精神。我俩谢过季清，也不用再担心时间早晚了，最后顺利拉到目的地。前一天工钱是带队老师领的，这次是我们自己领，每人拿到五元，也是我第一次拿到那么多钱，而且是凭自己勤工俭学挣来的，别提有多高兴了。哥俩像得胜回朝一般，脚步轻快，咏而归。

小时候在老家，民风淳朴，可谓夜不闭户、路不拾遗。但凡谁家来了客人，仿佛全村都来了客人一样。哪怕主人不在家，也自然有人热情招待。到附近三里五村串门，赶上饭点，都有家常便饭款待。家里晚饭后常有邻村人来找我父亲喝酒，母亲忙不迭地给他们准备下酒菜。我印象最深的就是萝卜砍子。萝卜削片，佐以盐和芝麻香油，又脆又甜；如果再撒点儿芝麻盐，更是美妙无比。后来每当老家有人来，我总要向他们打听季清的情况。前些年他去世时，五弟专门打电话相告，我特请他代我送赙金致祭。此所谓“滴水之恩，涌泉相报”也。那次勤工俭学虽已过去 40 多年，但至今想来，仍觉得无比暖心，终生难忘。

中学时代的生活无疑是艰苦的，也没有正儿八经读过多少书，但却给我打下了做人做事的基础，决定了后来的人生道路。1977 年恢复高考时，我顺利考上淮阳师范学校。第二年单新安同学考上北京政法学院。在今天看来，宣传队、学兽医、收麦子等似乎跟学习无关，这跟当时全国教育大背景有关，但社会实践活动确实能够锻炼人、考验人，能学到很多书本上没有的东西，让我开阔了眼界，培养了社交能力，锻炼了吃苦耐劳的品质，奠定了后来从事语文教育研究的坚实基础。由此我想到，中学生一定不能死读书，搞题海战术、机械训练，只在课堂校园里打转转，而应在做中学，学做合一，“读万卷书，行万里路”，“风声雨声读书声声声入耳，国事家事天下事事事关心”，方能成为具有远大理想又脚踏实地、敢想敢干又善作善成的时代新人。

时光匆匆，岁月不居。我的中学时代已过去近 50 年，很多老师后来再也没能见过，但老师们当年辛勤忙碌的身影还不时浮现在眼前，许多美好记忆仍历历在目。不知道老师们是否还健在，我想告慰老师们的是：我从你们那里学到知识，增加学识，增长见识，打下了人生事业的坚实基础，这些都成为我取之不尽的精神力量。

2023 年 1 月 16 日

我在舒庄高中实习

己亥初冬，黄叶婆娑。最近到周口师范学院文学院办讲座，中原名师、商水一中朱勤学校长闻讯，热情邀我为该校师生作即席演讲，并到他的语文名师工作室座谈交流。朱校长说起他曾在舒庄当过校长，让我倍感亲切，遂勾起我对 40 年前一段往事的回忆。

1979 年 10 月至 1980 年 4 月，我曾在舒庄高中实习。虽然只有短短 6 个月，却给我留下许多美好时光与温馨记忆。在那里，我实现了人生的许多个第一。比如，第一次领到工资（每月工资 29.5 元）。尽管我当民办教师时，生产队每天记 10 分，每个月另有 6 元的补助，但那是补助，不能算正式工资。我第一次以教师身份走上高中语文讲台，第一次有了自己的单独房间，第一次戴上手表，都是在舒庄高中时实现的。可以说，那是我语文人生的第一站，也是梦开始的地方。

1977 年参加高考时，本来我第一志愿报的是北京广播学院，这大概缘于我从小就羡慕那些能够游走四方的记者（内子为中国传媒大学教授、博导，可见山不转水转，冥冥之中似有神助）。因为分数不够，才被录取到中师。“文化大革命”期间，高考中断 11 年。1977 年恢复高考，改变了一代人的命运。2019 年，我陪当年中师的老师同学在国家博物馆参观“改革开放 40 年成就展”，还看到我们做过的高考语文试卷，不禁怦然心动。我们 77 级实际上是 1978 年才入学的，报到那天是 5 月 2 日，在一个春意盎然的下午。我们这一届学制名义上是两年，实际在校时间只有一年半。78 级、79 级入校后，校园一下子变得非常拥挤，学校就让我们各回各县实习。县教育局派人把我们接回，当晚招待看电影，好像是一部苏联电影。当时大家都在憧憬着即将到来的实习生活，激动难抑，兴奋莫名，根本没心思看电影。第二天宣布实习分配方案，我和赵清臣、周才良两位同学被分配到离县城约 40 里的舒庄高中。

我学的是语文，语文组长王来自然也就成了我的指导老师。王老师高个子，大眼睛，戴着帽子，玉树临风，说话总是带着微笑。我先是听他的课，包括讲课内容、教学设计，甚至一颦一笑，我都记下来了。因为我曾听过同桌的父亲郎笑天先生讲鲁迅小说《药》的录音，我就对王老师说，我打算试讲《药》。定下题目后，我开始备课，查资料，写教案，王老师帮我补充、审定。试讲得到了王老师的肯定。我首次登台就获得了成功，一是有王老师的悉心指导；二是我当过民办教师，教过初中语文，已积累了初步的教学经验；三是我读高中时，参加过毛泽东思想文艺宣传队，锻炼了口才，能够从容应对，不怯场。

期末考试需要刻印试卷。学校没有专门的打印室和打字员，也没有打字机，只有钢板、铁笔和一台油印机。我正想着怎么多为学校做些事，就主动揽下这个活儿。其实在那之前，我既没有刻过钢板，也没有印过试卷，完全是凭着年轻人的满腔热情接下这个任务。印试卷包括三道程序。首先就是刻钢板。说是刻钢板，其实是刻蜡纸。把蜡纸蒙在钢板上，用铁笔将试卷内容刻在蜡纸上。刻时要笔画工整，用力均匀，而且不能有错字、漏字。因为下手轻了字印出来会看不清，下手重了又会刺破蜡纸。刚开始时，我不是下手轻了就是重了。最懊恼的是，有时一张蜡纸快刻完了，回头一看，发现有漏掉的字，只好作废，从头再来。我想，第一次为学校做事，而且是这么重要的事情，一定得力求完美。刻好钢板，接着就是印刷。这比刻钢板容易多了。无非是把油墨涂抹均匀，拿着油印机滚筒的手柄，轻轻一推，一张试卷就出来了。最后是分装。需要根据各年级各班的人数，把试卷装袋，写上 × 年级 × 班，标注多少份就可以了。等我印完语文试卷，其他学科的老师也来找我，我又帮他们刻印了试卷。就这样，我逐渐掌握了从刻钢板、印刷到分装的全套工艺流程。人们常说“艺多不压身”，我从不会到会，刻写、校对、印刷、分装，每一步都耐心细心，一丝不苟，这为我后来从事文字编辑工作打下了初步基础。

刻印试卷也拉近了我与同事们的距离。我隔壁的王素华老师，教数学，临别时特送我一册分卷本《辞海》作纪念。她娘家在扶苏村（中国第一位农民起义领袖陈胜诞生地，阳城故城遗址现为全国重点文物保护单位）。当然，交往最多的，还是一起实习的同学或年轻同事。大家都年轻，血气方刚，经常小聚神聊，其乐融融。其间还发生了一些趣事。

一是打草鞋。有一次下着大雪，我到王来老师房间。他看我没有穿棉鞋，主动对我说："我给你打一双草鞋吧。"想不到他有这把手艺，竟这样照顾我，我不禁喜出望外。我们老家的草鞋，鞋底必须用上好的桐木，有的还要用桐油漆过，以求轻巧耐用，还要用到苇毛缨子和麻绳。他先是比着我的脚量好尺寸，接着是备料。先锯好木板做鞋底，在鞋底打上一个个洞眼。然后搓麻绳，一根一根，很细的那种，把细麻绳从鞋底洞眼里穿进去，就开始编了。编的时候，还需要噙几口冷水均匀喷洒苇毛缨子，使其湿润，以免编时折断。不几天，草鞋就编好了，穿上既暖和又舒服。王老师后来调到县高中工作，仍教语文。只是我后来再也没有见过他，更谈不上回报，但对他的那份感念却是没齿难忘的。

二是吃狗肉。那时学校有教工食堂，我们年轻人一日三餐都在食堂解决。有一天，师傅兴奋地说今天吃狗肉。原来负责采购的老师一大早去街上买菜，看见有不少农民在卖狗肉，0.8 元一斤，他就果断买下，给大家改善伙食。我第一次吃到那样美味的狗肉，后来再也没吃过那么香的狗肉。

三是陪相亲。有一天，同去实习的周才良同学告诉我，有人给他介绍个女朋友，也是教师，对方提出要他到家里去一趟，女方家就在我们村附近，他怕找不到路，要我陪他一起去。明知道让我带路是个借口，陪他壮胆才是主要原因，但是能成就朋友的好事，我当然乐于从命。我带他先到我家住下，第二天去找这位漂亮的小徐老师，她正带着学生参加义务劳动。我们到了她家，受到她家人的热烈欢迎。这次相亲非常成功，后来他们喜结连理，我也很有成就感。

40年过去，弹指一挥间。那段实习的日子不算太长，但充满着青春的生命激情和对未来的无限向往。当年的同学同事早已风流云散，但相逢是缘，相处有情，我仍时时想念着他们。不料忽闻王来老师魂归道山，不禁悲从中来，谨以此文寄我哀思！

改定于2019年11月23日晨

贺内子钟涛教授荣休

内子钟涛六十初度，将于年内荣休。因忆结婚以来，相濡以沫。抚今追昔，感慨良多。结词联句，聊以申贺云。

巴山蜀水地，三十六年前。
好人福常在，良缘一线牵。
情定嘉陵江，眷恋狮子山。
峨眉云凝翠，佛寺有万年。
乐山三苏祠，西坝豆腐宴。
青春好借力，龙女降凡间。
一朝学业成，报效西北边。
金黄塔尔寺，青海湖碧蓝。
难忘东七楼，斗室娱情欢。
漫步水井巷，野餐苏家湾。
携女游走处，无处不翩跹。
考博有眉目，君始欲追攀。
早晚背单词，晨昏相错乱。

寄女直隶府，河大幼儿园。
小儿离别时，牵衣泪涟涟。
圆梦北师大，合家得团圆。
蜗居八间房，情满中环南。
最是“博士后”，童趣惹人怜。
课业奔走忙，往返四〇三。
头顶博士帽，求职到中传。
忆我七七年，高考填志愿。
首选是北广，今幸亦无憾。
最爱六朝文，情倾散和骈。
戏曲及文学，博导两负肩。
传道兼授业，桃李争斗妍。
教授新晋级，仓盈复斗满。
人生第二春，喜揭下半篇。
更有准外婆，含饴弄孙甜。
逍遥走天涯，晚霞映满天。

2022 年 5 月 16 日草，5 月 17 日改定

由电影《晒后假日》想到的

最近看一部英国电影《晒后假日》，本来我偏爱历史、传记和文学类影片，很少看剧情片，但这部影片据说创作灵感来源于导演 11 岁时跟爸爸的一次暑期旅游，才引起了我的兴趣。电影从旅游大巴上导游向游客

介绍自己开始，到苏菲与爸爸在机场告别止。影片中有爸爸教女儿防身术、潜水，为女儿涂防晒霜；苏菲与男孩玩游戏、打台球、戏水、接吻；还有露天音乐会、卡拉 OK 等桥段，表现亲情、友情与少男少女的朦胧爱情，对人物感情性格的刻画入木三分，细腻感人。影片中的爸爸舐犊情深，对女儿的关心无微不至，但也常有惊人之举。比如过马路时无视疾驰而过的货车，迎风张臂站在阳台栏杆旁，深夜独自走向大海等，刻意营造的真空感和临场感，表现出暖心之旅背后的悲凉。通过爸爸的脆弱、压抑与痛苦，女儿的自责、内疚与醒悟，导演从女儿视角对人性进行了深度挖掘，这让我想起自己和女儿旅行时的种种往事。在女儿北大毕业出国前，我们也曾有过多次旅行，有时我们俩去，有时全家三人行。印象最深的，是河南、云南和西藏那三次，应该都是她人生中的第一次。

河南之旅在她两岁时，正值 1990 年秋。当时我在青海师大工作，报考中国社会科学院博士生。为增加保险系数，还报了成都某高校。因为考试时间前后相连，我准备先到北京，如果不成再去成都。女儿提出她也要去，我也想带她出去见见世面，便顺水推舟，跟她讲好条件，爸爸是去考试，不是去玩儿的，这次不能到北京，只能回老家跟奶奶玩几天。于是我们先到兰州，借住在黄永畅那儿。当时他在兰州大学读博士，现在已是国际知名的物理学家。我们一路辗转，回到老家。老家正下着雨，道路泥泞。女儿从来没见过农村的土屋，黑咕隆咚，哭闹着说“我不住这个宾馆，我要住兰州的宾馆”，引得家人哈哈大笑，以至多年后还常以此取笑她。好在她很快就混熟了，倒也玩得挺开心。我考试诸事顺利，也没有再去成都，接上她就直接回西宁了。

云南之旅在 2000 年 7 月，她当时 12 岁，在读小学六年级。她妈妈不记得什么原因出差了，我要去云南开会，而且是连着的两个会。一个会在昆明，是每两年举办一次的“语文报杯”全国中青年教师课堂教学大赛，邀我做讲座。另一个在丽江，是语文新教材培训会。那年教育部刚刚启动新课改，教材培训成了我们的头等大事。我不放心她一个人在家，就带着她去了云南。我们先到昆明，把她放在姨妈家，第一个会后再随我们去丽江。先后游了西双版纳、大理、香格里拉，参观游览野象谷、洱海、大理古城、崇圣寺三塔、香格里拉草原、松赞林寺，参加藏族歌舞晚会等，然后再到丽江开会。

西藏之旅在2006年，她18岁，高考结束，并已参加了香港大学、香港科技大学的面试，正在等北京大学的录取通知书。她们母女俩先到成都看望外公外婆，游览峨眉山、青城山，然后按约定时间从成都直飞拉萨。我参加全国中语会“西部行”，到青海义务支教，最后一站是格尔木，结束后与苏立康夫妇、张蕾、张玉新在格尔木站登上刚开通的京藏列车去往拉萨。我们提前组了个7人旅行团，跟着中巴车司机导游，在拉萨游览布达拉宫、八廓街、大昭寺、罗布林卡；在林芝乘船游览“东方瑞士”巴松措（又名“错高湖”），看八一镇大柏树（1999年我第一次去时还没有围起来）；在日喀则扎什伦布寺，与课间休息的小和尚掰手腕；在山南游览绝美圣湖羊卓雍措；参观雅鲁藏布江大峡谷、羊八井等。穿行于神山圣水之间，不觉净心涤虑，心性澄明。那次高原旅行，只有我和女儿没有任何不良反应，预备的速效救心丸也没有派上用场。

好电影一般都有“慧光所及，智珠朗照”的功能，能引发观众种种联想。看了《晒后假日》，有几点让我受到触动，进而引发联想：一是苏菲有天晚上在外面玩，回来晚了，爸爸睡着了，她进不了屋，在前台椅子上睡着了，服务员拿钥匙帮她打开了门。我们在虎跳峡游览时，女儿不小心把裤子撕裂个口子，我也是找到前台，借来针线，灯下为女儿补裤子。二是他们参加一日游，从大巴车上下来，苏菲故意学着爸爸的模样逗乐。面对着青山翠谷，爸爸由伸胳膊踢腿，慢慢打起了中国太极拳，好像在给女儿做示范，苏菲却也模仿得有模有样。让我想起在巴松措乘风破浪、在空心岛拍照的情景，自有别样温馨，不禁哑然失笑。三是父女俩荡舟水上，爸爸对苏菲说“你可以去任何你想去的地方，成为你想成为的人”“你有时间”，也让我想起两句熟语，一曰“好儿女志在四方”，一曰“天高任鸟飞，海阔凭鱼跃”，于我心有戚戚焉。在当今这个互联互通的时代，距离已隔不住亲情。即便远隔大洋两岸，山重水复，有网络语音和视频可以随时联络，如同在同一个城市，甚至就在隔壁房间一样。现在我们每天清晨一大乐趣，就是看外孙王九咿呀学语的视频。看着小家伙一天天长大的可爱模样，又不禁与女儿小时候的种种往事联系起来，这大概就是人们常说的天伦之乐吧！当年随我行走天下的小姑娘，如今已是国际知名公司的软件工程师、科幻小说作家，我不禁也产生了导演那种“共情”。夏洛特·威尔斯通过挖掘自己的记忆珍藏，用艺术的方式致敬青春，讴歌亲情。这部电影荣获2022年海南岛国际电影节“金椰奖”，看来评委和观众有我这种感受的不在少数。

2023年元旦

致敬淮师

……………

淮阳师范：我梦想起飞的地方

淮阳师范学校（下文简称“淮阳师范”）是我的母校，也是我从事语文教育的起点站。我 1977 年参加高考，被淮阳师范的政文专业录取。在校不到两年，我从一名民办教师成为公办教师，并与语文教育结缘。淮阳师范这个校名现已无存，但只要一提起这个名字，总会让我怦然心动。因为那里有我青春的记忆，是梦想起步的地方，也改变了我的人生。

淮阳师范创办于清宣统元年（1909 年）三月，初名“陈州府初级师范学堂”，是河南省创办最早的中等师范学校之一，先后用过“省立淮阳师范学校”“省立第二师范学校”“省立淮阳中山学校”“河南省淮阳师范学校”“淮阳师院”“新淮师”等校名，2002 年更名为“周口幼儿师范学校”。这里曾被誉为“豫东教师的摇篮”，革命教育家晁哲甫、高镇五，诗人徐玉诺，编辑出版家夏莱蒂、李俊民，天文地理学家曾次亮，教育学家李秉德，语言学家李法白，语文教育家萧士栋、张衡石等，都曾在此任教。

回想在淮阳师范的学习生活，我印象最深的有以下几点。

一是同学们学习非常刻苦努力。我们是“文化大革命”后恢复高考的第一届中师生，入校前都曾在农村经受过社会大熔炉的淬炼，在高考中断11年后，才有机会重返校园，因而非常珍惜这个来之不易的学习机会。我家里经济条件不好，父亲用“生活上要向最低标准看齐，学习上要向最高标准看齐”作为临别赠言。我穿着妈妈亲手做的粗布裤子和二哥送我的一双凉鞋去上学。每月学校发伙食补助12.5元，另有2元医药费，印象中我从没有向家里要过钱。吃着杂面馍，喝着黑乎乎的红薯面糊糊，觉得特别香甜。大家学习热情非常高涨，憋着一股劲儿：要把被“四人帮”耽误的青春夺回来！

二是老师们教学特别敬业。戴俊贤老师教写作课兼当班主任，对我们无微不至，关爱有加，深受同学爱戴。他后来虽从政，但仍喜爱诗词，常有诗文发表，至今仍笔耕不辍。他曾命我为其诗集《百花集》写序。朱永楷老师大高个儿，戴着眼镜，文质彬彬，玉树临风。他教古汉语，讲《指南录》后序时那声情并茂的样子，恍如昨日。李德民老师身材矮胖，面微黑，讲《离骚》时，提醒我分清“汩”和“汨”的字音和意思。刘占国老师教现代文学，他朗读孙犁的《荷花淀》，读到“‘不要叫敌人汉奸捉活的。捉住了要和他拚命。’这才是那最重要的一句，女人流着眼泪答应了他”时，我不禁为之心动。叶德欣老师教政治，一口潮汕音，开始听不懂，后来慢慢适应，讲恩格斯《路德维希·费尔巴哈和德国古典哲学的终结》，旁征博引，雄辩滔滔，使我大开眼界，甚至一度喜欢上了哲学。

三是同学关系非常融洽。在班主任戴俊贤老师和班长张流泉的努力下，我们政文二班团结和睦，其乐融融。记得有一次晚饭后，我忽然肚子痛，流泉兄马上和几个同学把我送到县医院。医生诊断为急性阑尾炎，需要动手术。可我们没带那么多钱，只好推说先回去做些准备，第二天再来。没想到经过这么来回一折腾，肚子竟不痛了，当然也就没有再去，后来再也没有得过急性阑尾炎。虽然只是虚惊一场，但同学的那份关爱与热情使我终生难忘。我与绍兴兄、培强兄一起吃饭，约定谁最后吃完谁负责洗碗，结果洗碗的往往是培强兄和我。谁要是从家里带了好吃的，一定要与大家分享。同桌郎永生在校图书馆帮忙，常能借到新书。我虽然没钱买书，但也从他那里辗转看了不少新书。

我拿到淮阳师范的录取通知书时，熟悉我的师友劝我参加几个月后的 78 级考试，我犹豫了，但父母力劝我去淮阳师范，这样既能减轻家里的负担，也能早点参加工作。公办教师属国家干部，吃商品粮，不仅脸上有光，还能光宗耀祖。所谓“山不转水转”，后来我通过进修，考取研究生，博士毕业后从事教育出版工作，走上了一条从学语文、教语文，到编写语文教材、研究语文教育的人生之路。淮阳师范今已寻访无门，但我对它的感念却是铭记终生的。

2022 年 11 月

《永远的淮阳师范》编辑手记

《永远的淮阳师范》书成，即将付梓。戴俊贤老师命我作序。前已有卢怀章、李玉振二位校友作序，洵可增光添彩。我不敢言序，谨缀数语，得附骥尾，以示师命难违。

淮阳师范位于河南周口市淮阳区。淮阳古称陈州，自古为人文荟萃之地。历史上曾多次辟为都城。中国第一部诗歌总集《诗经》中的“陈风”即描绘此地秀丽风光。龙湖之畔太昊陵，俗称“人祖庙”，有“天下第一陵”的美誉，古建筑学家罗哲文赞为“华夏文明三始祖，淮阳伏羲第一人”。南坛湖中的弦歌台，为纪念孔子游陈而建，正殿两边石柱上镌刻的“堂上弦歌七日不能容大道，庭前俎豆千年犹自仰高山”，彰显着激励后人崇文尚学、尊师重教的良苦用心。龙湖边有宋代文学家、陈州教授苏辙读书处的“苏亭莲舫”。

淮阳师范由陈州知府陶福同创办于清宣统元年（1909年）三月，是河南省创办最早的师范学堂之一。王瑞微为首任监督。初名“陈州府初级师范学堂”，先后更名为“陈州府初级师范学校”“省立淮阳师范学校”“省立第二师范学校”“省立淮阳中山学校”“河南省淮阳师范学校”等。“文化大革命”中用过“育红师范”“新淮师”等校名。抗战期间还曾几度播迁，先后在鲁山、内乡、西华、周口、项城、西平、鸡公山等地办学，艰苦备尝，惨淡经营，形成“坚忍不拔，忠勇敏毅”的办学精神。淮阳师范具有光荣革命传统。1924年成立中国社会主义青年团小组，1926年建立省立第二师范学校党支部，师生积极参与“五四”“五卅”“五三”“一二·九”等爱国学生运动。文学家徐玉诺、夏莱蒂、张长弓，教育家晁哲甫、高镇五、李秉德、张衡石、萧士栋，天文地理学家曾次亮，语言学家李法白等，曾在此任教。淮阳师范赓续百年，成就辉煌，服务豫东30余县，为国家培养三万多人才，被誉为“豫东教师的摇篮”。随着2002年更名为“周口幼儿师范学校”，并迁离淮阳，淮阳师范遂成为淮师人心中永远的精神圣地。

众多淮师校友，只要一提到淮阳，总会魂牵梦绕，终生难忘。一说起母校淮师，莫不百感交集，甚至泪流满面。因为她是我们的母校，曾伴随我们青春拔节，见证我们生命成长。大千世界，人海茫茫，因缘际会，我们于此相遇，彼此结下师生缘、同学情。天伦乐事谓有父母兄妹，读书乐趣首推师长同学。先生视学生犹子弟，学生对同窗如手足。朝研夕讨，发愤忘食，谈古论今，乐以忘忧。我们在这里收获知识，得到友谊，滋养精神，奠基人生。如果说母亲让儿女血脉相通，母爱让奉献自然生发，母语使同胞交流无间，母校则让师生心心相连。

青山在，人未老，恩师教诲终难忘；水长流，岁月增，同窗情谊记犹新。淮师校友每每相聚，总有太多话语要诉说，太多感慨要倾诉，太多感情要抒发。于是俊贤老师审时度势，振臂一呼，众校友应者景从。回首母校往事，追忆逝水年华，怀念风雨沧桑。或畅所欲言，回忆如歌岁月；或重温青春年华，寻找激情芳华；或提供校友信息，分享成功喜悦。张来民校友捷足先登，已将部分文稿发到网上，迅速被光明网、凤凰网、搜狐、今日头条等各大平台转发，扩大了淮阳师范的影响力和知名度。我国最早的中等师范学校，当推爱国实业家张謇创办的通州（南通）师范学校。2022 年适逢中国中等师范学校诞生 120 周年，《中国教师报》特别策划“回望中师”栏目，我应邀撰写《淮阳师范：我梦想起步的地方》一文。中等师范教育如今已不复存在，但关于中等师范教育的记忆却长留在人们心中。中等师范教育的“三字一话”已成为历史，其示范性、师范性更成为一种精神。我相信，这部《永远的淮阳师范》，记录师范生芳华岁月，承载淮师人梦想追求，传扬师生间桃李佳话，提供中师教育研究资料，见证周口深厚文化底蕴，必将为识者珍藏或铭记。

纪念文集由戴俊贤发起，众校友积极响应。编委会辛勤工作，切磋琢磨，精益求精；郭学礼、张华中、张来民、张保安、张词江等做了大量工作，共襄盛举；杨宝清校友慷慨解囊，支持撰写出版。作为亲历者和见证者，我为他们的慷慨付出和无私奉献而感动，相信广大读者也对他们心怀感佩。

2023 年 1 月 13 日

淮师校友徐玉诺

2021年10月，我到河南平顶山市宝丰县出差，参加中国语文现代化学会“语文课本中的党史教育”活动，曾与朋友谈起平顶山当地的文化名人，提到鲁山有个徐玉诺。其实当时我对他还是一知半解，只知道他是五四时期的著名诗人，中国新诗的奠基人之一。鲁迅曾主动提出为他作序，叶圣陶为他写过万字诗评。最近因为要为母校淮阳师范编辑纪念文集，才知道这位诗人原来与我有着多种缘分，一下子感觉竟是那样亲近。一是他曾两度在淮阳师范任教，是我们的前辈校友。二是他与著名教育家、文学家叶圣陶是老朋友，曾两次专程到苏州吴县[①]县立第五高等小学看望叶圣陶，并与顾颉刚、郭绍虞、郑振铎、王伯祥等文史大家有过交往，令我不禁肃然起敬。三是从乡先贤张衡石《徐玉诺老师在商水》中得知，徐曾于1930、1940年两次到过我的家乡商水，他的《半锅麸子糊涂》就是在商水创作完成的，令我不禁产生了“乡土感”一样的亲切。

一

徐玉诺（1894—1958年），原名言信，字玉诺，以字行，小名建知，笔名红蠖、红蠖女士等，晚年自号冰蚕老人、玉诺老人等，河南省平顶山市鲁山县徐营村人。徐玉诺出生于农民之家，11岁仍在家割草放牛。父亲徐教芳在同村油坊主徐教诗家里帮佣。1905年，受新思潮影响，徐教诗首开家庭私塾，徐玉诺的父亲就以少拿工钱为代价，让儿子入塾读书。徐玉诺勤奋好学，兴趣广泛，于四书五经之外，尤喜读《庄子》《文选》《唐诗别裁》及野史演义之类的“闲书”，深为徐教诗所器重。1912年，徐玉诺考入鲁山县立高等小学。1916年考入河南省立第一师范学校，

① 吴县：旧县、市名。1995年改设吴县市。

时年22岁。从此，徐玉诺开始接触《新青年》等进步书刊。受新文化思潮影响，他积极参加学生运动，被推举为学生代表，曾任开封15所中等学校学生联合会理事，参与组织罢课，声讨北洋军阀及河南督军赵倜等，支持山东人民斗争，抵制日货。为抗议反动派逮捕学生，他曾意欲卧轨自杀以警醒国人，被老师嵇文甫劝回。1920年，他将自己的小说《良心》寄给《晨报副刊》特约撰稿人郭绍虞，经郭推荐发表，从此走上文学道路。毕业后，徐玉诺先后就职于鲁山公立小学、吉林毓文中学、福州英华书院、河南临颍甲种蚕业学校、厦门大学、淮阳师范、省立第二女子师范、山东曲阜师范、信阳师范、烟台山东省立八中、鲁阳中学、淮阳中学等。

新中国成立后，人们没有忘记中国新诗史上的这位功臣。1950年，徐玉诺参加河南省各界人民代表会议，在河南省文联筹委会工作，任组织联络部部长。1951年，徐玉诺出席中南区文学艺术工作者代表大会。1956年，徐玉诺加入中国作家协会。他还曾担任河南省人民政府委员会委员、省政协委员、省文联常委、省文史馆馆员等。1958年4月，徐玉诺于开封病逝。他的恩师嵇文甫亲自担任治丧委员会主任，吴芝圃省长发来唁电。追悼会后，他的儿子徐西亚护送其灵柩，归葬于故乡鲁山县徐营村凤凰山下。1994年，在徐玉诺100周年诞辰之际，河南籍作家李凖为他撰写一联："热情似火，真纯如婴。"2009年，徐玉诺被评为"河南省60位为新中国成立作出突出贡献的英雄模范人物"。2016年，徐玉诺故居被列为河南省省级文物保护单位。

徐玉诺在淮阳师范任教期间，同时还在淮阳成达中学兼课。新中国成立前后，他携家眷留居淮阳，断断续续待了五六个年头。据许凤才《郁达夫与河南》一文说，1929年中秋节刚过没几天，不知何种缘故，正上着课的诗人徐玉诺情绪突然激动起来，撂下讲义扬长而去。于是全校舆论大哗，师生纷纷谴责校长蒋福之，说他逼走了新诗人，部分学生甚至罢课抗议。徐玉诺不顾学校规定，不辞而别，最后受到谴责的却是别人，足见这位“怪异”老师在淮阳师范受学生欢迎的程度。张衡石《悼念徐玉诺师》诗则表达了后辈学子对这位诗人的敬仰哀悼之情：“群推‘五四’老诗人，呕肺雕肝尝苦辛。自唱挽歌含血泪，人饥放诞见精神。好词尝被闻君赏，丽句每邀叶老钦。我坐春风三载久，惭无才力可传薪。忆昔避兵到僻林，古今中外恣评论。新诗厌说适之好，小说唯推鲁迅尊。岛瘦郊寒饶至性，元粗白俗杂精纯。鲁阳西望情难已，化雨春风何处寻？”

徐玉诺存世的作品专集有：诗集《将来之花园》（商务印书馆，1922年），短篇小说集《朱家坟夜话》（河南人民出版社，1958年），《徐玉诺诗选》（河南人民出版社，1983年，王瑶作序），《徐玉诺诗文选》（人民文学出版社，1987年），《徐玉诺诗文辑存》（河南大学出版社，2008年）。

二

作为中国新诗史上一颗流星一样的人物，徐玉诺一生创作新诗400余首、小说30余篇、散文20余篇、剧本7部。他的文学创作始于在河南省立第一师范学校读书期间。1921年他在《晨报副刊》发表第一篇小说《良心》，在《文学旬刊》发表第一首新诗《冲动》。1920年至1924年是他文学创作爆发期。据说兴之所至，可一日创作数首，甚至十几天即写成一本诗集。5年间他竟写了300多首诗歌，发表于《小说月报》《晨报副刊》《文学周报》《诗》等报刊。赵家璧主编的《中国新文学大系·诗集》，他和胡适均有诗歌入选。1922年，商务印书馆出版他的诗集《将来之花园》，前有郑振铎的《卷首语》，后有叶圣陶滔滔万言诗评《玉诺的诗》。朱自清等合著的《雪朝》由商务印书馆出版，这是一部新诗合集，其中收录朱自清诗作19首、周作人诗作27首、俞平伯诗作15首、徐玉诺诗作48首、郭绍虞诗作16首、叶圣陶诗作15首、刘延陵诗作13首、郑振铎诗作34首。洪子诚、程光炜主编的《中国新诗百年大典·第二卷》

（长江文艺出版社，2013 年）收有徐玉诺诗歌 40 首。

徐玉诺在文学圈内最亲密的朋友是叶圣陶。通过叶圣陶，他又结识了顾颉刚、王伯祥、郭绍虞、郑振铎等文人。他与叶圣陶第一次相见在 1921 年初夏，当时他还在河南省立第一师范学校读书，叶圣陶在苏州甪直任小学教员。那时文人间流行“通信交友”，在报刊上读到好作品就给作者写信，一来二去，大家也就成了朋友。他读了叶圣陶的小说，就主动写信给叶圣陶，并寄了照片。叶圣陶看他脸色苍黄，眼睛放射出“神秘的光”，“乱发乘风飘拂”，感到他质朴的心神。郭绍虞看了，说他是个“神秘家”。于是叶圣陶就写信邀他到甪直游览。虽然两人此前并没有见过面，但因为神交已久，彼此气息相通。小汽轮一到码头，叶圣陶逐一打量，上前紧握着一个人的胳膊：“你——玉诺？”对方也紧紧握手：“你——圣陶！”这就是他们第一次见面时的情景。徐玉诺在甪直流连三天，主人不能每天陪他玩，但他看惯了中原的旷野，骤然见到江南的田畴，竟独自赤着脚，跨进水没膝盖的稻田，抚摸溪上的竹树，采访农家女孩，憩坐在临门的小石桥栏杆上，偃卧在开着野花的坟墓上，觉得格外新鲜有趣。叶圣陶又陪他到苏州游览，因要赶着回校上课，就把他托给当时正在苏州养病的好友顾颉刚帮助关照，恰好郭绍虞也从上海到苏州，他们两个同至三新旅社看望徐玉诺。1922 年，徐玉诺将他的诗稿《将来之花园》寄给叶圣陶，叶圣陶为他写了诗评，称赞他的诗清新真实，富于想象的奇妙和思维的唯美。1922 年 7 月，徐玉诺辞去福州英华书院教职，第二次到甪直看望老朋友，讲到河南老家兵匪横行、群情激愤的情况，叶圣陶惊愕不已，写了一篇纪实小说《火灾》，文中的“言信君”即指徐玉诺。徐玉诺看了深受感动，也以《火灾》为题，赋诗一首。两篇《火灾》同时刊登在《小说月报》第 14 卷第 1 号上，从而引起热烈反响。徐调孚、周仿溪、阿英纷纷撰文，成为我国现代文坛“血与泪的文学”的一段佳话（商金林《叶圣陶全传》)。叶圣陶宽厚诚朴的为人、抗争奋进的思想对徐玉诺触动很大。他回到开封，兴奋地对老师嵇文甫说:“我的思想苦闷、悲观全解决了，全没了。就因为看到了江南的美丽风光。”1923年，叶圣陶已到上海，任商务印书馆编辑。徐玉诺要去厦门就任《思明日报》副刊编辑，路过上海时，自然忘不了探访老朋友。因为叶圣陶要上班，他就租了一辆自行车，带着叶圣陶的大儿子叶至善到处玩。之后他又多次路过上海，常去看望叶圣陶。朋友的朋友自然也是朋友，叶圣陶的好友王伯祥在日记中记述:“玉诺由厦门来，住惠中。今午来晤，旋去。晚饭后，我与振铎、圣陶往看之，同出闲步，至先施公司门前而别。明日他或搬来顺尔里小住也”，“玉诺送我《思明报》副刊《鹭江潮》，读之，有转载《文学》者，宜乎渠在厦门人皆目为文学会之宣传者而备受挤扼矣”。两个多月后，徐玉诺从河南去厦门时又去上海看老朋友，王伯祥日记有“玉诺由豫来，散馆后，与硕民、圣陶走访之，兼赴乃乾约。玉诺自言在龙升旅馆，孰知他误记，遍寻不获。后至荣升访之，始遇。因约共出，饮言茂源。谈甚畅，至九时许始各归”。1930年，徐玉诺到商水躲避战乱，住在王沟桥张衡石的伯父硕卿公家，还把他在村里所见和避兵的情况写信寄给在上海的叶圣陶。1958年，叶圣陶收到徐玉诺之子徐西亚的信，说父亲临终前说的最后一句话，就是要他通知一声叶圣陶。叶圣陶回信说，“回忆与尊大人初相识，犹是三十余年前事，当时情形历历在目。后来常从河南朋友处获悉其情况，知尚安好，以为必有再晤之机会，今则此愿成虚矣！这真是令人痛惜的事”。1979年初冬，平顶山有人到北京东四八条拜访叶圣陶，提到徐玉诺的儿子已过世，两个孙子均务农，年过三十还是单身汉一事，叶圣陶特意给河南省文联主席苏金伞写信说:“玉诺先生是新诗的早期作者，现在已很少人知道。希望河南文联通过调查研究，给他写一篇传略，‘并通过正当途径，俾其二孙之穷困略得改善，则我代为玉诺感激不尽矣’。”

徐玉诺的新诗创作，当时在文学界引起热烈反响。1921 年春，文学研究会发起人郑振铎亲自介绍他加入文学研究会，称赞他是“现代的是有真性情的诗人”“中国新诗人里第一个高唱‘他自己的挽歌’的人”。在美国留学的闻一多给在清华读书的梁实秋写信说：“《将来之花园》在其种类中要算佳品。它或可与《繁星》比肩。”还在给儿子闻家泗的信里说：“徐君是个有个性的作家，我说他是文学研究会里的第一个诗人。”叶圣陶称赞他的诗有“奇妙的表现力、微妙的思想、绘画般的技术和吸引人的格调”。作家周仿溪说“他的名声，初时更在郭沫若之上”。王任叔（巴人）说他“真是有绝大的天才”。1923 年 10 月，瞿秋白读了徐玉诺的《问鞋匠》后，“实在熬不住，不免续貂”，于是写出《梦中鞋》，刊于《新青年》。赵家璧主编《中国新文学大系·小说一集》，收入了徐玉诺小说两篇，并称赞他是有才能的作者，“在 1923 年至 1924 年间，创作力颇旺”。1938 年 6 月，冯玉祥评价说：“徐先生为有名文学家，写小说、写白话诗，办教育、提倡织布、考古、学医、尝药及同青年男女很有兴趣的作抗战宣传，可谓一奇人。”

徐玉诺与鲁迅的交往也为人们所津津乐道。1923 年，鲁迅几次嘱咐《晨报副刊》编辑孙伏园给徐玉诺写信，收集徐玉诺的小说准备出版，并表示“自愿作序”。徐玉诺婉拒，他后来在《始终对不起他——怀念鲁迅先生》一诗中说：“收拾《良心》作长序，重托伏园传心意；恨我怕名婉拒绝，事后才知对不起。”1954 年 5 月，徐玉诺写道：“爱罗诅咒《狭的笼》，鲁迅对他起同情。愚笨无过是玉诺，辜负先生一片心。”诗后附记提到，鲁迅先生曾收他《良心》等二十篇小说，拟出版，并长序，由孙伏园致函相商，被他婉拒。徐玉诺的曾孙、在鲁山一高任教的徐帅领分析说，主要原因可能是他认为当时的创作还不太成熟，暂时不想结集出版。1934 年 10 月 9 日，鲁迅给萧军的信中说：“徐玉诺的名字我很熟，但好像没有见过他。因为他是做诗的，我却不留心诗，所以未必会见面。现在久不见他的作品，不知道那（哪）里去了？”

近年来，徐玉诺又逐渐引起中外学者的关注。2007 年 11 月，日本研究徐玉诺的学者秋吉收提出：“大陆的伟大作家鲁迅与‘台湾的鲁迅’赖和，隔着海峡的两位鲁迅，竟然彼此都受到了在现代毕竟算不上有名的作家徐玉诺的深刻影响。”“（鲁迅的）《野草》从主题、内容、意象到写作技法乃至具体的语言表述，随处可见徐玉诺的痕迹。”（秋吉收《鲁迅与徐玉诺》）秋吉收认为徐玉诺文学的价值要高于现今文学史上的定位。2015 年，海因、史大观选编《徐玉诺诗歌精选》，由长江文艺出版社出版。2017 年，徐玉诺学会编印“徐玉诺研究丛书”，包括《徐玉诺将来之花园》《徐玉诺日记书信》《徐玉诺诗文选读》《文学研究会徐玉诺》《爱国为民的大诗人徐玉诺》。2018 年 7 月，首届徐玉诺诗歌国际学术研讨会在北京大学朗润园采薇阁举行。研讨会由徐玉诺学会与北京青年诗会主办，北京大学中国新诗研究所等单位协办。徐玉诺的女儿徐西兰等亲属到会致辞。研讨会上，徐玉诺学会颁发首届徐玉诺诗歌奖。诗人陈家坪导演了《他是怎么样的一个诗人》纪录片，反映了当今诗歌界对徐玉诺新的认识，正如诗人姜涛所说：“怎么把徐玉诺变成我们的同时代人？……怎么把这个资源激活，来回应我们当代的问题，当代精神处境、写作处境？”

三

徐玉诺特立独行，不同流俗，不拘一格，放浪形骸，留下许多逸闻趣事。商金林教授曾说，在我国现代作家中，徐玉诺的“怪癖”远在朱湘、白采之上。张默生与徐玉诺在淮阳师范语文组共事半年，他在《异行传》中有一篇《记怪诗人徐玉诺》记述了徐玉诺的种种怪异行为。这里只选他二三逸事，可见其性情之一斑。

1. 送客

1922 年徐玉诺在河南临颍甲种蚕业学校时，有一次到车站送朋友，临开车时谈兴甚浓，遂一同登车。车过郑州，仍不忍分别，又一同到北平。朋友去后，他才发现自己两手空空，只好以衣服作抵押，在前门车站附近找了一间最寒碜的小客栈住下，并在《晨报》“百物出卖”专栏连登两天“求职启事”：“徐玉诺君愿充各级学校文学教授，或各报校对及各种书记员，每日可工作十个或十四个钟头，月薪只需十二元。”这则启事碰巧被鲁迅和周作人两兄弟看到，他们正需要找个人，送俄国诗人爱罗先珂经西伯利亚到赫尔辛基参加万国世界语大会，周作人就到旅馆找到徐玉诺，徐玉诺先送爱罗先珂到哈尔滨，然后就在吉林毓文中学当起了教员。在吉林住厌了，又到福建。人们常说“送君千里，终须一别”，他却一送数年。直到革命军北伐到河南时，他才辗转回到故乡。学校和家人都以为他遭土匪“绑票”。

2. 乘火车

徐玉诺从福建回河南时，途经上海，看到火车站难民人山人海，不禁动了恻隐之心，就把随身带的 800 元盘缠分送给难民。结果自己要买车票时才发现已身无分文。怎么办？他转念一想：“我又不是没钱，我只是把钱送给了难民！”越想越觉得自己理直气壮，不买票算什么，上车！于是大踏步跨上了头等车，很神气地坐下来。列车员来查票时，他猛地站起来，指着自己的鼻梁厉声道：“你还不认识我徐玉诺吗？”吓得列车员连声道歉：“是，是！以前不认识，请先生不要见怪。”他就这样一路上乘火车，转轮船，换汽车，回到故乡。

3. 淮师逸事

在淮阳师范教书时，徐玉诺有两项业余爱好曾引起轰动。一是养毛驴，二是做衣服。有一天他忽然想念起家中的毛驴，就让家人送到学校，将其视为家珍，常邀同事观赏。后来又觉得毛驴应当做工，就买来石磨和麦子，代人磨面碾米，分文不取，只为毛驴有工可做。他在厦门工作时养过牛，到开封开会时还牵着一只羊。在淮阳师范时，他还一度迷恋上做西服。他先写信到伦敦、巴黎及国内各西服名店，定购机器和样品，再用淮阳本地出产的粗布做试验，照猫画虎裁剪，糟蹋了不少布。等做的衣服像点样了，就在同事和学生中发展客户。大家也乐得破费几块钱让他过瘾。有时领子开大了或裤裆做小了，他二话不说，赔布另做，一件衣服往往要做好几遍。偶尔做好了，夸他几句，他便急忙握手道谢，还要免除工钱。

中国传统文化崇尚中庸之道，不偏不倚，随大流。如果有谁反其道而行之，有出格言行，不走寻常路，独辟蹊径，当然就会显得另类和怪异。徐玉诺就是这样的怪异诗人，不知者以为他神经病，知者视之为狂狷也。孔子说："不得中行而与之，必也狂狷乎？"（《论语·子路》）对此，叶圣陶曾有一段十分中肯的评价："我们的白话诗大诗翁、新文学运动的先行者徐玉诺先生，也有很多旁人觉奇怪的行为，他的一些故事，乍看荒诞不经，实则隽永而寓意深远。当年的里巷趣谈，今日已成文林佳话。对于他的'酷'，他的'绝'，也许有些人未必同意，但我始终对这种奇特的思想、行径，抱持欣赏的态度，自认为能体悟那怪异表象背后所隐藏的哲学指涉。"任何事物都有两面性，如果我们能换个角度，从积极的一面理解，"狂"即激进，积极进取，勇于向前。有句话说"二十岁不狂没出息，三十岁还狂也没出息"。"狷"即性情耿介，不肯同流合污，这样的人至少不会做坏事。

初稿于 2022 年 1 月 20 日，修改于 3 月 25 日

天文地理学家曾次亮

想为曾次亮写篇文章，主要出于两个原因。第一，他是河南周口人，是我的“乡先贤”；第二，他曾编过新中国第一套初中地理课本，是我们教育出版界的前辈。我的老东家人民教育出版社成立于1950年12月1日，其前身为华北人民政府教育部教科书编审委员会，成立于1949年4月15日。编审委员会中有两位河南籍编辑，都是周口人。一位是杜子劲，编语文课本，西华县人；另一位便是曾次亮。最近编《永远的淮阳师范》纪念文集才发现，原来曾次亮还是淮阳师范校友，他也是由教师、编辑逐渐走上学术研究之路的，与我有颇多相似之处，不禁倍感亲切。过去人们称赞一个人学识渊博、无所不知，常常会说他“上知天文，下知地理”，曾次亮就是这样一位天文地理学家，更让我对这位前辈校友由衷敬佩。

一

曾次亮（1896—1967年），原名纪堂，字次亮，以字行，河南太康县人。我国著名天文地理学家。他出身于书香世家，其祖父、叔祖父和父亲都曾以教私塾为业，人称“父子三秀才”。曾次亮3岁时父亲去世，7岁时祖父去世，靠经商的叔祖父接济，在家乡上私塾、小学，后赴淮阳考取了河南省立第四中学。他曾谋得太康县一个初小教员的职位。1919年，他考上北京高等师范学校（今北京师范大学前身，该校几经更名，后文统称为北师大）史地系。1923年毕业，被河南省教育厅委任为太康县教育局局长，不到一年即离去，从此继承家学祖业，开始了他20多年的教师生涯。他先后就职于信阳省立第三师范学校、开封私立北仓女子中学、吉林永吉私立毓文中学、焦作私立福中中学、南阳省立第五中学、信阳省立女子师范学校、省立淮阳师范学校等，换过数所学校，数度失业。1938 年 7 月 12 日，日军攻占淮阳，并以淮阳师范作为敌军特务机关司令部，淮阳师范被迫西迁，辗转于鲁山县文庙、内乡县泰山庙、西华县杨善寺、商水县周口镇南寨陆陈会馆和项城秣陵镇等地。正是在这段动荡不安的艰苦岁月，曾次亮在淮阳师范工作 7 年（1938—1945 年）。1946 年他到开封，担任河南省通志编审委员会编审。1948 年夏，他奔赴豫西解放区，任中南局教科书编辑委员会编辑。1949 年 2 月，他到中原大学研究班学习；5 月调任中南区人民政府教育部（后改为河南省教育厅）编辑；9 月到北京，任华北人民政府教育部教科书编审委员会编辑。1950 年 1 月，曾次亮任中央人民政府出版总署第一处（图书审读处）编辑。1954 年，曾次亮任古籍出版社编辑。1956 年古籍出版社与中华书局合并，他转任中华书局编审，直到 1967 年去世。1950—1951 年，他编写的新中国第一套《初级中学本国地理课本》第一、二册由人民教育出版社出版。他整理有思想家、教育家王韬的《春秋历学三种》《弢园文录外编》；在各大报刊发表《对于几种世界地理挂图的意见》《曹雪芹卒年问题的商讨》《评刘朝阳先生“中国古代天文历法史研究的矛盾形势和今后出路”》等论文；另著有《史时量尺》《七政法源》《殷周秦汉历谱》《四千年气朔交食速算法》等论著。

二

曾次亮性格耿直，疾恶如仇，富有民主思想和爱国心。作为大变革时代的知识分子，他追求进步，向往光明，最终走上革命道路。他在北师大读书期间，正值新文化运动时期，因而深受陈独秀、李大钊、胡适、鲁迅等人反帝反封建思想的影响，感受着新思想、新文化的时代气息，逐渐产生了民主革命的思想，他给家里写信，嘱咐妻子不要让女儿缠足、穿耳环、早婚，决心在封建闭塞的家乡移风易俗，无疑为他全家后来投身革命奠定了思想基础。大学毕业时，他满怀改造教育的理想，回到家乡太康任太康县教育局局长，本打算大干一场，不料陷入封建守旧势力的旋涡，最后只得愤而辞职。他在回忆这段短暂的从政经历时说：“要推动他们（指县里政、学界的守旧势力）进行有利于人民的文化建设事业，实等于与虎谋皮，要被他们群起而攻之。我任职十来个月内，几乎无日不在纠纷扰攘、生气吵架之中度过。其中详细情况，若经文学家用作描写二十年代初期一个偏僻县份教育情况的素材，可得一部十万字以上的现实主义小说。”

1927 年初，曾次亮开始与中共接触。时任中共开封市委书记江梦霞和共产党员汪厚之、高擎宇、祝佩侠先后到开封私立北仓女子中学找到他，介绍他参加尚处于地下的国民党。6 月，北伐军进驻开封，他参加了国民党的公开活动。7 月，汪精卫发动反革命政变，国共合作破裂，国民党开始清党，江、高、汪被迫撤离开封，后在豫南战役中英勇牺牲。1930 年冬，国民党要求党员重新登记，曾次亮断然不予理睬。结果放寒假时，他便接到国民党河南省党部通知：“这次举行党员重新登记，独曾次亮、霍椝庭（曾并不认识，只知是安阳人）二人抗不履行，目无党纪，着即开除党籍，并另行通知省内各机关、公私学校，不得任用此等害群之马。”看完通知，曾次亮反而感到一阵快意。为了生计，他不得不束装北上，到母校北师大作谋职登记。后经同班好友、辽宁籍蔺同学介绍，远走吉林永吉私立毓文中学任教。在曾次亮看来，毓文中学是他执教过的最好的一个学校。他说：“毓文中学校长李光汉，和蔼诚恳，为全校学生所爱戴，是爱国的教育家。该校校舍简陋，经费也很拮据，而全校员生千人济济一堂，朝气蓬勃、欣欣向荣的气象充满全校。”1931 年，曾次亮回河南任教。他参加了该校学生抗议日寇制造万宝山惨案的游行宣传。“九一八”国难发生时，他所在的焦作私立福中中学举行罢课，进行抗日救国宣传，他因支持学生而被解聘。1932 年，他在信阳省立女子师范学校任教。该校一国文教员诱骗学生填表秘密加入反动组织，曾次亮当众揭露其阴谋，大闹一场后离去。他支持学生的革命活动，资助学生参加共产党领导的北伐军。1935 年“一二·九”运动发生后，他作歌一首让同学们唱：“救国救国声彻霄，救国半赖女同胞……”（赵新、曾克、曾兰《忆三十年代开封北仓女中学生运动》）。1940 年 9 月 27 日，德、意、日在柏林签订同盟条约，企图扩大侵略战争，瓜分世界。曾次亮给新生上的第一课，就是根据世界各国形势，精辟分析三国同盟的未来。他最后总结说：“德、意、日三国不亡，把我的眼睛剜了！”令学生终生难忘。在淮阳师范学校任教期间，曾次亮因女儿曾克、曾兰都在延安，被张姓校长污为“奸党之父”。张还串通亲信，贪污学生津贴。为了掩人耳目，他们把部分赃款均分给教职员，曾次亮不但不接受，还在朝会（早晨例会）上向全体学生揭发。校长恼羞成怒，指使亲信聚众闹事，企图围攻曾次亮，引起全校师生对他的同情。张怀恨在心，常借故扣发他的薪水。1945 年暑假，曾次亮被迫离开淮阳师范，去了附近的睢阳中学任教。1946 年经老友张邃青介绍，他到省城开封任河南省通志编审委员会编审，从此开始由教师到编辑的人生转向。

1947 年，中共党员王晓舟从延安受党委派回到开封。王晓舟与曾次亮二女儿曾兰一起搞过地下工作，特地到他家看望曾次亮。曾次亮喜出望外，表示要加入共产党，王动员他先到豫西解放区。不久他就把三女儿曾耘和儿子曾一平送出，自己却因国民党空袭时被弹片炸伤了腿，错过出走良机。直到 1948 年夏开封第二次解放，他才在王晓舟委托的地下党员的帮助下，携四女儿曾恬，与妻子武翠莲历尽艰险，几经周折，先后到达豫西解放区，受到中原军区刘伯承、邓小平、陈毅等人的欢迎。为此，《人民日报》1948 年 11 月 16 日以《河南老教育家曾次亮抵豫西》为题，报道了他携眷逃离蒋管区、投奔解放区的消息。曾次亮从此走上革命道路，先在中南区教科书编辑委员会编写中小学地理课本，后到华北人民政府教育部教科书编审委员会。1958 年在中华书局加入中国共产党。

值得一提的是，曾次亮的子女后来都走上革命道路。大女儿曾克是一位成就卓著的作家，1942 年参加延安文艺座谈会，1949 年参加开国大典和第一届全国政治协商会议、第一届中华全国文学艺术界工作者代表大会，后任西南军政委员会委员、四川省文联和作协副主席。著有《在汤阴火线》、《挺进大别山》、《曾克散文选》、《战犹酣——刘伯承、邓小平从太行山到大别山》（与柯岗合著）等。她的《盗天火的诗人——回忆我的老师柯仲平》曾入选人民教育出版社《六年制重点高中语文现代文选读》下册。儿子曾一平为太原科技大学教授，受父亲的影响，推出汉字切音子声理想双拼方案、曾码汉字切音子声输入法、巧智拼图和自然世界历法方案等。四女儿曾恬 1959 年毕业于北京师范大学，曾任职于北京西城职工大学，著有小说集《太阳还会爬上来》，短篇小说《实习生谢虹的故事》获 1982 年《人民教育》全国文学作品大赛佳作奖。她晚年发明用于生命急救的“平安盒”获得国家专利。她与丈夫童庆炳是北京师范大学同学。童庆炳为我国著名文艺理论家、北京师范大学教授。

三

曾次亮一生忠于自己的事业，刻苦自励，无论是当教师、做编辑，还是搞科研，都有一种庄严的使命感和神圣感，绝不容许自己有任何懈怠或敷衍塞责。他在淮阳师范任教时，酷嗜读书，其收入的百分之六十用于购买所爱之书。他知识渊博，是公认的饱学之士。他备课一丝不苟，教学认真，所以深受同学欢迎。20 世纪 20 年代末毕业于私立开封北仓女子中学的董云霞回忆说：“我们都喜欢曾先生的课。他教地理，总是一面讲一面在黑板上画地图。讲完了，一幅精美的地图就展现在黑板之上了。他还善于把名山大川、名胜古迹、历史故事及诗词歌赋等穿插于地理课中，大家听来津津有味，枯燥的地名通过联想可以记得很牢。”比如讲黄河时，他引用唐诗“白日依山尽，黄河入海流。欲穷千里目，更上一层楼”，能使同学们想象到黄河奔腾澎湃的气势，对黄河的源流留下鲜明的记忆。在淮阳师范学校任教时，他主要教地理，也兼教国文。选文以文言为主，也选些白话文。教文言文，重点讲作品的时代背景、文章风格以及如何欣赏。教白话文一般不扣着课文讲，只略说全文主旨，介绍作者生平，分析作品特点，并列出作者的代表作，供学生课外阅读。他主张学生课外广泛阅读，自由涉猎和钻研，不赞成用过多的清规戒律约束学生，所以他教的学生语文基础都比较扎实，知识面较宽。他教课不大看讲义，而是边讲边写板书。他认为，讲义只是供学生预习复习、加深理解、融会贯通用的。他的考核重视理解，不重视死记硬背；重视平日笔记的发挥水平，不重视分数高低。考试时，他从不对学生加以监视。淮阳师范学校1940级学生巩守志曾经“偷试”他，结果不论你在中国地图上找一个怎样偏僻边远而不著名的县，去问他，他都能说出这个县的四邻、物产、风俗、人情，令人听了，口服心服，这让他成了全校师生中最受尊敬的一位德高望重的老师。淮阳师范学校1941级学生李守成回忆说：“在我的住室、座旁，也没挂曾老师的像，而他的音容、言行，在我的心上，像一块磁石一样，常吸引着我。……他学识渊博，特别是对学生有一颗火热的心。我在淮师三年，听到的都是同学们赞扬他的话。”

曾次亮的编辑生涯，是从1946年任河南省通志编审委员会编审开始的。先编河南地方志，后编中小学地理教科书，再到古籍出版社、中华书局工作，成为职业编审，他把天文地理作为自己终生为之奋斗的事业，以其丰富深厚的学术研究成果献身于党和国家的文化教育事业。

曾次亮对天文地理的热爱，可以追溯到大学时代。他在北师大读书时，就酷爱地理，特别喜欢游览北京的名胜古迹。因无钱乘车，他徒步往返各地，足迹踏遍京城的远近胜景，因而熟悉各游览区的道路及大街小巷的方向、位置和名称，他也常以此自慰自喜。他的同学好友，曾任全国人大常委会副委员长、民盟中央主席的楚图南回忆说："我们常于月下漫步，时月朗星稀，晴空万里，我不由浮想联翩，既沉醉于牛郎织女的美妙神话故事，复感叹宇宙之浩渺，大自然造物之瑰丽。次亮在一旁，则兴致勃勃地观察太空，指点着这是什么星座，那是什么星系。我爱遐想，倾向于文艺。他重实际，喜欢天文地理。"正是学生时代打下坚实的天文地理基础，他后来才有机会参与编写新中国第一套中小学地理课本。著名文学家、教育家叶圣陶在日记中曾多次提到曾次亮，也承认地理课本"殊难编"。如 1950 年 3 月 7 日他在日记中写道："下午，看云彬所作语义注释。看曾次亮所作本国地理稿。"5 月 17 日他在日记中写道："午后二时，座谈地理教本稿。到中学教师十余人，外有师大黄国璋，清华王成组，人民大学孙敬之等。稿系曾次亮所编之初中地理。曾君无组织能力，地理亦殊难编。"5 月 19 日他在日记中写道："上午与第一处少数人会谈，商如何进行地理教本之修改。决由曾君自为增补必要之材料，蠖生则为之删其繁余，余则重读一过，润色其文字。"12 月 14 日他在日记中写道："夜间，看晓先、曾次亮二人之稿。"1951 年 1 月 8 日他在日记中写道："在署看曾次亮所撰初中本国地理第二册之下半册。"从中可以看出，中小学教科书尤其是地理教科书编写之不易。这套地理课本曾在全国中小学使用 10 多年，嘉惠一代青年学子。

曾次亮到中华书局后，就把自己的学术兴趣与本职工作结合起来，逐渐转向他一度中断的天文历法研究。他的主要工作就是校勘整理"二十四史"诸史中的《天文志》《律历志》。"前二十年的大部分精力用于教学，围绕教学钻研学问。后来自修了较扎实的天文学知识，逐渐成为他主要的专业，并且有自己的创造性的成果。识者都认为他是我国难得的研究古天文学的专家之一。”[①] 新中国成立初期，著名气象学家、地理学家竺可桢担任中国科学院副院长期间，十分重视曾次亮的天文历算研究，曾邀请他参加在北京科学会堂的座谈会，他也借此得到不少研究古代天文历法的参考资料。著名文史专家宋云彬与曾次亮在华北人民政府教育部教科书编审委员会和中华书局两度共事，在日记中多次提到曾次亮，说曾次亮实有专长，他常向曾次亮请教问题。著名书画家启功曾在中华书局参加标点《清史稿》的工作，多次向曾次亮请教天文历法问题。直到晚年，他在北京师范大学校园见到童庆炳时，还会问起：“曾老先生怎么样了？身体还好吗？他的学问很好。”

曾次亮兴趣广泛，除天文地理外，还广泛涉猎文字学、音韵学、训诂学、词学、红学、音律及围棋等。他在淮阳师范学校的学生李守成毕业时登门拜访，请他临别赠言，他告诫李“学习要专”，并说自己“一生喜爱的知识有 11 门，太多了。人的精力和时间有限，贪多了，就不可能门门精”。他在中华书局的助手赵琪在《忆曾次亮师》中说：“他虽然学的是史地专业，但兴趣广泛，古典诗词、音律等不但爱好，且有自己独到的见解。曾先生早年就爱好天文，在大学时，常在晴朗的夜晚和知己同学如楚图南等漫步校园，切磋学业，各抒怀抱。他常仰视天象，漫话星空，以为乐事。”后来，由于考史的需要，他倾半生精力钻研“二十四史”诸史的《天文志》和《律历志》，加之他对现代天文学也有一定基础，所以能贯通古今中外。1936 年，他自费刊印《汉语拼音新方案》《曾氏速记术》《十三月新历法》，称为“三小发明”。他对《红楼梦》的研究最见其功力。他的《曹雪芹卒年问题的商讨》发表于《光明日报》1954 年 4 月 26 日，对红学家俞平伯的观点提出质疑，并以他训诂学和天文历法

① 俞筱尧．教员·编辑·历算专家——记曾次亮先生［J］．书品，2000（5）：77–83.

学等方面的丰富知识，提出“曹雪芹卒于乾隆二十八年癸未”的新见解，后又写出《曹雪芹卒于癸未除夕新证（提纲）》《曹雪芹卒年问题论辩的经过》等文章。据《王伯祥日记》1954 年 5 月 22 日记载：“饭毕同至人民文学出版社参加《红楼梦》座谈会。席间晤冯雪峰、王任叔、聂绀弩、浦江清、俞平伯、吴组缃、吴晓铃、王昆仑、王佩璋、曾次亮、启元伯诸人，谈至六时半始散，余饱聆名论，深餍于心，而介泉、昆仑尤滔滔动听也。”1962 年，茅盾、何其芳所写曹雪芹逝世 200 周年纪念文章的未定稿，均寄给曾次亮，请他提意见。1963 年，他看到报刊上发表的《红楼梦》讨论文章，认为观点有偏颇，就给原文化部副部长齐燕铭写信提出自己的看法。原文化部部长沈雁冰（茅盾）在北京绒线胡同四川饭店主持召开座谈会，邀请俞平伯、吴世昌、周汝昌等红学家，专门讨论他的意见。这足以说明，他的《红楼梦》研究，已非“玩票”性质，而是达到一流学者的高度。

于 2022 年元旦

编辑出版家李俊民

淮阳师范作为河南省立第二师范，在其百年历史中，曾吸引了一大批文化教育界名人来此任教。近读张衡石先生《河南省立二师——淮阳师范梗概》得知，我国著名编辑出版家李俊民先生也曾在淮阳师范任国文教师。作为语文教育工作者，我对他的这段经历自然产生了浓厚兴趣。作为教育出版同行，对这位淮师校友、出版界前辈也多了一份亲切感与敬意。

一、辉煌的革命生涯

李俊民（1905—1993 年），原名李守章，笔名峻明、十音、风灰等，江苏省南通市通州西亭镇人。无产阶级革命家、编辑出版家、文学家。李俊民 1912 年入西亭镇小学，1918 年入江苏省立第七中学，1922 年考入南通纺织专门学校，1923 年考入国立武昌高等师范学校教育哲学系，后转入国文系。1924 年，李俊民参加董必武创建并领导的中国国民党湖北省党部工作，并由董必武推荐选为候补监察委员。1925 年，李俊民加入中国共产党。李俊民参与编辑湖北共青团刊物《湖北青年》，参与编辑董必武任主编的中共湖北区委地下报纸《楚光日报》。他曾因制止反革命宣传活动被军阀逮捕，经董必武、黄侃营救获释。1927 年 7 月任汉口市委宣传部部长。大革命失败后，李俊民根据党的指示转移到上海，曾在南通女子师范学校任代课老师，主讲教育心理学。1929 年至 1937 年，他先后在河南淮阳师范学校、北平翊教女子中学、山东聊城省立第三师范学校、济南省立第一师范学校、山东省立高级中学任国文教员，并在齐鲁大学兼课。1937 年 6 月，李俊民返回家乡，从事抗日革命活动。1938 年 3 月，日本占领南通，他与一班进步青年、抗日志士，到南通金沙镇主编《新通报》，宣传抗战救亡。1940 年，陈毅、粟裕率领的新四军在江苏海安一带成立联合抗日武装，即“联抗”，李俊民投笔从戎，主编《联抗报》，任联抗副司令、紫石县县长、苏中四地委宣传部部长、苏中第九军分区副专员兼宣传部部长等，人称“才子司令”，并由新四军一师师长粟裕和政委刘炎介绍重新入党。江苏海安县至今仍保留着他题写的新四军联抗部队烈士纪念碑。新中国成立后，李俊民任苏北行署文教处处长、江苏省文化局局长、省文联主席、上海新文艺出版社社长兼总编辑、上海古籍出版社社长、上海市文联副主席。著有《李俊民文集》一书，臧克家为他题写书名，陈丕显为他题词“走在时代前面，高举革命旗帜”，姬鹏飞为他题词“追求真理，向往光明”。

李俊民的编辑出版活动，最早可以追溯到他在学生时代担任主编的《文学周报》，在抗战期间担任主编的《新通报》《联抗报》。1953年，李俊民调至上海，投身于编辑出版事业，任新文艺出版社社长期间，创建古典文学出版社，主持中华书局上海编辑所，先后出版了“中国古典文学丛书”、“中国古典文学基本知识丛书”、《中华活页文选》、《古本戏曲丛刊》等一大批优秀古籍和古代文史知识读物，受到知识界广泛欢迎，在学术界产生了较大影响。“文化大革命”后他主持上海古籍出版社，主要抓了两件事，一是用最快的速度重版原古典文学出版社及中华书局上海编辑所出版过的优秀古籍，解决了当时的“书荒”问题；二是培养编辑出版人才。他一方面找回一大批“文化大革命”中被遣散的知名编辑，如著名编辑出版家范泉就是那时从青海师范学院调回到上海的；另一方面破格提拔一批中青年业务骨干。他重视学术著作的学术、编辑质量，出版了大量高质量图书，为我国出版事业尤其是古籍整理出版事业做出了突出贡献。

二、成就卓著的文学活动

李俊民在文学上的贡献，主要体现在文学创作上，也涉及文学研究和文学活动。文学创作有小说，也有散文和诗词。他从事文学创作，始于1928年，曾受到郁达夫的鼓励。郁达夫是他在武昌读书时的老师。他从武汉撤退到上海时，任团中央宣传部秘书，住在成都路爱多亚路口附近。宣传部后因房东告发而撤销，他的组织关系就编到里弄党支部，与支部书记单线联系，住在赫德路安南路口正明里，正靠近郁达夫的居处。他写的小说《哑钟的破碎》《秋之汐》，就是由郁达夫推荐给鲁迅，分别在《语丝》《奔流》上发表的，《寒宵》则发表于郁达夫主编的《大众文艺》。他的小说集《跋涉的人们》，也是由鲁迅亲自交给北新书局出版的。

因为他有从事革命工作的经历，小说真实地反映了大革命失败后工人和农民革命斗争的情况以及小资产阶级的彷徨、分化和失望情绪，是我国新文学中最早描写工农群众生活的作品之一，因而受到鲁迅和茅盾的肯定。小说《跋涉的人们》出版后即被国民党当局列为“禁书”。鲁迅在《我们要批评家》中说：“这两年中，虽然没有极出色的创作，然而据我所见，印成本子的，如李守章的《跋涉的人们》，台静农的《地之子》，叶永蓁的《小小十年》前半部，柔石的《二月》及《旧时代之死》，魏金枝的《七封信的自传》，刘一梦的《失业以后》，总还是优秀之作。”他的小说《人与人之间》发表在茅盾主编的《文学》第1卷第4号（期），茅盾在编辑手记《不要太性急》中说：“这一期里，我们介绍了臧克家的《猴子拴》和李守章的《人与人之间》。……李守章这名儿很面生，我们不知道他从前写过小说没有，但读了《人与人之间》，就知道他对于文学很有修养。《人与人之间》只是一个所谓‘平凡的故事’。可是我们读了后却留下一点‘不寻常’的印象，就是作者觅取题材时用他自己的眼睛，描写时也用他自己的手法。作者的眼睛尖锐到如何程度，又作者的手法有多少独创性，有多么圆熟：这是另一个问题。我们要郑重指说的，就是他那种创作的精神。”李俊民晚年曾回忆说：“鲁迅先生对我这样一个初出茅庐的文学青年如此厚爱，正是他‘俯首甘为孺子牛’的真切写照，多少年来我一直后悔当初不敢造次求见鲁迅先生一面，以至于离开上海后再也没有机会面聆他对我的教诲。”

在文学研究上，李俊民的《李白研究》，是以唯物史观从事古代作家研究的较早探索。他根据蒲松龄《聊斋志异》创作的《农民的儿子席方平》则为儿童文学注入了新鲜血液。另有《不幸的纪念（纪念鲁迅逝世）》《中国新文化运动的三阶段》《中国的文艺新军在解放区里》等。这些论著，为抗战时期的文学研究提供了珍贵资料。他的文学活动，包括编辑文学报刊、组织文学社团等。1924 年，他在武昌高等师范学校时期，曾参与编辑学校文学研究会的《文学周刊》《文学季刊》。1928 年，李俊民在上海参与组织革命文艺团体“引擎社”，主编《引擎》，并着手筹办“未明书店”。1930 年，李俊民应台静农之邀到北平教书。台静农是鲁迅发起成立的未名社的成员，著名作家、文学评论家。当时台静农在辅仁大学任教，正在筹建“北方左联”，邀李俊民任秘书长。1935 年，李俊民在济南参加进步文学团体“未央社”，编辑出版《未央》。

原中共华东局宣传部部长、上海市委书记夏征农，称赞李俊民“主要从事革命文学活动，他以笔代枪，同各式各样的敌人展开了既鲜明又机智的不调和的斗争”，“一直坚定地沿着无产阶级的革命文艺方向朝前走着的”，“他的文章不论属于哪种文体的，都是有骨、有肉、有感情、有气势的爱憎分明的精心之作”。[①] 江树峰在《我对李俊民兄诗文学术的敬仰》一文中提到，江泽民同志曾为顾民元诗文集《天光常照浪之花》题诗：“春翁讲述曾亲近，俊老诗篇我读之，今日元公遗著印，缅怀写读出刊时。”[②] 足见李俊民文学创作的影响之广。

三、李俊民在淮阳师范学校

李俊民到淮阳师范学校任教，是由夏莱蒂介绍的。夏莱蒂是著名编辑出版家、作家、翻译家，曾与郁达夫共同编辑《大众文艺》，并经常往来于鲁迅和郁达夫之间，《鲁迅日记》和郁达夫《日记九种》中曾多次提到他。夏莱蒂先于李俊民到淮阳师范学校。新中国成立后，夏莱蒂曾任江苏人民出版社副总编辑。夏莱蒂在临终前20天写的《病中杂忆》，有“桃花潭水深，不及古人情。李白忆汪伦，我思民（指李俊民）与蓁（指李

---

① 李俊民 . 李俊民文集［M］. 上海：上海古籍出版社，1993：序 1.

② 编者按：春翁，指于在春；俊老，指李俊民；元公，即顾民元；写读，指抗战时期的进步刊物《写作与阅读》。

俊民妻子汪蓁子）”的描述。李俊民在革命失败后，不敢返回故里，遂流落各地教书，第一站就是淮阳师范学校。1929年，李俊民与党组织失去联系，同时也失去了生活来源，因而应约到了淮阳。李俊民曾在《夜雨挑灯忆故友》中深情回忆说:“1929年上半年，在《大众文艺》停刊之后，他（指夏莱蒂）感到靠稿费生活是不行的，在上海已经呆不下去，心想到外地去教书。南方在国民党特务统治下控制得严，不如远走北方，当时有一个朋友叶鼎洛已去河南教书（即淮阳师范学校），他决定北上，临行前告诉我说，他此去为了探路，有了确定地处，也介绍我去。……当年秋季开学之后，夏莱蒂同志来了信，要我立即去河南淮阳，同他在一个师范学校里教书，我们又重新会合了，这是他又一次从患难中拯救了我。淮阳即陈州，是传说中包拯‘放粮’的地方，土地贫瘠，民风既强悍，又淳朴，乍离‘十里洋场’，那里就成了另一世界。我们在那里的生活是枯燥的，但无忧无虑，过得还很舒服。同事中还有‘五四’以来的老诗人徐玉诺，也是一个难得的忠诚老实人，这就行了‘三人行’。”汪蓁子，原名汪钦曾，南通人，曾任南通女子师范学校中共支部书记。汪在参加中共南通县委扩大会议时被捕，释放后来到上海，考入上海艺术大学。1929年春，夫妻俩先后失去组织联系。李俊民曾回忆说:“为了等待接上组织关系，我冒着可能被捕的危险，还在原来的住处呆了一段时间，以后曾搬过家，但都将新地址告诉老家东。等了四五个月，依然无人找我接关系。由于没有生活来源，所以，当我的朋友夏莱蒂介绍我去河南淮阳教书时，我便离开上海。那是1929年夏秋之际的事情。自此，我开始了八年的教书生涯。我在河南淮阳省立第二师范教书，呆了一年不到，蒋冯战争爆发，以至于我母亲去世，我也没能回去。等到我辗转回到家乡，学校又将我辞退了。”也就是说，他是告别新婚妻子，孤身一人来淮阳师范学校的，是为了解决生计问题。本来与妻子约定寒假时归家团聚，结果那年冬天，淮阳出现奇寒天气，冰雪封路，交通断绝，回不了家。在此期间，他留有《菩萨蛮》(四首)、《收泪歌》、《五首寄妻》等诗作。《菩萨蛮》诗前序云："十八年冬，陈州奇寒，冰雪积至尺余，道路为之壅塞。先是，余与妻曾有冬归之约，至是遂爽。斗室幽困，殆不啻囚于雪窟之中——因于无聊中凑得四章用寄吾妻，达意而已，未遑计工拙也。"可见他当时在淮师时的境况和心情。

另外，李俊民学师范教育出身，又当过多年国文教师，所以对教育事业情有独钟。1941年暑假，他与洪泽、夏征农、陈同生等在江苏如东县马塘镇邱升中学举办第一届暑期文教研究会，开展对中小学教师的暑期培训。1950年抗美援朝战争爆发，他在《江苏教育》发表《爱国主义的思想教育问题》。文章论述了爱国主义教育的必要性，还结合政治、历史、地理、国文和自然科学的教学实际，谈了如何开展爱国主义思想教育问题。比如，谈到国文教学，他认为，我们祖国的语言文字是伟大的，尤其是文字简洁美丽，我们的文字从象形到隶书再到楷书写起来都是很漂亮的。要重视文字、逻辑和文法的学习。在选材方面，诗歌、小说、戏剧作品，有世界意义和高尚评价的，都应该有选择、有重点地讲授。李白、杜甫在世界上也是光芒万丈的，杜甫、白居易、陆游都是爱国诗人，他们的诗都可以作为爱国主义教育的教材。2019年，中共中央、国务院印发《新时代爱国主义教育实施纲要》。全国人大已审议了爱国主义教育法草案，将爱国主义教育纳入国民教育体系，要求将爱国主义教育内容融入各类学科中。重温这位老出版家、革命家70多年前的这些论述，不能不为其远见卓识心生敬佩。

2023年7月

致敬萧士栋

之所以要致敬萧士栋先生，出于公、私两方面的原因。于公，他与淮阳师范学校、周口师专（周口师范学院前身）都有着深厚渊源。1944年，他以学区第一名的成绩考入淮阳师范学校，1947年毕业；1950年至1958年又调到淮阳师范学校工作。先后在淮阳师范学校学习、工作和生活11年，奠定了他一生事业的基础。于私，他是有恩于我的大德乡贤。我的第一篇论文经他手发表于《周口师专学报》，他是我走上语文教育研究道路的引路人。滴水之恩，当涌泉相报。最近我受命编辑《永远的淮阳师范》纪念文集，自然不能忘记他这位杰出校友。作为周口籍语文教育工作者，我对家乡这位语文教育界前辈更是充满敬意。

一、“豫东才子”的坎坷人生

萧士栋（1929—1989年），河南项城人。他从6岁起，在项城县简易乡村师范附属小学、县立第一小学、县立乡村师范附属初中班读完小学和初中。1938年，淮阳师范学校西迁，先后在鲁山县文庙、内乡县泰山庙、西华县杨善寺、商水县周口南寨陆陈会馆间辗转办学。1944年4月日军进攻郑州以南各县，6月周口沦陷，淮阳师范师生开始疏散；9月迁至项城。就在这一年，萧士栋考入淮阳师范学校，师从“豫东三杰”之一李法白学习古文。1947年毕业时，李法白在他的纪念册上题诗：“自惭学浅昧蹲鸱，三载抗颜作尔师。别后讲坛怜落寞，启予从此仗阿谁？”萧士栋回到家乡项城，先是应聘为县立初中国文教员。项城解放后，县立初中解体，他就在项城简易师范办的临时中小学生读书班当义务教员。1949年5月，他被县教育科派到淮阳专区干部学校师训班学习，结束后即留校工作，不久被调到淮阳地委干部学校。1950年12月，他调到淮阳师范，任语文教师、语文组长、校务委员等。其间曾任教于商丘第一高中，一学期后又回到淮阳师范学校。1958 年 3 月被错划为右派，开除公职，遣送到国营淮阳农场劳动改造。直到 1978 年 7 月，长达 20 年的冤案才得到纠正。他被调到周口师范学校大专班，先后任写作课教师、副教授、工会副主席、教务主任、学报编辑部主任，周口市第六届人大代表，河南省第五、六届政协委员等。

萧士栋自幼聪颖过人，博闻强记，被誉为“神童”。在淮阳师范学校读书期间，他就多次参加作文、书法比赛并获奖，主编班级墙报“晓风”。15 岁开始发表文章，崭露头角。如他的《淮师校风赞》发表于《开封青年报》,《论家庭、社会与学校的关系》发表于《新项城季刊》，他的文章以才思敏捷、论辩严谨和文风犀利享誉豫东文苑。从此，“豫东才子”的雅号悄然流传开来。他 1947 年开始教书，先后教初中、高中、中师、师专。在淮阳师范学校期间，他曾担任《新淮师》《淮师生活》主编，开始探索把教学实践与语文教学研究融为一体。1953 年他在商丘地区进行大型观摩教学，讲《我们不再受骗了》，开始在开封师院（河南大学前身）主办的《教学业务通讯》上发表论文，逐步形成他培养听、说、读、写、思五种能力的“咨询教学法”。1955 年他在淮阳县进行《荷花淀》公开教学，被推选为淮阳县中学校际语文教研活动召集人。1957 年，他出席商丘地区（当时淮阳县归属商丘地区）中学语文教学座谈会，被选为中心副组长，执笔大会总结。在淮阳农场劳动改造期间，他也从没有停止读书学习，不仅精读深研马列原著、《毛泽东选集》，能够一字不差地背诵“老三篇”，而且阅读了大量文学名著和语文教育论著，写下十几万字的《语文札记》。他坚信“芳草春回依旧绿，梅花时到自然香”。1978 年 10 月，他与妻子同游淮阳太昊陵，“忆生离之艰难，感重聚之欣幸”，赋《喜还绿色家园》诗：“一别陈郡二十年，流水今日见无言。若非北京杨枝雨，哪得破镜又重圆。别时容易见时难，西楼望月几回圆。廿载沧桑似弹指，华发葳蕤亦少年。”机会从来都是留给有所准备的人。正是有了淮阳师范11年的青春激扬，在淮阳农场20年的潜心苦读，才有他后来的厚积薄发，创造了“十年等于三十年”的语文人生奇迹。

二、语文教育名家的辉煌岁月

1978年10月至1989年4月，是萧士栋东山再起、激扬文字、再创辉煌的人生巅峰期。古人有“三不朽”之说:“太上有立德，其次有立功，其次有立言。”萧士栋的语文教育事业正是以“立德”为基础的。他发起成立周口地区中学语文教学研究会，在全国率先提出“教学法下乡”的主张；作为周口地区语文学科首席代表，主持全区高考语文评卷；创办语文教学用具厂和《作文月报》；在周口主持召开河南省中学语文教学研究会第三届年会、中国文章学研究会成立大会暨文章学讲习班，用实际行动为我国语文教育事业立下赫赫“事功”。他又用数百万字的《萧士栋文集》“立言”。这些成就使他的语文教育事业得以立足周口，面向河南，走向全国。

1979年11月，萧士栋受地区教育局委托，主持召开周口地区中学语文教学座谈会。这在周口地区是新中国成立以来的第一次，而且是“文化大革命”结束之后的创先之举（我曾忝任理事长的中国教育学会中学语文教学专业委员会，前身为“全国中学语文教学研究会”，成立于1979年12月，首任会长为著名语言学家、语文教育家吕叔湘先生），可见萧士栋具有敏锐学术眼光和非凡胆识。1980年，他主持成立周口地区中学语文教学研究会，并在全国率先倡导“教学法下乡”。1985年1月，他领导创办周口地区中语会会报《作文月报》，并任总编辑。这张4开4版小报，也是周口地区第一份铅印报纸。从创刊到终刊共编印95期，发表各类文章670篇，近59万字，最多时发行12万份，发往29个省、自治区、直辖市，足见其在当时受欢迎的程度。1985年4月，在他的主持下，河南省中学语文教学研究会第三次年会在商水县召开，我那时正在商水县高中（商中县第一高中前身）工作。就在那次会上，我才第一次见到仰慕已久的萧士栋先生，也第一次听到来自北京的章熊、时雁行等语文名家作报告。1988 年 8 月，中国文章学研究会经过几年筹备，终于在河南周口举行成立大会，同时举办文章学讲习班，吸引了全国 600 多位语文同人参加。他在生前曾出版《初中语文教学法举隅》《语文教学能力论》《中学语文教学法教程》《中学语文教材教法》等 4 部专著，发表文章 300 余篇，还与张衡石、邹文生等人合作整理清代项城女诗人高梅阁的《形短集》。桃李不言，下自成蹊。他所取得的这些学术成就，自然受到语文教育界的关注和高度评价。全国中语会会刊、山西师范大学《语文教学通讯》把他作为"封面人物"，发表了他的《把教学实践与科学研究溶为一体——我继续走着的语文教学之路》。在他逝世一周年时，他的朋友和学生编著出版《萧士栋语文教育文集》。在他逝世 13 周年时，河南师范大学张正君教授主编《河南语文教育专家研究》，将为他开辟专章，进行评述。文前题词说："青年豫东才子，中年杏坛驰名；壮年蒙难，愈挫愈奋，辛勤耕耘四十冬。晚年高举大纛，倡导教学法下乡。呕心沥血著书丰，萧翁士栋！"在他逝世 20 周年时，他的弟子和朋友们又编纂《萧士栋文集》（上、下卷）和纪念文集《捧着一颗心来——忆萧士栋先生》。曾任中国文章学研究会会长、中国阅读学研究会会长的河南师范大学教授曾祥芹说他是"文章阅读的方家""文章写作的高手""文章编辑的总裁""文章教学的法师""文章科研的领班"，称赞他是"全面发展的语文学者""自主创新的教育学家""闪耀中天的文化学者"。河南省政协主席王全书说："我们的文化强省建设、经济强省建设呼唤更多像萧士栋先生这样的老黄牛、孺子牛、拓荒牛。"他的语文教育思想，如教学实践与科学研究相结合，"咨询教学法""教学法下乡""文章学下乡"，以及教研结合能力历练方法“两读”（读书籍、读报刊）、“三练”（练字、练说、练文）、“一抓”（抓紧时间）等，至今仍在沾溉着语文学人。可以说，他创造了周口乃至河南语文教育史上空前的辉煌，也使他作为语文教育名家而享誉全国。

三、周口乡贤大德的提携之恩

作家柳青说过：“人生的道路虽然漫长，但紧要处常常只有几步。”我回顾自己所走过的语文人生，曾遇到过不少像萧士栋这样的贵人、恩人。有人说青年人的成长离不开“读万卷书、行万里路、阅人无数、名师指路、个人领悟”，他无疑就是为我指路的一位名师。我平生第一篇语文教研论文就是通过他发表的。可能他是出于提携后学的习惯使然，也可能是他作为《周口师专学报》主编的职责所系，但对我却有着人生导师般的非凡意义。

我是“文化大革命”结束后参加77级高考的，录取到淮阳师范学校77级政文2班，班主任兼写作课教师是戴俊贤老师。我们1978年5月2日到校报到，1979年10月就各回各县实习去了，1980年4月返校才算正式毕业。尽管只是中师，却改变了我后来的人生之路。我先是回到商水县化河完中当教师，1981年考入河南教育学院。那是当时特有的一种教育制度，属于在职进修的性质，目的是提高中小学教师业务水平，解决教育战线所谓“人才断层”问题。当时我的想法很简单，作为中学语文教师，最困难的就是文言文，所以我就把古汉语作为突破口，下功夫啃王力主编的《古代汉语》，还读了不少文字学、音韵学、训诂学等方面的专业书籍，我也就顺理成章地成了沈伟方老师的古汉语课代表。毕业后，就被留到商水县高中，使用的就是我后来的工作单位人民教育出版社出版的高中语文课本。在教《孔雀东南飞》一课时，我备课时发现，教材对“奄奄黄昏后，寂寂人定初”中“黄昏”“人定”的注释语焉不详，未中肯綮，就写了一篇《刘兰芝“举身赴清池”时间考》。因文中涉及古代天文学知识，能不能自圆其说，有没有道理，自己并没有把握，我就把稿子寄给萧士栋先生，请他指教。其实那时候我根本不认识他，更没有奢望能够发表，只是听人说起过他学问好，想借此机会请教一番。没想到，不久我就收到他寄来的《周口师专学报》样刊和七元稿费，不禁暗自惊喜，就用这笔稿费买了一套茶具作为纪念。对于一个农村中学的青年教师来说，这无疑给我注入了奋力向学的强心针，增强了勇气，坚定了决心。后来我考取汉语史专业研究生、博士生，从此才由学语文、教语文走上编语文教材、研究语文教育的道路。人道是树有根水有源，萧士栋无疑是我语文人生路上的燃灯者、引路人。《萧士栋文集》收有他的《宾至如归——“一分利”饭馆小记》，记述他和朱永锴老师（也是我在淮阳师范时的老师）招待沈伟方老师的情景。沈老师那次周口之行，就是来了解我们的实习情况的。第二天朱永锴老师做东，邀保安兄和我作陪，还是在这家“一分利”饭馆，原来沈老师看过《河南日报》介绍“一分利”的文章。所谓“人生何处不相逢”，乃信然也。

臧克家在纪念鲁迅的诗《有的人》中说：“有的人死了，他还活着。”萧士栋先生已去世30多年，但他的高尚品格、丰厚学识和不朽功业却仍被语文教育界铭记。他在淮阳师范语文组的同事张衡石称赞他“当年能作陆机赋，缚虎手，人人慕。一代风骚谁与主？”曾祥芹说他“执教著文兢兢业业鞠躬尽瘁捧着一颗心来，做人处世清清白白俯首为牛不带半根草去”。他的生命是短暂的，但又是精彩的：苦难而辉煌，平凡而伟大，短暂而永恒。他不仅属于周口师范学院，也属于永远的淮阳师范学校，值得周口学子乃至全国语文教育界永远怀念！

2022年元旦

语文地图

……………

四川语文纪事

2022年秋，四川朋友约我去眉山做讲座，我得以再次走进“天府之国”，与语文同人共话新课标、新教材、新高考，与出版同人交流《中国语文教育理论大系》的编纂事宜。我前往三苏祠再访苏东坡，参观青神县中国竹编艺术博物馆，不禁触景生情、喜从中来，联想到四川丰厚的语文教育资源。在中国语文教育史上，许多语文人物、语文事件、教材选文都与四川有着千丝万缕的联系，四川语文教育是中国语文教育的重要组成部分。总结梳理，既可彰显特色，致敬先贤；观照当下，亦能激励后昆，继往开来。

四川自古钟灵毓秀，文化底蕴厚重，人文荟萃，群星璀璨。西汉扬雄编纂的《方言》是我国第一部比较方言词典，也是世界语言学史上的不朽名著。文翁最早兴办地方官学，被誉为中国“第一位校长”。“至今巴蜀好文雅，文翁之化也”(《汉书》)。三国时期诸葛亮任蜀汉丞相，留下武侯祠及《诫子书》《出师表》等名篇。西晋李密《陈情表》以其至情至性成为语文教材经典名篇。唐代三大诗人，李白长期生活在四川，杜甫流寓四川多年，白居易曾任忠州刺史。“唐宋八大家”中，苏洵、苏轼、苏辙父子占三席，苏轼更是入选法国《世界报》评选的12位“千年英雄”之一。绵竹张浚、张栻父子在长沙筑城南书院，张栻在岳麓书院讲学论道，并与朱熹“潭州嘉会”，形成湖湘学派。眉州是宋代三大雕版印刷中心之一，有“八百进士”之说。诗人陆游曾任职于夔州、成都、崇州等地。这次培训所在的青神县，位于青衣江畔，是传说中第一代蜀王蚕丛的故里，李白《蜀道难》中曾感叹“蚕丛及鱼凫，开国何茫然”；也是苏轼发妻王弗的故乡。新都杨慎《临江仙》词“滚滚长江东逝水”，成为《三国演义》开篇词后被广为传唱。著名文字训诂学家、《说文解字注》作者段玉裁曾任富顺、南溪、巫山等县知县。丹棱彭端淑《为学一首示子侄》曾激励万千学子努力苦学，追逐梦想。双流刘沅会通儒释道，创立槐轩学派，人称“川西夫子”。剑阁李榕追随曾国藩，曾任湖南布政使，在兼山书院等讲学布道，立德树人。叶圣陶、朱自清、吕叔湘等语文大家，也曾在四川留下许多语文教育佳话。语文课本上，更是不时闪现出李白、苏轼、巴金、郭沫若等人的名字，因而构成四川语文教育的独特风景。

一、与四川有关的语文人物

1. 扬雄

扬雄（前53—18年），字子云，西汉蜀郡郫县人，学识渊博，与司马相如、班固、张衡并称为“汉赋四大家”，有“汉代孔子”之誉。战国时期，各国之间“言语异声”“文字异形”，彼此无法交流。为适应秦汉时期大一统的政治需要，扬雄编纂的《方言》是我国最早规范使用汉语的语文工具书之一。他的《法言》首篇即“学行”，强调修身、学习的重要性，提出“务学不如务求师”“师者，人之模范也”“学者，所以求为君子也”等教育名言。初中教材选文刘禹锡《陋室铭》有“南阳诸葛庐，西蜀子云亭”，把他与诸葛亮并肩提及，足见刘禹锡对其清高雅趣的推重。

2. 吴玉章

吴玉章（1878—1966 年），四川荣县人，中国无产阶级革命家、教育家、语言文字学家。曾任延安大学校长、中国人民大学校长、中国文字改革委员会主任、中国科学院哲学社会科学部委员等。主持制定《汉字简化方案》《汉语拼音方案》，著有《中国文字的源流及其改革的方案》等。他与黎锦熙一起撰写的《六十年来中国人民创造汉语拼音字母的总结》，论述《汉语拼音方案》研制的历史背景、重要意义及应用范围，是中国语文现代化史上的一份重要文献。

3. 陈独秀

陈独秀（1879—1942 年），安徽怀宁人，著名思想家，中国共产党主要创始人，晚年在四川江津（现重庆市江津区）定居。他主编的《新青年》发表了大量有关语言文学和教育类文章，为语文教育研究留下许多珍贵文献，2021 年全国卷高考作文题所用的《体育之研究》即取材于此。他对中国传统语言文字有着深入研究，著有《中国拼音文字草案》《实庵字说》等。他晚年寓居江津，倾注毕生心血，撰写《小学识字教本》。该书历经周折，1995 年由巴蜀书社出版。

4. 穆济波

穆济波（1889—1976 年），四川合江人，语文教育家。曾任东南大学附属中学国文教师，西北大学、中山大学、西南师范学院（今西南大学）教授，四川省图书馆副馆长，兼四川省文史馆馆员、四川省政协委员。20 世纪 20 年代，新学制各科课程纲要《新学制高级中学必修科国文科学程纲要》即出自他手。他为中华书局编写《初级国语读本》《初级文言读本》《高级国语读本》《高级古文读本》，首开高中语文教科书文、白分编的先例。著有《对于高中国文教育的一个建议》《国文研究法的我见》《中学校国文教学问题》等。

5. 萧楚女

萧楚女（1893—1927 年），湖北汉阳人。无产阶级革命家、教育家，中国共产党早期青年运动领导人之一。曾在四川泸州师范学校、重庆联合中学、重庆公学、万县省立第四师范学校、重庆省立第二女子师范学校等校任教。兼任《新蜀报》主笔，为他后来主编《中国青年》积累了经验。他的《中学国文修学指导》，是在重庆第二女师任教时，为学生制订的“作业须知”，提出“随时进化、不主故常”的课外自修原则、课内谈话讨论相结合的教学方法。

6. 陈启天

陈启天（1893—1984 年），湖北黄陂人。语文教育家。曾在四川大学、湖南第一师范学院任教，担任过《中华教育界》主编。他在《中学的国文问题》中，首次提出中学语文教学应分“主目的”和“副目的”，首开语文课“工具性”与“人文性”滥觞。他首次把读文教材分为模范文、问题文、自修文，认为不同的文章应分别采用不同的教法。他还把作文训练分为定期作文、随时作文、按日作文，并认为后二者应是“中心”，定期作文只是“补助”。另有《我对于师范国文教授的意见》《革新儿童用书的前提》《朗读测验与默读测验报告》等。

7. 叶圣陶

叶圣陶（1894—1988 年），名绍钧，字圣陶，江苏苏州人。著名教育家、文学家、编辑出版家，是新中国语文教育事业的开拓者和奠基人。1938 至 1945 年，叶圣陶“烽火漫天走巴蜀”，在重庆、乐山、成都等地流寓近 8 年，在巴蜀学校、中央戏剧学校、复旦大学（重庆）、武汉大学（乐山）等校教国文和写作；主编《中学生》《国文杂志》《开明少年》；任教育部副部长兼人民教育出版社社长，主持全国教材编审出版工作，规划中小学语文教程，编纂《普益国语课本》，组织编写辅导读物，视察多所学校指导语文教学。他与朱自清合著的《精读指导举隅》《略读指导举隅》《国文教学》等，已成为中国语文教育上的经典论著。

8. 朱自清

朱自清（1898—1948 年），祖籍浙江绍兴，生于江苏东海，自称为扬州人。著名诗人、学者、散文家。他在西南联合大学任教期间，曾在成都生活过一段时间。他对中国语文教育的主要贡献是与叶圣陶合著《精读指导举隅》《略读指导举隅》《国文教学》，并参与编辑《中学生》《国文杂志》，撰写《经典常谈》。他的散文名篇，如《匆匆》《绿》《背影》《荷塘月色》《桨声灯影里的秦淮河》，以及应教材编者朱文叔之邀写的《春》，都是语文教科书中的经典篇目。《朱自清散文选集》列入《中小学生阅读指导目录》。

9. 吕叔湘

吕叔湘（1904—1998 年），江苏丹阳人。著名语言学家、语文教育家，全国中学语文教学研究会会长。吕叔湘 1940 年到成都，任华西大学中国文化研究所研究员。1941 年 3 月，由朱自清介绍，结识叶圣陶。叶圣陶请他写一部汉语语法书，列入四川省教育科学馆“中学国文教师进修丛书”，并送来相关参考资料，这部书就是他的第一部语言学著作《中国文法要略》，也是他作为语言学家的代表作。1951 年，叶圣陶遵照胡乔木的指示，请他写《语法修辞讲话》（与朱德熙合作）在《人民日报》连载数月。之后，他出任人民教育出版社副总编辑，主持《汉语》课本的编写工作。叶圣陶 100 周年诞辰时，吕叔湘曾撰挽词：“我以君为师，邃密深沉，愧无什一。君以我为弟，点拨提携，奚至百千。”

10. 黎见明

黎见明（1921—1991 年），四川武胜人。著名特级教师，语文“导读法”创始人，曾任重庆一中教师、重庆市中语会首任理事长，创办《学语文》杂志。著有《语文导读与创造学法》《读写新编》等，主编“中学语文导读丛书”（12 册）。他的《语文课中创造性思维能力的培养》一文，阐述“导读法”的理论基础，剖析了语文教学中“快与好”“辨与识”“博与约”“想象与创造”“文与道”等的关系及其方法，极富启发性和指导价值。

11. 李运益

李运益（1924—2014 年），重庆铜梁人，西南师范大学教授，著名语言学家。早年师从巴蜀名儒赵少咸。1956 年出版《重庆人怎样学标准音》《四川人怎样学习普通话》。李运益曾任《汉语大字典》副主编，并主编《汉语比喻大辞典》《论语词典》，获中国辞书学会“辞书事业终身成就奖”。

12. 张永言

张永言（1927—2017 年），四川成都人，四川大学教授，著名语言学家。著有《词汇学简论》《训诂学简论》《语文学论集》，编有《简明古汉语字典》等。

13. 赵振铎

赵振铎，1928 年生，四川成都人，四川大学教授，著名语言学家。著有《中国语言学史》《古代文献知识》等，任《汉语大字典》副主编。

14. 王世堪

王世堪（1935—2009 年），四川成都人，语文教育家。曾任东北师范大学附中语文教师，广西教育学院院长，全国中学语文教学研究会副秘书长。著有《中学语文教学法》《语文教育论文选》等。

15. 颜振遥

颜振遥，生卒年不详，江苏灌云人，语文教育家。1957 年出版《初级中学课本文学第一册课堂教学参考书》。1982 年调到成都，先后任教于成都大学中文系、成都成人教育学院。他主编的《九年义务教育三年制初级中学试用课本 语文》，通过国家教委审查，在云、贵、川许多地区实验，产生了广泛影响，曾任中央教育科学研究所重点课题“语文自学辅导教学实验研究”课题组顾问。

16. 庞翔勋

庞翔勋（1910—2001 年），曾在四川多所学校任语文教师，曾发表《谈初中学生错字之纠正》《我的中学读文教学经验》等文章。他学养深厚，教学经验丰富，所持观点源于自己亲身实践，可供中学语文教员及研究中学语文教学法者参考。

17. 祝世德

祝世德，生卒年不详。当过中学语文教师，曾任四川省汶川县、珙县县长。对文史颇有研究，也很关注语文教育。著有《爱国词人辛弃疾》《大禹志》等，主持续修《汶川县县志》。1934 年，他在《中华教育界》发表《初中国文教学经验谈》，自称以专家之外的立场，结合自身经验，提出初中语文教学的主张，要求改革教科书，主张分别编写正、副读本，以切实保证精读必精、略读务略，观点鲜明，足资参考。

二、与四川有关的语文事件

在中国语文教育史上，有许多重要的语文事件都与四川有关。举其荦荦大者，一是叶圣陶在成都创办《国文杂志》，二是有不少语文教育系列图书在四川出版，三是四川有一批全国知名的语言学家编纂了有影响的语文工具书。

1.《国文杂志》

在中国语文教育史上，曾有两份语文刊物伴随着中华民族的抗日烽火诞生。一是西南联合大学师范学院创办和主编的《国文月刊》，一是叶圣陶在成都创办的《国文杂志》，这两份刊物的创办标志着中国语文教育研究在极其艰难的大后方薪火相传，也代表着语文人艰苦卓绝、自强不屈的中国精神。《国文月刊》创刊于1940年，主编是浦江清，朱自清、余冠英等任编委，注重学术性引领。抗战胜利后，由开明书店发行至1949年。1942年，叶圣陶在成都创办《国文杂志》，由桂林国文杂志社发行，署名编辑者胡墨林（叶圣陶夫人），实际是叶圣陶主编。该刊注重普及性，旨在指导学生的国文学习。《国文杂志》短暂停刊一段时间后，又在桂林复刊。人们一般把前期称为“成都《国文杂志》”，把后期称为“桂林《国文杂志》”。叶圣陶、朱自清、吕叔湘、朱光潜等都是《国文杂志》的骨干作者。

2. 语文教育类图书

我国改革开放以来，有不少重要语文教育图书在四川出版。如刘国正、顾黄初、章熊主编的“中国语文教育丛书”（6册）由四川教育出版社出版，包括张隆华、曾仲珊的《中国古代语文教育史》，李杏保、顾黄初的《中国现代语文教育史》，张田若、陈良璜、李卫民的《中国当代汉字认读与书写》，韩雪屏的《中国当代阅读理论与阅读教学》，张鸿苓的《中国当代听说理论与听说教学》，章熊的《中国当代写作与阅读测试》。顾黄初、李杏保主编的《二十世纪前期中国语文教育论集》《二十世纪后期中国语文教育论集》，分别于1991年、2000年在四川教育出版社出版。编者原拟书名《中国国文、国语、语文教育论集》，请吕叔湘先生题写书名。吕先生欣然同意，并建议把书名改成“二十世纪中国语文教育论集”，前50年为“前期”，后50年为“后期”，分两本出版。他在题写“前期”时，特地写了10个“后”字，并解释说：“‘前期’的书名写好了，想到再过十年一定要再编一部‘后期’。到那时，我也许已不在人世，即便幸而还健在，怕腕力已衰，不如现在趁早把‘后’字一起写好，大家都省事。”[①] 我应四川教育出版社之邀，以这两部论集为基础，编纂《中国语文教育理论大系》，该书已入选“十四五”国家重点出版物出版规划项目。

1990 年代，四川曾有两套在全国产生过广泛影响的初中语文教材。一套是四川省九年义务教育三年制初级中学语文教科书，主编是潘述羊，副主编是唐三顾；另一套是四川省“自学辅导”型初级中学语文教科书，主编是颜振遥。这两套教材 1992 年均经全国中小学教材审定委员会中学语文教材审查委员会审查通过，由四川教育出版社出版。

3. 语文工具书

四川有一批全国知名的语言学家，编纂出版过一些在全国有影响的语文工具书。如《汉语大字典》，是经周恩来、邓小平批准组织编写的大型语文工具书，是世界上规模最大、收字最多、释义最全的大型汉语字典之一，被誉为“共和国的《康熙字典》”，由四川辞书出版社、湖北辞书出版社出版。主编是徐仲舒（四川大学），常务副主编是赵振铎（四川大学），副主编是冉友侨（四川师范大学）、李运益（西南师范大学）。张永言主编的《简明古汉语字典》《世说新语辞典》，李运益主编的《汉语比喻大辞典》《论语词典》，向熹主编的《诗经词典》，王利器主编的《金瓶梅词典》等，都在全国产生了广泛影响。1985 年在《汉语大字典》编纂处基础上成立四川辞书出版社，出版了一系列有影响力的语文工具书，如《甲骨文字典》《甲金篆隶大字典》《汉语成语词典》《古代汉语词典》《学生现代汉语词典》等。

三、与四川有关的教材选文

在统编语文教材中，与四川有关的选文有很多，其中不乏李白、苏轼、巴金、郭沫若等著名文学家的作品。小学课文有邓元杰《过桥》，彭

① 顾黄初，李杏保 . 二十世纪后期中国语文教育论集［M］. 成都：四川教育出版社，2000：序 1–2.

万洲《夏夜多美》，朱良才《朱德的扁担》，袁珂《盘古开天地》，雷震《村晚》，毕必成《军神》，何其芳《我为少男少女们歌唱》，李元兴《我的战友邱少云》，杜甫《春夜喜雨》。初中课文有袁珂《女娲造人》，朱德《回忆我的母亲》，陈子昂《登幽州台歌》，欧阳修《卖油翁》，王勃《送杜少府之任蜀州》，阿来《一滴水经过丽江》，陈毅《梅岭三章》，诸葛亮《出师表》，杜甫《茅屋为秋风所破歌》。高中有何其芳《我歌唱延安》，张爱萍《过草地》，陈毅《江南抗战之春》，聂荣臻《大战中的插曲》，李密《陈情表》等。另外，教育部基础教育课程教材发展中心发布的《中小学生阅读指导目录（2020 年版）》，与四川有关的图书，小学段有袁珂《中国神话故事集》；初中段有邓榕《我的父亲邓小平：战争年代》，刘伯承、陈毅等《星火燎原精选本》，罗广斌、杨益言《红岩》；高中段有郭沫若《屈原》，巴金《家》。

党的二十大提出办好人民满意的教育，坚持创造性转化、创新性发展，弘扬革命文化，传承中华优秀传统文化，建设教育强国和文化强国。深入挖掘四川语文教育资源，继承四川教育优良传统，讲好四川语文故事，传播好四川语文声音，无疑有助于立德树人、培根铸魂，推进文化自信自强。

2022 年 11 月

辽宁语文纪事

中国中学生作文大赛（2021—2022 年）总决赛暨颁奖典礼在沈阳举行，使我有机会重访沈阳。在徜徉于周恩来少年读书旧址，徘徊于北陵公园世界文化遗产清昭陵，领略东三省政治文化中心城市风貌，感受国家历史文化名城魅力的同时，我也对辽宁语文教育有了进一步理解和认识。

一、辽宁语文教育的辉煌岁月

新中国成立初期，语文教学改革的号角最先在辽宁吹响。东北是最早的解放区，1948 年 11 月沈阳解放，1949 年 8 月 27 日，东北人民政府在沈阳成立。1950 年 2 月，东北人民政府教育部举行东北地区中学国文教学研讨会，时任东北人民政府教育部副部长董纯才作总结报告，涉及东北地区中学国文教学的现状、任务、教材教法以及国文教员的学习等问题。《人民教育》1950 年创刊，第 2 期便以《改革我们的中学国文教学》为题，发表了这篇总结报告。“编者按”说:“二月间东北人民政府教育部，召集了全区各省、市中学国文教学研究会议，这篇稿子便是那个会议的总结。它对中学国文教学的任务、教材、教法以及中学国文教师学习等问题，都提出了改进的意见。虽然这是东北一个地区的总结，但对全国中学国文教学是一种很好的参考。”这篇文章实际上起到为新中国语文教育奠基的作用，因而将其作为中国语文教育史上的经典文献，收入我主编的《中国语文教育理论大系》第 3 卷中。

董纯才（1905—1990 年），湖北黄石人，著名革命教育家、科普作家。1928 年到晓庄乡村师范试验学校（今晓庄学院）学习和工作。1931 年，应陶行知之邀到上海，与高士其等编写“儿童科学丛书”10 余种，其中《凤蝶外传》曾入选中学语文课本。1937 年到延安后，任编审科副科长，亲自编写小学语文课本和农民识字课本。1946 年 6 月到哈尔滨，任东北行政委员会委员兼教材编审委员会主任，组织翻译出版苏联中小学教科书，同时根据国情实际需要，主持和参与编写中小学课本。1951 年任东北教育学院（今沈阳师范大学）院长。1952 年调到北京，任教育部副部长，兼任中国文字改革委员会委员和临时党组书记，还曾任中国科普创作协会理事长、中国教育学会会长。代表作有《论中国社会主义化现代教育》，主编《教师手册》等。

吴伯箫（1906—1982 年），山东莱芜人，著名散文家、教育家。曾任东北大学文学院副院长，东北师范大学文学院副教务长等职。1953 年，毛泽东指示，要多调人编中小学教材，中学语文实行汉语、文学分科教学实验。1954 年 1 月，吴伯箫被调到人民教育出版社，担任副社长、副总编辑，并负责《文艺学习》和《语文学习》等刊物的编辑出版工作。从此，吴伯箫成为叶圣陶的得力干将，也是汉语、文学分科教学实验的一线总指挥。《叶圣陶日记》记载："下午到社中，与吴伯箫谈。吴今后主持语文室编辑文学课本之工作，聆其所谈似颇有办法。"叶圣陶在《〈吴伯箫散文集〉序》中说："他为人诚恳朴实，表里如一，是全社同志共有的印象。我们俩经常讨论语文教材的编撰，有时似乎谈得极琐屑，近于咬文嚼字。其实决非咬文嚼字，准确的意思和准确的记载非由准确的语言来表达不可，所以一个词也不能随便，一处语法错误也不能容许。在这方面从严些，对学生的语言、认识、品德都有些好处：这是伯箫同志和我共同的信念。"①

1958 年，辽宁省黑山县北关学校的贾桂枝、李铎等老师开展"集中识字教学法"实验，采用"集中教、分散练""识字、阅读分步走"的方法，先识字再读书，学一批字，读一组课文巩固识字；再学一批字，再读一些课文，从而建立形、音、义的联系，提高了识字教学效率，学生两年内就能比较轻松地掌握 2 500 个汉字。1960 年，教育部批准在全国所有试行十年制学校的一、二年级采用集中识字教学法教学识字，人民教育出版社编印了相应的集中识字课本。"集中识字法"被写进 1963 年

---

① 叶圣陶，卢今，范桥 . 叶圣陶散文［M］. 北京：中国广播电视出版社，1997 ：320.

小学语文教学大纲草案中。

1979年，辽宁省中学语文教学研究会成立。1980年7月，全国小学语文教学研究会在辽宁成立。叶圣陶、吕叔湘发表书面讲话，董纯才发来贺信。1984年1月20日，全国中学语文教学研究会与辽宁教育学院决定，将会刊《语文教学研究》更名为《语文教学论坛》，吕叔湘会长重新题写了刊名，作为全国中语会会刊。吕叔湘、罗竹风、苏灵扬、张志公、蒋仲仁等任顾问，刘国正任主编，刘国盈、于漪、于忠孝（常务）任副主编。在那以后很长一段时间内，全国中学语文教育许多重要文章、消息均由此发布。1985年，辽宁省教育学会中学语文教学研究会（韩宏宇执笔）的《坚持改革不断前进》发表于《中国教育学会通讯》第1期。

二、享誉全国的辽宁语文人物

1980年代以来，辽宁陆续涌现出三位在全国语文界具有广泛影响的旗帜性人物，一是欧阳代娜，二是魏书生，三是包全杰。

欧阳代娜，1930年生，广东南海人。著名语文教育家、特级教师。1942年至1946年，先后在延安八路军干部子弟学校、延安大学预科学习。1946年起，在中央联络部工作。1961年后在辽宁鞍山市第十五中学任教。1977年冬天，欧阳代娜参加“初中阶段语文能力基本过关”课题实验。1978年春，在辽宁省教育厅支持下，她开展教改实验和教材编写工作，逐渐总结出“自学式教学模式”，梳理出多个语文知识点和语文能力训练点，不仅融入她主编的初中语文课本《阅读》《写作》，而且为《九年义务教育全日制初级中学语文教学大纲（试用修订版）》所吸收。代表作《欧阳代娜中学语文教学艺术初探》，主编《实用语文》《我们从延安走来——延安八路军抗属子弟学校纪实》《延安教育研究》等。欧阳代娜曾任教育部中小学教材审定委员会学科审查委员，中国教育国际交流协会理事、全国中学语文教学研究会学术委员会副主任等职业，并获全国教育系统劳动模范、全国及辽宁省“五一劳动奖章”等荣誉。

魏书生，1950年生，河北交河人。著名语文教育家、特级教师。曾任辽宁盘山县第三中学语文教师、班主任，盘锦市教育局局长、党委书记。兼任全国教育科学规划领导小组成员，全国中学学习科学研究会理事长，中国教育学会中学语文教学专业委员会副理事长。当选为中国共产党第十三至十七次全国代表大会代表，全国劳动模范，首届中国十大杰出青年等。1982年，他的《培养学生的自学能力》和傅国钧等人的《魏书生语文教学调查报告》被编入全国中语会会刊《语文教学研究》第二集。1983年11月，他首次登上全国中语会年会做大会发言。1984年7月，全国中语会在大连旅顺召开普通中学语文教学改革座谈会，吕叔湘会长主持会议，称赞魏书生：“不仅教书，而且教人，使不爱学习的爱学习，使对自己没有信心的有信心，是个教育家。他克服了各种困难来教育别人，这是无私的奉献精神。我很遗憾，没能很早认识他。我如果60岁，一定拜他为师，向他学习。”魏书生从此由辽宁走向全国。

包全杰（1941—1999年），辽宁凤城人，蒙古族，著名语文教育家、特级教师，曾任辽宁省凤城市东方红小学校长、党支部书记，凤城市教育局局长，兼任辽宁省政协委员，获“辽宁省教改能手”、全国模范教师等荣誉称号。1996年，他开展“循序作文训练”教学实验。主编《小学作文教学循序训练实验课本》。经过多年实验，这套教材被全国多个省市3 000多所学校采用。教育部曾发布《关于向人民的好教师包全杰同志学习的决定》，其事迹在《人民日报》、《光明日报》、中央人民广播电台、中央电视台等重要媒体播发。

与辽宁语文教育有关的人物还有：吕思勉、傅庚生、孙郁、郑国民。

吕思勉（1884—1957年），江苏武进人，华东师范大学教授，著名历史学家。他曾在沈阳高等师范学校教授语文、历史。在这里，他发表了他的第一篇学术论文《致廖仲恺、朱执信论学公开信》。吕思勉记载:“一九一九年……是冬，沈阳高等师范学校仍来相延。予仍乐远行。一九二〇年，遂至沈阳。至一九二二年，凡三年。”① 他的《如何教授中国国文课》(原题《答程鹭于书》，署名“驽牛”) 刊于1921年的《沈阳高等师范学校周刊》。

傅庚生，1910年生，辽宁沈阳人，古典文学研究专家。先后在东北大学和北京大学学习，理论基础扎实。20世纪30年代初他曾执教于北京弘达学院；40年代中期始与叶圣陶、朱自清、夏丏尊等相识，并应邀在成都一中、市女中、甫澄中学等校任教，有相当丰富的中学语文教学经验。他的《国文教学识小篇》，意在为中学生国文程度低落的病症开个处方，虽无创兴一种教学理论体系的企图，却也放论纵横，注评恣肆，是一部极具可读性的国文教学概论。

孙郁(本名孙毅)，1957年生，辽宁大连人。中国人民大学文学院教授、博士生导师。1988年毕业于沈阳师范学院中文系。曾任鲁迅博物馆馆长、中国人民大学文学院院长、中国鲁迅研究会会长。代表作有《鲁迅忧思录》《鲁迅与周作人》等。

郑国民，1967年生，辽宁建平人，1988年毕业于朝阳市第一师范学校，后考入沈阳师范学院中文系。当代著名语文教育家，北京师范大学文学院教授、博士生导师，中国高等教育学会语文教育专业委员会理事长，教育部义务教育语文课程标准研制修订组组长。代表作《从文言文教学到白话文教学》《新世纪语文课程改革研究》等。

三、与辽宁有关的语文教育

1. 语文教材中的辽宁元素

《雷锋叔叔，你在哪里》(小学二年级语文教材)。雷锋(1940—1962

① 吕思勉 . 吕思勉集［M］. 广州：花城出版社，2011 ：517.

年），湖南望城（今长沙市望城区）人。他先后在辽宁多地生活和工作，直到1962年8月在抚顺因公殉职。1963年3月5日，毛泽东“向雷锋同志学习”题词发表，这一天也被定为“学雷锋纪念日”。辽宁是雷锋精神和雷锋文化孕育和形成的地方，现有鞍钢雷锋纪念馆、营口市雷锋文化博物馆、铁岭雷锋纪念馆、抚顺市雷锋纪念馆。

滕毓旭《一株紫丁香》（小学二年级旧版语文教材）。滕毓旭，1937年生，辽宁大连人。儿童文学作家。曾任辽宁省儿童文学学会常务理事，大连市儿童文学学会名誉会长。

端木蕻良《土地的誓言》（初中七年级语文教材），抒发了“九一八”事变后东北青年对国土沦丧的压抑感和对故乡的眷恋之情。端木蕻良（1912—1996年），辽宁昌图人，作家。代表作有小说《科尔沁旗草原》。

杨利伟《太空一日》（初中七年级语文教材），讲述了作者乘“神舟五号”飞船进入太空时的经历。杨利伟，1965年生，辽宁绥中人，特级航天员，是中国进入太空第一人，被誉为“航天英雄”。

蔡年迟、蒲海洋《一着惊海天——目击我国航母舰载战斗机首架次成功着舰》（初中八年级语文教材），记录我国第一艘航母辽宁舰首架战斗机成功着舰的经过。说起辽宁舰，就不能不提沈阳飞机工业有限公司前董事长、总经理罗阳。罗阳（1961—2012年），辽宁沈阳人，曾任辽宁舰歼-15舰载机工程总指挥，在工作岗位上因公殉职。他曾获得全国“五一劳动奖章”、“全国优秀共产党员”称号等荣誉。

梁思成《中国建筑的特征》（高中语文必修下册）。梁思成（1901—1972年），广东新会人，著名建筑学家。1928年8月，他和夫人林徽因在东北大学创建中国第一个建筑系。林徽因是东北大学校徽的设计者。

穆青、冯健、周原《县委书记的榜样——焦裕禄》（高中选择性必修上册），记录了焦裕禄在河南兰考工作期间的先进事迹。焦裕禄于1955

年 3 月至 1956 年底在大连起重机厂工作，大连市内现有焦裕禄事迹展览馆。

郭小川（1919—1976 年），东北大学工学院毕业。曾任中国作家协会党组副书记、诗人，他的代表作《团泊洼的秋天》曾入选语文教材。此外，语言学家刘半农在东北大学任教期间，曾为东北大学校歌作词，并邀著名语言学家赵元任谱曲。

2. 积极参与全国性语文活动

辽宁省中语会、小语会积极参加和承办全国性语文会议。1979 年 12 月，全国中语会在上海成立，辽宁教育学院教研部林雨霖当选第一届理事。全国中语会的年会论文集《语文教学在前进》《语文教学改革新成果选粹》中，均收有于忠孝、欧阳代娜和魏书生的文章。《我和中语会》中收有欧阳代娜、魏书生、孟庆欣、池军华的文章。1980 年全国小学语文教学研究会成立大会、1984 年全国中语会“中学语文教学改革座谈会”、2006 年第六届“语文报杯”全国中青年教师课堂教学大赛、2008 年全国中语会中学生读书竞赛夏令营等均在辽宁举办。辽宁中语会还是“东北三省中学语文教学专业委员会”的主要组织者和领导者。

3.“为中华之崛起而读书”

《为中华之崛起而读书》（小学四年级语文教材），说的是周恩来的故事。这句话曾激励无数青少年学子刻苦读书，报效祖国。这个故事就发生在沈阳。1910 年，12 岁的周恩来到奉天省银州（今铁岭）银冈书院读书，当年秋天就到了沈阳，投奔其伯父周贻赓，入奉天省官立东关模范两等小学堂读书。据中共中央文献研究室《周恩来年谱》记载：有一次，在修身课上，老师问学生为什么而读书，周恩来答道：“为中华之崛起而读书！”周恩来现存最早的一篇文章，是《东关模范学校第二周年纪念日感言》。文中说：“师之口讲指画，友之朝观夕摩，何为为吾相切而劘，非即欲吾受完全教育成伟大人物，克负乎国家将来艰巨之责任耶！”[①]文末附教员评语：“教不如此不足以言教，学不如此不足以言学，学校不如此不足以言学校，文章不如此不足以言文章。”[②]1913年7月，因伯父调至天津，周恩来考取南开学校。临别时，历史老师高亦吾书赠周恩来“翔宇”（周恩来字翔宇即源于此），周恩来书赠“同心努力，前程万里指日登”。今沈阳市和铁岭市都建有周恩来少年读书旧址纪念馆。

此外，中国历史上有许多重大事件发生在辽宁。1625年，努尔哈赤改沈阳为“盛京”，开启“一朝发祥地，两代帝王都”的辉煌。“九一八”事变的枪声在沈阳北大营响起，从此拉开中华民族14年抗战的序幕。东北抗日义勇军、东北抗日联军驰骋于辽宁大地，表现出中华民族不屈不挠的奋斗精神。1932年7月，东北大学学生刘长春身披中国国旗，第一次在美国洛杉矶第十届奥运会上亮相。张学良因与杨虎城发动“西安事变”，逼蒋介石联共抗日，促成国共结成抗日民族统一战线，被评为“100位为新中国成立作出突出贡献的英雄模范人物”。新中国成立后，从天安门城楼上悬挂的金属国徽，到新中国第一炉钢水、第一架喷气式飞机、第一个水下机器人、第一台CT机等上千个“第一”，无不见证着辽宁厚重的历史文化与昂扬向上的中国精神。

2022年11月1日

① 南开大学历史系，天津历史博物馆．五四前后周恩来同志诗文选［M］．天津：天津人民出版社，1979：2.

② 同① 3.

浙江语文与浙江师大

中国现代语文教育诞生以来，浙江语文教育一直领全国风气之先，涌现出一大批语文教育家和享誉全国的语文名师，产生了诸多重要理论成果和实践经验，推动了我国现代语文教育事业的发展。这不仅得益于浙江深厚的历史文化底蕴，更得益于浙江师范大学汉语言文学师范专业的创造性贡献与创新性发展。

一、浙江语文教育的深厚底蕴

浙江语文教育具有悠久的历史和丰厚的底蕴。二十世纪以来，浙江不仅涌现出王国维、章太炎、鲁迅等学术文学大家，以及蔡元培、蒋梦麟、马寅初等北京大学著名校长，更以语文教育的辉煌成就称誉全国。李杏保、方有林、徐林祥主编的《国文国语教育论典》，对我国110年语文教育研究成果进行全面梳理，共收录88位语文教育家的论著，其中浙江籍作者超过四分之一，为全国之冠，可谓群星璀璨。1919年，富商陈春澜在绍兴上虞白马湖畔捐资创办春晖中学，著名教育家经亨颐任校长，吸引了一批大师级文化教育家，如叶圣陶、夏丏尊、朱自清、朱光潜、茅盾、俞平伯、陈望道、李叔同、丰子恺、柳亚子、刘大白、胡愈之、张元济、张大千、黄宾虹、刘薰宇等。他们或任教，或讲学，都在此留下了足迹，因而春晖中学享有“南有春晖，北有南开”的美誉。如果说延安是中国革命的圣地，那么，白马湖畔的春晖中学，无疑是中国现代语文教育的圣地。

二、浙江语文教师的成长“摇篮”

如果说春晖中学代表着1920年代浙江语文教育的辉煌，那么当代最能代表浙江语文教育成就的，则当属浙江师范大学汉语言文学专业。该专业于1956年创办，一直秉承我国师范教育优良传统，不断开拓创新，先后成为“国家特色专业”和教育部“高等学校专业综合改革”试点专业。几十年来，汉语言文学专业教师以他们对基础教育的强烈责任感和担当精神，对我国语文教育做出了卓越贡献。

以王尚文先生为代表的浙江师范大学语文教育研究团队秉承“认真求实，创新开拓”的精神，对语文教育的基础理论问题进行了深入思考和实践，为推动新时期语文教育改革贡献了浙江智慧和经验。20世纪90年代，王尚文先生的《语文教改的第三次浪潮》，被学界认为是我国语文教育课程改革的第一只“报春燕”，后来他又出版了《语文教育学导论》和《语感论》，在20世纪末的语文教育大讨论中，他这三部著作成为大讨论的理论依据之一。周有光先生评价《语感论》是“一本填补空白的著作”，是为了“建设新的语文教育学的需要”。伴随着语文教育的理论争鸣和语文新课改的深入，王先生又出版了《语文教学对话论》《走进语文教学之门》《教育如天，语文是地》《语文品质谈》等著作，并发表了系列论文，进一步深化完善了他的语文教育思想体系。钱理群先生曾把王尚文先生的思想体系概括为“一个基本逻辑起点”（人本主义的生命教育观）和“四大理论支柱”（人文论、语感论、课程复合性论和对话论），钱理群先生曾这样评价：“可以说，王尚文语文教育思想，是20世纪90年代以来的中国中小学语文教育改革在语文教育理论上的重要收获之一。”因为王先生的理论贡献，2002年中央电视台《东方之子》栏目对他作了专访。

近年来，浙江师范大学语文研究团队围绕“语感”“文感”“言语教育”“积极语用”“语文品质”等核心理念，团结协作，努力进取，不遗余力地打造具有浙派特色的语文教育思想体系，先后出版语文教育研究著作32部，在《教育研究》《课程·教材·教法》等刊物发表研究论文200余篇，在《人民日报》《光明日报》《中国教育报》等报纸发文近100

篇。李海林先生的言语教育、蔡伟先生的文感教学、潘涌先生的积极语用、郑逸农先生的“非指示性”教学等理念，其思想内核与王尚文先生的思想是一脉相承的，是浙江语文的代表性成果，都在全国语文教育界产生了广泛影响。

浙江师范大学重视语言教育研究平台建设，通过协同和对话来进一步深化拓展研究和实践。2003 年浙江师范大学成立“浙派语文教育研究中心”，以王尚文先生为主任，聚集了蔡伟、潘涌、郑逸农、童志斌、王国均等一大批语文教育学者，同时聘请国内知名语文教育专家，组成了一支力量雄厚的研究队伍，引领着浙江语文教育事业的发展，成为浙江语文教育研究的中心。在首届全国“新语文教学”尖峰论坛上，我曾把该论坛的特色概括为几个“结合”：一是中学与大学的结合，二是语文与教育的结合，三是语文教育理论与语文教学实践的结合，四是与港台教育界的结合。这几个“结合”让“新语文教学”尖峰论坛具有了更高的视野和包容性，也具有更好的问题针对性和对话深刻性，吸引了语文教育界越来越多的关注。截至 2022 年，论坛已经连续举办 14 届，成为国内具有广泛影响的重要交流平台，曾获得《中国教师报》和《中国教育报》等报刊的多次报道。

浙江师范大学除了致力于解决语文教育的基础理论问题，还充分发挥学术研究的优势，编写教师教育教材和基础教育教材。楚辞研究专家黄灵庚先生编写的《训诂学与语文教学》被全国教师教育课程资源专家委员会评为“推荐使用资源”，发行数万册，深受广大语文教师欢迎。汉语言文学专业教师编写的《修辞学与语文教学》《古代文学与语文教学》《文字学与语文教学》《鲁迅与语文教学》等教材也基于同样的思想理念。王尚文先生参与主编的《新语文读本》系列，总发行量超过 2 000 万册，成为新中国成立以来最受欢迎的语文课外读物之一。王尚文、傅惠钧等先生还曾编写浙江师范大学版《初中语文课本（实验本）》，在国内产生了一定影响。另外，张先亮、张继定、蔡伟、童志斌等先生还发表了《论中学生语文阅读能力的层改——〈中学生语文水平标准研究〉课题组研究报告之一》《作文指导及其质量标准》等论文，均发挥学术优势，直接服务于语文教育的现实需要。

更为重要的是，在浙江师范大学汉语言文学专业的培养和引领下，浙江涌现出一大批中小学语文名师，如胡勤、褚树荣、朱昌元、苗金德、张悦、肖培东、金戈、张祖庆等，他们的理论研究、教育理念和教学实践，以鲜明的群体形象，在全国产生了广泛影响。

三、新时代浙江语文教育新征程

中共中央办公厅、国务院办公厅《关于深化教育体制机制改革的意见》《关于全面深化新时代教师队伍建设改革的意见》《教育部关于推进新时代普通高等学校学历继续教育改革的实施意见》等文件的出台，为语文教育带来新的发展机遇。中国特色社会主义进入新时代，社会主要矛盾转化为人民日益增长的美好生活需要和不平衡不充分的发展之间的矛盾，其中就包括人民对语文教育的美好期待与语文教育不平衡不充分的发展之间的矛盾。因此，语文教育受到了前所未有的高度重视。

语文教育关系到一个人的终身发展，社会整体的语文素养关系到国家的软实力和文化自信。浙江师范大学清醒地认识到这一点，因此，积极引进语文教育高端人才，充实专业研究队伍，加强语文教育学科建设。如何让新时代语文教育有新思考、新作为，汉语言文学师范专业对此提出新视角、新思路。

一是打通“血脉”，实现大中小学互联互通。长期以来，我国大学和中小学联系不多，“血脉”不畅，存在着“堵塞”和屏障，并且师范类高校的师范特色有所削弱。这就不可避免地出现两种奇怪现象：一方面，学术理论界不同程度地忽视基础教育，以为是“小儿科”；另一方面，涉及基础教育的某些具体问题，某些高校学者往往又脱离基础教育实际，或隔靴搔痒，言不及义，或“居高”不能“临下”。当务之急是要在大中小学语文教育的沟通上做出自己的努力，打通“血脉”，使之畅通，真正实现大中小学语文教育的互联互通。

二是守正创新，摸清中国语文“家底”。语文教育一直是我国教育领域的热点话题，从课程设置、教材编写，到教学指导、考试评价，争议不断，众说纷纭，莫衷一是。语文教育教学研究，往往是经验性总结多，学理性总结少。要让中国语文教育走向理性与科学，必须扎扎实实地开展科学研究，首先是要摸清中国语文教育的“家底”，以清末中国现代语文教育诞生作为起始，全面梳理其发展历程、演变轨迹，认识其主要成就，总结其经验教训，尤其是改革开放以来我国语文教育教学的经验教训，守正创新，将其作为今天语文教育开拓创新发展的借鉴与基础。

三是着眼未来，书写浙江语文“奋进之笔”。党的十九大报告指出，建设教育强国是中华民族伟大复兴的基础工程。教育复兴，语文先行。我国语文教育迎来新的发展机遇。随着中国逐步走向世界舞台中心，语文教育在建设教育强国中的重要地位日益突显。浙江师范大学应针对语文教育领域急需解决的理论与实践问题，组织力量，联合攻关，深入研究，推出新成果，探索新办法，培养出一批特色鲜明的高素质语文教师，打造一个梯队合理、可持续发展的语文教育研究团队，使汉语言文学师范专业真正做出特色，成为浙江语文教师发展和交流的重要平台，成为高校和中小学合作培养人才与教育研究的典范。

2018 年 3 月 21 日

天山明月语文心

新疆中语会王耀芳理事长给我打电话，说新疆中语会即将举行新一届年会，并出书纪念，希望我为文致贺。这显然是新一届理事会的创新之举，意在展示全疆中学语文教研成果，激励大家团结奋进，接续前行。这些年来，我曾以不同名义多次到访新疆，目睹新疆语文同人对语文教育事业的热爱与坚守，更为他们的辉煌成就而振奋感动。我与他们结下了深厚友谊，自然乐于从命，欣然命笔，以为祝贺与期待。

新疆位于祖国大西北，地处亚欧大陆腹地，是中华民族大家庭的重要组成部分。新疆地域辽阔，物产丰富，风景优美，民风淳朴，吸引着大批国内外游人。我第一次到新疆，是在20世纪90年代末，去参加教育部考试中心高考评价会。算起来，我先后到新疆已不下十几次，对这里的山水美景、民风民俗记忆犹新。在我的印象中，新疆最突出的有三点：一是自然资源丰富。新疆面积大，国境线长。有人说："不到新疆，不知道中国有多大。"伊犁人加了一句："不到伊犁，不知道新疆有多美。"新疆约占全国陆地总面积六分之一，周边与俄罗斯、哈萨克斯坦、吉尔吉斯斯坦、塔吉克斯坦、巴基斯坦、蒙古、印度、阿富汗八国接壤。王国维在《西胡考》说："自来西域之地，凡征伐者自东往，贸易者自西来，此事实也。"古有"丝绸之路"，今有"一带一路"，联结新疆与内地，沟通中国与世界，所以，新疆战略位置非常重要。二是人文底蕴深厚。新疆有维吾尔、汉、哈萨克、回、蒙古、柯尔克孜、锡伯、塔吉克、乌兹别克、满、达斡尔、塔塔尔、俄罗斯等民族。新中国成立不久，王震率领一支解放军部队进驻新疆，后来成为新疆生产建设兵团。此后，国家在不同历史时期制定了不同的援疆政策，吸引了一批又一批各地精英来到这片美丽肥沃的土地。改革开放以来，中外贸易逐渐繁荣，中外交往日见增多，新疆与国内各地、周边国家有了更多联系。不同文化交融交流，互相吸收，相融相合，使新疆人文底蕴更加深厚，视野也更加广阔。《西游记》中描写的火焰山，历史文献中的楼兰古城、高昌故城、交河城和西辽国，影响中国历史的班超、耶律大石、成吉思汗、马可·波罗、林则徐、左宗棠等，都与新疆有着密切联系，新疆也因此形成了独特的多民族历史文化。三是新疆人性格开朗，富于进取精神。天高地阔的自然环境，多个民族的杂居融合，不同民族艺术交相辉映，使得新疆人天生开朗活泼，心胸开阔，真诚善良，质朴厚道，心地澄澈，热情大方。

新疆语文教育正是因为有着丰厚肥沃的土壤而独具特色。这里活跃着一大批有理想、有追求，具有教育理想和情怀的语文人，涌现出一大批实干型、创新型语文教育工作者。无论是20世纪50年代毕业于国内名校、响应国家号召奔赴边疆的老一辈，还是在新疆出生成长的“疆二代”，都有一些共同特征，即思想活跃，善于学习，融合能力强，以务实风格低调行事，埋头耕耘在语文教育的辽阔沃野；同时又以雄厚实力与斐然成就而为语文同道所赞赏。在全国性的语文教学大赛上，经常能看到新疆语文名师的身影；在相关语文报刊上，也常能读到新疆语文老师的文章。这里我仅从新疆中语会、新疆语文人、语文教材与新疆三个方面，举其荦荦大者，由小见大以见新疆语文人之锐意进取，新疆语文教育之蓬勃发展，新疆语文事业之光明前景。

一、新疆中语会

1979年12月，全国中学语文教学研究会暨第一届年会在上海举行，是“文化大革命”结束后我国语文教育改革的标志性事件，陈炳文、俞安民、吕立人、孙炳铨作为新疆代表参加。1980年8月，新疆中语会宣告成立，它是全国成立较早的省级中语会，朱绍禹、吕桂申作为特邀嘉宾参加。新疆中语会成立后，曾与乌鲁木齐中语会联合编辑出版会报《读与写》《语文教学通讯》。1981 年 10 月，全国中语会第二届年会在福州举行，陈炳文、黄齐光、吉利、孙炳铨、张良杰、俞安民代表新疆参加。1984 年 8 月，新疆中语会和乌市中语会在八一中学举办语文教研讲习班，特邀罗大同、王必辉、洪镇涛前往讲学。1985 年 7 月，新疆中语会举行教改研讨会，特邀中央教育科学研究所夏秀荣、苑士奇做学术报告，八一中学崔峰、沈全福、刘月华、肖淑贞上研讨课，毛荣富等八位青年教师介绍教改经验。1987 年 8 月，举行新疆首届“天山之夏”中语研讨会，魏书生、徐振惟、陈钟梁、刘清涌应邀做报告。1990 年 8 月，全国中语会西北五省、区首届年会在乌鲁木齐举行，时任全国中语会秘书长陈金明参加。1997 年 12 月 13 日，新疆中语会暨乌市中语会举行第六届年会，成立新疆青年语文教师研究会，并与新疆教研室共同举办新疆首届语文教学能手评选活动。在这次年会上，张良杰理事长提出“七个一工程”，即号召新疆 35 岁以下的青年语文教师，在三至五年内，练一笔好字，讲一口普通话，上一堂好课，在县州报刊上发表一篇文章，读一本切实有用的教育理论书籍，背诵一百篇文章，背诵一千首诗。2001 年 12 月，新疆举行第七届中语会年会暨第二届语文教学能手评选活动。两届语文教学能手评选活动，极大地推动了新疆中学语文教学改革发展。2005 年，在新疆中语会成立 25 周年时，新疆中语会曾编辑出版《代代生辉——纪念新疆中语会成立二十五周年》。可以说，新疆中语会在新疆教育学会的关心支持下，在陈炳文、张良杰、程明轩、王耀芳等历任理事长的领导下，在全疆语文教育同人的支持配合下，新疆的语文教育事业非常活跃，教育教学研究活动规范，与全国中语会、各地中语会交流也非常广泛，名师辈出，成果丰硕。

进入 21 世纪以来，新疆中语会先后多次成功组织教师参加全国中语会组织的“创新写作”“少教多学”“传统文化”“写作教学理论与实践研究”等课题研究，并以此带动了全区语文教研的开展。2004 年 8 月，全国中语会积极响应中国教育学会的号召，派出著名特级教师胡明道、梁捷赴新疆伊犁地区为当地教师上示范课。2007 年 7 月 10 日～21 日，全国中语会举办的“中语西部行”走进新疆，进行了为期 11 天的义务支教活动。这次活动经王耀芳、阮疆跃精心筹划，将 14 个地、州、市和 14 个兵团师按地域划分为 3 个片区，集中在乌鲁木齐、喀什和伊犁，引起热烈反响。2010 年，新疆师范大学的张良杰先生荣获全国中语会 30 周年语文教育终身成就奖，可谓实至名归。

新疆能够涌现出那么多语文名师和优秀语文教研成果，显然是与新疆中语会卓有成效的工作分不开的。新疆中语会有好的掌门人，形成了一套团结和谐的会风，不仅中语会内部非常融洽，与乌鲁木齐市中语会、新疆师范大学文学院的关系也非常融洽。可以说，新疆中语会是新疆所有语文人的“家”，是语文人的精神家园，这是非常难得的。

二、新疆语文人

新疆语文人思想活跃，锐意进取，成果显著。他们或著书立说，时有佳作；或参与全国性教学大赛，脱颖而出；或作为杂志封面人物亮相；或在语文教研评比活动中出任评委，贡献他们的语文思想与专业智慧。比如，在语文教育教学研究方面，有陈炳文、张良杰主编的《语文教育论》(新疆大学出版社，1991)，任金璧的《语文论稿》(新疆教育出版社，2003)，黄齐光的《教学论文写作导论》(新疆大学出版社，1999)等。王耀芳《中学语文综合性学习教学现状调查及实施策略研究》入选《继承　发展　求是——全国中语会第九届年会论文选》(开明出版社，2009)。近年来，任金璧、董明实、岳学贤、王玉桂、庞建英、夏敏等不断发表新成果，都给人留下深刻印象。沈逢桥的《梦寻三韵》(新疆教育出版社，2002)、《我从西部来》(中国文联出版社，2008)和《徜徉山水间》

（中国文化出版社，2010），则以另一种方式，表现了语文人的丰富人生。全国中语会编辑的纪念文集《我和中语会》，收录任金璧老师的长文《一生情定语文路，风范长存意悠悠——我心中的张良杰先生》，全面论述了张良杰先生对新疆中语会的贡献。新疆师范大学的夏敏老师近年来参加我主持的全国教师资格考试命题工作，他申报的“语文教师知识发展研究”被列入中国教育学会2016年规划课题。

在参与全国性语文教学大赛方面，1991年7月，杨淑芬获得全国首届中青年语文教师课堂教学观摩大赛一等奖，被誉为新疆语文报春花。后来又有高玥清、蒋祖慰、夏敏、单桂青、王尚志、谷小燕、李运理、杨梦贞、岳学贤、董明实、李玲、杨晓红、杨昌盛、尤佳、郭刚、蒋舟、靳露、赵凤芳、陈吉永、黄莹莹、张春妍、陈鑫、王越、何长红、徐茜、朱典锴、李葛、赵成冬、齐可卿、刘倩倩、蔡敏、白霞、孙玉红等，先后在全国各类语文教学大赛中取得骄人成绩。岳学贤作为往届大赛获奖选手在全国中语会第八届“商务印书馆·语文报杯”中青年课堂教学大赛发表“参赛寄语”。沈逢桥、单桂青、任金璧、岳学贤先后入选由全国中语会和《语文报》联合推荐《语文教学通讯》封面人物。沈逢桥入选《中学语文教学参考》卷首人物（2004），董建成入选《中学语文教学》中《凡人絮语》栏目（2004），邱逸文入选《教育艺术》封面人物（2017）。

2012年，我曾应老同学龙宗翥之邀，为新疆奎屯彭靖武老师的语文教育专著《师说心语》题词：“彭师靖武，洞庭才俊。天山从教，浦江耕耘。传播理想，教书育人。点燃火焰，新我国民。尊重学生，发自内心。理解欣赏，大爱无垠。春风化雨，桃李情深。师说心语，落笔如神。人格魅力，惟其德馨。芜词说项，广播语林。”2019年在湖南怀化见到彭老师时，他又有新著出版。长篇小说《盲流》描写20世纪60年代全国各地“盲流”进疆，在准噶尔盆地和老军垦一起开发建设农场的艰苦历程。诗集《风之韵》则展现了新疆生产建设兵团军垦战士战天斗地的风采，讴歌了改革开放农村的巨大变化。新疆语文人不忘初心使命，敬业奋进，于此可见一斑。

在教材建设方面，新疆语文人也有着独特贡献。1990 年代末，新疆中语会、新疆教研室曾根据自治区教委的指示精神，编过一套《新疆乡土文学作品选读》（新疆科技卫生出版社，1998 年），小学、初中、高中共三册，作为新疆中小学选读教材。

2012 年，新疆教育厅报请教育部批准，委托人民教育出版社编写一套语文教材。这套语文教材专门为新疆地区实施"以汉语授课为主，单科加授母语"模式的中小学编写，编写工作得到了新疆教育出版社、新疆教育厅基础教育处的大力支持。人民教育出版社小学语文编辑室负责小学部分，中学语文编辑室负责初中、高中部分。这套教材以课程标准为依据，参照《全日制民族中小学汉语课程标准》，遵循民族地区语文教育的基本规律，继承我国语文教育的优良传统，体现以爱国主义为核心的民族精神和以改革创新为核心的时代精神，着力培养民族地区学生理解和运用祖国通用语言文字的能力，提高学生的文化品位、审美情趣和思想道德修养，致力于学生语文综合素养的形成以及创新精神、合作意识、开放视野的培养。新疆中语会、新疆教研室积极参与了这套教材的编写，编入了大量与新疆有关的内容。王耀芳、申辉、庞建英、王玉桂、林燕、夏敏、任金璧、贾殿岭、俞瑞香、姜景阳、张蔚霞、沙巴艾提·奥兰、王艾等老师，或参加教材、教师教学用书和语文读本的编写，或参与调研，或承担试教和培训等工作。这套教材虽因国家三科教材政策变化而不再使用，但包括新疆老师在内的全体编者所付出的心血和努力值得永远铭记。

三、语文教材与新疆

语文教材选取了一些具有西北元素的作品，主要包括三个方面的内容：一是古代诗文作品，如曹植的《白马篇》，王之涣的《凉州词》，王维的《送元二使安西》，李白的《塞下曲》《关山月》，杜甫的《出塞》，岑参的《白雪歌送武判官归京》，陆游的《十一月四日风雨大作》等，都曾激起人们对大西北的无穷联想和丰富想象。二是现当代作家作品，如碧野的《天山景物记》，茅盾的《白杨礼赞》，王蒙的《葡萄的精灵》，李娟的《乡村舞会》，周涛的《巩乃斯的马》，刘亮程的《今生今世的证据》，叶尔克西·库尔班别克娃的《额尔齐斯河小调》，刘学杰的《喀什的小巷》等，曾先后入选各类语文教材，丰富了人们对新疆的认知和了解。三是反映新疆特有民族风情的艺术作品，如《奇异的百灵》（维吾尔族）、《牧马人之歌》（哈萨克族）、《十二木卡姆选段》（维吾尔族）等，都给人们带来美的享受。另外，《义务教育语文课程标准（2011 年版）》推荐诵读篇目《河中石兽》，其作者纪昀曾被流放到新疆两年。新中国成立 70 周年之际获得“人民艺术家”称号的王蒙，曾在新疆工作生活多年，才成就其文学人生。

天山明月照，大漠语文心。新疆中语会已走过 40 年的风雨历程，波澜壮阔，春华秋实，硕果累累。新疆中语会即将实现新老交替，一代人有一代人的机缘使命，一代人有一代人的责任担当。讲好中国语文故事，建设语文教育强国，成为新时代语文人的共同追求。“一带一路”倡议、构建人类命运共同体等国家战略，更为新疆语文教育界提供了极好时机。我相信，新疆中语会必将在新一届理事会的领导下，紧密团结全疆语文教育工作者，进一步开拓创新，为新疆语文教育事业做出新的更大贡献！

2020 年 5 月 27 日

南阳语文纪事

盛夏时节，刘谦邀我到河南邓州做讲座，我得以拜谒大丁祠堂，游览花洲书院。华樾教育研究院又安排我为南阳实验学校开展语文主题学习讲座。徐京京、小曾等陪我参观冯友兰纪念馆、南阳市博物馆，在祁仪镇寻访冯友兰和李季故迹，游览内乡县衙、丹江大观苑等景观。作为语文教育工作者，感受最深的，自然还是那些与语文教育有关的人和事。

1. 丁声树

丁声树（1909—1989 年），河南邓州大丁村人。当年我读研究生时就知道他的大名，他是中国科学院哲学社会科学部委员会委员、语言研究所研究员，美国哈佛大学远东语言部研究员，耶鲁大学研究院语言学部研究员。我在社科院读博士时，每次到语言研究所，在走廊看到他的巨幅照片，都会为这位河南老乡感到无比自豪。《光明日报》曾整版报道过他的事迹，称他是“从爱国主义走向共产主义的知识分子的优秀代表”。这次总算遂了亲往拜谒的心愿。丁声树一生著述不多，却是与钱锺书、杨绛、吕叔湘、何其芳等齐名的学术大师。吕叔湘称赞他为文“颠扑不破”，季羡林称他的文章为“千锤百炼”。他对中国语文教育的卓越贡献，主要体现在语文工具书的编纂方面，曾任《现代汉语词典》和《新华字典》的主编。（丁声树先生曾为《现代汉语词典》的编纂做出了很大贡献，因此，新版《现代汉语词典》在扉页上特地注明“著名语言学家、中国科学院哲学社会科学部委员吕叔湘先生和丁声树先生先后主持《现代汉语词典》的编写工作。谨向为编纂这部词典做出卓越贡献的两位先哲致以崇高的敬意”以示尊敬。）但由于《现代汉语词典》只署“中国社会科学院语言研究所词典编辑室”，一般读者并不留意丁声树先生的名字。《新华字典》的编纂工作由叶圣陶组织领导，魏建功担任主编，吕叔湘参与审定，前三版由人民教育出版社出版，第四版（又称“新一版”）才改由商务印书馆1957年出版。丁声树是《新华字典》1962年版和1965年版的修订主持人，也是“承前启后的里程碑式人物”。

1932年，陈寅恪为清华国学院出考试题，陈出“孙行者”，要求对下联，丁声树对“祖冲之”，周祖谟对“胡适之”，被学界传为佳话。丁声树从北京大学毕业后即被分配到中央研究院历史语言研究所工作，26岁时以一篇《释否定词“弗”“不”》一鸣惊人；32岁晋升为专任研究员。1944年，他赴美访问、考察，被聘为哈佛大学研究员。新中国成立前夕，他从美国回国，并且动员在联合国工作的妻子关淑庄（哈佛大学经济学博士）带着女儿回国。

丁声树在填单位履历表的“个人特长”一栏时只写“初知汉语音韵训诂，略有方言调查经验”。这让我想起吕叔湘在“文化大革命”中的逸事。当时，丁声树、吕叔湘、钱锺书、杨绛、俞平伯等在河南息县五七干校，周恩来指示，年长的科学家可以提前回京。军宣队指导员问：“各位有何专长，愿做什么工作？”吕叔湘回答：“我没有什么专长，学过一点外语，愿意做翻译工作。”又问外语熟悉程度如何，吕答：“大概七十分吧！”指导员后来对刘坚师说，吕叔湘“比较实事求是”。

丁声树最为人称道的，是他的严于律己、乐于助人。他是学部委员、一级研究员，他的住房却是让单位按其夫人的副研究员职务分的。三年困难时期，政府为了照顾有卓越贡献的专家，特地给他们配发副食供应证，他坚决不要；学部委员的津贴、人大代表的车马费、文章和词典的稿费他也不领，但抗美援朝时他却把一家积蓄全部捐献给国家。他还经常资助小区锅炉工和保洁员。丁声树上班从不要单位派公车，乘坐13路公共汽车，坚持“两不上”，一是车上人多不上，二是上车的人多不上。他还帮助照顾老弱病残，维持乘车秩序，写信表扬车上的好人好事，被誉为“模范乘客”。杨绛《干校六记》中记述钱锺书和“丁某人”两个一级研究员烧锅炉，从早上到中午硬是没烧开，从此得外号“丁不开”。

2. 冯友兰

冯友兰（1895—1990年），河南唐河祁仪镇人，北京大学教授，著名哲学家、教育家。冯家世代书香，英才辈出。其父冯台异曾任张之洞创办的方言学堂会计庶务委员，深信“在学新知识之前，必须把中文学好”。从此，“学什么都要打好中文基础”成为冯家家学传统。母亲吴清芝平生喜好读书，尤喜子女读书，她曾亲自教冯友兰、冯景兰、冯沅君读书，曾任唐河县端本女子学堂学监（校长）。她的教学经验是：“吾教书无他长，但耐烦有恒耳。”孩子们每背会一册书，就奖励鸡蛋和五香牛肉。冯友兰述其学时说“皆先妣自幼教读之力也”。著名语文教育家、文学家朱自清在《读冯友兰、景兰、淑兰昆季所述尊妣吴太夫人行状及祭母文，系之以诗》中赞曰：“饮水知源木有根，瓣香贤母此思存。本支百世新家庙，昆弟三涂耀德门。趋拜曾瞻慈荫暖，论交深信义方惇。长君理学尤沾溉，锡类无惭古立言。”冯友兰曾为登载家乡孩子文章的《作文与指导》报题词：“言之无文，行而不远，修辞立其诚。”曾有河南老乡慕名拜访冯友兰，说他每次考试，数学总是一百分，连语文也是满分，冯友兰认为他有点“喷”（河南方言，即夸大其词），说“语文考试那是不可能得一百分的”。

冯钟芸是冯友兰的侄女，著名语文教育家，先后任教于西南联大附中、清华大学中文系、北京大学中文系，曾与魏建功、游国恩、周祖谟等一起编写新中国第一套高中语文教材。20世纪80年代我国中小学教材实行审定制，她是教育部中学语文教材审查委员。我第一次见钟芸先生时，是1999年6月。当时，人民教育出版社在云南举行中学语文课程教材专家研讨会，邀请教育部中学语文教材审定委员和审查委员参加。

就是在那次会上，钟芸先生对我说：“我们是河南老乡。”后来，我与顾振彪先生曾到她府上拜年，还见到了任继愈先生。说起来，冯氏家族人才辈出，有不少作品入选语文教材：冯友兰的《人生的境界》曾入选高中语文课本；其堂妹冯让兰夫婿张岱年的《修辞立其诚》入选高二语文选择性必修教材；其女儿宗璞的《紫藤萝瀑布》入选初中语文教材。

3. 李季

参观李季家是我这次南阳之行的意外收获。冯友兰家南面百余米，就是李季的家。李季（1922—1980 年）是著名诗人，曾任中国作家协会副主席、党组副书记，《人民文学》主编。他的代表作，是用陕北民歌信天游写成的长篇叙事诗《王贵与李香香》，曾被选入高中语文课本。我当中学教师时曾教过这首诗，读到“摔碎了泥人再重和，再捏一个你来再捏一个我；哥哥身上有妹妹，妹妹身上也有哥哥”，火辣赤诚的爱情宣言，生动质朴的语言，曾给我留下了深刻印象。统编语文教材注重革命传统教育，高三选修课教材《中国革命传统作品专题研讨》又将此诗选入。与冯友兰烜赫声名相比，李季显得寂寥得多。据说新中国成立时，他回到家乡，觉得自己家里还算有钱，就主动报了地主成分，气得他爹把他大骂一顿。他每次给家里写信，总是交代“咱家可别占人家便宜，别吃救济粮”，每月按时给父母寄生活费。

4. 范仲淹

范仲淹（989—1052 年）是北宋著名思想家、政治家、军事家，也是著名语文教育家和文学家。朱熹称其为“天下第一流人物”。元好问说他“在布衣为名士，在州县为能吏，在边境为名将。其材、其量、其忠，一身而备数器。在朝廷则又孔子所谓大臣者，求之千百年间，盖不一二见”。范仲淹是苏州吴县（今江苏苏州）人，求学于商丘，政治上三起三落，最后归葬于洛阳伊川。可以说，他一生的主要功业很多是在河南建立的。范仲淹对我国语文教育的贡献表现在：一是他有两篇作品被收入中学语文教材，一篇是《岳阳楼记》，另一篇是《渔家傲·秋思》。二是创建邓州花洲书院。范仲淹在花洲书院写下了《岳阳楼记》，是范仲淹应好友滕子京之请，凭一幅《洞庭秋晚图》写成的，尤其是“先天下之忧而忧，后天下之乐而乐”一句，激励着无数中华儿女为理想信念奋斗不息。三是发起“庆历兴学”运动。他当宰相时曾上《答手诏条陈十事》，要求各州县皆设立学校，凡应科举者必须先受三百日学校教育；科举考试先考策、论（议论文），次考诗、赋；不考帖经、墨义，即不采取死背经书和用经书上下文写作文的办法，也不笔试经书墨义；加强基础教育，强调经世致用。这在我国语文教育史上产生重大影响。

此外，与南阳有关的语文课文还有诸葛亮的《出师表》《隆中对》、范晔的《张衡传》。诸葛亮是山东琅邪阳都（今属沂南）人，因避战乱“躬耕于南阳”。前些年人民教育出版社因语文教材的注释问题，还曾引起风波（详见本书“语文杂谈”所发《教材往事》）。这次与南阳相关人士谈及此事，他们似未释怀。所谓“人不知而不愠”，相信人教版语文教材经得起历史、实践和人民的检验。《张衡传》选自《后汉书》，曾入选人教版高中语文课标教材。张衡和《后汉书》的作者范晔均是南阳人。有一次，时任国家总理温家宝考察山东，曾深入费县一中课堂，指出阅读《张衡传》的几个重点：“一是张衡的贡献。他发明了地动仪，早于欧洲 1 700 多年。二是他的家世。张衡出身官宦之家，却无骄奢淫逸的恶习，这十分难能可贵。三是他的学识。课文里短短几句话反映了他的好学不倦和学识广博。四是他的为人。‘从容淡静’，意味深长。五是他的处世。不好结交俗人，但又不自傲。”① 接着，温家宝介绍自己的语文学习经验：“好

① 李斌．“好文章可以背下来”［N/OL］．中国青年报，2009-10-31［2022-08-01］．https：//news. sina. com. cn/o/2009-10-31/041516529286s. shtml.

文章可以多读几遍，有些甚至可以背下来。学习一篇文章，要能提纲挈领。文章不论长短，要很快抓住中心思想，分清要点，再结合自己的感受理解，这样最有心得体会。”①

当代南阳还有两位语文前辈值得一提：一是方城张定远，一是邓州韩作黎。张定远（1934—2022 年），著名语文教育家、编辑出版家、人民教育出版社报刊社原社长。曾任中国教育学会中学语文教学专业委员会副秘书长、秘书长、副理事长、代理事长。著有《张定远语文教育文集》等。韩作黎（1918—1998 年），著名教育家，儿童文学家。曾任延安保育院教导主任，北京市教育局局长，北京市教育学会会长。1980 年代，经张定远精心策划，全国中学语文教学研究会作文研究中心落地河南，邀韩作黎任主任，在郑州、南阳举行规模盛大的作文教学研讨活动。

总之，此次邓州、南阳之行，让我感受到这两座历史文化名城的厚重文化氛围，也对与南阳语文教育有关的人和事有了更深切的体会。

2022 年 8 月 5 日

宝鸡语文纪事

30 多年前，我在重庆读研究生，后来到青海师范大学工作，在四川重庆（当时还不是直辖市）和成都、河南周口、青海西宁间来往穿梭，曾多次路过宝鸡。我家用的木制蒜臼就是 1987 年寒假我从重庆到西宁转车时，在宝鸡车站附近市场买的。但是直到最近参加“华樾语文主题

① 李斌．“好文章可以背下来”［N/OL］．中国青年报，2009-10-31［2022-08-01］．https：//news. sina. com. cn/o/2009-10-31/041516529286s. shtml.

学习丛书”编写研讨会时，我才真正走进这座古城。参会的主要是曹公奇语文名师工作室成员，也有来自河北、河南、湖北的语文同人。研讨交流之余，我们参观了扶风法门寺、岐山周公庙、凤翔东湖、宝鸡青铜器博物院、宝鸡民俗博物馆及陈仓老街等景点，感受周风秦韵，拜谒古圣先贤，寻访语文资源，品尝西府美食，从而深度体验宝鸡深厚的历史文化。

一、感受周风秦韵

宝鸡古称“陈仓”，已有两千多年建城史，是中华文明发祥地之一，有“炎帝故里”“青铜器之乡”“民间工艺美术之乡”等美誉，唐至德二载（757年）改名为宝鸡。

法门寺始建于东汉末年桓帝、灵帝年间，距今已1 800多年，有“关中塔庙始祖”之称。1987年法门寺地宫出土释迦牟尼佛指骨舍利、银花双轮十二环锡杖等佛教宝物，使其成为世界关注的焦点。现已建成法门寺文化景区，包括山门广场、佛光大道、合十舍利塔、法门寺、法门寺博物馆等，恢宏大气，气象庄严，同时还设有佛学院。法门寺是我国四大佛教圣地之一。唐代尊奉法门寺佛骨舍利为护国真身舍利，供养于皇宫，曾有多位皇帝亲自来此迎送，因而法门寺地宫出土了2 000多件唐代国宝重器，包括唐皇宫专用的秘色瓷器、古罗马的琉璃器皿、武则天的金裥绣裙以及装佛指舍利的八重宝函等，无不诠释着佛教文化的博大精深，也见证了大唐帝国的盛世繁华。

周公庙位于岐山凤鸣镇凤凰山，坐北朝南，三面环山，形似簸箕，像个倒写的“凹”字。山门两侧复生的柏树，在默默诉说着周公庙的悠悠历史。进门就看见雕梁画栋的“飘风自南”牌坊，源自《诗经》“有卷者阿，飘风自南”，我这才知道原来读《诗经·大雅·卷阿》时，一直把“卷阿”念错了音，应读如“全窝”。凤凰是姬姓周族崇拜的神鸟，至今还有凤凰山、凤鸣岗及“丹穴凤迹”等遗迹。唐武德元年（618 年），高祖李渊下诏在此修建周公祠。现在三公（周公、召公、太公）殿还有些文字或图片介绍，姜嫄、后稷殿就只有一尊塑像了，未免有些简陋。抗战期间，国民党元老程潜曾在这里暂住，尚留有程潜别墅。墙上镶嵌着现代人如李讷、王朝闻、贺敬之、张岱年等人的书法作品。

凤翔古称雍州、西府，是先秦古都。中国历史上著名的秦穆公称霸、秦始皇加冕都发生在这里。据说秦穆公之女弄玉善吹笛，引来善吹箫的华山隐士萧史，知音相遇，终成眷属，后乘凤凰飞去，唐代才改称凤翔。凤翔有所谓“三绝”：东湖柳、西凤酒、姑娘手。民间有诗云：“西凤美酒醇，姑娘巧手能。东湖映倒柳，幸生凤凰城。”凤翔又是著名的民间工艺美术之乡，有彩绘泥塑、木版年画、草编剪纸、皮影雍绣、漆器工艺等民间工艺品，如今多为非物质文化遗产。

宝鸡青铜器博物院在中华石鼓园景区内，这是全国唯一展示中国青铜器文化的专题博物馆。在我国文物考古界，提起青铜器，有所谓“晚清四大国宝”之说，指大盂鼎、虢季子白盘、毛公鼎和散氏盘，均是出土于宝鸡的青铜重器，前二者现藏于中国国家博物馆，后二者藏于台北“故宫博物院”。导游给我们重点介绍了周成王时的一件青铜器何尊，内底铸铭文 12 行共 122 字，讲述了周成王营建新都城周的事迹，铭文出现“宅兹中国”四字。据古文字学家于省吾《释中国》考证，这是目前所见“中国”一词最早的实物见证。但是前不久我在南京参加 2020 年“5・18 国际博物馆日”活动时，在河南洛阳二里头夏都遗址博物馆听人介绍，学界称二里头为最早的“中国”，但不知有没有确切物证。

二、拜谒古圣先贤

岐山、凤翔之行，我们拜谒了周公、召公、苏轼、林则徐、左宗棠等古圣先贤。我想，周公旦之所以受尊崇，不仅是他辅助武王灭商立国、辅佐成王平叛安邦，制礼作乐，尤明典宪，更重要的恐怕还是他能功成身退，还政成王，业隆八百，丰功茂德。所谓“周公吐哺，天下归心”，是以德服人的典范。唐代诗人白居易《放言》诗云：“周公恐惧流言日，王莽谦恭未篡时。向使当初身便死，一生真伪复谁知？”可见要真正了解一个人需要长期观察，不能光看一时一事。所谓“路遥知马力，日久见人心”。凤翔东湖古称饮凤池，相传周文王时，有凤凰飞鸣过雍，在此饮水，故有此名。1061 年，苏轼来凤翔府任签书判官（签书判官大约相当于政府办公室主任）。官虽不大，但正是他少年得志之时，又是首次出任地方官，他自然要大展宏图，扩建饮凤池，植细柳，栽莲藕，筑君子亭、喜雨亭等亭台楼榭。我们今天可从苏文忠公祠前院影壁浮雕上的《思治论》那句“方今天下何病哉”中见到作者心忧天下的使命感和责任感。因饮凤池距府城东门只有二三十步远，遂改名为东湖。在东湖，我们还意外地看到林则徐和左宗棠手植的柳树。虽然他们一个是被贬官时路过，一个是凯旋时休整，却都在此种下柳树。林则徐曾任湖广总督，因“虎门销烟”而闻名朝野。道光皇帝迫于英军压力，不得不以“办理不善”为由，将他流放到新疆伊犁。左宗棠曾被任命为钦差大臣，西御沙俄远征凯旋，途经凤翔粉碎了英、俄并吞新疆的阴谋。左宗棠凯旋时，一路种植“左公柳”，栽在这里也就不足为奇了。我们在去法门寺的路上还看到师旷墓、诸葛亮病逝之地岐山五丈原、孔子弟子燕伋所筑的千阳望鲁台（被称为“中华尊师第一台”）。在眉县横渠书院内有北宋理学家张载讲学地，他的“为天地立心，为生民立命，为往圣继绝学，为万世开太平”被冯友兰称为“横渠四句”。因时间关系，我来不及一一凭吊，只能留下遗憾。

三、寻访语文资源

作为语文教育工作者，我自然特别留意宝鸡的语文教育资源。宝鸡语文教育资源大约分为三种情况：一是语文教材或读本有许多课文记述的故事发生在宝鸡，如高中统编语文教材所选贾平凹的《秦腔》。秦腔又称西府秦腔，其核心区就在凤翔、岐山一带。“陕西八大怪”就包括“秦腔不唱吼起来”。高中语文选择性必修“古诗词诵读”所选的《诗经·秦风·无衣》是一首秦军战歌，这首诗激励将士奋勇杀敌，为后世边塞诗之祖，也应源于此。左丘明《召公谏厉王弭谤》也曾入选高中语文教材，出自《国语·周语》。公元前841年，周厉王贪财好利，为政暴虐，引发“国人暴动”。周厉王出逃，大臣召公、周公共同执政，史称“共和行政”。“防民之口，甚于防川”一言给后来统治者敲响了警钟，如今周公庙成为当地廉政教育基地。今扶风有召公镇，陪同我的曹公奇老师就是召公人，曹老师曾在召公中学任教。语文读本曾选过苏轼的散文名篇《喜雨亭记》，是他到凤翔府任职期间为民祈雨、喜得甘霖而写的，今东湖仍有喜雨亭。二是有许多汉语成语典故出自宝鸡。如“姜太公钓鱼，愿者上钩”，因西周名士姜子牙，滋泉钓干遇文王而闻名，今宝鸡陈仓区天王镇有姜子牙钓鱼台。“明修栈道，暗度陈仓”是说大将军韩信故意声东击西，迷惑项羽，以协助刘邦，今宝鸡有陈仓区、陈仓老街等。至于“马革裹尸”的主人公东汉初年军事家马援、“举案齐眉”的主人公梁鸿、《汉书》的作者班固，虽说是扶风人，但现在已划归咸阳。三是有些课文中所用典故与宝鸡有关。比如初中语文教材“古诗词诵读”所选的王勃《送杜少府之任蜀州》，是一首著名的送别诗，尤其是“海内存知己，天涯若比邻”更是千古名句。该诗开头两句“城阙辅三秦，风烟望五津”，这“三秦”虽有不同说法，但一般认为是指关中。秦朝称关中为内史，汉景帝时称“三辅”，汉武帝称“京兆尹”“左冯翊”“右扶风”，这“右扶风”即指今宝鸡、咸阳一带。陆游《书愤》中的“楼船夜雪瓜洲渡，铁马秋风大散关”，“大散关”位于宝鸡南郊秦岭北麓，自古就有“川陕咽喉”之称，为兵家必争之地。另外，语文教材常出现的诗圣杜甫也与凤翔有关。唐至德二载（757年），他从长安城逃到凤翔，“麻鞋见天子”，被唐肃宗授为左拾遗。但是不久后他就因营救房琯，触怒了肃宗，被贬到华州，因此没有在凤翔留下。

受新冠疫情影响，一些景点，如法门寺地宫、东湖苏文忠公祠、被康有为誉为“中华第一古物”石鼓出土地的石鼓园等都没有开放，加之时间有限，很多地方来不及参观，但能够如此近距离地感受周秦历史、体验大唐文化、亲近语文人物，不仅让我对孔子念兹在兹地“克己复礼”，“郁郁乎文哉，吾从周”加深了理解，对这次丰富充实的宝鸡访古之旅也留下深刻印象，可谓不虚此行。

2020年7月30日

（刊登于《宝鸡日报》2020年8月26日）

语文人物

叶圣陶的当代意义

陕西师范大学主办的教学期刊《中学语文教学参考》在语文教育界享有盛誉，被同人称为中学语文教育类期刊的“四大名旦”之一。主编张万利先生约我主持期刊今年的“重温经典”栏目，每期有两篇文章。一是选十位现代语文教育名家为主题撰写文章，包括叶圣陶、夏丏尊、陈望道、黎锦熙、朱自清、吕叔湘、朱德熙、张志公、刘国正、于漪，其中叶圣陶和吕叔湘分上下两部分，由我执笔，其他则请顾振彪、李云龙、胡晓、韩涵等师友帮忙。文章主要介绍其生平事迹，梳理其语文教育成就，尤其注重挖掘其语文教育思想的当代意义。二是江苏省苏州第一中学研究叶圣陶语文教育思想的系列文章。最近万利与我联系，说陕西师范大学出版社即将出版《语文的旗帜》一书，就是这一系列研究成果的结集，由他任责任编辑，想约我写篇序。既因叶圣陶而结缘，自然引为同道；又是老朋友相约，我当然不会推辞，反有先读为快之乐，也正好可借此与广大语文同人和读者交流心得。

这本《语文的旗帜》是苏州第一中学杨斌、巴瑶等老师所承担的“叶圣陶语文教育思想传承与创新研究”课题研究成果，被列为江苏省基础教育前瞻性教学改革实验项目。有一次应叶圣陶先生曾孙叶刚之邀，我与程翔、胡晓一起，到北京东四八条71号院瞻仰。新中国成立初期，叶圣陶、宋云彬、朱文叔、丁晓先等教育大家皆寓居于此。在院里那两株硕壮繁茂的海棠树下，我曾感慨所谓“前人栽树，后人乘凉”，实际上人教社同人都是在享受着叶圣陶先生那一代人的恩泽和荫庇。其实，对我国语文教育工作者来说，又何尝不是如此呢？正如吕叔湘先生在《叶圣陶语文教育论集》序中所说：“现在有很多问题表面上是新问题，骨子里还是老问题，所以这些文章绝大部分仍然富有现实意义。”之所以如此，就在于叶圣陶语文教育思想蕴含着中国语文教育的优良传统和成功经验，凝聚着无数语文先贤的经验积累，是他们教育教学的智慧结晶。经过时间淘洗和实践检验，有些已成为经典，而经典是能够常读常新的，不会因时代发展、社会进步而失去光彩。叶老的名言，如“教育就是培养良好习惯”“语文是工具，是人生日用不可缺少的工具”“教语文就是要帮助学生养成使用语文的良好习惯”“写作就是用笔来说话”等；再如本书提到的精读教学、略读教学、教为不教、教师修养、整本书阅读、教材是例子等，都可以看作是叶老针对今天语文教育教学实际说的。今天我们学习叶圣陶，首先是“传承”，关键在“创新”，要正确把握昨天、今天和明天，立足当下，探索语文教育规律，编写精品语文教材，提高语文课内外教学效率，改革语文考试评价，构建良好的教、学、评教育生态，实现语文教育现代化，为立德树人根本任务服务。

《语文的旗帜》一书较全面系统地揭示了叶圣陶语文教育思想的当代意义。第一辑“重温经典”重在学习传承，时有新见；第二至第四辑则重在创新发展，其中“润泽与沾溉——教学设计选评”记录了苏州第一中学对叶圣陶语文教育思想的创新实践；“我们的文心——语文活动叙事”“星斗阑干——实验学校剪影”，则是课题组围绕语文学习，在课堂内外积极可贵的探索。尤其是“把《史记》演出来”“当经典遇上疫情”“给《守财奴》当编导”“寻找苏州”等课堂实例，更是为一线语文教师教学提供了样本，做出了示范，是对叶圣陶语文教育思想的创造性转化和创新性发展。我相信，这本《语文的旗帜》的出版，必定能够在我国语文教育界树起一面猎猎作响的“叶”字旗，吹响集结号，指引语文人不忘初心，踔厉奋发，守正创新，接续前行。

苏州第一中学是享誉全国的百年名校，也是苏州历史上第一所实行现代教育体制的公办学校，与我国语文教育有着深厚渊源。语文教育常说的“语文三老”中，有两位与之有关。叶圣陶先生毕业于苏州一中（时俗称草桥中学），自然是其知名校友。吕叔湘先生从东南大学毕业后，也曾在苏州一中任英语教师，兼图书馆主任，还参与编写过《高中英文选》。后来他到伦敦大学读图书馆学，当与他的这段经历有关。苏州现代教育先驱章钰（1865—1937 年），“通籍后返乡举办初等小学堂四十所，以启发民智，为开办小学之创始人，至今乡里称颂其功”①。这位章钰先生，就是叶圣陶先生的姑丈、章熊先生的祖父。叶圣陶先生的儿子叶至善、叶至诚，文史专家顾廷龙、柳亚子，历史学家顾颉刚、王伯祥，哲学家胡绳、匡亚明，经济学家张闻天，物理学家钱伟长等，都是苏州一中知名校友。相信读者不难从中看出这所百年名校的深厚积淀和文化底蕴。

我读叶圣陶，还有两点“心有戚戚焉”。一是他晚年曾对叶至善说，编了一辈子教材，听到的都是批评的话，没有听到一句表扬的话。二是他曾多次对吕叔湘先生说，我们都是很平凡的人。他临终时要家人自费在《人民日报》登个广告，告知相识的人，“不要开追悼会，别的什么会也不要开。像我这样一个平凡的人，为我开无论什么会都是不适宜的”②。

---

① 章熊，张彬福．章熊口述：记下我的足迹，以俟来者［M］．南宁：广西教育出版社，2020：7.

② 刘增人．叶圣陶传［M］．北京：东方出版社，2009：353.

语文教育尤其是教材常成为热点话题，想想前辈那份从容淡定、坦然释怀，我们还有什么放不下呢？

2022年国庆节，党的二十大召开前夕

刘国正的语文人生

刘国正，又名刘征，1926年生，北京大兴人，当代语文教育家、诗人、杂文家、书法家。曾任人民教育出版社编审、副总编辑，中国教育学会中学语文教学专业委员会理事长，教育部中小学教材审定委员会委员，《中华诗词》主编，中华诗词学会副会长，中国毛泽东诗词研究会副会长等。出版有语文教育、诗词、杂文等著作40余种，其主要论著收录在人民教育出版社为他出版的8卷本《刘征文集：语文教育论著》里。为了表彰他对我国语文教育事业的卓越贡献，中国教育学会中学语文教学专业委员会在成立30周年时，曾授予他“中学语文终身成就奖”。原国家教育委员会副主任柳斌说，刘国正“坚持社会主义教育方向，为我国中小学教材建设事业立下汗马功劳”。著名诗人作家贺敬之、柯岩夫妇说，刘国正是“我们一向尊重的人民的诗人、作家和社会主义的教育家”。著名诗人臧克家说，刘国正“多才多能，人称之为杂家，杂家岂止？杂家进而为大家矣”“我敬重他的诗文，更敬重他的为人”。教育家韩作黎说，“刘国正是一位大好人”。

国正先生于1953年由北京八中调入人民教育出版社，直到1990年正式离休，在人教社工作了30多年。因此他对人教社怀有深厚感情，认为这里是他成长的摇篮，也是他安身立命的地方。他曾在叶圣陶先生的指导下，长期主持中学语文教材的编写工作，主编或指导编写的语文教材上百册。国正先生于 1983 年开始担任中语会副理事长，1987 年任理事长，也是继吕叔湘先生之后的第二位中语会掌门人，先后主持全国中语会工作十余年（1987—1999 年）。在语文教育界，他是继叶圣陶、吕叔湘、张志公“三老”之后，新一代的旗帜性人物。在主持语文教材编写和中语会工作中，他逐渐形成了自己全面、系统而完整的语文教育思想。他的语文教育思想，在继承中求创新，有重大的理论价值和实践意义，体现了语文教学理论与教学实际的结合。他提出，语文教学要与生活相联系，既要“实”又要“活”，要联系生活，扎实、活泼地进行语文教学，等等。他的这些理论观点，在语文教育界影响很大，曾惠及无数师生，为我国语文教育改革作出了卓越贡献。他的诗词、杂文及书法创作，在文学艺术界产生了深远影响。他与臧克家等诗人是诗友，与沈鹏、欧阳中石等书法家过往甚多，与音乐家王洛宾是在北京八中时的同事。他的诗词、杂文等作品，记录了中国语文教育改革的发展历程，情感充沛，溢于言表，表现了一代诗人对中国教育出版事业的深厚感情。

国正先生既是我在人教社的同事和忘年交，又是全国中语会的领导和前辈。无论工作还是生活，我得以与先生相聚甚多，亲聆謦欬，如沐春风。亲炙其人其学，耳濡目染，春风化雨，获益良多，彼此均欲罢不能，其乐融融。前几年，我曾写过一篇《试论刘国正先生的语文教育思想》，结合我与他交往中的点滴体会，从他形成语文教育思想、编审语文教材、领导全国中语会等方面，论述了他对我国语文教育的贡献。文章发表后，得到语文教育界同人们的肯定和好评。但我总觉得意犹未尽，还想进一步学习他的著作，研究他的语文思想。有位作家说，人生要读三本大书，一本是“有字之书”，一本是“无字之书”，一本是“心灵之书”。我总希望能有机会好好读一读刘国正的“心灵之书”。

出于某种特殊原因，我曾阅读过上百本人物传记，历时10年，有中国的，有外国的，有自传，有他传，有评传；有后人写前人的，有子女写父母的，也有学生写师长的，不一而足。读得多了，不知不觉，我就产生了一个想法，何不自己也试着写一部人物传记呢？写传记至少需要满足两个条件：一是“值得写”，即传主具有深入挖掘的价值，其思想、人生阅历对一般读者具有一定的启示、启发与启迪意义，有写作价值，也应该写；二是“能够写”，这就要求写作者必须对传主非常熟悉，对其人生轨迹及事迹有着充分了解，最好还要满怀敬意，才具有写作的基础和条件。这样，我自然就想到了既熟悉又敬重的国正先生。

国正先生离休后，仍然一如既往地关心着语文教育。从工作来说，他担任人教社咨询委员和中学语文教材顾问，指导语文教材编写；继续领导全国中语会，指导中语会的工作。从个人兴趣来说，一是著书立说或应邀外出讲学，引领全国语文教育教学改革，传播他的语文教育思想。二是从事文学创作，而且佳作不断。三是发展他的个人爱好，书法、旅游和收藏等均成就卓然，可圈可点，这不仅丰富了他的非凡人生，也展现了一位语文教育家的多彩晚霞。

近年来，为了生活更方便，他们老两口搬离了在北太平庄的人教社宿舍，在京郊各养老院颐养天年。不管他们搬到哪里，总会在第一时间告诉我。每隔一段时间，我就会与朋友们一起去看望他们。因为是老朋友，相见无所羁绊，彼此心照不宣，往往清茶一杯，天上地下，无所不谈。每与相见，宾主尽欢。记得他们住在阳台山养老院时，我和顾振彪先生去看望他们，远望群山连绵，郁郁葱葱。院内花团锦簇，果实累累。我提出要为他写传，他们老两口非常高兴，说一定全力配合我的工作。我拿出事先准备好的采访提纲、口述注意事项和录音笔，并与他们约定：可回忆往事，可讲述见闻，可抒发感慨，可皮里阳秋。季羡林先生有言，

“人生在于不圆满”“真话不全说，假话全不说”。既守护善良，也坚守原则，我们商定，以此作为本书的写作原则。

国正先生如约完成了口述录音，我又请《语文学习报》的任飞帮忙，把他的录音转换成文字，并作了初步整理，这大大减少了我的前期采访和资料准备工作。按理说应该是万事俱备，只欠东风，我应该全力以赴，投入到这部传记的写作中了。可是，理想很丰满，现实很骨感。那几年，语文教材先是“一纲多本”，后又回归“部编”与“统编”，初中、高中、新疆专用、体校、盲校等各类语文教材编写任务繁重，还有不少其他事情牵扯进来，为国正先生写传记的事就这样拖了下来。当初的承诺实在无法兑现，以致我每次去看望他时，都怀有深深的歉疚。

2014年，广西教育出版社请我为他们主编“中国语文教育研究丛书”（该丛书第一辑荣获2017年国家出版基金项目资助，2019年被列入教育部“全国中小学图书馆（室）推荐书目”），这也正是我担任中国教育学会中学语文教学专业委员会理事长的工作计划之一。其中有《新世纪语文名师教学智慧研究》（分小学卷、中学卷上、中学卷下），我请中语会语文名师教研中心主任、山西师范大学语文报社副总编辑任彦君和刘远先生担任主编。正是在那套丛书的启动会上，广西教育出版社领导决定，请他们两位再帮助策划一套“当代中国语文教育家口述实录”丛书，意在抢救当代中国语文教育历史资料，填补当代语文教育研究出版的空白。柳斌先生为丛书顾问，我忝为编委会主任。因为这套丛书具有重要的学术价值和出版意义，我义不容辞。这时，内子钟涛教授提醒我，你的《刘国正评传》不正好可以列入这套丛书吗？可谓“一语点醒梦中人”！是啊！这部传记拖了这么久，我也即将退休，正好可以乘此良机，完成我一项久未了结的“夙愿”。于是，这部搁置已久的刘国正评传，就很顺利地列入“当代中国语文教育家口述实录”丛书中（该丛书荣获2020年度国家出版基金项目资助，2021 年被评为“教师喜爱的 100 本书”，2023 年被国家出版基金办公室评为“优秀”）。我按照全套丛书的体例要求，增补提问，完善内容，充实细节，修润文字，终于完成了这本《刘国正口述：教师·编辑·作家》。

我曾在《试述刘国正先生对语文教育的贡献》中写道：

2015 年，人民教育出版社为刘国正先生出版了《刘征文集》八卷，他的夫人李阿龄老师在续编三“后记”中说：“他身体很好，写作热情不仅不减，反而诗兴更浓，曾自称‘生命不息，写作不止’。我们虽已进入高龄，但这种独特的养老方式还要继续下去。”冯友兰 88 岁时曾给同龄好友金岳霖写过两句话：“何止于米，相期以茶。”愿以此文为先生寿，“相期以茶”！

前不久，我与张定远、顾振彪、熊江平、宗晓雁一起到恭和苑去看望国正先生，他谈锋机敏，笑声爽朗，风采依旧。他今年 93 岁，早已过了“米寿”。我谨借这篇短文，祝愿他健康长寿，安享幸福晚年，更愿与他“相期以茶”！

刊登于《中华读书报》2019 年 9 月 25 日

“人民教育家”于漪[①]

一

在于漪老师即将迎来九十华诞之际，语文界同人齐聚上海师范大学，举办于漪语文教育思想研讨会，这是语文界的一件喜事、盛事。于

① 本文由两部分组成，一是作者在“于漪语文教育思想研讨会”上的发言，二是作者在于漪自选集《点亮生命灯火》首发式上的发言。

老师对教育的巨大贡献值得后辈认真学习，从中汲取精神力量。她的影响不仅在我们语文界，更不仅仅在中学语文界，纵向看，贯穿学前、小学、初中、高中，横向看，涵盖各科学科，她是中国基础教育界的一面旗帜。人民教育出版社曾经出版过于老师的多部重要论著，如《学海探珠》（1990）、《于漪语文教育论集》（1996）、《我和语文教学》（中国特级教师文库第一辑，2003），这些论著多次再版，曾经惠及全国广大语文教师。研讨于漪老师的语文教育思想，必将大大促进我国更多优秀语文教师的“精神成长”，坚定语文人不忘初心，牢记使命，砥砺前行的信念。

于漪老师是我们全国中学语文教育界的老前辈，也是中语会的老领导。1980 年代我在河南老家当中学教师时，用的第一套教辅书，就是于老师和陶本一老师主编的《中学语文备课手册》。中语会 1979 年在上海成立时，她就作为一线优秀语文教师的代表，担任中语会副会长，现在仍是我们学会的顾问。她曾长期担任教育部中小学语文教材审定委员会中学语文学科审查委员，我有多次亲炙的机会。2002 年秋，我进行人教版高中课程标准实验教材调研时，曾随顾振彪先生到她府上拜访。记得于老师曾语重心长地对我们说，我们的语文教育是母语教育，绝不是识多少字，背多少词，做多少练习，写几篇文章那样简单，要在引导学生理解国家语言文字的同时，受到民族文化的教育，受到民族精神的熏陶，受到民族情结的感染。语文教材编写一定要立足在中华的大地上。谈到新课改的“西化”倾向时，于老师说，芬兰只有几百万人口，我们光教师就有一千六百万，学生一亿几千万，千万不能迷信外国经验。十多年来的课改实践，足以证明于老师当年的远见卓识。于老师如今年且九十，仍然关心着我国的语文教育事业，关心青年语文教师的成长，不断推出新的研究成果。于漪老师的教育思想，尤其是语文教育思想，涉及面广，可谓博大精深。在我看来，最值得我们学习的是以下几个方面。

一是坚定执着的理想信念。于漪老师1951年从复旦大学教育系毕业后，就一直从事中学教育，她先教了八年历史课，后来改行教语文，从此痴迷于语文教学，献身于语文教育事业。用她自己的话说，虽然是“半路出家教语文”，但既然入了这个门，就要一辈子“上下求索”。她不仅找到了“门”，而且“登堂入室”，成为全国语文界一面鲜艳的旗帜，成为无数青年教师的“精神领袖”。于老师也曾面临过高位、高薪、汽车、房子的诱惑，但她都婉言谢绝了。因为她坚信，教师是社会的良心，不能做金钱、物欲的奴隶。在长期的语文教学实践中，她始终牢记作为一个人民教师的使命，播撒着知识与做人的种子，她心中总有一团火，有旺盛的经久不衰的内驱力。看到张丽莉舍命救学生的报道，她热情讴歌教师崇高的灵魂；面对种种教育乱象，她又有着椎心的忧思。在1980年代，针对工具主义盛行的时弊，她率先提出“既教文，又教人”的语文教育观。她的《语文教学要讲求综合效应》《语言教学应以语言和思维训练为核心》《“标准化试题”把语文教学引入了“死胡同”》等论著，都曾深刻地影响着一代代语文人。

二是持之以恒的学习精神。于漪老师有一句名言：“一辈子做教师，一辈子学做教师。”虽然她早已享誉全国，但她总是以一名“普通教师”“草根教师”自居，坚持学习、思考，不断推出新作，用她的思想成果和智慧结晶，引领着我国语文教育教学的改革方向。她相信，“锲而不舍”，数十年如一日，坚持实践；“学然后知不足”，真正去学了，才真正知道自己实在懂得太少。她常说，我有两把“尺子”，一把用来量别人的长处，另一把用来量自己的不足。她用学习与自己的语文人生结伴同行，教一辈子，学一辈子。近年来，她常用“八十几岁的老学生”鞭策自己，激励着无数的新一代语文教育工作者。语文教育教学研究探索无止境，当今语文教育界需要的正是于老师这种百倍的勇气、非凡的毅力和孜孜不倦的学习精神。

三是大爱无边的仁爱之心。教育是一门“仁而爱人”的事业，爱是教育的灵魂，没有爱就没有教育。师生之爱超越亲子之爱、友人之爱。教师对学生的爱心是教育成功的原动力。列夫·托尔斯泰曾说：“如果一个教师把热爱事业和热爱学生结合起来，他就是一个完美的教师。”语文教师既是经师，更是人师。于老师为我们树立了榜样，她不仅热爱教育，更热爱学生。她常说，你既然选择了当教师，你就选择了高尚。教师必须用高尚的标准来要求自己，用一个人民教师的良知来告诫自己，要时刻想着自己是教师，和市侩不一样，不能把教书当生意做，不能从学生身上揩油。只有对学生一片丹心，才能和学生心心相印。她坚信，教书教做人，做人先铸魂。教师身上挑着千斤重担，一头挑着学生的现在，一头挑着祖国的未来。她用实际行动践行着陶行知“千教万教教人求真，千学万学学做真人”的教育理想。正是她大爱无边的仁爱之心和非凡的教育教学实践，使她实至名归，成为“全国十大教书育人楷模”。

四是出神入化的教学艺术。于漪老师在复旦大学学的是教育学，深厚的教育科学理论素养，持之以恒的学习精神，使得她的语文教学艺术逐渐臻于化境。于老师常说，教育不仅是一门科学，也是一门艺术，一门非常具有创造性的艺术。她曾上过两千多节公开课，从不跟风，不赶时髦，而是独立思考，善于发现，长善救失，因材施教，同时保持教学自信，具有鲜明的时代性、前瞻性与创新性。她认为，“教过”不等于“教会”，课堂结构必须从师生之间的单向型直线往复转换为网络式、辐射型，师生关系应是平等关系、合作关系、互动关系。学历水平不等于岗位水平。不能做知识的“灌输匠”“注入匠”，要让学生“学会学习”。她将语文教学和知识传授、能力培养、智力开发、情操陶冶融为一体，形成自己独特的“于漪风格”。

2014年教师节前夕，习近平总书记到北京师范大学看望教师时，提出好老师的四个标准。第一，要有理想信念。第二，要有道德情操。第三，要有扎实学识。第四，要有仁爱之心。于漪老师为我们树立了榜样。

衷心祝愿我们敬爱的于漪老师健康长寿，永葆学术青春！我相信，于漪老师的语文教育思想必定会引领广大语文教育工作者重塑教育姿态，捍卫语文尊严。我们的语文教育事业，也一定会在于漪老师等老一辈学者精神的感召、指引下，薪火相传，迈向更加辉煌灿烂的明天！

二

在全国人民喜迎新中国成立70周年之际，中国教育学会中学语文教学专业委员会学术顾问、原全国中学语文教学研究会副会长于漪荣获“人民教育家”国家荣誉称号。这个消息一经公布，迅速在语文朋友圈“刷屏”。于漪老师获得的这一荣誉，既是对她近70年教育生涯的最高褒奖，也是对全国1 600多万中小学教师的高度肯定，语文教育工作者和中语会同人无不为之骄傲，奔走相告。商务印书馆适时推出于漪自选集《点亮生命灯火》，更是可喜可贺！作为语文教师的杰出代表，于漪的名字是和新中国语文教育的很多个“第一”联系在一起的——她是全国中语会历史上第一位以普通教师身份当选的副会长（会长是语文教育家、语言学家吕叔湘），也是当时中语会唯一的一线教师；她是我国第一批语文特级教师，也是新中国第一位出版21卷文集的中学语文教师。

于漪被誉为“育人师表”“教改旗帜”，尤其是她的“教文育人、德智融合”语文教育观，是落实立德树人教育根本任务的生动体现。要准确把握新时代语文教育的特点，就有必要深入学习于漪老师的语文教育思想，领略她那宽厚博大的语文情怀，用语文点亮生命灯火，从祖国语文汲取精神力量，立足中国大地教语文。

用语文点亮生命灯火。于老师始终牢记作为一个人民教师的神圣使命，播撒知识与做人的种子。她说，教师一个肩膀挑着学生的现在，一个肩膀挑着国家的未来，教师责任大于天。她在为自选集《点亮生命灯火》新写的“开篇絮语”中说，“教师的神圣职责是点亮生命灯火，学生的以及自己的”，“教师的职责在于怀着对每个学生生命的敬畏和虔诚，手持火种，点燃他们精神成长的灯火……唤醒他们对真、善、美的渴望，对祖国富强、人民幸福的追求”，“教师要做‘燃灯者’，自己心中首先要有一盏明灯”。她深信，身教胜于言教，久久为功，学生自身就会生发出对远大理想的追求，积极主动地高擎生命的灯火。教育不能只“育分”，更要教学生学会做人。要教在今天，想在明天。教育归根结底不是要解决学生未来的吃饭问题，而是要解决学生的灵魂问题。基础教育要站稳立德树人的脚跟，“胸中有书，目中有人”，不断追求教育的理想境界，千方百计提高育人质量。教师首先是个大写的人，站上讲台就是用生命在歌唱。

从祖国语文汲取精神力量。作为语文教师，于老师深知自己肩负的责任，那就是教文育人，德智融合。她认为，我们的语文教育是国家通用语言文字教育，要在引导学生理解国家语言文字的同时，让学生受到中华民族文化教育、民族精神熏陶和民族情结感染。语言文字的内容是魂，老师在语文教学中教的是语言文字及其包蕴的内涵，教的是中华民族精神的精髓，人类进步文化的精粹，学生在学语文的过程中会被感动。她说，教师应该拿什么来育人？一是人格魅力，二是学术魅力。学历水平不等于岗位水平。她有一句被广为传诵的名言：“一辈子做教师，一辈子学做教师。”虽然她早已享誉全国，但总自称是一名“草根教师”，坚持学习思考，不断推出新作，引领我国语文教育教改方向。许多青年教师听了她的课，都对她出神入化的教学艺术叹服不已，但她却说：“我上完课后总觉得有毛病。”所以她每次上课后都会从两个方面进行反思：一是学生的闪光点是什么，二是自己的不足、缺陷甚至错误是什么。近年来，她常自称“八十几岁的老学生”鞭策自己，也激励着新一代语文人努力奋进。

立足中国大地教语文。于漪老师认为，任何国家的教育，特别是基础教育，必须传承本民族的优秀文化，弘扬民族精神，培养为本民族、本国建设服务的人才。眼光向内，不是排斥国外，而是立足于本国，以我为主。我们教孩子学习的是中华民族通用的语言文字，必须立足中国大地教语文。记得二十一世纪初，我曾就人教版高中语文教材编写问题到于老师府上请教。谈到当时教育领域的“去中国化”倾向时，于老师说，语文教材编写一定要立足在中华的大地上，千万不能迷信外国经验。中国要走向世界，当然应该把外语学好，但是绝对不能以牺牲母语为代价来对待我们的语文。我们不能只点“洋蜡烛”，心中永远要有一盏中国的明灯。她经常勉励青年教师，孩子是国家的未来，要用正能量教育他们，让他们成为有“中国心”的现代文明人，绝对不是“思想的矮子”“解题的机器”“分数的奴隶”。考试只是一种手段，不能把手段变成目标，完全用分数定乾坤。选拔考试和基础教育的目的不一样，基础教育是大众教育，是培养未来良好的国民素质的教育，培养的应是有理想、有情操、有良好科学文化素质的人，而高考是为国家选拔人才，选拔就要择优，就要有方向性的引领，使这些人才将来能推动社会往前走。语文命题应加强对中华优秀传统文化的考查，重在考查学生对于这些文字背后所蕴含的核心价值的把握能力，发挥高考语文在选材育人上的引领作用。这不仅仅是为了让学生掌握其中的文化知识，也是要让学生对中华优秀传统文化正确理解、深入感悟，将其内化为文化自信、文化自觉，具有文化定力。这样我们才能在中国的土地上开拓创新，否则我们只能永远跟着别人走。

坚定执着的教育理想，持之以恒的学习精神，大爱无边的仁爱之心，出神入化的教学艺术，是“人民教育家”于漪带给我们的深刻启示。在她身上，我们能感受到，教师确实承担着传播知识、传播思想、传播真理的历史使命，肩负着塑造灵魂、塑造生命、塑造人的时代重任，是教育发展的第一资源。新时代语文教育，需要更多像于漪那样的语文老师，有理想信念，有道德情操，有扎实学识，有仁爱之心，充分发挥语文课的育人功能，教文育人，德智融合，引导学生坚定理想信念，厚植家国情怀，加强品德修养，增长知识见识，培养奋斗精神，增强综合素质，培养德智体美劳全面发展的社会主义建设者和接班人。

刊登于《光明日报》2019 年 12 月 7 日，稍有改动

章熊的启示

几年前，任彦钧和刘远两位先生在为广西教育出版社组织策划“当代中国语文教育家口述实录”丛书时，我就想到了章熊先生。无奈那时章先生身体已每况愈下，每次谈话不能超过半个小时，已无力再做这件事。章熊先生于 2019 年 1 月 21 日去世，所幸他在生病期间，留下一份完整的录音资料，详述其生平与学术工作，极其珍贵。现由首都师范大学张彬福教授经过辛勤工作，整理成《章熊口述：记下我的足迹，以俟来者》。张彬福教授嘱我写序，我乐于从命。

章熊先生是我国著名语文教育家，是全国中学语文教学研究会的重要创始人，也是我素来敬仰的语文界前辈。我曾多次到他在北京大学中关园的府上拜望。有时是因为工作，有时是陪外地朋友去看他，每年春

节前我都要代表中语会去给他拜年，就在他那八九平米的客厅里，听他纵论语文风云，历数中语“家史”，细数教改阳秋，品评南北名师。他常常是娓娓道来，高谈阔论，诙谐豪放，神采飞扬，机锋迭出，启人深思。伴之以他那洒脱的语调和爽朗的笑声，简直是一种难得的精神享受。可以说，如果研究我国当代语文教育史，尤其是改革开放以来的中国语文教育，章熊是无论如何也绕不开的人物。

章熊先生的语文教育研究，涉及课程、教材、教学与考试评价，著述甚丰。前几年，我曾写过一篇文章《章熊先生的语文视界》，梳理过他的语文教育研究具有的几个特点：

一是横跨新旧时代。章熊出身于苏州名门，书香世家。祖父章钰是清末民初知名学者，所校注的《资治通鉴》曾受到毛泽东称赏，为中华书局本《资治通鉴》所采用。他幼承庭训，深得祖父宠爱，早受诗文熏陶，接触过俞平伯、叶圣陶、吕叔湘等名流学者。章熊从上海南洋模范中学毕业后，先考入中央大学中文系，后又转入清华大学中文系。大学毕业后，他进入清华大学工农速成中学当语文教师。此后，他于 1960 年调入北京大学附中，为首任语文教研组组长，后任副校长。他从小就打下坚实的学问基础，经中央大学、清华大学南北两大著名学府熏染，大学毕业后任职于清华大学、北京大学两大名校附中，又身处新中国政治文化教育中心，使他既具有中国传统文化深厚底蕴，又能在新时代的大洪流中与时俱进，因而能在语文教育教学上左右逢源，游刃有余，成为我国语文教育界的翘楚。

二是博览中外文化。章熊先生具有很好的外语基础，能够博览中外文化。早在 1980 年代，他就与北京大学章学淳教授合作翻译了美国学者威廉·W. 韦斯特所著的《提高写作技能》，这是我国新时期引进的第一本外国中学写作教材。翻译这本写作教材，尤其是书中收录的美国中学生作文让他耳目一新，无疑也大大开阔了他日后从事语文教育研究的学术视野。

三是沟通大学中学。章熊虽长期在中学工作，但同时又与大学保持着密切联系。由于他曾参加教材编写、教材审查、高考命题和全国中语会等工作，他与人民教育出版社叶圣陶、张志公、刘国正，中国社会科学院语言研究所吕叔湘，北京大学朱德熙、王理嘉、冯钟芸、孙玉石、陆俭明、何九盈、蒋绍愚，华东师范大学汪寿明，南京大学柳士镇，华南师范大学陈佳民，扬州大学顾黄初等先生都有深入交往。这使他能够追踪语言学前沿，具有开阔的学术视野，能够站在语言学的高度审视中学语文教学，这成为他率先开展语文教改的理论基础。

四是汇通理论实践。章熊的语文教育研究具有理论基础深厚、涉及面广、实用性强等特点，这源于他多年的一线语文教学与研究实践，特别是他在北大附中的教改实验，参加人民教育出版社中学语文教材编写，主持全国高考语文命题等研究实践。

在教改实验方面，他在北大附中率先开展“语言与思维训练”实验、“当代文学讲座”实验、“小论文写作”实验，为语文教学开启了新生面。教育部督导员、全国中语会副会长苏灵扬调研后，向叶圣陶先生写信大加赞赏，并在《人民教育》上撰文推荐。在教育科研方面，他先后编著有《语言和思维的训练》《简单论文写作》《中学生语言技巧的培养》《高考作文语言水平的测定及语言能力的自我测试》《简明·连贯·得体：中学生的语言修养和训练》《中国当代写作与阅读测试》《章熊语文教育论集》《中学生言语技能训练》等著作。在教材建设方面，他参与了人民教育出版社多套语文教材的编写工作，2002 年我主持《普通高中课程标准实验教科书　语文》编写时，请他担任《文章写作与修改》分册的主编。他还长期担任教育部中小学语文教材审查委员，为我国中学语文教材建设倾注了大量心血。在高考命题方面，他参加教育部考试中心高考语文命题工作长达 20 多年，不仅是我国语文高考改革的亲历者，更是语文命题的实际操盘手。

梳理章熊先生对语文教育事业的贡献，还有非常重要的一项，就是他参与发起成立全国中语会。1978 年 9 月，吕叔湘先生在主持北京地区语文教学座谈会时，建议成立一个民间学术组织研讨语文教育改革问题。章熊与王世堪等先生一道，起草了关于成立全国中学语文教学研究会的倡议报告，获教育部党组批准。经过一年的筹备，中语会于 1979 年 12 月 25 日在上海宣告成立。此后他又长期负责中语会的领导工作。这是我们中语会同人应该永远铭记的。

章熊先生的语文教育研究，奠基于语文课堂，植根于语文教材，立足于高考语文命题，因而能够根深叶茂，蔚成大家。2010 年 4 月，在庆祝中语会成立 30 周年大会上，中语会同人曾为章熊先生作八十大寿，并授予他“中学语文终身成就奖”。

章熊先生多才多艺，为人豪放。其书法作品遒劲俊逸，字如其人，尤其是挂在他客厅沙发上方那幅“温不增华，寒不改叶”的横幅，显示着他的为人品格。我曾请他题写“两不厌居”匾额和“行到水穷处，坐看云起时”条幅两幅墨宝。他喜饮酒，常自称“酒兴颇高，酒量一般。貌似高阳酒徒，其实不堪一击”，颇有魏晋名士风度。他 60 岁时曾赋诗言志:“舍却心头事，不知岁月流。客稀窗几净，庭浅草木稠。腕老书成趣，山高云自浮。漫言天地广，何处觅归舟。”可见其文人气质与达观心态。

诗人臧克家在诗中写道:“有的人活着，他已经死了；有的人死了，他还活着。”章熊先生虽然已经离开了我们，但他的精神和思想却还活着，因为有他留下的那么多语文教育皇皇巨著在。现在又有他和张彬福教授合著的这本《章熊口述：记下我的足迹，以俟来者》，我们可以随时翻阅，感受其音容笑貌，领略其语文丰采，汲取其语文智慧，这是我们要永远感念的。

2019 年 8 月 7 日

怀念张定远先生

一

张定远（1934—2022 年）先生于 2022 年 6 月 23 日在北京家中安然离世，享年 88 岁。在他告别这个世界的前几个小时，我还曾给他致电问候，可见彼此似有心灵感应。得此噩耗，不禁悲从中来。

定远先生之于我，不仅是人民教育出版社的前辈、同事，也是我参加全国中语会的老领导、引路人，是我生命中的“贵人”。1994 年 7 月，我从中国社会科学院博士毕业到人民教育出版社中学语文编辑室工作。当时他是报刊社社长，《课程·教材·教法》编辑部主任，兼任中国教育学会中学语文教学专业委员会秘书长、理事长，也是著名语文教育家。正是在他和刘国正、顾振彪等先生的耳提面命之下，我才得以借助人教社和全国中语会两个平台，开启新的人生之旅，也成就了我的语文事业。

古人常把“立德”“立功”“立言”视为人生“三不朽”。对定远先生，我没资格评论，但就我的观察和感受来说，他对我国语文教育事业的卓越贡献是有目共睹的。他多年从事中学语文教材研究编写，主持编辑《课程·教材·教法》杂志，参与领导全国中语会，是著名语文教育家、教材编写专家、编辑出版家。他的《张定远语文教育文集》曾命我作序，我当时把他的贡献概括为“全国中语会的卓越领导者”“语文教育活动的得力组织者”“语文教育教学的实际研究者”“正确语文教育思想的倡导者”“古道热肠的忠厚长者”。其中印象最深的有以下数端。

一是他的语文教材和期刊编辑事业。他曾经参与全国通用初高中语文教材、重点中学初中语文阅读教材等多套教材的研究编写，在新中国中学语文教材史上占有重要地位，泽被数以亿计的青少年，可谓利在当代，功在千秋。在他的主持和匠心经营下，《课程·教材·教法》成为教育类核心期刊。二是他留下的语文教育教学论著，丰富了我国的语文教学理论宝库。除了他的代表作《张定远语文教育文集》，他编的《中学语文教学论集》《作文教学论集》《阅读教学论集》《文言文教学论集》，参与编纂的《叶圣陶语文教育思想研究》《中国著名特级教师教学思想录中学语文卷》《中学著名语文特级教师教育思想精粹》《新中国中学语文教育大典》《中国现当代名家作文论》等论著，如今已成为语文教育研究的珍贵史料。三是他对全国中语会作出的卓越贡献。他先后任副秘书长、秘书长、副理事长、代理事长、学术委员会主任、顾问等。许多家语文报刊得到过他的支持和帮助，又有许多语文教师曾受惠于他。加上他为人正直，待人真诚，古道热肠，急公好义，使他拥有极好人缘，在语文界有口皆碑，深受拥戴。

定远先生安静地走了，走得悄无声息。他生于1934年，属狗。尽管88岁是“米寿”，民间称为“喜丧”，但语文界同人闻之无不为之悲痛。疫情期间，大家不能亲往吊唁，于是纷纷以不同方式缅怀其道德文章。据说他临终前坚持不去医院，也不让搞什么告别仪式。我想这符合他为人行事的一贯风格。徐志摩诗云：“我挥一挥衣袖，不带走一片云彩。”定远先生留给我们的，还是一如既往的精神抖擞、声如洪钟、满面春风，这不也是挺好的吗？

2022年6月25日晨

二

2022年6月23日，著名语文教育家、编辑出版家、人民教育出版社报刊社原社长张定远先生在家中仙逝，享年88岁。语文教育界、教育出版界同人闻之伤悲，纷纷以不同方式缅怀其道德文章。张定远先生是河南南阳方城县人，作为全国中学语文教育卓越领导者和实干家，他对家乡教育出版事业特别关注，倾注了很多心力。应文心出版社总编辑余德旺先生之邀，这里记述张定远先生与文心出版社长期合作的点滴往事，以见其心系语文、造福桑梓的教育家情怀，表达我们的共同哀思。

一是推动全国中语会作文研究中心落地河南。张定远先生与河南教育出版界结缘，据我所知，最早可追溯到1984年。当时他是全国中学语文教学研究会副秘书长。张定远先生经过精心策划，不仅促成全国中语会作文研究中心落地河南，还邀请到他的老朋友、河南邓州籍革命教育家、儿童文学作家、北京市教育学会会长、北京市教育局局长韩作黎出任作文研究中心主任。1984年8月5日至10日，作文研究中心成立大会暨第一次座谈会在郑州隆重召开。河南省副省长、宣传部部长、新闻出版局局长、河南日报负责人等领导到会祝贺。刘国正、韩作黎、章熊、张定远、陈金明、高原、刘朏朏、欧阳代娜、顾黄初、陆继椿、陈钟梁等语文教育大咖和各地代表800多人参加了这次盛会。会议围绕作文研究与作文教学如何贯彻“教育要面向现代化、面向世界、面向未来”的指导方针进行了座谈交流，决定编辑出版《中国作文年鉴》，初步规划了研究项目，包括学生习作、作文指导、中学生阅读等丛书。1993年11月6日至8日，作文研究中心还曾特别移师韩作黎、张定远的故乡南阳，举行全国作文理论和教学经验研讨会。

二是策划组织文心出版社的重要学术活动。2002年6月，张定远先生作为全国中语会学术委员会主任，策划组织全国中语会与文心出版社在井冈山联合举办“作文教学研讨会”，邀请刘国正、顾振彪、赵谦祥等语文教育专家名师到会。会议是在世纪之交语文教育大讨论中被诬为“误尽苍生”的背景下召开的，是语文教育界正面发声的一次会议，因而具有特别重要的意义。特别是刘国正先生的总结报告《作文教学的实和活——在井冈山作文教学研讨会上的发言》，对消除语文教育大讨论的负面影响，拨乱反正、正本清源发挥了重要作用。2004 年 4 月 24 日，全国中语会与文心出版社在北京联合举办“《延安教育研究》新书出版座谈会”。该书由文心出版社邀请韩作黎任主编，著名作家欧阳山之女、全国中语会学术顾问、著名语文特级教师欧阳代娜任执行主编。座谈会由张定远先生主持，我作为全国中语会秘书长参与会务工作。大家盛赞文心出版社做了一件大好事，也是教育界的一件大事、喜事，称赞延安教育“是一座丰碑，是一座灯塔，延安教育过去是，现在是，今后永远是我们基础教育的指路明灯”，是一座挖掘不尽的丰富精神矿藏、文化资源和教育宝库。2021 年 1 月，教育部发布《革命传统进中小学课程教材指南》，要求将革命传统教育作为中小学教育立德树人、培根铸魂工程的重要内容。早在 20 年前，文心出版社就策划并组织出版了《延安教育研究》，其远见卓识让人敬佩。

三是他把《张定远语文教育文集》交由文心出版社出版。《张定远语文教育文集》是张定远先生的代表作，也是他数十年从事语文教育研究心血的结晶。书中有对叶圣陶、吕叔湘、张志公、刘国正等老一辈语文教育家教育思想的研究评述，有对改革开放以来我国中学语文界名师教学经验的宣传介绍，有对阅读教学、写作教学、教材编写等问题的深入思考，也有为提携后进，为众多语文读物写的序言和评介。可以说，他为语文教育教学所做的工作，在书中都有所反映。通过此书，读者不仅可以全面了解他的语文教育思想，也可以见证改革开放以来我国中学语文学科发展演变的脉络和轨迹。另外，他为文心出版社策划、编纂的《中国作文年鉴》《中国近现代名家作文论》《中国现当代名家作文论》等著作，如今已成为我国语文教育，特别是作文研究的珍贵文献。

四是促成“文心经典”丛书的出版。2013 年 10 月，我当选全国中语会新一届理事长。不久后，时任文心出版社社长王钢，带着编辑张瑞芳、贾为敏，专程到北京，邀请张定远先生出面，与我们洽谈文心出版社与全国中语会进一步合作的相关事宜，包括申报全国中语会课题，主编“文心经典”丛书等。我还陪他专程到郑州，参加文心出版社申报的全国中语会重点课题“作文教学理论与实践研究”开题论证会。作为课题研究成果，在马保民、贾为敏等同人的努力下，“文心经典”丛书得以于 2017 年和 2019 年顺利出版。丛书分“作文通论”“作文专论”“作文文体论”三辑，共 27 种，系统梳理了梁启超、夏丏尊、叶圣陶等语文教育大家的作文教学经典著作。张定远先生是总顾问，我忝列主编。2019 年 1 月，我们一起参加了“文心经典”丛书在北京举行的新书发布会，留下难忘印象。

文心出版社的社名取自刘勰的文学理论名著《文心雕龙》，夏丏尊、叶圣陶的语文教育经典著作也以“文心”命名。顾名思义，文心出版社最初就是以作文立社，突出作文特色，在作文教材、作文研究、作文指导、语法和写作知识类读物及有关辞书、工具书等方面，逐渐形成出版特色，成为全国唯一的专业作文出版社。后来，文心出版社与时俱进，由作文而及教育，由教育而及大众和专业出版，形成鲜明的品牌特色，出版了大量深受青少年读者喜爱的语文教育图书，该出版社的《作文》《小学生作文选刊》曾荣获中国优秀少儿报刊奖，这自然包含了张定远等语文教育界前辈的心血和智慧。河南教育出版界几代同人，如牛雅杰、何宝民、吴望平、耿相新、马保民、陈锋、余德旺、张瑞芳等，通过与全国中语会的合作，彼此也结下深厚友谊，成为朋友。张定远先生走了，但他开创的事业会永远光耀后人。我衷心祝愿文心出版社不忘初心，踔厉笃行，出版更多精品图书，繁荣教育出版，造福更多青少年。

2022年6月27日

于京西潭柘寺旁一瓢客栈

亦师亦友顾振彪

顾振彪先生之于我，亦师亦友。我刚到人民教育出版社工作时，张定远、张厚感等前辈还健在，常听他们称振彪先生为“小顾”，称我当然就是“小小顾”了。后来“小顾”变成了“顾老”，也就没人再叫我“小小顾”了。前几年，我看振彪先生为编写北京版语文教材和教师读本呕心沥血，以致病倒，曾劝他先放慢节奏，保养身体，待身体允许时，再编写教材，并总结自己的学术成果，编辑出版自己的学术论著。看来他是接受了我的建议，而且一发而不可收，硕果累累。他的学术成果主要体现在以下几点：一是《语文教材改革研究》专著，收入我为广西教育出版社主编的“中国语文教育研究丛书”；二是《语文教材论》，收入曹明海为山东教育出版社主编的“名家论语文丛书”，入选2020年度国家出版基金、“十四五”国家重点出版物出版规划项目；三是《语文教育与语文教材》，收入郭戈特为人民教育出版社建社70周年主编的“中国教材研究文库丛书”；四是正在编纂中的《顾振彪口述实录》，将收入任彦钧、刘远为广西教育出版社主编的“当代中国语文教育家口述实录”丛书。如果没有足够的学术积累，这是不可能做到的，可见他早已成竹在胸，只待机缘，所谓春华秋实、厚积薄发。

1994年，我从中国社会科学院研究生院获得博士学位后，到人民教育出版社工作。最初联系的本来是辞书编辑室，并且已经到编辑室见过黄成稳主任及诸位前辈同事。振彪先生听说后，硬是“半路打劫”，把我“要”到了中学语文编辑室。如今28年过去，弹指一挥间，我早已退休，完成了作为人教社语文教材编辑的历史使命。想当年他是编辑室主任，我先是给他当过一段主任助理，后是副主任。在我们共事那几年，正是我国基础教育课程教材发生剧烈变革的时期，我们亲历了语文教学大讨论（1997年），语文教学大纲修订（1999年），语文课程标准颁布（2001年，2003年），语文新课改实验（2000—2014年），高中教材压缩以适应高考提前一个月（2002年）等事件。相应地，语文教材编写工作非常繁重。因为语文教材与社会现实关系密切，社会关注度高，编写时间紧，精神压力大，但我们“辛苦并快乐着”，虽是百转千回，倒也波澜不惊。在振彪先生的运筹帷幄下，我们先后编写了人教版全日制普通高中语文教材（1996—2006年使用），人教版义务教育三年制、四年制初中语文修订版教材（1999—2004年使用），义务教育课程标准七至九年级语文实验教材（2001—2013年使用）。即使在我2002年主持编写普通高中课程标准实验语文教材（2004—2022年使用）时，他仍是不挂名的主编，其中“写作”部分也是请他统筹负责的。从我个人来说，那是我在人教社工作最忙碌也最舒心的一段日子。我能够借助人教社这个平台，在语文教材编写、语文教育研究、考试命题以及全国中语会等方面做一些事情，取得一些成绩，与振彪先生的引领、指导与提携是分不开的。即便在他退休后，我和他联系也是最多的。近年来，我先后承担了一些编辑出版或科研项目，比如为云南教育出版社主编“亲近经典丛书”，为广西教育出版社主编“中国语文教育研究丛书”，为河南文心出版社主编“文心经典”丛书，承担国家社科基金教育学重点课题“中小学语文教育改革研究”子课题“语文教材研究”，承担教育部重点课题“中学语文学业评价标准研究”等，我总是请他出山，或参与策划，或亲自撰稿，他几乎有求必应，从不推辞。振彪先生在《万老师改变了我的人生》一文中曾引用教育家叶澜先生的一句话：“一个人一辈子能够遇到一个好老师，是他的幸福。”其实，振彪先生之于我，不仅是工作上的领导，教材编写的引路人，也是生活中的“忘年交”，更是我人生路上的“好老师”。前几年，我为文心出版社主编“文心经典”丛书，其中收有夏丏尊、刘薰宇《文章作法》，吕云彪等《白话文做法》，朱德熙《作文指导》，由于某种特殊原因，这三部作文经典著作的“导读”需要重写。我向他说明原委，跟他商量：“求人不如求己，我写两篇，你写一篇，咋样？”他稍微停顿了一下，缓缓地说：“那我写夏丏尊的《文章作法》吧！”跟他合作就是这么愉快、舒心、放心，而且出活儿，根本不用考虑别的。2022 年，陕西师范大学《中学语文教学参考》（高中版）开设“重温经典”栏目，介绍 10 位语文教育大家，我请他写了夏丏尊和张志公的部分。我多次跟朋友们笑称：“别人是‘有事找警察’，我是有事找顾老。”

振彪先生 1965 年从华东师范大学中文系毕业后，即分配到人民教育出版社工作，直到 2003 年荣休。可以说，他不仅把自己一生的青春热血都奉献给了人教社，也见证了人教社的沧桑巨变，领略过叶圣陶、吕叔湘、吴伯箫、蒋仲仁、张志公、刘国正等大家的风采，感受过中学语文编辑室的辉煌岁月与璀璨星光。他认真负责，敬业乐群，谦逊内敛，甚至在我们常人看来有些谨小慎微。生活上从不提过高要求，粗衣淡食，烟酒不沾，我曾戏称他“无不良嗜好”。你要问他是哪里人，他不会说是“上海”而一定是“上海嘉定”，有时还会补充说明“属于上海郊区”，其为人低调质朴每如是。

我读振彪先生的语文论著，深为他的深厚学养而惊叹。他纵论我国语文教育与语文教材时，因为他站得高，看得远，思考深入，持论公允，一如他的为人，所以论著内容扎实，丰富厚重，不尚空谈，举重若轻，常有春风拂面之感。我读他的《语文教育与语文教材》，至少有如下收益。

第一，有助于加深对语文教育本质规律的认识。比如，《强调人文性必须立足于语文——语文课改的一个关键问题》针对新课改以来语文教育人文性泛滥的现象，他提出"脱离语文而讲人文，与过去的脱离语文而讲思想政治，是一脉相承的"，"违反语文教育的规律，脱离语文而讲思想政治、讲人文，教学效果肯定是不好的"。可见，他所谓"立足于语文"，显然继承了叶圣陶、吕叔湘、张志公、刘国正等前辈倡导的语文工具论目标，即培养学生正确理解和熟练运用国家语言文字的能力，重点是培养阅读与写作能力。所以，对阅读与写作的论述也就成为本书的重要内容。比如，阅读方面有"课外读物导读""古代作家作品评介""课外读物推荐"等；写作方面有《作文个性化例话》《写作教学四题》《中学作文教学改革的回顾与展望》《课外写作指导：诗歌写作十五题》等。

第二，有助于深入理解我国语文教材改革及其发展历史。书中所收录的《回顾六十年来中学语文教材改革的轨迹》《中学语文教材在改革中走向繁荣》《坚持正确方向，不断深化改革——谈中学语文教材的思想道德教育》《谈选编中学语文课文的几个问题》《关于语文教科书的选文问题》《语文教科书的编制》等文章，多出自我国语文教材编写的亲历者之手，系统梳理了我国语文教材在立德树人方面的优良传统，简要生动地勾勒了我国语文教材编写的历史。尤其是《认真严肃，一丝不苟——作家来信选刊》为我们保存了许多难得一见的语文课文作者来信，弥足珍贵，具有史料和文物价值，将来或可入藏中国语文教育博物馆。

第三，有助于人民教育出版社优良传统薪尽火传，发扬光大。振彪先生是人教社的"老人儿"，编了一辈子语文教材。人教社尤其是语文教材的过眼烟云，他是参与者、亲历者，也是见证者。这些年，我常听他讲述人教版语文教材相关的历史掌故、轶闻趣事，受益良多。他常常如数家珍，信手拈来，简直就是一部人教社语文教材的“活字典”。所谓“读其书想见其为人”，收录在书中的《教材编辑家叶圣陶先生：纪念叶圣陶先生诞辰120周年》《张志公对我国语文教育的贡献》《〈实和活：刘国正语文教育文选〉序》《中语会前辈给我的教益》等，不仅有助于继承和弘扬老一辈语文教育家的优良传统，无疑也大有益于年轻教材编辑的成长与专业发展。

以上只是举其荦荦大者，其他如“语文教科书的编制”“教材课文分析”“教材课文介评”等，对语文教材编写和语文教学的研究，无疑都具有很强的指导意义和借鉴价值，相信读者会有意想不到的收获。

振彪先生出生于1942年，当年的“小顾”今已年届八十，但他仍一如既往，没有别的特殊爱好，唯有书山跋涉、学海泛舟而已。读书写作已成为他的主要生活方式，并且他乐此不疲、乐在其中。衷心祝愿他健康长寿，希望他能多给我们讲讲中国语文教育与语文教材，多讲些人教社语文故事，以丰富我们的见闻，启迪我们的心灵，充实我国语文教育教材建设的智慧宝库。

2022年12月31日

语文杂谈

……………

我和全国中语会

中国教育学会中学语文教学专业委员会的前身是“全国中学语文教学研究会”，简称“全国中语会”。1978 年 12 月经教育部党组批准，经过一年筹备，1979 年 12 月在上海成立。首任会长是著名语文教育家、语言学家吕叔湘先生，副会长有吴伯箫、苏灵扬、张志公、罗竹风、陈哲文、于漪、刘国盈。名誉会长为著名教育家、文学家叶圣陶先生。在庆祝新中国成立 70 周年之际，全国中语会学术顾问、原副会长于漪荣获“人民教育家”国家荣誉称号。可以说，全国中语会的发展历程见证了我国改革开放的历史，也从一个侧面反映了我国基础教育改革取得的辉煌成就。习近平总书记说“讲好中国故事”，语文人有责任“讲好中国语文故事”。这里讲讲我和全国中语会的故事。

日月不居，逝者如斯。我和全国中语会的缘分始于 1994 年。那年 7 月，我在中国社会科学院研究生院获博士学位，分到人民教育出版社工作。副总编辑刘国正先生兼任全国中语会理事长，报刊社社长张定远先生任秘书长。9 月，为庆祝全国中语会首任会长、学部委员、中国社科院语言研究所名誉所长吕叔湘先生九十华诞，全国中语会与人教社联合举办庆祝吕叔湘先生九十华诞暨“吕叔湘语文教育思想研讨会”，我从此开始与全国中语会结缘。1999年任副秘书长，2003年任秘书长，2013年任理事长，至今已为全国中语会竭诚服务25年。日前，全国中语会举行换届会议，顺利实现了理事会工作交接，我也完成了在全国中语会的历史使命。此时此刻，我想对全国中语会同人道一声“祝福”。我的祝福有三个关键词，分别是感谢、感恩和感想。

一是感谢。感谢全国中语会各位前辈对我的信任，特别是6年前，承蒙各位同人不弃，经民主投票，使我得以忝为全国中语会理事长，有机会带领理事会为全国中语会做一些事情。虽不无遗憾，但更多的是欣慰。同时也要感谢秘书处同事、各省级中语会同人和中国教育学会领导。没有方方面面的支持，要取得这些成绩，根本是无法想象的。

二是感恩。落其实者思其树，饮其流者怀其源。感恩全国中语会各位前辈，感恩我们这个伟大时代。1979年12月，全国中语会乘着改革开放的春风在上海宣告成立，至今已有40年历史。在全国中语会历史上，一大批语文教育大家都曾留下他们的足迹，如叶圣陶、吕叔湘、张志公、刘国正、于漪、章熊、苏灵扬、吴伯箫、蒋仲仁、张寿康等，他们的精神和思想成为我们前行的力量。全国中语会能有今天，能在广大教师中享有这么高的声望，一代代语文名师借助中语会脱颖而出、享誉全国，与全国中语会前辈们的努力奋斗分不开，更与他们的深厚学养、高尚品格分不开。为了庆祝全国中语会成立40周年，致敬先贤，人民教育出版社出版了《我和中语会》纪念文集，回顾语文人物，讲述语文故事，比较系统地梳理了全国中语会40年的辉煌历程，可谓波澜壮阔，感人至深。当前，我们已进入新时代，实现中华民族伟大复兴，实施“一带一路”倡仪，构建人类命运共同体等，要求优先发展教育，推进教育现代化，这为语文教育带来千载难逢的机遇。

为了庆祝新中国成立70周年，我写了《新中国语文教育70年》《新中国语文教材70年》等系列文章。加快实现语文教育现代化，满足广大师生对中华民族共同语言的美好期待，需要语文人不忘初心，牢记使命，继往开来，接续奋斗。

三是感想。第一，语文教育是一项伟大事业，值得我们奋斗终生。国家主席习近平指出，太平洋足够大，容得下中美两国。语文天地也足够辽阔旷远，容得下各种观点、各种流派，也能够包容各种声音，探索各种教法，语文人尽可以发挥聪明才智，持续创造辉煌。我虽然从人教社、全国中语会逐渐淡出，但我对语文教育的理想情怀还在，语文教育仍是我的精神家园，我会把自己想做、能做、该做的事情继续做下去。长江后浪推前浪，我对新一届理事会充满期待。任何伟大的事业都是在承前启后、继往开来中向前推进的。第二，全国中语会是一个平台，是一个做事的平台、研究的平台。首任会长吕叔湘先生曾说："研究会研究会，就要搞研究。如果不搞研究，那还叫什么研究会呢？"按照吕先生这一办会思路，近年来，我们总结历史经验、宣传语文名师，成功策划了几套丛书。第一套是"中国语文教育研究丛书"（广西教育出版社），总结梳理40年来我国语文教育的理论与实践成果。拙著《语文工具论》即为其中之一。第二套是"文心经典"丛书（文心出版社），是本届理事会作文教学课题组的研究成果，系统整理了梁启超、陈望道、叶圣陶、夏丏尊、唐弢、朱德熙等前辈的作文教学著作，共27种。第三套是"名师语文课"丛书（山东教育出版社），展示了近百位语文名师的教学丰采。另外，我还参与了"当代中国语文教育家口述实录"丛书（广西教育出版社）的组织策划，我整理的《刘国正口述：教师·编辑·作家》也是其中的一种。第三，全国中语会是一条纽带，一头连着党和国家对语文教育的方针政策，一头连着广大中学语文教师。作为一个群众性民间学术团体，全国中语会的工作有着鲜明特点。从研究内容来说，沟通理论与实践；从研究领域来说，涵盖课程教材、教师教学与考试评价；从工作范围来说，上连高校、下接小学、直面中学。所以，全国中语会与各高校、各省市中语会、各语文教育类传媒机构等，都建立了广泛而密切的联系。让世界完美、让每个人完美不是我们的责任，但推动语文教育研究、为语文名师擂鼓助威我们义不容辞，全国中语会的使命就是引领语文教育改革，服务一线语文教师，多出研究成果，多出语文名师。我们是富有的，从孔夫子、叶圣陶到于漪，我们有无比丰厚的语文教育理论宝藏，也有无比丰富的教学经验。语文前辈先贤们的创造精神、团结精神、奋斗精神、梦想精神必将激励新时代语文人接续奋斗，创造我国语文教育的美好明天！

2019 年 10 月 18 日

庆祝全国中语会成立 40 周年

40 年风雨兼程，40 年春华秋实。全国中语会伴随着我国改革开放的春风应运而生，在历任会长（理事长）吕叔湘、刘国正、张鸿苓、张定远、陈金明、苏立康和我的努力下，全国中语会始终坚持为我国基础教育改革服务，坚持引领语文教育研究，坚持致力于语文教师的专业发展，不断推出语文教学名师和语文教育研究成果，取得了令人瞩目的成就，成为我国语文教育史上一道亮丽的风景线。

研究语文教学，发挥学术引领作用。吕叔湘先生说："研究会研究会，就要搞研究。如果不搞研究，那还叫什么研究会呢？"按照这一思路，全国中语会积极开展语文教学研究，注重发挥学术引领作用。一是围绕中学语文教学实际，开展课题研究和研讨活动，并及时把老师们的研究成果，以年会论文集的形式发布。二是在世纪之交“语文教学大讨论”中，针对社会上对语文教学的批评，及时组织召开座谈会、编辑文集，引领语文教改方向。三是组织出版相关研究论著，如刘国正等主编的“中国语文教育丛书”（四川教育出版社），张鸿苓等主编的《新中国中学语文教育大典》（语文出版社），中国教育学会中学语文教学专业委员会编的《春风化雨三十年——中国教育学会中学语文教学专业委员会成立30周年纪念文集》（首都师范大学出版社），我主编的“中国语文教育研究丛书”、“文心经典”丛书、“名师语文课”丛书等。

关注农村教育，为基层教师做实事。全国中语会努力为一线教师服务，为基层学校的语文教学服务，尤其注重为广大农村语文教师服务。一是支持李元昌老师开展农村语文教育研究，并与多省中语会合作，培训农村语文教师。二是发挥全国中语会人才资源优势，开展义务支教活动。先后组织“中语西部行”8次，“中语走基层”4次。三是在内蒙古鄂尔多斯东胜实验中学设立“语文名师工作室”，开展为期3年的支教服务。四是与商务印书馆合作成立“阅读推广中心”，举办“为中国未来而读”阅读论坛6次，并组织向基层学校赠书活动。

搭建交流平台，发现并扶植语文新秀。积极创造条件，为一线教师发展搭建平台，发现并扶植语文新秀，也是中语会的优良传统之一。一是支持《语文报》举办“‘语文报杯’全国中青年教师课堂教学大赛”，二是支持《中学语文教学》举办“‘中语杯’全国中青年教师课堂教学大赛”，三是支持《语文学习报》举办“全国高中语文教师教学基本功大赛”，四是支持福州一中面向全国推出“我即语文”教学奖。这些活动，促使一大批青年教师脱颖而出，成为具有全国影响力的语文名师。

为了发挥名师的引领作用，全国中语会曾为叶圣陶、吕叔湘、张志公、刘国正、于漪、章熊、钱梦龙、魏书生、陈日亮、欧阳代娜等人举行语文教育思想研讨会。全国中语会在成立30周年之际，向于漪等21位为我国中学语文教育事业做出突出贡献的语文前辈颁发“中学语文终身成就奖”。

40年来，一代代语文人借助全国中语会这个平台，相识相交，交流交融，切磋琢磨，沟通合作，研究语文教育，探讨教学改革，共同成长进步，演绎语文人生，推动了我国语文教育教学改革事业的发展。为了全面记录中语会走过的辉煌历程，中国教育学会中学语文教学专业委员会组织编辑了《我和中语会》，按“回望录”“故事汇”“人物志”“资料库”编排，展示不同时期语文同人的丰采神韵，为后人留下可资纪念的文字。看着吕叔湘、张志公等先生当年写的便笺字条，字迹娟秀工整，虽已发黄变脆，但仍让我莫名感动，它们足以入选人民教育出版社正在筹建的“中国语文教育博物馆”进行展览。

回顾全国中语会40年来的辉煌历史，我们得到以下启示：

第一，要树立语文自信。我们是富有的，从孔夫子、叶圣陶到于漪，我们有丰厚的语文教育文化遗产，有大量理论研究与实践积累，有丰富高效的语文教学经验。我们无疑要树立国际视野、全球眼光，海纳百川，但没必要自卑，以其他国家教育模式为标准，“去中国化”是很悲哀的。我们教的是中华民族通用语言，学生学的是中国语文，认的是方块字，听的是中国音，读的是中国书，写的是中国字。我们不仅要有文化自信、教育自信，更要树立语文自信。

第二，语文教育要立足中国大地。中国独特的历史文化，特殊的国情、教情、语情，决定了我们必须坚守中国语文教育立场，坚定不移地扎根中国，立足当下，走自己的发展道路。中国语文教育只有牢牢站立在中国大地上，才能更好地走向世界、面向未来。

第三，讲好中国语文故事。习近平总书记要求“讲好中国故事”，语文人当然就要讲好中国语文故事。以叶圣陶、吕叔湘、张志公“三老”为代表的语文大家的语文教育思想，以于漪为代表的语文名师的教学理念和先进经验，我们要理直气壮地讲，深入透彻地讲。讲好他们的精彩故事，挖掘其中的思想内涵与教育意义，新一代语文人责无旁贷，当仁不让。

第四，推进语文教育现代化。新时代我国语文教育面临的主要矛盾是广大人民对语文教育的美好期待与发展不平衡不充分的矛盾。随着“一带一路”倡议、构建人类命运共同体实施，人民对新一代国民语文能力要求越来越高，汉语国际地位更加凸显。我们要努力提高语文教育理论研究与语文教学实践水平，加快推进语文教育现代化。创新课程理念，精编语文教材，提高教学效率，改革语文考试。同时，在汉语国际传播与交流中，坚守中国语文立场，发出中国语文声音，讲好中国语文故事，传播中国语文经验，建设中国语文教育强国。

学术总是薪火相传，研究贵在创新发展。全国中语会日前举行换届会议，已顺利实现理事会工作交接。新一届理事会使命光荣，任重道远。40年来，全国中语会同人默默耕耘，砥砺前行，成果丰硕。新一代语文人面对新时代，肩负新使命，期待新作为。让我们齐心协力，不忘初心，牢记使命，继承全国中语会优良传统，以“人民教育家”于漪为榜样，心存敬畏，继往开来，为建设中国语文教育强国做出应有的贡献！

2019年10月

教材往事

我从 1994 年于中国社会科学院研究生院获得博士学位后到人民教育出版社，从事中学语文教材研究编写工作，直到 2018 年退休。这 20 多年间，我国改革开放伟业波澜壮阔，语文教育课改风起云涌，语文教材从“一纲多本”到全国统编。语文教材受到社会高度关注，在教材研究、编写、使用、评价与宣传推介中，有多少语文同人、有识之士踊跃参与，有多少反映时代社会变迁的精彩瞬间，又发生过多少令人难以忘怀的故事。从领袖人物文章选篇、鲁迅作品的增减，到魏巍《谁是最可爱的人》的进出、金庸武打小说该不该进教材、教材选文能不能删改，甚至一条注释的改动等，都可能引发争议，有的甚至成为新闻媒体竞相追逐的热点。有一天饭后散步，内子钟教授对我说：“以你 20 多年的教材编写经历，如果写一本语文教材往事之类的书，可能比写一般学术性文章更具有现实意义。”的确，对于这一时期的语文教材来说，我不仅是研究者、编写者，也是这段历史的参与者、见证者。正好有年轻同事以初中语文课文《隆中对》相垂询，那就从这篇课文开始吧！

一

在我到人教社工作之前，初中语文教材选过两篇与诸葛亮有关的课文，一篇是他的《出师表》，另一篇是陈寿的《隆中对》。据说有一段时间，为了响应教育部关于中小学“减负”的号召，就删去了《隆中对》，只保留《出师表》。1999 年，新一轮课程改革启动，中央领导提出要对现行教学大纲和教材进行修订。教育部组织专家夜以继日，很快就颁布了修订后的小学、初中、高中语文教学大纲。人教社积极贯彻落实教育部的指示，组织对语文教材进行修订。修订教材当然要贯彻新的教学大纲精神，其中有一条要求“加强中华传统文化教育”，由此文言文应适当增加。

因为《隆中对》曾经入选过初中语文教材，本来就是与《出师表》编在一起的，这样方便教师教学，也有助于学生全面认识诸葛亮这一历史人物，所以就把《隆中对》又重新编入了初中教材。

按照人教社惯例，新教材必须做到“课前到书”。选有《隆中对》的新教材大约于1999年8月中下旬陆续面世。9月1日秋季开学不久，有河南南阳的读者对语文教材关于诸葛亮的躬耕地注释成“湖北襄樊”表示抗议。我们马上向教育部汇报请示，部领导针对此学术争议问题，指示要组织召开座谈会，请研究汉朝、三国两晋南北朝历史的专家进行论证，确定教材这样注释是否有问题。有问题就改，没有问题则向南阳方面解释说明。同时，也要到河南去调研了解情况，做好相关工作。第二天是周六，社长和我赶到郑州，拜访了省教育厅、新闻出版局、民盟、郑州大学的相关领导与专家，商议此事。

回到北京，就开始筹备座谈会。我们请主管历史的王宏志副总编辑和历史编辑室臧嵘编审帮忙，邀请北京大学历史系张传玺、北京师范大学历史系何兹全及其夫人郭良玉、首都师范大学历史系蒋福亚等，又请中国社会科学院历史研究所所长卜宪群帮忙，邀请汉魏六朝史研究方面的专家童超、史为乐、梁满仓、刘驰等先生参与讨论。座谈会在北京远望楼召开，社长亲自主持。经过讨论，达成一致意见。第一，语文教材应该选用《隆中对》，不宜改成“草庐对”。第二，诸葛亮躬耕地在隆中没有问题，但可以加个注释：“隆中，在今湖北襄樊市。”同时在《出师表》中也加个注释：“南阳，东汉郡名，治所在今河南省南阳市。诸葛亮隐居地隆中当时属南阳郡。”第三，课文前的插图不必改。

这件事虽然已经过去20多年，现在回过头来看，当时这样处理，仍是经得起历史和实践检验的。这件事对我们今天的语文教材编写具有重要启示。

第一，百年大计，教育为本。教育大计，教材为先。教材编写属于“国家事权”，是党之大计、国之大计，事关亿万青少年的培养，是一件非常庄严神圣的事业。教材编者应以崇高的使命感、高度的责任心和严谨求实的科学态度，尽最大努力，使所编教材经得起历史、实践、人民的检验，用精品教材落实立德树人根本任务，从而滋养亿万青少年学生。

第二，语文同历史、思想政治等学科一样，意识形态属性强，社会影响大，事关“培养什么人、怎样培养人、为谁培养人”的根本问题。可以说，有什么样的教材，就有什么样的国民。三科教材由过去的“一纲多本”改为国家统编，原因正在于此。尤其是语文教材，政策性强，涉及面广，社会关注度高，在帮助学生培根铸魂、树立正确的人生观、价值观和世界观方面具有独特优势，必须慎而又慎，精益求精，认真对待每一篇选文、每一条注释和每一道练习题。既要体现国家对语文课程改革的要求，与时俱进，同时也要尊重传统，守正创新。

第三，语文教材编写必须出于公心、匠心和良心，对学术界有争论的问题，应充分尊重业内专家意见，必要时可以召开专家论证会，集思广益，务求科学准确，同时又符合教育教学规律。既不能模棱两可，也不能为社会舆论所左右，更不能有为某些地方发展旅游经济服务的功利性目的。清人顾嘉蘅有名联曰：“心在汉室，原无分先主后主；名高天下，何必辨襄阳南阳。”古人尚能做到放眼天下，以大局为重，以国家利益为重，难道我们今天还不应该比古人做得更好吗？

2020 年 8 月 6 日

二

这两年，语文教育界叶廷芳（1936—2021 年）先生、张传宗（1922—2022 年）先生、曾仲珊（1922—2022 年）先生、张定远（1934—2022 年）

先生驾鹤西去。我曾为传宗先生编过文集，去年还专程到西湖看望过他。定远先生去世，我已写过文章。这里写写叶廷芳先生，回忆 20 多年前我请他参与语文教材编写的一些往事。

那是 1996 年，当时我们正在编写高中语文教材。其中外国文学部分，选了美国作家海明威的《老人与海》和奥地利作家卡夫卡的《变形记》等名篇。因为编辑室没有学外国文学的，就想请教外国文学方面的专家。我的博士同学孔根红是学外国文学的，他的导师是中国社会科学院外国文学研究所董衡巽先生，朱光潜的高足，时任全国美国文学研究会名誉会长，因此我就请根红兄帮忙联系。董先生一听说是为高中生编课本，又有根红兄介绍，满口答应。我们约好了时间，那时我住在方庄，就约了个晴朗的下午，到他的府上拜见。他的书房显得有些逼仄，到处摆满了书，显然他在忙于写文章。他放下手头的工作接待了我。我就中学语文教材拟选的海明威《老人与海》征询他的意见，还谈到《丧钟为谁而鸣》和初中教材选的马克·吐温《竞选州长》，他都一一为我做了详细解答。我还请他参加下周召开的高中语文教材编写会议，不巧那天他有事，连忙表示歉意。我又提到卡夫卡，董先生说，得找叶廷芳，他是卡夫卡研究专家。我说我不认识叶先生，他是大学者，不知道他肯不肯见我。董先生马上就当着我的面，给叶廷芳先生打电话，说明了原委。恰巧他们住在同一栋楼上，我就又上楼拜见了叶先生。叶先生脑门宽大，脸廓线条分明，始终带着淳厚、和善的微笑。他左臂残疾，一只空空的袖管兀自垂立着，据说是他小时候为当地农民“求龙水”摔断的。我向他汇报了教材拟选卡夫卡《变形记》，他显得很高兴，并爽快地答应参加我们的教材会议。会议是在方庄华育宾馆召开的，叶先生如约而至，他戴着一副旧的金丝边眼镜，一脸坦然的微笑，气质儒雅。他谈了对语文教材编写的意见，当天上午开完会没吃午饭就匆匆离开了。后来我还在《光明日报》上看到他的一篇文章，写废墟也是一种美，谈历史文化遗产保护问题。大概只要是社会需要的，他都会乐此不疲参与，看来他热心参与我们的语文教材工作并不是偶然的，应该是源于他作为知识分子的一种社会担当意识。

叶廷芳先生是浙江衢县人，是著名学者冯至先生的高足，中国德语文学研究会会长，中国歌德学会会长，中国残联评委会主任，中国肢残人协会副主席，全国政协委员。据说他第一次出国因独臂受阻，还曾遇到过麻烦，钱锺书曾为之抱不平："当年潘光旦一条腿走遍世界，如今叶廷芳一只手就不能出国？"他主编《卡夫卡全集》（9卷），翻译《迪伦马特喜剧选》《老妇还乡》《卡夫卡文学书简》《卡夫卡书信日记选》等，著有《现代艺术的探险者》《现代文学之父——卡夫卡评传》等论著30余部。可惜当年我拜访董衡巽、叶廷芳二位先生，叶先生后来参加我们的教材编写会议，居然都没有留下一张照片，这不能不说是一种遗憾。

写于2022年12月28日

唯有书香最怡人
——答《中华读书报》记者问

问：能谈谈您现在正在读的书吗？有什么样的枕边书？

答：如果谈枕边书，我是没有资格的，因为我从来不会在床上看书。我习惯早睡早起，晚上一般不干正事，要么在电脑上看会儿电影，要么听书。电影也多是历史、人物传记或文学作品改编，听书如最近在听《罗马史：从恺撒到奥古斯都》。困了就按暂停，下次接着再来。一般情况下不超过十几分钟就能进入"黑甜乡"。哪怕再重要的事情，也是先睡觉，睡醒后再说，而且从没误过事儿。这大概跟我小时候的生活经历有关。那时候农村没电，点灯又怕费油，基本上是按照“日出而作，日落而息”的规律作息。所以我根本不需要枕边书，也没有枕边书。

再说我正在读的书。最近刚读完吕思勉的《中国通史》，在读樊树志的《国史十六讲》。这与我目前的工作有关：一是在为四川教育出版社主编《中国语文教育理论大系（1902—2020）》《中国语文教育年谱长编》（入选“十四五”国家重点出版物出版规划），二是为人民教育出版社的中国语文教育博物馆项目做文案策划。吕著《中国通史》长于综合研究，融会贯通，条理清晰，见解独到，尤以中华民族整体历史观、对待中西文化态度以及史料丰富见长；樊著《国史十六讲》视野开阔，中西会通，持论稳健，文笔清新，有不少最新的中外历史学、考古学及人类学研究成果，这对我重新认识和思考中国语文教育史有很大启发。

问：您认为什么样的书更适合做枕边书？

答：我理解的枕边书应是所谓“闲书”，跟自己的专业或工作没有多大关系，不一定有多大意义，但一定得有意思、有嚼头、耐读，而且充满生活情趣、好玩，能够让人心情愉悦、飘然入梦。枕边书不能是高头讲章，也不能是玄幻类的，否则容易让人浮想联翩、夜不能寐甚至做噩梦。蔡元培为商务印书馆出版的《读书指导》作序时，曾建议青年读三类书：一是便于自修的，二是便于参考的，三是便于增加常识的。夏丏尊为《中学生》杂志写过《阅读什么》，建议读三种书：一是关于自己的职务的，二是参考用的，三是关于趣味或修养的。我想，枕边书应该是“便于增加常识”或“关于趣味或修养”一类的书。

问：近年来，您陆续出版《语文课程与考试论》《名师语文课》《顾之川语文人生随笔》《语文工具论》《刘国正口述：教师·编辑·作家》等作品，您从事语文教育研究几十年，能否谈谈您所理解的语文教育？

什么样的语文教育才是理想的？

答：语文学习关系着一个人的终身发展，社会整体语文素养关系着国家的软实力和文化自信。汉语言文字是国家通用语言文字，是中国人最重要的交际工具，同时也是中华文明传承的信息载体，是全体中华儿女的精神家园。语文课就是培养正确理解和熟练运用国家通用语言文字的一门课程。每一个中国人，都应该努力学好、用好语文。这既是责任，也是义务。语文课有两个显著特点，一个是综合性，一个是实践性。语文教育当然要学习语文知识，培养读写能力，发展思辨能力，培养审美情趣，但最重要的还是学习如何运用。通过语言文字运用实践，积累言语经验，把握语言文字运用的特点和规律，培养热爱国家通用语言文字的思想感情。理想的语文教育应该有助于提高运用国家通用语言文字的能力，培育人文素养，厚植家国情怀，坚定文化自信，进而启智增慧，培根铸魂，立德树人。

问：几十年来，您专注于学问，倡导阅读，您如何看待当下学生的阅读？您认为阅读教学的主要目的是什么？

答：书籍是知识的载体，智慧的钥匙，力量的源泉。阅读能帮助我们摆脱愚昧，丰富知识，开阔视野，滋养心灵，提高品位，做个文化人，当个明白人，成为文明人。在电影《教授与疯子》中，有一位精神病患者迈纳医生，参与编纂《牛津英语词典》。他说："站在书脊之上，我可以飞越眼前的围墙。借着文字之翼，我可以抵达世界之巅。这是我的自由。"

学生阅读跟成年人阅读不完全一样。对于中小学生来说，阅读既是精神成长的需要，是接受教育的需要，更是学习语文的需要。学好语文也有助于学好其他学科。语文素养高的人，往往是喜爱读书而且确实读了很多书的人。如果一个人学识渊博，人们说他"学富五车""满腹经纶”“博览群书”，无不是称赞他读书多。这次语文教材改革，非常重视课外阅读，就是要改变过去教学中老师讲得多、布置作业多而学生读书少的状况。小学有“和大人一起读”“快乐读书吧”，初中有“名著导读”，高中有“整本书阅读”，目的就是引导学生多读书，培养自主学习能力。我的地盘我做主，我的语文我做主。知识、才学不能由教师越俎代庖，正如好的食物，不能由他人代吃。如《学记》所说：“虽有嘉肴，弗食，不知其旨也；虽有至道，弗学，不知其善也。”

问：您觉得怎样才能培养好的阅读习惯？

答：我们都有过这样的经验，小时候背下来的课文，往往终生难忘，所以好的阅读习惯需要“从娃娃抓起”，让学生从小就能够对书籍满怀敬意，做到“敬惜字纸”，感受到书香的无穷魅力。少年儿童求知欲强，对世界充满好奇。要特别注意保护好他们的好奇心、想象力、探究欲，允许异想天开，鼓励“班门弄斧”，敢于质疑书本，勇于挑战权威。杨绛先生说：“我觉得读书好比串门儿——‘隐身’的串门儿。要参见钦佩的老师或拜谒有名的学者，不必事前打招呼求见，也不怕搅扰主人。翻开书面就闯进大门，翻过几页就登堂入室；而且可以经常去，时刻去，如果不得要领，还可以不辞而别，或者另就高明，和他对质。”语文教师尤其是中小学语文教师对学生的引导点拨非常重要，应注意激发学生阅读兴趣，让学生掌握阅读方法，培养阅读习惯。

问：很多时候我们会遇到这样的问题：知道是经典，也知道应该读，可是未见得合自己的兴趣。您遇到过这种情况吗？怎样才能耐得住性子读完一本好书，您有何建议？

答：我也有过这种情况。比如，我曾试图读马尔克斯的《百年孤独》，大家公认这是一部魔幻现实主义代表作，甚至有人说是20世纪文学标杆，名气非常大。别的不说，就冲着作者曾获诺贝尔文学奖，也应该好好读读。

没想到我第一次只读了20多页就读不下去了。过了几天，心有不甘，心想那么有名的作品，怎么读不下去？肯定是自己的欣赏水平有问题。于是又拿起来读，勉强读到50多页，最终还是放弃了。我向一位在某著名高校教现当代文学的朋友说起时，他居然和我有同样的感觉。后来我想，原因可能有两个：一是我缺乏作品的相关背景知识，书中涉及哥伦比亚、墨西哥历史文化，融入神话传说、民间故事、《圣经》典故等神秘因素，自然读得我一头雾水，不得其门而入，只好放弃；二是所谓经典，其实应该有很多种类型，并不是所有的经典都适合所有的读者。人生苦短，我们只能读那些对自己口味的经典作品，否则只能“仰之弥高”了。所以，我的建议是，当你实在读不下去的时候，就放下，不要强迫自己，千万不能“牛不喝水强按头”，就像鲁迅说的“写不出的时候不要硬写”一样。读书本来就是一件很美妙、很让人期待和兴奋的事情，何必为难自己呢？阅读的目的在于充实提高自己，让自己受益。阅读经典作品更是这样，关键是能够与自己产生共鸣，所谓“小叩则小鸣，大叩则大鸣”，这样的阅读才有意义。

问：能谈谈对您影响比较大的书吗？

答：回顾自己的阅读经历，对我影响比较大的书大约有以下几种：一是《毛主席语录》。我上小学是在“文化大革命”期间，那时候没有语文课本，课本就是这本“红宝书”。我们学的第一篇课文就是“领导我们事业的核心力量是中国共产党，指导我们思想的理论基础是马克思列宁主义”。我至今还记得第一次上课时的情景。那时候记忆力好，很快就会背了。这是我的启蒙读物，奠定了我的人生基础。二是王力主编的《古代汉语》，这是我1977年考取淮阳师范学校后从古代汉语课上知道的。后来当中学语文教师，因为要给学生讲课本中的文言文，所以对这套书下功夫最大，也决定了我后来考汉语史专业硕士、博士研究生时的方向。三是刘国正主编的《叶圣陶教育文集》（5卷），这是我到人民教育出版社工作以后才接触到的。因为要编语文教材，研究语文教育，既是工作需要，也是自己兴趣所在，需要常常翻阅，而且确实能够常读常新。

问：怎样才能学好语文，您愿意谈谈自己的建议吗？

答：要学好语文，我的建议是：读好三本书，写好两篇文，养成四个好习惯。三本书指“有字之书”、“无字之书”和“心灵之书”。“有字之书”包括课本、课外自读课本，还有课外读物。“无字之书”就是社会生活实践。“心灵之书”既包括书本上的，如文学作品中的爱恨情仇、人情冷暖，也包括现实生活中的世间万象、真善美与假恶丑。三本书其实就是古人说的“读万卷书，行万里路”，知行合一，把书本学习和社会实践结合起来，不能学古代那些“书呆子”或“两脚书橱”，除了读书一无所长。两篇文中一篇是规矩文，另一篇是放胆文。规矩文重在打基础，也就是“保底”，要求练好写作基本功，掌握各种文体基本写作规范。放胆文则更能见才气，鼓励放飞自我，大胆想象，各呈创意，各展所长，充分表现自己的应用写作能力、语言表达能力、批判性思维能力和辩证思维能力。四个好习惯指享受阅读的习惯、善于思考的习惯、乐于表达的习惯和自主学习的习惯。这里就不细说了。

问：哪些书是您阅读最多的？可以谈谈您的读书方法吗？

答：作为语文教育工作者，我读得最多的还是语文名家大师的论著，如叶圣陶、吕叔湘、张志公、刘国正、于漪等人的著作，尤其是语文教材、语文教育史方面的论著。至于读书方法，可能每个人都有自己的方法。比如，诸葛亮是“独观其大略”，陶渊明“好读书，不求甚解”，杜甫“读书破万卷，下笔如有神”，苏轼“旧书不厌百回读，熟读深思子自知”，朱熹讲究“逐句玩味，反复精详”。我读书，一是采取“拿来主义”，占有、挑选、运用。只选自己感兴趣的，或者自认为有价值的，能够为我所用的，才阅读。否则，好书那么多，哪能读得完？“弱水三千，只取一瓢饮。”朱光潜曾说，即使读完也没有用。二是“雁过留痕”法，既然要读，就要力求有所得，还要尽量多得。遵照“不动笔墨不读书”的古训，把自己认为的重点字词、精彩句段圈点勾画，对估计将来写作时用得上的内容或观点做特别标记。三是“随心所欲”法，喜欢的就多读几遍，感觉一般的大致浏览一下即可。至于那些一读就感觉索然寡味的，没什么意思的，随便翻翻即可，即使如黄侃所讥的“煞书头”也不必在意。

问：您常去各地讲学，是否也会遇到要求给学生开书单的情况？您常开的书单包括哪些书？

答：我没有给学生开过书单，因为教育部颁布的语文课程标准中已经有了。语文课程标准要求学生多读书，好读书，读好书，读整本书，其中要求小学阅读量不少于 145 万字，初中不少于 260 万字，高一、高二不少于 300 万字；还有“优秀诗文背诵推荐篇目”“关于课内外读物的建议”。教育部基础教育课程教材发展中心发布的《中小学生阅读指导目录》(2020 年版)，共列出小学 110 种、初中 100 种、高中 90 种图书，涉及人文社科、文学、自然科学和艺术等。倒是有些语文教师或语文教育专业研究生常要我推荐书目。我的建议是区分专业阅读、延伸阅读和拓展阅读。专业阅读就是读那些语文大家名师的论著；延伸阅读就是读语言学、文学、文章学、教育学、心理学等相关学科著作；拓展阅读就是读一般的人文素养类读物，包括哲学、历史、艺术、科学、文化等方面。

问：让您感动落泪的书是什么？有没有让您怒火中烧或开怀大笑的书？

答：说实话，能够让我感动落泪的书还真不多。小时候在农村听说书，常听到“说书的掉泪，替古人担忧”，并不能真切体会。不过看小说、电影或戏曲，对某些叙事性作品中的情节深受感动倒是真的，且往往是那些最能触动心灵、能产生共鸣的细节。比如，第一次读朱自清的《背影》，读到他回家看到满院狼藉，一片衰败，想起祖母，物是人非，不觉悲从中来，我马上想到自己去世的爷爷，想起他晚饭后为我收拾小桌子、督促我写作业时的情景，不禁感动落泪。看到李存葆《高山下的花环》，梁三喜的妈妈带着儿媳、孙子去部队那一节，身上带着600元抚恤金，老少三口，为了节省路费，宁愿步行，也不愿搭车，我一下子想到母亲，想到少年时的艰难岁月，顿时泪流满面。看鲁彦周《天云山传奇》，冯晴岚与落难中的罗群结婚，说“五块钱结个婚也够了”，就联想起我研究生毕业到单位报到时，一家三口仅剩五元钱，也曾怦然心动，便潸然泪下。当然，看到《红旗谱》中冯兰池砸毁古钟，朱老巩悲愤交加，吐血而死，我也会满腔悲愤。看到《地道战》《地雷战》中日本鬼子在华北实行烧光、杀光、抢光的“三光”政策，我不禁怒火中烧。看到《水浒传》镇关西欺压翠莲父女，我会义愤填膺。看到《三国演义》诸葛亮借东风、大败曹操，《林海雪原》杨子荣智取威虎山、活捉座山雕，我也会开怀大笑、拍手称快。

问：您常常重温读过的书吗？反复重读的书有哪些？

答：我反复重读或重温的书大约有这样几类：一是语文教育专业上的书，比如叶圣陶、夏丏尊、朱自清、吕叔湘、黎锦熙、朱德熙、张志公、刘国正、于漪等人的著作，堪称经典，研究语文教育常常需要看他们是怎么说的，找些写作的灵感。二是跟工作有关的书，比如最近我在做中国语文教育史研究，就要重读《中国现代语文教育百年事典》、《新中国中学语文教育大典》、“20世纪中国小学语文教育”丛书、《百年语文教育经典名著》、《叶圣陶全传》、《叶圣陶集》、《吕叔湘全集》等，目的是搜寻资料。三是因某种特殊因缘际会而重读的，比如《宋云彬日记》《叶圣陶日记》。宋云彬是我所在工作单位人民教育出版社的创始人之一，又是浙江人。因我曾任浙江师范大学人文学院特聘教授，我对浙江籍语文教育家产生了兴趣，所以重读。要研究宋云彬，《叶圣陶日记》又是不得不重读的珍贵文献。

问：您童年时代或青少年时代最喜欢的书有哪些？有特别喜爱的人物吗？您的童年偶像是谁？

答：我的童年或青少年时代正赶上“文化大革命”，那是一个“书荒”的年代，书本来就很少，我又处在相对落后的河南农村，不可能有钱买书，连想想都觉得奢侈。有一位堂叔在四川当兵，回家探亲时特意给我带回来几本马列著作，有《共产党宣言》《哥达纲领批判》《唯物主义和经验批判主义》之类，但那时我还看不懂，只好束之高阁。倒是一些课文、小说、电影、戏剧中的人物成为我小时候崇拜的对象。再说偶像这东西，恐怕也不能定于一尊，应该是有特定阶段的。比如，我童年时期崇拜的可能是张思德、董存瑞、李玉和、杨子荣、保尔·柯察金之类的人物。研究生阶段整天钻在《说文解字》《尔雅》《诗经》《楚辞》《史记》等故纸堆里，觉得许慎、段玉裁、王念孙父子以及孔子、屈原、司马迁等非常了不起。到了博士生阶段，专攻明清白话小说戏曲，又对罗贯中、吴承恩、曹雪芹、兰陵笑笑生、冯梦龙等暗自佩服。近年对历史尤其是世界史产生了浓厚兴趣，不仅关注中西文化异的一面，更关注二者同的一面，多了一些批判性思维、辩证思维，自然也就不会有什么崇拜的偶像了。

问：如果您可以带三本书到无人岛，您会选哪三本？

答：如果只带三本，而且是无人荒岛，我会选《论语》、《叶圣陶吕叔湘张志公语文教育名篇精选》和汤因比《历史研究》。《论语》是中华优秀传统文化经典，也是中国人的人生教科书。《叶圣陶吕叔湘张志公语文教育名篇精选》是“语文三老”的代表性作品，作为语文人，可以从中汲取精神滋养与前行动力。汤因比的《历史研究》则有助于开阔视野，会通中外，能够提供独特视角和别样思路。

问：假设您正在策划一场宴会，可以邀请在世或已故作家出席，您会邀请谁？

答：我阅读文学作品其实非常有限，当代作品读得不多，外国作品就更少得可怜。假如让我主持这场宴会，人少了没气氛，人多了又坐不下，不妨请以下10位吧：庄子、陶渊明、苏轼、吴承恩、鲁迅、汪曾祺、路遥、麦家、莎士比亚、安徒生。话虽如此，谁知道他们肯不肯赏光呢？

发表于《中华读书报》2021年11月25日

语文教材编写与评价
——答《新校园（阅读）》记者问

问：您在主编或参与编写语文教材时，是依据哪些标准、要求来编写的？其中哪些是来自制度的规定，哪些是编写团队的共识，哪些是您的经验总结？

答：我参加语文教材的编写工作，是从1994年博士毕业到人民教育出版社开始的。在这以前，我当过教师，教过中学，在大学当过《青海师范大学学报》编辑。我与语文教材结缘至今已有25个年头，参与编写或主编的语文教材不下数十套，当过责任编辑、副主编、主编，同时也承担语文教材的编写、复审和终审等工作。语文教材在编写时所依据的标准、要求，既有来自制度的规定，又有编写团队的共识，也有一些自己的经验和体会。

从制度规定来说，语文教材编写必须依据教育部颁布的语文教学大纲（2 000年前）或课程标准。教学大纲或课程标准是教材编写的指导性文件，规定了语文课程的性质、基本理念、课程目标、结构、内容及实施建议等，是国家意志的体现，必须不折不扣地贯彻执行。比如《普通高中语文课程标准（2017年版）》在“实施建议”部分，就有“教材编写建议”，共10条，涉及教材编写的指导思想、价值导向、教材内容，以及选文、教学设计等。但课程标准只能提一些原则性的建议，是一些基本要求。如何把这些建议或要求贯彻落实到语文教材中，则要靠语文教材编写、审查团队和指导专家的集体智慧。

编写团队共识主要来自主编，因为主编是一套教材的第一责任人，要负责制订编写方案。教材的编写方案相当于建筑设计方案，编写过程相当于施工建设过程。编写方案包括教材编写的指导思想、基本原则、教材结构、教材内容（单元主题、选文、助读系统、附录）、样章、编写队伍与分工、日程安排、试教与送审等。编写方案当然要经过反复讨论、论证。确定后就要组织教材编写队伍，明确分工，具体编写工作就要靠编者个人经验了。一般都要反复多次修改才能定稿。中小学语文教材编写具有特殊性，既不同于写学术论文或专著，也不同于编写大学教材。写学术论文或专著，只要言之成理、持之有据即可，质量取决于个人的学术素养和研究能力；大学教材分集体编写和个人编写，集体编写要靠集体的智慧，个人编写尽管也可以参考其他教材的编法，但基本上是编者个人的取舍。正如玏先生所说：“一得之愚，则存乎取舍之间。”中小学教材在民国时期有个人编写的，现在都是集体编写，是集体智慧的结晶，很少有个人色彩。

问：您主编或参与编写语文教材时，是否会有一份（套）教材评价的内部（自我审查）标准？如果有，这份（套）标准是从哪些方面进行评价的？您认为该标准是否能体现您在编写教材时依据的那些标准和要求？如果没有，那您及您的团队成员如何认定所编教材是符合那些标准和要求的，是能通过教育部审查的？

答：所谓内部（自我审查）评价标准，恐怕主要体现在制订编写方案和具体实施上。因为不管是自我评价还是他人评价，都必须符合课程标准的要求，二者应该是统一的，不可能由教材编写者另搞一套。尤其是现在，语文、历史、道德与法治三科教材实行国家统编，并已上升为国家事权，属于国家意识形态的一部分，三科教材审查也不完全由教育部决定，而是由国家教材委员会（办公室设在教育部教材局）负责。教材审查分学科审查、专题审查、综合审查和终审。学科审查一般是由语文学科（包括语言、文学等）专家审查。综合审查重在审查教材内容的科学性、系统性、准确性和适宜性，一般由教育学方面的专家进行审查。专题审查重在涉及我国主权、边疆海域、重大事件、著名人物等内容。比如，涉及政治方向的，由中宣部（包括国家新闻出版署、中央党校、新华社、中国社会科学院、国家互联网信息办公室等）负责；涉及民族宗教的，由国家民族事务委员会、国家宗教事务局负责；涉及外交的，由外交部负责；涉及党和国家领导人的（比如教材中使用中央政治局常委的照片、文字等），要报中共中央办公厅、国务院办公厅审批。终审重在全面审查落实立德树人根本任务、有机融入社会主义核心价值观、加强中华优秀传统文化和革命传统教育等方面的情况，确保教材整体质量和水平，由国家教材委员会负责。

问：您及您的教材编写团队是如何基于语文课程标准编写教材的？如何保证所编教材是“基于课程标准”的？

答：语文教材编写必须体现国家意志，符合语文课程标准的要求。否则将不能通过教材审查。在“多纲多本”“一纲多本”时期（1986 年至 2017 年），教材的编、审是分开的，教材审查一般分三种情况，一是通过，二是修改后重审，三是不予通过。如果不符合课程标准的要求，审查时可能不予通过，也就不能上教育部的中小学教材目录，更不能进入学校使用。三科教材实行国家统编以后，因为只有一套语文教材了，也就不存在通不通过的问题，现在实行“以审助编”“编审一体”的机制。编写有编写组，国家教材委员会成立了语文教材专家委员会、语文教材编写指导组。如果教材不符合课标要求，几方面的专家就要在一起研究，反复修改、打磨、推敲，甚至推倒重来，以确保教材符合语文课程标准的要求。

问：您认为语文课程标准对教材编写具有怎样的作用？您能谈谈其优势和不足吗？

答：语文课程标准对教材编写的作用，一是指导作用，二是决定作用。指导作用是说，语文教材的编写必须完全符合课程标准的要求和理念；决定作用是说，如果教材在贯彻课程标准方面有所欠缺，教材就不可能通过审查，也就没有出版的资格。前面曾提到，语文课程标准有“教材编写建议”，但这个建议只是原则性的，不可能规定得很详细、很具体。语文课程标准的优势和不足都体现在它的定位上，即高屋建瓴，原则性强，但不具体，操作性不强。要把课标的建议落实到教材中，要靠教材编者的消化、理解，更要靠编者的学识、功底和智慧。另外，课程标准必须面向全国，不可能全面考虑各地的实际，具体实施时需要教师因地制宜、实事求是。

问：就您所知，我国语文教材的审查标准是什么？这些标准有什么变化吗？您有相关教材审查的工作经历吗？能否谈谈审查的过程和经验？

答：我只参加过一些地方教材或专科教材的审查鉴定工作，我在人教社只是教材编者或主编。不同的教材审查标准也不一样。语文教材的审查标准，也会随着我国教育改革与发展发生变化或调整。比如，20世纪90年代，我国改革开放进一步深化，教育面向世界，面向未来，教材审查更强调开放、包容，学习国外的先进经验。现在我们要实现中华民族的伟大复兴，对语文教材的政治要求更高了。比如《普通高中语文课程标准（2017年版2020年修订）》在“教材编写建议”中规定：“选文作者必须有正确的政治立场、较高的语言文字水平和良好的社会形象。”像胡适、梁实秋、林海音、海子、顾城等人的作品，过去都曾多次被选入语文教材，按现在的审查标准，就不能再选了。

问：您主编或参与编写的语文教材在送审时出现过“修改后二次送审”和“不予通过”的情况吗？您及您的团队是如何应对的？

答：俗话说“常在河边走，哪有不湿鞋”。你说的这两种情况我都碰到过。比如2006年人教版高中语文选修教材，袁行霈先生是主编，我和温儒敏先生是执行主编。最初我们设计的选修教材共有16种，有几种第一次送审时就没有通过，修改后二次送审才通过的。其中就包括《中国现代诗歌散文欣赏》，在编写过程中，我曾建议选一篇红色经典作品，分册主编没有采纳，初审意见是“修改后二次送审”，修改时增选了一篇毛泽东诗词，二次送审就顺利通过了。但也有遗憾，我们编的《外国文化论著选读》二次送审也没有通过，所以这套高中语文选修教材最终只有15种。“不予通过”的理由是太难，脱离高中语文教学实际，教师教不了。

问：您曾提出语文教材中的语言类型有“文本语言”和“编者语言”；它们要“准确”“简明”“通俗”。那您认为我国目前在编写教材、评价教材过程中在这两个方面、三个要求上做得怎样？

答：语文教材的“文本语言”和“编者语言”要求不一样。对中小学教材来说，要力求符合准确、简明、通俗的要求，否则学生理解起来可能就会有困难。这里有两个问题需要明确：第一，不同学段不同年级的学生，对教材语言通俗性的要求是不一样的，比如高中生认为通俗的，初中生、小学生就有可能认为不通俗；或者小学六年级学生认为不难的，小学一年级的学生可能就认为难了。所以语文教材的“编者语言”，一定要考虑不同年龄学生的心理特点和接受能力。第二，教材选文的“文本语言”，要考虑不同作者的创作风格和写作特色，比如同样是唐诗，李白、杜甫和白居易的语言就不大一样，一般认为白居易的诗显得更通俗些，所谓“妇孺皆知”。

问：您认为语文教材评价标准建构应该从哪些角度（方面）展开？我们如何超越“选文标准”，从宏观角度去建构教材评价标准？

答：语文教材属于特殊的公共产品，过去的“选文标准”一般包括三个方面：一是思想内容健康，二是语言文字规范，三是适合教学。现在语文教材实行国家统编，光有这三条显然就不够了。党的十九大报告提出，中国特色社会主义进入了新时代。新时代的语文教材评价标准要有大格局，确定新视角，树立新观念，自觉融入新时代。一是服务国家民族事业发展大局，二是适应时代发展和社会进步实际，三是要有利于语文学科发展。

首先，要坚持立德树人，体现社会主义核心价值观，坚持“三个面向”，贯彻国家课程改革的精神，落实课程标准要求。中国特色社会主义文化包括中华优秀传统文化、革命文化和社会主义先进文化，语文教材要高度重视继承和弘扬这三种文化，自觉维护国家统一和民族团结，体现对文化多样性的理解和尊重。

其次，随着时代发展和科技进步，人们的读写方式发生了重大变化。语文教材要有利于师生运用多种媒介和信息技术呈现学习内容，发挥传统学习方式和网络学习方式各自的优势，促进线上与线下学习资源的有效运用。

最后，语文教材要自觉适应语文教育教学改革的需要，明确语文是一门学习国家语言文字运用的综合性、实践性课程，培养学生正确理解和熟练运用国家语言文字的能力，包括识字写字、阅读和写作能力，提高学生语言建构与运用、思维发展与提升、审美鉴赏与创造、文化传承与理解等语文学科核心素养。

2018 年 8 月

语文教学漫谈
——答《中国新闻周刊》记者问

前不久，《中国新闻周刊》记者朋友约谈，话题涉及中小学语文教育，尤其是写作教学的若干问题。因将自己所思所感略加整理，形成此文。

问：2019 年 10 月，《广西日报》报道了您在南宁关于语文核心素养研讨的讲话，提到您对南宁二中“变‘套作’为‘真写作’作文课程”的赞赏。“写套话、套模板”的作文风格是从什么时候开始出现并流行的呢？出现“套作”的原因有哪些？“套作”仍是现在中小学生作文中最显著的问题吗？中小学作文还有哪些其他的困境或问题？日常语文教学内容、教学方式、考试评价、教师引导等方面因素具体是如何影响写作教育的？可以请您举例谈谈吗？

答：《广西日报》发表的，是我 2019 年到南宁二中参加彭俊姣老师一个课题活动的报道。彭老师是著名的语文特级教师，曾长期参与高考语文阅卷，并担任作文质量检查组组长。她在阅卷中发现，不少学生的作文缺乏真情实感，存在着不同程度的“套作”现象，模式化、套路化作文比较多。联系到平时教学中不少语文老师指导学生写作苦于缺少方法、功利性强等现状，她提出，要坚决抵制宿构“套作”，鼓励学生写真情实感，并形成自己的研究课题，即“变‘套作’为‘真写作’作文教学改革实验”。这一课题，针对我国中学作文教学普遍存在的急功近利、宿构“套作”盛行、假写作泛滥等现状，明确树立“真写作”的语文教学理念，构建中学“真写作”教学体系，使作文教学从根本上摆脱了模板化、程式化、套路化的模式，从无序走向有序。我看了以后非常高兴，因为这一研究具有明确的问题解决意识，切中写作教学要害，具有很强的针对性。

作文本就该“说真话、实话、心里话”，语文教育界内反对作文套路化已经成为共识。作文教学实践，要贴近时代和社会，贴近生活，贴近学生，强调实用性写作，注重培养学生的视野和眼光，对写作能力的考查要根植于学生实际生活需求，强调实际运用，避免言之无物。解决学生作文“写套话、套模板”问题，不能只局限于语文老师的作文教学，因为语文教育与社会息息相关。出于功利性目的，有人总结出作文秘籍、高考兵法之类，形成所谓“中考体”“高考体”作文套路。我们看报刊上、网络上，有不少文章假话空话泛滥，大话套话盛行，各种学习总结、年度报告甚至讲话发言，都有所谓“模板”，只需要往上一套就可以了。我们不能只怪中小学生，更不能怪罪语文老师。可以说，是我们成人的写作文风影响了孩子们的写作。出现“套作”的原因，在我看来，主要有三点，一是社会原因，二是受应试教育的影响，三是社会培训推波助澜。当然，这种风气也会影响到中学写作教学，影响的程度取决于教师本身的业务素质。语文老师有责任引导学生在作文中写自己的真情实感，反对“套作”和抄袭。

教育包括家庭教育、学校教育和社会教育，学校教育只是整个教育链条中的一环，当然也是最主要的一环，但不能把所有的教育问题都推到老师头上。杜绝“套作”抄袭既需要老师尤其是语文老师的努力，更需要全社会尤其是家长的努力。只有家长、学校和社会形成合力，才能真正杜绝“套作”问题。新编高中语文教材重新选入毛泽东的《反对党八股》，我认为仍有很强的现实意义，不仅有助于端正全社会的写作文风，也有助于解决中小学生作文中的“套作”问题。

问：20 世纪末语文教育大讨论之后，提倡“新思维、新表达、真体验”的新概念作文大赛应运而生，多名 80 后作家都是从这一比赛走出来的。不过，2010 年后，反对新概念作文的声音也越来越大，认为新概念作文过于强调文学创作，有的文章无病呻吟、语义不通，甚至出现了新的新概念作文套路，继而有人提出应该推崇西方实用写作，主张培养学生思辨能力、逻辑严谨性，强调写作的工具性。这些舆论争论对中小学写作教育产生了哪些影响？语文教育应该如何平衡工具性和文学性问题？

答：第一，我们每个人都需要具备一定的文学素养，也都需要一定的审美鉴赏能力，但中小学语文教学的目的是提高全体公民的语文素养，给学生打下坚实的语文基础，而不是培养作家，更不是要办“作家养成班”。因为我们的中学生毕业以后，绝大多数不是学文科，更不是学文学，当作家的更是少数。但是，不论他们将来到社会上做什么工作，最要紧的，一是阅读能力，二是写作能力。读一篇文章，能够抓住要点，理解内容，筛选信息，为我所用。写作能够根据需要把文章写得通顺，有逻辑，能深入浅出，把道理讲清楚，这是每个人都需要的语文能力。写作的最低标准是文从字顺，高标准是能写出深刻、充实、有文采、有创意的文章。当然，如果有同学特别喜欢写作，有可能成为作家苗子，教师应该予以鼓励和表扬，助其发展成长。语文老师之于作家，如果说培养，顶多也只是给他打下一个比较坚实的基础。好像也没有哪一个伟大作家是靠语文老师培养出来的。你所说的新概念作文过于强调文学写作，出现反对的声音，大概就是这个原因。

第二，实用写作不是舶来品，中国历来就有实用写作的传统。司马迁说“《诗》三百篇，大抵圣贤发愤之所为作也”，曹丕说文章是“经国之大业，不朽之盛事”，韩愈说“惟陈言之务去”，白居易说“文章合为时而著，歌诗合为事而作”，顾炎武强调“文须有益于天下”，范文澜说“板凳要坐十年冷，文章不写一句空”。可见强调实用也是我国语文教育的优良传统之一。语文教学要通过多样化的语文实践，引导学生关注社会、关注人生、关注现实生活，做到深入生活，有感而发，在运用实践中提高学生的应用写作能力和语言表达能力。

第三，语文教育既有工具性，又有人文性，但工具性是首要任务，人文性是次要任务。道理很简单，语文教学的目的是培养学生的识字写字能力、阅读能力和写作能力，这些目标主要由语文学科完成，而人文素质教育是各科共有的目标，不是语文一科所能承担得了的。当然，语文教育在提高学生人文素质、立德树人方面具有独特优势，应该充分发挥好这个优势。

问：近年来，许多高校都在推写作课，不只是文学系的写作创意课，还有针对理工院系，甚至全校的通识写作课。有一位清华教授吐槽说，要花大量时间修改学生论文中表述不清、逻辑不明、结构不全的文本问题。如果说培养学生文学艺术创作是语文教育的高追求，那么相对基础的语言文字运用和表达能力为什么无法达到高校基本要求？反观中小学写作教育，可能是哪里出了问题？作文教育的基本目标是什么？

答：第一，语文的工具性受到削弱，导致学生语言文字运用能力不理想，才出现不能适应高校学习的现象。培养作家也不是语文教育的任务，尽管文学艺术创作与语文教育有联系，但不能将二者混为一谈。第二，语文教育是基础教育的一部分，只能为学生未来的发展打下语言文字的基础，包括语言表达能力、应用写作能力、批判性思维能力和辩证思维能力。第三，同各行各业一样，语文教育，包括中小学写作教学，还不能完全适应新时代的需要，发展不平衡、不充分，还不能完全满足人们对语文教育的期待。既有语文教育内在的原因，也有社会原因，这正是语文教育教学需要进一步深化改革的地方。要引导学生多读书、多思考、多练笔、多实践，提倡独立思考，理性思辨，倡导说真话、抒真情，鼓励创新创造、大胆尝试，提高语言表达和应用写作能力。

问：2020 年 6 月，江苏常州一名五年级小学生在作文课后从教学楼四层跳下，舆论在震惊、惋惜之余，也把目光聚焦到了作文和语文教育上。这位老师的教学方法固然有不可取之处，但是，为什么语文教师的评价会起到如此举足轻重的影响，甚至是权威一样的存在？例如，在数学等理科课堂上，关于答案对错、解题步骤，学生可以有与老师争论交流的空间，有的孩子甚至可以自学。但语文素养的培养、评价标准是复杂的，主观性强，这可能赋予了语文教师更大的话语权，可以这样理解吗？除此之外，学生写作标准评价是否过于单一地集中在教师评语上，是否应该更多元，也给老师减轻不必要的压力？

答：我虽然不清楚这一事件的来龙去脉，但我认为这绝对是一个悲剧，是不应该发生的，值得认真反思。一定是我们教育的某个方面出现了问题，存在着缺陷，家庭、学校、社会都需要反思。一方面，要研究学生特点，尤其是小学生，他们处于心理发展的成长期，我们应该倍加呵护，充满仁爱之心，家庭、学校和社会应携起手来，形成合力，保护好我们天使般的孩子，共同关心青少年的健康成长。另一方面，也应帮助孩子树立正确的人生观、价值观、生命观，包括开展一定的挫折教育。语文教师兼班主任的多，与学生接触也多，要多鼓励、多表扬、少批评学生，多看到学生的优点，要看到他们一天天在进步、在成长。哪怕有一点闪光的地方，都应该充分肯定。即使作业出了点问题，也没什么大不了的，提醒他们注意就是了，决不能布置惩罚性作业，要注意保护孩子的自尊心。谁还不犯错误啊！

问：很多学生提到自己喜欢阅读、喜爱写作是因为有一位好的引路人，为什么说老师在语文教育中特别重要？语文教育中，教师扮演着怎样的角色？可以举例说说吗？

答：在一个人的成长过程中，语文老师的作用很大。当他长大成人以后，再回望自己小时候所受的教育，别的可能都忘了，但语文课上的一篇课文，老师的一次表扬，甚至一句鼓励的话，都有可能令他终生难忘。就拿我自己来说吧！我上学时没有课本，只有一本《毛主席语录》，学的第一篇课文“领导我们事业的核心力量是中国共产党，指导我们思想的理论基础是马克思列宁主义”，至今还能背。三年级时开始学写作文，我写的第一篇作文，也是“文化大革命”期间典型的大字报语言，只有一段写了自己的真实感受，教语文的魏老师给我的批语是：“好，好，真是小作家！”我至今仍感激魏老师。施一公说他从事科研的动力，也来自他小学老师的一句话：“施一公，我看你这么聪明，将来一定要为咱驻马店人争光啊！”

问：一位受访高中语文教师的观点是，“好的作文不是老师教出来的，写作一教就傻。但不好的作文一定是教出来的，老师教学生如何给作文穿衣戴帽了”。对这一说法，您怎么看？如果说写作不是能够教出来的，那中小学语文教育在写作能力培养上又发挥着什么样的作用？

答：这种说法有一定道理，但不全面。我接触到不少语文老师，在指导学生写作方面很有办法。我每年都会接触不少中小学的作文，一般说来，越是小学生，越是敢于写自己的真实感受，所谓“童言无忌”。往往到高中，条条框框越多，大概就是你所说的“穿衣戴帽”，生怕说得不够深刻，得不了高分。最近浙江高考满分作文引起争议就是这个原因。其实，每个孩子都有言说的愿望、表达的愿望、与别人分享的愿望，关键是怎么引导他乐于表达、善于表达，并与同学交流分享。小学生一开始写作，一定要注意激发他们表达的欲望，鼓励他们大胆地说、大胆地写，只有多说多写，他们才会说会写。即使说错写错都没有关系，比如有个别错别字，有的句子不通，或词不达意，或不合逻辑，都没关系，只要他愿意写，愿意表达，就不愁他不会写，有苗不愁长，写着写着，他就会慢慢上道了。教师要善于发现学生作文中的闪光点，不要用各种条条框框来拘束他们，不能用成人甚至作家的标准来要求孩子们的作文。数学、英语、物理、化学等都经常能得满分，为什么作文不能得满分？所以我一贯主张，中考高考作文在判卷时要多给些高分或满分。以鼓励学生，给他们写作的信心，增加成就感。

问：一位高中语文老师表示，教改前的教学任务是每个学期5篇大作文，对写作困难的同学来说已经是很重的任务了。但是，每个学期只写5篇作文是无法真正提升一个学生的写作能力的。在中小学阶段，应该如何进行写作教育，量化要求该如何制定才能既保证能力培养，又不流于形式？

答：关键看老师如何引导。作文教学其实不限于每学期5篇作文，作文练习的形式有很多种，比如写读书笔记、写课堂练笔、写日记，甚至画漫画、画游览图、制作人物关系图和大事年表等，都是很好的练笔方式。除了大作文，很多学校还有小作文。学了一篇课文，看了一本书，观看了一部电影或一场球赛，参加了一个活动，学生都不会无动于衷，他们会发表看法，交流感想，可以及时让他们写下来，有哪些收获，有什么想法，其中哪个细节最让他们难忘。学校要想办法多搞些活动，比如演讲会、辩论会、读书报告会、征文比赛，参观展览馆、博物馆、名人故居、名胜古迹等，每个孩子都有争强好胜的本能，一旦调动起他参与的积极性，他就会不吐不快，欲罢不能，一定要说出来、写出来才行。总之，老师一定要想办法让学生动起来、说起来、写起来、练起来。说得多、写得多、练得多了，用口或笔表达成为一种生活习惯了，他们自然而然地也就会说会写了，也就不觉得说话或写作是一件难事了。

问：有学生提出，仅仅从个人的、功利性的角度来说，不需要大量阅读也可以按作文要求和规则把一件事写明白，阅读是更高层次的要求。同时，从与一线教师的交流，尤其是从小学教师的反馈来看，小孩更喜欢手机、电脑、平板上的视频和游戏，不喜欢阅读，仅从应试角度来看，不增加课外文本阅读真的不能写出合格的作文吗？

答：完成老师布置的作业和提高语文素养有关系，但还不是一回事。如果学生不喜欢阅读，没有一定的阅读量，当然也可以把一件事写明白，完成写作任务，但也仅此而已，要想写得好、写得深刻就不容易了。要写得深刻、写出哲理、写得妙笔生花，有文采，有创新，唯有大量阅读和深厚积累才行，否则是绝对不可能的。语文学习没有什么捷径可走，一是上好语文课，二是多读课外书，三是多参加社会生活实践。语文不是随随便便就能学好的，必须下功夫，多读、多想、多写、多练。要让学生明白，学语文是给自己学的，为自己的明天学的，为自己的未来学的，不是为了让老师高兴或者让家长满足，不能投机取巧、耍小聪明，以免聪明反被聪明误。有的同学迷信作文秘籍、考试兵法之类的书，考前看看可能还有点儿用，但最重要的还是平时要打好基础。基础不牢，地动山摇，肯定是不能奏效的。另外，我国正在普及高中阶段教育，中考成绩正逐渐失去选拔的功能，小学更不存在应试教育的问题，关键是要引导中小学生提高语言文字运用能力和综合素养。

问：北京师范大学第二附属中学的文科实验班、北京大学附属中学行知学院等，都对语文教育进行了探索，在应试和素质教育之间寻找平衡和学生发展的更多可能性，但这些改革模式未必适合其他学校，是不可复制的。对于全国大多数普通高中来说，改革方向是模糊的，但高考规则是相对清晰的，仍是考什么、教什么、学什么，这种情况该如何改变？如果这种情况不改变，那么写作教育仍会落入套路化、模式化的老问题中，可以这样理解吗？

答：应该说，我们有很多老师对语文教育都做了多方面的探索，积累了很多鲜活的经验，如北大附中李韧老师的创意写作，南宁二中彭俊姣老师的变“套作”为“真写作”等实验，都很有推广的价值。之所以不可复制，很大程度上是由于各地教育水平尤其是师资水平存在着差异。广大中西部地区、民族地区、边远地区、经济欠发达地区的条件还不理想，有的甚至与经济发达地区差距很大。我们期待尽快缩小这种差距，补齐短板，让更多的孩子享受到优质教育，包括享受到优质的语文教育。

我们常说考试是“指挥棒”，尤其是高考。现在的考试，就是要用“指挥棒”引领素质教育。就拿最近几年高考作文来看，改革方向是非常清晰的：一是立德树人，二是关键能力，三是教考统一。

立德树人就是要引导学生坚定理想信念，厚植家国情怀，树立国际视野，具备全球眼光，坚定文化自信。培育大视野，树立大格局，思考个人与社会、平凡与伟大、科学与人文、传统与现代、青年与中国、中华民族伟大复兴与构建人类命运共同体等思辨关系。不能“两耳不闻窗外事”，应“家事国事天下事事事关心”。

关键能力是支撑学生终身发展和适应社会进步要求的能力，是培育核心价值、发展学科素养所必须具备的重要基础。高考作文强调考查应用写作和语言表达能力。应用写作提倡真情实感，着眼任务驱动，注重问题解决，反对无病呻吟。比如2020年高考海南卷作文题：“电视台邀请你客串《中华地名》主持人。请以‘带你走近＿＿＿＿＿’为题（补充一个地名，使题目完整），写一篇主持词。”题目有特定的情境设计，有给定的作文材料，有明确的写作要求，即使考前准备了相关素材，也很难套作，更无法抄袭，从而考查学生真实的写作能力，以及运用所学语文知识分析和解决具体问题的能力，有助于扭转片面应试教育倾向，体现了语文教学改革综合性、开放性、应用性、探究性的要求，对中学写作教学具有良好的启示意义和引导功能。

教考统一不是过去的“考什么、教什么、学什么”，教学围绕着考试转，而是要反过来，“教什么、学什么、考什么”，让考试围绕教学转，实现“教、学、考、招”的有机统一。高考作为衔接高等教育和基础教育的桥梁和枢纽，是育人的关键环节和重点领域，对高中教育教学具有重要的导向作用。当然，考试改革既要与语文课改同向同行，体现课程标准精神，同时又要符合高校选拔人才的要求。语文教学与高考实现有机统一，能够让学生在考试中有获得感，让教师有成就感，让家长有满意感。

问：您曾回顾中国语文教育70年的变化，20世纪50年代汉语、文学分科实验以失败告终，新课改初期过分强调“芬兰经验”，一些地方教材压缩古诗文比例，甚至出现“去中国化”问题，可否展开谈谈为什么这些改革措施未能达到预想效果？

答：对于20世纪50年代那次汉语、文学分科教学实验，也不能说是完全失败的，只是因为照搬苏联模式，造成“水土不服”，后来引起争议而被中止。语文界普遍认为，这是一次很有意义的探索。事实上，后来的语文教学大纲、课程标准和教材编写，都从某种程度上吸取了这次实验的有益成果。那是我国语文教育史上一次空前绝后的语文教学改革。花的时间长，规模大，集中优秀力量多，中央领导重视，改革力度也很大。中央指定胡乔木负责，教育部副部长、人教社社长兼总编辑叶圣陶直接领导，吴伯箫是一线总指挥，吕叔湘、张志公、刘国正等都参与了那次教学改革实验。那套教材至今仍是许多人的难忘记忆，莫言就说他对文学感兴趣，就是因为读了他大哥学的那套《文学》课本。

新课改初期过分强调所谓“芬兰经验”，一些地方教材压缩古诗文比例，甚至出现“去中国化”问题，比如淡化语文知识的学习，视“语文训练”为洪水猛兽，语文课大讲特讲人文性，外国选文过多，等等。这些问题确实困扰了语文教育工作者很多年。因为当时主导课程改革的专家主张向国外学习，与国际接轨。这个指导思想本来没有错，可问题出在两个方面：一是没有考虑到语文是中华民族共同语言这一实际，语文学科不同于其他学科，不能搞“一刀切”，实际上要求各科都要与国际完全接轨也根本办不到，中国有特殊的国情、教情、语情。二是没有处理好自立与引进的关系。中国要走向世界，当然要向外国学习，也需要学好外语，但是绝对不能以牺牲母语为代价。我们不能只点洋蜡烛，心中永远要有一盏中国的明灯。在自立与引进的关系上，首先要自立，神州大地是我们的立足点，要立足中国大地教语文。从孔夫子到叶圣陶、于漪，我们有水平很高的语文教育家，有成效显著、风格各异的语文教改经验。应该深入研究，认真总结，助其发展和推广。同时，对于国际上任何先进的经验、新鲜的东西都要认真加以研究，其中适合我国国情、教情、语情的都要拿来，使之融入自己的肌体。自我封闭只能导致僵化和落后。不管是过去的还是今天的，不管是自己的还是他人的，只要是有益的，我们就要认真地吸取。海纳百川，择善而从。山不厌高，水不厌深，立足大地，不断革新。

问：新信息技术对文案内容的样式、质量都提出了更高要求。有老师说，中学生在微信分享链接时连一句话感悟都不一定写得出来，师生微信、邮件沟通过程中还涉及语言礼仪的问题。面对不同情境或不同的交往对象，表达和交流也存在差异。语文教育该如何克服这些新的困难并满足新的时代需求？如何考核语言应用能力？如何做到文语并重？

答：语文教育与社会现实联系最为紧密，新技术的运用对语文教育提出了新的任务，所以语文教育要紧跟时代，分析新形势，研究新需求，解决新问题。语文学科就是学习国家通用语言文字运用的综合性、实践性学科，语文有两个最突出的特点，一是综合性，二是实践性。具体到语言运用能力，一是阅读理解，二是表达应用。阅读理解包括现代文阅读和古诗文阅读，表达应用包括语言文字运用和写作。新的高中语文教材有整本书阅读单元，如《乡土中国》《红楼梦》；有活动类单元，如信息时代的语文生活、词语解释与词语积累、家乡文化生活、逻辑的力量等，就是根据语文的时代性、基础性、工具性特点而设计的。

问：教学改革也面临着自身发展的困境，以北京几大知名附中为例，改革步子大了，出现学生高考成绩下滑、学区排位下降、生源质量下降，继而影响教学成果的现象，最后导致改革成果看上去不尽如人意，而且，对学生家长来说也很难抉择，到底是以上好大学为目标，还是以成人为目标，后者更让人向往，但没有硬性考核标准。语文教育该怎么教，该如何回应家长的这一困惑？关于语文教育“为谁培养人、培养什么人、怎样培养人”的问题，现在业内是否存在争论，代表性观点有哪些呢？

答：其实课程标准、教材、教学改革和高考改革目标一致，两者同向同行，并不矛盾。因为教育的根本任务是立德树人，课程标准、教材、教学改革和高考改革，都要为立德树人服务，都要解决好“为谁培养人、培养什么人、怎样培养人”的问题。如果进行一项教学改革，学生的语文运用能力并没有得到明显提升，考试成绩反而下降了，这样的改革肯定是有问题的。我们反对的是片面应试教育，并不是不要考试，有选拔就会有考试。教学改革应该使学生学得更好、基础更扎实，考试时更能应对自如才行。语文教育改革方向应是注重培养学生的语文关键能力，包括阅读理解、信息处理、应用写作、语言表达、批判性思维和辩证思维能力。基础打好了，能力增强了，对付考试就能“以不变应万变”，也就没有什么好担心的了。

2020 年 8 月（《中国新闻周刊》摘要发表）

推动分级阅读，强化培元固本
——答《中华读书报》记者问

日前，上海交通大学出版社推出我主编的“全民阅读·阶梯文库”丛书。应《中华读书报》记者要求，这里就这套丛书的编辑缘起、编选意图等谈谈我的看法。

问：您多年来从事语文教育研究工作，编写过很多中小学语文教材、教辅以及课外读物，请问这套“全民阅读·阶梯文库”丛书与您以前主编的类似读物相比，有什么不同？

答：要说不同，主要有两点。一是编选指导思想。2015年，《政府工作报告》提出“倡导全民阅读，建设书香社会”。2017年，《全民阅读促进条例》要求“根据未成年人身心发展状况和实际情况，加强培养其阅读兴趣、阅读习惯和阅读能力”。全民阅读基础在教育，关键是中小学，书香社会要建立在书香校园的基础上，阅读兴趣和阅读习惯须从娃娃抓起。为了落实中央的指示精神，助推全民阅读，这套丛书满足不同年龄段未成年读者的阅读需要，帮助他们认识世界，获取信息，开阔视野，增长知识，陶冶性情，培养和提升思维能力。二是分级阅读理念。中国特色社会主义进入了新时代，新时代文化包括中华优秀传统文化、革命文化和社会主义先进文化。作为教育出版工作者，我们肩负着新时代文化传承传播的神圣使命。这套丛书在内容选择、精准阐释与价值传播上都做了一些新的探索，希望通过分级阅读的形式，倡导经典阅读与有价值的阅读，强化培元固本，服务立德树人，树立文化自信，用我们的微薄之力，为满足人民美好精神生活需要，做出应有的贡献。

问：正像丛书名所显示的，这套书着眼于推动全民阅读，涵盖的读者群年龄段是0—18岁，期望读者从小养成阅读习惯。不过据我们观察，中国的青少年购书量、阅读量都还不错，而一旦成年并踏上工作岗位之后，读书就越来越少。是不是我们当前的中小学教育存在什么问题？如何能让国人上学期间养成的阅读习惯延续到成年之后？

答：与国外相比，我国成年人阅读量普遍不高，原因比较复杂。中小学教育当然也存在一些问题。但最主要的原因，我认为是我们的教育体制机制还不够健全，存在教育功利化、应试化倾向，把更多精力花在考试分数上，阅读量没有上去，阅读的兴趣和习惯也没有养成。等到成年以后，受工作和家庭的拖累，加上浮躁风气的影响，就更没有时间和精力读书了。

但是，我们也必须看到，近年来这种情况正在发生可喜的变化。一方面，在有志之士的大力呼吁下，倡导全民阅读、建设书香社会成为共识；另一方面，中小学教育从课程标准、教材到教学、考试评价都在深化改革。比如，新的统编语文教材在引导阅读方面就做了不少探索。小学语文有“和大人一起读”，初中有“名著导读”，高中有“整本书阅读”，就是要引导学生从小亲近国家通用语言文字，热爱语文，激发阅读兴趣，培养阅读能力，养成阅读习惯，感受书香魅力。这个基础打好了，相信会让他们成年后仍能保持良好的阅读习惯。

问：丛书的介绍中说，这套书借鉴了国际上流行的分级阅读理念，请问何谓分级阅读？其他国家推行分级阅读的情况如何，有什么经验值得我们借鉴？

答：这套丛书以学龄前儿童、小学、初中、高中学生为读者对象，借鉴国外分级阅读理念，根据不同年龄段读者的心智特点与认知水平编选。分级阅读是国际上比较流行的一种阅读理念。比如，法国有蓝思分级法，美国有A—Z分级法，俄罗斯有按年龄段、年龄点和就读年级分级法，澳大利亚则按书籍的限制传播分为四类。我国古代也有“少不看

《水浒》，老不看《三国》”之说。在适当的时候，用适宜的方式将合适的读物推荐给适合的读者，不仅要求编选者具有社会责任感、理性公允心、文化担当与服务精神，还要有精准的衡文眼光与深厚的人文素养，这一直是我国教育出版界的“老大难”问题。这套丛书就是我们针对分级阅读所做的一个尝试，努力体现全民阅读理念，以培养现代公民综合素养为宗旨，为青少年打下一个“精神的底子”，系好人生的“第一粒纽扣”。

问：能否请您介绍一下这套丛书的编选情况，如出版社是如何找到您的？参与编选这套丛书的作者情况？整体框架是如何拟定的？选文标准、程序如何？

答：上海交通大学是我国历史悠久的世界一流大学。作为出版同行，我和上海交通大学出版社有着良好的合作关系。在此之前，我曾为该社主编了一本《新编语文教育术语手册》。后来，他们就约我主编了这套丛书。参与这套丛书编选的都是我国教育出版领域的行家，有教授、副教授，有编审、副编审，也有经验丰富的中小幼优秀教师、园长和校长，其中不乏硕士、博士等青年才俊。我们首先做了广泛深入的市场调研，分析了当前学生读物市场的主流倾向与主要特点，博采众长，又邀请教育出版领域的专家反复论证，最终形成全书的编写方案。

丛书共分阶梯阅读、传统文化卷和科普科幻卷，以读者年龄与心智特点为划分依据，体现分级阅读的阶梯层级。其中，学前卷突出亲子阅读与图画阅读，重在培养孩子对图书的亲切感和对阅读的好奇心。小学段以儿童文学为主，辅以汉语拼音，重在扩大识字量，培养学生对汉语言文字的亲近感。初中段以传统文化、科普科幻和文学为主，重在培养学生的中华优秀传统文化素养，激发他们对大千世界的联想力与想象力，以及对文学作品的理解欣赏能力。高中段以传统文化与科普科幻为主，重在培养学生的理解分析能力、独立思考能力、质疑探究以及批判性思维能力。

为了编好这套丛书，编写团队精心策划，反复推敲，精选细编，数易其稿。编辑团队呕心沥血，倾力打造。版式设计、插图美编团队殚精竭虑，匠意经营。丛书的编写，也得到我国出版界、文学界、教育界名家如聂震宁、高洪波、江晓原等先生的大力支持和悉心指导。正是靠着集体智慧，群策群力，才有比较满意的结果。

问：针对不同年龄段，丛书选定的内容和采取的形式都有所不同。令我印象深刻的是，丛书给予传统文化以特殊的重视，初中段、高中段都有传统文化卷，学前段和小学段中传统文化所占比重也比较大。另外初中段、高中段都有科普科幻卷，这点与一般语文性质的课外读物相比，恐怕也是一大不同。这背后，你们都有什么考虑？

答：与其他学生读物相比，这套丛书努力突出两个重点，一是中华优秀传统文化，二是科学精神。我们认为，多读古代优秀诗文作品，不仅有助于积累语言知识和文学文化常识，理解其思想内涵，感受汉语言文字的优美和伟大，汲取中华优秀传统文化的精华，培养热爱中华优秀文化的思想感情，还有助于陶冶性情，培养审美情趣，发展思维能力，树立文化自信。所以，这套丛书把中华优秀传统文化作为一条主线贯穿始终。

编选科普科幻作品，主要有以下考虑：一是这类作品往往充满着对大自然的大胆想象，揭示了人类社会的无穷奥秘，而中小学生好奇心强，充满着探索探究的欲望，这类作品容易引发他们的阅读兴趣。二是符合中小学课程改革的要求。2011 年版语文课程标准提出要“密切关注现代社会发展的需要，拓宽语文学习和运用的领域，注重跨学科的学习和现代科技手段的运用”，“在不同内容和方法的相互交叉、渗透和整合中开阔视野”，“发展思维能力，学习科学的思想方法，逐步养成实事求是、崇尚真知的科学态度”；“阅读科技作品，还应注意领会作品中所体现的科学精神和科学思想方法”。三是从实际效果看，学生多读科普科幻作品，有利于培育科学素养，增强科学精神，树立科学意识，掌握科学方法，培养学科学、爱科学、用科学的兴趣，激发探索科学奥秘的热情，进而培养理性思辨能力、探究能力和创新能力。

2021 年 8 月

诗意曲靖，语文盛宴
——董一菲诗意语文第二届年会暨全国诗歌群文阅读教学研讨会访谈

问：顾老师，您好！听说您是第一次来曲靖，也是第一次参加诗意语文的活动。请问曲靖和诗意语文给您留下了怎样的印象？

答：每次来到云南，我都留下了非常美好的印象。这里气候温润，四季如春。尤其是现在，正当盛夏酷暑，北京炎热难耐，可是一到曲靖，细雨蒙蒙，顿觉凉爽，暑热全消。以前我只知道曲靖是云南第二大城市，自然风景有罗平油菜花，美食有宣威火腿，名人有宣威第一位考取北京大学物理系的卓琳（邓小平夫人）。这次曲靖之行，则大大丰富了我对曲靖历史文化和民族风情的认知。

一是曲靖保存着我国独有的“爨体字”，这是汉字从隶书到楷书的一种过渡字体，堪称汉字演变的“活化石”。二是曲靖保存着两通碑刻，“爨宝子碑”和“段氏与三十七部会盟碑”，都是全国重点文物保护单位。两通碑皆因曲靖一中创始人谢显琳校长，得以完整保存在曲靖一中内，这在全国恐怕也是独一无二的（另有“爨龙颜碑”在云南省陆良县）。三是我国第三大河流珠江发源于此，明代旅行家、地理学家、文学家徐霞客在他的《徐霞客游记》里已有记载。四是曲靖在20世纪六七十年代曾是我国“三线建设”重要基地，拥有十多家军工企业，为我国国防工业做出了巨大贡献。看着那一幅幅发黄的报纸照片，我仿佛又回到那个特殊年代，体会到毛泽东当年提出“备战备荒为人民”的真实含义。这里还有丰富多彩的民族文化风情和美食，令人流连忘返。

诗意语文聚焦了一大批充满朝气、富有教育理想和情怀的语文人，开展了一系列很有意义的主题活动。诗意语文辐射全国，线上线下开设20多个栏目，点击量达数千万。老师们在一起学习借鉴、研讨交流，亲如家人，其乐融融。我听说有不少老师还是自费参加的，足见其影响力和吸引力。正如你们此次年会的会歌《曲靖之约》所唱的，是一次“诗意相逢”，也是一场“语文盛宴”。诗意语文有自己创作的会歌，有文艺晚会，开幕式唱国歌，营造仪式感、庄严感，别有新意。

问：顾老师和蔼可亲、知识渊博，每次都能给我们带来语文教学改革的最新信息。请问您在生活中都有哪些爱好？

答：作为语文人，我在生活中的爱好也多与语文有关，无非是读书、思考、写作，当然我还喜欢旅游。我出生在河南农村，《陈涉世家》中“陈胜者，阳城人也”，这“阳城”就是我的家乡商水。不瞒你说，我从小就向往外面的世界，羡慕那些能够行走四方的记者。1977年参加高考时，我的第一志愿就是北京广播学院，即现在的中国传媒大学。虽然没考上，但我爱人是中国传媒大学教授，博士生导师。我现在也走了国内外不少地方，基本实现了当年的梦想，可见山不转水转。我现在已退休，时间更自由，也更有条件旅游了。其实旅游也是一种读书，读的是“无字之书”“心灵之书”，能够帮我们打开眼界，增长知识，丰富见闻。

问：您这次讲的《语文学科的关键能力与核心素养》，其中“关键能力”是一个全新概念，我们语文教师在教学过程中该如何把握？

答：关键能力是指支撑终身发展、适应时代要求的能力。比如认知能力，包括独立思考、逻辑推理、信息加工、语言表达等能力，是能够让人终身受益的能力。对于语文教学来说，最关键的，一是阅读能力，二是写作能力，这两种能力又是密不可分的。语文教学要在培养学生的阅读能力和写作能力上下功夫，这是语文教学的根本任务，需要我们的语文老师想方设法，引导学生多读书、多积累、勤思考、勤练笔、多实践。对于学生来说，要提高语文素养，主要有三条途径，一是课堂有效教学，二是课外大量阅读，三是社会生活实践。

问：您在讲座中提到“回归教材统编时代”，那么语文教师在教学中要注意哪些问题？

答：语文教材结束了30多年的“一纲多本”，重新回归统编时代，这对于开展教研活动、提高课堂教学质量是一件大好事，因为再也不用考虑语文教材不同版本的要求了，大家使用的是同一本教材，教的是同样的课文，教学要求也是一样的，这样更有利于全国语文同人相互学习借鉴、交流研读。所不同的，一是你所处的语文教学环境不同，有所在地区教学资源和学校教学氛围上的差异；二是你所带班级、所面对的学生不同。这样更有利于一线教师因材施教，改进教法，提高课堂教学效率。

问：无论老师还是学生，最关心的还是考试改革。在新课改背景下，您觉得语文教师应该如何把握语文考试的改革方向？

答：前不久，中央发布了两个文件，都讲到考试评价问题。一个是国务院办公厅《关于新时代推进普通高中育人方式改革的指导意见》，一个是中共中央、国务院《关于深化教育教学改革全面提高义务教育质量的意见》。考试评价改革的方向是“三个有利于”，一是有利于推进素质教育，二是有利于促进教育公平，三是有利于科学选拔人才。具体内容主要有：第一，考试内容要符合课程标准和高校选拔人才要求；第二，要加强情境设计，注重联系时代、社会和学生生活实际；第三，中考高考要回归课堂，回归教材；第四，增强综合性、开放性、应用性、探究性，考查学生独立思考和运用所学知识分析问题、解决问题的能力。用考试“指挥棒”引领素质教育，转变育人理念与评价机制，相信每个学生都是独一无二的，解决“唯分数论”“应试教育”等社会反映强烈的突出问题。通过考试，让学生有获得感，让教师有成就感，让家长有满足感。

问：参加这次“董一菲诗意语文第二届年会暨全国诗歌群文阅读教学研讨会”的有16个名师工作室。对于名师工作室的成长，您有哪些意见和建议？

答：名师工作室是近年来在我国逐渐兴起的教师教研和专业发展的有效形式，可以充分发挥名师的辐射效应、“滚雪球”效应。参加名师工作室的老师，都是不甘于现状，怀抱着教育理想、教育情怀的老师，也是很有追求的老师。大家同声相应、同气相求，在名师的带领下，围绕着一个共同的学习目标，互相借鉴，互相启迪，互相激励，共同提高。在这个过程中，彼此分享教学智慧，分享成功快乐，分享语文幸福人生。古人说：“独学而无友，则孤陋而寡闻。”对于名师来说，可以利用名师工作室，充实教育教学实践知识，完善教育教学理论，带出一批教学新秀，扩大学术影响。对于青年教师来说，名师工作室则给他们提供了与同行交流的机会，他们能够站在名师的肩膀上，更直接地学习借鉴名师的教学经验，少走弯路，更好更快地成长、成熟、成功，通过学习实践，力争使自己也能成为名师。

新时代语文教育呼唤更多的优秀语文教师和语文名师。根据中央要求，到2035年，我国将培养数以十万计的卓越教师、数以万计的教育家型教师。卓越教师与教育家型教师的关系，是高原与高峰的关系，是合唱队员与领唱者的关系。卓越教师的成长，一般要经过这样四个阶段：第一个阶段是“实践操作”，备课，上课，组织有效训练；第二个阶段是“经验积累”，开始发表文章，总结经验，反思得失，但视野还不够开阔，多数还停留在课文解说层面；第三个阶段是“理论探索”，能够逐渐透过表面现象，把握教学规律，提升理论素养；第四个阶段是“形成风格”，教学个性鲜明，挥洒自如，游刃有余。于漪老师有一句名言：一辈子做教师，一辈子学做教师。胸中有书，目中有人，不断追求理想的教育境界。我衷心希望，有更多年轻语文教师能够借助诗意语文这个平台，成长为卓越教师，进而成为教育家型语文名师！

2019年7月21日
于曲靖官房大酒店

“双减”背景下的课外阅读

前不久，教育部发布“双减”文件，对义务教育阶段学生作业负担和校外培训负担做出严格规定。我认为这是一件好事。作为语文教育工作者，在“双减”政策的大背景下，正好可以利用这一时机加强课外阅读，落实课程标准“多读书、好读书、读好书、读整本的书”的要求。

一、“双减”以后怎么办?

曾几何时，我们的中小学生作业负担重，不少孩子不是在各种各样的培训班里，就是在去往培训班的路上。孩子们学无宁日，艰辛备尝；

家长们充满焦虑，苦不堪言。校外培训机构为了增强吸引力，到处挖墙脚，有些老师受利益驱使，不能安心从教，导致社会怨声载道，教育生态遭到破坏，教育规律不被遵守，严重对冲了我国教育改革发展成果。教育是什么，教育是唤醒、是点燃、是激发，而校外培训的噱头就是能够提高考试成绩，能够让孩子在中考、高考中占得先机。他们的广告词是“提高一分，干掉千人”，大肆渲染“分数为王”，孩子们面对的是“分萧萧兮题海寒”，不得不深陷题海、机械刷题。假如只有一部分孩子上培训班，提高的可能是分数。但是，如果所有孩子或者大多数孩子都去上了培训班，那提高的就不是分数，而只能是分数线。教育的根本任务是立德树人，是培根铸魂，是启智增慧，是德智体美劳全面发展，是培养社会主义建设者和接班人，为中华民族伟大复兴提供人才，而不是培养只会考试的“机器”，更不能被资本所绑架。所以中央才“出重拳”“放实招”，就是要减轻学生过重的课业负担，减轻家长的经济和精神负担。

“双减”政策出台后，学生一片欢呼，好像是翻身奴隶得解放，再也不用在各种培训班之间来回奔波了，但家长又产生了新的焦虑：孩子学习成绩上不去怎么办？对学校老师来说，这是一种新挑战、新任务，当然也是新机遇。学生在校时间增加，要求学校提升教育教学水平，科学合理布置作业，同时提供课外延伸服务。老师陪伴学生的时间增加了，这部分在校时间怎么安排，如何让学生利用好，如何使活动既生动活泼、饶有趣味，又激发潜能、卓有成效，全都考验着教师们的智慧。这部分时间正好可以用来开展各种课外活动，发展学生个性特长。比如，热爱人文的，可以开展与阅读写作、文学赏析、演讲辩论、传统文化、民风民俗等有关的社团活动；喜爱数理的，可以组织科普科幻、研究实验、统计测量、天文观测等兴趣小组；也可以开展体育比赛、艺术体验（音乐、美术、书法、戏剧）和劳动教育等实践活动。当然这些都要以培养学生的兴趣爱好为目的，以自愿参加为前提，既不能成为给学生“加码”的课时，也不是教师实施“题海战术”的空间。学校开展课后服务，可以多方面拓展资源，比如利用博物馆、图书馆、科技馆、陈列馆、少年宫、青少年活动中心，甚至校外培训机构的优质服务资源，还可以组织征文比赛、志愿服务活动、社会调查等，促进学生全面发展。

二、课外阅读新机遇

近年来，新课标、新教材、新高考成为语文教育改革的热词。前不久，网上有一个视频，说语文在中考、高考中的地位提高了，难度加大了。其实这种说法有一定道理，但并不准确。说它有一定道理，是因为语文能力主要指一个人的阅读和写作能力，而阅读和写作能力又是一个人综合素养的体现。语文能力强，有利于学习别的学科。比如数学、物理中的应用题，如果阅读能力跟不上，读不懂题目所给的材料，不能准确把握题日要领，就没法准确答题。英语的中英互译更是在中文和英文的转换中，考查学生的语言表达能力。历史、政治题往往是给一段材料，让你去分析、判断，得出自己的结论，最后还要求用自己的语言表述自己的观点或看法。从这个意义上说，语文在中考、高考中的地位提高了有一定道理。说它不准确，主要表现在两个方面：一是语文学科本来就重要，不是现在才变得重要的，之所以产生这种错觉，是因为过去在应试教育的背景下，语文的重要性被弱化了；二是语文考试的难度并没有增加，增加的只是阅读和思维的宽度、表达的厚度、思维的深度和广度，考查的是阅读理解、信息筛选、应用写作、语言表达、批判性思维、辩证思维等关键能力。可以说，真正的素质教育必须重视语文。因为语文是工具，是基础。不少家长和教师认为，课外阅读浪费学生的学习时间，是不务正业。这主要是教育观念问题。他们之所以有这种想法，无非是因为只盯着考试，而且是已经过时的考试，希望把时间用在多刷题上。其实，他们只看到课标和教材的变化，以为考试还是过去那一套，没有看到考试评价标准也已发生深刻变化。事实上，考试评价改革与新课标、新教材改革是同向同行的，都是围绕立德树人作文章。中共中央、国务院《深化新时代教育评价改革总体方案》明确指出："稳步推进中高考改革，构建引导学生德智体美劳全面发展的考试内容体系，改变相对固化的试题形式，增强试题开放性，减少死记硬背和'机械刷题'现象。"这显然就是要用中高考"指挥棒"引领素质教育。新高考招生录取强调"两依据、一参考"，即以高考成绩和高中学业水平考试成绩为依据，以综合素质评价为参考。也就是说，高考成绩不再是高校选拔新生的唯一标准，不是看谁考的分数高，而是看谁更有发展潜力、更有创造性，谁的综合素质更高，从而实现由"招分"向"招人"转变。这决不是仅凭一张高考试卷能够区分出来的，"机械刷题"无助于全面发展，必须在课内学习的基础上，辅之以内容广泛的课外阅读，多读书，勤思考，勤练笔，多实践，才能全面提高综合素养。

三、课外阅读助力学生成长

我一向认为，要学好语文，一是要读好三本书，二是要写好两篇文，三是要养成四个好习惯。三本书指有字之书、无字之书和心灵之书，两篇文指规矩文和放胆文，四个好习惯指享受阅读的习惯、善于思考的习惯、乐于表达的习惯和自主学习的习惯。古人说"读万卷书，行万里路"，实际上就是要处理好读书与实践的关系。对于中小学生来说，首先是读好"有字之书"。"有字之书"有课本，有课外自读课本。不能眉毛胡子一把抓，要区分不同的书，采取不同的读法。一般说来，有精读，有略读。精读需要字斟句酌，需要咬文嚼字，但费时费力。再说也不是所有的书、所有的文章都需要精读的，可以根据自己的需要决定精读还是略读。新课标要求中小学生进行整本书阅读，但学生往往不能耐住性子读完一本书。新课标提倡整本书阅读，主要是针对过去的单篇教学来说的，并不是说都要拿起一本书从头读到尾。教材设计的练习项目也是有弹性、可选择的，更不可能有统一的“阅读计划”。我的建议是，整本书阅读应把精读、略读与浏览结合起来，精读重在示范，略读重在博览，浏览略观大意即可，三者相辅相成，不宜偏于一隅。还可以把阅读与写作、读书与实践、课内与课外结合起来。整本书阅读重在掌握阅读方法，拓宽阅读视野，培养读书兴趣，养成阅读习惯。

再说写好两篇文。学生读得多了，素养提高了，自然有话想说，有自己的观点和看法要发表。发表的形式可以是口头的，也可以是书面的，书面表达就是写作。要写好两篇文，一篇规矩文，一篇放胆文。规矩文重在打基础，放胆文更能见才气。规矩文要求练好写作基本功，包括审题立意、选材、结构等方法，掌握记叙文、议论文、说明文、应用文的基本要领和写作规矩。规矩文的写作要在教师的指导下进行。放胆文鼓励学生放飞自我，大胆想象，各呈创意，各展所长，尤其展现应用写作能力、语言表达能力、批判性思维能力和辩证思维能力。放胆文的写作可以多种多样，除了大作文外，也可以写小作文。有兴趣的，还可以进行文学创作，写诗歌、小说、散文、剧本等。

学习语文还要养成四个好习惯。第一，享受阅读的习惯。爱阅读比读什么更重要。每个同学都应该有自己的个性化书单，有的同学喜欢网络小说也没有关系，但要防止走火入魔，钻进“死胡同”。第二，善于思考的习惯。在这个大众创业、万众创新的时代，人才的标准已发生了变化，不再是把已有的知识烂熟于心，而是能够独立思考，敢于质疑，能够自己去发现问题、提出问题和解决问题，需要具有探究质疑能力、独立思考能力、批判性思维和辩证思维能力。第三，乐于表达的习惯。表达的乐趣在于说或写的过程，说或写的过程比说得好、写得完美更重要。写作形式可不拘一格，比如作文、日记、笔记、随语、漫画等都可以。第四，自主学习的习惯。我的地盘我做主，我的语文我做主。不是为老师学，也不是为父母长辈学，是为自己的精神成长而学，为自己的未来而学。

愿广大中小学生朋友能真正爱上阅读，插上想象的翅膀，飞向未来的广阔天地！

2021 年 10 月 15 日

传统文化进校园的若干思考

党的十八届三中全会提出“完善中华优秀传统文化教育”。中共中央办公厅、国务院办公厅印发《关于实施中华优秀传统文化传承发展工程的意见》；教育部发布《完善中华优秀传统文化教育指导纲要》；教育部、国家语言文字工作委员会启动“中华经典诵读工程”，倡导“普通话诵经典，规范字书中华”。通过开展经典诵读、书写、讲解等文化实践活动，挖掘与诠释中华经典文化的内涵及现实意义，引领社会大众特别是广大中小学生学习诗词歌赋，亲近传统文化，传承中华美德，弘扬人文精神。传统文化成为中小学一道亮丽的风景线。然而，传统文化进校园过程中也出现一些问题。这里拟对这些问题的表现形式、原因进行梳理，并就如何解决提出我的看法。

一、存在问题

传统文化进校园目前存在的问题主要有：一是活动开展形式化，重形式轻实效，舍本逐末；二是内容质量参差不齐；三是师资力量跟不上，尤其在中西部地区、农村地区、边远地区，师资水平还不能适应传统文化教学的要求；四是社会参与度低，直接影响着传统文化进校园的效果。其实，这些问题有老问题，也有新问题。20世纪90年代以来，围绕着传统文化教育，社会上曾有过不少争论。比如，有的地方版小学语文教材曾一度减少甚至删去古诗词作品。近年来，关于传统文化教育的争论，已经从早期的“要不要开展传统文化教育”，逐渐转到“哪些传统文化的内容适合中小学教学”“怎样开展传统文化教育”这些问题上。大家普遍认为，古诗文经典已融入中华民族的血脉，成了我们的基因。我们现在一说话就蹦出来的那些东西，都是小时候记下的。语文课应该学古诗文经典，把中华优秀传统文化传承下去。中小学校对于开展传统文化教育抱有较大热情，但对于“教什么”“怎么教”“谁来教”却普遍感到困惑。

二、原因分析

传统文化进校园存在的这些问题，有多方面的原因。有政策层面的，有教育层面的，也有社会层面的，不宜采取“一刀切”的办法，而应具体问题具体分析。

1. 关于形式化问题。一是学术界、理论界尤其是教育理论界对传统文化进校园还缺乏深入细致的研究，没有给中小学提供可资利用的科学理论成果，尤其是缺乏可以借鉴的实用案例，校长、教师都处于探索、试验阶段。从这个角度来说，传统文化进校园出现一些偏差、走些弯路也是正常的，没必要大惊小怪。二是社会的浮躁心理，急功近利，反映到传统文化进校园这个问题上，就是大家希望多出成果、快出成果，这就出现舍本逐末、重形式轻内容的现象。三是由于师资跟不上，只好在形式上打转转，玩花活儿，出现一些形式化的倾向。

2. 关于内容质量参差不齐的问题。目前，传统文化教育教材出了不少，这些教材五花八门，质量参差不齐，当然也有质量好、编写比较严谨的教材。除了上面我说的研究不够、实践不够等原因，还有许多社会因素，最主要的就是利益驱动，大家一哄而上，必然是泥沙俱下，鱼龙混杂。出版社要出版传统文化教材，校外培训班要生存，要发展，因而出现了不少国学班、国学堂，都想在传统文化教育这方面分一杯羹。其实，传统文化中有精华，也有糟粕，必须要分清。不是所有的传统文化都是好的，我们要继承的是中华优秀传统文化，而且要创造性转化，创新性发展，而不是凡是传统的都要继承，更不是要回到古代。鲁迅在《拿来主义》中说，要占有，挑选，拿来，实行“拿来主义”。传统文化是个好东西，但不应该是哗众取宠的工具，更不应该成为牟利的工具。

3. 关于传统文化师资问题。目前好像还没有哪所学校有传统文化的专职教师，至少我没有听说过。一般都是语文、历史、思想政治课教师比较注意在教学中渗透传统文化的相关内容，因为这三科属于意识形态属性较强的学科，关乎“培养什么人”“怎样培养人”“为谁培养人”的根本问题。党的十九大报告已经明确，中国特色社会主义进入了新时代。新时代的文化包括三个方面，一是中华优秀传统文化，二是革命文化，三是社会主义先进文化。我认为，没有必要设传统文化专职教师，可以通过解决教育教学理念问题，提高教师的传统文化素养，从而实现在各学科中开展传统文化教育的目的。

4. 关于社会参与度低的问题。传统文化进校园还需要营造良好的社会氛围，传统文化教育不能只靠中小学。教育形式主要有三种，一是家庭教育，二是学校教育，三是社会教育。影响一个人心智发展的教育形式，从重要程度来说，首先是家庭教育，其次是社会教育，学校教育只是其中一种。我们习惯于把社会上存在的问题，都一股脑儿地推给学校，其实学校教育没有那么大的作用，很多问题不是学校教育出了问题，而是家庭教育、社会教育出了问题。

这里还必须指出，近年来，新课标、新教材、新高考都很重视中华优秀传统文化教育。从2017年秋季开始，语文、历史、思想政治三科教材已由过去延续30多年的“一纲多本”重新回归统编。2019年秋季开始，小学、初中语文统编教材已实现全覆盖，高中语文统编教材也已在北京、天津、上海、辽宁、山东、海南6省市开始试用。新的语文统编教材，已根据新课标的要求，增加古诗文在全套教材中的比重。从《诗经》到清代的诗文作品，从古风、民歌、律诗、绝句到词曲，从诸子散文到历史散文，从唐宋古文到明清小品，从古代寓言、神话传说、历史故事到《三字经》《百家姓》《千字文》《笠翁对韵》等传统蒙学读物，所涉及古诗文内容非常丰富。小学（1至6年级）语文统编教材共选入古诗文百余首（篇），古典名著3部。初中（7至9年级）语文统编教材，涉及中华传统文化的课文百余篇，占全套教材选文的半数，并推荐《西游记》《水浒传》《儒林外史》《唐诗三百首》《世说新语》《聊斋志异》《镜花缘》作为课外阅读书目。高中语文（1至2年级）统编教材，涉及中国传统文化的课文占全套教材选文的半数。

除了课程标准要求背诵的古诗文外，语文教材还补选了一些优秀作品。其中包括原汁原味的文言文，如《司马光》《守株待兔》《精卫填海》《囊萤夜读》《铁杵成针》《自相矛盾》《伯牙鼓琴》《书戴嵩画牛》《学弈》《两小儿辩日》等；反映创造精神的优秀作品，如《纸的发明》《赵州桥》《一幅名扬中外的画》《草船借箭》《景阳冈》《猴王出世》《红楼春趣》《遨游汉字王国》《故宫博物院》《京剧趣谈》等；反映奋斗精神的优秀作品，如《羿射九日》《盘古开天地》等；反映中华民族伟大团结精神的优秀作品，如《难忘的泼水节》《藏戏》《猎人海力布》等；反映梦想精神的优秀作品，如《女娲补天》《少年中国说》《清贫》等；反映中国人聪明才智的《曹冲称象》《田忌赛马》等；反映传统民风民俗的优秀作品，如《北京的春节》《腊八粥》等；还包括综合性学习的《中华传统节日》，以及习作《中国的世界文化遗产》等作品。

增加中华优秀传统文化内容在中考、高考升学考试中的比重。以2019年全国卷Ⅰ为例，古代诗文阅读占34分，包括文言文阅读19分，古代诗歌阅读9分，名篇名句默写6分；在2018年全国卷Ⅰ中，现代文阅读中的论述类文本阅读9分，材料选自杨国荣《历史视域中的诸子学》，也属于优秀传统文化内容。另外，实用类文本阅读材料中的“墨子号”，作文题中的“农历庚辰龙年”等，也都可见中华传统文化元素。2019年高考北京卷作文题要求以“文明的韧性”为题，写一篇议论文。可以从中国的历史变迁、思想文化、语言文字、文学艺术、社会生活及中国人的品格等角度，谈谈自己的思考。

三、对策建议

要解决以上传统文化进校园过程中出现的问题，我认为，应该在以下几个方面下功夫：

一是要统筹规划。中华优秀传统文化教育是一项系统工程，应在时代发展的大背景下加以分析和梳理，用时代眼光、国际视野辩证地看待，需要从课程、教材、教师、教学以及评价等角度进行整体设计、科学论证，使各个方面相互配合、协调发展，这样才能有序有效开展。

二是要加强研究。首先要明确什么是中华优秀传统文化，什么样的传统文化才能进入教材与课堂。应从学理上确定不同学段传统文化教育的教学目标和教学内容，并提出包括教学、评价、教材编写、资源开发与利用在内的实施建议。要把青少年作为传统文化教育的重中之重，将传统文化教育贯穿于学校教育全过程，推动传统文化教育进课堂、进教材、进学生头脑。在幼儿园、中小学、中职学校，将传统文化教育内容融入语文、道德与法治、历史等学科教材编写和教育教学中，适当加大传统文化教育内容的比重。此外，供学生课外阅读用的传统文化教材，也应该由教育部组织编写，以增加权威性、科学性。据报道，中国教育学会已组织开展这方面的研究，并制订《中小学传统文化教育指导标准》。不少高校学者如北京师范大学任翔教授、徐勇教授，西南大学刘明华教授，广州大学屈哨兵教授等也在组织开展传统文化教育方面的研究，希望有更多学者投入，以期引导社会各界达成更多的共识，引领传统文化教育健康、持久、有效地开展。

三是加强师资培训。完善中华优秀传统文化教育，要落实到中小学语文课堂上，关键靠教师，提高全体教师的传统文化专业素养是当务之急，高等师范院校的课程设置、师资培养，以及中小学教师资格考试中，要加大中华优秀传统文化的比重，提高新一代教师的国学素养，夯实他们的传统文化基础。教育部门应根据需要组织中小学及幼儿园在岗教师参加传统文化教育专项培训。尤其要向农村、边远地区和民族地区倾斜。以学校为主阵地，以课堂教学和学校活动为主渠道，支持和鼓励教师在教育教学中，创新传统文化教育形式，丰富和优化课程资源，用多种形式开发微课、微视频等教育资源和在线课程，开发体现传统文化教育要求的音乐、美术、书法、舞蹈、戏剧作品等课程，进一步增强吸引力、感染力，为学生从小打下中国文化底色。

四是营造良好社会氛围。基础教育具有“为人生奠基”的作用，有利于为新一代公民厚植家国情怀，传承民族精神，树立文化自信，增强民族自信心和自豪感，帮助他们“扣好人生的第一粒扣子”。所以，加强对中小学生的中华优秀传统文化教育是全社会的责任。传统文化进校园，不能只靠学校，还要发挥学校的辐射带动作用，需要家庭配合，更需要社会参与。理论界、文化界、出版界要围绕立德树人根本任务，按照一体化、分学段、有序推进的原则，以幼儿、小学、中学教材为重点，构建中华文化课程和教材体系。编写中华文化幼儿读物，开展“少年传承中华传统美德”系列教育活动，创作系列绘本、童谣、儿歌、动画等。

文学艺术界要针对不同年龄、不同成长阶段，坚持精品标准，加大创作力度，推出反映传统文化内容的高质量儿童读物、教辅读物，让广大青少年自觉接受传统文化熏陶。积极推荐传统文化主题出版物，大力开展传统文化教育读书活动。结合青少年兴趣点和接受习惯，大力开发并积极推介体现中华传统文化精髓、富有爱国主义气息的网络文学、动漫、有声读物、网络游戏、短视频等。

总之，传统文化教育要从娃娃抓起，着眼固本培元、凝心铸魂，做到润物无声，把基本要求和具体实际结合起来，注重落细落小落实、注重日常经常平常。让学生了解祖国悠久的历史、了解中华民族的悠久历史和灿烂文化，接受中华传统文化，增强民族自尊心、自信心和自豪感。

2020 年 1 月

理性看待网络词语

北京外国语大学国家语言文字推广基地和外语教学与研究出版社开展“外研语文 · 啄木鸟行动”，针对社会特别是网络用词的混乱现象，激浊扬清，拨乱反正，非常及时，也很有针对性，可以帮助公众树立语言规范意识，理性看待网络流行词语，也有利于中小学生学好用好语文。

第一，中国人应该学好中文。规范使用国家通用语言文字，树立语言规范意识，对于每个中国人来说，既是责任，也是义务。语文课学的是如何运用语言文字，语言文字的运用体现的是语文活动参与者的学识、见识和素养，背后传递的是中华文化的事实、情感与思想，表现的是中国人的勇气、人品与境界。比如，同样是写在援助医疗物资上的祝福语，“山川异域，风月同天”“岂曰无衣，与子同裳”“青山一道同云雨，明月何曾是两乡”“同气连枝，共盼春来”，与“XX 不哭”“XX 加油”显然不可同日而语，高下立判。中小学生不管学文还是学理，将来从事何种职业，都应该学好语文，练好基本功。因为语文是交际交流交往的工具，语文学不好，就不能准确地表达自己的思想感情。话说不好，文章写不好，也会行之不远，存之不久。尤其是搞研究的，如果不学好语文，写出来的东西文理不通，枯燥无味，佶屈聱牙，很难让人看下去，不利于交流，也不利于事业发展。

第二，语文教材历来重视语言规范。语文教材是中小学生学习语文的主要载体，历来重视引导学生热爱国家通用语言文字，树立语言规范意识，培养运用能力，并努力贯彻到语文教材的编辑思想、选文和活动设计等各环节中。比如，统编语文教材八年级上册“综合性学习”中的《我们的互联网时代》，就设计了“网络词语小研讨”“电子阅读面面观”“用互联网学语文”等内容，要求思考曾经流行的网络词语“受人冷落”的原因、电子阅读的优缺点、如何扬长避短利用网络学好语文；高中语文教材必修上册“词语积累与词语解释”设计了“关注新词语，让语言鲜活生动”的语文实践活动，等等，这些无不是要引导学生树立语言文字规范意识，培养语言文字运用能力。

第三，审慎看待网络流行词语。语言文字从来都是约定俗成、优胜劣汰的，网络流行词语也是如此。有人看到“yyds”“绝绝子”“摆烂”“躺平”“内卷”“破防”“大冤种”“栓 Q”等网络流行词语，就以为这些词语格调低俗，缺乏严肃性和规范性，是对中文美的破坏，会造成思想浅薄，大呼“中文危机”，我看大可不必。我认为，网络流行词语非但不是“坏事”，反而是“好事”，因为这是祖国语言丰富发展的必由之路和重要途径。网络流行词语属于所谓“快餐文化”，具有新奇、生动、传播快等特点，有的很有创造性，符合年轻人求新求变的心理。应以欣赏的眼光、宽容的态度，鼓励年轻人大胆尝试、创新创造，源源不断地创造，积极踊跃地实践。即使试错了也没有关系，至少能够证明“此路不通”，另探新路就是了。年轻人犯错误，连上天都会原谅。网络词语通过实际应用，经过时间检验，优胜劣汰，自然分化，有的会慢慢消失，有的则会进入人们日常话语系统，编进词典。一些网络词语往往具有时代气息，言简意丰、表现力强、使用便捷、新鲜有趣，能使语言更丰富、表达更生动，为我们的语言生活带来极大便利，成为表达情绪、描述现象时的首选。语言学家应关注社会语言生活，及时搜集整理，是其是而非其非，制订规范标准，引领使用潮流，把握正确方向。从这个意义上说，“外研语文·啄木鸟行动”和李行健先生主编的《现代汉语规范词典》，有利于引导公众正确规范使用现代汉语，都是利国利民、功德无量的大好事。

2022 年 9 月 22 日

语文与科学素养

10 多年前，我主持编写人教版高中语文教材时，曾就语文教材中的科学类作品选文召开过两次研讨会。会议邀请到我国科普界许多名家参加，如王绶琯、李元、郭正谊、吴国盛、刘华杰、王渝生、刘兵、陶世龙、田松等，皆我国科普界一时之选。他们发表的高见，为我们编写语文教材拓宽了阅读视野，开阔了选文思路。近几年，中国教育学会中学语文教学专业委员会阅读推广中心组织的“为中国未来而读”阅读行动论坛，也邀请过吴国盛、刘华杰两位教授作专题报告，很受语文老师欢迎。这里谈谈语文与科学的关系问题。

语文与科学属于两个不同的范畴，但又有着密切的联系。语文具有工具性、基础性、综合性、实践性等特点。一个人不管从事什么工作，都应该具备一定的语文素养，即阅读鉴赏与表达交流的能力。这是因为，语文是工具，运用于人们的交际交流、学习发展之中；语文是桥梁，沟通古今中外文化，传承精神血脉；语文是载体，承载公民人文素养，提供审美体验。语文是最重要的交际工具，是人类文化的重要组成部分。工具性与人文性的统一，是语文课程的基本特点。语文学习关系到一个人的终身发展，社会整体的语文素养关系到国家的软实力和文化自信。语文与科学，一个属于文科，多用形象思维；一个属于理科，多用逻辑思维。二者看似“两股道上跑的车”，其实关系是非常密切的。著名数学家华罗庚在谈到语文学习时说：“要打好基础，不管学文学理，都要学好语文。因为语文天生重要。不会说话，不会写文章，行之不远，存之不久。……学理科的不学好语文，写出来的东西文理不通，枯燥无味，佶屈聱牙，让人难以看下去，这是不利于交流，不利于事业发展的。”①我们也常听到有大学教授抱怨，现在的大学生甚至研究生不会写论文或实验报告，其实也就是语文没有学好的缘故。从这个意义上说，科学科普需要语文读写素养，尤其是在当今科技高度发展的时代背景下。西方学界曾有“两种文化”的争论，语文教育或人文素养教育或许是解决这一问题的一种方法。

阅读能力是语文素养的重要组成部分，而阅读的文本包括论述类、文学类和实用类。论述类文本包括科技学术论著，文学类文本包括科幻小说和科学诗，实用类文本又分为社会交往类、新闻传媒类和知识读物类，其中知识读物类就包括科普读物。对此，语文课程标准有着明确要求。《义

① 申士昌．名人谈语文学习［M］．北京：人民教育出版社，2005：66-67.

务教育语文课程标准（2011年版）》指出：“语文课程的建设……应密切关注现代社会发展的需要，拓宽语文学习和运用的领域，注重跨学科的学习和现代科技手段的运用，使学生在不同内容和方法的相互交叉、渗透和整合中开阔视野，提高学习效率，初步养成现代社会所需要的语文素养。”“在发展语言能力的同时，发展思维能力，学习科学的思想方法，逐步养成实事求是、崇尚真知的科学态度。”“阅读科技作品，还应注意领会作品中所体现的科学精神和科学思想方法。”《普通高中语文课程标准（2017年版2020年修订）》更是把科普读物作为“实用性阅读与交流”中知识读物类的学习内容，而且把“科学与文化论著研习”作为18个学习任务群之一，要求“研习自然科学……论文、著作，旨在引导学生体会和把握科学与文化论著表达的特点，提高阅读、理解科学与文化论著的能力”。

为了落实语文课程标准的要求，语文教材非常重视编选科普科幻、科学家传记及相关科技类作品作为课文。如最新的统编版初中语文教材，选有刘慈欣《带上她的眼睛》，竺可桢《大自然的语言》，陶世龙《时间的脚印》，康拉德·劳伦兹《动物笑谈》，利奥波德《大雁归来》，法布尔《蝉》，杨振宁《邓稼先》，丁肇中《应有格物致知精神》，王选《我一生中的重要抉择》，杨利伟《太空一日》，夏浩然、樊云芳《“飞天”凌空——跳水姑娘吕伟夺魁记》，蔡年迟、蒲海洋《一着惊海天——目击我国航母舰载战斗机首架次成功着舰》等，名著导读有“《海底两万里》快速阅读”“《昆虫记》科普作品的阅读”。高中语文教材选有贾永、曹智、白瑞雪《飞向太空的航程》，周立明《动物游戏之谜》，卡尔·萨根《宇宙的边疆》，加来道雄《一名物理学家的教育历程》，梁思成《中国建筑的特征》，刘易斯·托马斯《作为生物的社会》，史蒂芬·霍金《宇宙的未来》，宋应星《天工开物》，徐霞客《麻叶洞天》，李将辉《科学素养，你具备吗？》等。选这些课文，意在让学生在学习语文的过程中培育自己的科学素养与科学意识，弘扬科学精神，倡导从小学科学、爱科学的意识，培养他们的理性思辨能力、探究能力和创新能力。

语文考试一般在现代文阅读中考查学生对科技科普类作品的阅读理解，包括论述类文本和实用类文本。《2017 年普通高等学校招生全国统一考试大纲》语文部分明确规定："阅读中外论述类文本。了解政论文、学术论文、时评、书评等论述类文体的基本特征和主要表达方式。阅读论述类文本，应注重文本的说理性和逻辑性，分析文本的论点、论据和论证方法。""阅读和评价中外实用类文本。了解新闻、传记、报告、科普文章的文体基本特征和主要表现手法。阅读实用类文本，应注重真实性和实用性，准确解读文本，筛选整合信息，分析思想内容、构成要素和语言特色，评价文本的社会功用，探讨文本反映的人生价值和时代精神。"所以语文考试也常选用科技类作品作为语料，包括科技说明文、科技论述文和科学家传记等。比如，高考语文全国卷曾把沙尘暴、温室效应、人工智能、科技黑箱、全球气候变暖等相关文本作为阅读材料，实用类文本曾考过徐光启、袁隆平、王选、谢希德、邓叔群、吴文俊、吴征镒、达尔文、玻尔等科学家传记。2016 年北京市中考语文试卷中有这样一道作文题："据报道，在 3D 虚拟现实的校园实验室里，可以让屏幕里的蝴蝶飞到眼前，可以模拟在不同星球的重力实验，可以置身于恐龙生活的白垩纪，可以探索原子内部的无穷奥秘……在这样奇妙的实验室里学习，会发生怎样有趣的事情呢？请你发挥想象，以'奇妙的实验室'为题目，写一篇记叙文。"显然，语文考试的这种导向，就是力求打通语文学科与其他学科的联系，让学生培养科学精神，掌握科学方法，树立科学意识，强化学科学、爱科学、用科学的兴趣，用科学家献身科学事业的精神，激发学生探索科学奥秘的热情。

我们希望有更多的科普工作者关注科学与社会的联系，致力于探寻社会现实生活中的科学问题，普及科学知识，传播科学精神。科普作品中涉及的某些科学知识，在专家看来也许是常识，但在一般读者看来又具有一定的专业性，能达到考查学生科技科普作品阅读能力的目的，因而很适合用作语文考试的阅读材料。当然，语文考试重在考查阅读能力，而不以考查科学知识为目的，所以语文试题一般不会选那些专业性太强的文本，只能选那些文字浅显、通俗易懂而又生动有趣的科普类文本作为阅读材料。语文考试命题又是一种专业性、技术性很强的工作，尤其是高考、中考这些高利害性考试，非一般用于教学的模拟考试所可比。拿高考来说，第一，要明确考查目标是立德树人、服务选拔、引导教学，回答为什么考的问题；第二，要明确考查内容包括必备知识、关键能力、学科素养、核心价值，回答考什么的问题；第三，要不断创新考查方式，符合国家对创新人才的选拔要求，试题应体现基础性、综合性、应用性、创新性，回答怎么考的问题。所以在命题的过程中，阅读材料怎么选，所选材料有没有“题眼”，选定后怎么加工，如何使用，题目以什么方式呈现，不仅大有学问，也体现着命题老师的学术水平与专业素养。一般说来，命题时所选的文段需要经过进一步加工、打磨的过程，并不是“捡到篮里就是菜”。比如，为了命题的需要，篇幅长的需要压缩，文中信息零散的需要整合，文字表述不畅的需要理顺，原文有疏漏的则要加以改正，不能以讹传讹。

2017 年 4 月 18 日

从语文视角看科幻作品

2018 年高考全国卷Ⅲ语文试题，选用刘慈欣的科幻小说《微纪元》作为文学类阅读材料；同年的高考全国卷Ⅰ语文作文主题“世纪宝宝中国梦”，要求写一篇文章，将其装进“时光瓶”，给2035年18岁的新一代人阅读，也有明显的科幻元素，引起科幻界的关注。因我女儿近年来业余从事科幻小说写作，屡有作品在各类大赛中获奖，故有科幻媒体采访，要我从语文的视角谈谈对科幻的看法。

作为教育工作者，我一直认为，父母之于子女，不要过多干涉，要相信孩子，芳林新叶催陈叶，长江后浪推前浪。一代更比一代强是自然规律，也是社会发展进步的动力。世上只有两种人最希望别人超越自己，一是父母对子女，二是老师对学生。要相信孩子自己的选择，父母和老师要做的，最主要的就是培养习惯，激发兴趣，点燃火焰，树立自信。

写作能力是能够陪伴一个人终身的关键能力，一个人的知识视野、思维能力、创新创造，甚至胸怀襟抱、眼光格局等，都可以通过写作表现出来。具体说来，表现在三个方面：一是写作能够促使你阅读，读得多了，见识得多了，自然会有自己的想法，所谓“于我心有戚戚焉”。这时候迫切希望与人分享，不吐不快，这就需要表达。表达的方式有两种，即说和写。所以杜甫说，读书破万卷，下笔如有神。没有阅读或读得很少，是写不出来的。即使勉强写，也是写不好的。二是写作能帮助你深入思考。孔子说，学而不思则罔，思而不学则殆。写作的前提是自己有想法，而且要想清楚。没有想法就无从写起，没想清楚或想得不够深入，文章也不可能深刻。有时常常写着写着卡壳了，那就是因为没想清楚。三是写作还能够让你更有智慧，更有创新意识和创造能力。学习的目的在于运用，所谓学以致用，就是这个道理。写作就是最好的运用方式。无论学什么都离不开听、说、读、写，听和读是学习，是吸收；说和写是应用，是输出。

科学与人文是两种思维方式，一般从事人文研究的往往缺乏科学思维，从事科学研究的又往往缺乏人文熏陶，而科幻写作把这两种思维方式有机结合在一起。语文是最重要的交际工具，也是人类文化的重要组成部分。语文课程主要是培养阅读鉴赏和表达交流的能力，而阅读鉴赏的文本包括论述类、文学类和实用类。其中论述类文本包括科技学术论著，文学类文本包括科幻小说和科学诗，实用类文本又分为社会交往类、新闻传媒类和知识读物类，其中知识读物类包括科普读物。语文课程标准要求，拓宽语文学习和运用的领域，注重跨学科的学习和现代科技手段的运用；发展思维能力，学习科学的思想方法，逐步养成实事求是、崇尚真知的科学态度；阅读科技作品，还应注意领会作品中所体现的科学精神和科学思想方法；体会和把握科学与文化论著表达的特点，提高阅读、理解科学与文化论著的能力。

科幻小说既有科学的内容，同时又是文学作品。语文课程教材和语文试题历来重视深受广大中学生喜爱的科普科幻作品，优秀的科幻小说入选语文课程教材和试题也就是顺理成章的了。

2018 年高考语文试卷，全国卷Ⅲ的文学类阅读材料选用了刘慈欣的科幻小说《微纪元》，全国卷Ⅰ的作文主题“世纪宝宝中国梦”引导学生展望 2035 年，均带有明显的科幻色彩。在我看来，这具有多方面的意义。第一，探索自然奥秘是人类的本性，人们天生就对世界、对未来充满好奇和想象，对于十几岁的中学生来说更是这样，高考试题引入科幻元素，有利于引导学生准确把握语文与科学的联系，也贴近学生年龄和心理特点；第二，刘慈欣是我国著名的科幻作家，曾以其《三体》获雨果奖，高考试题选用他的科幻小说，有利于学生加深对科幻作品的认识，树立文化自信，激励创新创造；第三，高考仍然是整个教育领域的指挥棒，领导重视，百姓关切，社会关注。科幻元素进入高考试卷，有利于引导广大青少年探索科学奥秘，培育科学素养，树立科学意识，弘扬科学精神。

高考导向与科幻精神的重合，可以从以下几个方面来认识：第一，高考的核心立场是立德树人、服务选材和引导教学。科幻小说既有科学的求真意识，又有文学的想象，符合高考的价值追求。第二，语文课具有工具性、基础性、综合性等特点，要求培养学生丰富的联想力和无穷的想象力，科幻小说在这方面恰恰有着独特的优势；第三，用高考引导学生爱科学、学科学、用科学，有利于学生树立科学意识，掌握科学方法，提高科学素养，培养理性思辨能力、探究能力和创新能力，不仅呼应了新时代主题，也体现了高考的价值导向和育人功能。

其实，以往语文考试题也经常选用科普科幻类作品作为语料，包括科技说明文、科技论述文、科学家传记和科幻小说等。比如1999年高考语文全国卷的作文题就是“假如记忆可以移植”，也考过沙尘暴、温室效应、人工智能、科技黑箱、全球气候变暖等阅读材料，传记阅读考过徐光启、袁隆平、王选、谢希德、邓叔群、吴文俊、吴征镒、达尔文、玻尔等科学家传记。北京中考曾以3D实验室作为作文题材料，等等，都体现了这种导向。

2022年10月

祝贺“名家论语文丛书”出版

汉语言文字是国家通用语言文字，是中国人最重要的交际工具。语文是中华文明传承的信息载体，是全体中华儿女的精神家园。中国语文教育就是要帮助学生学习运用国家通用语言文字，提高人文素养，厚植家国情怀，坚定文化自信，进而启智增慧，培根铸魂，立德树人。语文教育与汉语言文字同步产生，最早可以追溯到甲骨卜辞文献的刻写解读，至今已有几千年历史。中国语文教育源起于古代，新变于现代，发展于当代。一路走来，激浊扬清，吐故纳新，波澜壮阔。一代人有一代人的使命担当，语文教育不断推陈出新，语文教育工作者接续奋斗，语文教育改革创新永远行进在路上。最近，山东教育出版社隆重推出山东师范大学曹明海教授主编的“名家论语文丛书”（10册），就是我国语文教育研究的最新成果，为推进中国教育现代化交出一份生动鲜活的语文答卷。

作为2020年国家出版基金项目，这套丛书聚焦中国语文教育，回望历史，剖析现状，展望未来，以立德树人为价值导向，以守正创新为理论追求，关注语文教育核心话题，提供问题解决方案。比如，关于语文教育发展方向和价值追求，有刘国正《语文教学的“实”和“活”》、曹明海《语文课程的根与本》、徐林祥《语文教育回望与前瞻》；关于语文教育教学实际问题，有温儒敏《语文课改　守正创新》、倪文锦《语文教学反思论》、顾之川《语文课程与考试论》；关于语文教材编制理论，有顾振彪《语文教材论》、王荣生《语文教材的教学化编制》；关于语文教育未来发展，则有刘正伟《语文教育现代性的建构》、朱永新《语文阅读与成长》。这些选题，既有理论高度，也直面语文实际问题，凝聚着作者的教育思想，彰显着他们的专业智慧，是他们在语文教育领域长期浸润沉淀的思想精华，也是他们思考语文问题的实践结晶，为语文教育教学研究带来多方面启示，为研究者提供研究思路和观察视角，为实践者提供具体经验和鲜活案例，是立足中华大地的语文教育学术成果。丛书主要有如下特点：

一是立意高远，视野开阔。丛书立足于中国语文教育理论前沿，以推进中国语文教育现代化为目标。注重建立语文与社会政治、经济与文化的联系，注重当代语文教育与现代语文教育、古代语文教育的联系，注重中国语文教育与世界语文教育的联系，坚持辩证唯物史观、科学发展观和大语文教育观，对中国语文教育进行整体把握、全面审视和系统分析。丛书作者阵容强大，从某种程度上代表着我国当代语文教育研究的学术水平。其中有新一代语文教育旗帜性人物，有高校教师，有教材主编，同时他们又都在语文教育领域深耕多年，著述宏富，各具特色。比如，刘国正对语文工具性、对语文教学“实”和“活”、对语文教学要联系生活等不遗余力的倡导呼吁；曹明海对语文教育语用观的一往情深，对语用本体、文化渗透、课改考察、文本解读及文体教学等的精准把握；温儒敏对语文课改、阅读及高考改革的倾心；顾振彪、王荣生对语文教材编制科学化的追求等。这些都足以给语文教育工作者启迪智慧、开阔视野，留下深刻印象。

二是导向明确，重在语用。教育的目的在于唤醒和点燃，在于引领和激励。无论对学生学习还是对教师专业发展都是如此。语文教育无疑应着眼于培养运用国家通用语言文字能力，通过读写训练，提高语文学科关键能力和核心素养。丛书坚持语文教育的语用观导向，以语用为本，以学生为本，以发展为本。内容涉及语文课程、教材编写、教学指导、考试评价和教师专业发展等各个方面，为语文教育研究提供理论支撑与实践案例。比如，倪文锦对语文教学的反思，聚焦语文教学的十大根本问题，分析现状困境，提出改革对策，富有建设性，系统性强；又如朱永新对阅读与学生成长的大声疾呼，刘正伟对语文教育现代性的探索。历史与现实互动，理论与实践兼顾，名家与教师对话，具有国际视野与全球眼光，给语文教育工作者带来多方面的思考。

三是实事求是，很“接地气”。任何理论无不来源于实践，又要为实践服务。语文教育研究历来具有实事求是、“接地气”的优良传统。孔子有《诗经》“兴观群怨”说，白居易提出“文章合为时而著，歌诗合为事而作”，顾炎武认为“为学须有补于世”。丛书针对语文教育教学的热点问题，尤其是一线教师的关注点、困惑点，剖析症结所在，进行深度解析，提供解决方案。比如，顾振彪是语文教材专家，注重教材编制理论的系统总结，同时也非常注意教材的使用方法。教材编制与教材使用兼顾，编者与教师对话，有利于编者编出更高水平的教材，使一线教师更好地使用教材。朱永新对教育现状进行具体分析，提出阅读、写作教学若干主张，具有拨乱反正、正本清源的意义。温儒敏对统编教材的实际使用，对进一步完善高考语文提出改革建议。顾之川对语文课程、考试评价的历史经验进行梳理，展望未来改革等，这些都是一线教师极为关注的话题。丛书具有很强的引领性、针对性，也注意学理性与可读性，视角宏阔，分析深入，论述详密，有利于帮助语文教育工作者丰富学科知识，提高专业素养，涵养教育情怀，进而助推我国语文教育教学改革事业发展。

大道之行，语言为先。语文学习关系着一个人的终身发展，社会整体语文素养关系着国家软实力和文化自信。语文教育意识形态属性强，社会影响大。面对世界百年未有之大变局和中华民族伟大复兴伟业，语文教育教学在培养创新人才、提高国民素质中的重要地位日益突显，并发挥着越来越重要的作用。新时代语文教育工作者的神圣使命和迫切任务，就是推进语文教育现代化。语文教育现代化既包括课程、教材、教学、考试等的现代化，也包括教师的现代化。这套“名家论语文丛书”的出版，必将有力推动我国语文教育现代化，为语文教育工作者擂鼓助威，从而帮助他们进一步坚定信心、行稳致远、接续前行。

2021年11月26日

《中学语文教学》创刊40周年纪念

《中学语文教学》创刊40周年，适逢第七届“圣陶杯”全国中青年教师课堂教学大赛在历史文化名城渭南市成功举行。借助《中学语文教学》杂志的良好口碑和广泛影响力，“圣陶杯”全国中青年教师课堂教学大赛已逐渐成为我国中学语文界一项声誉好、人气高、影响大的品牌赛事活动。此次活动以“基于核心素养的文学文本阅读教学”为主题，分享专家观点，展示名师风采，交流优秀成果，创新教学形式，深化教学实践，引领教改方向。这是非常值得祝贺的。

《中学语文教学》沐浴着我国改革开放的春风应运而生。在叶圣陶、吕叔湘、张志公、刘国盈、刘国正、张寿康等老一辈语文教育家的倡议、关心和指导下，该刊于1979年正式创刊，由叶圣陶为该刊题名。该刊最初由北京师范学院（现首都师范大学）和人民教育出版社共同主办，首任主编是时任北京师范学院中文系主任的刘国盈，副主编是时任人民教育出版社中语室主任的刘国正。40年风雨兼程，40年春华秋实。在刘国盈、孙移山、陈金明、张蕾等历任主编的努力奋斗下，《中学语文教学》紧跟我国改革开放时代潮流，服务基础教育课程改革，学术品位高，办刊特点鲜明。一代代青年语文教师借助这一平台，进行学习研讨、交流交融，获得成长进步，逐步成为语文名师，走向全国。《中学语文教学》深受广大教师喜爱，已成为广大语文教师的精神家园。

《中学语文教学》关注教师成长，致力于打造名师语文课。在庆祝新中国成立70周年之际，曾任全国中学语文教学研究会副会长的于漪老师荣获“人民教育家”国家荣誉称号。这个消息一经公布，迅速在语文教育工作者的朋友圈“刷屏”。于老师获得的这一荣誉，是对她近70年教育生涯的最高褒奖，也是对全国一千多万中小学教师的高度肯定，语文教育工作者和中语会同人无不为之欢呼雀跃，奔走相告。商务印书馆适时推出于漪自选集《点亮生命灯火》。于老师的经历启示我们，教育家来自教学一线，来自课堂，是上课上出来的。于老师曾上过两千多节公开课，许多听过她的课的青年教师，无不对她出神入化的教学艺术叹服不已，但她却说：“我上完课后总觉得有毛病。”所以她每次上课后都会从两个方面进行反思：一是学生的闪光点是什么，二是自己这节课有哪些不足、缺陷甚至错误。其实，对一个教师来说，上好每一堂课既是神圣职责，也是最大师德。希望有更多青年语文教师能借助《中学语文教学》这一平台，切磋教学艺术，交流教学心得，提升教学水平，迅速成长为语文名师，推动语文教育教学改革创新。

当前，我国语文教育进入新时代。新时代语文教育具有新目标、新内容、新要求，语文教育应有新气象，语文人应有新作为。2019 年 6 月，国务院办公厅印发《关于新时代推进普通高中育人方式改革的指导意见》；中共中央、国务院颁发《关于深化教育教学改革全面提高义务教育质量的意见》。其中有两点值得关注：一是只提关键能力和学科素养，不提核心素养，显然是要贯彻习近平总书记“扎根中国大地办教育”的讲话精神。如何正确处理自立与引进的关系，一直是语文人思考的问题。1999 年，刘国正在全国中语会第七届年会上提出，语文教育研究首先要自立，神州大地是我们的立足点。山不厌高，水不厌深，立足大地，不断革新。于漪老师也说，语文教材编写一定要立足于中华大地。芬兰只有几百万人口，我们光教师就有一千多万，学生一亿几千万，千万不能迷信外国经验。我们不能只点“洋蜡烛”，心中永远要有一盏中国的明灯。二是重提知识学习，要求教师课上讲清重点难点、知识体系，促进学生系统掌握各学科基础知识、基本技能、基本方法。这对新课改以来困扰教师多年的“淡化知识”倾向来说显然是一种纠偏。这使我想到曾在江苏扬州中学看到张卓如校长的治校理念：“学校工作以教学工作为主，教学工作以课堂教学为主，课堂教学以教师讲授为主，教师讲授以课本知识为主。”这一治校理念给我留下深刻印象。新时代语文教育要全面落实立德树人根本任务，着眼于提高学生语文关键能力和学科素养，深化课堂教学改革，提高课堂教学效率，培养学生学习能力，培养适应终身发展和社会发展需要的正确价值观念、必备品格和关键能力，用中华优秀传统文化、中国革命文化和社会主义先进文化，哺育具有中国气质、中国精神、中国思维的新一代中国人。

2019 年 10 月 25 日于渭南

《语文报》：语文教师的精神家园

前不久，语文报社任彦钧总编辑打电话向我约稿，说《语文报》向老朋友们发出“金色邀约”，目的是打造一座报社特有的精神家园。其实，在我心目中，语文报社早已成为广大语文教师的精神家园。我与报社众多新老朋友交往 20 多年，无论是作为《语文教学通讯》《语文报》的作者和读者，还是作为报社相关活动的参与者，都能体验到报社“高质量、高品位、实用性加可读性”的编辑方针，感受到语文报人重朋友讲义气的为人之道，同时，我也有幸见证了语文报社在我国语文教育大家庭中的重要地位和影响力。

《语文报》被誉为“中华语文第一报”，其辐射力、美誉度无须多言，此处专门说说语文报社旗下的《语文教学通讯》。我国语文期刊界素有“四大花旦”之说，其中就包括《语文教学通讯》。所谓“金杯银杯不如口碑”，该刊之所以获此殊荣，我想，至少有三个原因：一是办刊时间早（《语文教学通讯》《语文报》分别于 1978 年、1981 年创刊），持续时间长，在语文界混得“脸熟”；二是办刊质量高，在朋友圈影响大，深得教师喜爱；三是“常为新”，从陶本一先生开创至今，一代代语文报人不忘初心，励精图治，开拓创新，接续奋斗。前不久看到人大复印报刊资料发布的2020年《高中语文教与学》《初中语文教与学》用稿统计，《语文教学通讯》转载量仍然名列前茅，足以说明我的上述判断是站得住脚的。

我与语文报社结缘，是从1994年我到人民教育出版社工作以后开始的。因为人教社与全国全国中语会有着深厚渊源，叶圣陶、吕叔湘、张志公、吴伯箫等都曾在全国中语会任职。1994年秋，全国中语会和人教社等单位联合发起、举行“庆祝吕叔湘先生九十华诞暨吕叔湘语文教育思想研讨会”，时任全国中语会理事长的刘国正和秘书长张定远指定要我参与会务接待工作，从此我就正式加盟全国中语会，后来由副秘书长、秘书长而至理事长。全国中语会与语文报社工作都服务于语文教育，自然也有着密切关系。如沿用至今的《语文教学通讯》刊名，就是全国中语会原名誉会长叶圣陶先生亲笔题写的（《语文报》报名则是启功先生题写的）。全国中语会第一任会长吕叔湘、副理事长张志公以及刘国正，都曾为语文报社题词或撰稿。全国中语会与语文报社强强联手、开展合作，是刘国正理事长和陶本一社长在任时期达成的。1989年1月，《语文报》正式成为全国中语会会报，1993年7月，《语文教学通讯》成为全国中语会会刊，并开展了一系列影响深远的品牌活动，如策划成立农村中学语文教改研究中心、叶圣陶语文教育思想研究中心，举办“语文报杯”全国中青年教师课堂教学大赛、“语通杯”全国中语“教改新星”评选、全国中学生读书评书活动、全国中学生语文夏令营等。这些活动，既大大丰富了我国中学语文教研，促进了中语会工作，也使《语文报》《语文教学通讯》成为全国广大中小学师生首选的语文报刊。正是在这样的背景下，我进入全国中语会，自然与报社朋友一见如故，或者说我根本没把自己当外人。我在全国中语会工作20多年，与靳保太、蔡智敏、刘远三任社长和其他同人有诸多交集，彼此结下深厚友谊，尤其是下面几件事情给我留下十分深刻的印象。第一，我首次以人教社教材编辑身份参加的全国性语文教研活动，就是《语文教学通讯》桑建中主编组织的。第二，我任“语文报杯”全国中青年教师课堂教学大赛高中组评委组长多年，这场被我称为语文界“武林大会”的大赛，每次都有近 2 000 人参加。第三，我在《语文教学通讯》开过两次专栏。一是“全国中语会 30 年巡礼”，回顾中语会辉煌历程，致敬先贤；二是“主编解读”，解读人教版高中语文课标教材。第四，语文报社承办中语会 2009 年工作会议，时任社长蔡智敏是中语会副理事长，会议给大家留下深刻印象。第五，为了庆祝语文报社成立 40 周年，我应杭州师范大学王光龙教授之邀，撰写《陶本一先生与全国中语会》，该文被收录入《师长·社长·校长——我印象中的陶本一先生》（山西教育出版社，2018）。第六，我与语文报社朋友有过多次愉快的合作。全国中语会在报社设立“语文名师教研中心”。我为广西教育出版社主编“中国语文教育研究丛书”时，邀请任彦钧、刘远主编《新世纪语文名师教学智慧研究》（小学卷，中学卷上、下）。2018 年，他们二位主编“当代中国语文教育家口述实录”丛书时，邀我担任编委会主任。我为山东教育出版社主编的《语文名师课》（小学卷、初中卷、高中卷），也是请语文报社徐永平、李文君等朋友和我一起编纂完成的。

吕叔湘先生在《语文报》创刊 10 周年时曾题词说：“我看见过许多刊物，起头办得很好，时间长了就难以为继，最后就停刊了。《语文报》从创刊到现在，已满 10 年，还是办得那么生气勃勃，还是那么受读者欢迎，这是很不容易的，是值得庆贺的。”如今，语文报社经过 40 多年发展，举办多种大型公益活动，形成系列报刊、新媒体矩阵，事业蒸蒸日上，还是那么生气勃勃。我想，吕先生如果地下有知，一定会深感欣慰吧！

2021 年 1 月 22 日

校园文学委员会十周年感言

日月不居，春华秋实。2010年4月，在历史悠久的京城名校北京师范大学附中，中国当代文学研究会校园文学委员会，沐浴着春日朝阳和银杏花香宣告成立。十年辛苦不寻常。我不仅亲眼见证其成长壮大、不断开拓创新，成为校园一抹靓丽风景，也得以近距离亲炙文学教育界大咖名流，领略众多语文名师的文学风采，彼此结下深厚友谊。回顾过去，我不禁对一路走来的校园文学同人充满敬意。

十年来，校园文学委员会践行“校园因文学而生动，文学因校园而年青”的办会理念，团结一大批文学和教育界专家学者，编辑《中国校园文学》杂志，建网站，开公众号。在北京潞河中学创办第一家“中国校园文学馆”，每年都举办一系列富有特色的校园文学活动，包括高峰论坛、成果展评、文学课堂、教师文学奖、“叶圣陶杯”新作文大赛、研学大课堂、大运河文化联盟等。这些活动横跨文学与教育界，沟通社会与校园，涵盖大中小学，致力于培育文学新人，助力素质教育，打造了一个校长办学、教师教学、学生成长的专业化、高质量服务平台，深受学校和广大师生欢迎，有口皆碑，功德无量。由校园文学委员会举办的活动多次受到新华社、人民日报和光明日报等权威主流媒体关注，有的甚至入选“年度文化教育十件大事”，足见其高品位和深远影响。

文学与教育具有天然密切关系，二者都着眼于培根铸魂、启智增慧，都是培养人、塑造人的伟大事业。语文教育的一个重要内容就是审美教育。德智体美劳“五育并举”，全面发展，离不开文学作品的阅读与写作实践。据我所知，不少文学大家是从校园起步的，许多语文名师也是在校园“炼”成的。比如，中国现代文学史上著名的“白马湖作家群”，以 20 世纪 20 年代浙江上虞春晖中学附近的白马湖命名，主要由该校文化教育家夏丏尊、朱光潜、朱自清、丰子恺集聚形成。以我的工作单位人民教育出版社为例，先后涌现出叶圣陶、陈伯吹、吴伯箫、刘国正等文学与教育“双栖型”名家，是教师作家的榜样。叶圣陶先生曾说“我真正的教育生涯和创作生涯是从甪直开始的”，也就是从他在苏州甪直当教员开始的。人民教育出版社即将在那里建立第一个“中国语文教育博物馆”。儿童文学家陈伯吹先生也是从他当乡村教师时起步的，1927 年商务印书馆为他出版《学校生活记》。散文家吴伯箫先生曾在济南乡村师范学校、莱阳乡村师范学校、东北教育学院、东北师范学院任教，后调任人教社副总编辑、中国社科院文学研究所副所长。周扬称赞他“既懂文艺又懂教育”。诗人、杂文家刘国正由北京八中调到人教社中学语文室，从此才开始演绎他“教师 · 编辑 · 作家”的精彩语文人生。现当代作家张天翼、严文井、金波、张之路等，无不是依托于深厚的学校生活构筑其文学大厦的。由此我想到 20 世纪 80 年代语文报社创办的《中学生文学》，那是全国第一份专门面向中学生的文学期刊，旨在“抒写当代中学生的热血豪情理想追求，展示当代中学生的烦恼苦衷探索奋斗”。《中学生文学》发现和培养了一大批有才华、有影响力的中学生诗人和作家，如马萧萧、邱华栋、洪烛、景旭峰、毛梦溪、师永刚、叶匡政、安武林、何葆国等，被誉为“中国校园文学第一刊”。

我认为，校园文学是一项充满朝气、洋溢着青春活力的伟大事业，应突出以下三个特色。第一是“文学”。古人说“少年心事当拿云”，每个少男少女都或多或少怀揣着一个文学梦。他们喜欢徜徉文学世界，神游天荒，挥洒青春，放飞梦想。他们往往借助文学形象，营造瑰丽意象，寻找心中最爱，追逐人生梦想，建造自己的精神家园。一首诗歌，可能让他们泪流满面；一篇小说，可能使他们彻夜难眠；哪怕一个虚幻的感动，都可能让他们铭记终生。第二是“校园”。学校是社会的一部分，但又不完全等同于社会，而有其特殊性。校园文学主阵地在校园，主角是教师（多数是语文教师），参与对象是学生，主要形式是校园活动。往往通过精彩的文学课堂、扎实的课题研究，带动一系列丰富多彩的语文实践活动，如文学采风、编辑报刊、征文演讲，给学生提供阅读鉴赏、表达交流的平台，给他们展示才华的机会，借以培养文学兴趣，感受文学形象，发展联想想象，提高审美情趣。校园文学活动同时也是语文实践活动，能够帮助学生丰富知识、滋养心灵、涵养精神、促进成长，从而实现立德树人的目的。第三是“研究”。吕叔湘先生在担任全国中语会会长时曾说过：“研究会研究会，就是要搞研究。如果不搞研究，那还叫什么研究会呢？”校园文学委员会作为中国当代文学研究会的分支机构，理应以学术立会，加强研究，探索文学教育规律，总结校园文学经验，不断推出研究成果，培养文学教育名师，增强学校的核心竞争力，才能真正有效推动我国文学和教育事业的持续繁荣发展。

2021 年 1 月 20 日

语文工具书与语文教学

语文工具书在这里专指汉语字典、汉语词典，是供读者检索查考汉语字词的书。就语文教学来说，不管是教师备课、批改作业，还是学生预习课文、完成作业时，遇到不认识或拿不准的字词，都常常需要查字典、词典。因此，教育部颁布的《义务教育语文课程标准（2022 年版）》，在小学三到四年级阶段要求“能用音序检字法和部首检字法查字典、词典”，在初中七到九年级阶段要求“能熟练地使用字典、词典独立识字，会用多种检字方法”。

在语文教育界，《新华字典》《现代汉语词典》《古汉语常用字字典》《现代汉语规范词典》《新编小学生字典》《新编学生字典》《新编学生词典》等，都是深受师生欢迎的语文工具书，对中小学师生产生了深远影响。这些语文工具书，都是我国语言学家历经数年、反复修改打磨而成的，具有准确、规范、实用、权威等特点。在我看来，这些语文工具书对语文教育教学具有以下重要意义。

第一，学习语言，掌握中国语文。汉语言文字是国家通用语言文字，是中华文明传承的信息载体，也是全体中华儿女的精神家园。中小学语文课主要是教学生学习如何运用国家通用语言文字，使其掌握听说读写的基本能力。因为语文不仅是最重要的交际工具，也是人类文化的重要组成部分。语文学习关系到一个人的终身发展，社会整体的语文素养关系到国家的软实力和文化自信。每一个中国人，都有责任、有义务学好用好中国语文。学好中国语文，必须从娃娃抓起，关键在中小学，重点是基础教育。所以，国民教育的基础，就是要教会新一代公民正确理解和熟练运用国家通用语言文字，培养识字与写字、阅读与写作能力，坚定理想信念，厚植家国情怀，提高人文素养，坚定文化自信，进而启智增慧，培根铸魂，成为有理想、有本领、有担当，敢想敢为又善作善成的时代新人。

第二，借助工具书，提高语文素养。中小学生学习语文，第一步就是要学习识字与写字，要求认清字形，读准字音，准确理解字词的含义，这就离不开语文工具书的使用。学生如果碰到生字生词，遇到不理解的词语典故，就要查语文工具书，这比请教老师更方便、更快捷。语文工具书是学生必备的学习工具，也是学生学习语文、提高语文核心素养最重要的工具。在语文教师和学生心目中，这些语文工具书已不是一般意义上的字典、词典，更像是慈眉善目、亲切和蔼的老师，因而被称为“无声的老师”。一册在手，可以常伴左右，诲人不倦。学生在学习语文时，语文老师在备课时，其他语文教育工作者在工作时，都可以随时随地向它们“请教”。据说，在语文中高考命题时，命题专家也是将《现代汉语词典》《现代汉语规范词典》作为现代汉语字形、字音和释义标准的。实际上，不仅中小学生，我们每个成年人在学习、工作和生活中，也都会随时随地向这些工具书请教。

语文课是一门学习国家通用语言文字运用的综合性、实践性课程，主要引导学生热爱国家通用语言文字，在语言运用实践中，积累语言经验，把握语言文字的特点和运用规律，提高语言文字运用能力。语文中高考要求学生认准字形，读准字音，正确使用词语（包括成语）；正确、熟练、有效地使用语言文字；语言表达简明、连贯、得体，准确、鲜明、生动；正确使用标点符号；等等。不过，在语文教学中，师生也常常碰到这种情况：有些多音多义字的读音不好掌握；有些异形词很难确定该以哪一个为标准；某个词语在报刊或网络上出现了新用法，很难判定其使用是否规范。前些年，某地小学语文试卷曾考到“自作自受”的读音，与《普通话异读词审音表》不一致；某高考语文试卷中出现的“毛骨悚然”与“毛骨耸然”、“天遂人愿”与“天随人愿”，也都曾引发过争议。这说明，一方面，语文工具书需要根据社会发展和语言实际不断进行修订完善，与时俱进，适应读者的需要。新词新语的出现，需要权威工具书做出明确的解释；有的词语的某些义项，在语言实践中发生了变化，词典也应该有所反映。另一方面，中小学语文教学和考试，需要有明确的规范标准，相关研究成果应及时吸收到语文工具书中。

第三，培根铸魂，推进语文教育现代化。大道之行，语言为先。中华民族复兴伟业，需要优先实现教育现代化。语文教育现代化，要求加强中小学语文教育教学，推广普及国家通用语言文字，提高学生识字与写字、阅读与写作能力，提高国家通用语言文字运用能力，进而推进中华优秀语言文化传承发展，提升中文国际地位和影响力。这就需要语文工具书更加贴近时代、贴近社会，提高编纂水平，以更加符合教师教和学生学的需要。特别是在当前数字化、全媒体、融媒体的背景下，语文工具书的编纂如何对接数字化，考验着工具书编者的智慧。

新中国成立以来，我国语文工具书出版事业从无到有，不断发展，目前已形成大中小型配套、门类齐全的语文工具书体系。编纂适合师生使用的语文工具书，影响最广，难度最大，也最能造福后代、功德无量，历来都是语言学界最为重视的研究课题。叶圣陶、魏建功、吕叔湘、王力、丁声树等前辈先贤，都曾在语文工具书编纂上倾注了大量心血，做出了卓越贡献。其中，最有代表性的就是《新华字典》。这是新中国成立以来影响最大的小型语文工具书，也是第一部现代汉语字典。1953—1955 年由人民教育出版社出版。1957 年起改由商务印书馆出版，曾获得吉尼斯世界纪录之“最受欢迎的字典”和“最畅销的书（定期修订）”。柳斌曾说：“语言规范，国之大政。”1971 年，中国恢复了在联合国的合法席位，中文被列为联合国六种工作语言之一，但当时中国还没有编出《现代汉语词典》。为此，周恩来总理两次接见《新华字典》修订小组代表，催问：“工具书出版了吗？《新华字典》还没定下来吗？”“《新华字典》也是从《康熙字典》发展来的嘛！编字典可以有创造，但创造也要有基础。要古为今用，推陈出新。新的出不来，旧的又不能用，怎么办？”根据周总理指示，全国出版工作座谈会的代表分组审阅《新华字典》修订稿，历时 138 天，是一次史无前例的“国家行动”。1978 年，《现代汉语词典》正式出版，吕叔湘、丁声树二位先生先后任主编，收词更多，规模更大，影响也更深远。1983 年，人民教育出版社出版了《新编小学生字典》。

2004年，李行健主编的《现代汉语规范词典》由外语教学与研究出版社出版。人教社后来又陆续出版了《新编学生字典》《新编学生词典》。这些语文工具书，适应了新时代语言文字应用实际，特别是符合中小学生学习需要，严格贯彻国家语言文字规范标准，恪守规范性、实用性、时代性的编写理念，对我国中小学语文教育、普及中国语言文字、提高文化教育水平、传承发展中华文化厥功至伟。同时，这些语文工具书反映了语言学界服务社会、报效国家的责任感和使命感，我们应该向他们表示崇高敬意，学习他们严谨认真、一丝不苟的治学精神。

党的二十大报告已明确提出中国到2035年将基本实现社会主义现代化，建成教育强国。要想建成教育强国，首先就要实现语文教育现代化。语文工具书不仅可以帮助学生学好语文，提高语文素养，推进语文教育现代化，而且有助于铸牢中华民族共同体意识，构建人类命运共同体。作为语文教育工作者，我衷心祝愿这些语文工具书在服务师生、服务社会和推进语文教育现代化方面发挥更大作用。

2022年10月22日

祝贺《新编学生词典》出版

百年大计，教育为本。教育大计，教材为先。在人民教育出版社成立70周年之际，习近平总书记给人教社老同志回信，高度肯定了一代代教材工作者辛勤耕耘、接续奋斗所取得的辉煌成就，勉励人教社继续努力，编写出培根铸魂、启智增慧的精品教材。为了配合统编语文教材的使用，帮助广大中小学生学习语文、运用语文，人民教育出版社辞书研究中心与北京大学中文系最近推出一部为学生量身打造的语文工具书《新编学生词典》。这部词典有什么特点，应用价值何在？人民教育出版社在辞书出版方面具有哪些优势？相信这是广大师生、家长及读者普遍关心、希望了解的话题。

一、《新编学生词典》的编纂特点

《新编学生词典》坚持立德树人、培根铸魂、启智增慧的指导思想，立意高远，目标明确，针对性强。编写理念先进，体例设计新颖，编写质量上乘，而且图文并茂，印制精美，权威实用，是编写团队精心打造的语言文字应用精品图书，也是广大语文教师和学生的有益助手。在我看来，该词典最突出的有以下几个特点。

一是权威性。这部词典由北京大学与人民教育出版社联合编写。北京大学中文系在我国高校中文专业中规模最大、学科最全、实力最强，一向具有服务社会的责任担当，人民教育出版社是具有 70 多年历史的学生教学用书专业出版社，二者有着紧密合作的悠久历史和优良传统。当年在西南联大，罗常培同时兼任该校文学院文学系和师范学院文学系的系主任。在极其艰难的抗战岁月里，西南联大师范学院创办《国文月刊》，叶圣陶、宋云彬、浦江清、余冠英、朱自清、王力、罗常培、沈从文、魏建功等参与编辑或撰稿。新中国成立后的第一套高中语文教材，就是由华北人民政府教育部教科书编审委员会邀请北京大学、清华大学中文系部分教师编写的。1950 年，魏建功先生辞任北京大学中文系主任，转任新成立的人民教育出版社社务委员兼新华辞书社（隶属于人教社）社长，主编新中国第一部现代汉语工具书《新华字典》。此后，北京大学中文系许多教授都曾致力于语文教育事业，如王力、游国恩、周祖谟、冯钟芸等曾参加人民教育出版社语文教材的编写和审定；朱德熙与吕叔湘合撰《语法修辞讲话》，在《人民日报》连载，并且朱德熙还在全国恢复高考后担任全国高考语文命题负责人；温儒敏先后出任课程标准版语文教材执行主编、统编版语文教材总主编，袁行霈、陆俭明、何九盈、王理嘉、蒋绍愚、苏培成、钱理群、陈平原、杜晓勤、常森、汪锋等出任主编或参加编写；漆永祥、吴晓东、宋绍年、宋亚云、李国华等，或受邀请参与人教社相关图书撰写、审稿，或参加语文高考阅卷工作，或参与语文教育研究；北京大学语文教育研究所，更是直接参与我国中小学语文教育改革。在这样的背景下，北大中文系现代汉语、古代汉语教研室与人教社辞书研究中心组成编写团队，几位主编或是治学严谨的语言学家，或是知名的教育出版专家。他们强强联合，如虎添翼，精心结撰，自然保证了词典内容编撰的权威可靠。

二是实用性。这部词典不求大求全，而是以辅助中小学生学习语文为目标，立足于中小学生的实际需要。第一，所收字词紧贴统编语文教材。全书共收单字（包括繁异体字）11 000 多个，收录词条约 50 000 条，涵盖了中小学语文教材中出现的所有字词。如小学课本收录的《敕勒歌》中的“敕勒”，《寒号鸟》中的“寒号鸟”，初中课本收录的朱自清《背影》中的“大去”，鲁迅《孔乙己》中的“短衣帮”，《从百草园到三味书屋》中的“张飞鸟”“赤练蛇”等。这部词典弥补了一般语文词典甚至某些百科辞典收词的不足，为学生用好学好教材提供了帮助，有助于提高学生的语文关键能力和文化素养。第二，词典设计方便师生教学。对教材中出现的某些特殊词语，如《花钟》中的“睡莲”“月光花”“昙花”等，王维《九月九日忆山东兄弟》中的“茱萸”，《孔雀东南飞》中的“云鬓”“花黄”等，还有教材中多次出现的“牡丹”和“芍药”等，词典不仅提供准确解释，还配有精美插图，以印证和补充释义，直观可感，大大方便了教师的教和学生的学。词典的所有字头均采用楷体，与语文教材保持一致，而且注明部首、笔画数等汉字属性，避免了学生练习写字时的困惑。第三，词语辨析富有特色。词典针对学生学习中易混、易错的 300 余组词语进行辨析，涉及 1 000 多个字，不仅有助于学生掌握国家语言文字的运用规律，而且有助于学生有针对性地练习中考、高考的成语、语病等题型。第四，附录丰富实用。内容涉及语言、文学、文化知识，包括文学常识、诗词意象、文言常识、语法修辞等，尤其是收录了有关阅读、写作、修改病句、名言隽语、标点符号用法等应用性、程序性知识，大大增强了词典的实用性。

三是时代性。词典除了注意收录语文教材中的常用词语，还特别注意收录反映当代社会发展实际的新词语、新义项、新用法。比如，反映中国新时代特征的“中国梦”“一带一路”“构建人类命运共同体”“民法典”等词语；反映当代社会生活新事物、新现象的“人设”“热搜”“霸凌”“网红”“爆表”“自媒体”“黑科技”“毁三观”“空巢老人”等词语；反映科技发展新事物新成果的“量子通信”“区块链”“石墨烯”“整流罩”“北斗卫星导航定位系统”等词语。词典不仅有助于学生准确理解这些词语，也有助于引导学生坚定理想信念，厚植家国情怀，增长知识与见识，提高综合素养，树立文化自信。

四是创新性。词典在词语解释和内容设计上都力求体现创新。在词语解释上，比如，对“辅车相依”中“辅”和“车”的解释，吸收了当代学者已有定评的研究成果；对“谢”字的解释增加了“告诉”的义项，并用课文《孔雀东南飞》中的“多谢后世人，戒之慎勿忘”作为书证。在内容设计上，此如，字头编排把声符相同的同音字（如池、弛、驰）排列在一起，便于学生集中识字；多音字排列在一个字头下，如“冲”的“chòng”这个读音就排在“chōng”下面，这就免去了学生翻查多音字时的麻烦，更方便使用。此外，有些难检字的笔顺、一些字的造字方法以及各种“小知识”的插入等设计，都是对以往同类型词典在编纂方法上的创造性转化和创新性发展。

二、《新编学生词典》的应用价值

这部词典在帮助学生语文学习方面具有以下价值：

一是符合语文课标精神。语文课是一门学习国家语言文字运用的综合性、实践性课程。语文课程标准明确要求，中小学生要学会使用常用的语文工具书，能熟练地使用字典、词典独立识字，能借助工具书阅读浅易的文言文。《新编学生词典》的设计，努力贯彻落实语文课程标准，既注重现代汉语、古代汉语常用字词的理据分析，又注重字词背后的文化内涵讲解，同时努力反映当代社会语言生活中出现的新词、新义。在帮助学生掌握语言文字运用的同时，还可以帮助学生准确把握词语的含义，提升人文素养，很好地体现了工具性与人文性的统一。

二是辅助学生课内外语文学习。语文课程通过阅读、写作、口语交际等语文实践活动，帮助学生学习运用国家通用语言文字，培养语文能力、思维品质、审美鉴赏和文化传承等能力素养，厚植家国情怀，坚定文化自信，进而启智增慧，培根铸魂。可以说，语文课程是落实立德树人根本任务的重要抓手。语文教材主体是一篇篇文质兼美的课文，具体到每个词语，不可能讲得很细，这时就需要查阅相关工具书，并且由于各地师资条件存在着差异，学生学习时就需要适宜的语文工具书作为辅助。课外语文阅读、写作等综合实践活动更是离不开工具书。《新编学生词典》的编写，以中小学生为读者对象，突出词典的学习功能，紧密配合语文教材，涵盖了教材中出现而一般字典、词典未收录的词语、成语、典故和惯用语，特别是对学生不易分辨的近义词语进行了辨析。比如“美丽”“漂亮”“英俊”“标致”等词语都表示长得好看，但在语言运用中是有区别的，如“美丽”“标致”多用于形容女性，“英俊”多用于男性，“漂亮”则男女通用。再比如，对“的、地、得”“作、做”“干、搞、做、弄”

等词语的辨析，词典中既讲清楚它们的共性，又指出其不同用法和适用范围。这不仅有助于教师的词语教学，还能为学生学习和运用这些词语提供切实的帮助。

三是有助于全面提高学生语文素养。汉字是国家通用语言文字，是最重要的交际工具。语文是工具，运用于人们交际交流，学习发展；语文是桥梁，沟通古今中外文化，传承精神血脉；语文是载体，承载公民人文素养，提供审美体验。语文学习关系到一个人的终身发展，社会整体的语文素养关系到国家的软实力和文化自信。对于学生来说，提高语文素养主要有三条途径——课堂有效教学、课外大量阅读、社会生活实践，而这些常常需要工具书释疑解难。《新编学生词典》配有 600 多幅精美插图，不仅能更加生动形象地解释名物词语，还能增加艺术审美素养。词典的附录，涵盖了语言文字、文学、历史、地理、天文以及历史朝代、官制等文化常识，在一定程度上也弥补了教材在知识积累方面的不足，有助于学生学习中国语文，运用中国语文，认端方典雅的中国字，说铿锵有力的中国话，读文采飞扬的中国书，写声情并茂的中国文，做顶天立地的中国人。

三、人教社辞书编纂的优良传统

作为新中国第一家专业的教育出版社，人民教育出版社一直是中小学教材研究与编写的“国家队”和主力军，人教版语文教材也是一代代学子的永久记忆和精神家园。实际上，人教社的辞书编纂事业与新中国的教材编写事业是同步开始的。早在新中国成立之前，华北人民政府教育部就有意将黎锦熙负责的中国大辞典编纂处划归出版总署。据《叶圣陶日记》1949 年 3 月 8 日记载：“余与彬然、灿然往师大访林砺老（林砺儒），林新任师大之校长。共至大辞典编纂处，晤黎劭西。黎主持编纂处二十年，因其曾为师大校长，编纂处隶于师大。今教部有意将此处改属我署，故往一观。”3月9日记载：“夜间，（魏）建功来，与谈大辞典之机构如由我署接收过来，可否由渠主持其事。渠谓于字典辞典颇有雄心，唯须北大方面职务能摆脱方可。谈至九时方去。”5月27日记载：“与（胡）愈之谈我署对于黎劭西大辞典编纂处之处置。黎言此于毛主席，毛商于（胡）乔木，乔木意可由我署接受。我等之意则不受为佳。”1949年4月15日，华北人民政府教育部教科书编审委员会在北京六国饭店宣告成立，主任叶圣陶，副主任周建人、胡绳，秘书主任金灿然，委员傅彬然、宋云彬、孙起孟、王子野、孟超、叶蠖生，开始擘画中小学各科教科书。其中，小学、初中语文教材由编审委员会编写，高中语文教材由北京大学、清华大学两校教师编写。新中国成立后，当时国家的首要工作是扫除文盲、普及教育，提高国民文化水平，时任出版总署副署长兼编审局局长的叶圣陶，于1950年两次致函北京大学副校长汤用彤，请求北大准许魏建功辞去北大中文系主任，到出版总署主持筹建辞书机构，主要任务就是要编一部“小字典”，这部字典的基本设想、读者对象及编纂体例，则是叶圣陶与魏建功、吕叔湘等同人一起商定的。《叶圣陶日记》1950年7月27日记载：“从九时起，开座谈会讨论小字典如何编辑。（魏）建功与其所邀来共事者三人，又有（吕）叔湘，我署同人五人。小字典拟以叔湘在开明（书店）设计而未经修订之一份字典初稿作底子，此是余数月前之设想。”1951年1月18日日记记载：“上午，与辞书社同人会谈，商讨小字典之编法。决定此字典以小学教师为对象，使其了解字义、用法及限制。逐项讨论，各有解决，谈半日而未完，俟他日续谈。”人民教育出版社成立后，魏建功在叶圣陶领导下，具体主持《新华字典》的编纂工作。1953年，《新华字典》由人民教育出版社正式出版，首印500万册。1957年，因新华辞书社划归中国科学院语言研究所，《新华字典》由人民教育出版社转由商务印书馆出版。1971年中国重返联合国，并任常务理事国，汉语成为联合国六种工作语言之一。作为现代汉语工具书代表被中国政府送到联合国的，就是这部《新华字典》。《新华字典》以及人教社后来编辑出版的《新编小学生字典》《新编学生字典》《新编学生词典》等，都深受学生欢迎。

最后，我要向参与这部词典编纂的各位同人表示由衷敬意。字典、词典被认为是“无所不在的老师”，编纂工作似乎很平凡、很普通，但要编好实际上是很难的，需要投入热情，需要具有工匠精神，词典编纂是一项功德无量的伟大事业。辞书于人类的意义，正如英国电影《教授与疯子》中参与编纂《牛津英语词典》的迈纳医生所说的那样：“站在书脊之上，我可以飞越眼前的围墙。借助文字之翼，我可以抵达世界之巅。”我国有《说文解字》《尔雅》《玉篇》《康熙字典》《辞源》《辞海》等辞书，更有作为新中国标志性文化符号的《新华字典》《汉语大词典》《汉语大字典》等，它们见证了中国人民从站起来、富起来到强起来的伟大征程，我们有理由期待艺术界能用影视的艺术形式，追溯我国辞书编纂事业的风雨历程，记录其波澜壮阔，展现其辉煌成就。

2021 年 8 月 26 日

红楼雅集，语文盛宴[①]

一

首先祝贺第四期“曹雪芹美学艺术暑期讲习班”顺利开班。感谢北

① 本文是作者在第四期“曹雪芹美学艺术暑期讲习班”开班和结业典礼上的发言。

京曹雪芹学会、北京大学艺术学院及北京大学曹雪芹美学艺术研究中心共同举办这样高水平、接地气的活动。我相信这是一次学习之旅、研修之旅，它至少具有三方面的意义。

第一，有助于发扬光大《红楼梦》的美育文化。大家知道，党的十九大确定中国特色社会主义进入新时代。新时代的文化包括三个方面，一是中华优秀传统文化，二是革命文化，三是社会主义先进文化。2018年全国教育大会，习近平总书记提出我国教育的根本任务是立德树人，要求培养“德智体美劳”全面发展的社会主义建设者和接班人。《红楼梦》既是中华优秀传统文化瑰宝，也是对学生进行美的教育的绝佳材料。高中语文新课标提出，要引导学生“多读书、好读书、读好书，读整本书”，并且明确指出学生应完成一部学术著作和一部长篇小说的整本书阅读。新教材就把费孝通的《乡土中国》和曹雪芹的《红楼梦》编写入高一必修课本，作为整本书阅读的内容。体育、美育、劳动教育是立德树人的重要内容，我们过去重视不够，这几年新高考语文试卷有意识地“补短板”，就是要全面贯彻落实党的教育方针，实行“五育并举”。近几年的高考改革还有一个导向，就是用高考“指挥棒”引领素质教育，实行教、学、考一体化，即教什么，学什么，考什么。正是在新课标、新教材、新高考稳步改革的背景下，《红楼梦》成为2022年语文高考全国甲卷的作文试题材料，成为今年的文化热点，成为一种现象级文化标志。我认为，从长远看，《红楼梦》的文化传播，必须抓住青少年，重点是基础教育，关键在中小学。因为中小学生代表着未来，未来的红学家也将在他们中间涌现。我们这个讲习班虽然人数不多，但都对《红楼梦》怀着满腔热情，而且班里的教师们来自全国10个省、市，每一位教师都代表着一个学校、一个地区，甚至一个省。我们这次讲习班有26位教师，都是对传播《红楼梦》文化“可为”“能为”的青年才俊。星星之火，可以燎原。我们必然会将《红楼梦》文化传播到华夏大地，将《红楼梦》的美育文化发扬光大。

第二，有助于提高《红楼梦》整本书阅读的教育教学水平。高中语文新教材于2019年秋季学期开始在北京、天津、上海、辽宁、山东、海南率先使用，这几年稳步推广，今年秋季学期将在全国实现全覆盖。在新教材推广使用过程中，教师们对《红楼梦》整本书阅读的教学存在着很多困惑，希望能听到红学专家的声音，也希望跟全国各地的语文教育同行交流研讨。这次讲习班以《红楼梦》整本书阅读为主题，由胡德平先生、叶朗先生、张平仁教授、位灵芝秘书长亲自授课，近年来在《红楼梦》教学上卓有建树的优秀教师、语文教育工作者也将分享他们的成功经验。此外，将举办《红楼梦》整本书阅读线上线下座谈会，《红楼梦》阅读社会课堂实践，参观曹雪芹文化中心等活动。红学专家、语文教育工作者与一线教师共同探讨《红楼梦》整本书阅读问题，相信会让大家开阔学术视野，提高理论水平，以更好地总结《红楼梦》整本书阅读教学经验，进而有力推动我国《红楼梦》整本书阅读教学改革。

第三，这次活动也给语文教师提供了一次学习“充电”的绝佳机会。讲习班所在的景明园及其周边，有着丰富的人文历史资源，特别是有着丰富的语文教育资源。有人说，一个语文教师，不读书、不写作、不旅游，就是不务正业。语文与现实生活联系最紧密，语文教师旅游不是游山玩水，而是在生活中感受语文、学习语文、运用语文。景明园附近的植物园内有曹雪芹文化中心、曹雪芹纪念馆，还有语文经典课文《少年中国说》作者梁启超之墓和北京大学教育系创始人高仁山之墓。此外，我们耳熟能详的许多位语文教育名家、学术大师，如吕叔湘、朱自清、王力、朱德熙、曹禺、戴望舒、冯友兰、启功等，也都长眠在周边。陪伴他们的，是山峦翠柏，是阵阵松风。大家有机会可以去瞻仰他们的陵墓，领略他们的文采风流。高中语文教材选有毛泽东的《中国人民站起来了》、聂荣臻的《大战中的插曲》、杨成武的《长征胜利万岁》等反映中国革命文化的课文，香山革命纪念馆、李大钊烈士陵园、“一二·九”运动纪念地等都在附近。高中语文经典课文郁达夫的《故都的秋》说：“在南方每年到了秋天，总要想起陶然亭的芦花，钓鱼台的柳影，西山的虫唱，玉泉的夜月，潭柘寺的钟声。”我们这几天在景明园，每天都可以听到“西山的虫唱”。美籍华裔建筑设计师贝聿铭设计的香山饭店的“曲水流觞”，其创意就来自语文教材的经典课文王羲之的《兰亭集序》。通过这次景明园及周边之旅，以后大家再教这些课文时，一定会有不一样的感受，会有更深刻的体验和理解。

最后，预祝第四期“曹雪芹美学艺术暑期讲习班”取得圆满成功！愿各位老师不虚此行，满载而归！

2022 年 8 月 15 日

二

经过四天的紧张工作，第四期“曹雪芹美学艺术暑期讲习班”已近尾声。尽管因疫情出了点状况，但总体还算顺利，圆满完成各项任务。从刚才大家满怀深情的发言中，我能感受到，这次讲习班办得非常及时，也很有必要，是红学雅集，也是语文盛宴。大家普遍感到收获颇丰，开阔了眼界。作为语文教育工作者，我首先要向北京曹雪芹学会、北京大学艺术学院、北京大学曹雪芹美学艺术研究中心，向胡德平会长、叶朗教授、位灵芝秘书长、唐金楠书记、彭锋院长以及秘书处工作人员表示感谢！作为讲习班组织者，我要向为讲习班开展讲座的红学界专家张平仁、孙伟科、段江丽、曹立波、詹颂、俞晓红、莎日娜、井玉贵、樊志斌等教授，向语文教育界余党绪、金中、王建红、杨毅、何郁、韩璐等名师致以崇高的敬意！同时向来自 10 个省、市的 26 位教师克服困难、参加讲习班表示感谢！

这次讲习班，在以下三个方面体现了创新。

一是课程内容的创新。讲习班由红学界发起，红学界和语文教育界联手，集中研讨《红楼梦》整本书阅读问题。一线教师直接倾听红学专家、优秀语文名师的真知灼见，红学专家也能了解到一线教师在《红楼梦》整本书阅读的教学实际和初步成果，彼此借鉴，互相启迪。有助于把红学界最新的、为大家所公认的研究成果，转化成中学语文教学资源，红学专家也可以从中学语文教学中找到新的研究题目。

二是课程形式的创新。讲习班课程形式丰富多样，有开幕式，有专家报告，有交流研讨，有汇报分享，有主持人点评，既有理论的高度，也有实践的广度和厚度。人手一套的蒙古王府藏本《红楼梦》，给大家提供了一次集中学习、认真思考、充分交流的机会，大家也都十分珍惜这次学习机会。以前我读《红楼梦》只读前80回，这几天我就利用会议间隙，把《红楼梦》后40回认真读了一遍，收获很大。即便后来因疫情出不了景明园，上课、研讨、锻炼都没有耽误。刚才有教师说，大家在散步时，也是“行走的研讨会”。

三是组织管理的创新。因为讲习班期间遇到突发情况，为了配合疫情防控，我们讲习班的组织管理顺势而为，因时而变，这是一种组织管理的创新。讲习班采取集中与分散相结合，线上与线下相结合，讲习班与学习小组相结合等多种组织形式。讲习班有班主任，小组有组长，研讨有主持人。各司其职，各负其责，停班不停学，停班不停研。会务组还给每位学员准备了一份特别的礼物，是一张设计新颖别致、具有收藏价值的结业证书。会务工作精心、用心，让教师们宾至如归。这充分说明，北京曹雪芹学会特别是秘书处同人，能够真正为一线教师着想，同时也具有超强的应变能力。我相信这次讲习班会成为每一位教师终生的美好回忆。

最后，我有几点建议。

一是以这次讲习班为契机，建立《红楼梦》整本书阅读共同体。联系纽带可以是我们的微信群，可以是《曹雪芹研究》期刊，也可以是北京曹雪芹学会举办的各种活动，我们至少可以加入“红迷会”，成为会员。讲习班可以解散，但我们的友谊还在，沟通渠道畅通，大家可以继续研讨交流，甚至可以由此生发开去，成为语文教学研究共同体。

二是进一步放大这次讲习班的“叠加效应”。胡会长送我一本书，叫《说不尽的红楼梦》。的确如此，《红楼梦》是说不完的，我们的讲习班也可以向更深更广处延展。我在开班仪式上说，星星之火，可以燎原。我们 26 位学员就是 26 个火种，完全可以把这次讲习班的成果传到全国各地。我建议把这次讲习班的研究成果及时分类整理，做好宣传报道，让更多语文教育同行分享到我们这次讲习班的“红利”。叶朗先生建议，《红楼梦》整本书讲习班还可以继续办下去，让更多的老师受益，彭院长刚才也表达了这个意思，我完全赞成。

三是有兴趣的老师，可以围绕《红楼梦》与语文开展深入研究。红学界围绕《红楼梦》的作者、时代、主题、人物、版本等，出了很多研究成果，但涉及教育特别是语文教育的却不多，比如，曹雪芹语文教育思想研究、《红楼梦》里的语文教育、跟着《红楼梦》学语文、语文教材中的《红楼梦》，等等，都可以深入研究，可以写成论文，也可以出版专著。既可以丰富语文教育教学资源，又可以为曹雪芹及其《红楼梦》研究开辟一个新的研究领域。

2022 年 8 月 19 日

于北京曹雪芹故居黄叶村

教师的“下水作文”

前不久，曹洪彪和张水鱼二位老师先后与我联系，说中国文章学研究会与《新作文》杂志社联合举办的首届“文章杯·下水作文”大赛已进入评审阶段。他们准备将获奖作品结集，按初中、高中分卷出版，希望我写篇序。这无论对教师还是对学生，都是个好事，设计别具创意。从实际效果看，一石激起千层浪，大赛激发了广大语文教师参与的积极性，应者云集。作为语文同人和多年朋友，我也就不避顾炎武“人之患在好为人序”的告诫，当仁不让，欣然遵命。

语文是一门学习国家通用语言文字运用的综合性、实践性课程。综合性是说语文中不仅有语言文字，也有文学审美和语文知识，还是培根铸魂、启智增慧的重要抓手，是落实立德树人根本任务的有机载体，所以中国古代语文教育是一种文史哲不分的“大语文”教育。实践性意味着语文学习固然需要理论，但是不能只讲理论，光说不练，最重要的是学习怎样使用语文，根本途径是靠学习者自身的语文运用实践，包括识字与写字、阅读、写作等自主学习运用实践，所以古人总结出了“多读多写”的学习方法，所谓“熟读唐诗三百首，不会作诗也会吟”。语文学习从实践的角度来说，是一种技能运用训练，就像学打乒乓球、学游泳一样。正如吕叔湘所说：“使用语文是一种技能，跟游泳、打乒乓球等等技能没有什么不同的性质，不过语文活动的生理机制比游泳、打乒乓球等活动更加复杂罢了。任何技能都必须具备两个特点，一是正确，二是熟练。不正确就不能获得所要求的效果，不称其为技能。不熟练，也就是说，有时候正确，有时候不正确，或者虽然正确，可是反应太慢，落后于时机，那也不成（称）其为技能。从某种意义上说，语言以及一切技能都是一种习惯。凡是习惯都是通过多次反复的实践养成的。”① 作为技能的语文运用，识字写字、阅读、写作能力训练，无疑也都应该以“正确”和“熟练”为标准。

“下水作文”这一名称起于何时，我没有考证过。不过，叶圣陶先生有一篇名为《“教师下水”》的文章，写于1958年6月26日。那是叶圣陶先生在成都调研时从一位中学老师那里听到的，他们学校的校长向语文老师提出“教师下水”的号召。我想，这位校长所说的“下水”，既包括阅读方面的“下水”，也应该包括写作方面的“下水”。教师在写作方面的“下水”，就是“下水作文”，可见这一说法至少已有63年历史了。语文教师教语文，同游泳教练教游泳、乒乓球教练教打乒乓球一样，当然需要讲一点儿游泳或打乒乓球的理论，但光讲理论远远不够，重要的是他自己得亲自“下水”或站到乒乓球台边，在“游”或“打”的实际练习中，具体讲解游泳或打乒乓球的技能和方法。语文教师教学生学语文也应既“教”又“练”，躬身实践。比如，讲一篇课文，需要教师对课文的思想内容、语言表达、行文风格等有深入理解和全面把握，对作者的观点和论述进行准确分析和评价，才能讲出课文的精妙之处和言外之意。如果教师自己浅尝辄止、囫囵吞枣，显然就无法做到。布置学生写作文，如果教师自己对布局谋篇、选材结构、遣词造句等缺乏实际体验，对学生的指导恐怕也很难说到点子上。语文教育教学理论很丰富，也很重要，但不能照搬，也不能光靠转述书本上说的，关键是要想方设法，把书上的理论、知识转化为学生自己的，让他们真正消化知识，才能给他们切实的引导和指点。

近年来，我国基础教育领域深化改革的主旋律是立德树人、培根铸

---

① 方有林．吕叔湘［M］．北京：语文出版社，2021：120.

魂、启智增慧，方向目标是推进教育现代化，热门话题是新课标、新教材和新高考。具体到语文学科来说，要推进语文教育现代化，就要着眼于未来时代发展和社会需要，培养学生六大关键能力，包括阅读理解能力、信息处理能力、应用写作能力、语言表达能力、批判性思维能力和辩证思维能力。高考作文是考查语文学科关键能力的重要指标，在高考题目中所占分值最多，所受关注度最高，社会影响也最大。以近几年高考作文为例，试题通过精心选材与情境设计，明确写作任务，重点考查语文学科关键能力。应用写作继承我国“文章合为时而著，歌诗合为事而作”的传统，着眼现实需要，明确任务驱动，提倡真情实感，注重问题解决，反对无病呻吟，摒弃假大空套话。应用写作有特定的写作主题，有给定的写作材料，有具体的写作情境，有明确的写作任务，体现了实用性、针对性、实践性的写作理念，着重考查学生独立思考和运用所学知识分析问题、解决问题的能力，能够有效规避为人诟病的所谓“高考体”写作，也能有效杜绝猜题押题，扭转应试教育倾向，用高考“指挥棒”引领中小学实施素质教育。当前应用写作反映了新时代语文教学综合性、开放性、应用性、探究性的改革要求，对中学写作教学乃至全社会端正写作文风都具有良好的导向作用。

“文章杯·下水作文”大赛面向基础教育阶段的语文教师，把中高考作文与“下水作文”结合起来，将语文教师专业发展与教学方式改革进行对接，有助于提高语文教师的教学水平，夯实专业基本功，同时也可为学生写作提供多元样本，因而受到广大教师的热烈欢迎和积极响应。教师们参赛热情高，参赛作品丰富多样，在某种程度上展现了新时代语文教师的专业素养与精神风貌。组委会组织专家对参赛作品认真评审，层层筛选，评出相应等次，最终将获奖作品结集出版。这是对获奖教师的肯定和鼓励，可为广大语文教师专业研修提供榜样和标杆，同时也可使这些优秀佳作惠及更多学生和读者。对语文教师来说，他们可以借此机会表现自己对高考作文的独立思考，发表真知灼见，展示写作才华。对学生来说，则能使他们从不同老师的作品中受到启迪，引导他们把握时代脉搏，关注社会现实，聚焦高考作文，掌握写作要领，训练技能方法，提高语文运用能力。希望“文章杯·下水作文”这一赛事越办越好，能够让更多的语文教师和学生受益。

2021 年 10 月 14 日

长白山下话语文

2021 年“省际中小学语文教研员协同创新共同体”会议暨地市教研员研修活动在长白山下抚松县举行。这是我第三次来长白山。第一次是 20 多年前参加张翼健先生主持的吉林省中语会年会，第二次是 2015 年参加人教社高中语文教材研讨会。因为之前两次开会地点都在延吉市，就安排了长白山一日游。这次则不同，有两天研学考察，时间更从容，环境更清幽，条件更完备，酒店就在机场附近的风景区密林中，当地朋友精心策划，营造了一个舒适、惬意的研修环境。大家围绕语文主题学习，充分交流，互通信息，把酒论道，其乐融融。行前我特意看了六集人文纪录片《长白山》，初识长白山历史文化之悠久厚重。两天的研学考察我走进中国人参博物馆，了解人参王国的传奇故事；游览天池、锦江大峡谷，感受大自然的鬼斧神工；徜徉二道白河镇的美人松公园、中华秋沙鸭公园，领略“长白山下最美小镇”风光；参观奶头山抗日游击根据地纪念馆，接受红色教育；欣赏朝鲜族歌舞，参与做泡菜、打糕，体验东北民族风情……360 度的热情，伴以 22 度的凉爽，这是一次收获满满的语文之旅。

一、长白胜迹

古人说，读万卷书，行万里路。在我看来，长白山就是一本大书，一本独特的大书，内容丰富多样，内涵深刻厚重，形式瑰丽奇特。这里有东北独有的自然风光，有丰富的自然资源，更有着幽远深厚的人文历史。就自然资源来说，长白山是松花江、鸭绿江、图们江三江的源头，盛产“东北三宝”人参、貂皮、鹿茸角（一说乌拉草）。长白山及其天池、瀑布、雪雕、林海等，都入选了吉尼斯世界纪录。长白山 2020 年入选世界避暑名山榜，有原始森林、温泉、峡谷，有中华秋沙鸭、东北虎等珍禽猛兽，为国家级森林与野生动物自然保护区，有“人参之乡”“天然博物馆”“物种基因库”等美誉。就人文历史来说，世代居住在这里的各族人民把长白山誉为“神山”“圣山”，留下很多美丽的神话传说。我们第一天到访的佛库伦，据说就是一个仙女（爱新觉罗氏之母）的名字。《山海经》中“有山名曰不咸，有肃慎氏之国”，“肃慎”即为古民族名，曾居于我国东北地区。金世宗封长白山为“兴国灵应王”，金章宗完颜璟又封长白山为“开天弘圣帝”。清朝入主中原后，出于政治、经济、国防的需要，山海关以东均为“龙兴之地”，封禁长白山近两百年。康熙帝即位后，曾派人来此巡查，封长白山为五岳之祖，享春秋二祭。1682 年，康熙帝更是亲率 7 万大军，浩浩荡荡东巡。钦天监、工部侍郎南怀仁（比利时人）有《鞑靼旅行记》以记其盛。纳兰性德留下“山一程，水一程，身向榆关那畔行，夜深千帐灯”的传世名句。1886 年，英国探险家荣赫鹏和詹姆斯开始对长白山进行实地探险考察，首次登上主峰，打破了长白山上千年的宁静。1908 年，刘建封率部兵勘察长白山，为 16 峰命名。抗战时期，杨靖宇率东北抗日联军纵横长白山。朝鲜开国领袖金日成曾在抚松第一小学（后到吉林市毓文中学）求学，后任东北人民革命军第二军独立师第三团政委。抚松县郊南甸子建有抗日英雄张蔚华烈士墓，张蔚华即为金日成同窗好友和革命战友，墓前的花岗岩碑亭和大理石画像为朝鲜政府所赠送，见证了中朝两国人民的深厚友谊。

二、华樾机遇

此次语文教研活动的开展时间，正值校外培训机构遭遇“严冬”。前不久，中央发布文件，针对义务教育阶段学生实行“双减”。对学生来说，砍掉学科类培训，减轻针对应试的课业负担，非学科类活动空间加大，可以开展课外阅读、校园实践等活动，甚至可以参与参观博物馆等研学活动，有助于学生启智增慧，培根铸魂，有利于促进学生德智体美劳全面发展。对教师来说，学生在校时间多了，师生共处的时间增加，意味着教师肩上的担子更重，教师教书育人的责任感和使命感更需加强，必须上好每一堂课，关爱每一个学生。有些地方已宣布试行教师弹性工作制，对教师而言未尝不是一件好事。对家长来说，可以避免相互攀比，减轻经济压力，舒缓焦虑心理，有利于营造相对公平的教育生态环境。对学校来说，要求增加课后托管服务，必然使那些真正符合教育教学规律的产品进入校园有了可能。所以，在我看来，“双减”对华樾应是一个难得的机遇。因为华樾拥有一批管理高手、教育精英、语文名师和青年才俊。他们富于教育理想、教育情怀和教育追求，认识到阅读对培根铸魂、启智增慧的重要作用，坚信“得阅读者得语文，得语文者得发展”。围绕语文主题学习，通过逐步实验完善，华樾已形成了较为成熟的系列产品。面向学生，有“语文主题学习丛书”“丛书导读视频”“古诗文朗读视频”“专项能力提升训练营”等学习资源，有“阅读测评”“趣味闯关”“阅读分析报告”等评价工具，有“好书伴我行”“读书达人秀”等学习活动；面向教师，有“课型解读视频”“备课资源”“单元解析与案例”“测试题库”等教学资源，有“主题学习测评及批改”“班级阅读能力评估”等教学工具，有“课堂教学展示”线下、线上教学活动；面向各实验区，有“项目启动会”“课堂教学指导”“示范学校建设”“区域成果展示”“区域教研协作”“区域阅读能力评估”等教研活动，有“名师工作室”“卓越校长联盟”等团队建设，有国家级专业报刊、省级刊物等报刊平台。因而，华樾受到了实验区师生的喜爱和欢迎。

三、语文教研

由这次语文研修活动，我想到语文教研体制机制的变革。近年来，我国语文教研正在发生一场“静悄悄的革命”。一方面，新课改进入深水区，新课标、新教材、新高考陆续推进，稳步实施，广大语文教师迫切希望了解国家相关政策精神，期盼与各地同行交流沟通，互通信息。另一方面，管理体制机制改革明显滞后，相关部门对语文教研有许多限制性措施，这也不准，那也不许。本来以举办语文教研活动为特色的全国中语会、小语会举步维艰，活动空间不断压缩，根本满足不了一线教师的现实要求。正所谓“山不转水转”“东方不亮西方亮”，近年来，出版社、报刊社、学会（协会）等机构组织的语文教研活动风生水起，日趋活跃。比如，“为中国未来而读——2021 阅读行动研讨会”，原属全国中语会阅读推广中心，现由商务印书馆与《中国教育报》主办；第十二届“四方杯”全国优秀语文教师选拔大赛暨新教材、新思路、新方向观摩课大会（六盘水），由中国语文报刊协会、叶圣陶研究会联合《语文世界》《语文学习》《中学语文教学参考》《读写月报》四大期刊主办；“中华经典诵写讲骨干教师培训班”（天津）由教育部语言文字应用管理司主办，南开大学承办。尤其是前两项活动，规模都达六七百人，另有数万人通过网络在线上观摩。这足以说明，广大一线语文教师、教研员有着浓厚的学习兴趣，强烈的研修愿望，在这个信息化时代，这是教师的“刚需”。在我看来，语文的天空何其高远辽阔，能够容得下各种流派、各种风格，也足以容得下各种体制机制、各种名目的语文教研创新。天高任鸟飞，海阔凭鱼跃。鹰击长空，鱼翔浅底，万类霜天竞自由。我坚信，语文界的有志之士一定会想方设法，为一线教师搭建更多更好交流沟通的平台，满足广大教师学习研修的需求。

2021 年 8 月 3 日

于长白山吉视传媒铂尔曼度假酒店

思政语文融合，培育时代新人
——贺“语文报杯·时代新人说”大型征文活动成功举行①

少年智则国智，少年强则国强。青少年是祖国的未来，也代表着民族的希望。如何在青少年教育中贯彻习近平新时代中国特色社会主义思想，突出正确的政治方向和价值导向，正本固元，培根铸魂，帮助他们树立正确的世界观、人生观和价值观，既是新时代青少年思政教育的主题，也是新时代语文教育的根本任务。由中共太原市委宣传部、山西师范大学主办，语文报社承办的“语文报杯·时代新人说”大型征文活动，以“发现平凡力量，唱响奋斗旋律”为主题，着眼于培育时代新人，充分发挥语文学科优势，把思想政治教育与语文教育很好地融合在一起，引导广大青年学生深入社会，走近生活，贴近实际，感知时代，聚焦身边人，关注平凡事，发现真善美，感受平凡力量，彰显奋斗精神，并以演讲、征文的形式，讲述青春故事，表达真情实感，抒发人生感悟，明确责任担当，激发奋斗精神，汲取向上力量。这无疑是一种对语文素养、

① 本文是作者 2019 年在“思政大视野　时代新人说”新时代思政课研讨会上的发言。

写作能力的生动历练，是对参与者综合素养的深度检阅，也是对思政课与语文课融合共生、同向同行的积极探索。活动得到社会各界积极响应，众多学生踊跃参与。应者云集，值得点赞，可喜可贺！

语文是工具，运用于人们交际交流，学习发展；语文是桥梁，沟通古今中外文化，传承精神血脉；语文是载体，承载公民人文素养，提供审美体验。语文学科又具有较强的“意识形态属性”，关系着“培养什么人”“怎样培养人”“为谁培养人”的根本问题。语文教育要落实立德树人、教书育人的根本任务，一是要立足于中国的国情、教情、语情，培养学生崇敬国家通用语言文字的思想感情；二是要落实语文的工具性目标，提高学生正确理解和熟练运用国家语言文字的能力；三是要树立“大语文”教育观，培养联想、想象及创新思维能力，包括独立思考、批判性思维及逻辑思维能力。近年来，语文新课标、新教材、新高考，努力贯彻党的十八大、十九大精神，着眼于立德树人、培根铸魂的根本任务，稳步推进改革。统编高中语文新教材，以培养学生“理想信念”“文化自信”“责任担当”为核心，组建包含“伟大的复兴”“使命与抱负”“青春激扬”“劳动光荣”等人文主题的语文学习任务群，精选反映中华优秀传统文化、中国革命文化、社会主义先进文化的经典名篇作课文，就是要引导学生在夯实语文必备知识，提高关键能力和学科素养的过程中，传承中华优秀文化，培育文化自信，激发爱党爱国的思想感情，懂得珍惜来之不易的革命成果，增强对中国特色社会主义道路、制度的认同感和自豪感。2019 年高考语文试题，依据国家课程标准和高校人才选拔要求，科学设计命题内容，增强试题的基础性、综合性、应用性、创新性，注重考查学生独立思考和运用所学知识分析问题、解决问题的能力。比如，全国卷Ⅱ作文，以百年时空下的“青春与祖国”为主题，根据中国人民“站起来”到“富起来”到“强起来”的时代主线，提供了 1919 年、1949 年、

1979年、2019年、2049年五个时间节点，要求以青年学生当事人的身份完成写作，展现赤子之心，续写青春之歌；实用类文本阅读题，选用武汉长江大桥和港珠澳大桥相关材料作为阅读文本，热情讴歌了新中国成立70年来所取得的辉煌成就，也生动阐释了我国能够“集中力量办大事”的制度优势。2019年高考语文全国卷Ⅰ论述类文本阅读题，选用铁凝的《照亮和雕刻民族的灵魂》，引导学生思考文学艺术与时代、社会和人民群众的深厚关系；文学类文本阅读题选用鲁迅小说《理水》，歌颂埋头苦干、拼命硬干、为民请命、舍身求法的“中国脊梁”形象；作文要求写“热爱劳动，从我做起”的演讲稿，引导学生思考劳动价值、劳动精神，鼓励学生热爱劳动、投身劳动，要求体现考生的“认识与思考，并提出希望与建议”，在考查语言表达和文字写作等关键能力的同时，也考查了学生的信息加工、学会学习、逻辑推理与独立思考能力。天津卷高考作文题选用方志敏、陶行知、黄大年等材料，突出了要有责任担当与家国情怀、信仰和敬畏英雄的价值导向。

今天的青年学生，是未来我国各项事业的建设者、奋斗者、创造者，是实现中华民族伟大复兴中国梦的追梦人、圆梦人。他们的精神风貌、知识素养、创新能力，决定着我们国家的明天。但是，毋庸讳言，目前还有不少学生存在着不同程度的焦虑感。中学生为升学而焦虑，大学生为就业而焦虑。他们不免对未来感到茫然，对生活产生倦怠，对学习缺乏动力。孩子的焦虑同时也是父母的焦虑。“时代新人说”切中当代中国社会的痛点，创新青年教育方式方法，发挥积极引导作用，给青年学生提供一个阅读、观察、思考与写作的机会，让他们静下心来，理性思索，阅读相关材料，思考现实未来，明确人生目标，提炼思想观点，构思写作文章，与自我对话，与社会对话，与人生对话，从小事中凸显真情，从平凡中升华思想，实现了思想政治教育与语文教育、人文素养教育的深度融合。我读着这一篇篇洋溢着青春激情的清丽文字，倾听作者娓娓道来的青春故事，分享灵光乍现的人生感悟，不禁怦然心动，豪情满怀。如山西省太原市外国语学校的马绎然同学，从街口摆摊小贩身上，看到了平凡中的伟大。正是这些朴实而平凡的普通人，给这个社会、新时代的中国带来奋斗造就的幸福力量。天津市滨海新区大港一中的崔艾霞同学通过对时代新人的思考，重新读懂了当石油工人的父亲："他们拥抱油田，建设油田，为祖国的事业贡献着自己的力量。他们用肩膀扛起中国的复兴，做永恒的石油赤子。"北京大学的高玉涵同学则对个人、社会、国家有了更深刻的感悟："无论多么平凡，我也是时代车轮上的一颗螺丝钉，我曾经在推动它前行的过程中付出，无论能否在史书上留下我的名字，我的故事也已经属于这个时代。我愿让自己变成微光，一点一点努力，一点一点发光，从照亮自己开始，蔓延四周，积蓄力量，最终照亮世界。"这些例子不仅说明，"时代新人说"这一征文活动具有吸引力、向心力，还足以说明，当代青年学生怀抱理想，敢于担当，勇于创新，具有积极昂扬的奋斗姿态，向上向善的精神风貌，拥抱时代的激情梦想，以及既仰望星空又脚踏实地的人生态度。

最后，我想提出几点希望：一是及时总结经验，使"时代新人说"这一活动能够持续办下去；二是进一步发挥各方面优势，动员更多学生甚至小学生参与，实行大中小学一体化，实现社会教育、家庭教育、学校教育全覆盖；三是进一步创新活动形式，把读书、思考、写作、交流、实践等综合实践活动结合起来，提高活动质量水平，发挥更好、更大的作用，帮助广大青少年坚定理想信念，厚植家国情怀，加强品德修养，增长知识见识，培养奋斗精神，增强综合素质。

发表于 2019 年 12 月 27 日《中国青年报》，稍作修改

语文撷英

……………

品读王立根

福州三中王立根，语文名师，高士也。虽久未谋面，但每天都能在微信朋友圈看到“老根”的动态，或友朋欢聚，谈古论今；或临池挥毫，水墨丹青。日前，中国语文报刊协会王晨会长发来《王立根口述实录：朝花夕拾说语文》书稿，嘱我作序。我得以先读为快，也为《当代中国语文教育家口述实录》再添佳作欣喜无比。古人云：“余读孔氏书，想见其为人。”品读王立根，扑面而来皆语文，不禁油然叹曰：语文真好，语文真美，语文人真幸福！

语文真好，好在能改变命运，开启多彩人生。老根出生于福州三坊七巷，受朱紫坊书香熏陶。求知于朴厚周宁，得卢亮生宿儒启蒙。新华书店常做客，畅游书海；精神家园喜徜徉，独开慧眼。更有忘年书友林如成，相与纵论宇宙人类，笑谈世界文明。有道是，知识改变命运，语文奠基人生。懵懂少年长成谦谦君子，博闻强识，诗书满盈。言谈灿若莲花，举止温文尔雅。遂由学语文而教语文，顺其自然，水到渠成。其积学也久，其奠基也厚，故能低吟浅唱，渐入佳境。阅读偏爱短篇章，浅浅哲理，美美语言，淡淡感情。作文尤重开掘活水，启迪智慧，关联人生。每与高人诗酒流连，得传“语文三老”真经。胸藏万壑，常能文从心出，心在文中，循文会心，文心交融。语文启智增慧，以文化人。语文无处不在，嘤嘤其鸣。

语文真美，美在能滋养精神，陶冶情操。既可独乐乐，亦能与人乐乐。语文之美，美在语言，美在文本，美在体式，组成锦绣文章。语文之美，美在情感，美在思想，美在意境，构筑精神绿洲；语文之美，美在清新典雅，美在含蓄深沉，美在通俗易懂，点燃前路心灯。字里行间不乏灼见，语言文字涤荡内心。师者致力于传道授业解惑，众生亲其师信其道鼓瑟吹笙。举手投足会意微笑，展眉蹙额心领神会。如沐春雨，如坐春风，引入门墙无意中。乃至三十年后师生相聚，仍能喜极而泣，老泪纵横。晚来诗书相伴，浸淫其中。提其要钩其玄，含英咀华。无丝竹之乱耳，唯书画之怡情。享受语文，魅力无穷。语文之美，美美与共。

语文人真幸福，幸福在老根新枝，愈发年轻。首届十佳教师，誉满榕城。重整旗鼓再出发，语文天地谱新声。天高地阔，任尔西东。接棒陈日亮，执掌福建语文学会。沟通大中小，团结老中青。首创求实去蔽，创新兼容，语文界猛刮东南风。孙绍振文本解读，闽派大旗独擎；陈日亮我即语文，庾信文章老更成。更有众多名师后浪，教坛捭阖驰骋，霞蔚云蒸。《读写》杂志辐射全国，“海峡语文网”常推网红，耕读书院为往圣继绝学，深阅读真写作蔚然成风。老根闲来说文字，临池吐心声。每以“坐着的秦汉”自许，常比老顽童周伯通。最喜节日读贺卡，仿佛人也年轻，心亦年轻。谈笑有鸿儒，往来无白丁。知足知不足，有为有不为，乡先贤殷殷叮咛。语文人朝花夕拾，何其有幸，真不枉潇洒人生。

2022 年 12 月 12 日

漆永祥的语文“金针”

北京大学中文系漆永祥教授的大著《欲觅金针度与人——语文教育与高考论集》由人民教育出版社出版。出版前我承乏担任该书的终审，从中获益良多。永祥教授嘱我作序，我正好可以借此机会，谈谈我读此书的点滴体会，兼及致敬北大中文系。

我认识永祥教授已有多年。最初应该是在重庆《课堂内外》杂志社举办的全国中小学生创新作文大赛上。这项赛事已连续举办了十几届，影响日盛。我们都是大赛组委会聘请的评委，所以差不多每年都有见面的机会。近年来，我经常在语文报刊上读到他的文章，他的文章谈语文教学，谈传统文化，尤其是谈语文高考。由于他是从大学教授的视角谈中学语文教育和语文高考，故能启人深思，发人深省，我读后常有会心之乐。我也曾邀请他参加中学语文教研活动，他总能拨冗予以支持。我们还有一层特殊的关系，即都有“大西北”情结。他的故乡是甘肃漳县，他赠我的《五更盘道》，被吴晓东教授称为“乡土写真”和“另类心史”。我读博士前曾在青海师范大学工作过三年，青海是我的“第二故乡”。我们都对大西北怀有深厚感情。这次拜读他的大著，才知道他出生在山村，多经生活的磨难，求学条件竟跟我一样艰苦，这更加深了我对他的认识和了解，当然也就更多了一分敬重与钦佩。

北京大学素有关注并参与社会的优良传统，北大中文系不仅以传统深厚、思想活跃、学风纯正而著称，而且非常关注中小学语文教育。当年西南联大文学院设“中国文学系”，师范学院设“国文学系”，罗常培先生同时兼任这两个系的主任。罗先生在《中国人与中国文》的自序部分说：“做学问固然要求精深，同时也不要忘记普及。倘使一贯地老抱着‘只可自怡悦，不堪持赠君’的态度，那岂不失掉教育的意义了吗？”在抗战的极其艰难时期，西南联大师范学院国文学系还创办了一份以改进国文教学和帮助青年自修国文为宗旨的《国文月刊》，浦江清、余冠英先后任主编，朱自清、王力、罗常培、沈从文、魏建功、罗庸、李广田、萧涤非、张清常等都曾参加过编委会。新中国成立以后，王力、游国恩、周祖谟、冯钟芸等先生都曾参加过人民教育出版社语文教材的编写和审定。魏建功还受叶圣陶之邀，主编了供小学生使用的《新华字典》。1977年恢复高考后，朱德熙主持高考语文命题，制定了1978年高考语文学科的复习大纲。1978年高考结束后，针对一些教师对高考语文的误解，朱先生还在《光明日报》发表《高考语文试题和中学语文教学》的文章。进入新课改以来，北大中文系在温儒敏教授的主持下，在全国高校率先成立语文教育研究所，直接参与中小学语文教育改革。北大中文系有十几位教授参与了人民教育出版社高中语文课程标准实验教材的编写工作。此外，还有不少教授参与了其他语文教育相关的工作，有的参与了其他版本语文教材的编写，有的参与了高考语文全国卷或北京卷的命题工作，有的深入中学一线调查、指导语文教学，有的著书立说呼吁语文课程改革，有的参与了中学语文“国培计划”。他们用实际行动与学术影响，振臂高呼，引领着我国语文教育教学改革的方向。

永祥教授继承了北大中文系的优良传统，在从事高深研究的同时，也关注着中小学语文教育教学和语文高考。他是研究古典文献的专家，对中国古典文献学、清代学术史、乾嘉考据学派与朝鲜《燕行录》等，都有着深入研究，具有独到的见解。但是他的脚步又不仅仅停留在古代，他善于运用精湛的历史文献学知识来解决现实的语文问题。他不仅博古通今，而且切切实实做到了古为今用，这使他在学术研究中能够兼顾古今，把古今很好地结合起来，把提高与普及很好地结合起来，真正做到理论与实践的统一。尤其是近十年来，他主持北京市高考语文阅卷，参与北京大学自主招生语文学科命题，参与创新作文大赛命题与评审，这些经历使他对中小学语文教学有了更深入系统的思考，也有了更多发言权。通过发表文章和演讲，接受媒体采访，参加语文教育教学研讨活动，他谈论的话题包括中华优秀传统文化教育、语文教育教学改革、语文高考命题与阅卷。尤其令人感动的是，他还主持了关于北京市高中语文教学与高考的调研。那是2012年高考结束后，北京6万多考生没有一篇满分作文，引起考生、家长、媒体与社会的不满，招致众多批评与非议。为了纠正高考作文中的“假大空”现象，模式化、套路化作文以及“写什么都好”的风气，在他的主持下，北京高考语文阅卷组设计了《关于北京市中学语文教学与高考的调查问卷》。他们以北京市高考阅卷员的身份，先后走访了北京城区和部分郊区20多所中学，与各区县教研员、高中语文教师和高中生进行真诚、平等而深入的对话。通过对北京市高中生语文学习情况，高中语文教师教学情况，语文教材，语文高考，高中作文的学习、教学与考试展开全面而深入的调查，他们形成了《关于北京市高中语文课程学习、教学与考试等问题的调研报告（2013—2015年）》，这份报告是非常难能可贵的。他的这些经历，使他对语文教育教学有了更客观理性的认识和更大的话语权，也使他在语文教育界拥有众多“粉丝”，在语文教育界产生了广泛而持久的影响。

《欲觅金针度与人——语文教育与高考论集》这本书汇集了永祥教授近年来有关语文教育教学和高考语文的论著，有论文，有访谈，有演讲稿，有讲义，有序言，有调研报告，可谓精彩纷呈。漆永祥既是大学教授，又是语文教育实践的专家，他对语文教育和语文高考的许多真知灼见，读来让人耳目一新。比如，关于高考，他说：“高考在今日仍不失为选拔人才最合理、最公平、最公开、最公正的制度，充分实现了‘分数面前人人平等’，没有任何其他制度和做法可以取代。”关于高考语文命题，他认为“语文更应该有‘大国文’的气象，应该更接地气。考语文……就考平平常常的字词和最基本的语文基础知识，考分析与识辨能力、综合与概括能力、解释与判断能力、发现问题与解决问题的能力即可”①。关于高考阅卷，他认为，高考阅卷是整个高考工作中的重要一环，对阅卷老师要求很高，不仅考验耐力，也考验胆力、心理和体力。就选择题而言，大三、大四的学生最合适，精力旺盛，既快又准。关于语文教学，他提出了“十请”，呼吁语文老师请拿起粉笔，请放下电脑，请读出声来，请少用道具，请慎用网络，请回归课文，请写作生活，请少用教辅，请少开书目，请注重实践。关于经典，他认为所谓经典，不该是陈列在博物馆中的那些玩意儿；经典的温情，是静静流淌在我们今日寻常人生中的那一脉血液。谈到我国的语文教育传统，他认为西方的流行方法我们应该学习，但也不必妄自菲薄，完全否定自己，汉语教材与教学方式，更有许多值得我们汲取养分之处。谈到中学教师，他提出，“应该给中学教师增加薪水”，“应该给中学教师提供足够的进修机会”。对学生的语文学习情况，他通过调查发现，是被夸大的“轻视”，等等。应该说，他的这些意见和建议，具有很强的现实针对性，不仅表现了一位高校学者对中小学语文教育的现实关切，也反映了一位知识分子的赤子情怀。我相信，每一位读者都能从中得到教益和启迪，都能从中体会到作者对国家语言文字的无限热爱和家国深情。

为漆永祥《欲觅金针度与人——语文教育与高考论集》作序

① 漆永祥．一个老阅卷员的“国文梦”[J]．小学语文，2018（1/2）：4-14.

安奇的诗

壬寅（2022）年末，我与安奇兄在重庆语文教研会上不期而遇。此时，全国新冠疫情防控措施已经放开，“阳过”的人担心再次被感染，“没阳过”的人更担心被感染。我俩幸未被感染，颇有“劫后重逢”之感。安奇说，他的新诗集即将付梓，嘱我作序，故我不避“门外汉”之讥，权作读后感云。

语文与诗歌有着天然的联系与深厚的渊源。中国是一个诗的国度，自古就有诗教传统。我国第一位伟大教育家、思想家孔子，首倡“兴于《诗》，立于礼，成于乐”，并以《诗经》为教材。不学《诗》，无以言。温柔敦厚，《诗》教也。《千家诗》《唐诗三百首》等，曾长期被用作教材。《三字经》《百家姓》《千字文》等蒙学教材，也多以韵语编成，为的是便于幼儿记诵。教育的根本任务是立德树人、培根铸魂、启智增慧，语文教育不以培养作家或诗人为目标，但人人都需要文学的滋养，需要具有一定的文学审美能力。语文教材选有大量古今中外优秀文学作品，学生爱读，教师爱教。许多优秀语文教师同时也是文学爱好者，不仅自己写，也带动学生写，涌现出不少教师作家、少年作家，校园文学成为校园文化的独特风景。语文教育界，诗人作家辈出，代不乏人。叶圣陶、朱自清、刘国正等先贤前辈，都是从当语文教师时就开始创作，逐步走上文学道路，成为大师名家的。安奇把语文教育与诗歌创作结合在一起，深耕多年，拥有“语文教师”和“诗人”两种身份，也是自然而然、顺理成章的。

作为语文教师的安奇，博古通今，学养深厚，能说擅写，组织能力强。十几年前，在银川一中，我与之交往。那时他代表宁夏参加全国语文教师基本功大赛，是一名“70后”帅小伙，意气风发。他的课，教学设计缜密圆融，课堂语言干净利落，受到评委一致称赞，荣获一等奖，给我留下深刻印象。再次见面，他已是宁夏回族自治区语文教研员。作为语文教师，他凭着扎实的专业功底，从银川走向全区，由一线教师成为区教研员，担负起组织领导全区中学语文教研重任，使宁夏语文教育教学风生水起，影响日盛。此外，通过中语会年会、教材培训、教研活动、名师工作室挂牌等活动，银川、北京、海南、泉州等地都曾留下我们切磋交流的足迹，我们彼此因语文而结缘，亦因语文教研而认识愈深。

作为诗人的安奇，他具有两个独特优势：一是语文教师的文字功底，二是大西北的人文底蕴。语文教师的工作就是传道授业解惑，他常常浸淫于名篇佳作，徜徉于记叙议论抒情，出入于赋比兴和形音义。职业要求使他养成对语言、文学、文化的“敏感”与“亲和力”，善于捕捉汉语汉字的美感与表现力。大西北尤其宁夏塞上独特的地理环境和历史文化，曾激起无数优秀诗人的豪迈诗情。贺兰山岩画神秘灵性，黄河远上长河落日，沙坡头戈壁滩大漠孤烟，西夏王陵庄严肃穆，回汉文化交汇交融。安奇由“解诗”“说诗”“引诗”“用诗”，到“作诗”“论诗”，使其诗歌具有深厚的文化底蕴和西北特有的“野性”，意象开阔、雄浑朴厚，自然生出一种震撼人心的穿透力，识者誉为“贺兰山下的新古典”。

本书是安奇的第三部诗集。从他已出版的《野园集》《野风记》，到这部《野望山川寂寞还》，可以看出，他的诗始终洋溢着一种浓厚的“野性”。从书中“青山四围”“野行者”“野山远”“野鹤闲云”“远去野”“飘然野”“半山青岚”等诗章，以及反复出现的“原野”“山川”与“酒”等关键意象，都显示出西北特有的静谧、苍凉与宏大。他的诗心是真诚坦率的，视野是雄阔广大的，情感是丰富细腻的。如：五十只白鹤渐次离去 / 大地上只留下一个人 / 面对青山 / 一个人 / 回声是孤独的（《青山在》）；我在河流边试探了水的深浅 / 我也在死亡的边缘试探了命运的多舛（《试探》）；世间对我的毁誉已是漫卷的山风 / 山间没有王者 / 在金合欢叶子上停留的，它害怕时间的揭露（《青山四围》）；人世间所有的伤害都得到了赦免（《赦免》）；雪松在溪流的呼唤中陪着风私聊 / 它们不了解我的寂寞（《明月过山岗》）；我已戒酒多时，此刻，多么渴望得到一杯 / 灼烧一下味蕾和空虚的灵魂（《一个人的雨夜》）。我们仿佛随着诗人，神游贺兰山下，黄河岸边，和诗人一起关注自然，关爱社会，发现生活诗意，体验爱恨情仇，进而滋养生命，形塑精神，温暖人生。

诗是语言的艺术，是作者性情的自然流露，也是诗人灵感的忽而显现。在心为志，发言为诗。优秀的诗人都是人类感觉和语言的探险家，他们总是在学习新语言，寻找新世界，表达新体验。好的诗歌，往往具有三个特征。一是反映生活。描写世间冷暖，记录喜怒哀乐，观照内心、自然与社会，放眼过去、现在与未来，洞察个体、国家与世界，以自己的独特感受，讴歌真善美，给人力量、希望，鼓舞信心、勇气。二是语言优美。诗的语言往往是用平实的语言揭示深刻的道理，真理都是简单朴素的，发人所未发，道人所未道。可以含蓄隐喻，可以模糊跳跃，可以意在言外，即便如宋诗般说理，但也必须让人看得懂，会心一笑，不能玩弄辞藻，晦涩难懂。三是个性鲜明。从某种程度上说，诗人是孤独的，有独立思考和个性风格。我们喜欢李白的热烈奔放，杜甫的沉郁顿挫，苏轼的洒脱旷达，毛泽东的豪气干云，原因就在于他们写出了自己的独特体验，个性鲜明，风格独特，让人经久难忘。要做到这一点，不仅需要丰富的联想、想象，还取决于诗人的学养、情怀和境界。

据说人工智能少女“小冰”已出版了诗集，ChatGPT 更是圈粉无数。但我总觉得，那毕竟是人赋予机器的。汽车、飞机固然比人快，可人仍然需要走路。何况人的情感和体验是冷冰冰的“小冰”们无法模拟复制的。人类永远需要“诗和远方”，永远向往诗意的生活。安奇的新诗集名曰“野望山川寂寞还”，可我分明读到“嗅着夜风如酒的醇香”“好像是最后的祝酒词”(《月在东山》)等诗句。既“夜风如酒”，又何来“寂寞”？即使有，也是暂时的，因为诗人“必然还在路上 / 不能离开 / 就像风在野 / 青草回到大地 / 远方回到梦”(《我必然还在路上》)。相信安奇会沿着既定的新古典方向，接续前行，迈向远方。

2023 年 2 月 2 日

李震的生命化语文

江苏省连云港市新海高级中学的李震与我相识多年，他是中国教育学会中学语文教学专业委员会理事、青年教师专业发展研究中心主任，曾多次邀请我参加他们的活动。他主持的百年语文人博物馆，在全国首开先例，吸引众多语文人前往参观，成为连云港新的文化地标。我每有新著出版，也总是寄去赠予他。他的《语文教学智慧与策略：迈向生命化课堂》，被列入国家重点图书出版规划项目“教育部特级教师计划 · 中国特级教师文库”第五辑，由人民教育出版社出版。出版前他嘱我写序，我便欣然答应。因为这部书在我所供职的人教社出版，曾得到几位新老同事的支持与帮助，我当然乐观其成，正好可以借此机会，谈谈我对李震和他的生命化语文的认识和理解。

早在 20 多年前，我当全国中语会秘书长期间，为了给青年语文教师搭建专业发展平台，曾成立一个二级机构“青年语文教师研究会”，简称“全国青语会”，程翔为会长，陈军、李震等为副会长，他们现在都是名满全国的语文名师。我参加他们在南京的年会时，就知道李震对“唐宋八大家”之一的曾巩很有研究，取得了不俗的成绩。当时我就想，一个中学教师，在语文教学之余，还能坚持做一些语文教学研究已属不易，他竟愿意啃学术研究的“硬骨头”，一定是一个具有教育理想情怀和学术追求，并且能坐得住“冷板凳”的人。后来，由于工作关系，我们常在中语会举办的全国性语文教研活动中见面，彼此也就熟悉起来。我们有着许多相似的经历，比如，都出生在农村，都上过师范学院，都在农村当过中学语文老师，后来又都到省教育学院进修过。我也常在相关语文报刊上读到他的文章，知道他的生命化语文在全国教师中具有广泛影响。后来，中语会成立青年教师专业发展研究中心，秘书处就设在当时的中语会会刊《中学语文教学》编辑部。他被推举为中心主任，可谓实至名归。在他的带领下，青年教师专业发展研究中心举办课例观摩、交流研讨、编辑《中国语文人》丛书等，做了许多扎实有效的工作，赢得了广大语文教师的好评，也有力促进了青年教师的专业发展。我曾应李震、徐立刚之邀，先后两次到过依山傍海的连云港。参加语文教研活动之余，瞻仰孔子登临望海的孔望山，领略《西游记》中描写的东胜神洲花果山风光，品尝汤沟酒和沙光鱼，留下了非常美好而温馨的回忆。

近年来，李震一直致力于生命化语文课堂研究，取得了一系列丰硕成果，不仅获得了江苏省基础教育教学成果奖，还被省教育厅任命为生命化语文课程基地主持人。在他的努力下，生命化语文课程基地建设风生水起，红红火火，别开生面地成立了“百年中国语文人研究院”，建立“百年语文人博物馆”。这曾是多少语文人想做而没有做成的事情，李震做到了，自然应者云集，得到语文界同人的热情称赞和大力支持，正所谓“众人拾柴火焰高”。现在，百年语文人博物馆已初具规模。多年愿景成为现实，大家无不称赞他为我国语文教育做了一件功德无量的好事。

这部《语文教学智慧与策略：迈向生命化课堂》是李震近40年来从事语文教育教学研究的总结性成果。全书围绕着语文教学展开论述，分宏观审视、问题探索、经验总结和生命化语文课堂教学四个方面，全面阐述了他的生命化语文教学理论与实践。我不敢说这部几十万字的论著字字珠玑，处处精彩，也不敢说每条材料都翔实严谨，无懈可击，但我可以肯定地说，作者对语文教育怀有一颗火热赤诚的心，他在书中告诉我们：语文教育是一种生命教育，关系着立德树人的大事，关系着学生的健康成长；语文教学主要是培养学生正确理解和熟练运用国家语言文字的能力，即识字、读书、作文，提升他们的语文核心素养。相信每一位聪明的读者都能从中受到启发。

小时候在农村多数人营养不良，我们常在作文中写“迎面碰到一个50多岁的老大爷”。我虽然比李震小几岁，但当“老大爷”已多年，即将退休。网上流传着联合国世界卫生组织新的年龄划分标准，说60岁至74岁为年轻的老年人，75岁至89岁才是老年人。按照这一标准，我们都还年轻。套用一句歌词，语文人永远年轻，更何况李震那么钟爱语文，而且爱得那么单纯、深沉和执着！有人说：“平庸的人有一条命：性命；优秀的人有两条命：性命和生命；卓越的人有三条命：性命、生命和使命。”李震显然具有语文人的使命感，有他的《百年中国语文人赋》为证：“苦心孤诣兮，诲人不倦；学为人师兮，行为世范；功载史卷兮，薪火承传；百年语文兮，气象万千。”愿李震的生命化语文开出更加绚烂的花朵，愿他主持的百年语文人博物馆进一步发展壮大，也愿他的语文人生更加精彩！

为李震《语文教学智慧与策略：迈向生命化课堂》作序

杨培明的审美语文

江苏省南菁高级中学的杨培明，是一位有着强烈使命感和远大教育理想追求的中学校长，又是一位激情满怀、具有浓郁文学情结的语文名师。他的教育世界澄净透明，碧空如洗；他的语文天空气象万千，风光无限；他的语文课堂丰富生动，充满诗意。他用自己的语文教育教学实践，诠释着国家通用语言文字的无穷魅力，讲述着教育工作者的传奇故事，书写着语文教师的精彩人生。

一、追求语文教学的审美境界

哲学家、教育家冯友兰认为，人生有着从低到高四个不同的境界，分别是自然境界、功利境界、道德境界和天地境界。前两种是人与生俱来的，是人的本然状态；后两种则是人的精神创造，是人的理想状态。杨培明老师用来比喻语文教学，认为语文教学的天地境界就是审美境界。在他看来，"语文天生就是具有审美属性的。她博大精深，既有语词的质地，又有情感的温度；既有传统的积淀，又有时尚的附着；既有时间的沉积，又有空间的跨越；既有语言的形式，又有思想的内涵。语文教学就应该和学生一起入乎文本，品词论句，体味情感；出乎文本，知人论道，丰厚思想。而语文课堂就应该是学生喜欢的地方，是学生精神成长的地方，更是学生精神境界提升、精神品性完善的地方"。[①] 语文教学应追求这样的审美境界，关注美感体验，注重激发状态，致力于培养完整的人，这里所说的"完整的人"，其实就是"全面发展的人"，即具有人文底蕴与科学精神、健康体魄与健全人格、独立思考与创新精神、实践能力与全球视野的新一代公民，这正是实施素质教育、坚持立德树人的

① 杨培明．让语文教学走向审美境界［J］．中国教师，2018（3）：57-62.

应有之义。

二、语文课要让学生体验祖国语言之美

不少语文老师常抱怨学生不爱上语文课，不愿意学语文，原因不在学生，很大程度上是我们的老师没有为他们充分揭示或展现出语文的美，没能吸引住学生。要么是干巴巴的讲解，要么是“唧唧复唧唧”的重复性练习，语文教学失去了本应有的美感，成了“鸡肋”，变得索然寡味，面目可憎。其实，语文课应该是最能吸引住学生、最能激发学生兴趣的，如同行在山阴道上，风光无限，美不胜收。高明的老师总能善于启发诱导，熏陶感染，让学生不知不觉走进语文的密林，寻幽探胜，其乐融融，体验国家语言文字之美，进而热爱国家通用语言文字、热爱语文。我非常赞同杨培明老师说的，“语文老师有责任让学生受到文学的熏陶而不是习题的训练，体会到语文的美感而不是课件的精美，陶冶到思想情操的伟力而不是背诵主旨的无奈”①。在他的努力下，学生学习语文就是在欣赏语文的美，是在享受语文，并且乐而忘返。语文教学达到此种境界，学生怎么可能不愿学语文呢？正如有学生所说：“我总觉得文言文读得顺畅，是《论语》的功劳；散文分析得正确，也有《论语》的功劳；而作文里征引的句子，更是常常出自这几千年前的智慧。《论语》是我们文化的胎记和教科书。我苦背的那些秀逸的文字、铿锵的音韵，那些当时我懂的和不懂的道理，一次次和现实碰出火花，让我更好地理解这个社会，更顺畅地表述我自己。”学生经常阅读经典作品，优秀作家的风格、趣味、观念、思想就会融入他们的血液，自然会使他们的内心变得澄澈而丰盈，思想变得广博而精锐，文笔也就会行云流水。巧妇难为无米之炊，大量的阅读和思考是语文学习的决定性力量。所谓的文学气息，很大程度上

① 杨培明．语文：从功利境界走向审美境界［J］．语文学习，2016（11）：79-81，2.

不过是文字积累在肚子里发酵而来。“腹有诗书气自华”永远是语文学习的正道。语文教学没必要折腾什么这个法，那个法；也不要再说什么这个思路，那个技巧；更不要只是做试题、讲试题。学习语文的最好方法、最简单的方法，也是最笨的方法，就是多读多背多积累，多写多思多感动。至于高考，正如一位蔡老师所说的，一个爱上唐诗宋词的人，高考语文实在算不了什么，不就是2.5小时的春游吗？

三、作文教学应注重调动学生情感

作文教学是语文教学的重点，也是不少语文老师感到头痛和闹心的难点。我们常见有三种现象：一是随意化，想到哪儿写到哪儿。认为作文教学漫无边际，没有规律，主要靠学生的悟性，教师的指导与讲解没有作用。二是程式化，机械操作。把各式文体抽象概括为写作套路，按照写作基本技巧亦步亦趋，严格操练，不容许旁逸斜出，认为只要练熟几种基本格式，在考场上就可以得心应手，游刃有余。三是功利化，一切围绕“高考指挥棒”。高考考什么就练什么，怎么考就怎么练。前几年大练材料式议论文，这两年又围绕着话题作文穷追猛打，无止无休，要么加大剂量，一周一考，每考必有作文，没有节制；要么是搞“文选式教学”，指导学生大背范文，以不变应万变。

其实，有写作经验的人都知道，表面上看，写作是语言文字的排列组合，是起承转合的写作技巧运用，背后真正起决定作用的，是作者的思想、观点、感情、视野甚至格局，是作者有没有远大的理想、宽广的知识面、敏锐的观察力和深厚的文化素养，是作者阅读积累、独立思考、逻辑推理、信息加工、学会学习、语言表达和文字写作等关键能力的综合反映。杨老师认为，心灵，只有在感动的天地中徜徉，才能够编出灿烂的云锦；情感，是写作的动力，是认识的催化剂。只有情感的牵引，才能够佳章迭出。写作教学重在调动学生的情感，让他们抒写自己的生活感悟和情怀。感动着生活，感动着自己，感动着用笔写下来的生活。谁能留住感动，谁就是语文学习的成功者。为了调动学生的情感，他创造了一套行之有效的教学方法：一是丰富语文活动，培养情感。通过阅读丰富学生的阅历，充实其情感体验。二是进行专题作文活动，让学生设计一些贴近其生活实际的话题，在独立思考与共同讨论的基础上自由作文。三是开展实地写生式作文活动，让学生接触大自然，直接面对花草树木、蓝天白云，清风流莺，在心灵的感动与沉醉中，在不得不发的状态下作文。四是让学生在自评与互改中体验作文的乐趣。对学生的优秀作文，及时让全班同学欣赏、朗读，或向作文报刊推荐，自然而然使学生受到精神鼓舞。教学法一旦触及学生的情绪和意志领域，触及学生的精神需要，这种教学法就能发挥高度有效的作用。

语文教师要让学生在语文学习中受到感动，首先自己得是一个内心生活丰富、富于激情、容易感动、喜欢感动的人。试想，如果你教的内容连自己都打动不了，又怎么可能指望打动学生呢？语文教学中，应想方设法使学生有成就感、喜悦感，提高语文学习的“性价比”，增强学生学习语文的自信心，使他们愿意投入更多时间精力、更大兴趣热情学习语文。语文教育是伟大的事业，语文的天空美丽生动。叶圣陶先生曾说：“教亦多术矣，运用在乎人。孰善孰寡效，贵能验诸身。”我期待着我国语文教学繁花似锦，涌现出更多像杨培明那样的语文老师。他们具有教育的理想、追求和情怀，既仰望星空，又脚踏实地，用中华母语和中华优秀传统文化，哺育具有中国气质、中国精神、中国思维的新一代中国人。

原文发表于《中国教师》2018 年第 3 期

张悦:“跳动”的语文课

古人说“余读孔氏书，想见其为人”，虽不能至，心向往之。我读张悦的新著《语文课堂：真实情境的实践叙事》时就是这样的感受。书中那跳动的文字，引我“神游”祖国东南沿海，驰骋数千里，目标浙江宁波，走进语文课堂，沉浸语文现场，感受语文魅力，体验语文之美，见识语文名师风采，领略百年名校风景。特别是与那些激情洋溢、魅力四射的高中生一起欢呼、兴奋、激动，自己似乎又回到高中时代，那是一种别样的生命体验。大致说来，主要包括以下几点。

一曰体验语文课堂之美。书中收录了张悦及其同人的语文课堂实录，丰富多彩，富有诗意和理性。她的课堂是令人“沉醉”的，是“明亮”的，能让人流连于“沉醉”与“明亮”之间，在来回摆渡中，阅语文世界的“鲜花满树”，赏青年心灵的“绿意葱茏”。她致力于“知识、生活与生命共鸣”的理想课堂实践，努力寻找着“一类一型”的稳定“模态”，形成了独具特色的经典课例。比如，以品味语言为基点的《项链》《绿》的赏读型教学，由小话题生成课堂对话活动的《长亭送别》《故都的秋》《讴歌亲情学习写得充实》的体验型教学，聚焦课程核心知识的《半张纸》《发现事件的意义点，寻找表达意义的载体》《我读散文——以〈想北平〉〈听听那冷雨〉（节选）为例》《我们对于一棵古松的三种态度》的探究型教学，指向语文核心素养的《烛之武退秦师》《氓》《祝福》的任务型教学，等等。此外，还有阅读、写作、研究性学习等多种课堂教学实录，不期然地形成了诗意而理性的教学风格。她把课堂比作学校附近的金色海滩，并分为三个层次：第一层次是领着学生吹吹海风，领略大海之伟美；第二层次是师生一起捡拾沙滩上的美丽贝壳；第三层次是对彼岸充满憧憬，相信并帮助学生渡过大海，领略海那边的无限风光。

二曰见识语文名师风采。演艺界常说“台上一分钟，台下十年功”，哪怕只有一分钟，往往也需要多年刻苦修炼。不光演艺界如此，教育、医疗、新闻、科研，乃至各行各业莫不如此。语文名师的修炼，都是用心血和汗水浇灌的。王国维说，古今成就大事业、大学问者必经三种境界，一是“昨夜西风凋碧树，独上高楼，望尽天涯路”；二是“衣带渐宽终不悔，为伊消得人憔悴”；三是“众里寻他千百度，蓦然回首，那人却在，灯火阑珊处”。钱梦龙提出“语文教学四境界”说，一是“不言春作苦，常恐负所怀”；二是“却顾所来径，苍苍横翠微”；三是“欲穷千里目，更上一层楼”；四是“行到水穷处，坐看云起时”。张悦从踏踏实实备课、上课开始，进而追求“知识、生活与生命共鸣”的课堂。长期教学实践的修炼，加上哲学博士阶段的理论提升，大大拓宽了她的理论视野，把教学经验上升为对语文教育教学规律的认识，形成她独特的语文教育思想，从而进入语文教育的自由王国，视野开阔，个性鲜明，挥洒自如，游刃有余。

三曰感受语文人的火热赤诚。新时代的“好教师”须有理想信念、道德情操、扎实学识、仁爱之心，最重要的是对语文的爱。张悦形容自己是“愿得语文‘心’，白首不相离”。具体说来，她有三个“不得已”：一是“情”不得已。即把语文当作一座桥梁而非目的，正如辛弃疾“我见青山多妩媚，料青山见我应如是”那般，热烈而深情。语文教育的价值不在于你通过语文能获得什么，而在于你能为语文做什么。语文人的事业起步于爱，视野“生长”于爱；爱是语文的课程，也是语文人终身的功课。否则，就将失去语文的道德使命与温暖人性。二是“理”不得已。语文是思想者的事业，以感情为“花冠”，以思想为“根须”。语文课堂里的生命交响，不仅能给人心灵的温暖和抚慰，还有纯粹的理性思索。她也曾有过经验世界里平面滑行的“痛苦”，看似精致热闹，实则浮华浅薄，唯有理性才是对认知的解放。三是“迫”不得已。语文由“小我”走向“大我”，从“灼灼其华，舍我其谁”的无知与“自矜”，走向“使人成为人、作为人”的天然使命，这是社会发展之“迫切要求”，亦是语文走向现代化、走向未来的“刚需”。

张悦执教于宁波效实中学。那是一所百年名校，校名中的“效实”源于严复所译的赫胥黎《天演论》中的“物竞天择，效实储能”。校友中有诺贝尔生物学或医学奖获得者屠呦呦，有童第周、胡思得、陈敬熊等十多位科学家。我认识张悦，应该是在“语文报杯”全国中青年教师课堂教学大赛上。她的课获得一等奖，给我留下了深刻印象。这是一位有理想、有情怀、有追求的语文教师，曾入选国家“万人计划”，是全国五一劳动奖章获得者。卓越永无止境，跨越永不停歇。对一个真正的语文人来说，不管经历了什么，收获过什么，路边的风景有多美，都会一路向前，“跨越，再跨越”！

2022 年 8 月 18 日

于北京曹雪芹故居黄叶村

曹洪彪的新概念快速作文

曹洪彪是北京市朝阳区教育研究中心的特级教师，也是一位有理想情怀、有卓越成就的语文老师。他倾情教育，热爱语文，勤学善思笃行，特别对中小学作文教学情有独钟，孜孜以求。他的“新概念快速作文”实验，已坚持近 30 年，这不能不让我刮目相看，肃然起敬。

“新概念快速作文”实验，在我看来，具有以下几个特点。第一，源于实践，指导实践。实验源于20世纪90年代他在河南濮阳的一所乡村学校的课堂教学一线经历，带着中原泥土的芳香。“新概念快速作文”实验从实践中来，通过归纳加工、整理提炼，形成理论，又回到实践中去，用于指导中小学作文教学，具有很强的指导性，接地气，可复制，能推广。第二，目标明确，针对性强。实验针对中小学语文教学的“老大难”问题，聚焦作文教学的“少慢差费”，重点研究学生为什么“怕写作文”“写不好作文”，教师为什么“怕教作文”“教不好作文”，进而提出改进办法，制定解决策略，形成改革方案。经过在教学实践中不断摸索、试错、改进，学生变得会写、愿写、乐写，教师变得会教、愿教、乐教，效果明显，具有很强的操作性。第三，突出重点，以点带面。实验立足于小学、初中、高中全学段十二个年级的作文教学应用实践，着眼于教师、学生、学校、教育行政部门四个路径展开研究，尤其是“三学段衔接应用推广成果的路径和策略”“中小学写作教学序列体系的建构”等，能够兼顾不同层次学校、不同学段学生的需求，由点到面，从局部到整体，促进了基层学校和区域语文教学水平与整体育人质量的明显提升，也带出一大批优秀骨干教师和特级教师，深受师生、学校和家长好评。曹洪彪团队积累的大量数据、实证案例，足以说明实验的科学性和适用性。正是具有以上特点，“新概念快速作文”实验才能够从黄河岸边的王称堌镇一中起步，然后由濮阳市到河南省，再被引进到首都北京。通过曹洪彪不断研究探索，实验逐步发展完善，实验范围越来越广，影响越来越大，溢出效应也越来越明显。目前，已有数千名中小学教师参与实验，数万名中小学生受益，相关成果已辐射到全国各个地区，成为一项具有全国影响力的作文教学改革实验。

由曹老师的“新概念快速作文”，我联想到作文教学的几个根本问题，即“为什么”“是什么”“怎么办”。应用写作能力和语言表达能力是人们生活、学习和工作中最常用的关键能力，不仅人人需要，而且随时随地都会用到。在日常生活中，我们人人都要说话，都需要跟别人交流。交流可以是口头的，即口语交际；也可以是书面的，即写作。口语交际能力和写作能力，有基本要求和较高要求之分。基本要求是说话时要说得清楚明白，抓住要点；写作时能够做到文字清通，文从字顺。达到基本要求，具有基本的说话或写作能力，离不开多练习，勤练笔，多实践。所谓“拳不离手”“曲不离口”，说得多了，写得多了，实践多了，自然就会有话可说，也有话想说，往往迫切想要把自己的所见所闻、所思所感说出来、写出来，或独抒胸臆，或与人交流，而且常常不吐不快，不会怕说怕写。较高要求，就是提高表达的质量和水平，做到深刻、丰富、有文采、有创新，这就需要锻炼自己的阅读理解能力、信息筛选能力、批判性思维能力和辩证思维能力等关键能力。语文教育固然要听、说、读、写并重，但因为孩子一出生就开始学说话，在家庭和社会都在不断与人交流，具有丰富的听、说实践，学校语文课在完成识字与写字任务以后，主要就是培养学生的阅读、写作及思维能力。中小学生要学好语文，培养自己的语文能力，主要有三条途径：一是上好语文课；二是多读课外书；三是多参加社会实践，在实践中锻炼听说读写能力。为了提高听说读写能力，教师还要帮助学生养成四个好习惯，即享受阅读的习惯、乐于表达的习惯、善于思考的习惯、自主学习的习惯。

愿“新概念快速作文”这一语文教学改革创新成果，能够在更大范围内得到“共享发展”，惠及全国更多中小学生。

2022年国庆节

彭俊姣的“真写作”实验

一

近年来，随着我国教育现代化进程逐步深入，广大语文教师认真学习新课标，精准把握新课改理念，深入钻研新教材，积极应对新高考，摸索出一些切实可行的新教法，取得了不少可喜的成果。有的新教法还在一定范围内开展实验推广，产生辐射效应，大大激发了青年教师开展语文教学科研的积极性，有力地推动了所在地区的语文教学改革。广西百年名校南宁市第二中学特级教师、全国第二届“我即语文”教学奖获得者彭俊姣老师，就是这样一位极具创新精神、求真务实的实力派语文名师。近年来，彭俊姣老师带领她的教科研团队，开展了一项别开生面、极富创意的高中写作教学实验，即“变‘套作’为‘真写作’作文课程的构建与实施”。这一教学实验试图解决长期困扰中学写作教学的老大难问题，破解“佳作成长密码”，构建“真写作路径”课程。在广西多个地区的学校开展这一教学实验后，学生的语文学科成绩明显提高，学生参加作文竞赛屡获佳绩，收效显著。高中写作教学实验“变‘套作’为‘真写作’作文课程的构建与实施”既具有重要的理论价值，又具有很强的实践意义，是中学写作教学改革的一项优秀成果。

（一）研究目的明确，针对性强

彭俊姣老师曾长期参与广西高考语文阅卷工作，并担任作文质量检查组组长。在高考阅卷工作中，她发现不少学生的作文缺乏真情实感，存在着不同程度的“套作”现象，模式化、套路化作文比较多，联系到平时教学中不少语文老师指导学生写作无门、功利性强等现状，她提出坚决抵制宿构“套作”，鼓励学生写真情实感，并逐步形成自己的研究课题，即“变‘套作’为‘真写作’作文教学改革实验”。这一课题，针对我国中学作文教学中普遍存在的急功近利、宿构“套作”盛行、假写作泛滥等问题，明确树立“真写作”的语文教学理念，着眼于新材料作文、材料作文和命题作文等命题形式，构建中学“真写作”教学体系，使作文教学摆脱了模板化、程式化和套路化，从无序走向有序。这一实验具有明确的问题解决意识，框架系统完整，研究思路清晰，研究目的明确，切中写作教学要害，具有很强的针对性。

（二）聚焦“真写作”训练，突出实践性

变“套作”为“真写作”作文教学改革实验，着眼于学生的终身发展，着眼于学生未来学习、工作、生活的需要，对中学语文写作教材进行深入研究与有机整合，明确写作教学的基本形式，确立写作教学的基本课型，探索写作教学的实践策略。该教改实验在教学实践中，聚焦学生的语言文字表达基本功训练，通过多样的语文实践，突出写作教学对提高学生语文关键能力与学科素养的带动作用。它在提高学生写作能力的同时，实现思想、情感和语言的和谐共生，引导学生关注社会，关注生活，让学生深入生活，有感而发，独立思考。倡导说真话，抒真情，鼓励学生写出哲理，写出个性，写出韵味，富有情感，妙笔生花，呈现文采，构思巧妙，体现创新。可以说，该教改实验很好地落实了高中语文教材和高考对写作的要求，即深刻、充实、有文采、有创意，从而在语言建构与运用的实践中提高学生的语言表达和应用写作能力。

（三）发挥名师引领作用，实验效果显著

这一作文教学改革实验，首先在彭俊姣老师所在的南宁二中开展。在取得初步成功的基础上，进而扩大实验范围，先后在广西贺州高中、河池二中、巴马高中、东盟中学、北流高中、田东高中、合浦四中等学校开展了更大范围的写作教学实验。实验结果表明，不仅学生的写作能力和语文高考成绩均有较大幅度的提升，而且由于上百名语文骨干教师参与其中，掌握了“真写作”课程教学的要领，进而形成一种辐射效应，在区域内起到了专业引领和示范作用。除了推进实验开展，彭俊姣老师还注意利用高考作文评卷这一平台，充分发挥高考的“指挥棒”作用，积极倡导作文教学真写作，为广西作文教学摆脱僵化模式、走上真写作的正轨努力，并卓有成效，把“真写作”的种子播撒在八桂大地上。这充分说明，这一作文教学改革实验，不仅能激发学生学习作文的兴趣，充分调动他们学习写作的积极性，同时也促进了中学语文教师的专业发展。其可复制、能推广的特点，令其极具推广价值和广阔的应用前景。

（四）以实验带动教科研，促进教师成长

这一作文教学改革实验还有一项可喜的成果，即促使参加实验的教师深入钻研语文教育教学，有的教师发表了许多语文教学研究论文，有的还出版了专著，较好地促进了教师的专业发展，这是值得特别祝贺的。毋庸讳言，在语文教育界，有不少老师或整天忙于教学生阅读，或自己并不真正喜欢阅读，除教科书外很少读其他书。教学生写作，自己却不愿动笔或很少写作，这样势必会影响教学水平的提高，限制自身的专业发展。我国老一辈语文教育家无不告诫语文老师要多读书、勤写作。比如，朱自清先生曾现身说法：“我是一个国文教师，我的国文教师生活的开始可以说也就是我的写作生活的开始。”叶圣陶先生在《“教师下水”》一文中说：“语文老师教学生作文，要是老师自己经常动动笔，或者作跟学生相同的题目，或者另外写些什么，就能更有效地帮助学生，加快学生的进步。经常动动笔，用比喻的说法说，就是‘下水’。”刘国正先生说得更直白：“你要教会学生写文章，自己要先乐于和善于写文章，教起来才能左右逢源。犹如游泳教员自己要专于游泳，钢琴教师自己要精于弹琴，道理是很简单的。”这些前辈的谆谆教导，应该成为敦促广大语文教师尤其是青年教师自觉行动的金玉良言。

教好每一个学生，让学生学好每一门学科，既是办让人民满意的教育的具体体现，也应该成为我们每一位语文教师的共同追求。进入新时代，随着教育现代化进程的逐步深入，人民群众对优质语文教育的需求与语文教育发展不均衡不充分的矛盾将更加凸显。语文教育面临新任务、新内容、新要求、新使命。作为新时代的语文教育工作者，促进语文教育公平，提高语文教学质量，使学生在语文学习上学有所教，办好人民满意的语文教育，使每个孩子享受公平而有质量的语文教育，是我们的神圣使命和责任担当。正如彭俊姣老师在荣获第二届“我即语文”教学奖发表获奖感言时说：“语文里有人生哲理、人伦道德和人性光辉，语文可以塑造人的精神生命。作为语文老师，你的优雅就是语文的优雅，你的丰富就是语文的丰富。你不枯燥，语文就会活泼；你不乏味，语文就会生动；你葆有生命的激情，课堂就会魅力无限，精彩不断！学生就会探索不停，追求不止！”

教育关系着每个孩子的前途，承载着万千家庭的希望，决定着国家民族的未来。陶行知说：“我们深信教育是国家万年根本大计。”我衷心希望，彭俊姣老师和她的研究团队，能够在现有基础上继续充实、完善与提高，进一步加强课程开发，整合教学内容，充实当地资源，增强可选择性，扩大实验规模，完善实验成果，使这一教学改革实验发挥更大的作用，取得更大的效益。同时，我也期盼着能有更多语文老师，能像彭俊姣老师那样，充分发挥自己的积极性、主动性、创造性，投入到语文教学改革中，探索出更多更好的教学方法，深化课堂教学改革，提高课堂教学效率，比如，积极探索基于情境、问题导向的互动式、启发式、探究式、体验式等课堂教学，积极开展校园阅读、写作、演讲等社团活动，帮助学生系统掌握语文学科基础知识、基本技能、基本方法，培养适应终身发展和社会发展需要的正确价值观、必备品格。我相信，广大语文教师一定会不忘初心，砥砺前行，奋发有为，积极发挥示范和引领作用，为推动语文教育发展、弘扬中华优秀传统文化做出新的、更大的贡献。

2019 年 9 月 13 日

二

2019 年秋，我参加广西南宁二中彭俊姣老师主持的“变‘套作’为‘真写作’作文课程的构建与实施”课题研讨会，她给我留下了深刻的印象。正所谓“士别三日，当刮目相看”，彭老师和她的教研团队没有停下探索的脚步，不断整合教学内容，完善实验成果。一分耕耘，一分收获。该课题荣获 2019 年广西基础教育自治区级教学成果特等奖、广西第十六次社会科学优秀成果三等奖。最近，彭俊姣老师将课题成果总结提炼成《真写作　真树人》《真写作路径》两本著作，并邀我作序。我当然义不容辞，欣然答应。

长期以来，作文教学一向是语文教学中的“老大难”问题之一，教师感到难教，学生感到难学。有的老师说：“每次学生的作文，我都辛辛苦苦地批改、讲评，但是学生往往只看分数，不注意自己作文中存在的问题，所以提高不快。”有的同学说：“每逢写作文，我常常感到无话可说，只好东拼西凑，说一些假话空话套话，甚至编造一些材料。”甚至有同学感叹“作文难，作文难，提起作文心就烦”。彭俊姣老师的这一课题，就是针对学生的写作难题，试图破解“佳作成长密码”，构建“真写作路径”，具有重要的理论价值和很强的实践意义。

《真写作　真树人》共分六章，分别是“作文与人生”“在阅读中思考”“在生活中感悟”“在思维中创新”“在联想中求深刻”“在表达中现文采”。从这些标题可以看出，作者从高中生作文的核心问题和高考作文的关键问题出发，引导读者树立正确的作文观。同时，立足学生的阅读实践和社会生活实践，注重思维训练，在深刻、丰富、有文采、有创新上下功夫，可谓切中肯綮，有的放矢。总的来说，作者通过指出问题所在，指示写作路径，提出改进方法，辅以学生对写作课的感悟，从而实现思想、情感和语言的和谐共生。比如，学完史铁生的《我与地坛》，老师安排学生回去发掘有关母爱的感人细节，把自己的感悟诉诸笔墨，给母亲写一封信。一开始学生感到为难：我们天天和妈妈见面，哪用得着写信啊？老师及时启发诱导："若干年后，当你们步入晚年回首往事时，有些人可能会这样写回忆录——'我读高中时，语文老师让我们给母亲写一封信，当时我很不理解。——可是现在，当我有满腹的话要向母亲倾诉时，这封信却永远寄不出去了！'"引导学生理解亲情的珍贵，体会母爱的伟大，并要求写好后把信亲自交给母亲，再拥抱母亲，说一声"妈妈，我爱你！"这样，每个同学自然有话可说，进而体验到母爱的博大、亲情的无价和生命的珍贵，不少同学写出了非常感人的作文。写作的过程成为学生精神、生命成长的历程，有助其健全人格，铸就顽强品质，养成乐观个性。作文训练成为他们青春拔节、丰富人生的一部分。以至于若干年后，还有同学深有感触地说："回想当初，彭老师看似逼着我们写的读书笔记，写'心泉'周记，赶着我们去阅览室读书等举措，让我们养成了平心静气、心无旁骛的好习惯，也给我们留下了美好的回忆。在时隔数年后的今天，还留在我们脑海里的，难道只有写作技巧吗？非也。不单是写作，做任何事情，都需要心无旁骛；要想把事情做好，都需要谨记：厚积才能薄发。"这就是真正做到把教作文与教做人有机结合起来，一个个洋溢着青春活力的生命被唤醒，被激发，一团团鲜活灵动的创造之火被点燃。锤炼文字的过程成为他们滋养心灵、提炼精神、提升生命高度与厚度的过程，写作的道路也是他们人生的成长之路。谁还会认为作文难呢？

彭老师倡导“真写作”，反对套作，符合我国当前作文教学改革的理念。教育部考试中心研制的《中国高考评价体系》，明确“立德树人、服务选才、引导教学”为核心功能，“核心价值、学科素养、关键能力、必备知识”为考查内容，“基础性、综合性、应用性、创新性”为考查要求。以2020年高考作文为例，我们可以看到，试题通过精心选材与情境设计，明确写作任务，重点考查应用写作、语言表达、批判性思维和辩证思维等语文关键能力。应用写作继承了“文章合为时而著，歌诗合为事而作”的写作传统，着眼现实需要，明确任务驱动，提倡真情实感，注重问题解决，反对无病呻吟，摒弃假大空套。应用写作有特定的写作主题，有给定的写作材料，有具体的写作情境，有明确的写作任务，体现了实用性、针对性、实践性的写作理念。其着重考查学生独立思考和运用所学知识分析问题、解决问题的能力，能够有效规避为人诟病的所谓“高考体”写作，也能杜绝猜题押题，扭转片面应试教育倾向，体现了用高考“指挥棒”引领素质教育的价值导向，反映了新时代语文教学综合性、开放性、应用性、探究性的改革要求，对中学写作教学乃至转变社会文风都具有良好的导向作用。这正是“真写作”的指导思想和追求目标，也是《真写作　真树人》出版的意义和价值所在。

2020年12月3日

写于南宁

田玲的语文课堂

陕西省宝鸡市高新中学田玲老师的语文专著在出版前，希望我能给她写篇序。对于一个青年语文教师来说，出版教学专著意味着在专业成长道路上迈出重要一步，这自然也是她多年来的一个心愿。能够为她在专业发展上助一臂之力，我当然是非常乐意的，于是就满口答应了下来。

我认识田玲，应该是在第十届“语文报杯”全国中青年教师课堂教学大赛上，那次她凭着自己的实力获得了一等奖。她属于那种聪慧、有灵气，又很努力上进的语文教师，曾被《中国教师》评为“十大新锐教师”之一，是陕西省曹公奇名师工作室骨干成员，被评为“陕西省教学能手”，陕西省学科带头人，多次参加陕西省中考命题工作。2016 年，统编初中语文教材在原人教版教材实验区刚开始使用（当时还叫“部编版”），上海社会科学院出版社陈如江先生就敏锐地意识到，这套教材成为统编教材后，一线教师肯定急需一套同步指导书，于是约我主编一套“初中课堂作文同步指导丛书”，我就请曹公奇老师主编七年级和九年级两个分册，田玲为副主编。2017 年冬，江苏省连云港市新海高级中学举办一个初中语文教研活动，我邀请田玲去上初中语文示范课，并以我的新著相赠。后来她写了一篇《大运河畔话语文，两不厌居拳拳心——读〈顾之川语文教育新论〉有感》，并发表在《教师报》上。我为山东教育出版社主编《名师语文课》，她执教的《邓稼先》课例被收入“初中卷”。2018 年 10 月，在重庆举行的全国中语会学术年会上，她上的《纪念白求恩》观摩课，广受好评。

田玲的《灵动语文公开课》一书，是她在语文教学上实践与思考的结晶，记录着她上下求索、追寻本真语文的心路历程。书中分“古诗文教学”“现代文教学”“综合性学习”三编，收录了她的多个教学案例。每个案例都是田玲上课的实例，且有“教学实录”“教学反思”，还有“专家点评”。我相信，读者阅读后都能从中有所收获，得到启迪。比如，《咏雪》可以让我们循着历史的脚步在文本中领悟文化，领略浅文深教的技巧;《三峡》带我们品山水文字，感文化情怀，体会古代散文作品的诗意;《纪念白求恩》守语文要素之正，循人文主题之本，给人“雍容大度现风采，润物无声度陈仓”的畅快淋漓;《邓稼先》展示如何长文短教，读写融合;“成长的烦恼”学习活动实录让人敞开心扉，烦恼随风而去;“走近经典”学习活动实录足以涵养浩然正气，奠基诗意人生;“这就是我”学习活动实录解青春花语，心舞飞扬。正所谓“读其书想见其为人”，通过这一个个鲜活的语文课例，品尝一场场语言文学的盛宴，我们不仅可以走进她那充满魅力的语文课堂，体会本真而灵动的语文课，认识不一样的语文，还能感受她那“勤奋地工作，精致地生活”的语文人生，了解一位优秀语文教师是如何“炼”成的。

“本真语文”是曹公奇名师工作室的鲜明特色，是对新课改以来许多“非语文”现象的纠偏与校正。“本真语文”主张语文教师要远离喧哗和浮躁，静下心来，认真仔细地研读教材，专心致志地进行教学设计，深入浅出地探讨教学艺术；倡导教师要多读书，不断充实自己，勤写教学感悟或反思；追求语文教学的本真、朴素、实在，体现语文教学的工具性、综合性、实践性特点。可以说，这本书就是田玲对“本真语文”的成功实践和精彩演绎。

有位作家说过，能把胡辣汤做得顾客盈门、生意红火，这和能让火箭上天没有本质区别。在我看来，一个教师如果能把课上得出神入化，意兴盎然，那么学生不仅能有收获，而且还会心情愉悦，如沐春风，也有同等价值。上好每一堂课，不轻慢课堂，不应付学生，就是崇高师德具体而生动的体现，这既是教师安身立命之本，也是其核心竞争力。判断一堂课是否成功的标准，一是有趣，二是有效。有趣，就是能够吸引学生，令其觉得时间过得飞快，下课后还盼着有机会能再听这位老师的课。有效，就是教师完成了教学任务，而学生有所收获，不论是知识方面的、能力方面的，还是情感方面的、思想方面的，总之有所得。有趣是手段，有效是目的。如果只是有趣而没有效，课堂就成了笑话。但如果课堂没趣，只追求有效，一味地灌输，学生肯定不爱听，课堂也很难达到真正的有效。教育既是科学，又是艺术。要把课上好，不仅需要教师修炼内功，读书作文，研文备课，独立思考，深入理解学科特点、知识结构、思想方法，科学把握学生认知规律，还要充分发挥主导作用，优化教学方式，采用启发式、互动式、探究式教学，引导学生主动思考、积极提问、自主探究，充分调动学生的好奇心、想象力，激发求知欲、探究欲，提高学习能力。我想，田玲通过本书已经对语文好课做出了详细回答和生动诠释。

2019 年已经过去，我们迎来了 2020 年。在辞旧迎新之际，习近平总书记号召全国人民“万众一心加油干，越是艰险越向前”。我相信田玲决不会就此止步，而是心怀梦想，砥砺前行；勇于逐梦，奋勇向前。我更坚信，广大语文同人也一定会“只争朝夕，不负韶华，共同迎接 2020 年的到来”！

2020 年元旦

李伟杰《云端的语文》

湖北宜昌教科院李伟杰老师的新著《云端的语文》付梓前，邀我作序。昔顾炎武先生有言“人之患在好为人序”，樊川居士（杜牧）也说“自古序其文者，皆后世宗师其人而为之”，可见为人写序不仅有“好为人师”之嫌，“准入”门槛亦极高。但因为与作者相识相交多年，于情于理都不容推辞，我也就不避嫌疑，执笔为序了。

宜昌我曾去过多次，每次都有新发现和新惊喜。峡江吊脚楼、神秘的巴人村落、土家摔碗酒、三峡葛洲坝，都给我留下难忘的印象。最近一次是2019年的秋天，我到宜昌参加《语文学习报》组织的全国高中语文教师教学基本功大赛。正当我与宜昌语文同人把酒论学之际，收到《中国教师报》向我约稿的短信，要我写一篇“统编语文教材如何进行教学设计”的文章。为了更有针对性，我便托伟杰先生帮我分别约请宜昌的小学、初中、高中教师，为我各提供一个教学设计案例，并以整版推出，受到老师们的欢迎。

宜昌古称“夷陵”，素有“三峡门户”“川鄂咽喉”之称，为兵家必争之地。宜昌历史悠久，文化底蕴深厚，是荆蛮融合之范域，巴楚文化之摇篮。宜昌历来崇文重教，语文教育源远流长。东晋著名学者郭璞曾在此注《尔雅》，夷陵人建墨池书院以为纪念。北宋欧阳修曾贬官至此，作《峡州至喜亭记》，夷陵人建六一书院以崇敬之。白居易与白行简、元稹同游夷陵，作《三游洞序》。陆游从西陵峡进川，写有《入蜀记》。李白、苏辙、黄庭坚、张之洞，都曾在此留下优美诗篇。抗战期间，日寇沿长江向内陆步步紧逼，安庆、南京、武汉沦陷，国民政府迁往重庆，宜昌成为战略物资的重要中转站。“中国船王”卢作孚在这里组织指挥“炮火下的抢运”，被教育家晏阳初誉为“中国实业史上的敦刻尔克”。张自忠将军在宜城长山壮烈殉国。叶圣陶、老舍、陶行知、李四光、吴祖光、赵丹等文化名人，都曾在此中转逃难过。叶圣陶有《宜昌杂诗》形容：“种种方音如鼎沸，俱言上水苦无船。”宜昌江边的“宜昌大撤退纪念雕塑”，默默地诉说着这段悲壮辉煌的历程。20世纪90年代，全国中语会、人民教育出版社同人在刘国正理事长的率领下，曾前往宜昌调研，考察“语文课内外衔接实验”。考察归来，国正先生按捺不住喜悦的心情，连续写下《语言教学与生活：谈宜昌语文教改实验报告手记》和《展开双翼才能腾飞——宜昌市课内外衔接语文能力训练的状况和思考》，给予宜昌语文教学极高评价："课内和课外，是语文教学的双翼。只张开一翼，自然飞行无力，只有双翼并举，才能自由飞翔，才能如大鹏那样，'其翼若垂天之云'，'抟扶摇而上者九万里'。"

翻开伟杰老师的这本《云端的语文》，可谓七彩祥瑞，变幻万千，胜意无限，云蒸霞蔚。"云锦篇"纵议语文课程，弘扬教研文化；"云霞篇"关注语文课堂，记录精彩瞬间；"云集篇"研讨语文教法，阐释教学真谛；"云卷篇"聚焦考试评价，呼唤供给侧改革；"云舒篇"吐纳同人心声，相互砥砺激发。这本著作正如作者所形容的那样："可化为云雨般的酣畅淋漓，滋润复苏之万物；可映衬云霞般的灿烂美丽，装饰浩瀚之天空；可推演云层叠加般的思考，境界如九重霄汉的不同视角与超凡体验；可激发观云者神奇想象的发挥，景象若海市蜃楼般虚无缥缈，曼妙无穷……那是属于语文人的梦，却又是实实在在可解读的，入脑润心，随时在线。当你追之对话，拟之为文，慕之动情，倾之共鸣，便会发觉整个世界都是语文——是你希望看到的样子！"

在我国教育界，活跃着一支埋头苦干、充满创造活力的语文教研员队伍。他们事业心、责任感强，具有教育理想和教育情怀，热爱教研工作，为提高语文教育质量自觉奉献智慧；又具有扎实的教育理论功底，教学经验丰富，教研能力强。所以，他们能够服务语文教育教学，引领语文教学改革，提高语文教学质量；服务青年教师专业成长，指导教师改进教学，促进教师专业化发展，提高教书育人水平；促进学生全面发展，深入研究学生学习和成长规律，提高学生语文核心素养；服务教育管理决策，加强语文教育理论和实践研究，为语文教育教学提供重要支撑。从这本《云端的语文》，我们不难发现，作者在推进宜昌语文教学改革、教学诊断与改进、语文教学资源建设、培育推广优秀语文教学成果等方面所发挥的重要作用，也可以看到一位基层语文教研员的初心使命和不懈追求。

序成，窗外蓝天白云，清风拂面，满目翠绿。院里绣球花争奇斗艳，百合花含苞待放，更有黄杏压枝，摇摇欲坠，不觉神清气爽，遂想将此心寄予远方朋友：愿新冠疫情从速消逝，尽快恢复生活常态，也愿宜昌语文更宜更昌！

2020年5月31日

魏兆芳的“情智共生”语文

前不久，首都师范大学《语文导报》副总编辑刘桂英给我打电话，说首都师范大学出版社将为陕西汉中语文特级教师魏兆芳老师出版一本专著，想请我写篇序。当时我在北京西郊曹雪芹故居黄叶村参加北京曹雪芹学会、北京大学艺术学院及北京大学曹雪芹美学艺术研究中心联合举办的“曹雪芹美学艺术暑期讲习班”，无奈赶上所在宾馆疫情封控，无法面谈，就与魏老师互加了微信。不久，魏老师发来她的书稿资料。尽管我们彼此素未谋面，但想着一线教师出书着实不易，能为他们做点力所能及的事情，既是好事，也算一种机缘，我也就欣然接受了。

正所谓“读其书想见其为人”，翻阅魏老师的书稿资料，我不仅产生了亲近感，而且还心生敬意。一是她一直生活、工作在陕西汉中，那里属于祖国的大西北。三十多年前，我研究生毕业后，曾在青藏高原的青海师范大学工作三年，接触了不少陕西人，对大西北的秀美山川、淳厚民风和西北人的热情豪爽有一种天然的亲切感。二是汉中市镇巴县号称陕西“南大门”，位于陕川交界、大巴山腹地，前有平定西域的汉代名将班超受封定远侯，后有李先念、徐向前等率领中国工农红军在此创建川陕革命根据地，人文底蕴深厚，不禁令人心驰神往。三是魏老师竟也和我一样，都是高中毕业就在农村当代课教师，不过那时称“民办教师”。我是教初中，与路遥《平凡的世界》中的主人公孙少平的经历颇为相似，每天生产队记 10 个工分，每月还有 6 元补助，已经让人感觉很受尊重，也很满足了。让我没有想到的是，魏老师扎根大巴山区，始终坚持在教学一线，竟一干就是 30 多年。她最初所在的巴庙镇距镇巴县城有 65 公里，从学前班到小学二年级复式班的语文、数学、体育、音乐、思想品德课，她一人“包圆儿”了，同时还兼炊事员和校园菜农。到学生家做一次家访，要跑 60 多公里，还要翻星子山……所以，她能被评为第二届“中国好教师”，我认为是实至名归。

这本《情智共生：初中语文教学实践探究》，是魏兆芳老师长期对语文教学沉淀与思考的结晶，记录着一位优秀乡村语文教师的心路历程。语文教学悦人悦己，语文学习也从不呆板和教条。情感灵动、活泼盎然为“语”，形式端庄、和谐智慧为“文”。二者统一，方为“情智共生”，语文才有情感和生命，才成为认识世界、交流情感、传承文化和推动进步的载体和工具。语文教学根植于听说读写，在语文实践中交流、讨论、活动，推动师生共同学习、主动学习和参与式学习，达成言意共生，从而把阅读与写作有机融合，把教材中的文本变成“源头活水”，将个性化的解读、感悟流淌笔尖，抒写心得和发现，让读写真实发生，让语文学科核心素养落地生根。魏老师用她的实际行动，诠释着语文教师的幸福密码：心中有理想，脚下有力量。每天都在见证着生命成长，每天都看得见青春在拔节。守望的是讲台，放飞的是希望，播种的是知识，收获的是未来。

全书分“理论探索篇”“教学实践篇”“育人感悟篇”。“理论探索篇”

是对初中语文教材不同文体文本阅读与写作教学的实践、解读、思考与提炼，是师生共生、生生共生的情智共生；“教学实践篇”包括小说、散文、诗歌等不同类型文本教育教学的设计案例，以及部分下水作文；“育人感悟篇”总结了一名教师成长的一般规律，即责任、梦想、热爱和感恩。这本著作既有作者数十年对语文教育教学探索与实践的思考与沉淀，也蕴含着她对初中语文教材的感悟、审视、提炼与升华。全书见证了一位山区女教师的专业成长，抒写了一位语文人用热情拥抱语文的情怀，记载着一位草根教师用脚步丈量讲台的执着。语文教学不能一蹴而就，需要朴素本色，需要用情用智，需要颔首低眉，需要仰望星空，更需要拥有梦想，需要长情守望。这正是作者从事语文教育的初心，也是她为之坚守的力量。我衷心希望魏兆芳老师这本书，能把语文人的这种力量、信心、执着和希望传递给更多语文同人，传递给更多学生。

2022 年 9 月

刘勇的本真语文

我认识刘勇已经有十多年了，但为他的书作序却还是第一次。大约在十多年前，西南五省中语会在丽江古城举行年会，时任云南省中学语文教研员的孙群老师邀我去做讲座。现在想来，那真是一次愉快之旅：住在温馨别致的客栈，到丽江郊外鱼塘品尝鱼鲜，游览巍峨壮丽的玉龙雪山，参观束河古镇上的茶马古道博物馆。更重要的是，与来自成都双流区的几位青年教师不期而遇，有来自棠湖中学的杨开清、朱建群，也有来自双流教研室和其他学校的老师。因为内子是成都人，所以尽管我们是第一次见面，却让我有“他乡遇故知”之感。我们相约夜游四方街，在穿街绕巷的玉泉水边放河灯，饮酒聊天。后来，开清、建群他们一起调到新建成的棠湖外国语学校，邀我和史绍典兄一同前往参加教研活动。那是一座非常美丽的校园，到处生机勃勃。这次教研活动中有一节展示课，讲的是人教版初中语文教材七年级上册的一首诗，是何其芳的《秋天》，执教者就是刘勇。他对教材的精准把握，给我们留下了深刻印象。

从那以后，我与刘勇以及棠湖外国语学校语文组同人交往就逐渐多了起来，彼此结下不解之缘。近年来，四川尤其是成都的语文教研活动非常活跃，我也经常到访成都，有时是到棠湖外国语学校参加相关语文教研活动，有时是到四川师范大学为“国培班”学员开讲座，有时是办别的事情。只要时间允许，我总会与他们见个面。2014 年，成都市教育局与中国教育学会联合启动“未来教育家”培养工程，刘勇和成都七中特级教师黄明勇邀请我做他们的指导教师。孟子尚把“得天下英才而教育之”作为君子“三乐”之一，我当然义不容辞，乐于做他们的“师傅”。这种亦师亦友的关系，拉近了彼此的距离。我也尽可能地为他们的专业成长创造一些机会。这几年，我看着他们在专业发展上突飞猛进，研究成果日渐增多，影响力由成都走向四川，进而走向全国。刘勇不仅加入了卿平海语文名师工作室、何立新名师工作室，而且有了他自己的语文名师工作室。2018 年，成都市启动“优秀教育人才培养计划”，我又忝为指导教师。看到他一步一个脚印，努力奋进，接续前行，成绩卓然，我不禁为他点赞，也深感欣慰。

刘勇在语文教学上行稳致远，他取得的成绩对青年教师专业发展具有一定的启示性意义。

第一，教师应是读书人，语文教师尤其如此。近年来，刘勇不仅在教学一线教语文，还承担着繁杂琐碎的行政工作，却仍然坚持读书，涉猎哲学、教育、文学、艺术等领域。阅读，让语文教师回归了“语文人”的本真状态。广泛阅读无疑使他视野开阔、内心丰盈，既愉悦自己，也惠及学生。正所谓习惯成自然，他课堂里的“语文味”也就越发浓厚了。更值得一提的是，近几年，刘勇先后到过美国、英国和芬兰等多个国家考察学习，比较中外课堂教学模式和教学方法，研究中外教育思想和教学理念，这无疑大大开阔了他的教育视野，使他能在一线教师中脱颖而出。

第二，教学既实且活。在刘勇看来，校园里的每一片树叶都是语文的，班级里每一个孩子都是富有诗意的。他放手让学生自己改作文、编小报、创办“青春逗”文学社、编辑班刊，组织开展“新书推荐”“名著阅读”“随笔点评”“快乐语文”等活动，甚至把音乐、电影引进课堂，体现了“自主、合作、探究”式学习，也体现了“少教多学”的教学理念，令他的课上得有广度、有深度，更有温度。我观察过他的课堂教学，犹如春风化雨，师生其乐融融。随意问问学生，都能感觉到他们对语文的那份热爱。吕叔湘先生曾说，语文教学“关键在一个‘活’字”，刘国正先生认为语文教学一要“实”，二要“活”。我想，刘勇确实做到了。

第三，实践性研究出真知。刘勇提出“阅读在左，表达在右”的观点，不仅在教学中坚持读写结合，更重要的是坚持教学实践和教学研究一体化。他一边埋头教书，一边在课堂教学中研究实际的教育问题，在实践性研究中提炼课题，以课题研究促进教师专业成长，引领全校教育教学迈上新台阶。我认为，这才是基层学校教育科研的基本功能和原生样态，也是我愿意为他的“本真语文”摇旗呐喊的原因所在。

刘勇倡导并践行“本真语文”，在实践中提炼出“本真语文”的核心要义，并借助“道、术、器、用”进行梳理，初步构建起自己的教育理论与实践体系，具有较强的创造性和实践价值。他主张要回归语文教育的生命本真，回归语文教学的学科本真，回归语文学习的过程本真，回归语文素养的成长本真。这是他和他的团队经过多年学习、研究、探索和实践取得的成果，可喜可贺。

回归语文教育的本真，是刘勇的不懈追求。图书取名为《本真阅读的诗意行走》，很别致，也颇具特色。让阅读回归本真，让教学充满诗意，这恰是阅读教学的本质追求。全书围绕着阅读教学展开，意在让阅读真正走进每个孩子的心灵，点亮每个孩子的“阿拉丁神灯”，也让阅读成为师生的一种行走方式，甚至是一种生活方式。

上编“阅读的本真样态”是本真阅读的行动纲领，从本真语文的诗意坚守、本真阅读的“五读”策略、本真课堂的审美标准、本真教师的修炼路径四大板块进行论述和阐释。每一个板块又自成体系。可见，刘勇不仅有研究的感性自觉，还有研究的理性高度。“五读”策略是教师备课的行走路线，详细阐述了作者读懂学生、读懂文本、读懂课堂、读懂表达、读懂成长的理念、方法与实现路径。他提出的课堂“审美标准”，从语文味、自主性、品质感建构起课堂评价的三维目标，让“本真语文”落地。他还用现身说法的方式，生动诠释了教师爱阅读才爱教阅读、会阅读才会教阅读的教学理念和修炼路径。

下编“阅读教学的诗意行走”，则具体分析了作者探索不同课型的学法、习法、用法。“我的教学主张”“我的课堂实录”“我的好友点评”分别记录着他的艰难跋涉，承载着他的探索乐趣，也道出了语文人的获得感、成就感与幸福感。“我的好友点评”很有创意，他邀请徐杰、程少堂、肖培东、李德树、何立新、史绍典、王佑军、靳彤等语文同好进行点评。这些老师都是我国目前有着广泛影响的实力派名师，他们的点评共同演绎着语文课的美丽与精彩，无疑使本书大为增色、别开生面，相信能带给读者不一样的感受与启迪。

风格是打开未来之门的一把钥匙，风格即是人的本身。刘勇所追求的“本真阅读”，讲述着他自己的阅读历程、教育心路和教学故事，也预示着他将一往无前地研究阅读，继续行走在“本真阅读”的坦途上。通过本书，我们可以看见一位坚毅、豁达而睿智的阅读者，一位安心从教、静心从教的教师。

2018 年教师节，习近平总书记在全国教育大会上指出：“教师是人类灵魂的工程师，是人类文明的传承者，承载着传播知识、传播思想、传播真理，塑造灵魂、塑造生命、塑造新人的时代重任。”《中国教育现代化 2035》提出，到 2035 年，我国要总体实现教育现代化，迈入教育强国行列。教育现代化的前提是教师队伍现代化、教师素质现代化。刘勇正当壮年，我衷心希望他再接再厉，继续演绎语文人的精彩人生；同时也期待着社会上涌现出更多更优秀的语文名师，共同撑起我国语文教育的美好明天！

2019 年 3 月 18 日

马惠玲的魅力语文

马惠玲老师是我几年前在一次全国性语文教学研讨会上认识的，虽然当时并没有来得及深谈，但因为彼此加了微信，我就能经常读到她发在“马老师聊语文”公众号上的文章，也了解到一线老师“累并快乐着”的日常生活。在我的印象中，马老师属于那种复合型、专家型、魅力型的语文教师。作为特级教师，她有着繁重的语文教学任务；作为语文名师工作室主持人，她承担着指导年轻教师专业发展的重任；作为学校领导，她还要处理繁杂的行政事务。所以，当马老师提出要我为她这本专著《语之魅，文之力》作序时，我毫不犹豫地就答应了。

本书是马老师基于多年语文教学经验、对教育教学深入思考的结晶，记录着她上下求索、追寻魅力语文的心路历程。书中有她对“教”之方法的梳理，有她对“学”之感悟的淬炼，也有她对“研”之经验的汇总。读着这些跃动着教学智慧的文字，可以看出，她善于在字斟句酌中发现真善美，在教、学、研互动中领略语文的无穷魅力，在传道授业中不断汲取着精神力量，在立德树人实践中演绎着语文人的精彩人生。

当前，我国语文教育已进入新时代。新时代语文迫切需要培养造就一支师德高尚、业务精湛、知识结构合理、充满活力的高素质专业化教师队伍。具体来说，语文教师除了具备高尚的思想品德、健康的心理和身体等基本素质外，还需要深厚的语文学科知识素养、能力素养和教学素养。对此，马老师在书中用她的语文教育教学实践做了生动诠释。

在马老师看来，一个有智慧的语文老师，首先要让学生感受到语文的魅力，激发他们的情感需要和表达需求，因势利导，因材施教，激发其学习兴趣，点燃其求知火苗，唤醒其生命自觉。事实上，语文教学也只有以热爱为起点，才能让师生更透彻、更轻松、更艺术地领略语文之美。比如，《“品”圣地亚哥是一位什么样的老人》，马老师带领读者从平凡生活出发，由浅入深，让老人的形象从可怜到可爱，进而升华到可敬。从表象出发，降低鉴赏“门槛”，让读者满怀欣喜，轻松进入作品意境；逐渐深入，水到渠成，让读者沉浸其中而不知，洗涤灵魂而不觉，受到了潜移默化的影响。再如“写作教学”，马老师用生动形象的示例、深入浅出的分析，告诉读者，读书绝不能走马观花，写作也不能杂乱无章。阅读有技巧，应从细微处见深刻；写作有章法，要于字句中见设计；思维讲逻辑，须在思辨中逐层深入。精彩的下水作文，不但为读者提供了可供参考的写作范例，也让文章中的写作理论落到实处，形象可感。一篇篇精彩的文章，见证了马老师的良苦用心：从读到思到写，从听到说到评，涵盖语文教学的诸多基础技能，分类清晰，一目了然。书中这些教学经验、教法探讨与理论思考，源于语文课堂，来自教学实践，发自内心肺腑，充满教育智慧。有人说，能把胡辣汤店做得顾客盈门、生意红火，和能让火箭上天没有本质区别。在我看来，一个教师如果能把课上得出神入化、意兴盎然、充满魅力，学生不仅确有收获，而且心情愉悦、如沐春风。上好每一堂课，不轻慢课堂，不应付学生，就是崇高师德具体而生动的体现，这既是教师安身立命之本，也是其核心竞争力。我认为，马老师就具有这种核心竞争力。她既是语文魅力教学的践行者，又是语文魅力教学的探索者；既是语文魅力教学的收获者，又是语文魅力教学的传播者。我相信，这本书能给一线教师尤其是青年语文教师带来多方面的思考与启迪。

一支粉笔，书写着语文教学的春秋冬夏；一个键盘，敲击出教育智慧的浪花。有道是，有心人，天不负。谁能毅然前行，谁就能走向更远的远方。衷心祝愿马老师和她的团队，坚定教育理想，厚植教育情怀，坚持教育追求，在语文教学征途上毅然前行，不断深入拓展语文教学的创意空间，把探究语文教学的触角伸向广袤天空，用生动精彩的语文故事描绘语文教育的星辰大海。

2020 年 7 月

王学易和“学易语文”

近年来，“新课标”“新教材”“新高考”成为语文教育领域的热词。微信上有人说语文在中高考中的分量增加了，难度加大了。这种说法有道理，但并不完全准确。说它有道理，是因为语文能力主要指阅读写作能力。读写能力强，有利于学习别的学科，比如数学、物理中的应用题，如果读不懂题目所给的材料，就不能准确把握答题要求，也就无法准确答题；历史、政治题往往也是给一段材料，让你从学科角度去判断分析，得出结论，并用自己的语言发表观点或看法；英语中的英汉互译更是考查语言表达能力。从这个意义上说，语文在中高考中的“含金量”确实增加了。说它不完全准确，主要表现在两个方面，一是语文学科本来就重要，不是现在才变得重要的。之所以会产生误解，是因为过去受应试教育的影响，语文的重要性被弱化了。二是语文考试难度并没有增加，增加的只是阅读的宽度和思维的深度与广度，着重考查学生的阅读理解、信息筛选、应用写作、语言表达、批判性思维、辩证思维等关键能力。要真正实施素质教育，就不能不用好语文。语文是工具，是基础。

还有不少人有一种错误认识，以为学生读课外书是不务正业，是在浪费时间。他们之所以有这种看法，无非是盯着考试，而且是已过时的考试，希望把时间多用在“刷题”上。其实，他们是“只见树林，不见森林”，是“一叶障目，不见泰山”，只看到课标和教材的变化，没有看到考试评价也已发生深刻变化。事实上，中高考改革与新课标、新教材改革同向同行，都要服务于立德树人的根本任务，服务于学生德智体美劳全面发展。《深化新时代教育评价改革总体方案》明确指出要“稳步推进中高考改革，构建引导学生德智体美劳全面发展的考试内容体系，改变相对固化的试题形式，增强试题开放性，减少死记硬背和‘机械刷题’现象”，“坚决改变用分数给学生贴标签的做法，创新德智体美劳过程性评价办法，完善综合素质评价体系”。要用中高考“指挥棒”引领中小学实施素质教育。新高考招生录取强调“两依据、一参考”，即以高考成绩和高中学业水平考试成绩为依据，以综合素质评价为参考。也就是说，高考成绩不再是高校选拔新生的唯一标准，不是光看谁考的分数高，而是看谁综合素质更高，更有发展潜力和创造性，从而实现由“招分”向“招人”转变。这绝不是仅凭一张试卷就能够区分出来的。“机械刷题”不利于学生全面发展，培养综合素养必须辅之以广泛的课外阅读。所以，教育部颁布的《义务教育语文课程标准（2022 年版）》倡导少做题、多读书、好读书、读好书、读整本书，学会运用多种阅读方法，具有独立阅读能力。

为了适应新课标、新教材、新高考的变化，“学易语文”组织相关专家开发了这套“名著精粹选读”丛书。这套丛书力求贯彻课标理念，以课程标准、教材涉及的名著为基础，同时参考教育部推荐的《中小学生阅读指导目录》，根据初中生年龄心理特点和语文中考实际，针对部分学生不爱读书、不能连贯读书、缺乏读书指导的现状，浓缩名著精华，编配阅读样题，覆盖不同题型，锻炼解题能力，提高思维水平，从而较好地解决了课内与课外、阅读与考试的矛盾。尤其值得称道的是，丛书引入现代科技，开发出一套课件系统，包括阅读任务系统和推送批改系统。教师通过 APP，可以进行个性化编辑、保存和使用，推送阅读任务。学生通过 APP，可以拍照提交作业，自主完成阅读任务；客观检测题通过微信扫码即可完成自主测评。也可以不用手机，直接提交纸质版阅读任务。测评任务完成后，课件系统会自动向家长和学生推送阅读能力六维测评报告，从而实现书网一体、智能阅卷，方便学校、教师、学生、家长使用。

我一向认为，要学好语文，需要读好三本书、写好两篇文、养成四个好习惯。三本书指“有字之书”、“无字之书”和“心灵之书”，两篇文指规矩文和放胆文，四个好习惯指享受阅读的习惯、善于思考的习惯、乐于表达的习惯和自主学习的习惯。古人说“读万卷书，行万里路”，实际上就是要处理好读书与实践的关系。对于中小学生来说，首先是读好“有字之书”。“有字之书”包括课本、课外自读课本，当然也包括“学易语文”这样的课外读物。不同的书要有不同的读法。一般说来，有精读，有略读。精读需要字斟句酌，需要咬文嚼字，但费时费力。也不是所有的书或文章都值得精读，可以因人而异。新课标倡导整本书阅读，并不是说拿起一本书就要从头读到尾，应把精读、略读与浏览结合起来。精读重在示范，略读重在博览，浏览略观大意即可，三者相辅相成，不宜偏于一隅。应把阅读与写作、读书与实践、课内与课外结合起来。重在掌握阅读方法，拓展阅读视野，培养读书兴趣，养成阅读习惯。

书读得多了，素养提高了，自然有话想说，有自己的观点和看法要发表。规矩文重打基础，要求练好写作基本功，包括审题立题、选材、结构等方法，掌握记叙文、议论文、说明文、应用文的基本要领和写作规矩。放胆文更能见才气，鼓励学生放飞自我，大胆想象，各呈创意，各展所长。放胆文的写作可以多种多样，除了大作文，也可以写小作文，如日记、周记、随笔、读书笔记等。有兴趣的，还可以写诗歌、小说、散文、剧本等。

学习语文还要养成四个好习惯。一是享受阅读的习惯。爱阅读比读什么都重要。二是善于思考的习惯。好学生已不再像过去那样，把已有的知识烂熟于心，而是能够独立思考，敢于质疑，能够自己去发现问题、提出问题和解决问题，具有探究质疑能力、独立思考能力、批判性思维和辩证思维。三是乐于表达的习惯。表达的乐趣在于说或写的过程，说或写比说得好、写得完美更重要。四是自主学习的习惯。我的地盘我做主，我的语文我做主。让学生为自己的未来阅读，为自我精神成长阅读。

愿广大中学生朋友能通过课外阅读，开阔阅读视野，培养语文能力，增长学识见识，提高人文素养，进而插上想象的翅膀，飞向未来辽阔天空！

2022 年 5 月 8 日

聂细刚的生活语文

2021 年 11 月，北京华樾教育研究院邀我到深圳，参加南方语文教育论坛，就"'双减'背景下的语文主题学习"与老师们交流。会议期间，龙华第三外国语中学聂细刚校长热情邀我到他们学校参观，并与部分语文教师座谈交流，得知他们学校的语文教学改革搞得风生水起、别开生面、如火如荼，不仅研发了一套《论语》校本教材，还正在进行"生活语文教学法"的实验。前不久，聂校长给我发来《生活语文教学法》书稿，邀我写序。我不禁对他和他的团队心生敬佩，也为他们对语文教育事业的一片赤诚所感动，因而愿意为他们的"生活语文教学法"实验擂鼓助威，欣然命笔。

在中小学各科教学中，语文与社会现实生活的联系最为密切。一方面，生活中语文无处不在，小至日常沟通，大至对世界的理解、对文化的传承和对生活的感悟都需要运用语文，都可以通过语文来表达。另一方面，生活中每个人也都离不开语文，随时随地都可能学习语文、运用语文。无论是发言、演讲，还是讨论、交流，都离不开说或写。

为了使自己的说或写内容充实，语言生动，有个性，有品位，就必须学好语文，具有较高的语文学科素养和关键能力。遇到任何问题，都应该有自己的独立思考，有自己的观点和看法。从这个意义上说，语文是人们生活、学习和工作中随时都会用到的工具。学生熟练掌握这一工具，有助于学好其他学科。作为语言工具，语文可以沟通交流、传情达意；作为文章形式，语文可以启发思维、促进表达；作为文学样式，语文可以引发共鸣、促进思考；作为文化载体，语文可以讲述中国故事，传播中华文化。

语文学习关系到一个人的终身发展，社会整体的语文素养关系到国家的软实力和文化自信。中小学生学语文，主要有三条途径：课堂有效学习、课外大量阅读、社会生活实践。多读书、勤思考、勤练笔、多实践，丰富知识，增加学识，提高见识。语文来源于生活，又服务于生活，语言文字脱离了生活内容，就成了毫无意义的碎片。语文因生活的需要而产生，生活又是语文运用不可或缺的材料。一般说来，中小学生不喜欢听大道理。丘吉尔就说过，他从小就爱学习，但不喜欢被教导。如果把语文学习同生活结合起来，中小学生就会乐于接受。人民教育家陶行知继承了他的老师杜威“教育即生活”的教育思想，提出“教学做合一”的主张，主张教师应变“教授法”为“教学法”，教学过程应是“教学生学”，至今已成为人们的共识。古人所谓“读万卷书，行万里路”，也是强调读书要与社会生活相联系。叶圣陶、吕叔湘、张志公、刘国正、顾黄初等，都曾论述过语文与生活的关系问题。20世纪80年代，河北省邢台八中张孝纯先生提出“大语文教育”，主张“第二课堂”，强调语文与生活的结合。人民教育出版社中学语文编辑室编写的1992年版初中语文教科书，就是按“家庭生活—学校生活—社会生活”这一思路编写的。以后的语文教材，基本上也是按照这一思路编写。

聂细刚校长具有强烈的教育理想、教育情怀和教育追求。他是教语文起家的，首先是一位卓越的语文老师，进而成长为一位优秀的管理者。在长期的语文教学实践中，他注意学习前人的经验，提出“生活语文教学法”的主张。这一理论将语文学科教学生活化，让现实生活语文化。其教学流程是：课前导入（发现生活）—整体感知（联系生活）—质疑探究（感悟生活）—拓展运用（回归生活）。这样，语文教学课堂上的各个环节就与学生的生活紧密联系在一起，实现了语文课堂教学生活化、语文学习生活化的教学目标。可见，这里的“生活”不仅包括传统的家庭生活、社会生活、学校生活，还包括更广义的思想生活、学习生活、精神生活以及信息时代的数字生活等。“生活语文教学法”注重语文学科知识的讲解与传授，强调学生语文学科学习过程中的情感体验和实际应用，力求打破语文课堂与日常生活之间的壁垒，疏通语文教学与现实生活联结管道，让学生在生活中获得的直接经验、间接经验与课堂教学内容有机结合，这样就大大提高了学生语文学习的兴趣，拓宽了学生的视野。同时要求教师在教学过程中将语文学科教学的教学目标、教学重点、教学难点、教学设计等教学要素生活化，使学生在现实生活中获得的直接经验与教师传授的书本知识有机结合，既能够增强学生学习语言文字、文章、文学和文化的兴趣，又提高学生的语文核心素养和关键能力。

本书全面系统地介绍了“生活语文教学法”的理论与实践，包括内涵解读、实践探索和课堂实录。通过他们的实验，学生学语文的兴趣确实增强了，学习积极性提高了，语文实践活动丰富了，过去沉闷呆板的课堂变得活跃了，枯燥无趣的语文学习也变得生动有趣了。学生更爱学语文，教师更有成就感，也更爱教语文了。这一探索和实验，自然受到全国语文同行的喜爱与追捧。我相信，此书的出版，必定会受到广大一线语文教师的喜爱，让生活走进语文教学，让语文教学回归生活，推动我国语文教育教学水平的提高。

2022 年 8 月 18 日

于北京曹雪芹故居黄叶村

丁义国的经历语文

江苏海陵中学丁义国老师主持的“经历语文”教学实验，以“经历教育”为主线，着眼于学生终身学习和未来社会生活需要，坚持“优品德、高质量、轻负担”，积极探索实现路径，让学生亲近祖国语文，回归语文生活，因经历而增加阅历，因体验而获得经验，提高他们的语文必备品格、关键能力和核心价值，充分发挥语文能立德树人的优势，为学生发展奠基，为教师幸福人生铺路。这一实验具有重要的理论意义，又有很强的实用价值，是语文教育教学的一种实践创新。

一、着眼立德树人，提高综合素质，彰显科学性

教学教学，说到底，还是要让学生学，而且要积极主动地学、生动活泼地学。语文是学习国家语言文字运用的综合性、实践性课程，培养语言文字的运用能力，主要是靠学生自己的语言文字应用实践，以学生为主体，教师为主导，切忌由教师包办代替。教师的作用在于启发、点燃、点拨，因势利导。“经历语文”针对以往教学中语言文字符号化、生活实践教条化、情感体验程式化，以及不能学以致用等弊端，强调在“做”中学，在经历中感知、感悟与体验，创设“语文写生式”“情境体验式”“项目互动式”，设置问题情境，注重实践体验，引导表达交流，从语文经历到经历语文，引导学生通过语言文字，与教材、环境、生活进行互动和对话，使语文教学摆脱僵化模式，从无序走向有序，有效提高学生的综合素质。实验具有明确的问题解决意识，研究目标明确，既切中语文教学痛点，针对性强，又符合语文教育教学规律，具有很强的科学性。

二、聚焦学习过程体验，强调经历，突出实践性

实践性是语文教学的重要特征之一。注重实践、知行合一是我国教育的优良传统。儒家思想的“学思习行”“博学而不穷，笃行而不倦”“博学之，审问之，慎思之，明辨之，笃行之”，陆游的“纸上得来终觉浅，绝知此事要躬行”，王阳明的“知者行之始，行者知之成”，颜元的“实文、实行、实体、实用”教育观，以及“读万卷书，行万里路”的名言等，都道出了学习与实践的关系。叶圣陶在苏州甪直教国文时，与其他老师一起自编课本，创办农场、书店、博览室，造礼堂，建戏台，开同乐会、恳亲会，辅导学生自编自演话剧，组织学生远足旅行等社会实践活动，就源于他“天地阅览室，万物皆书卷”的教育思想。陶行知在他的老师杜威“教育即生活”的基础上，提出“生活即教育”“社会即学校”“教学做合一”。1980 年代，河北邢台八中特级教师张孝纯提出“大语文教育”，联系社会生活，着眼整体教育，坚持完整结构，重视训练效率，形成以课堂教学为主、以第二语文教学渠道和语文学习环境为辅的“一体两翼”教学体系。1990 年代湖北宜昌有“课内外衔接培养语文能力”教学实验，受到全国中语会理事长刘国正的高度称赞。刘国正提出的“实”和“活”，也是强调语文教育要联系生活，打通语文教学同学生的班级、学校、家庭和社会等生活圈子的联系，把语文学习同他们的实际生活结合起来。人民教育家于漪主张，要把学生领进大语文的广阔天地，把语文学习的课堂延伸到课外、校外，为学生打开认识现代社会、认识生命价值的大门，用时代的活水灌溉语文园地。经验证明，被动接受的知识容易遗忘；如果让学生能“做”一遍，理解会更深刻；要想真正学会，必须参与其中，躬行实践。“经历语文”运用“四人合作小组”“自能阅读策略”“经历语文学习的阅读素养评价”等形式，引导学生主动参与，积极探究，享受语文学习的过程，重经历，重过程，重体验，从而改变了传统的灌输式、说教式、填鸭式等教学方式，变被动学习为主动实践，培养学生的语言感知力、审美鉴赏力、逻辑推理力、思维发展力，让学生终身受益，发展能带得走的语文能力。学生提高语文能力的过程，同时也就是培根铸魂、启智增慧的过程。

三、激发学习兴趣，教学效果显著，具有创新性

“经历语文”教学实验经过多年实践探索，不断丰富完善，已形成完整的教育教学体系，具有创新创造活力。一是注重过程阅历、感受体验。通过创设情境，巧妙提出问题，引发学生心理上的认知冲突，使其处于“心求通而未得，口欲言而不能”的状态，为其提供想、做、说的机会，然后经过交流互动、调查整合、反思辨析，开展讨论质疑、评价交流、演讲辩论等，让他们亲历自然，拉近与教育的距离；亲历知识，让深度学习得以发生；亲历社会，让他们在学校教育中有“获得感”。二是创设第二语文课堂，设计出阅读欣赏、诗文诵读、江海小记者站等 10 多个社团活动，让学生在远离升学压力的情境下主动学习，经历情感体验，享受探索乐趣，收获学习成果，大大激发了学习兴趣和积极性，提高了学生参与课堂的深度和广度，增强了课堂教学效果。三是由“经历语文”扩展到“经历教育”，结出累累硕果。从 2010 年至今，该校已有 80 多名学生走进北大、清华。学校获得“全国语文教改示范学校”“国家语言文字示范学校”“江苏省文明校园”等荣誉称号。这一教学实验在江苏、陕西多地建立联盟学校，形成区域辐射，起到专业引领和示范作用。这充分说明，实验可复制、能推广，具有广阔的发展空间和应用前景。

当前，面对新时代，推进语文教育现代化势在必行。“经历语文”需要进一步充实、完善与提高，加强课程开发，整合教学内容，优化教学方式，注重启发式、互动式、探究式教学，探索基于语文教学的课程综合化教学，开展研究型、项目化、合作式学习，精准分析学情，重视差异化教学和个别化指导。同时丰富当地资源，增强可选择性，扩大实验规模，让更多学生受益。

2021 年 6 月 28 日

陈文的教师写作课

写作能力是人人都需要的一种语言表达能力。因为我们每天都要跟别人打交道，或交流信息，或沟通思想，或发表看法，或抒发感情，这就需要一定的语言表达能力。表达的形式最主要的有两种，一种是用嘴巴说出来，这就是口头表达；另一种就是用文字写出来，这就是书面表达，也就是写作。我们称赞一个人语言表达能力强，通常会说他“才思敏捷”“能说会道”。口头表达能力强，讲起话来滔滔不绝，口若悬河；书面表达能力强，写作水平高，则能够快速构思成文，甚至文不加点，倚马可待。语文课是培养学生运用国家通用语言文字的一门课程，主要是通过识字写字、阅读、写作教学，培养学生的语言文字运用能力。所以语言表达能力、应用写作能力不仅是一个人生活、学习和工作的必备素质，也是中小学语文教学要培养的语文关键能力。有学者提出“不写作枉为人”，道理也在这里，特别是对具有一定文化素养或者从事文化教育工作的人来说更是如此。

教育的根本任务是培根铸魂、启智增慧、立德树人。教师在从事教育教学活动时，固然离不开说话，所谓“传道授业解惑”，需要循循善诱，春风化雨，但也常常离不开写作。比如，上课前要设计教学方案；上课后要写教学反思，进行教学总结；批改学生的作文，要根据写作基本要求写评语，指出这篇作文有什么优点，还有哪些地方有待改进。不少优秀语文教师还常常写下水作文，表达自己的写作理念，给学生以写作示范。优秀的教师决不会“君子动口不动手”，只说不写。事实上，不仅语文教师需要写作，其他各科教师也需要写作，而且需要有较强的写作能力。如果自己在专业发展上有进一步追求，往学科教学专家方向上努力，必然要写教研论文，以便与同行切磋交流，就更需要写作了。写作应该成为教师的一种生活方式。一位有教育理想情怀、有所追求的教师，一定会热爱写作，也善于写作。从个人来说，写作能够充实内心，丰富精神生活，锻炼思维能力，养成好学、深思、力行的习惯和品质。从工作来说，写作则有助于反思、改进教学，积累总结经验，提高教学效率。尽管新的教育评价改革要求破除“唯论文”的顽瘴痼疾，但须知这是对过去教师评价中只讲论文而不注重教学实绩的一种矫正，并没有要反对或弱化教师写作的意思。教师热爱写作、擅长写作仍然是其专业素养的一项重要指标。如果功夫用得足够深，完全可以在教学之余通过写作改变自己的人生。或通过文学创作，成为著名作家；或通过著书立说，成为某一领域的名家学者。鲁迅、老舍、曹禺、叶圣陶、夏丏尊、朱自清、朱光潜、季羡林、钱穆、吕思勉、周谷城等一大批著名作家、学者，都是从中小学教师起步的。智利中学女教师加夫列拉·米斯特拉尔一生笔耕不辍，写下大量诗歌并获得了1945年诺贝尔文学奖。

不过，对于多数一线教师来说，尤其是青年教师，他们并不是不想写，而是想写却没有条件写，有的是忙于日常教学，或家庭负担重，一天下来身心俱疲，没有时间和精力写；有的是觉得自己积累不够，未敢贸然下笔；有的是不会写或缺乏历练，不知道从哪里下手；也有的是怕写不好，缺乏信心，担心被嘲笑讥讽，就索性不写。陈文的这本《教师写作 9 堂课》，针对教师写作中存在的普遍性问题量身打造。全书围绕教师写作，设计了 9 堂课，内容涉及研读课标教材、教学札记、教学课例、教育故事、教育随笔、教育时评、读后感、教育教学调研报告、文章修改等，每堂课都包括基本概念、主要特点、写作方法、参考例文和练笔建议，“附录”是“投稿有门道”，并以“努力成为优秀的表达者”结束。这一设计极富创意，别开生面。这些都是教师写作经常遇到的问题，具有普遍性的指导意义。既讲教师为什么写，又讲写什么和怎么写。其中“参考例文”多数都取自陈文本人所写文章，是一位教育工作者的“夫子自道”，也是他多年坚持教育写作实践的经验之谈。至于用“9”而不是其他数字，我想应含有“多”或“全”之意。清人汪中《释三九》有言，“凡一二之所不能尽者，则约之三以见其多；三之所不能尽者，则约之九以见其极多”。

陈文是我的老朋友。他当过中学语文教师、语文教研员、教育局副局长，有着丰富的一线教学、教研和管理实践。我第一次见到他是在商务印书馆，那天应该是 2014 年 4 月 23 日，正好是“世界读书日”，那时正举行“2014 校长读书论坛暨《中国教育报》2013 年度推动读书十大人物揭晓仪式”，该活动每年表彰十位在推动阅读方面做出突出贡献的人物，获奖的多数是一线教师、教研员，也有校长、教育局局长或其他领域的人物，因而在教育界、出版界影响很大。陈文就是那一年“推动读书十大人物”之一。后来他到了北京，在华樾教育研究院专事研究，我们接触更多了。他热爱读书，勤于写作。我也常常在有关报刊上读到他的大作。我编的《叶圣陶吕叔湘张志公语文教育名篇精选》在福建教育出版社出版后，他写了一篇读后感，前不久发表在《中华读书报》，广受好评。现在，他的《教师写作9堂课》书成，即将付梓，我闻之欣然，相信这是一本对教师写作极有帮助的书，因而乐于向广大教师和读者朋友们推荐。

2021年11月28日

蔡雪静、罗晓云的散文集

前不久，广西教育出版社副总编辑廖民锂先生与我联系，说有两位一线教师的散文集即将在广西科学技术出版社面世，希望我能为她们写篇序。虽然我并不认识这两位老师，但一是老朋友倾情相邀；二是作为教育工作者，能为一线教师做点力所能及的事情，我当然义不容辞，乐于从命。更何况“送人玫瑰，手有余香”，我也正好可以先读为快，从多个角度了解广西，走近当代教师的心灵世界，增加知识储备，见识广西基础教育的别样风采，何乐而不为呢？于是便爽快地答应了下来。廖民锂先生很快就给我发来《改变是一扇从里打开的门》书稿。

因为我曾在河南农村当过中学语文教师，所以一向对教育同行怀有敬意，尤其是对那些充满教育理想、情怀和追求的一线教师，更是崇敬有加。本书作者蔡雪静、罗晓云是享誉八桂的巾帼标兵和青年才俊，一个教政治，一个教语文。蔡雪静是正高级教师、特级教师，柳州市第八中学副校长，南宁师范大学硕士生导师。她的教学研究成果曾获广西壮族自治区基础教育教学成果奖，执教示范课两次均获得全国一等奖，著有《寸心若兰》等作品。罗晓云是南宁市第十四中学副高级教师，语文学科带头人，“深蓝工程”培养对象，优秀班主任，曾多次获得广西壮族自治区和南宁市语文教学奖，并组织编撰了多种校本教材。阅读书中那一篇篇温婉清新的文字，听作者娓娓道来她们教书育人的心路历程、对教育教学的感悟、启智增慧的教育故事、培根铸魂的成功经验、师生互动的精彩瞬间，特别是了解那一个个滴着青春露珠的鲜活案例，师生间心灵碰撞的感人细节，让人感觉春风拂面，宛如月下品文，真是一种难得的精神享受。比如,《把我的真心放在你的手心》《爱相随，心相随》《批评孩子是为了成就孩子还是伤害孩子》《莫踩“超限效应”的警戒线》《忠言如何不逆耳》等，诠释着二位作者春风化雨般的拳拳爱心;《私人订制小红书，让心“晴”起来》《课前三分钟小故事，为学生心灵导航》《孩子，需要什么样的教育》《教师——学生的心灵捕手》《寻找火种，点亮心灯》《把学生的世界染绿》《带着微笑走向学生》《成功教育从习惯养成开始》等，描述了她们成功破解学生心结密码的过程;《做个亦师亦友的家长》《父母会说，孩子才会听》《父母是根，孩子是树》《做“三不”家长》《释压从家长开始》《孩子的成功源自家长的改变》《用心读懂孩子，家长一生的必修课》等，则生动演绎出一个高明家长的容貌神态。可以说，本书既是教育的，又是文学的，更是语文的。从教育的角度看，这是一部内容丰富生动、欢快灵动的教育教学随笔，洋溢着教育情怀，充满着教育智慧，教育工作者从中可以学到教育教学方法，家长可以从中学到与孩子沟通交流的技巧。从文学的角度看，这又是一篇篇情景理融合、短小精悍的优美散文，是教师文学的动人篇章，文学爱好者从中可以欣赏文学形象，品鉴文学描写的娴熟手法。从语文的角度看，这又是语言文字运用的典范作品，作者用她们的仁厚宅心和生花妙笔，演绎出中华民族通用语言文字的精彩魅力，广大读者尤其是中学生从中可以感受到语文的博大精深与生动有趣，享受语言表达和应用写作的快乐体验。

我一向认为，教育事业是崇高的，教师是可亲可敬的，能用笔真实记录自己立德树人的日常生活的教师一定是幸福的。一支粉笔，书写着杏坛的春夏秋冬；一个键盘，敲击出教育智慧的涟漪。有道是，有心人，天不负。谁能毅然前行，谁就能走向更远的远方。衷心祝愿蔡老师和罗老师，怀抱教育理想，厚植教育情怀，坚定教育追求，树立教师自信，永葆文学赤心，在教育教学的征途上毅然前行，不断深入拓展教师文学的创意空间，把探究教学奥秘的触角伸向广袤天空，用生动精彩的故事描绘中国教育的星辰大海。

这几年，我与广西结缘颇深。广西教育出版社为我出版过两本专著，一是《语文工具论》，是我主编的“中国语文教育研究丛书”的其中一册；二是《刘国正口述：教师·编辑·作家》，是任彦钧、刘远主编的“当代中国语文教育家口述实录”丛书的其中一册。另外，我还曾应邀担任两个语文名师工作室的指导教师，一是桂林师范高等专科学校邓玲教授主持的“中学语文高质高效教学模式研究”课题，二是南宁市第二中学特级教师、“我即语文”教学奖获得者彭俊姣主持的“变‘套作’为‘真写作’作文教学改革实验”。因此，我得以结识众多广西教育界、出版界的朋友，更对八桂大地的明山秀水、淳朴民风与温馨人情留下极为深刻的印象。诗圣杜甫云“何时一樽酒，重与细论文”，如果有机会再赴广西，与友人月下把酒，“重与细论文”，那该是令人神往的吧？

2021 年 3 月 30 日
珠海南海之滨

中国中学生作文大赛

有人说，品牌是一种评价和认知，也代表着一种信任。一个赛事能够持续多年经久不衰，无疑就形成了品牌。在我看来，中国中学生作文大赛就是一项名副其实的全国中学生作文品牌活动。我从2004年开始，结识报刊同人，伴随大赛风雨征程，从北京、上海、天津、南京、郑州、广州、香港、南昌、合肥到广安、牡丹江、珠海等，一路走来，见证了无数中学生借助这一平台追梦圆梦的过程，感受“恒源祥文学之星”丰采神韵。在我看来，中国中学生作文大赛具有以下几个特点。

一是政治站位高。中国中学生作文大赛举办的初衷，是为了贯彻落实《中共中央国务院关于进一步加强和改进未成年人思想道德建设的若干意见》精神，进一步弘扬中华民族传统美德，激发广大中学生热爱祖国、振兴中华的思想感情，坚定理想信念，厚植家国情怀，增长知识见识，培育创新意识，增强综合素质，同时为他们展现文学才华、交流写作心得、提高写作能力，创造一个脱颖而出的机会。

二是权威性强。大赛由全国妇联中国儿童中心和中国少年儿童报刊工作者协会中学报刊专业委员会主办，全国80多家中学报刊共同承办，中国人民大学、南京大学、南开大学、浙江大学等十几所国内知名高校作为后援单位。每届赛事都会邀请知名人物、教授、作家、特级教师、资深编辑参加，如许嘉璐、顾秀莲、周铁农、林郑月娥、徐惟诚、赵启正、于漪、高洪波、余光中、樊发稼、张之路等，或参加颁奖，或参与命题，或担任评委，从而保证了大赛公平公正和权威严肃，含金量高。

三是社会影响大。这是一项纯公益性活动，不收取学生任何费用，作文命题贴近时代、贴近现实、贴近学生，吸引广大中学生踊跃参赛，参赛选手覆盖全国多个省份、地区，现已连续成功举办了16届，持续十多年，参赛学生总人数超过3亿，经受了时间、实践和人民的检验，生命力强，参与面广，社会影响大。

为了全面检阅中国中学生作文大赛的成果，记录大赛前进脚步，留住大赛精彩瞬间，持续发挥大赛的“雪球效应”，强化其辐射性和影响力，应广大读者尤其是中学师生的要求，大赛组委会决定组织力量，从历届参赛作文中精选部分优秀获奖作品，编辑成系列丛书出版。在我看来，这是一件好事，也是一件实事。广大中学生朋友从中可以品读往届参赛选手的获奖作品，感受赛场写作真实情景，领悟优秀作文成功奥秘；中学教师从中可以得到中学作文教学启迪，把握中学写作教学规律，探寻中学生作文指导途径；家长从中可以走进孩子的心灵世界，了解子女的所思所想所感，改善亲子关系，完善家校合作，进一步发挥家庭教育的作用；一般社会读者则可以从中了解当代中学生，感受他们的整体面貌和精神气质，进而全方位多角度地认识中国教育，把握未来方向。

全国妇联中国儿童中心和中国少年儿童报刊协会中学报刊专业委员会的服务研究对象是广大青少年。青少年代表着中国的明天，也代表着民族的希望，是当代中国最有灵性、最具创造性、最有活力的一个群体。青少年工作是一项立德树人的伟大事业，教育报刊工作者肩负着培根铸魂的时代重任，承载着启智增慧的神圣使命。要做好青少年工作，必须从娃娃抓起，关键在学校教育，重点是中小学。芳林新叶催陈叶，长江后浪推前浪。今天的中小学生，十几年后都将成为社会的中坚力量，成为社会主义事业的建设者和接班人。他们的基本素质和能力水平的高低决定着我国在全面建成小康社会后能否在2035年顺利实现社会主义现代化，决定着我国能否在2050年如期实现中华民族伟大复兴的中国梦。这就要求教育报刊工作者必须认真研究青少年群体，倾心服务中小学生。中小学生正处于人生的黄金时期，他们充满朝气，活泼好动，好奇心强，喜爱探究，乐于表达。他们不仅乐于“读万卷书”，还期待“行万里路”；既热爱读“有字之书”，还希望读“无字之书”“心灵之书”。除了正常的家庭生活和学校生活，除了课堂学习和参加校园活动，他们还渴望走出校园，参与社会生活，融入社会活动，丰富社会实践，在各种各样丰富多彩的活动中接受挑战，经受考验，展示才华，树立自信，而中国中学生作文大赛就为广大中学生提供了这样一个绝佳平台。

近年来我国高校招生，特别注意引导学生具有远大的理想、宽广的知识面、敏锐的观察力和深厚的文化素养，而这些无不以语文的听说读写能力为基础。教育事业就是读书的事业，阅读和写作是中小学语文教学的主要任务。语文学习关系到一个人的终身发展，社会整体语文素养决定着国家的软实力和文化自信。语文是中华儿女的精神家园，语文课不仅学习祖国的语言文字，涵养中华文化底蕴，还传递着价值观和信仰，为人生打下精神底色，对传承弘扬中华优秀传统文化、革命文化和社会主义先进文化，培养文化自信，推动文化创新发展，具有不可替代的优势。我们每个人都离不开语文，不管从事什么工作，也不管你走到哪里，每天都离不开听说读写，总要和语文打交道，都需要学习语文、运用语文。从这个意义上说，语文老师也好，教育报刊工作者也好，实际上都扮演着青少年人生保姆和精神导师的角色。我们应努力为他们的健康成长营造良好环境，提供贴心服务，树立努力标杆，指引前进方向。语文是什么？语文是纯正的中国话，语文是典雅的方块字，语文是举手投足的书卷气，语文是字里行间的家国情。语文学习关系到一个人的终身发展，社会整体的语文素养关系到国家的软实力和文化自信。对于中学生来说，提升语文素养主要有三条途径：一是课堂有效学习，二是课外大量阅读，三是社会生活实践。我也真诚地希望，广大中学生能够借助中国中学生作文大赛这个平台，亲近中华母语，热爱语文，说铿锵有力的中国话，书端方平正的中国字，读文采飞扬的中国书，写挥洒自如的中国文，做顶天立地的中国人！

2021 年 3 月 30 日

写于南中海畔，珠海情侣路旁

题纪勇《老纪讲作文》

宁波中学，赫赫盛名。百廿印迹，弦歌有声。中山演讲，南皮题铭。英才辈出，独鳌浙东。滋兰树蕙，花叶繁荣。诺奖起航，呦呦鹿鸣。院士十数，学界精英。薪火相传，学风醇正。秦人尚朴，睿智厚重。孔雀东南，名师纪勇。语文教研，著述宏丰。精于写作，影响日隆。新著付梓，大功告成。思路立意，结构弘通。表达审题，议论精警。语言风格，幽默严整。经验集锦，实践结晶。现身说法，历历分明。作文要领，指示门径。惠我语文，学子有幸。爰缀数语，聊表欢庆。

庚子年（2021 年）腊月于北京

《张占营谈初中写作指导》题词

中原名师，张君占营。孔雀南飞，执教杭城。

文海实验，语文衷情。求索创新，著述颇丰。

初中仿写，为文捷径。读写结合，重在应用。

创意实践，浑然天成。滋兰树蕙，铸魂工程。

立德树人，启智增聪。新著付梓，嘤嘤齐鸣。

壬寅年（2022年）初春于北京

贺裴海安《教研论文写作与发表》出版

语文报社美名传，名报名刊名主编。

语文学界齐称赞，小学语文裴海安。

教研论文点金术，写稿投稿称指南。

写作发表有秘妙，事半功倍独慧眼。

铺就名师成材路，启智增慧谱新篇。

壬寅年（2022年）中秋既望于北京

纵横华夏

……………

致敬敦煌

对于敦煌这样的世界文化圣地、东方艺术圣殿来说，不能当作一般的网红打卡地，浮光掠影式地参观，而应以朝圣般的态度瞻礼拜谒。我虽然已是三次赴敦煌，但每次都有不同的感受，也会有意想不到的发现和收获。究其原因，第一，前两次属集体活动，这次是与家人专程赴敦煌旅游，心情不同；第二，敦煌文物保护现代化程度更高、技术更先进，尤其是“数字敦煌”令人震撼，观览效果不同；第三，因为时间更充裕，加上这次请李耀申兄帮我们拿到A类票，参观内容也比前两次更多，我们又参观了悬泉置遗址、敦煌市博物馆等，看得更丰富更全面。因而这次敦煌之旅收获最大，发现最多，感受也最深。我对敦煌的悠久历史、独特文化有了更深刻的感悟和思考，对敦煌文化传承人的敬业精神和现代科技魅力也有更直观的理解和体验。

一是敦煌厚重的人文历史。敦煌作为我国东进西出的交通枢纽、古丝绸之路的商贾重镇，已有两千多年历史。“敦煌”之得名，据说始于张骞出使西域归来向汉武帝的报告书。在历史学家翦伯赞看来，“张骞在公元前127年发现西域，其对于当时中国人的刺激，就像后来哥伦布发现美洲对欧洲人的刺激一样”。汉元鼎六年（公元前 111 年），汉武帝设敦煌郡。正因为此，汉朝后来才能够成功地经营西域。公元前 104 年，汉将李广利远征位于中亚费尔干纳盆地的大宛。公元前 60 年，汉设西域都护府，辖区包括今新疆及巴尔喀什湖以南、帕米尔和费尔干纳盆地，所以《元和郡县图志》说：“敦，大也。以其广开西域，故以盛名。”阳关、玉门关、河仓城、锁阳城、悬泉置，一座座烽燧关隘，一处处邮亭驿站，一段段古长城、古粮仓、古水渠遗址，无不诉说着敦煌的悠久历史。在文人笔下，阳关、玉门关、瓜州，早已成为西北大漠的代名词。王维《送元二使安西》：“渭城朝雨浥轻尘，客舍青青柳色新。劝君更尽一杯酒，西出阳关无故人。”王之涣《凉州词》：“羌笛何须怨杨柳，春风不度玉门关。”岑参《武威春暮闻宇文判官西使还已到晋昌》：“岸雨过城头，黄鹂上戍楼。塞花飘客泪，边柳挂乡愁。白发悲明镜，青春换敝裘。君从万里使，闻已到瓜州。”参观完莫高窟，顺道看了看“1650——文明的回响”纪念展览，“众生营造”“庄严净土”“东西融贯”“万象人间”“砥砺新生”等五个板块，系统梳理了莫高窟 1650 年的辉煌历史。常任侠诗云：“东南王气沉幽冢，西北浮云隐玉关。”

二是领略敦煌独特的多样文化。由于特殊的地理位置，就中华民族大家庭而言，敦煌位于河西走廊的西端，是汉、魏、晋、隋、唐以来中原通往西域的重要驿站和交通要道。就世界而言，敦煌又是联结亚欧、实现东西文化交流、多种文明交汇互鉴的枢纽。在近代欧洲强势文明渡海东来以前，中原文明的对外交流主要就是通过西域陆路进行的。季羡林曾说：“世界上历史悠久、地域广阔、自成体系、影响深远的文化体系只有四个，即中国、印度、希腊和伊斯兰……目前研究这种汇流现象和汇流规律的地区，最好的、最有条件的恐怕就是敦煌和新疆。”悠久的人文历史，多民族、多宗教在此交汇，使敦煌拥有无与伦比的多样文化。

佛教东来，法显、玄奘西天取经，敦煌都是必经之地，因而拥有丰富的佛教文化，莫高窟、榆林窟、西千佛洞等大量佛教题材的建筑、彩塑和壁画，记录着佛教艺术的昔日辉煌和博大精深。榆林窟有一幅唐僧取经故事壁画，据说是孙悟空变成猴像的最早记录。张骞、甘英、班超出使西域、大秦，马可·波罗至大元上都曾经过这里，从古丝绸之路到今天的“一带一路”倡议，无不书写着中外文化交流的丝路文化。匈奴、回鹘、吐蕃、西夏的长期经营统治，使这里打上浓郁的民族文化色彩。霍去病抗击匈奴，李广利西伐大宛后刺穿悬泉，薛仁贵大战蕃将杨凡，张议潮归义军回归大唐，高仙芝大败吐蕃，王翰“醉卧沙场君莫笑，古来征战几人回”的诗句，又使这里蕴含着豪迈雄壮的军旅文化。

三是感受敦煌人的敬业精神。当年看《九十春秋——敦煌五十年》和《张大千传》，就对莫高窟和常书鸿留下了深刻印象。这次参观敦煌研究院院史陈列馆，深深地为敦煌文化传承人的敬业精神所感动。从1944年的国立敦煌艺术研究所，到1950年的敦煌文物研究所、1984年敦煌研究院的艰辛历程，以常书鸿、段文杰、樊锦诗为代表的三代敦煌学人，献身敦煌艺术保护事业，守护大美敦煌，传扬中华文化，矢志不渝，倾情奉献，才保存了这一世界闻名的艺术宝库，可歌可泣，令人景仰。常书鸿曾说：“萨陲那太子可以舍身饲虎，我为什么不能舍弃一切侍奉艺术、侍奉这座伟大的民族艺术宝库呢？在这兵荒马乱的动荡年代里，它是多么脆弱多么需要保护，需要终生为它效力的人啊！”[①] 他们不怕风沙扬起，不惧遍地荆棘，秉烛前行在文明的宝库里！

四是体验现代科技的独特魅力。进入莫高窟之前，我们先观看《千年莫高》《梦幻佛宫》电影，这对于游客来说是一种全新的体验。电影

① 常书鸿. 九十春秋——敦煌五十年［M］. 兰州：甘肃文化出版社，1999：72.

运用富有感染力的艺术语言，借助先进的数字技术和多媒体手段，讲述敦煌莫高窟的1650年的历史文化，展开一幅幅波澜壮阔、气势恢宏的历史画卷。电影通过生动逼真的画面、全方位立体声的音响效果，将美轮美奂的佛国世界更加立体、直观地展现在观众面前，精美塑像触手可及，绚丽壁画纤毫毕现，异彩纷呈，如梦如幻，科技让历史复活、使文物发声，体现了现代博物馆艺术的独特魅力。这既有利于永久保存、永续利用这座世界文化艺术宝库，也让观众能够与莫高窟全方位、近距离“亲密接触”，引发穿越时空的心灵碰撞，感受其绚丽多彩的石窟艺术经典与气势恢宏的历史文化。可见敦煌在中华优秀传统文化的创造性转化和创新性发展。

我第一次听说“敦煌”这个名字，是1987年在杭州富阳召开的中国训诂学年会上，南京大学一位教授介绍项楚、郭在贻的敦煌学研究，足以驳斥国外学者所谓“敦煌在中国，敦煌学在国外”的说法。如今，敦煌学已成显学。敦煌石窟研究、敦煌语言文学研究、敦煌文献整理等，都取得了丰硕成果。众多专家学者正在用新范式、新视角开辟敦煌学的新领域，中国已毫无争议地成为世界敦煌学研究中心。

2012年8月

敦煌访古

2020年8月，华樾教育研究院组织部分省市语文教研员到甘肃张掖开展教研活动，我应邀参加。会后与家人到敦煌，参观阳关、玉门关、雅丹地貌魔鬼城，并观《又见敦煌》《敦煌盛典》等大型演出。因有所记。

魔鬼城

玉门关西北，敦煌有美景。
茫茫戈壁滩，猎猎大漠风。
陡壁小山包，地貌变奇形。
风蚀千年后，造化显神功。
维语呼雅丹，源自斯文定。
偶有微风吹，森森如鬼声。
夜行转不出，犹如魔鬼城。
山形凭想象，随物赋美名。
导演张艺谋，在此拍《英雄》。
金狮喜迎宾，或如猫头鹰。
神龟欲出海，圣佛望恐龙。
狮身人面像，沙场秋点兵。
西海列舰队，扬帆欲远行。
越野车疾驰，旅伴为摄影。
登山观落日，晚霞映彩虹。
奇险幽古魅，风蚀塔柱垄。
气势磅礴处，鬼斧显神工。

2020 年 8 月

观大型情景体验剧《又见敦煌》

观王潮歌导演的大型情景体验剧《又见敦煌》，因以为赞。

旅游新名片，又见大敦煌。
导演王潮歌，出品王儿将。
史诗大手笔，气势颇张扬。
情景体验剧，“又见”接“印象”。
观众能参与，奇幻满剧场。
张骞王道士，索靖张草狂。
议潮归义军，取经数玄奘。
历史能行走，文物映光芒。
生生不息处，千年赋沧桑。
融合歌舞乐，特技声电光。
艺术真精品，创新类疯狂。
合作共赢路，包容且开放。
敦煌美飞天，展露云霓裳。
丝路黄金段，再添地标王。

2020 年 8 月

敦煌盛典

观大型沙漠实景演出《敦煌盛典》有感。

鸣沙山下，月牙泉畔。实景演出，敦煌盛典。梦回敦煌，牵手飞天。瑰丽壮美，精彩呈现。凿空西域，大汉张骞。大漠胡杨，雾岚飞烟。绿珠公主，私定姻缘。和亲队伍，驼铃悠远。画匠墨丁，践爱诺言。一路西行，历尽苦艰。丝路重镇，灯火阑珊。都会繁华，酒肆喧阗。溜出大营，沉浸温软。一旦暴露，风云突变。棒打鸳鸯，抑郁连连。潜心绘佛，辉煌画卷。梦幻成真，月共婵娟。华戎齐舞，星空璀璨。凄美爱情，扣人心弦。钟鸣鼓乐，阵容空前。灯光特效，瞬息万变。全息影像，有声光电。唯美奢华，科技前沿。座椅移动，左右旋转。艺术舞台，可圈可点。视觉冲击，唯美震撼。时空穿越，视觉盛宴。气势恢宏，美轮美奂。

2020 年 8 月

诗意曲靖

云南我已到过多次，今应董一菲老师之邀参加 2019 年诗意语文年会。云南气候温润，四季如春。尤其是现在，正当盛夏酷暑，北京炎热难耐，一到曲靖，就赶上蒙蒙细雨，顿觉凉爽，暑意全消。除了参加诗意语文活动，我还参观了曲靖博物馆，当地语文同人带我参观了爨文化博物馆、曲靖书画院、马龙县通泉中学、马龙乡村美术馆（建设中），品尝地方美食，尤其是马龙的新鲜野生菌。这不仅大大丰富了我对曲靖历史文化和民族风情的认知，也让我感受到诗意语文的魅力和曲靖语文同人的热情。曲靖因语文而充满诗意，语文因曲靖而魅力无限。

一、曲靖文化

以前我对曲靖所知甚少，只知道这是云南第二大城市。这次曲靖之行，更刷新了我的认知，加深了我对曲靖历史文化的理解。

早在新石器时代，曲靖就有先民在此繁衍生息。3 000 年前南盘江已出现农耕稻作。后庄蹻入滇，秦修“五尺道”，西汉置味县，三国蜀设建宁郡，西晋设宁州。“曲靖”之名源于唐设曲州和靖州。从地理上看，曲靖位于滇、黔交界处，是所谓“滇黔锁钥”。在2 000多年的沧桑巨变中，中原文化与云南少数民族文化在这里交融荟萃，同时曲靖也深受周边巴蜀文化和夜郎文化的影响。尤其是元明清以来，中央政府开发滇东，稳定边疆，使得天南铜都誉满天下，人文蔚起，孕育出独特的曲靖文化。在我看来，其中最为突出的有以下数种：

一是曲靖保存着三通极其珍贵的碑刻，一为“爨宝子碑”，一为“爨龙颜碑”，一为“段氏与三十七部会盟碑”，都是全国重点文物保护单位。“爨宝子碑”和“段氏与三十七部会盟碑”都收藏于曲靖一中，现已辟为爨文化博物馆。两件国家级重点文物都保存在一所中学校园里，在全国恐怕也是独一无二的，这得益于该校校长谢显琳先生。“爨龙颜碑”现保存在曲靖陆良县。“爨宝子碑”与“爨龙颜碑”又称“二爨”，因碑体大小不同，前者称“小爨碑”，后者称“大爨碑”。“小爨碑”全称为“晋故振威将军建宁太守爨府君之墓”碑，立于405年，记述了爨部首领爨宝子的生平事迹。“小爨碑”的发现者为清代曲靖知府邓尔恒。邓尔恒是两广总督邓廷桢之子，历任湖南辰州府知府、云南曲靖府知府、盐法道道员、按察使、云南布政使等。“小爨碑”的发现颇具有传奇色彩。有一天，邓尔恒偶然发现厨房买来的豆腐上有奇怪字迹，便追根寻源，找到豆腐作坊，原来字迹来自一块被主人用作压豆腐的石板，邓尔恒遂用若干银子买下，运回知府衙门。这块碑正因为被豆汁浸润过，碑上的文字才得以清晰完整保存。“大爨碑”全称“宋故龙骧将军护镇蛮校尉宁州刺史邛都县侯爨使君之碑”，立于458年，距今已1 500多年，为清阮元任云贵总督时所发现，阮元称其为“滇中第一石”。其碑文追溯了爨氏家族的历史，记述了爨龙颜的事迹，为后人研究爨氏家族及晋南北朝时期的云南历史提供了珍贵资料。

二是“爨宝子碑”和“爨龙颜碑”保存着我国书法史上极为珍贵的“爨

体字”，这是汉字从隶书到楷书的一种过渡字体，堪称汉字演变的“活化石”。康有为在其《广艺舟双楫》中，说“爨宝子碑”“端朴若古佛之容”，又云“朴厚古茂，奇态百出，与魏碑之《灵庙》《鞠彦云》皆在隶楷之间，可以考见变体源流”。当代流行最广的爨体字应该就是“招商银行”标志那几个字了，稚拙古朴，隶意浓厚，气质高古，极富个性，深得爨体书法的神韵意趣，据说为1987年广东省书法家协会主席秦咢生所题。

三是珠江发源于此。珠江是我国第三大河流，也是孕育西南各民族文明的母亲河。曲靖具有“一水滴三江，一脉隔两盘”的地理特点。据考证，明代旅行家、地理学家、文学家徐霞客曾三次出入曲靖，两次走到南盘江源头。据他在《徐霞客游记》“滇游日记三”一篇记载:“余欲行，主人以雨留，复为强驻，厌其酒脯焉。初余欲从沾益并穷北盘源委，至交水，龚起潜为余谈之甚晰，皆凿凿可据，遂图返辕，由寻甸趋省城焉。”[①] 徐霞客实际上已经走到珠江源边上的沾益，因主人的“凿凿可据”而“遂图返辕”，从而与珠江源头擦肩而过，成为我国地理考察史上的一桩憾事。所幸他在《盘江考》里，第一次把南盘江上溯至宣威县（今宣威市）的炎方（在今曲靖市沾益区北，与珠江源临近），从而订正了《明一统志》的错处。

四是红军留下的红色文化。1935年和1936年，红一方面军和红二方面军先后两次途经曲靖的富源、沾益、宣威、马龙、会泽等地，停留及过境时间约30天，行程2 000余里。在曲靖缴获的国民党部队的军用地图，给红军带来了极大便利。2 000多名曲靖各民族青年踊跃参加红军。红军长征史上著名的“三元宫会议”就在曲靖举行，毛泽东、周恩来、朱德等老一辈无产阶级革命家都曾在此留下光辉足迹，毛泽东还写下了

① 徐霞客．徐霞客游记（三）［M］．北京：团结出版社，2021：1725.

“乌蒙磅礴走泥丸”的诗句。

五是“三线建设”文化。这里曾是二十世纪六七十年代我国“三线建设”的重要基地，建有十多家军工企业，生产武器弹药、大型机械、蓝箭汽车，还生产其他军备物质，为我国国防工业做出了巨大贡献。看着那一张张发黄的报纸照片，我仿佛回到那个特殊年代。我们当年熟知的毛泽东名句“备战备荒为人民”，原来还有一句“好人好马上三线”。特别是我竟看到小时候家里堂屋墙上曾贴过的一张照片，是周恩来、朱德到机场迎接毛泽东，倍感亲切和惊奇。

六是少数民族风情。曲靖不仅有丰富的民族文化，也是非物质文化遗产的宝库。从斑铜作坊的叮当敲击，到滇剧的婉转铿锵；从“踩花山”的欢歌笑语，到“度戒”的虔诚恭敬；从洁白质朴的火草褂，到戈仆新娘的庆典盛装，无不展现着当地少数民族的精神世界，令人神往。

二、诗意语文

诗意语文名师工作室聚集了一大批充满朝气、富有理想和教育情怀的语文人，开展了一系列很有意义的主题活动，创办了颇有影响的微信公众号，辐射全国，线上线下，20多个栏目，点击量数千万。诗意语文的基本理念是：坚守汉语的诗性，把握文化的自信，唤醒生命的诗意，点燃职业的激情，丰盈审美的灵魂。老师们在一起学习借鉴、研读交流，亲如家人，其乐融融。曲靖虽然地处彩云之南，路途遥远，但诗意语文名师工作室有来自全国各地的16个中学语文名师工作室成员，特别是有不少老师自费参加，足见其具有的强大吸引力和深远影响力。正如诗意语文会歌《曲靖之约》所唱的，这是一次“诗意相逢”，也是一场“语文盛宴”。诗意语文不仅有自己创作的会歌，还有文艺晚会，参会老师自导自演，自娱自乐，也可见语文教育界藏龙卧虎。开幕式全体起立，高唱国歌，更是营造了一种仪式感和庄严感，别有新意。

三、曲靖语文人

云南人本来就很纯朴，待人热情真诚。人说“天下语文是一家”，任玲、周丽蓉、寸颖、方睿、施维江等老师，都是当地有着广泛影响力的语文老师，我与他们自然有着家人般的亲切与温暖，也有聊不完的共同话题。任、寸二位老师听说我对爨字碑感兴趣，便亲自陪我参观爨文化博物馆、曲靖书画院，品尝当地美食。任玲老师还特意给我发来许多有关爨文化的介绍文字，大大丰富了我对爨字碑和爨文化的认识。寸颖老师告诉我，她的这个姓“寸”，实际上就是“爨”字的简化。曲靖市中考语文试卷，今年还特意考了爨文化的阅读文本，目的就是要让学生记住爨字是“兴字头，林字腰，大字下面架火烧”。北京门头沟斋堂有个爨底下村，现已成为旅游景点，不知是否与爨姓有关。

施维江老师是曲靖市马龙区通泉中学校长，也是语文名师工作室主持人，热情邀我和曹公奇老师到他们学校参观，与他们工作坊的年轻语文同行交流，品尝正当时令的山珍野生菌。在马龙还有两个新发现，一个是这里是我国著名的“竞走之乡”，马龙体育竞走学校先后培养黎则文、赵成良、张俊等世界级和国家级竞走冠军，为各级体育院校输送竞走运动员300多人。二是参观了正在建设中的马龙乡村美术馆。美术馆主人高云龙老师原为马龙二中教师，现为职业画家，毕业于中国美术学院，作品以云南农村为背景，代表作《滇南农趣》收藏于中国美术学院。他计划将来既做美术馆，又做民宿，发展乡村旅游。这次我到云南时，李、王二位老师带着鲜花到昆明来接我。李老师是宣威人，毕业于西南大学，是我的校友。王老师是东北姑娘，黑龙江五常人，哈尔滨师大毕业后来到祖国大西南。他们不仅陪我们游览珠江源广场，还受诗意语文组委会委托，对我进行了专访，记录我对曲靖和诗意语文的印象。

我在同当地语文老师的接触中了解到，这里的老师们都能安居乐业，安心、静心从教，看来中央对教师待遇的相关政策在边疆民族地区得到了很好落实。美丽的自然山水，深厚的人文历史，丰富多彩的民族文化风情，独具特色的云南美食，尤其是新鲜野生菌，都令人流连忘返。

2019 年 7 月 24 日

重游江南贡院

江南佳丽地，金陵帝王洲。南京古称金陵、建康、江宁、应天等，曾为我国多朝首都的时间长达四百多年，与西安、洛阳、北京并称为“四大古都”。南京以其浓厚的文学氛围获颁联合国“世界文学之都”称号，其母亲河秦淮河承载着厚重灿烂的历史文化，江南贡院寄托着无数文人的毕生梦想。中国科举博物馆让历史复活，让文物说话，演绎辉煌考试佳话，弘扬中华科举文化。2020 年国际博物馆日之际，余有幸与耀申兄重游，因有所感。

一、秦淮烟云

六朝古都，江南形胜。临江控淮，毓秀钟灵。吴头楚尾，范蠡筑城。威王驱越，置邑金陵。始皇灭楚，秦淮始名。都城建业，孙权称雄。诸葛来访，吴蜀结盟。八王之乱，民不聊生。元帝东迁，建康江宁。衣冠南渡，王谢泣亭。朱雀桥边，王导豪情。乌衣巷口，王贵高公。恺之画壁，百万钱涌。安乐寺里，画龙点睛。桃叶渡口，子敬亲迎。谢安迎敌，苻坚鞭影。风声鹤唳，草木皆兵。雨花石落，云光讲经。潘妃舞步，徐娘半影。后主欢歌，犹唱后庭。鸡鸣寺旁，胭脂辱井。宋齐梁陈，兴废匆匆。至今挺立，六朝古松。朱氏称帝，始名南京。十里秦淮，画舫波凌。青楼酒肆，丝竹箫笙。媚香楼里，报国情忠。太平天国，定都天京。徐达瞻园，雕梁画栋。孙文振臂，辛亥功成。民国烟云，风流繁盛。梅园励志，气象峥嵘。过江追寇，百万师雄。地覆天翻，古都新生。

二、文学之都

千载悠悠，流水淙淙。家国兴废，诗绪泉涌。齐梁文学，诗文宫中。骈四俪六，辞约意丰。澄江如练，谢氏诗工。萧梁太子，宽和容众。沉思翰藻，《文选》昭明。《诗品》三类，钟嵘酷评。刘勰精审，《文心雕龙》。南朝绝句，唐诗先锋。李白四渡，大发诗兴。青梅竹马，欲行不行。瓦官三绝，杜甫追踪。梦得怀古，芦荻秋风。诗家夫子，曰王江宁。小杜忆旧，寒水烟笼。千古词帝，后主悲恸。临川罢相，半山园兴。金陵驿馆，正气歌声。《永乐大典》，南监本工。《本草纲目》，医方集成。《闲情偶寄》，芥子园亭。《桃花扇》曲，兴亡爱憎。《儒林外史》，庄谐含讽。《随园食单》，诗倡性灵。江宁织造，曹沾降生。忠王登城，虽败犹荣。路矿学堂，鲁迅发蒙。巴金求学，南师附中。赛女珍珠，诺奖有名。佩弦铭衡，桨声灯影。《南京人报》，恨水言情。天下文枢，文学名城。

三、文人梦想

巍巍中华，赫赫文明。考试故乡，举世称雄。尧帝试舜，选贤任能。乡举里选，世禄世卿。三年大比，道艺德行。察举征辟，九品中正。隋炀称帝，科举方兴。一语道破，为唐太宗。天下英才，入吾彀中。莘莘学子，汲汲功名。起承转合，八股明经。十载寒窗，期盼腾龙。长亭送别，莺莺叮咛。赶考路上，李娃痴情。分科取士，行卷纳省。博学鸿词，白衣公卿。新科举子，赴宴鹿鸣。临轩策试，天子门生。鱼跃龙门，金榜题名。跨马游街，得意春风。宋瑞正气，谁叹伶仃。张继落榜，寒山诗钟。金田举子，四试未中。揭竿而起，梦想太平。抡才大典，拔擢精英。唯材是举，亢朗冲融。寒门进阶，独特路径。择优录取，公正公平。

国重斯文，天下至公。科举文化，博大深精。源远流长，五大发明。

四、贡院新声

江南贡院，西傍学宫。府学考场，始于南宋。屡经增扩，气势恢宏。龙门牌坊，桥下飞虹。明德尊经，大成棂星。明远楼高，八面来风。池水楼映，以史为镜。宝匣下沉，鱼鳞壁经。古朴典雅，巧夺天工。魁星点斗，庄严神圣。大小金榜，焕若光明。仇英观榜，栩栩如生。试题答卷，数字音影。科第世家，耀祖光宗。南国俊彦，借此踊腾。施氏《水浒》，激浊扬清。吴氏《西游》，大闹天宫。伯虎风流，书画美名。全椒吴氏，秦淮水亭。诗书画绝，板桥先生。常熟声甫，帝师章京。张謇状元，实业兴隆。文忠主考，擢拔精英。林公首创，信炮号灯。主考明君，曾文正公。季高监临，总督权充。镇馆之宝，佛像铜铃。号舍碑刻，诉说无声。博物馆里，内外联动。寓教于乐，斯文充盈。学术沙龙，研学旅行。螃蟹手工，吸引学童。国漫国风，无限网红。科举学堂，三面互动。文创产品，斑斓纷呈。临展巡展，匠意经营。历史鲜活，文物灵动。策展创新，文化传承。念兹在兹，更盼繁荣。

2020 年 7 月 13 日

芜湖印象

庚子（2020）年尾，宗楼兄邀我到芜湖，与安徽师范大学出版社同人交流。大约十多年前，我曾到过芜湖，不过那次是参加语文教研活动，来去匆匆，竟没有留下什么印象。这次时间更充裕，天公也作美，而且有好友陪伴。讲完课，我们一起参观博物馆，登临九华山，徜徉古渡口，瞻仰中江塔；游览滨江公园，探访芜湖海关、天主教堂等近代西洋建筑；拜谒戴安澜墓，追寻李鸿章、陈独秀、高语罕等人在芜湖的踪迹；漫步休闲零食品牌“三只松鼠”公司总部，体验现代与时尚。我观赏明山秀水，感受历史文化，品尝美味佳肴，会见旧友新朋，因而对这座“徽风皖韵”的千湖之城留下深刻印象。

1. 明山秀水形胜

芜湖别称“江城”“中江”，古称“鸠兹”，大约与《诗经》“关关雎鸠，在河之洲”所描述的情景相似。据说因附近有湖“地卑蓄水，而生芜藻”，到汉武帝元封二年时改名为“芜湖”。这里位于长江中下游，安徽东南部。南面是宣城、池州，北面是合肥、马鞍山，西面是铜陵，处于皖南山系与江淮平原的缓冲地带。赭山、丫山、马仁山秀美清幽，长江、青弋江、水阳江浩浩汤汤，故有“半城山半城水”之称。奇峰异石，灵泉秀水，茂林修竹，巧夺天工，加之具有“襟带一都会也，舟车辐辏，是以得万货之情”的地理优势，自然引来“仁者乐山，智者乐水”，芜湖得以摄天地之精华，擅山水之形胜。

2. 历史底蕴厚重

芜湖战国时属吴，后归楚。明清时始进入繁盛期，成为“吴楚名区”“长江巨埠”。我想，这主要应该得益于三个因素。一是明代中后期资本主义萌芽，商业活动在长三角一带悄然兴起。芜湖本来就是皖南山货和米粮集散地，交通发达，因而商业逐渐繁荣，尤以浆染业最为有名。有“中国17世纪工艺百科全书”之称的《天工开物》记载:“织造尚松江，浆染尚芜湖。”翦伯赞《中国史纲要》把芜湖浆染与松江棉纺织、苏杭丝织、铅山造纸、景德镇制瓷并称为“明代手工业五大中心”。二是1875年，云南发生马嘉理遇害事件，英国驻华公使威妥玛逼迫李鸿章签订丧权辱国的《烟台条约》（又称“滇案条约”），增开湖北宜昌、安徽芜湖、浙江温州、广东北海为通商口岸，作为领事官驻扎处所。英国在芜湖派驻监税官，设海关，建医院，开邮局，办学校等。英国固然是依仗坚船利炮进一步打开中国大门，扩大其在华治外法权；但芜湖也打开了对外开放的门户，自然迎来发展绝佳机遇。1883年芜湖就有电报，成为安徽现代工业发祥地、长江流域经济中心之一。奇瑞汽车能在芜湖崛起，恐怕不是偶然的。三是安徽籍清廷重臣李鸿章，借通商口岸之机，奏请皇上，将镇江七浩口米市移至芜湖。全国粮商闻风而至，蜂拥云集，芜湖遂成为“江南四大米市”（芜湖、无锡、九江、长沙）之首，这无疑促进了芜湖商业经济的进一步繁荣。

3. 文化丰富多元

芜湖文化丰富多元，尤其是红色文化、宗教文化、美食文化与时尚文化，都给我留下深刻印象。

20世纪初，这里是安徽反清革命运动的舆论中心和革命党人的大本营。中共早期主要领导人陈独秀1904年在芜湖编辑《安徽俗话报》，开启民智，鼓吹革命。同年年底，安徽籍教育家李光炯将安徽旅湘公学迁至芜湖，改名“安徽公学”，一批革命党人云集于此。陈独秀组织岳王会，任总会长。1911年辛亥革命爆发后，芜湖成立了历史上第一个资产阶级革命政权——皖南军政分府。1916年高语罕在芜湖省立五中当国文教师，后兼任学监，成为芜湖及安徽新文化运动旗手。1920年前后，他在上海、北京参加马克思主义研究会的活动，并加入中国共产党[①]，为芜湖中共党组织的建立奠定了基础。前几年我应河南文心出版社之邀，主编“文心经典丛书”，还把高语罕任国文教员时的专著《国文作法》收入。戴安澜是抗日名将，入选“100位为新中国成立作出突出贡献的英雄模范人物”，曾率国民革命军200师远征缅甸，以身殉国，是第二次世界大战中第一

① 中共六安市委党史研究室．皖西党史资料辑要　第一册［R］．2011：154.

位获得美国勋章的中国军人。2015 年高考语文全国卷实用类文本阅读标题《将军赋采薇》，就出自毛泽东《挽戴安澜将军》。无产阶级革命家王稼祥，1922—1924 年曾在南陵乐育学校和芜湖圣雅阁中学求学。“毛泽东思想”这一概念就是由王稼祥在延安时首次提出来的。

在芜湖博物馆，我们参观了“渡江第一船”主题展览。为新中国奠基的渡江战役（亦称“京沪杭战役”），也是以芜湖为重要突破口的。1949 年 4 月 20 日，百万雄师渡江第一船，从无为白茆发船，率先在繁昌保兴乡夏家湖抢滩登陆。4 月 23 日南京解放，4 月 24 日芜湖宣告解放。毛泽东为新华社撰写的《人民解放军百万大军横渡长江》，作为新闻经典作品，一直被收进初中语文教材，并成为传统保留篇目。

芜湖宗教文化特别发达。佛教、道教、天主教、基督教、伊斯兰教五教齐全。道教建筑城隍庙据说建于 239 年。广济寺为安徽四大名寺之一，九华山为中国四大佛教名山之一。据大觉禅寺主持宗学法师介绍，中国佛学院和九华山佛学院，相当于佛学界的北大和清华。

芜湖的美食文化应该得益于独特的地理历史因素，兼有徽菜和淮扬菜的特色。在主人的带领下，我们到凤凰美食街上的耿福兴总店，品尝了虾籽面（入选央视“舌尖上的中国”）和小笼蟹黄汤包、油酥饼等。唇齿鲜浓，口舌清欢，体验芜湖人的生活热情与精致享乐，成为此行的鲜明印象和深刻记忆。

休闲零食品牌“三只松鼠”公司体现了芜湖的时尚文化。它以各类网红食品著称，现开发了吃喝玩乐“一条龙”的旅游休闲区“松鼠小镇”，体现了其“让天下主人爽起来”的经营理念。虽然还在试营业，但已初具规模，相信会受到小朋友及其家长们的欢迎。

4. 前辈同人情殷

来到芜湖，自然想起曾予我以帮助的前辈同人。著名特级教师、芜湖一中原副校长蔡澄清先生是我非常敬重的语文界前辈。他 20 世纪 80 年代始创“点拨教学法”，在语文界影响至今。人民教育出版社曾两次出版他的大著，其中《中学语文点拨教学法》被教育部列入“中国特级教师文库”，蔡先生均邀我作序。《蔡澄清口述实录》列入广西教育出版社“当代中国语文教育家口述实录”丛书。这次本想到他府上拜望，后因故作罢。安徽师范大学余恕诚教授，是人教版高中语文选修教材《中国古代诗歌散文欣赏》分册主编，总主编为袁行霈先生，温儒敏和我任执行主编。这套教材已风行近 20 年。余先生的谦逊儒雅、蔼然长者之风，给我留下极深刻印象。安徽师范大学陈文忠教授，曾应邀在全国中语会年会上做传统文化学术报告。后来我为广西教育出版社主编“中国语文教育研究丛书”，又邀他撰《中华传统文化与语文教学》一书。

这次芜湖之行，还有两个意外的惊喜。一是游览九华山时，青阳中学曹校长闻讯，与九华山宗教局王科长热情邀我们到大觉禅寺，与宗学法师把茗论道，品尝素斋，不禁让我想起 20 多年前曾为岳麓书社点校过的佛教典籍《祖堂集》。二是与老朋友家华书记把酒言欢，合影留念。他专程从合肥赶来，参加戴总的博士生答辩。

安徽师范大学的前身是 1928 年成立的安徽大学，国学大家刘文典为首任校长。他以公开顶撞蒋介石被文化界传为佳话。文史大家郁达夫、苏雪林、陈望道、朱湘、周予同、潘重规、张涤华等先后在此任教。前不久，《光明日报》“光明学人”报道该校刘学锴教授“下笨功夫，做真学问”的事迹，安徽师范大学出版社也将为他举行“刘学锴文集”新书发布会，当为学界又一盛事。

2020 年 12 月 11 日

两不厌居

再到珠海

我虽然已到过珠海多次，但多半都是参加教研活动，来去匆匆。印象较深的大约有三次，第一次是参加珠海的语文教研活动，教研员容理诚兄陪我去澳门一游，还参观了一所学校，他当时兼任澳门中国语文教育学会会长。第二次是香港中国语文教育学会会长高慕莲邀我为香港新入职国文教师做讲座，我和钟教授由珠海经澳门到香港，理诚兄和一位老师请我们品尝珠海美食，参观游览梅溪牌坊。记得在陈公祠的珠海名人蜡像馆，我才知道容闳、唐绍仪、陈芳、唐国安、苏曼殊等珠海名人。第三次就是这次参加中国中学生作文大赛工作会议。正值阳春三月，花叶扶疏，春光明媚，大家相聚在南海之滨，漫步情侣大道，穿过港珠澳大桥，游览外伶仃岛，领略海岛风光，感受南国风情。因有所记，爰成此文。

一、家国情怀

珠海最有名的就是零丁洋，那是因为中学语文课本上的两篇传统课文，即抗元英雄、状元丞相文天祥的《过零丁洋》和《指南录后序》，尤其是“人生自古谁无死，留取丹心照汗青”两句诗，其精忠报国之情，日月可鉴，千古之下读之，仍不禁令人感动落泪，他的诗句成为展现精神气节的旷世绝唱和宝贵精神财富。发生在今江门新会的宋元崖山海战，南宋近 20 万军民、1 000 艘战船舰，却无法抵御来势汹汹的蒙元大军，最后以陆秀夫背着小皇帝蹈海而告终。虽为 300 多年的大宋王朝画上了句号，但文天祥、陆秀夫、张世杰注定青史留名，成为历史上永远的精神丰碑，影响着后人。赵氏家族也随之散落珠江流域，据说珠海黄杨山一带有多个赵氏大宗祠，就是南宋灭亡后，流落于此的皇室后裔所建。

我乘网约车去金湾机场时，一路上与司机聊天。谈起广府文化时，他说广府文化最突出的有两点，一是尊重传统，二是开放包容。听说我是河南的，马上跟我说他们家祖上也是河南的，先从中原迁到福建，再由福建迁到珠海，这大概代表了广府文化的特色。所谓广府文化，就是中原文化和江南文化的结合，或者说是中原文化的本土化，而珠海是广府文化最具代表性的城市之一。1922 年梁启超到开封河南大学演讲时说："诸君以为河南是你们的河南乎，我以为不然，河南是全国人的老家乡，非现在豫人所独有。我梁某此次来豫，不是做客，是回我老家乡，看看祖宗坟墓田庐。其何以故，因我国人侈言我国有五千年的文明，各省的人都如此说。其实一千年前我们广东省尚不配说蛮夷，两千年前湖北江苏，尚是蛮夷之俗，哪有五千年的文明……"[①] 尽管后来又有三星堆和良渚文化的考古发现，但中原文化影响及全国却是无可争议的事实。所以我们在江西、福建、广东地区，处处都能感受到客家文化的影响。所谓客家，就是历史上由于战乱、饥荒等原因，黄河流域一部分中原汉人南下，与当地人融合后形成的一种汉族分支。2007 年华夏文化纽带工程组委会授予河南偃师为"客家先民首次南迁地"称号。中国人自古就有安土重迁的传统，但有时为了生存，他们不得不远离故土，行走天下，移民世界。有人说，有太阳的地方就有中国人，有中国人的地方就有客家人。不论走到哪里，客家人都会保留着自己独特的方言（客家话）、饮食习惯和情感心态，普遍注重文化传承、宗族观念，崇文尚武，耕读传家。近年来盛行的世界恳亲大会，以及"寻根热"、"修族谱热"等，也是对家乡故土的追念与怀想。

---

① "河南是全国人的老家乡"［EB/OL］.［2021-04-01］.https://www.Sohu.com/a/46141145_346045.

二、勤奋笃实

特殊的历史背景和文化传承，孕育了广府人勤奋笃实、不事张扬、低调做事的作风，也使珠海拥有近现代中国许多个“第一”。比如，中国第一位留学生容闳，清政府驻夏威夷第一任领事陈芳，中华民国第一任内阁总理唐绍仪，清华大学第一任校长唐国安，北洋大学（今天津大学）创办人之一蔡绍基，第一位参展世博会的中国商人徐荣村，中国保险业创始人徐润，中国近代百货业开创者蔡昌，华南地区最早的马克思主义传播者杨匏安，中共早期领导人、工人运动领袖苏兆征，中华全国总工会第一任委员长林伟民，中国第一个世界乒乓球冠军容国团等。理诚兄带我们参观过的梅溪牌坊，就是清光绪皇帝为表彰陈芳一家乐善好施、扶助乡邻而赐建的，将中国传统建筑与西方装饰风格融为一体，中西合璧，宏伟壮观。

作为语文教育工作者，不得不提的，还有珠海的和尚诗人、画家、小说家、翻译家苏曼殊。他天资聪颖，能诗文，善绘画，精通英、法、日、梵数种语言，同时又敏感孤僻，浪迹天涯，四处漂泊，终生独身；既是最激烈的革命者，又消极厌世，多次遁入空门。他身为佛教徒，却在文学创作中把爱情写得哀怨凄凉、美丽动人。

三、开放包容

珠江三角洲地区是我国开放程度最高、经济活力最强的区域之一，而珠海位于珠江出海口西岸，为珠江注入南海之地，在珠江“八门”中独占“五门”，东与深圳、香港隔海相望，南连澳门，西邻江门，北接中山，在珠三角城市中海洋面积最大、岛屿最多、海岸线最长，素有“百岛之市”的美誉，也是全国首批经济特区之一。广府人包括康有为、梁启超、黄遵宪、孙中山、叶剑英等，都是从这里走向中国、走向世界的。第二届世界广府人恳亲大会曾在珠海举行。明代郑和七下西洋，开辟海上丝绸之路。特殊的历史地理背景，使珠海得以挟五派之水，纳四海风云，得西学风气之先。能代表珠海人开放包容精神的是容闳。他不仅是第一位毕业于耶鲁大学的中国留学生，还促成120名幼童赴美留学，开近代中国留学教育之先河，詹天佑、唐绍仪、唐国安等留美学生，后来都成为推动中国历史前进的风云人物。他曾向洪仁玕提出振兴太平天国、改造中国的七条方案；作为曾国藩幕僚，他重返美国，为江南制造总局采购机器，是洋务运动的功臣；他还参与戊戌变法，为制定变革方案献谋献策，晚年支持辛亥革命，被称为“唯一全程参与近代史的幸运者”。开放包容的传统，自由且现代的氛围，使珠海成为最宜居的“幸福之城”“浪漫之都”“时尚之都”。珠海国际设计周成为设计师的天堂。北京师范大学、北京理工大学、中山大学、暨南大学、澳门大学等高校都在珠海设立分校。

家国情怀、勤奋笃实、开放包容是珠海城市精神的生动写照。港珠澳大桥不仅使伶仃洋天堑变通途，也让珠海成为中国内地唯一与香港和澳门两个特别行政区陆路相连的城市。如今，珠海参与“一带一路”倡议的程度不断加深，广珠高铁、中国航展、国际设计周在珠海落地开花，横琴新区开发上升为国家战略，已给珠海带来实实在在的变化，也必将给珠海带来新的发展机遇。

2021年4月1日

东台访友

我应邀与中国教育发展战略学会王琪秘书长、北京师范大学课程教学研究院张春莉院长一同赴江苏海安，参加海陵中学丁义国校长“经历语文”教学成果研讨会。原来我只知道海安是南通的一个县级市，上网一查，海安北距东台竟只有40多公里，于是决定去一趟东台，正好可以顺便看望益斌兄和兆平校长。活动结束后，益斌兄如约接上我和在海安养老的东台中学谭校长，先到弶港，再到东台，游览小洋口、条子泥、三水滩、黄海国家森林公园和安丰古镇，品尝鱼汤面和陈年美酒，把酒言欢，畅叙友情，重温往年逸事，对东台尤其是弶港有了更多认识和了解。

一、弶港印象

以前我曾两次到过东台，除了在东台中学讲座、品尝当地美食外，兆平校长还特意陪我游览大丰国家海涂湿地公园，看麋鹿。这次我们直奔弶港，当年在一起读博士时，就多次听穆兄讲他的家乡是黄海之滨的著名渔港。据说200多年前，这里还是一片汪洋，后来随着潮涨潮落，泥沙淤积，滩涂增高，海岸线逐渐东移，沧海变桑田。沿路地名中多有含“灶”字的，说明这里曾是煮海为盐的地方。清乾隆年间，赶海渔民在此歇脚打尖，用芦柴篱笆遮风挡雨，俗称“打弶”。渔民筑墩而居，所以此地又称“弶墩子”。涨潮时往往把弶墩子冲出一条条港子，因而得名“弶港”。弶港是由黄海、长江入海泥沙沉积而形成的滩涂陆地，据说每年以百米（约万亩）左右的速度向大海延伸。弶港是江苏五大渔港之一，气候温润，物产丰富，盛产黄鱼、鲫鱼、马鲛鱼、对虾、文蛤等“弶港八鲜”，有“软黄金”之称的鳗鱼苗产量居省内第一。弶港已建成“国家级中小城镇生态实验区”、“条子泥海边湿地自然保护区”和“中华鲟自然保护区”，入选全国综合实力千强镇，也是东台市副中心。条子泥由黄海滩涂围垦而成，因其港汊形似条状而得名，是中国黄（渤）海候鸟栖息地核心区，也是世界自然遗产之一。黄海国家森林公园的前身是1965

年成立的东台市林场，现在是华东地区规模最大的人造生态林园，有森林浴场、绿色长廊、空中栈道、少儿营地等功能区块，2019 年被评为国家级森林康养基地，是联合国教科文组织认定的太平洋西岸唯一未被污染的海滨胜地。在这里，潮起一望无垠，潮落一马平川，晨观日出，午看海潮，晚听涛声，亦可观光旅游、垂钓采贝。怪不得益斌兄退休后要回老家安居。

次日清晨，我出去锻炼时，看到几块介绍弶港历史文化的壁雕画，旁边就是弶港文化展示馆，因为还不到上班时间，前门不开，绕到后门，值班人员竟允许我进内参观。大厅是一艘象征“一帆风顺”的帆船，一层是弶港民俗文化馆和新四军海防团纪念馆，二层有沿海大开发成就馆，彰显“风情海港，风光新城”主题，突出弶港作为“休闲度假乐园、新中国海军起锚地、绿色产业基地”的特点，揭示其丰厚的历史文化底蕴。民国时期，晚清状元实业家张謇建纱厂、修铁路、办学校、做公益，围海造田，造福一方，不仅使南通成为全国闻名的“模范县”，也惠及东台等附近地区。因张謇的祖母是东台金氏，张謇为东台筑海防垦牧，想来应有报祖母恩德的意思。习近平总书记称赞张謇是实业报国、实干兴邦的典范，是民营企业家的先贤和楷模。抗日战争时期，新四军为打通海上补给线，粟裕、陶勇曾在弶港组建海防团。前不久我看的老电影《51 号兵站》中的故事就发生在这里。巴斗村的三水滩就是中国人民海军起锚地，海边停泊的“咸菜瓢”红帆船就是按粟裕的指挥船原样复制的，船主顾雍海就是《51 号兵站》中“同利渔行”老板的原型。远处的小岛，据说曾是新四军的兵工厂。

二、“分金亭”与“博士”

每次与兆平校长相见，几乎都会以穆博士的两件逸事佐酒。一为“分金亭”，一为“博士”，这次也不例外。记不得是哪一次了，我在酒桌上提到江苏有一种名酒叫“分金亭”时，引来举座哈哈大笑，问我怎么知道分金亭，我便讲述了第一次喝分金亭的往事。大约是1992年，我们在中国社科院研究生院读书时，适逢新年，全班聚餐，派老穆去高家园买酒，红酒、白酒都有，白酒就是分金亭，大家把酒畅饮，气氛热烈，给我留下深刻印象。他之所以选分金亭，我想大约有两个原因，一是这种酒产自他的家乡，纯粮酿造，知根知底；二是当时大家都是穷学生，虽然是迎新联欢，但毕竟班里经费有限，贵的又喝不起，只好选了这“闻着香，喝着甜，一瓶只花块把钱”的分金亭。因为这个原因，兆平校长后来还特意送我一箱分金亭，其情可感。

“博士”则是穆兄考取博士后回家探亲时的逸事。他以本科学历、中学教师身份，跳过硕士研究生，直接考取了中国社会科学院博士生，成为轰动一时的当地新闻。尤其是东台中学师生纷纷引以为豪，传为佳话。穆博士第一次放假回家，应有衣锦还乡之意，校长、同事纷纷置酒为贺。酒酣耳热之际，说让学校印刷厂印两盒名片。不知是哪个环节出了差错，结果把“博士”印错成“博土”，只好销毁重印，于是留下“博土”佳话。

三、意外收获

这次海安、东台之行，我还有语文教育专业上的意外收获。一是在安丰古镇一旧书店里，购得商金林教授编的《大家国学·叶圣陶》。最近人民教育出版社有意出版《叶圣陶全集》，我正在搜集这方面的资料。二是近距离感受两位中国语文教育大家，即魏建功和郜爽秋。陆游诗云:“纸上得来终觉浅，绝知此事要躬行。”以前我只知道他们是江苏人，殊不知原来魏建功是海安西场镇人，郜爽秋是东台时堰镇人。魏建功为北京大学中文系教授，著名语言学家，与我所在的人民教育出版社有过一段特殊缘份。新中国成立后，时任国家出版总署副署长叶圣陶提出，要为小学生编一本语文工具书，请魏建功主其事。1950年，人民教育出版社成立，叶圣陶任社长兼总编辑，魏建功任社务委员会成员兼新华辞书社社长。1953年，《新华字典》由人民教育出版社出版后，魏先生就又回到北大，曾任北京大学副校长、中国科学院哲学社会科学部委员。1957年，《新华字典》改由商务印书馆出版。1971年，联合国恢复中华人民共和国合法席位，中国任常任理事国，汉语为联合国6种工作语言之一，但当时中国能拿得出的现代汉语工具书，就是这本小小的《新华字典》。所以后来周恩来总理才下决心组织编写《汉语大字典》和《汉语大词典》。《新华字典》应是新中国成立以来发行量最大的语文工具书。魏先生对中国语文另一大贡献，就是1946年出任台湾省“国语”推行委员会主任委员，为推行汉语做出了杰出贡献。

邰爽秋则是我国近代著名教育家，他毕业于东南大学，先后在美国获芝加哥大学硕士、哥伦比亚大学博士学位，回国后任南京中学校长兼中央大学教授，后任上海大夏大学教育学院院长，曾任中国民生建设实验院院长，发明“普及教育车”，在上海、重庆等地农村开展民生教育实验长达十余年，发起“土货救国、抵制洋货”的“土布运动”，得名“布衣博士”，与晏阳初、梁漱溟、陶行知并称为“中国教育界四大怪杰”。西北师范大学校长李秉德说他走上教育研究的道路，得益于在河南大学听邰爽秋的《中国教育出路问题》这门课。邰爽秋对教育的贡献，一是他留下《民生教育刍议》《中国普及教育问题》《教师节与教师幸福问题》《教育经费问题》等著名教育论述。二是他在任河南大学教育系主任教授时，曾与李廉方在开封推广“实验教学法”。三是他曾与李廉方、程其保等人首倡每年6月6日为“中国教师节”。邰爽秋不仅自己弃西装而换土布，而且要求妻子黄季马也穿土布，自纺自织，最终导致二人离婚，一时成为名人八卦和舆论热点，《申报》《北洋画报》都做了专题报道。因为黄不是一般的家庭妇女，曾跟随邰爽秋在开封的河南省立女校、上海大夏大学主讲家事学，她的《家事学》曾被中华书局多次重印。值得一提的是，最近我主编的《中国语文教育理论大系》还收录了郃爽秋的《科学化的国文教授法》。

2021年6月26日

西昌的年味

癸卯（2023）年春节，我们先到成都与家人团聚，节后初四至初六到凉山彝族自治州首府西昌。我们一行人参观凉山彝族奴隶社会博物馆，在月色风情小镇听爵士乐，荡舟邛海国家湿地公园，游览西昌卫星发射基地，漫步建昌古城大通门，徜徉民俗村寨火把广场，观赏大型室外实景剧《阿惹妞》，了解彝族文化风情，感受兔年浓烈的年味。

西昌的年味与魅力，在我看来，主要有以下几点。

一是温婉。北京这几天正遭遇零下十几度的寒流，新疆朋友在微信中说昌吉已达零下36度。西昌地处四川第二大平原安宁河谷地带，气温接近20度，感觉像是换了一个季节。成都虽也温暖，却难得见到阳光。这里每天都阳光朗照，有蓝天白云和绿水青山相伴，气候温润，还时常有轻风拂面。我们住的酒店就在邛海湾风景区，这里山光水色，微风习习，水波荡漾，静影沉璧。邛海其实并不是“海”，只是一个湖，却是四川省第二大淡水湖，湖面31平方千米，最深达34米。参观完凉山彝族奴隶社会博物馆，我们来到月色风情小镇，也是大凉山国际戏剧节剧场之一。我们要了一壶普洱茶，一边晒着冬日暖阳，一边欣赏彝族歌舞和爵士乐。接着又乘船游览邛海国家湿地公园，荡舟湖上，穿行于芦苇丛中，闲看白鹭红嘴鸥荡来荡去，静观花开花落云卷云舒。享受西南小城的晴空微风与温婉润泽，不禁心旷神怡，喜洋洋者矣。的士司机觉得一下子涌进来数十万外地游客，交通拥堵，但对于首都人来说，这点儿拥堵根本算不了什么，反而为这暖意融融的浓烈年味而感到高兴。

二是诗意。明代学者杨慎《夜宿泸山》曾如此描绘西昌：“老夫今夜宿泸山，惊破天门夜未关。谁把太空敲粉碎，满天星斗落人间。”我对大凉山及西昌特有的民族文化与诗情画意，以前只是从《达吉和她的父亲》《大凉山传奇》《快乐的诺苏》《彝海结盟》《彝红》《听见索玛》《走出大凉山》等作品中约略体验，这次则真切感受到这里的诗意与艺术氛围。四川是“天府之国”，物产丰富，独享天上人间，古有“少不入川”之说。西昌处于中国东西部商贸文明走廊与南北民族文化走廊交汇的中心，是“南方丝绸之路”的重要节点。汉、彝、藏等14个民族世居于此，不同民族文化得以在此交汇交流交融。彝族人民能歌善舞，艺术细胞似乎特别发达，凉山又是我国最大的彝族聚居区，这为音乐、舞蹈、诗歌、戏剧、影视等艺术提供了深厚的土壤和丰富多彩的创作素材。话剧《奴隶之歌》曾三进中南海，四进人民大会堂。民族歌舞“北看延边，南看凉山”，戏剧“东看乌镇，西看凉山”。诗歌则有吉狄马加独领中国诗坛风骚。濮存昕、阿来、廖昌永等发起的中国西昌·大凉山国际戏剧节，已成为我国西部知名的文化名片。当地朋友特地请我们到火把广场阿惹妞剧场，观赏彝族文化风情实景剧《阿惹妞》，更是一种别样的艺术体验。火把节被称作“东方狂欢节”，已列入第一批国家级非物质文化遗产名录。“阿惹妞”本是彝族情歌名，特指小表妹。这部实景剧以彝族生命图腾“火”为线索，运用高科技声光电设备营造水火特效，将彝族民族起源、民俗风情、阿惹妞情爱故事以及火把节的热烈欢腾场面演绎得淋漓尽致，被称为“中国第一火秀”，央视春晚曾把这里设作分会场。著名收藏家、建川博物馆馆长樊建川将在这里建造“全世界最好最大”的电影博物馆。西昌春有音乐会，夏有火把节，秋有邛海“丝绸之路”国际诗歌周，冬有大凉山国际戏剧节，凉山文旅目前正在努力打造四川文艺副中心。

三是厚重。西昌的厚重主要表现在两个方面，一是民族文化，二是航天科技。西昌古城迄今已有2 000多年历史，是四川省历史文化名城。公元前111年，汉武帝派司马相如为使，建邛都，此为西昌建城之始。西汉土城遗址、无名汉阙、唐代白塔、南诏景庄王庙、罗罗斯宣慰司、建昌古城等，均见证着西昌昔日的厚重历史。西昌不仅历史悠久，还具有独特的民族文化。直到1956年实行民主改革，凉山才由奴隶社会“一步跨千年”，进入社会主义，学术界称之为研究人类奴隶社会形态的“活化石”。彝族有自己的语言文字、历法和风俗民情，“十月太阳历”属于世界三大历法之一。建昌古城始建于明代，宏伟的城门，宽阔的瓮城，斑驳的城墙，凹凸不平的石板路，不难让人联想到600多年前的威严与恢宏。我们只逛了大通门至四牌楼一带，处处张灯结彩，熙熙攘攘，厚重的民族文化与人文底蕴吸引着八方来客。

西昌的厚重也体现在航天科技上——西昌卫星发射基地是世界十大航天发射场之一，代表着我国当代航天科技的硬实力。基地始建于1970年，这里除了纬度低、海拔高、云雾少、无污染、空气透明度高等自然条件外，更重要的一点，就是深藏于西南大凉山，保密性好。自基地启用以来，我国第一颗地球同步轨道卫星、第一颗通信广播卫星东方红二号，以及北斗导航卫星、“嫦娥”探月卫星、运载火箭、月球巡航车等“国之重器”，都是从这里成功发射飞向太空，一次次上演着中华儿女的飞天梦想，见证着中国航天走向高轨、走向世界、走向深空的奋斗历程。因此，西昌也被誉为“中国航天城”“东方休斯敦”，早已名扬天下。

今年春节旅游市场异常火爆，成都有特色的餐馆订座难，太古里、春熙路更是人声鼎沸。据统计，春节假期全国各地旅游接待人数中，四川名列第一（旅游收入则是云南第一），邛海和建昌古城接待人数为四川省第一和第三。之所以如此，我想，既有新成昆铁路首次投入春运、西（昌）成（都）高铁开通等外部原因，更有西昌的温婉、诗意与厚重等内在因素。凭借独特的民族文化，丰富的旅游资源，秀丽的山水风光，西昌享有“太阳城”“月亮城”“小春城”“航天城”等美誉，吸引着越来越多的外地游客。

2023 年 1 月 27 日

于邛海湾柏樾酒店

周游世界

……………

巴黎掠影

正如新课改倡导学生读书须先整体感知、把握大意一样，我们这次巴黎之行因时间短促，行色匆匆，也只能整体感知，得其大略。所幸入住的巴黎凯旋门收藏家酒店就在凯旋门和香榭丽舍大街附近。地陪导游小马也很给力，毕业于巴黎大学东方学系，曾先后到台湾大学和南开大学学习交流，中文说得相当流利，而且熟谙巴黎历史文化。她带我们参观了卢浮宫，沿途介绍协和广场、巴黎圣母院、大皇宫、小皇宫、荣军院（军事博物馆和拿破仑墓）、罗丹艺术馆、巴黎歌剧院、圣日耳曼大道等。最后一天晨练时，我特意沿蒙索公园—凯旋门—埃菲尔铁塔—亚历山大三世大桥—大小皇宫—香榭丽舍大街—爱丽舍宫一线，漫步塞纳河畔，感受巴黎风情，体会浪漫优雅的法式生活。虽是浮光掠影，但也算对巴黎有了初步认识与感知了。

巴黎作为法国首都，又称“光之城”“花都”“浪漫之都”“时尚之都”，是文化与艺术爱好者的圣地。塞纳河穿城而过，右岸是纷繁奢华的商业区，左岸是书香漫溢的文化区。入住当天晚饭后，我们就迫不及待地登上凯旋门。凯旋门在香榭丽舍大街西端的星形广场（因周围有 12 条呈放射状道路而得名），星形广场在1970年改名为“戴高乐广场”，最初是拿破仑取得奥斯特里茨战役胜利后，于1806年动工修建的，结果却建了30年，直到他侄子拿破仑三世登基后才竣工，现在是法国的爱国主义圣地。我们到凯旋门时，已近21点，不过还在营业。凯旋门拱壁上雕刻着法国大革命时期和帝国时期的著名战役，并镌刻有法国将军姓名，阵亡官兵姓名还标有下画线。门窗侧柱上有雕塑家弗朗索瓦·吕德的《马赛曲》，让·埃尔科特《拿破仑1810年的胜利》等。地上的铭文镌刻着1870年9月4日共和国成立，1918年阿尔萨斯和洛林回归法国，1940年6月18日戴高乐在伦敦发出的《呼吁书》等重大历史事件。正下方是无名烈士墓，摆着四束鲜花和长明火焰灯，是为了纪念在一战中死难的1 500 000名法国官兵，不过与莫斯科红场由两名军人值守的无名烈士墓相比，要简陋得多。上顶层观光的门票12欧元/人，要爬284级台阶，而且是那种狭窄的旋转式台阶。好在人不多，而且能俯瞰巴黎夜景，还可以远眺埃菲尔铁塔和香榭丽舍大街的璀璨灯光。

卢浮宫是世界上最大的艺术博物馆，也是巴黎的标志性建筑，恢宏雄伟，相当于北京紫禁城。其历史可追溯到13世纪，最初它是一座皇家宫殿，1793年法国大革命期间才改为博物馆，陈列着从公元前7 000年到19世纪中期的法国历史文物。三个展馆分别用法国历史名人命名，一是路易十三时期的红衣主教兼首相黎塞留，二是亨利四世的大臣叙利，三是卢浮宫博物馆第一任馆长德农。如果细看，至少需要一天，我们只有1.5个小时，重点参观了蒙娜丽莎、胜利女神、断臂维纳斯（也是卢浮宫“三宝”）、米开朗琪罗雕塑等，至于一些中世纪的油画、雕塑、挂毯、皇室家具等，只能一带而过。

巴黎之行虽然短暂，但给我留下了几点深刻的印象。一是华丽的建筑雕饰。金碧辉煌的亚历山大三世大桥，潺湲流淌的塞纳河，雍容华贵的大小皇宫，宽阔空旷的香榭丽舍大街，无不彰显着这座国际化大都市的豪华气派。二是浓重的艺术氛围。无论是卢浮宫令人震撼的艺术展品，巴黎歌剧院外墙上交相辉映的绘画、大理石和金饰，还是协和广场那精致壮观的河神海神喷泉以及无处不在的街头雕塑，都能给人带来极大的艺术享受。三是厚重丰富的历史文化。卢浮宫珍藏的古埃及、古希腊、古罗马文物，协和广场上耸立的有3 400多年历史的古埃及方尖碑，西岱岛上的巴黎圣母院，记录着拿破仑大军团荣光的凯旋门，都在默默诉说着巴黎的悠久历史和深厚人文底蕴。四是随处可见的中国元素。卢浮宫的标志性建筑三角形玻璃金字塔，出自华裔建筑师贝聿铭之手。北京香山饭店、香港中国银行大楼和苏州博物馆都出自这位建筑大师的手笔。老佛爷百货更是国人的天下，在这里很少看到外国人。戴高乐机场到处都有中文标志和会说汉语的服务员。

巴黎既是厚重的、典雅的，又是时尚的、浪漫的，值得多次探访，据说一年四季到此都会有不同的感受。一次旅行，尤其是这样步履匆匆的走马观花肯定不够。比如，代表着法兰西荣耀的巴黎圣母院，具有爱国主义教育基地性质的先贤祠，毕加索、萨特、托洛茨基、徐志摩经常光顾的花神咖啡馆，象征法国大革命的巴士底狱等，我们这次根本还来不及体验。不少曾来此游历的中国名人，如政治家周恩来、邓小平，文学家钱锺书、杨绛、巴金、徐志摩，艺术家徐悲鸿等的足迹也未及寻访，只能期待以后有机会再来仔细揣摩、细致品味了。

2019年9月7日

品味米兰

读书是精神的旅行，旅行是身体的阅读。古人说，读万卷书，行万里路。但钱锺书却有不同看法，认为“如果不读书，行万里路也只是个邮差”。以往我对意大利的粗浅印象，一是来自历史课本，如古罗马文明发源地、文艺复兴摇篮、《马可·波罗游记》等；二是来自名人传记，如音乐家威尔第、画家达·芬奇等；三是来自影视作品，如《罗马假日》《天堂电影院》《偷自行车的人》等。当然还有意大利面和通心粉。我们这次莱茵河之旅，第一站就是意大利“经济首都”米兰。导游带着我们参观米兰大教堂、埃马努埃莱二世长廊和斯福尔扎城堡，介绍有关人文历史，品尝意大利披萨、通心粉、提拉米苏。我们又自行参观了斯卡拉广场、斯卡拉歌剧院、斯卡拉博物馆和米兰大学。虽然行色匆匆，也算是初步品尝其深厚文化底蕴与时尚艺术气质，正应了陆游说的“纸上得来终觉浅，绝知此事要躬行”。

米兰建于公元前 4 世纪，曾为西罗马帝国首都，也是世界上最著名的时装之都和足球圣地，据说世界上半数以上的时装名牌总部都在这里。我们住宿的星际罗莎大酒店就在米兰大教堂附近。最有名的米兰大教堂坐东朝西，前方是埃马努埃莱二世广场，正中有埃马努埃莱二世骑马青铜塑像。左边是皇宫、20 世纪博物馆，右边是米兰商业中心埃马努埃莱二世长廊，往西 2 公里是斯福尔扎城堡。米兰大教堂为世界第二大天主教堂，1386 年开工，1813 年竣工，历时 400 余年，气势恢宏，令人震撼。楼顶有镀金圣母雕像，游人可乘电梯登顶，在教堂屋顶上俯瞰米兰全景。然后步行下到一楼大厅，1805 年拿破仑就是在这里举行他的加冕仪式的。

埃马努埃莱二世长廊建于1865年到1877年间，历时12年建成，但就在落成典礼的前一天，设计师朱塞佩·门戈尼却失足坠落而亡，不禁令人唏嘘。当时欧洲流行拱廊街，如伦敦伯灵顿、布鲁塞尔圣休伯特、圣彼得堡帕萨兹、那不勒斯的翁贝托一世都建有拱廊街，但这里的似乎规模更大，南北长196米，东西长105米，高47米，上下4层，已有130多年历史，是现代密封玻璃顶棚购物中心的先驱。廊顶呈拱圆形，四条彩色玻璃拱顶游廊，呈十字交叉状，四面转角处墙上的顶部，各有一幅半圆形马赛克装饰彩画，分别代表欧洲、亚洲、美洲和非洲。亚洲那幅人像戴着朝珠，圆帽，右手扶着大瓷瓶，显然是中国清代官员。这里是各种奢侈品牌店的聚集地。

斯卡拉广场正中矗立着文艺复兴时期大艺术家和科学家莱奥纳尔多·达·芬奇纪念碑（达·芬奇曾两次定居米兰）。碑顶的达·芬奇立像——左手托肘，右手轻拈胡须，面容端庄，双眸深邃，透露出智慧的光彩。斯卡拉歌剧院是世界最著名的歌剧院之一，其前身是大公爵剧院，是身份和地位的象征。1776年被大火焚毁后，数名拥有剧院私人包厢的富翁写信给奥地利大公斐迪南一世，他们的建议被奥地利女大公玛丽亚·特蕾西亚采纳，重建了这座新古典风格的歌剧院。因为是建筑在被拆除的斯卡亚圣母玛利亚大教堂旧址上，故名斯卡拉歌剧院。1943年，歌剧院被盟军炸毁，1946年重建。歌剧院分为上下三层，规模宏伟，凝重大气，雕梁画栋，金碧辉煌，是建筑的典范。这里不仅是意大利歌剧的象征，也是意大利音乐的象征，被誉为“歌剧的麦加”。英国诗人拜伦和法国名作家司汤达在米兰期间，几乎每个晚上都是在斯卡拉度过的，司汤达称之为“意大利最伟大的歌剧院”。威尔第的《伦巴底人》《奥赛罗》《法尔斯塔夫》《阿依达》，普契尼的《蝴蝶夫人》《图兰朵》都在这里首演。我们参观时，正好与一个旅行团不期而遇，便随人流进入。站在二层向下望，可以看到排练中的演员和乐队，现场没有观众。该剧院的博物馆以年代先后为顺序，介绍了斯卡拉歌剧院的历史，比如在此演出过的著名导演、演员及经纪人等。现场不仅有实物，也有很多人物油画。驻足凝视，无疑是一种音乐、美术与建筑等综合的艺术享受。

斯福尔扎城堡原来是一座堡垒，是维斯孔蒂二世在 1360 至 1370 年间修建的，15 世纪成为住宅，在斯福尔扎家庭影响下逐渐变成一座豪华城堡。当时米兰宫廷吸引了很多艺术家，包括达·芬奇和布拉曼特。米兰被西班牙、奥地利、法国占领期间，城堡曾被当作兵营。直到 19 世纪意大利统一时，这座城堡才得以重新修复，现为博物馆群落，有十几个文化艺术博物馆。再往前走，是拿破仑时期修建的和平之门，拿破仑大街环绕城堡，再往前就是法国了。

米兰大学创建于 1924 年，是一所著名的综合性国立大学，该校学术实力较强的是经济学院、医学与外科学院、社会学学院、文学与哲学学院、数学物理学与自然科学学院、农学院、法学院、教育学院等。

旅行的意义不在于你去过哪些旅游目的地，而在于通过体验各地精髓，丰富见闻、启迪思维。探访意大利第二大城市，感受古老而时尚的米兰，令我印象最深的有以下几点。

一是艺术氛围浓厚。米兰处处可见艺术元素，不仅有音乐、美术、雕塑，还有建筑艺术、时尚设计艺术等，可谓历史与现代结合，时尚与艺术交融。米兰大学文学与哲学学院有外国语言和文学、现代文学（意大利和拉丁语系文学），也有不常见的艺术类专业，如环境与风景学、音乐资料学，数学、物理学与自然科学学院有音乐传播科学与技术。只是我们因准备不足，留下两大遗憾。一是未能参观达·芬奇的作品《最后的晚餐》，因为参观需提前几个月订票。二是米开朗琪罗未完成的圣母像，恰逢周一闭馆，也没能参观。另外，苏联作家鲍里斯·帕斯捷尔纳克的

《日瓦戈医生》也是在这里出版的，1957 年，该作品被意大利出版商拿到米兰出版，获得了 1958 年诺贝尔文学奖。

二是教堂和文化设施多。教堂多，大概源于西方的宗教信仰，无论城市大小，市中心总是建有豪华气派的教堂，而且任何人、任何时候都可以自由进出。至于文化设施，如博物馆、纪念馆、图书馆和书店，更是随处可见。斯福尔扎城堡就集中了近十家博物馆和多家文化机构。比如博物馆有古代艺术博物馆和军械馆，家具和木雕博物馆，美术馆，装饰艺术博物馆（另有“现代玻璃艺术部分”单独展出），乐器博物馆，考古博物馆（分“史前史和史前人类学部分”“埃及部分”）。文化机构则有 Achille Bertarelli 城市印刷品收藏馆，设计绘图收藏馆，艺术图书馆，考古与货币图书馆，城市历史档案馆和特里弗吉欧图书馆，达·芬奇学术研究组织等。

三是感觉很亲切。古罗马诗人塞涅卡曾说：“我们是同一片大海的海浪，同一棵树上的树叶，同一座花园里的花朵。”8 月份正是意大利人的休假期，我们见到的当地人并不多。我感受到古朴典雅，整洁有序，生活悠闲，有一种亲切感。我想，至少有两个原因，一是这里毕竟是罗马文化、欧洲文艺复兴的诞生地，同中国一样都有深厚的文化底蕴；二是意大利与中国关系友好。

在米兰的中国人不算很多，旅游景点除斯福尔扎城堡外，多数没有中文介绍。米兰大学有 340 名中国留学生，设有孔子学院，是与辽宁师范大学合办的。中餐馆多是温州人开的，我们路过中华料理，品尝过玉园饭店的菜肴，味道差强人意。所幸当地导游大宝的汉语非常流利，他在北京语言大学留学两年，曾在北京新东方教过意大利语。说起北京后海、南锣鼓巷、麻辣火锅赞不绝口。我们往返都是乘土耳其航空班机，在伊斯坦布尔转机。飞机上的影视节目有土耳其语、英语、俄语、日语、韩语翻译，却很少有汉语翻译。看来提升国家文化软实力、推动中华文化走出去还有很长的路要走。

2019 年 8 月 27 日

于米兰星际罗沙酒店

认识德国

我曾两次游玩欧洲内河，先后到帕绍、斯特拉斯堡、海德堡、美茵茨、吕德斯海姆、科赫姆、贝恩卡斯特尔、特里尔等地，走近多瑙河和莱茵河沿岸这些最具“欧洲感”的德国小镇，感受其历史文化，了解风土民情，加深了我对德国的认识和了解。

我对德国的了解，最初大约是从马克思、恩格斯开始的。第一次世界大战、第二次世界大战都是德国主动挑起的，最后都被打败。第二次世界大战后，美苏“冷战”时期，德国一分为二，变成东德和西德。1989 年 11 月 9 日，柏林墙被推倒，东西德统一。30 年过去，德国告别专制独裁与战争，重新崛起，走向富裕、文明与繁荣，重新屹立于世界民族之林。其实，在 18 世纪以前，德国仿佛一盘散沙，四分五裂，最多的时候有上百个小公国，比我们的战国时代更多。经过普鲁士弗里德二世改革，尤其是温克尔曼、沃尔夫、莱辛等启蒙思想家对人文主义的大力提倡，文化兴国成为民族共识，涌现出一大批文化名人。19 世纪初，威廉·冯·洪堡领导教育改革，普及义务教育，注重古典人文教育，培养精英预备人才。改革涉及创办研究型大学、坚持学术独立、设立公共图书馆等措施，推动了德国的文化崛起。就我管见所及，印象最深的有以下四点。

一是文化教育氛围浓。就我们所到之处，似乎到处都有书店，哪怕是很小的镇子也是如此，读书是民众最广泛的爱好。据说一般德国人相互交往，讲究互赠些小礼物，图书是最常见的礼物。在圣诞节礼物排行榜中，图书的销量超过红包和购物券。街头公益书柜随处可见。幼儿园老师常带小朋友到图书馆参加活动，认识图书馆，甚至每个学校都有自己的小图书馆。小学四年（有的州六年），基本只有半天课，作业少而简单，课余时间多，图书馆成了孩子们度过课余时间的场所，孩子们常在这里看书，玩玩具，做手工，图书馆经常举行朗诵、讲故事、答题互动等活动。老师会布置读书作业，让每个学生介绍一本书。学生得认真通读一本书，在课堂上讲述其作者介绍、时代背景、故事梗概并朗读自己认为最精彩的片段。通过这样的作业，学生不仅自己通读了一本书，同时还能了解到其他同学介绍的书，并产生阅读的兴趣。此外，还有很多促进青少年阅读的读书项目。德国人认为，大量经常性的阅读，能让青少年更好地掌握读书技巧，迅速提高理解能力和思考能力，能更深刻地理解世界，丰富词汇量，并提高语言表达能力。这里还有各种“阅读促进”基金会，读书协会等，共同培养读书乐趣。还有一些读书网站，按年龄段和类别分别列出适合青少年阅读的书目和启发他们思考的问题。学生自愿参加，在网上注册自己的读书账号。学生读完后在网上回答问题，若回答正确系统会自动打分并自动积累，如果年终达到一定积分，将得到这个机构颁发的阅读证书。资深书友常会受到读书基金会的邀请，参加各种有趣的活动并得到奖励。报刊为学生提供版面刊登学生的作品。图书贸易协会、读书基金会及社会各种读书爱好者社团经常举办读书会及读书比赛，任何人都可以参加。2004年，德国读书基金会和《时代周刊》发起“全国读书日”活动，每年11月举行。2013年第十届德国读书日，有10万人成为朗读志愿者，在学校、幼儿园、图书馆、编辑部甚至火车上或路上为别人读书。德国的大学地理位置优越，常位于市中心，且校园环境优美，建筑美观。德国有300多所公立大学，任何符合条件的人都可以申请去学习。

二是严谨理性。德国涌现出一大批影响世界的哲学、科学、音乐等方面的大师级人物，如哲学家康德、黑格尔、马克思、尼采、胡塞尔、海德格尔，文学家歌德、席勒，社会学家韦伯，心理学家弗洛伊德，音乐家巴赫、亨德尔、海顿、贝多芬、勃拉姆斯、瓦格纳，物理学家赫兹、伦琴、普朗克、爱因斯坦、海森堡，数学家高斯等。这与他们的教育环境有关，教育培养了他们冷静理性守规矩的个性。德国中学的考试一般是要求学生围绕某些文章、书籍或历史时期、历史事件进行介绍、叙述或论述，像写大学的论文报告。没有标准答案，无观点对错的约束，更不必揣测老师的想法，只须写出自己的思考与见解。对学生来说，负担并不重，因为他们平时就是这么学习的。对于教堂中出现的历史人物、文学家等，则让学生查找原著阅读，了解其思想体系和时代背景。学生经常要做项目方案作业，从选题到查资料、阅读，再到写出论文，然后在课堂上做报告，要求论点鲜明、观点独特。可以独立完成，也可以分小组完成。这种教学模式要求学生大量阅读，对问题进行深入思考感悟，同时又不被权威束缚，能用自己的想法进行阐述。广泛深入的阅读，独立思考的教育方式，从小出门旅行等培养方式，培养青少年相对成熟的思维模式，使其不迷信不盲从，知识面广，对事物有自己的判断，自信理性，做事严谨，认真精细；并让他们勇于担当，勤于动手，正直善良，谦逊守礼，乐于助人，尊重传统和规则，擅长全局考量和长远考量。

三是求真务实。日耳曼民族崇尚实干精神，“德国制造”雄冠全球。帕金染料，拜耳制药，西门子机电设备，克虏伯钢铁制造名扬世界。梅赛德斯-奔驰汽车，蔡司镜头，徕卡相机，这些品牌均出自德国。它们都体现了德国人民求真务实，严谨认真的精神。德国从幼儿时期就开始注重培养孩子的独立性。小学阶段要求孩子动手实践，拓展兴趣。中学阶段注重实践与创造力的培养。德国农村环境好，机械化、自动化程度高，只有2%的农业人口，却是欧盟最大的农产品生产国之一，是世界上第三大农产品和食品出口国。

四是社会福利好。德国国土面积不大，人口为8 200多万，是欧洲生育率最低的国家，但社会福利非常好。德国人的平均工资很高，而且每年的法定节假日也很多。吃的喝的如面包、牛奶和饮料等非常便宜。国家鼓励生育，法定医疗保险有“孕妇险”，从分娩前6周到产后8周，能得到与工资相对应的产假期工资。每个育儿妇女都可以申请“父母津贴”，每月300—1 800欧元。

2020年3月

科莫印象

科莫位于米兰东北方向大约40千米，地处阿尔卑斯山南麓，是通往瑞士的必经之地。科莫只有不到十万人口，但教堂、酒店、购物中心、古玩市场等一应俱全。山青水绿，清幽安静，植被茂密，阳光充沛，一年四季的地中海气候，使宁静如画的科莫名声大噪，极受追捧。据说从罗马时代就深受贵族们的喜爱，如今更是世界著名旅游度假胜地。

据导游大宝介绍，科莫现为科莫省的省府所在地，属伦巴第大区，有2 000多年历史，是意大利北部湖区中最大的城市。建于1215年的市政厅、14 世纪的大理石哥特式教堂以及文艺复兴时期的建筑，都在默默诉说着科莫的悠久历史与人文内涵。

科莫最著名的产品是丝绸，始于 16 世纪，是欧洲最大的丝绸中心，有几百家与丝绸有关的公司，是名副其实的“丝绸之乡”，也是一个如丝绸般美丽的城市。养蚕技艺从中国传到意大利，在这里落地生根。科莫的丝绸工业与古代中国“丝绸之路”有着密切关系，也应成为“一带一路”倡议的重要内容。

科莫最著名的景点就是科莫湖。科莫湖又称拉里奥湖，是一个冰川湖，呈 Y 字型，属于狭长形湖泊，面积 146 平方千米，是意大利第三大湖。站在湖边放眼望去，湖面清澈，波光粼粼，群鸥展翅，帆影幢幢，对岸山坡上坐落着一栋栋星罗棋布的别墅，许多世界名流都曾来此度假或居住。

独特的自然人文环境，使科莫见证了不少历史。电池的发明人伏特，著名自然与历史学家大小普林尼都在这里出生。1945 年 4 月 28 日，意大利法西斯头目墨索里尼和他的情人就是在这里被枪决，然后被运到米兰洛雷托广场示众的。《星球大战Ⅱ：克隆人进攻》中，天行者安纳金和艾米达拉就是在此萌生爱意，这个地方简直美得不像真的，甚至完全就像是天生属于星球大战电影的一部分。

我们利用自由活动时间，到小镇上参观。午餐后，告别了导游，就乘大巴前往瑞士巴塞尔。意大利科莫和瑞士边界只有一个收费站，两名警察，对过往车辆只是抽查，并不是挨个盘查，极为方便，显出欧盟申根国家间的特殊关系。

早在两千多年前，古老的丝绸之路就把中国和古罗马联系在一起。汉朝曾派使者甘英出使“大秦”，古罗马诗人维吉尔和地理学家庞波尼乌斯多次提到“丝绸之国”，《马可·波罗游记》更是掀起了西方第一次“中国热”。意大利和中国都是拥有许多世界文化遗产的国家。期待不久的将来，我能有机会再访意大利，探寻罗马、佛罗伦萨、都灵、威尼斯、热那亚等雄壮华美的历史古迹。

2019年8月28日

“偷心之城”海德堡

海德堡位于内卡河畔，我们的游轮就停靠在莱茵河与内卡河交汇处的路德维希港。导游带我们游览海德堡宫殿和老城，中午在骑士之家品尝德国最有特色的炖猪肘，下午自由活动。我们参观了海德堡大学博物馆、老礼堂和学生监狱（3欧元/人），寻访了哲学家小道。第二天晨练时，我又独自逛了曼海姆。海德堡是德国的“文学之城”“哲学之都”，海德堡大学是世界赫赫有名的大学。因歌德曾有诗句“我把心遗失在了海德堡”，海德堡故有“偷心之城”的美誉。绿水青山，古堡小河，小巷曲径通幽，的确充满诗情画意。

海德堡宫殿矗立在陡峭的王座山北坡山谷上，红砂岩建筑掩映在周围绿色森林里，愈发显得伟岸迷人，如诗如画。站在宫殿阶梯上，可饱览海德堡老城的壮丽景色。这是当年普法尔茨伯爵为自己修建的豪华住所，后被扩建为文艺复兴时期典型的贵族建筑。直到三十年战争之前，随着选侯们的建设活动，涌现出一大批具有防御功能的典型建筑：玻璃大厅、奥特海因里希宫、弗里德里希宫、英国宫，后来又对弗里德里希宫补建了灰泥天花板、木制及砂岩门户。宫殿建筑与防御工事巧妙融合，浑然一体，炮台和塔楼昭示着宫殿的防御功能，环绕内廷的墙上装饰着独一无二的人物雕像。宏伟壮观的立面设计，使宫殿显得更加庄严肃穆。17 世纪末，宫殿在法国人的普法尔茨王位继承战争中多次被摧毁，到 18 世纪又发生严重自然灾害，宫殿两次被雷电击中，辉煌的王宫最终被彻底烧毁，成为一片废墟。到 19 世纪，这座宫殿废墟逐渐变成为国家级纪念碑，但人们仍能从断壁残垣中窥探到它昔日的恢宏气象。让人震撼的是一大一小两个酒桶，小的能装 16 万升酒，大的能装 22 万升酒。霍图斯·帕拉提乌斯花园虽然是个“半拉子”工程，但在 17 世纪仍被誉为“世界第八大奇迹”，每年吸引着 300 万游客来此参观。

在海德堡的餐厅里，最有名的是猪肘子，炖得非常软烂，搭配酸菜和土豆泥，跟我们前几年在西雅图吃的烤猪肘完全不同。那次是去看女儿，自驾去西雅图的德国小镇参观，品尝当地最有特色的德国烤猪肘。烤猪肘流行于德国南部，煮熟后再烤，外皮呈金黄色，外酥里嫩，香而不腻，是德国餐馆的美味之一。

海德堡大学并不像国内大学一样有一个封闭的校园，而是散落在海德堡全城各处。这是德国最古老的大学，建于 1386 年，也是神圣罗马帝国继布拉格和维也纳之后创建的第三所大学。该校校友中有多位诺贝尔奖得主、莱布尼兹奖得主和德国总理。博物馆位于老大学楼的一层，建于 18 世纪，三个展厅述说着德国最古老大学的历史与辉煌，分别是从 1386 年选帝侯建校初始，到 1803 年巴登州大公重建时期、浪漫主义时期和现代自然科学建立时期、20 世纪的大学时期的历史。二楼的老礼堂金碧辉煌，其外观完成于 1886 年，由建筑师约瑟夫·杜尔姆为大学 500 周年校庆而建，是富丽堂皇的新文艺复兴风格，现在仍用来举行各种重要庆典，如周年庆、开学和毕业典礼等。大厅中间是巴登大公卡尔·弗里德里希的半身像，右侧是大学创办人选帝侯帕拉丁·鲁普莱希特的画像，左侧是巴登大公卡尔·弗里德里希的画像。上方是费迪南德·凯勒的画作，描绘了希腊智慧和艺术女神雅典娜，天花板上的四幅画代表最初的四门学科：神学、法律、医学和哲学。海德堡大学设有汉学系，隶属于东方学和古代文化研究学院，古代汉学和现代汉学均有硕士、博士学位授予权，与我国多所高校如北京大学、清华大学、南开大学、上海交通大学等都有联系。海德堡大学汉学系首位系主任鲍吾刚著有《中国人的幸福观》；清华科技园中设有海德堡科技园；北京大学吴小如教授曾在此任教。

我独自寻访哲学家小道，颇费了些周折，来回跑了两趟，才找到这个“欧洲最美丽的散步场所”。哲学家小道位于内卡河北的圣山南面半山腰，约两千米长，是隔岸俯眺海德堡老城的最佳地点。小道日照充足，空气新鲜，植被茂密，繁花娇艳，环境幽静，很能让人诗兴大发，文思泉涌，黑格尔、雨果、马克·吐温、歌德、雅斯贝尔斯、迦达默尔等常在此散步。途经哲学家小花园，有诗人荷尔德林和艾兴多尔夫的纪念碑，西段有海德堡大学的物理研究所。花园门口树立着一个向上平伸的手掌模型，掌心写着“今天哲学了吗”。

莱茵河与海德堡之间是曼海姆，我利用晨练时间逛了逛。虽然曼海姆只是一个30万人口的城市，却拥有许多“世界第一”。比如，世界上第一辆自行车，第一辆汽车（即奔驰），第一辆农用车，第一架火箭式飞机。

2019年8月30日

于莱茵河上

斯特拉斯堡

斯特拉斯堡的魅力和独特之处，在我看来，至少表现在四个方面：第一，这里被认为是欧洲的第二首都；第二，都德小说《最后一课》所述故事发生于此；第三，这里有一所著名的斯特拉斯堡大学，我国著名美学家、北京大学教授朱光潜，著名数学家、中国科学院院士吴文俊都毕业于该校；第四，法国的国歌《马赛曲》也在这里诞生。

斯特拉斯堡位于法国东北部，东面与德国隔莱茵河相望，拥有 28 万人口，是法国大东区首府和下莱茵省省会，也是法国第七大城市和最大的边境城市。因为特殊的地理位置，在历史上，凯尔特、高卢、日耳曼、法兰克、查理曼等多个民族都曾在这里上演过无数的血雨腥风与刀光剑影。据说现存世界上最古老的德语文献，是 842 年查理曼的继承人虔诚者路易的 3 个儿子为争夺地盘大打出手以后签订的《斯特拉斯堡誓约》。在欧洲中世纪那场黑死病肆虐期间，成千上万个犹太人作为瘟疫的传播者而被处死。19 世纪以后，德法两国多次交替统治这里。老城区有“小法兰西”之称，被列为世界文化遗产。整体说来，斯特拉斯堡汇聚着德法两种不同的文化，既有德国的严谨与认真，又有法国的精致与浪漫。虽然欧盟总部设在比利时的布鲁塞尔，但欧盟不少下属机构，如欧洲议会、欧洲人权法院、欧洲反贪局、欧洲委员会、欧洲药典委员会等都设在这里，因而斯特拉斯堡又有“欧洲第二首都”之称。

都德的《最后一课》是初中语文教材中的传统篇目，讲述普法战争中一所乡村小学的教师在普鲁士军队占领乡村后上最后一节法语课的故事，从一个小学生的视角表现法国人在国土沦丧后的屈辱感和对祖国母语的深深怀念。1870 年，普法战争爆发。法国战败，被迫割让阿尔萨斯和洛林地区。德意志政府下令这两个地方的学校只准教德语，不准再教法语，斯特拉斯堡就属于阿尔萨斯地区。对法国人来说，阿尔萨斯和洛林地区是国家尊严和国家荣耀的象征，所以在巴黎凯旋门下的铭文专门镌刻着“1918 年阿尔萨斯和洛林回归法国”字样，显然是提示法国人勿忘国耻的意思。

斯特拉斯堡大学是欧洲最好的大学之一，成立于 1538 年，拥有 22 位诺贝尔奖得主，1 位菲尔兹奖得主。歌德在这里获得法学博士学位，并得到了弗里德里克的爱情。欧盟委员会主席容克、近代微生物学奠基人巴斯德、前突尼斯总统马佐基均毕业于该校。因为我们这次是莱茵河之旅，我特意在游轮上翻阅了法国历史学家吕西安·费弗尔的著作《莱茵河》，了解莱茵河的相关知识。吕西安·费弗尔 1919 年曾在斯特拉斯堡大学执教。对于中国人来说，有两位著名学者是在斯特拉斯堡大学获得博士学位的。朱光潜曾由夏丏尊介绍到浙江白马湖春晖中学任教，与夏丏尊、叶圣陶、胡愈之等一起创办《中学生》杂志。他的代表作《悲剧心理学》就是在这里完成的。他获哲学博士学位后回国，任北京大学教授。他的《咬文嚼字》《谈读书》《无言之美》等作品曾选入中学语文教材，《谈美》《给青年的十二封信》等被列为高中语文课外阅读书。吴文俊，上海人，他在中学时的兴趣是物理而不是数学，被保送到上海交通大学，当过多年中学教师，后师从陈省身。1949 年，吴文俊在斯特拉斯堡大学获得博士学位后回国，分别于 1956 年、2000 年先后两次获得国家最高科技奖。2016 年高考语文全国卷实用类文本阅读所用的阅读材料，就出自《吴文俊的数学世界》一文。当年我读柯琳娟的《吴文俊传》时，印象最突出的，就是他“爱玩儿”，喜欢看电影、下围棋、读历史书，并说这些爱好大有益于他的数学研究。

《马赛曲》原名《莱茵军战歌》，是法国大革命时期斯特拉斯堡卫队青年军官鲁热·德·利尔于 1792 年创作的，被作为鼓舞斗志的赞歌而广泛传唱。法国第二大城市马塞的工人队伍，就是唱着这首歌，浩浩荡荡开进巴黎，从而揭开法国大革命序幕的，因而《马赛曲》于 1795 年被法国督政府定为国歌。拿破仑称帝后曾一度下令取消，后又被重新确定为法国国歌。法国电影《马赛曲》就在此拍摄。

当地导游小贾是我的河南老乡，郑州人，毕业于中央民族大学艺术学院，现在斯特拉斯堡历史学院任教。通过她的讲解，我增加了不少宗教知识。比如，要区分教堂是天主教还是新教，主要是看教堂门前有没有圣母玛利亚怀抱耶稣的像，有的就是天主教堂，没有的就是新教（路德教）教堂。歌德、莫扎特、巴斯德、史怀哲等名人都曾在斯特拉斯堡居留。周恩来、邓颖超在法国留学期间，也曾到过斯特拉斯堡。讲解结束后，小贾还带我们找到歌德曾住过的楼前拍照。在自由活动时间，我们自己购票，参观了斯特拉斯圣母大教堂旁边的圣母博物馆。我们看到不少斯特拉斯堡及莱茵河上游地区从中世纪早期至 1681 年的美术和装饰艺术作品，据说有不少是斯特拉斯堡圣母教堂原有的中世纪雕塑杰作、彩色玻璃，二战时为避免被炸毁从教堂上拆下来的。

2019 年 8 月 28 日

吕德斯海姆

在吕德斯海姆，我们先乘小火车游览吕德斯海姆小镇，然后参观机械乐器博物馆（10 欧元 / 人），再乘缆车上山，瞻仰尼德瓦尔德纪念碑，最后到老城游览著名的画眉鸟巷子。吕德斯海姆 2002 年被列入世界文化遗产名录，红色屋顶被绿树环绕，到处都弥漫着酒香。据说每年有 300

万游客到访。

吕德斯海姆位于莱茵河中上游，顺流而下，蜿蜒曲折的河道景色瑰丽。陡峭的山岩上，耸立着大大小小数十座城堡，这些城堡均建于12世纪。这段河谷以其景色优美，曾吸引了无数的诗人、画家和音乐家。这是莱茵河上一座迷你型城市，安静、美丽、小巧、精致，风光绮丽，富有田园气息。小酒馆、小博物馆、小火车站、小日耳曼尼亚女神像，只有葡萄园是大片大片的，与多瑙河瓦豪河谷的小镇十分相似，葡萄园随处可见。早在古罗马时期罗马人就在这里种植葡萄，所以它是德国著名的“酒城”，年产2 700万瓶葡萄酒。许多私人酒窖都向游人开放，让人“酒不醉人，人自醉”。

机械乐器博物馆，又称音乐盒博物馆，就在小火车停靠的地方旁，离画眉鸟巷只有几十米。这是一座15世纪的城堡，收藏有各式各样的乐器和古董玩具，有18世纪的音乐盒、留声机等，很有年代感。据说最初博物馆馆主西格弗里德·温德尔收集和修复这些机械乐器只是为了好玩，但他的业余爱好后来发展成德国第一家机械乐器博物馆，并于1969年建成开放。所有的古董级乐器玩具都能自动演奏，精妙悦耳，甚至能达到交响乐的演奏水平。博物馆展示了人创作和演奏音乐的过程，体现了德国传统手工技艺与音乐的完美结合。最小的音乐盒可以拿在手上，一摁按钮，马上就弹出一只小鸟，发出清脆的叫声，美妙的音乐随之响起。还有许多像大立柜一样的机械乐器，最大的能占满一面墙，下面是钢琴，上面是旋转着的8把小提琴。对游客来说，游览这里是一种难得的艺术体验。

尼德瓦尔德纪念碑又称“帝国纪念碑”，是为纪念1870年至1871年的德法战争和德意志帝国的建立而修建的。纪念碑高高耸立在山上，有步行道通往纪念碑，也可乘缆车上下。这座纪念碑高38米，历时6年建成，巍然屹立在摩泽尔河和莱茵河的交汇处。最上方是象征着德意志帝国的女神日耳曼妮娅，有 14 米高，左手握剑，右手高举帝国王冠，头戴象征着胜利和光荣的橡叶花冠。纪念碑底座上部雕刻着帝国之鹰，周围是当时德意志帝国的 22 个邦国的国徽。右下方的底座上是和平之神，手握象征富饶与和平的丰饶角和橄榄枝；左下方的底座上是战争之神，右手握剑，左手吹号。纪念碑显然寓意着战争与和平。

画眉鸟巷只有 100 多米长，街道狭窄，小巷两边各式招牌、土特产店一字排开，让人应接不暇。从热闹程度来看，颇与北京的烟袋斜街和南锣鼓巷相似。但这里的店家都出售着自己配制的葡萄酒，以致整条小巷子充满着酒香。有人说："没有美酒就没有画眉鸟小巷，没有画眉鸟小巷就没有吕德斯海姆。"因而此处成为网红打卡之地。

2019 年 8 月 31 日
于莱茵河与摩泽尔河交汇处

美因茨的古意

美因茨正对着美因河与莱茵河交汇处，尽管只是一个 20 万人口的小城，却是莱茵兰 – 普法尔茨州首府所在地，也是该州最大的城市。在欧洲中世纪那场黑死病期间，有 1.2 万犹太人被作为瘟疫的传播者而活活烧死在这里。这里第二次世界大战时曾被盟军炮火摧毁，80% 的建筑都是战后重建的。所以今天的美因茨，既有现代化的市政府大楼和希尔顿饭店，州政府办公楼也保留着巴洛克、文艺复兴时期的法庭，老城区个别地方还保留着中世纪狭窄、弯曲的胡同。美因茨离法兰克福只有 40 千米车程。美因茨最具特色之处有以下数种。

一是历史悠久。公元前52年罗马人到来之前，这里是凯尔特人的居住地。罗马人来了以后，这里成为罗马第22军团的驻扎地。在神圣罗马帝国时代，美因茨大主教是帝国七大选帝侯之一。1212年，腓特烈二世在美因茨大教堂加冕为德意志国王，1220年又被加冕为神圣罗马帝国皇帝。另外，这里曾先后被瑞典、法国占领。

二是西方活字印刷术的发源地。印刷机发明人、现代西方活字印刷术奠基人约翰内斯·谷登堡（1400—1468）神父出生在美因茨，又在美因茨推动宗教改革，因而被誉为“美因茨之父”，谷登堡博物馆门前的约翰内斯·谷登堡半身塑像，立于1837年。导游在一台印刷机上，现场为大家演示了活字印刷的过程。展柜里有不同时期的印刷品和印刷机械，镇馆之宝是4部《圣经》，1部是手写本，2部是黑白本（据说是花重金从美国买回来的），1部是彩色插图本。我们参观时还需要排队，可见人们对历史文化具有普遍的尊重和敬意。其中一个展厅立有我国北宋活字印刷术发明人毕昇的塑像，也有中国出版的古籍。由此我想到两点，第一点是谷登堡所处时期比毕昇晚了400多年，但活字印刷的发明权却还有争议。有的说是十字军东征时把中国的印刷术从阿拉伯带到欧洲，有的说谷登堡并不知道中国的活字印刷术，是他独立发明的。第二点是谷登堡的印刷技术更加成熟，速度更快，德国印刷机也是世界公认最好的印刷机。

三是美因茨大学。美因茨大学始建于1477年，是德国最早的几所大学之一。该大学最有名的专业是材料科学和核物理，出过2位诺贝尔奖得主（分别是化学、生理学或医学）、4位莱布尼兹奖（德国科学技术最高奖）得主。该校历史学、语言学均进入世界前200名。法国著名历史学家、《莱茵河》一书的作者吕西安·费弗尔1921年曾在美因茨大学日耳曼研究中心任职。该校与我国东北财经大学有合作关系。

四是美因茨足球队。美因茨足球队成立于1905年，是德国足球甲级联赛足球队之一。主场欧宝竞技球场始建于1928年，能容纳34 000多人。该球队曾涌现出不少球星，想来应该深受球迷喜爱，只是我不懂足球，说到足球也就仅此而已。

五是教堂。美因茨大教堂是老城的标志性建筑，大气，充满浪漫主义风格。教堂内有主教博物馆和珍宝馆，藏有不少年代久远的雕塑、圣器。圣斯特凡教堂收藏有俄罗斯犹太艺术家马夏加尔精心绘制的九扇彩绘玻璃窗，所绘内容据说是表达了犹太教和基督教的和解。奥古斯丁教堂始建于1768年，拥有精制的风琴台和天花板壁画，是第二次世界大战中幸存的少数建筑之一。

威斯巴登与美因茨隔河相望，组成双子城。连接两座城市的桥以西德第一位总统的名字命名，叫特奥多尔－豪斯桥。威斯巴登是黑森州首府，已有2 000多年历史，人口约27万。威斯巴登最有名的就是温泉，威斯巴登这个名字源自古罗马时期，最初的意思就是“草地上的澡堂”。再加上树木茂盛，气候温和，故有“满城泉水满城花”的美誉，又被称为“别墅之城”，是国际知名的温泉疗养胜地，威廉皇帝称之为“北欧的尼斯”。18世纪，拿骚－乌辛根侯爵将其官邸迁到威斯巴登的比布里希皇宫。19世纪，这里又是拿骚公爵统治国家的行政中心。直到现在，人们仍然用温泉疗养、健身和取暖。这里还盛产葡萄，是雷司令葡萄酒的产区。这里也是久负盛名的赌场，吸引着德国、欧洲甚至世界各地的赌博爱好者。大概由于这些特殊的原因，这里在第二次世界大战期间竟没有受到炮火的袭击，走在大街小巷，仍能感受到昔日的辉煌。

2019年8月31日

于威斯巴登

邂逅温宁根

从莱茵河转到其支流摩泽尔河，约 11 公里就到了温宁根。这是一个只有两千多人的小镇，属莱法州。本来我们的邮轮只是停靠，并没有安排行程。因晚饭后没有什么事，我们便到镇上闲逛。正好赶上一年一度的葡萄酒节，热闹非凡，类似于春节期间的北京庙会，算是意外地见识了普通德国人的日常生活。

同吕德斯海姆一样，温宁根也位于摩泽尔河西面，背山面河。南向或西南向是山坡和梯田，充足的阳光为葡萄以及稀有动植物提供了适宜的生存环境。据说山坡上种有 300 多万株葡萄藤，是摩泽尔河谷一带面积最大的葡萄园。早在 2 000 年前，凯尔特人和古罗马人就开始在这里种植葡萄。该地尤其盛产雷司令葡萄酒，使小镇散发出阵阵酒香。

我们穿过河边的公路和铁路桥，先在镇上逛了一圈，已有不少人聚集。不时有人主动跟我们打招呼，虽然听不懂，但我们也回以同样的话。从对方和善的表情看，应该是“你好”之类的问候语。房屋都是别墅，只有中心区是深宅大院，独门独户；外面是带院落的独幢别墅，更显得空旷，有的甚至有几亩大的葡萄园。家家户户都挂着统一的旗帜，不知是州旗还是镇上的旗帜，有不少是崭新的，显然是为这次葡萄节特意新做的。旗帜插在二楼窗户外边，靠外面的则挂在院门前的旗杆上。门前或阳台上摆着鲜花，烘托着节日喜庆的气氛。路边或停车场的车，以德国本土产的宝马、奔驰、奥迪为主。街道转弯处都有指示全镇道路的地图牌。街道整齐，规划合理，使小镇显得小巧而精致。

镇中心有个露天剧场，里面摆放着十几排长条木凳，舞台坐西朝东，背景显然由民居改造而成，三面用木栏隔开，木栏只有齐胸高，方便观众站在外面看。我们到时，观众已陆续就座，晚上八点演出开始。首先是舞蹈，先上场的是一对男女演员演奏手风琴，接着是一群女孩子鱼贯而入，一水的绿色连衣裙，头戴白花，边唱边舞。第二个节目是军号表演。接下来就是类似于我国的小品，模拟的场景有小酒馆、小诊所、小客栈和居民家庭，演员男女老少都有，都是日常打扮，并没有刻意化妆，道具也是常见的行李箱、篮球、白大褂、听诊器之类。舞台前端是一字排开的 4 个落地式麦克风，虽然听不懂演员说的是什么，但从观众不时爆发出的爽朗笑声，想必剧情很接地气，诙谐幽默，才会让人乐不可抑。观众以当地居民为主，也有少数我们这样的游客，这场演出原本就是本地居民的自娱自乐。最有意思的是，一个中年男子背着双肩包进来，先是隔木栏接过婴儿车和儿子，其妻则径直跨栏而入。坐定后，这老兄竟从包里取出一瓶雷司令和两只酒杯，边看边自斟自酌，接着夫妻对饮起来，甚是惬意。只是他儿子并不安分，一不小心打翻了妈妈的酒杯，酒洒到前排女士身上。那妈妈马上起来手忙脚乱地帮人擦拭，惹得那女士和众人一阵哄然大笑。

我们看了一会儿节目就往回走，原来还有更热闹的去处。有卖土特产的，更多的是当地小吃，现场制作，热气腾腾。小酒馆里坐满了食客，街上到处都是人，熙熙攘攘，三五成群，围站在桌子边喝酒。有的一手执酒杯，一手拿着酒瓶；有几个背着行囊的美女拿着空酒杯在街上游走，显然是在找合适的地方；有一帮女孩子靠墙脚席地而坐，有几位中年女士边喝酒边大声叫喊着。到一个十字路口，有一支由老头组成的演出队颇为引人注目，他们一律穿着黑裤子、白衬衣，外套大红坎肩，大腹便便，演奏很投入，乐器有鼓、黑管、长笛和短笛之类。周围聚了不少人，一老人边听边在轮椅上摇头晃脑地打着拍子，显然深深陶醉于乐曲之中。

第二天一早，我又独自上岸逛一圈，一路上也没有碰到几个人。约 7 点钟到露天剧场旁的餐馆前，遇到几个穿着统一制服的男女，似乎在等人。我跟他们打了个招呼，就继续前行，不久就听到过去在反映第二次世界大战题材的电影中常出现的德国军乐声。循声而去，原来是刚才那帮人，正迈着整齐的步伐，吹打着鼓乐款款而来。军乐队共14人，7男7女，一律白衬衣、绿坎肩、黑裤子、黑皮鞋，右边腰上挎着黑色短棒。前面一男子，光秃的头顶闪闪发亮，举着权杖，显然是指挥，其他人从前至后呈“4、4、3、2”队形排列。每人各执一样乐器，有鼓、号和笛子。队伍后面还跟着两个戴着围裙的青年厨师。这支乐队不知是专为葡萄酒节助兴表演，还是每天都有的常规仪式，也许相当于部队的起床号，因为这时多数人还在梦中。我跟着走了一会儿，见一年轻女士趴在自家二楼窗口往外看。我向她招手，马上得到她的热烈响应，可见小镇居民的热情友好。

2019年9月1日

于摩泽尔河

科赫姆街头

2019年9月1日在国内是学校开学的日子，这一天，小学生欢天喜地，初中生满脸兴奋，高中生充满期待，家长得到解脱。而这一天，我们在德国摩泽尔河上游弋，天鹅徜徉水中，河水清澈，两岸房屋依山而建，遍布精致的酒店、咖啡馆和酒吧，显然是到了科赫姆。导游带我们上岸参观赖希斯堡和老城的主要景点，然后自由游览，让大家感受这里的城堡文化和葡萄文化。

赖希斯堡高高耸立在河对岸老城后面的山顶，是科赫姆的标志性建筑。我们先乘车转了好大一圈，来到半山腰的城堡门口，这里的观景台可以俯瞰科赫姆全城。城堡最初是法尔茨的埃佐伯爵于1000年为自己修建的官邸，1056年扩建，17世纪被路易十四的军队纵火摧毁，1868年重建。城堡分时段开放，限制参观人数，参观需由城堡工作人员开门带领，所幸所到之处都有中文解说。我们只是参观了其中的几个房间，多数是哥特式晚期风格，也有文艺复兴风格，有一个房间摆着中国的青花瓷。在一个阳台上，可以俯瞰摩泽尔河。

在老城中心，有洋葱头形状的圣马丁教堂，巴洛克风格的市政厅，圣马丁喷泉雕塑在许多地方都有。据说雕塑的灵感来自公元4世纪天主教圣人圣马丁的故事。在一个寒冷的夜晚，还是军人身份的圣马丁对路旁受冻的乞丐兴起怜悯之心，不惜割下身上的袍子让他保暖，是展现天主教仁慈精神的经典题材。但在艾尔·格列柯的画笔之下，圣马丁换上了16世纪的盔甲，后方也出现了作为格列柯心灵故乡的托利多城市景象，再加上鲜明的色彩、强烈的光影与扭转拉长的人体，充分展现艾尔·格列柯身处16世纪画坛中所具备的原创性；同时他独特且个人化的艺术形式，也是日后20世纪初的表现主义可以回溯的先驱大师。华盛顿国立画廊有一幅艾尔·格列柯的油画《圣马丁与乞丐》。

转过来有一组羊与葡萄喷泉雕像，很有意思。羊被放在一个石磨里挣扎，一男一女正在使劲推磨，磨盘边挂着一大串葡萄。这画面源于当地的一个历史传说。古罗马人把葡萄带到科赫姆后，当地人并不会打枝，后来有人发现羊吃了葡萄，有人说羊没有吃，于是提交法官审判，法官决定用此办法检验，如果榨出来的汁是红色的，就证明羊没有吃葡萄；如果是白色，就证明羊吃了葡萄。实际上这是一个愚蠢的办法。因为即使证明了羊的清白，羊也死了。后来人们发现，羊吃过的葡萄，就长得特别茂盛，产量也高，这才学会了给葡萄打枝的技术。之所以流传这样的传说，想来也与当地盛产葡萄和葡萄酒、葡萄酒民俗文化源远流长有关。

据法国食品协会统计，《圣经》中至少有521次提到葡萄园和葡萄酒，说明葡萄酒在欧洲有着广泛的影响。离科赫姆18公里处，有一家森海姆葡萄酒博物馆，据说是全世界最大的葡萄酒博物馆，是由1923年建造的葡萄园宴会厅改建的，展出上万件与葡萄酒有关的实物，包括酿酒设备、酒桶和加工器具等。

从旅游攻略上看，东边桥头有建于1810年的古老芥末磨坊，是欧洲这类磨坊中仅存的几个之一。晚饭后我们跟着地图软件去找，弯弯曲曲，上山下山，走了一两公里，明明说目的地就在旁边，却硬是没有找到，也可能是天太晚了，也没有什么标志，不过倒是见识了德国小镇人们日常幽静的生活情景。

2019年9月2日
于摩泽尔河

贝尔卡斯特尔

贝尔卡斯特尔小城分布在摩泽尔两岸，东边是贝尔卡斯特，是老城，只有400人口；西边是库斯，有4 000人口。实际上两岸是同一个城市，正如匈牙利的布达佩斯分为布达和佩斯一样。同其他小镇一样，贝尔卡斯特尔东边的山坡上也有一座兰茨胡特城堡。导游带我们参观了老城区，欣赏半木结构的房屋，历史悠久的集市广场，文艺复兴时期的市政厅和圣米迦勒郊区教堂。听说中世纪著名哲学家尼古拉斯·库萨的故乡就在库斯，我们又特意前往寻访。

尼古拉斯·库萨可以说是一位百科全书式的大学问家，不仅精通哲学、法律、天文、数学、光学，还对诊断医学和应用科学颇有研究，是近视眼镜的发明者，世界上第一张欧洲地图也有他的贡献。他先后在海德堡大学、帕多瓦大学、波恩大学求学。1426年他移居科隆，以哲学和法律研究而负盛名，1430年被任命为基督教神父。1450年被教皇尼古拉斯五世任命为布里克森红衣主教。他去世后，遗体葬在罗马温科里的圣彼得教堂，心脏则遵其遗愿葬在库斯的努斯提夫特教堂，也正应了中国一句话，即“叶落归根”。

我们寻访尼古拉斯·库萨的过程颇有意思。过桥往右拐，就是一个葡萄酒博物馆，有工作人员值班。我向她打听尼古拉斯，她让我往右后方走。来到后院，有许多坐轮椅的老人，原来这里是圣尼古劳斯养老院。同一栋楼里的左边是库斯教堂，墙上有许多精美的油画，门口摆放着许多宣传小册子和明信片。虽然我看不懂德文，但小册子上印着尼古拉斯·库萨的头像，我挑了几张印有当地风光和尼古拉斯·库萨头像的明信片，算是不虚此行。我们在库斯参观游览时，曾经在一个十字路口左前方拐角处看到一块石碑，上面刻着德文我们并不认识，但正面有“1401—1464”的字样，我跟钟教授说，大约是我国的明代。现在想来，那应该就是尼古拉斯·库萨的故居，可惜当时没把有它与尼古拉斯·库萨联系起来，竟没有拍照，算是留下一点遗憾。

摩泽尔河谷一带每年都要举行盛大的葡萄酒节，导游说，头一天晚上是这里一年一度的葡萄酒节，市场中心临时搭建的舞台尚未拆除。中间是圣迈克尔喷泉，建于1606年，是献给天使长米迦勒的。圣迈克尔是镇上的守护神，一只脚踩着龙，手握剑和鳞片。与周围的半木结构房屋相比，市政厅全部用石头建造，外观富丽堂皇，特别显眼，是德国文艺复兴晚期建筑的典范。正面中央有一个浮雕，是大主教库尔蒂埃的盾形徽章。左边的拱门边，有两根拴着铁链的铁制手铐，是中世纪时用来惩罚犯人的刑具。违犯法令的人，会被双手铐在这里。任何人路过此地，都可以向他投掷石块、吐口水，任由居民羞辱，正如去年我们游览多瑙河瓦豪河谷时，在杜恩斯坦恩小镇看到的“耻辱柱”一样。

黑熊喷泉雕塑的作者，是著名雕塑家约翰内斯·席尔，他曾两次为这座喷泉雕塑，并以此纪念具有历史意义的贝伦比茨。1899 年建成时，这里一直为家家户户提供饮用水。

在当年税务局墙上有一幅精美壁画，讲述着一个关于葡萄酒的故事。1360 年，贝恩卡斯特尔公爵生病，医生束手无策，当地一位种葡萄的农民送来一小木桶葡萄酒。公爵喝了后，病痛渐消。公爵为了向这位葡萄农表达谢意，就问他想要什么，这位农民不要钱，也不要官，而是要求把他的葡萄园命名为“贝尔卡斯特医生”，意思是喝了他的葡萄酒能保治百病。从此，他的葡萄酒名扬天下，他的葡萄园至今仍被称为“医生园”。

2019 年 9 月 2 日
摩泽尔河贝尔卡斯特尔至特里尔船上

寻访马克思

特里尔是我们此次莱茵河之旅的最后一站，也是在德国探访的最后一个城市。地陪是一位中年男导游，据说对马克思很有研究，有专著在中国出版。乘着午后的明媚阳光，他带我们凭吊马克思故居，游览古罗马时期的北城门尼格拉城门、特里尔大教堂、圣母大殿、君士坦丁大殿，漫步皇家花园，观赏特里尔风光。对我来说，最大的收获，不仅是瞻仰了马克思故居，也看到了不一样的马克思，更了解到特里尔的悠久历史和深厚文化。

特里尔在中国人心目中的特殊意义，就在于这是伟大革命家和思想家马克思的故乡。实际上在特里尔有两处马克思故居，一是布吕肯街10号，这是马克思的出生地；二是离“黑门”几百米远的西蒙街8号。我们先来到马克思青铜塑像前瞻仰凭吊，雕像是中国政府为纪念马克思200周年诞辰捐建的，由著名雕塑家、中国美术馆馆长吴为山设计，雕像高5.5米，重约2.3吨。然后我们又到马克思就读的威廉中学、马克思出生地参观游览。

马克思出生地现为马克思博物馆，是一座巴洛克风格的三层灰白色小楼，外墙是淡黄色，门楣窗沿为棕色，窗扉是乳白色，已有近300年历史。当年马克思的父亲是律师，所以楼上住人，楼下就是他父亲的律师事务所。他们搬进这里不久，马克思就出生了。在马克思一岁半的时候，他们家又搬到西蒙街8号。马克思在西蒙街8号的故居度过了他的童年和少年时代，直到17岁到波恩上大学时才离开这里。现在在二楼外墙上只是挂着一块写着“马克思故居”的小牌子。一楼是个杂货店，里面的商品物美价廉。导游说他戴的墨镜就是刚从这里花5欧元买的。我本来也想买点什么留着纪念的，但看来看去也没有寻找到中意的，只好放弃。

自由活动时，我们特意购票参观了马克思博物馆，门票3.5欧元/人。中文介绍“从特里尔到世界：卡尔·马克思的思想及其影响直到今天”。一楼房间里的大屏幕，有马克思的生平介绍，按照特里尔、波恩、柏林、科隆、巴黎、布鲁塞尔、伦敦的先后顺序，讲述马克思及其家人的故事。二楼播放一部短片，介绍马克思出生故居的建筑历史。故居建于1727年，1904年被“重新发现”，1928年由德国社会民主党买下。纳粹统治时期被征用，第二次世界大战后德国社会民主党又将其收回。1968年，由弗里德里希·艾伯特基金会接管。7号展厅中间有一把纯白色的扶手椅，来自马克思伦敦私宅，据说1883年他就是在这把椅子上与世长辞的。三楼主要展示了1939年以来马克思主义的全球化过程。后院是一个小花园，有马克思的半身青铜雕像。

中国人对马克思怀有特别深厚的感情与敬意，据说每年有15万中国游客前来瞻仰。德国媒体调侃中国人说：“不到特里尔，不算到过德国。”走在特里尔街头，常有德国人向你招手或用生硬的中文说“你好”。

特里尔历史堪称悠久，文化底蕴极为深厚，是德国最古老的城市。早在公元前3000年，这里就有人群繁衍生存，后来逐渐发展为早期基督教中心，是君士坦丁大帝在公元前16年建立的。作为罗马帝国西部恺撒的首都，有“第二罗马”之称，又是西方世界的四大古都之一，比罗马城还早建成1 300多年。以至于这座仅10多万人口的小城，居然有12处世界文化遗产。因为时间关系，我们只参观了几个有代表性的建筑。黑门是古罗马城的北门，建于公元2世纪，也是特里尔的标志性建筑。随着岁月的侵蚀，许多精美的石刻变成黑色，不禁让人联想到我们前几年参观过的柬埔寨吴哥。大主教教堂建于公元4世纪，是阿尔卑斯以北最古老的天主教教堂。皇宫建于公元310年前后，是君士坦丁大帝加冕的地方，所以又称“君士坦丁大殿”，后被改建为基督教堂，现在正在维修。隔壁粉红色建筑是17世纪的选侯宫，旁边有一个巨大的皇家花园。据说附近还有公元2世纪建造的古罗马竞技场、代表着罗马时代建桥技术最高水平的罗马大桥和建于公元4世纪的罗马皇帝浴场，这些地方我们就来不及参观了。

2019年9月3日

于塞纳河畔

探访神奇印度

前几年读《乔布斯传》，看到乔布斯 19 岁时，曾独自跑到印度“灵修”7 个月，给我留下深刻印象。当时我想，能够吸引这位计算机天才的，一定是一个神奇的国度。印度离中国那么近，以后一定找机会去一次，这一夙愿终于在 2020 年春节期间实现。行程确定后，我想找些介绍印度的书看看，女儿推荐了《窥视印度》和“印度三部曲”。前者是日本舞台艺术设计家妹尾河童的作品，后者是印度裔英国作家、2001 年诺贝尔文学奖获得者 V.S. 奈保尔的作品。妹尾河童先后两次到访印度，每次停留一个半月，加在一起一共三个月，还说他只是从钥匙孔里“窥视”印度。奈保尔于 1962 年、1975 年、1988 年三赴印度，每次盘桓近一年，才写出《幽暗国度》《印度：受伤的文明》《印度：百万叛变的今天》。我们这次印度之行只有九天，却包含了新德里、阿格拉、斋普尔、瓦拉那西和孟买的行程，只能是浮光掠影，走马观花，权当一次“打卡之旅”。

一、走进印度

印度以“脏乱差”闻名，治安也不好，情况复杂，于是我们就没有采用惯常的自由行，而是选择跟团游。我们从北京出发，7 小时直抵新德里英迪拉甘地国际机场。领队赵芳是北京人，非常干练、敬业，前边刚带过一个 53 天的团从南太平洋回来，后边又因另一个团的领队护照出了问题，公司要她在孟买送走我们，马上赶到新德里接着带团。印度地陪王晓明，曾在新德里大学和台湾师范大学学过 4 年中文，中文说得相当流利，性格风趣幽默。一上车就往我们每人的脖子上套一个鲜花编织的花环，让人倍感温暖。他老家在王舍城，是佛祖释迦牟尼长期居住修行的地方，唐玄奘到西天取经时曾游历过那里。

印度人口居世界第二（2023 年 4 月已超过中国，成为世界第一），面积（298 万平方千米）和经济总量（2018 年）位居世界前十。新德里和孟买的人口，相当于中国的北京和上海。在新德里，我们只参观了“两庙一塔”。“两庙”是世界文化庙（又名“阿克萨达姆神庙”）和印度教庙，“一塔”则指库杜布塔（又名“顾特卜塔”），感受这座昔日莫卧儿帝国首都的古老与辉煌。世界文化庙位于亚穆纳河畔，虽然 2005 年才建成，却以其恢宏气势与精美石刻艺术展示了印度教文化、精神和建筑，是现今最大的印度教寺庙，被列入吉尼斯世界纪录。印度教寺庙里有极为精美的神像，祭台前有一盆红砂粉，祭司为每位游客在额头摁一个红点。站在二层平台上，可以俯瞰旁边公园草坪上热闹的婚礼。库杜布塔高 73 米，位于新德里南部 15 千米的梅特乌里村，建于 1193 至 1230 年（相当于我国元代），为“印度七大奇迹”之一，是世界文化遗产。虽然是断壁残垣，仍能看出当年的巍峨壮观，与我们去年在莱茵河畔看到的海德堡宫殿颇为相似。

从地图上看，新德里、阿格拉和斋普尔是印度著名的“金三角”。阿格拉在新德里东南部，斋普尔在新德里西南部。阿格拉是一座历史名城，也是水陆交通中心、农产品集散地。据说阿格拉 2019 年名列全球 500 强城市，我总感觉有些名不副实，也许我们直奔泰姬陵和阿格拉城堡，没有见到“全豹”。泰姬陵规模异常庞大，背后是湛蓝的天空，白色大理石在耀眼的阳光下闪闪发光，前庭的水池倒映着陵寝的壮观景象。泰姬陵被称为“珍珠泪”，是莫卧儿帝国第五代皇帝沙·贾汉为其爱妃蒙泰姬修建的。蒙泰姬是波斯血统美女，39 岁时难产而死，临死时她向皇帝提出四桩遗愿，其中之一就是要为她修这座陵墓。沙·贾汉伤心欲绝，倾全国之力，遂其所愿。整个工程历时 22 年，与巴黎的凡尔赛宫、罗马的圣彼得大教堂、京都的桂离宫差不多建在同一个时期。建材全部采自德干高原的洁白大理石，也有来自中国的宝石、水晶和玉，极尽奢华铺张之能事。沙·贾汉本来还想在河对岸为自己修一座黑色大理石陵墓，因被其第三个儿子奥朗则布（六世皇帝）推翻并软禁而未能实现。他死后也葬在泰姬陵，所以我们看到的是一大一小两个陵墓。泰姬陵为一座伊斯兰建筑艺术瑰宝、世界文化遗产、世界十大建筑奇迹。

阿格拉城堡曾两度成为莫卧儿帝国的首都。因外墙采用当地特有的红砂岩来建造，所以又称为“红堡”。城堡里面是白色大理石，宫殿画梁和墙壁雕刻都极为精巧，融合了印度和中亚的建筑风格，美轮美奂，极尽奢华与富丽堂皇。站在二楼平台上，可远眺泰姬陵。最左边一个房间，据说就是沙·贾汉与蒙泰姬谈情说爱的地方，也是他后来被儿子囚禁之处。公共议事厅前面的广场上，有一座约翰·罗素·科尔文的陵墓，据晓明说是一个英国司令官。原来这里曾发生过兵变，科尔文阵亡于此。

从阿格拉到斋普尔路上，有个月亮水井也很有特色。水井建于公元10世纪，据说是为了保存雨水，同时作为夏特王的宫殿。在那个没有降温设备的年代，你不能不佩服古人的智慧。水井呈倒三角形，由3 500个狭窄的对称阶梯构成，深入地下30米，有几层楼高，我数了数，一共有13级，每级7个台阶，拱门回廊雕刻极为精致。

斋普尔是拉贾斯坦邦首府，又称“粉红城市”，有300多年历史。在斋普尔，我们主要参观了风宫、琥珀宫、天文台和宫殿博物馆。风宫也称月宫，建于1799年，原为英国殖民总督府，共有九百多扇窗户。每当有狂风袭来，窗户打开，风会穿窗而过，设计巧妙。琥珀宫建在山坡上，是由多个宫殿组成的建筑群，登顶可俯瞰全城。说是琥珀宫，其实并不是单一的琥珀色，而是有奶白、浅黄、玫瑰红和纯白四种颜色。天文台建于18世纪初，我们参观计时设备时，正值午后，显示的日影居然分毫不差。还有以星座为主题的建筑，与中国的24生肖颇相似，我们特意到金牛座图像前拍照。宫殿博物馆名副其实，是原来的皇宫，至今还住着皇帝一家。那两个硕大的金色铜壶，据说是皇帝去英国时装恒河圣水用的，还有历代皇帝的服饰、乐器、武器、战车及各种器皿。斋普尔纺织业发达，据说印度北部地区用的大部分纺织品都是从这里批发出去的。我们逛了下当地市场，商铺林立，各类小商品琳琅满目，但到处都是脏兮兮、乱糟糟的，三轮车横冲直撞，小贩追着游客兜售小玩意，我们算是见识了这座古城的另一面。

二、认识印度

就我的短暂游历来说，印度还是一个很有特色的国家，很值得一游。给我印象最深的，主要有以下三点。

一是宗教氛围浓厚。印度最大的特色就是其宗教文化，这也许跟我们“探寻印度古文明”之旅的主题有关。所到之处，似乎都是神像和寺庙。能看见印度的各种圣物，如石刻的大象、莲花和蛇等，“圣牛”在熙来攘往的大街上闲庭信步，旁若无人。城堡、古塔、石窟、遗址等，动辄都是成百上千年前的建筑。坎赫里石窟历时数百年，最大的3号窟里的石像两边并不对称，明显是个“半拉子”工程。我推想，大约是遇到改朝换代，资金难以为继，也就只好这样将就了。

二是老百姓幸福指数高。因为有宗教信仰，尽管生活水平不高，但印度人的幸福指数却非常高。印度有诗云：“世界上如果有天堂，天堂就在这里。”所以，90%以上的人希望来生还当印度人。原因可能有多种，在我看来，主要还是精神的力量。印度人普遍相信有来生，在他们看来，现世并非人生的全部，只是前世与来世之间的联结而已。现在的自己是前世累积的业的结果，而来世取决于今生。现世的贫困和苦难，可由“来世愿望”转换掉。我推测，印度人非但不以苦难为苦，反而是“以苦为乐”。

三是历史悠久，文化多元。印度是世界四大文明古国之一，公元前2500年至公元前1500年之间就创造了印度河文明。公元前1500年左右，雅利安人征服当地土著，创立婆罗门教。公元前 4 世纪，崛起的孔雀王朝统一印度。公元前 3 世纪阿育王统治时期，曾把佛教定为国教。公元 4 世纪笈多王朝统治两百多年。16 世纪至 19 世纪的莫卧儿王朝是突厥化的蒙古人统治时期。1757 至 1849 年，印度沦为英国殖民地。1947 年 6 月，英国通过“蒙巴顿方案”，将印度分为印度和巴基斯坦两个自治领。同年 8 月 15 日，印度独立。印度有一百多个民族，世界各大宗教在印度都有信徒，其中最多的就是印度教和伊斯兰教。光一个印度教，因时代与信仰不同，又细为几十个不同的分支。印度有上千种语言，光印在纸币卢比上的就有 14 种文字，甚至连火车轨道至今也是宽窄不一的。这必然带来印度文化的丰富多样。

三、感受中印文化差异

总的来说，中国与印度相比有同有异。就相同之处来说，印度与中国一样，同为世界文明古国，都具有悠久历史和灿烂文化，如今同为金砖国家重要成员、新兴经济体和发展中国家。在生活习惯上，印度与中国也非常接近。饭菜跟中国差不多，米面都有，不时还能吃到炒面条、面片汤、鸡蛋汤和粟米羹之类，市场上常见的蔬菜主要是土豆、洋葱、胡萝卜、圆白菜那几样，房间里配有热水壶，我们带的转换插座也没有用上。走在阿格拉到斋普尔的乡间公路上，看到那青绿的麦苗、金黄的油菜花和忙碌的身影，感觉似乎是在国内某个农村。

中国和印度的这些相似之处，应该源于两国深厚的历史文化渊源。从自然环境上说，中国和印度有近 2 000 千米的边境线。司马迁《史记》中的“身毒”，就是指印度河流域，包括现在巴基斯坦、缅甸、斯里兰卡和越南一部分。古代中国又称其为天竺、贤豆。东汉时期，天竺佛教东传，洛阳白马寺才有第一座官办佛教寺院。唐代，玄奘到西天取经时始称印度，回来后将其所见所闻口述成《大唐西域记》。明代，郑和七下西洋，前三次都曾到访印度。孟买博物馆藏有不少明清时期的瓷器。1924 年，泰戈尔应孙中山之邀访华时，说他“就像回到了自己的故乡……我们两个国家其实是古老而又亲爱的兄弟”。梁启超对他的来访表示“二十分的欢迎”，徐志摩、林徽因则是他的陪同翻译。他的《金色花》入选初中语文课本，《泰戈尔诗选》被列入初中语文课外阅读书目。1928 年，泰戈尔邀请湖南学者谭云山到印度国际大学任教，谭后任该校中国学院院长。抗战时期，“印度八路”柯棣华大夫战死在中国，与白求恩一起葬于石家庄烈士陵园，被我国民政部列入第一批 300 名著名抗日英烈和英雄群体名录。孙立人率领的远征军在缅甸失利后，也是退回到印度，重整旗鼓后才返回祖国的。新中国成立后，1950 年中印建交，两国总理尼赫鲁与周恩来互访。随着近年来两国关系逐渐向好，双方高层提出“龙象共舞”。2020 年两国将借建交 70 周年之际，举办“中印人文交流年”。

印度最为一般中国老百姓所熟知的，一是电影，二是瑜伽，三是飞饼。印度电影年产量 1 900 多部，超过中美的总和，为世界第一。我以前看印度电影不多，近几年才开始“补课”。仅就我看过的来说，如《调音师》《起跑线》《摔跤吧！爸爸》《三傻大闹宝莱坞》《贫民窟的百万富翁》《我的个神啊》《一个母亲的复仇》《印度合伙人》等，都属上品。最近看的《误杀》，也改编自印度电影《误杀瞒天记》。在斋普尔，导游专门为大家安排了瑜伽体验，只是我们不感兴趣，没有参加。印度飞饼在中国餐馆到处都有，但在印度并没有看到，最多的是一种小圆形面饼，类似于我们河南老家的烙馍或焦馍。印度 IT 行业十分发达，美国许多 IT 公司高管是印度人。此外，印度是亚洲第一个把航空器送到火星的国家，印度理工大学在理工类大学排名中居亚洲第一、世界第三，印度的药物研发占美国三分之一市场，也有航空母舰和卫星，多人获得诺贝尔奖，其科技成就不容小觑。印度煤炭蕴藏量、铝土储藏量和云母出口量在世界排名中占据显著位置。

曾有伟人说：你要知道梨子的滋味，就要亲口尝一尝。奈保尔说他有三个人生，分别用来学习、享受和思考。印度古文明之旅给我的启示是：对不同文化，多一些认识和了解，只会丰富充实自己，不能一叶障目，更不宜以偏概全。尺有所短，寸有所长。取长补短，日臻完善。一个人如此，一个国家亦应如是。世界纷纭复杂，重要的是做好我们自己的事情。

2020 年 1 月 27 日

恒河夜祭

早就听说瓦拉那西的恒河夜祭很有特色，最能代表印度的宗教文化。昨天我们从斋普尔来到瓦拉那西，亲历夜祭全过程。据说像这样的夜祭一年四季都有，人数也不是最多的，但于我已有“躬逢其盛”的感觉，为我们这次恺撒“探寻印度古文明”之旅增色不少，从而留下深刻印象。

印度是个多民族、多宗教国家，共有 100 多个民族，世界各大宗教在印度都有信徒，具有浓厚的民族宗教文化。恒河发源于喜马拉雅山脉 7 000 米以上的根哥德里冰河，自印度北部流向孟加拉湾，全长 2 510 千米。传说是由湿婆神头发上的水滴落到脚边，然后由涓涓细流汇成滔滔恒河，一路奔流向南，到了瓦拉那西，峰回路转，改为由南向北。对印度人来说，这一转向也就有了非同寻常的意义。他们相信有来世，而瓦拉那西就是最接近来世的地方，所以这一段恒河就被称为“清净的圣河”。印度教徒认为，人生有四大乐事，一是住瓦拉那西，二是饮恒河水，三是结交圣人，四是敬湿婆神。他们认为恒河水能洗去现世的所有罪孽，使来世更加幸福安乐。他们最大的心愿就是能来这里沐浴祈祷，最好是将自己火化后的骨灰也撒进恒河，这就等于在与湿婆神沟通，能够申领一张从现世到来世的“通行证”。瓦拉那西有大小浴场80多处，寺庙上千座，每逢圣日，来此沐浴祈祷的往往有上百万人。清晨人最多，因为他们相信，面对着初升的朝阳边沐浴边祈祷是最灵验的。除本地信众外，也有来自印度各地甚至国外的信众，当然也有不少像我们这样的外国观光客。

瓦拉那西被称为“印度的耶路撒冷”，已有6 000年历史。我们上午飞抵瓦拉那西后，直接去鹿野苑参观游览。鹿野苑的中国游客明显增多，入口处甚至有中文介绍。因为这里与佛祖释迦牟尼有关，是他第一次为他的5个门徒讲道说法、初转法轮的地方。巍峨壮观的阿育王塔，静卧四周的古壁残垣，仿佛在默默诉说着佛祖的昔日灵光与香火之盛。整洁空旷的青草坪上，善男信女或三五成群，或单来独往，享受着通灵佛光。一位信女绕着阿育王塔三步一拜，五体投地，正虔诚地磕着长头，就跟我们曾在青海塔尔寺、拉萨八角街看见的一样。博物馆里陈列着阿育王塔的还原图像，有佛祖圣像和许多石像文物，只是没有中文导览，有些遗憾。

下午四点多，导游晓明带我们来到恒河边，乘船游览。但见河面宽阔，清涟依依，阳光朗照，波澜不惊。空中云淡风轻，群鸟翔集。撒一把鸟食，立即引来众鸟，嘎嘎乱叫，争先恐后抢食。登岸后，参观著名的瓦拉那西老街。街道宽约两米，右边房屋依山而建，都是几百年前的老建筑。左边立着蓝色围档，说是为了响应莫迪总理号召，正在进行整修，恢复印度教老街风貌。由于当年莫卧儿王朝的伊斯兰皇帝曾下令拆除原有的印度教寺庙，改建清真寺。印度教徒巧妙地在寺庙外面砌墙建房，为的是保护自己的寺庙。莫卧儿帝国第六代皇帝时期建的清真寺仍然巍峨耸立，气势恢宏。而无数印度教小寺庙逐渐露出本来面目。一座鎏金塔，据说用了800公斤黄金，旁边还有一座纯白色大理石的清真寺。

我们停船上岸参观，看到已有不少人占好座位，看来是要占个观看夜祭的最佳位置，岸边已摆好供桌。等我们五点多转一圈回到岸边，人就越聚越多了。尤其是主石阶码头，更是人声鼎沸。河边也停满了小船。卖河灯的，卖香料的，卖明信片的，卖小吃的，还有人招呼游客到他们的小船上坐，招揽着各自的生意。我们在岸边转了转，就回到自己船上观看。

大约六点多，当最后一缕阳光消失在天际，夜祭正式开始。只见七位祭司走上高高的祭台，面朝恒河，一字排开，他们精神抖擞，都是血气方刚的小伙子。据说祭司必须是婆罗门世家出身，经过神学院深造，精心挑选出来的。他们身着同样的华丽祭服，上衣深红，下身系着微黄的缠腰布，中间挎着微黄偏白的绶带，从左肩垂下，系于腰间，尽显英姿飒爽。随着印度传统音乐和铜鼓伴奏声，他们在首席祭司的引领下，先后拿起各种法器，如同道士作法一般，摇铃，点火，焚香，撒花，不停地扭动着身子，嘴里不断地念经，唱歌，念念有词。过了一会儿，又左右分开，站到各自的香案前。左手摇铃，右手拿着一束线香，接着又擎起冒烟的铜壶，最后双手举着燃着圣火的烛塔。歌声悠扬，香雾缭绕，火苗上下翻飞。祭司的动作娴熟，现场气氛热烈，深深感染着每一个人。人们纷纷把花瓣撒到河里，双手合十，有的掬起河水洒在头上，也有把水直接喝下去的。想来既有对湿婆神的崇敬，当然也有对自己美好未来的憧憬。

祭祀活动大约持续一小时。晓明给我们每人发一盏装着花瓣的河灯，开玩笑说是好吃的，后来才明白，那是恒河夜祭的最后一道程序，即放河灯，与丽江四方街夜游相似。因为印度教徒相信，河灯会顺着恒河水，流向他们各自心中的天堂。我们许下心愿，唯愿天佑中华，早日战胜新冠病毒，点燃后放进恒河，看着河灯悠然远去。下船时，居然看见几个小孩正在河边练瑜伽（倒立），还有大人在一旁指点，不知是父亲还是师傅。此时夜色已深，月光如水，众人畅意而归。

初稿于 2020 年 1 月 24 日晨

修改于瓦拉那西至孟买的航班上

“窥视”孟买

这几年去印度旅游的中国人越来越多，印度导游晓明说他常带中国团，给我们预订的餐厅可做印度餐和中餐。在异国他乡过年，大家异口同声表示除夕、初一的晚餐都吃中餐。老实说，这家餐厅的印度餐要比中餐做得更地道。不过，在这个特殊时刻，能吃到鱼、虾、面条、小笼包、酸辣汤，倒也别有风味。老板还赠送了鸡尾酒，把团年气氛推向高潮。领队赵芳带我们齐喊“我们在印度，祝祖国人民新年快乐，万事如意”，录成微视频。初访孟买，时间短暂，行色匆匆，只有些“窥视”般的观感。

有人说，孟买既属于印度，又不属于印度。相比我们参观过的新德里、阿格拉、斋普尔和瓦拉那西，孟买的现代化程度更高，商业化气息也更浓。奈保尔曾总结孟买有三大特点：钞票多、有活力、脏兮兮。在我看来，还应该再加上一条：有文化。

一是“钞票多”。我们住的酒店位于孟买市中心，高楼林立，依山临海，典雅秀丽。广阔的海滨沙滩，幽静的街头花园，月牙形的海岸上，华灯耀彩，金光点点，不亚于上海外滩、纽约曼哈顿和东京银座。有人说孟买是“皇后的项链”，看来名不虚传。我们住在市中心的一家五星级酒店，办入住时，有一对新人正在大厅迎接宾客。从众宾客的华丽服饰看，是一场相当奢华的婚礼。

我们参观时，晓明指给我们看一栋 27 层高楼，说那是信实集团总裁穆克什·安巴尼家。我们坐在旅游车上，远远望去，看起来也就是个普通公寓，据说它是世界上第二值钱的住宅，共有 9 部电梯，3 个停机坪，168 个停车位，600 名管理人员为他们家 6 口人服务。我们前年在意大利科莫参观游览时，还曾见过他们家开在那里的酒店。

二是“有活力”。“孟买”一词来源于葡萄牙文“博姆·巴伊阿”，意为“美丽的海湾”。1995 年 11 月 22 日，印度联邦政府决定将其英文拼写改为“Mumbai”。孟买临阿拉伯海，16 世纪初，古吉拉特邦苏丹将此地割让给葡萄牙殖民者。1661 年又作为葡萄牙公主的嫁妆转赠给英国。孟买素有印度“西部门户”之称，有印度最大的海港，也是重要的交通枢纽。正对着孟买湾的印度门，高 46 米，曾是印度的象征，是为纪念 1911 年乔治五世和皇后玛丽访印时修建的，其恢宏气势可与我们 2019 年在巴黎看到的凯旋门相媲美。孟买还是世界上人口最多的城市之一，这里有亚洲最长的“黄金市场街”，是印度商业、娱乐业之都，名副其实的国际大都会。印度储备银行、孟买证券交易所、印度国家证券交易所和许多大公司总部设在这里。由于商业机会多，生活水准相对较高，吸引了印度各地的移民，使得这里成为各种文化的交汇之地。其活力还表现在娱乐业特别发达，印度大多数电影制片厂、重要电视和卫星网络以及主要出版社都将总部设在这里，故孟买也有“印度的百老汇”之称。

三是“脏兮兮”。孟买有 60% 的人住在贫民窟，实际上贫民窟的面积只占孟买的 7%。市中心的达拉维贫民窟，是世界第二、亚洲最大的贫民窟。这里聚集着 1.5 万家小型企业，年均利润超过 5 万美元的就有数千家。1.75 平方千米的面积，住着上百万人。这里几乎没有什么公共卫生设施，大部分居民家里没有排水系统，也没有人清运垃圾，是孟买最大的废品处理场。其实住在这里不见得都是穷人，在附近上班或者做生意的也都愿意住在这里，为的是守住这份世代相传的工作，享受简单的快乐。印度教的理念是：无论什么样的生活都是神的安排，不能违抗，都要坦然接受。电影《贫民窟的百万富翁》，让这里成为新的旅游打卡地。都比嘎特洗衣厂也是孟买的一道独特风景。据说在 100 多年前，孟买每年旱季长达几个月，大小河道干枯，当时没有自来水，洗衣就成了难题，露天洗衣场应运而生。我们没有进去参观，只是把车停在附近，在观景台上拍照。放眼望去，满眼都是洗衣池和晾衣杆，到处挂满五颜六色的衣服、桌布和被单，无数洗衣工站在污水里，用力拍打、揉搓衣服和被单。

四是“有文化”。我们只参观了最有代表性的象岛、火车站和西洋建筑群，这些都是世界文化遗产。象岛石窟代表古印度文化，贾特拉帕蒂·希瓦吉终点站和维多利亚建筑群代表近代殖民地时期的西方文化。

象岛又称“神象岛”，原名卡拉布里，在孟买以东6千米的阿拉伯海上。我们从印度门的码头乘坐游艇，大约 1 小时到岸，爬一段约 400 米的台阶就能看到石窟，脚力不好的可以乘轿子。1534 年葡萄牙人登岛发现巨象石雕，改为现名。有些巨象雕刻已移至维多利亚花园。石窟开凿于公元 6 至 9 世纪，正值佛教衰落、印度教兴起的时代，湿婆神、毗湿奴神、仙女、飞天及雕饰等造型极其生动，表现出高超的雕刻技艺，是印度教石窟艺术的代表。我们还参观了阿旃陀石窟群，石窟群集绘画、雕刻佛教和历史为一体，具有极高的艺术价值。但保护措施似乎不如我参观过的龙门石窟、麦积山石窟、云冈石窟、大足石刻，更没法与敦煌莫高窟相提并论。

贾特拉帕蒂·希瓦吉终点站，是印度最大、最繁忙的火车站，始建于1878年，原名维多利亚终点站，1996年更名为“贾特拉帕蒂·希瓦吉终点站”。贾特拉帕蒂·希瓦吉是印度民族英雄，与莫卧儿王朝第6代皇帝奥朗则布打了26年的德干战争，莫卧儿王朝从此由盛转衰。整个建筑外表像宫殿，庄严雄伟，既有鲜明的哥特式风格，又融合了印度传统建筑风格。不仅具有实用功能，又体现出精美的建筑艺术，是唯一入选世界文化遗产名录的火车站。电影《贫民窟的百万富翁》男女主角的两次约会场景都在这里拍摄。

从贾特拉帕蒂·希瓦吉终点站到印度门一带全然是西欧风情。海关大楼建于1720年，维多利亚花园建于1861年，孟买大学建于1857年。威尔斯王子博物馆是印度最大的博物馆之一。威尔斯王子1905年曾亲自为其奠基。一战时曾被改成战地医院，1921年才作为博物馆正式开馆，这时昔日的王子已经是英国国王乔治五世。博物馆由英国建筑师乔治·维泰特设计，是16世纪穆斯林建筑风格，融合了印度教、伊斯兰教和欧式风格。馆内分为美术、考古学及自然史三部分。因为内容太多，我们只能参观一个多小时，就只参观了与中国有关的两个展厅。二楼是西藏佛教文化厅，内容涉及建筑、雕刻与绘画等。三楼是中国文物厅，陈列着不少来自中国的瓷器、陶器和木器等，门口的两个展柜竟装满了中国的鼻烟壶，据晓明说，主要是从文物市场上买来的。

我们还参观了甘地纪念馆，那是座二层小楼。一楼是生平事迹展和图书室，二楼是卧室。孟买大学不对游客开放，我们只能在街道上欣赏其建筑与风景。

2020年1月27日初稿

2023年1月9日修改

教育拾掇

……………

教育类似农业

教育是什么？教育学理论著作里有着不同的定义，我最推崇的，是著名语文教育家、语言学家吕叔湘先生的说法，即“教育是农业而不是工业”。这当然只是一个比喻，并非严格定义，但却揭示了教育的本质规律。我们至少可以从以下三个方面来理解。

第一，教育是培养人的，工作对象是人，是一个个欢蹦乱跳的生命。这与农业有些相仿。田里的庄稼、园圃的花草、道旁的树木，都需要充足的阳光、空气、肥料和水分，更需要农人园丁的百般呵护。从播种、施肥、浇水，到除草、喷药、整枝、打杈，一样也不能少。正是在这个意义上，人们常把学生比作“幼苗”，把教育工作者比作“园丁”。而工业化生产重视效率，强调标准化，统一的原材料，统一的机器设备，统一的生产工序，生产出来的产品也是一模一样的，有统一的规格标准，不能有丝毫误差，否则就是不合格。

第二，学生同幼苗一样，一是有生命，二是有差别，而工业上的原材料和机器却没有生命和差别。一方面，每个学生都有自己的喜怒哀乐，都是独立的个体。教育工作者要做的，就是为他们提供充分且必要的生长条件，包括各学科知识、多种多样的锻炼机会，就像农民为幼苗提供阳光、空气、水和肥料一样，目的是因势利导，助其成长，使其成为有用之材。另一方面，世界上没有两片相同的叶子，学生也是有差别的。承认学生是人，是有生命的个体，就必须实行人的教育、爱的教育，而不能只把学生当作冷冰冰的机器，用非人的手段对待他们。承认学生有差异，就需要因材施教，实行差别化管理、差异化教育，充分尊重每一个学生，包括他们不同的秉性、喜好、选择与追求，不能用统一的标准要求或束缚他们，更不能像龚自珍《病梅馆记》中说的那样："斫直删密锄正，以夭梅病梅为业以求钱也。"丰子恺先生有一幅漫画，题名《教育》，画的是一个工匠在做泥人，他把一团一团的泥硬往模子里摁，摁出来的是一模一样的泥人。实际上丰先生是用艺术的形式警示我们：学生不是没有生命的泥巴，不能把他们硬往模子里摁。教师应该尽最大努力，实行人的教育、爱的教育，培养有理想、有本领、有担当的时代新人，而不是只会考试的机器、提高升学率的工具。

第三，说教育是农业，只是说二者具有相似性，并不是说完全相等。事实上，教育因为面对的是人，要比农业复杂得多。正如叶圣陶先生认为，种庄稼只要满足庄稼生理上生长的需要就成，办教育还得给受教育者提供陶冶品德、启迪智慧、锻炼能力的种种条件。教师不仅要给学生提供充分的合适的条件，还要善于利用这些条件，充分发挥他们的积极性、主动性、创造性，让他们自主学习，主动实践，多读书，勤思考，勤练笔，既动手动口，又动脑走心，读万卷书，行万里路，积极参与各种社会实践活动，运用所学知识，在各种各样的社会实践中发现问题、分析问题和解决问题，促进学生在德智体美劳各方面得到全面发展。

2022 年 12 月

“白卷”给分的启示

立德树人是我国新时代教育的根本任务，体现在中小学各科课程标准、教材、教学和考试评价中。由此我联想到，在烽火连天的抗战岁月，发生在山城重庆的一件“白卷”给分趣事。

那是1941年南开中学的毕业考试。谢邦敏同学素喜文学，是该校语文首席教师孟志荪的得意弟子，但他严重偏科，数理化成绩却差得一塌糊涂。谢邦敏同学拿到物理试卷一看，顿时目瞪口呆，竟然一题也回答不出，看来只得交白卷。但他又心有不甘，就发挥自己所长，当场赋词一首，调寄《鹧鸪天》：“晓号悠扬枕上闻，余魂迷入考场门。平时放荡几折齿，几度迷茫欲断魂。题未算，意已昏，下周再把电、磁温。今朝纵是交白卷，柳耆原非理组人。”词中有无奈，也有自嘲。不料物理老师魏荣爵先生判卷时，也赋诗一首：“卷虽白卷，词却好词。人各有志，给分六十。”后来，这位谢邦敏同学不仅得以顺利毕业，还如愿考上西南联大法学院。毕业后任北京大学法律系助教，新中国成立后任北京第一刑事庭庭长。[①]这个故事可以给教育工作者三点启示。

第一，要善于发现并欣赏学生的特长。每个学生都有自己的个性和特长，有的学习能力强，博闻强识，适合搞研究；有的动手能力强，善于解决问题，适合搞技术；有的思维能力强，点子多，富有创新精神，适合搞创作。教师要善于发现并欣赏学生的特长，扬长避短，助其成功。正如上文提到的魏老师一样，他并不因为谢同学物理交“白卷”而嫌弃他、厌恶他，反而以欣赏的态度，承认他“卷虽白卷，词却好词”。

第二，教师要允许学生不喜欢自己所教的学科。在教育实践中，教

① 徐洁．叩问教育的真谛［M］．济南：山东教育出版社，2010：115.

师一般都希望自己班上的学生热爱并喜欢自己所教的学科，教师乐教，学生乐学，其乐融融。教数理化生的教师，恨不得每个学生都痴迷数理化生，将来当个科学家，甚至得个诺贝尔奖。教语文的教师，希望学生喜欢语文课，希望班上能多出几个作家。但如果我们换个角度，假如学生不喜欢我教的课怎么办？其实，学生不喜欢某个老师的课，原因可能很多，也很正常。小孩子犯错误很正常，何况不喜欢你的课又不是什么错误，可能有各种各样的原因。教师应该充分尊重学生自己的选择，就像魏老师那样，承认“人各有志”“柳耆原非理组人”，你不喜欢我的物理课，你有自己的爱好，只要你有自己的“绝活”，我也照样欣赏，一样给分。

第三，教育要以帮助学生成材成功为出发点。教育是为了立德树人，教师的一切教育行为都要以帮助学生成材成功为出发点。尽管谢同学物理交了“白卷”，魏老师也不觉得是自己教学的失败，也给予尊重和鼓励，并且慷慨地“给分六十”。假如没有这 60 分，相信谢同学考西南联大也没戏，中国也就少了一位著名法学家。这启示我们：教师要有容纳各种学生的雅量和气度，平等对待每一个学生，尊重其个性，理解其情感，包容其缺点和不足，善于发现每一个学生的长处和闪光点。有时老师无意间的一句话或一个举动，可能造就一个人才，也可能毁灭一个人才。

发挥考试“指挥棒”作用

考试是教育教学的“指挥棒”。要落实立德树人根本任务，实施素质教育，使学生德智体美劳全面发展，就必须充分发挥考试的“指挥棒”作用，解决好“为什么考”“考什么”“怎么考”的问题。

第一，在考试理念上，要转变育人观念与评价机制，相信每个学生都是独一无二的。考试评价的改革方向，一是要有利于推进素质教育，二是要有利于促进教育公平，三是要有利于科学选拔人才，着力解决“唯分数论”“应试教育”等社会反映强烈的问题。必须准确把握新时代教育的新形势、新要求，落实立德树人根本任务，坚持德智体美劳全面考查，助力提高义务教育质量和高中育人方式改革。高考改革应以《中国高考评价体系》为理论基础和实践指南，明确高考内容改革正确方向，找准高考内容改革着力点，明晰高考内容改革路径，推动新高考综合改革和高中育人方式改革平稳实施。

第二，在考试内容上，重点考查学生运用所学知识分析问题和解决问题的能力。义务教育阶段考试，应以课程标准为命题依据，联系学生生活实际。注重考查基础知识、基本技能、思维过程和创新能力。结合不同学科特点，减少机械记忆和客观性试题的比例，积极探索跨学科命题。增强情境创设的真实性、典型性和适切性，提高试题情境设计水平。高考则要依据高校人才选拔要求和国家课程标准，科学设计命题内容，降低试题难度，增加宽度与广度。优化情境设计，增强试题的开放性与灵活性，强调题目的基础性、综合性、探究性、创新性。着重考查学生各科的必备知识、关键能力、学科素养和核心价值，突出对综合素质和关键能力的考查，发挥好高考的导向作用。

第三，在考试内在结构上，要使教、学、考、招有机衔接，改变过去那种“为考而教”“为考而学”的情况。教育部颁布的义务教育和普通高中各学科课程标准，已实行教、学、考一体化设计，增加了“学业质量标准”“考试命题建议”，明确提出“素养立意”的命题思想，不再制订《考试大纲》，促进学生全面、有个性地发展。义务教育阶段考试成绩实行等级评价，严禁以任何方式公布学生成绩和排名。严禁以各类考试、竞赛、培训成绩或证书证明等作为招生依据，不得以面试、评测等名义选拔学生。目的就是要让考试回归课堂、回归教材，让校外培训班失灵失效。高校招生则实行“两依据、一参考”，即以高考成绩和高中学业水平考试成绩为依据，参考综合素质评价，逐步形成分类考试、综合评价、多元录取的考试招生模式，充分发挥高考命题的育人功能和积极导向作用，减少死记硬背和机械刷题现象。通过考试，让学生有获得感，教师有成就感，家长有满足感。

总之，考试评价要给中学教学树立正确导向。一是在培养学生掌握基础知识和基本技能的过程中，强化关键能力培养。二是注重培养学生的创新能力，激发他们的好奇心、想象力、探究欲和创新思维，养成创新人格，鼓励学生勇于探索、大胆尝试、创新创造。三是强化综合运用素质。统筹课堂学习和课外实践，强化实验操作，提升人文基础和科学素养，培养创新思维和实践能力。

关键是教师现代化

教育关系着每个家庭的切身利益，关系着国民素质提升和国家长远发展，是民族振兴、社会进步的重要基石，是党之大计、国之大计，教育功在当代，利在千秋。党和国家把教育事业列为中华民族伟大复兴的奠基工程，要求优先发展教育，并制定了时间表和路线图，要求 2035 年总体实现教育现代化，迈入教育强国行列，推动我国成为学习大国、人力资源强国和人才强国。建设教育强国，必须深化教育改革，加快教育现代化步伐，办好人民满意的教育。

教育现代化的根本任务是立德树人，具体包括八大理念，即“以德为先，全面发展；面向人人，终身学习；因材施教，知行合一；融合发展，共建共享”。教育现代化的目标是培养有理想、有本领、有担当的时代新人。有理想，即树立远大目标，具有积极的生活态度，对美好生活有向往和追求；有本领，即学到能够运用于实际、满足生存需要、服务社会的知识和技能；有担当，即培养责任意识，发挥个人能力，做新时代的主人。

百年大计，教育为本。教育大计，教师为先。教育是关乎人类未来的神圣事业，教师则决定着教育的质量和未来。教育现代化，最关键的是教师现代化。因为教师是教育发展的第一资源，教师职业在于“传道授业解惑”，承担着传播知识、传播思想、传播真理的历史使命，肩负着塑造灵魂、塑造生命、塑造人的时代重任。国家富强、民族振兴、人民幸福、教育发展，需要整体规划、制度建设、协调各级各类教育，需要研制课程标准、编写教材、培养培训合格的师资，需要科学合理的考试评价制度作保障，但最关键的，还要靠千百万一线教师，通过自己的创造性劳动，将先进的教育理念和课程教材知识，通过课堂教学落实落地，化为学生健康成长的精神动力。

教师现代化要求打造一支高素质专业化创新型教师队伍。第一，政治素质过硬。时刻牢记立德树人使命，甘当人梯，甘当铺路石，以人格魅力滋养学生心灵，以学术造诣开启学生智慧之门。师德师风好，情怀深，思维新，视野广，自律严，人格正。第二，业务能力精湛。具有扎实学识，包括专业技能等从教需要的学科知识、关键能力与核心素养；教师要善于不断学习，学会站在大师肩膀上专业阅读，站在团队平台上专业交往，站在师生视角上专业反思。第三，育人水平高超。教育是科学，也是艺术，决不是把知识从一个脑袋装进另一个脑袋。要求教师不仅具有扎实的知识和能力，还要有高超的教育教学智慧，特别是在信息化条件下应有的知识传播能力。如果不能将知识能力转化为教学智慧，不能掌握相应的处理方法和技巧，很可能越卖力，教得也越吃力，甚至造成师生矛盾，使双方都受到伤害。

总之，有理想信念、有道德情操、有扎实学识、有仁爱之心是教师现代化的基本要求。每个教师都应珍惜这份荣誉，爱惜这份职业，严格要求自己，树立终身学习理念，不断为自己充电蓄能、吸氧补钙，才能做学生锤炼品格、学习知识、创新思维、奉献祖国的引路人。

用新发展理念统领教育

理念是行动的先导。新时代教育迫切需要用新发展理念来统领，即坚持创新、协调、绿色、开放、共享的发展理念，助推教育现代化。

创新是引领教育发展的第一动力。著名语言学家、北京师范大学黎锦熙教授说:“期末考试，如果完全照讲课的笔记背，一字不错，别人给你一百分，我给零分！”齐白石说“学我者生，似我者死”。这都启示我们：教育重在培养学生创新能力，激发学生好奇心、想象力和创新思维，鼓励学生勇于探索，大胆尝试，创新创造；不能只是一味死记硬背，人云亦云。

协调是教育事业健康发展的内在要求。坚持协调发展，除协调好教育外部的各种关系外，更重要的是协调好教育内部各参与主体的关系。比如，课程标准、教材编写、教学指导与考试评价的关系，立德树人教育总目标与各学科学习的关系，各学科内必备知识、关键能力、学科素养与核心价值的关系，学生应具有的远大理想、宽阔知识面、深厚文化素养与敏锐观察力、较强创新能力的关系。

绿色是教育事业持续发展的必要条件。绿色发展除要求通过生态文明教育，建设绿色文明校园，实现人与自然和谐共处，培养绿色生活方式和行为习惯外，还必须明确：什么才是教育的“绿水青山”？一是满足人民对优质教育的渴望，切实提高教育质量，办人民满意的教育，让学生享有更好的教育，获得发展自身、奉献社会、造福人民的能力。二是促进教育公平，让教育改革发展成果更好地惠及广大人民群众，解决人民群众关心的教育热点问题。三是落实各学科课程标准提出的核心素养，如语文要培养“文化自信”“语言运用”“思维能力”“审美创造”，数学要让学生学会“用数学的眼光观察现实世界”“用数学的思维思考现实世界”“用数学的语言表达现实世界”等。守住这些，也就守住了教育的“金山银山”。

开放是教育事业繁荣发展的必由之路。新时代、新科技改变着人们的“地球观”和教育观，实现人类文明之间的和谐共存和互学互鉴。坚持开放发展，一方面，要引导学生通过更加密切的交流互动，促进对中国各民族、世界各国知识文化的认知理解，培育中华民族共同体和人类命运共同体意识，具有全球视野，树立开放眼光，为人类和平与发展贡献智慧和力量。另一方面，要加强校际协同、城乡统筹、科教结合，以强带弱，互促共进，构建家校共育、校内外协同的良好教育生态。

共享是中国特色社会主义教育事业的本质要求。坚持共享发展，就是要树立发展为了人民、发展依靠人民、发展成果由人民共享的意识，教育现代化决不是某个地区、某个学校的现代化。教育工作具有社会性，家庭、学校、社区不是相互孤立的“孤岛”，而是彼此联系、互相补充的“环岛”。教师不仅要在讲台教学，还要与各学科、各年级教师实现资源共享，与家庭社区实现经验共享，与社会实现成果共享。

新发展理念是相互联系、有机统一的整体。如果有一个落实不到位，其他方面也会受到影响，需要教育工作者在教育实践中自觉践行。

适变应变与共同发展

2022 年 6 月，教育部部长怀进鹏在出席联合国教科文组织 2030 年教育变革峰会预备会时，提出中国的教育观：一是坚持优先发展的教育观，二是坚持促进人全面发展的教育观，三是坚持适变应变与共同发展的教育观。其中，“适变应变与共同发展”这一提法，应该作为未来我国教育研究的新课题，受到应有的关注。我认为，这一教育观应该包括以下三方面的含义。

第一，适变应变与共同发展，明确中国教育时代主题。2021 年我国已全面建成小康社会，顺利实现第一个百年奋斗目标。下一步，即到 2035 年，要基本实现社会主义现代化。今天的初中生，那时是 26 ～ 28 岁，正是年富力强、大显身手的时候。2049 年我国将实现第二个百年奋斗目标，全面建成社会主义现代化，到那时他们是 40 ～ 42 岁，正是社会主义建设事业的建设者和接班人。今天的教育，要为他们的明天考虑，引导学生贴近时代与社会，注重视野与眼光，提高学生的阅读理解能力、信息处理能力、应用写作能力、语言表达能力、批判性思维能力和辩证思维能力。今天的教育，要引导学生自觉将个人追求融入国家富强、民族复兴、人民幸福的伟大梦想之中，同时具有维护民族团结，捍卫国家主权、尊严和利益的意识；培养学生关心时事，热爱和平，尊重和理解文化的多样性，具有国际视野和人类命运共同体意识，从而实现适变应变与共同发展。

第二，适变应变，建设学习型社会。全球疫情、中美博弈、科技革命等，都在悄悄改变着我们的生活，也改变着教育生态、学校形态与教学方式。未来公民如何才能适变应变与共同发展，也考验着教育工作者的教育智慧。时代在发展，社会在进步，世界在变化，生活在改变，要求教育必须提高数字化与绿色转型能力，帮助学生提高信息素养，培养他们面对未来的能力。主动适应数字化时代，主动适变应变，与时代社会同频共振，与先进文化共同发展，必须大力推进继续教育与职业教育，树立终身学习理念，建设学习型社会。

第三，共同发展，培养做事的能力。过去考试评价注重考查记忆能力、理解能力，现在更应该注重考查思维过程、探究过程和做事的能力。按照新的评价理念，无应用即无学习，无应用情境即无知识测试。好学生不再是像过去那样把已有的知识烂熟于心，而是能够独立思考、敢于质疑，能够自己去发现问题、提出问题和解决问题。教学中要注意激发学生思考，引导学生探究，指导学生做事，使他们不仅能做事、会做事，而且要把事情做好。学生不仅要学好各科课程，还要尽可能多参加各类校内外实践活动及比赛，如校园读书节、演讲赛、辩论赛、文学社、戏剧社、模拟法庭、模拟联合国、主题研学、人文游学、中国中学生作文大赛、叶圣陶杯作文大赛、创新作文大赛、青少年科技创新大赛、机器人设计制作大赛、三模一电（航空航天模型、航海模型、车辆模型，无线电）大赛、智能控制（现场编程，智能接力作品）竞赛等。因为参加这些活动，本身就是一种锻炼，在与指导老师、队友、评委、对手的交互接触中，既有助于开阔视野，提高专业技能，也能培养交流合作与团队意识，增强领导力、抗挫力。

为“名校毕业生当中学教师”点赞

最近，深圳高级中学招聘引发热议：越来越多的名校毕业生愿意当中小学老师，教师资格考试趋热。我认为这是一件大好事，值得点赞。这说明我国中小学整体教育生态正在逐渐向好。这一现象背后有多方面原因。第一，党中央“优先发展教育”的治国理念正在发挥积极作用。如果说教育是国家富强、民族振兴、人民幸福的重要基石，中小学教育就是这块“基石”的重要组成部分。近年来党中央国务院高度重视基础教育，出台了一系列文件，涉及教师队伍建设、义务教育、高中教育、思政课改革、劳动教育、减轻中小学教师负担等。这种政策利好，必然会对毕业生择业产生吸引力。第二，人才观念在悄悄发生变化。中国自古就有“劳心者治人，劳力者治于人”“万般皆下品，唯有读书高”的传统观念。随着时代发展和社会进步，越来越多的人开始认识到，一个高度文明的社会，不仅需要科学家、发明家、工程师、艺术家，更需要各行各业的建设者和普通劳动者，党的十九大报告提出弘扬科学精神、创造精神、劳模精神、工匠精神。在新中国成立70周年之际，全国中语会学术顾问、原副会长于漪入选“人民教育家”，成为全国1 600多万中小学教师的代表，使广大中小学教师倍受鼓舞，这对高校毕业生无疑也会产生示范效应。第三，当代青年择业理念更加务实。他们越来越趋向理性，不光仰望星空，更注重脚踏实地，不会只盯着高校和科研单位，而是会选择一个最能发挥自己聪明才智、个性特长的职业，找到最适合自己的位置，实现自身的全面发展。他们更看重的，不是钱和房子，而是个人的幸福感、成就感和荣誉感。早在改革开放之初，邓小平就提出“尊重知识，尊重人才”。要使中小学教师成为有吸引力的职业，最关键的有两条，一是地位，二是待遇。教师在受到尊重的同时，又有稳定的生活保障，才能安心从教，静心从教。在我国，目前能够吸引名校毕业生的，还只是个别发达地区的重点中学，但星星之火，可以燎原，相信会对整个教育生态产生积极影响，具有辐射效应、带动效应，有利于全社会关注教师的地位和待遇问题。中国要想自立于世界民族之林，唯有踏踏实实振兴教育。振兴教育不在房子，而在教师。教育大计，教师为本。兴国必先强师，教育现代化要靠现代化的教师队伍作保障。只有尊师重教真正成为社会共识，教师地位和待遇得到切实保障，才能吸引更多青年精英从事基础教育。优秀人才愿意在中小学争相从教，尽展其才，才能培养更优秀的新一代公民，才能为实现中华民族伟大复兴奠定坚实基础。

2021 年 2 月

打造有影响力的教育智库①

广西教育出版社成立教育研究院，充分发挥自身资源优势，整合区内外高校、教研、中小学校优质教育资源，实行大团队运作，倾力建设基础教育研发、出版、服务一体化的综合运营平台，着力打造有影响力的教育智库，反映了广西出版人的责任担当，是出版服务教育的一个创举，也是我国教育出版界的一件大喜事，可喜可贺！

出版与教育具有天然的联系，植根教育、铸造精品也是我国出版业的优良传统。叶圣陶是我国著名教育家、文学家、编辑出版家、社会活

① 本文是作者在参加广西教育出版社教育研究院揭牌仪式时的发言。

动家。他说：如果要问我的职业，第一是编辑，第二是教师。纵观我国近现代出版史，有一个特殊现象，每个出版企业都是伴随着一次大的社会政治变革应运而生。甲午战争后有商务印书馆，辛亥革命后有中华书局，五四运动后则有开明书店，新中国成立后有人民出版社、人民教育出版社、人民文学出版社等。这种现象及其背后蕴含的规律很值得研究。拿语文教育来说，一百多年来，中国语文教育的发展、演变、兴旺、辉煌，离不开教育出版，具体地说，离不开商务印书馆、中华书局、开明书店、人民教育出版社。因为在这些教育出版机构，汇聚了一大批以叶圣陶为代表的教育出版家。这次教育研究院聘请的学术专家智库学者，也有我的老领导、老同事刘道义、赵占良和李卿等。

我与广西教育出版社结缘已近 10 年。2013 年我担任中国教育学会中学语文教学专业委员会理事长，提出要编一套书，全面总结我国改革开放以来语文教育研究成果。时任广西教育出版社副总编辑黄力平先生与我联系，邀我主编“中国语文教育研究丛书”，双方一拍即合，合作非常顺利，也非常愉快。这套丛书 2017 年获国家出版基金，2019 年全部入选教育部全国中小学图书馆馆配书目。其中也包括我的《语文工具论》。后来，广西教育出版社策划一套“当代中国语文教育家口述实录”丛书，邀我做编委会主任，而我也是《刘国正口述教师·编辑·作家》的作者。这套口述实录也获得极大成功，2020 年获国家出版基金，2021 年入选“教师喜爱的 100 本书”前 10。作为作者，我感谢广西教育出版社的厚爱，使我的研究成果得以出版。作为朋友，我相信教育研究院能成为有影响力的教育智库；作为出版同行，我衷心祝愿广西教育出版社接续创造辉煌！

2022 年 9 月 25 日
于南宁金紫荆国际大酒店

商水一高赋

商水一高，阳城之冠。万千学子，成长摇篮。名师荟萃，呕心沥血，教书育人；学子发愤，博学笃行，慎思明辨。上下同心，师生并肩。栉风沐雨，历七十年。波澜壮阔，成就斐然。因以感言，申我欢忭。

商水地处豫东南，古为阳城，地属陈楚，后称溵川。宋改商水，洵为千年古县。溵商之水微波荡漾，皇天后土福祚绵绵。沙河汾河清水河纵横交织，褐土潮土砂礓土一马平川。溵水润泽文注情思，厚土滋养气凌星汉。章华台五谷播墒，高唐赋文传久远。孔夫子周游列国，两小儿指日争辩。曹丘生始修律典，袁邵公高卧望天。陈涉佣耕，犹不忘鸿鹄之志；王侯无种，为苍生奋起揭竿。袁绍袁术心存社稷，欲与曹操逐鹿中原。白果树刘秀曾系马，寿圣寺佛塔称庄严。自宋迄清，举人五十五，进士有十三，更有化河姚氏（晔、奕、仲孙），一门三状元。三国邓士载（艾）屯兵邓城，清代赵龙章提督台湾。物华天宝人杰地灵，商水八景美如画卷。溵渡秋游荒城夕照，梧桐栖凤银杏龙蟠。章华遗址乌沟夜月，白帝清风焦寨晴烟。更有中原小故宫叶氏庄园。

老城东街，自古文脉相传。路北孔庙黉学，路南凤台试院。晚清始设学堂，徐公懋昭知县。民国时引进西学，老当铺改作师范。一九五二，商水一高始建。伴随新中国风雨历程，见证商水县时代变迁。各方俊杰关怀，叮咛嘱托，殷勤般般。历任校长开拓，运筹帷幄，任能纳贤。领导集体中流砥柱，励精图治，攻坚克难。各科名师领航引路，彰显大师风范。青年才俊夙兴夜寐，致力专业发展。众教工恪尽职守，众志成城，妙手铁肩。师者传道授业解惑，学高为师，身正为范。学子勤学好问躬行，学海苦舟，书山勤攀。教室里读写思考，文学社风流尽显。活动课比拼才艺，体育场身影矫健。如今师资雄厚，特色明显，示范高中，称雄杏坛。

英才辈出，群星璀璨。

放眼一高校园，旧貌喜换新颜。教学楼实验楼鳞次栉比，科技楼报告厅挺拔壮观。校园文化墙点亮青春，腾飞雕塑像气冲云汉。博雅勤毅，养我浩然之气。学风校训，只为树人百年。文化广场木叶扶疏，曲径回廊水流潺湲。风声雨声读书声，声声入耳；家事国事天下事，事事心念。晚理课业恐睡早，晨诵诗书恨昼短。浸润数载，只为来日翻江海；蓄势待发，正宜腾龙飞九天。

新时代教育新使命，立德树人，为中华民族复兴奠基；现代化教育新征程，培根铸魂，德智体美劳全面发展。愿乘改革开放之长风，继往开来，笃志向前。守正创新，建设现代化校园。云山起翰墨，星斗书新篇。

2022 年 7 月 1 日

贺《商水姓氏》创刊

今年，我的家乡河南省商水县即将成立一个姓氏研究会，并且要创办一份《商水姓氏》。我认为这是一件好事、善举，《商水姓氏》为姓氏文化爱好者提供一个分享成果、交流信息、联络感情的平台，有助于弘扬尊祖敬宗，赓续传统文化。作为商水旅京游子，甚至顿生“漫卷诗书喜欲狂”的快意和“青春作伴好还乡”的憧憬。

《商水姓氏》创刊，具有天时、地利、人和三个因素。第一，具备弘扬中华优秀传统文化的浓厚氛围，可谓适逢其会，此为天时。面对百年未有之大变局，我国已实现第一个百年奋斗目标。下一步，就要朝着社会主义现代化目标迈进，开启新征程，第二个百年奋斗目标就是实现中华民族伟大复兴。民族复兴离不开文化的支撑。所谓民族精神血脉，需要挖掘各地丰富多彩的传统文化、人文底蕴和精神资源，坚定文化自信，增强文化软实力。人们常说，盛世修典、旺族修谱。通过国史、方志、家谱等形式，纪圣德，颂贤达，立族规，铭祖训，追根溯源，承前启后，策励后人，成为近年来我国文化领域的一大景观。姓氏标志着一个人的家庭系统和血缘关系，追寻姓氏起源，梳理姓氏脉络，研究姓氏文化，是了解家族文化的重要切入口，也是中华传统文化的重要组成部分。这为商水姓氏文化研究提供了绝佳机会。第二，周口拥有极为丰厚的姓氏文化资源，此为地利。周口向以“羲皇故都”“老子故里”而名扬天下，被称为“姓氏之根”“人文之祖”“文明之源”。从这片热土走出来的周口人遍布大江南北乃至世界各地。万姓同根，始于宛丘。太昊伏羲“制嫁娶，正姓氏”，使得一百多个姓氏在周口所属各县发源滋长，蔚为大观。早在2002年，周口就成立了姓氏历史文化研究会，我的老师戴俊贤、刘占国先生都是其主要成员。他们潜心研究，默默奉献，不计名利，埋头苦干，编辑出版《周口姓氏文化大观》、“周口姓氏文化”系列丛书和《周口姓氏》期刊；开展姓氏人口复查，续修族谱家谱；还曾举办“伏羲与中华姓氏文化研讨会”“周口中华姓氏文化节”“老子文化节”“纪念老子诞辰暨李氏宗亲拜祖大典”等，使姓氏文化研究成为周口一张亮丽的“文化名片”，这无疑为商水姓氏文化研究提供了肥沃土壤和丰厚资源。第三，商水有一大批对姓氏文化怀有执着和奉献精神的热心人，此为人和。2004年，“商水县姓氏历史文化研究会”成立，当地开展姓氏历史文化宣传，组织姓氏研究队伍，开展全县姓氏普查，整理出版家谱，积极参加周口市举办的“中华姓氏文化节”，并于2004年、2013年两次举行会员代表大会，已有坚实的研究基础。这次重新组建商水县姓氏文化研究会，得到县政协领导的大力支持，又有商水县一高、二高鼎力相助，为商水姓氏文化提供智力支持。有此天时、地利、人和三方面的有利因素，相信商水县姓氏文化研究未来可期，成为商水文化事业的新亮点。

在我看来，《商水姓氏》创刊，至少有三个方面的意义：一是有利于弘扬中华优秀传统文化。姓氏文化是中华民族文化、传统文化的组成部分，核心是孝道文化，宗旨在光宗耀祖，爱国爱乡。参天之木，必有其根。环山之水，必有其源。姓氏源自祖先，是一族血脉延续的见证。艾青诗云："为什么我的眼里常含泪水，因为我对这土地爱得深沉。"古人有"行不更名，坐不改姓"，实际上就是在告诫我们，为人处事要光明磊落，行得端，坐得正，为祖上增光，为家族添彩，否则就是不肖子孙。二是有利于传承商水文化。商水文化底蕴深厚，既有悠久厚重的农耕文化，大胆质疑、追求真理的创新文化，也有揭竿而起、为民请命的革命文化，通江达海、义利兼收的漕运文化。其中最具特色、内涵最丰富的就是言必信行必果的诚信文化。2019 年，商水县委宣传部、县文化与旅游局曾邀我参加"周口人讲周口故事"活动，使我得以深入思考商水独特的诚信文化。许多成语典故，如"揭竿而起""鸿鹄之志""一诺千金"等均出自商水这片热土。这里有农民起义领袖陈胜，有捍卫法律尊严、为诚信献身的曹丘生，有从东汉以来人才辈出的袁氏家族，有靠诚信富甲一方的邓城叶氏，更有故宫献宝人何刚、爱心"面条哥"郭良山、舍身救人的"红裤头"王保华等新时代诚信模范人物。三是有助于凝神聚力，建设新商水。商水拥有丰厚的人文底蕴和人才资源，县域人口近百万，更有散居在全国乃至全世界的商水游子，所谓血浓于水，大家无不希望家乡越来越好。姓氏研究不能只是"发思古之幽情"，更不是为了回到过去，而应以姓氏为桥梁、以乡情为纽带、以文化为依归，沟通县域内外，汇聚八方智慧，涵养精神，凝聚力量，建设社会主义新商水。我在东南亚国家旅游时看到过不少华人宗祠，这些宗祠寄托着海外游子慎终追远的乡关之思，寻根问祖、叶落归根成为无数游子的人生理想。不忘昨天，珍惜今天，面向明天，应是《商水姓氏》创刊的意义所在。

2021 年 9 月

用文博精品塑造民族精神[①]

美丽古都南京，开启文博盛宴。适值“5·18”国际博物馆日，第十七届（2019 年度）全国博物馆十大陈列展览精品脱颖而出，特别奖、国际与港澳台合作奖以及优胜奖也都名花有主，实至名归。这是我国文博事业走向繁荣的年度检阅，是对所取得辉煌成就的集中展示，也是文博人的精彩亮相，成为我国文化领域的一道亮丽风景。我有幸躬逢其盛，见证这一高光时刻，感受文博智慧，极为振奋，深受感动，也倍受鼓舞。在我看来，本次展览有以下特点。

一是政治站位准。展览用文博的独特语言和表达方式，让文物说话，让山水跃动，让历史发声，生动诠释了中华优秀传统文化、革命文化和社会主义先进文化。华夏第一王都二里头、江汉商邑盘龙城、平天下的秦始皇，拂去历史尘埃，从远古中走来，徐徐展开一幅幅精美画卷，还原岁月深藏的绝续兴替、时光掩埋的烽火硝烟，娓娓讲述中华民族伟大创造精神、奋斗精神、团结精神和梦想精神。香山革命纪念馆、武汉革命博物馆，见证了中国共产党人不忘初心、从严治党的使命担当。三星堆、大美亚细亚、意大利文艺复兴三杰，助力“一带一路”与“构建人

① 2020 年 5 月，作者受邀赴南京参加第十七届全国博物馆十大陈列精品展，出任社工会评委。

类命运共同体”，展现了亿万中华儿女的文化自信、多元包容和国际眼光。

二是专业水平高。展览立足于学术研究，综合运用数字化新技术，从展品选择、内容解读到呈现方式，均具有极高的科学性、艺术性和观赏性。苏州画屏、景德镇瓷器等，通过精心设计，匠意经营，在方寸间体现波澜壮阔，于小物件见证博大情怀。更有无边界设展，沉浸式体验，云直播，融媒体，分众化，展中展，虚拟立体，文创研学，线上线下互动，馆内馆外融合，流动博物馆、永不落幕的博物馆，让历史更鲜活，让科学更亲切，让艺术更生动，完美呈现出中华优秀传统文化的创造性转化和创新性发展，也让观众在丰富知识、接受教育的同时，受到审美浸染和精神陶冶。

三是覆盖范围广。内容上，有反映夏商周断代工程、中华文明复原工程的最新成果，有反映“绿水青山就是金山银山”的时代强音，有反映重庆工业发展的百年风华，有反映新中国传媒教育的峥嵘岁月，也有见证多彩贵州、和合承德的民族团结风情。地域上统筹东中西部，类型上兼顾不同层级，形式上观照常展临展，满足更多人民群众对美好生活的向往，有利于文博事业协调发展、共享发展，也体现了平等参与、多元包容、美美与共的办展理念。

博物馆是历史的保存者、记录者，是守护和传承人类文明的重要殿堂。漫步在这些展览中，我们不仅能触摸到博大精深的历史文化，体验到自强不息的民族精神，更能坚定理想信念，厚植家国情怀，汲取精神力量，树立文化自信，携手共创美好明天。

2020 年 8 月

贺2019年度十大博物精品奖揭晓

适逢“5·18”国际博物馆日，有年度“奥斯卡”之称的2019年度全国博物馆十大精品奖在美丽古都南京揭晓。余有幸躬逢其盛，因有所记。

全球蔓疫情，忐忑赴金陵。
出入健康码，来去保康宁。
六朝烟水地，虎踞龙蟠城。
年度奥斯卡，十大树标兵。
评审费思量，中夜尚权衡。
斟酌挑选后，精品始脱颖。
大美亚细亚，亚洲展文明。
擘画新中国，又见香山红。
武汉创监察，警钟须常鸣。
南博看三杰，策展显水平。
对话古罗马，四川堆三星。
安吉自然间，金山银山行。
重庆工业展，猎猎百年风。
和合在承德，悠悠民族情。
江西景德镇，瓷业耸高峰。
江汉有遗珍，煌煌跃盘龙。
始皇平天下，霸业四海同。
传媒声光电，教育异彩呈。
贵州多锦绣，醉美映彩虹。
赫赫二里头，中国始有名。
传统与未来，苏州看画屏。

文物会说话，展陈舞娉婷。
壮哉我中华，多元且包容。
文博新时代，文化盼繁荣。
平等向未来，共筑中国梦。

2020年5月18日于南京

“所为”与“所乐”

全民抗疫期间，我宅家闭关。摆脱应酬，正宜静修。除了读书、思考、写作，还可以借助互联网看电影。其实，一部好电影给人的教益，不亚于一本好书。最近看的《鸟人》《艺术家》《东京物语》，均让我获益匪浅。前两部都是美国的喜剧片，曾获奥斯卡奖；后者是日本的，家庭伦理片，曾入选“‘视与听’影史最伟大的十部电影”。《鸟人》讲述一位过气的好莱坞明星的故事，临到老年又转战百老汇，虽终获成功，却是以生命为代价的。《艺术家》也是讲默片时代的一位电影明星的故事，由大红大紫到衰落凄凉，最后在女搭档的提携下重返舞台。《东京物语》讲述日本平山老两口从一个海滨小城到东京看望子女的家常故事。人们常说仁者见仁智者见智，一千个读者有一千个哈姆雷特，鲁迅说一部《红楼梦》“道学家看见淫，才子看见缠绵，革命家看见排满，流言家看见宫闱秘事”。这几部电影涉及东西方不同的文化背景，主题、故事也不一样，时间跨度60多年，却都涉及“老有所为”“老有所乐”的问题，颇能引人深思。在我看来，电影给老年朋友的启示，至少有以下几点。

一是要承认自己的“老年人”身份。不少人进入老年后，往往面临着一个心理调适的困境，总不愿面对现实，讳言自己的老年人身份，或过于追求“老有所为”，不甘寂寞，刷“存在感”，就像《鸟人》中的里根一样。他整天陶醉在自己塑造的超级英雄“飞鸟侠”的阴影中，完全认识不到昔日的荣耀早已是明日黄花。他集编剧、导演、主演于一身，想要通过改编《当我们谈论爱情时我们在谈论什么》，重新赢得观众的关注与尊重，结果“理想很丰满，现实很骨感”：剧组经费吃紧，男主角被灯砸破头，临时请来救场的当红小生麦克乖戾张扬，昔日情人兼女主角更以怀孕相威胁，女儿则刚从戒毒所回来……这就是典型的“不服老”心态。“老有所为”当然可以，但一定要考虑自身条件和实际情况，有所选择地“为”。想“为”什么，该“为”什么，能“为”什么，均须量力而行、适可而止。清人钱大昕说，20 岁不狂没出息，30 岁还狂也没出息。少年轻狂本不是什么坏事，但七老八十还狂则大可不必，大文豪苏轼也只是“老夫聊发少年狂”而已。自古英雄出少年，好汉不提当年勇，此一时彼一时，到什么山上唱什么歌。“英雄迟暮”仅仅是“迟”一些而已，该“暮”的时候总归还是要“暮”的，太阳总归是要落山的。“老骥伏枥，志在千里”，想想可以，但千万不能当真。至于什么“青春永驻”之类，更是自欺欺人。

二是要看到时代变化，顺势而为。老年人容易犯的另一个毛病，是往往看不到时代在前进、社会在发展。其实，一个健全、理想的社会，一定是处在不断发展变化之中的。“变”是绝对的，“不变”才是相对的。任何事业都需要创新，有创新才能有发展。芳林新叶催陈叶，长江后浪推前浪。《艺术家》中的乔治曾风光无限，确实也曾给青年女演员米勒不少帮助。但米勒独辟蹊径，靠有声电影才迅速蹿红、成为明星。乔治却看不到观众欣赏口味的变化，还坚持认为“观众是来看我的，永远不需要我说话”。当默片与有声片档期撞车时，这对昔日的有情人便上演了一场新与旧、情感与票房的争夺战，结果乔治惨败，只好烧掉胶片，拍卖设备。好在米勒不忘旧恩，买下乔治卖掉的所有旧物，并与之重返舞台。清人赵翼诗云："李杜诗篇万口传，至今已觉不新鲜。江山代有才人出，各领风骚数百年。"再好的艺术也会使人审美疲劳，新陈代谢乃自然规律，旧的不去，新的不来。流水不腐，户枢不蠹。乔治明智的做法应是为米勒主动让路，让年轻人演绎精彩，创造奇迹。这既是自身身心健康的需要，是年轻人创造事业的需要，更是社会健康发展的需要。语文教育家张志公当年曾风趣地对年轻人说："我们是'老猴'，耍不动了，该你们'小猴'上场来耍耍了。"其中包含深刻而丰富的人生哲理。

三是要理解体谅子女。中国的"孝"文化，植根于传统社会的道德伦理。子女与父母间有亲情，也有一种缘分，汪曾祺说"多年父子成兄弟"，但子女既要承担社会责任，打拼事业，又有自己的生活，是独立的社会人。父母终归是希望儿女好，父母的爱是无私的，不求回报的。《东京物语》中似乎更偏于老年人的视角：电影中大儿子开诊所，大女儿开美容院，忙得不可开交。大儿子本来已安排好全家陪老人一起出游，因临时有病人请出诊不得不取消，只好请二儿媳纪子陪老两口东京一日游，带他们去热海度假村游玩。他们提前回来时，正赶上女儿要主持当晚的讲习会，弄得老两口无家可归。老太太去找纪子，老父亲去找他的两个老朋友。三人到小酒馆，原打算喝个通宵，破解无处住宿的尴尬，哪知家家都有一本难念的经，不知不觉三人都喝得酩酊大醉，深更半夜被警察送到女儿家。后来母亲去世，办完母亲的丧事后，大家各奔前程，小女儿埋怨哥哥姐姐们自私，没有多陪伴父母。纪子反唇相讥说："你结了婚就不会这么想了。"子女长大成人，成家立业，自然会渐渐脱离父母，当然要以自己的生活为主。作为老年人，首要的是安排好自己的生活，尤其是要保持一个健康的身体，尽量不给子女添麻烦，这才是对儿女最大的支持。

总之，这几部电影给我的启示是：老年朋友要想“有所为”“有所乐”，就要自觉退到幕后，乐见年轻人走向前台；同时要多学习，了解新事物，跟上时代，尤其是要保持身心康健。吾其勉哉！

2020 年 2 月 24 日

附录

……………

语文教育研究的立场与话语方式的选择
——《顾之川语文教育新论》读后

2016年的教师节这天，收到顾之川老师的新著《顾之川语文教育新论》(陕西师范大学出版社，2016年8月版，下称《新论》)。书名为“新论”，实是近年来顾老师所写文章的集合，涉及多个话题，比如谈新教材、新课标、高考作文等。这些都是从事语文教育的人所关心、也特别想知道别人是怎么思考的话题，因此读来感到真切，也使得我的这个教师节别有意义。

近几年，我曾经在不同场合多次听过顾老师的报告，在很多报纸杂志上读到顾老师很多长篇大作和短篇小讲，今年四月底上海师范大学语文课程研究基地举办“钱梦龙老师语文教育思想研讨会”，顾老师也到会支持并做专题报告。顾老师的报告和文章给我留下的总体印象是，他对语文教育方方面面的情况很熟悉，问题看得透，要点讲得清，并能以简洁的语言抓住要害。比如如何看待繁体字和简体字的关系，这个问题在文化界教育界已争议多年，且风波不止。顾老师在《汉字繁简问题之我见》中指出：从历史看，汉字实际上存在着繁化与简化两个过程，而总体上以简化为主，这是语言文字追求实用性的必然结果；近代汉字简化运动其实是从清末开始提出，于民国启动，在新中国成立后完成的。简化字贡献大，改回去成本太高，没有必要再变回繁体；简体字有缺点，但并非不能更正，对两岸交流等问题，可以采用“识繁写简”的原则；中小学生应该学点繁体字，并允许某些群体、在某些场合使用繁体字。这篇访谈只有短短两千字，持论公允，证据充分，既有理性分析，又能从操作的角度入手，把这个充满争议的话题之肯綮轻松化解开，令人折服。

顾之川老师的文字之所以有这样的特点，除了他的学识，我觉得在很大程度上还得益于他说话、写文章所体现出来的话语方式。这是一种式微但值得肯定的语文教育研究话语方式。话语方式也可以称作话语范式，略等于以前我们所说的文风。它是一个人在文章、讲话中表现出来的言语形式方面的总体特征，一般包括说话主体所持的立场或身份、所使用的概念体系、表述规则以及背后隐含的思维方式。新时期以来，在中国语文教育研究领域，并行存在着三种话语方式：一种是传统的语文教育研究话语，一种是改革开放以来兴起的学术研究话语，还有一种是近些年渐渐增多的大众媒体话语。而顾之川老师的文集所体现的，应该属于中国传统的语文教育研究的话语方式。它开创自我国现代语文教育事业的奠基人叶圣陶、夏丏尊诸先生，经过吕叔湘、张志公、刘国正、张定远等老一代语文教育研究者的运用推广，到20世纪80年代最为流行，并一度居于语文教育研究话语的主流地位。那时活跃着的老一代语文教育专家，如于漪、钱梦龙、苏立康、范守纲、陶本一、王尚文、倪文锦老师，几乎都善于使用这样的话语。这种话语方式的特点：一是突出的实践取向，即往往针对语文教育教学中的突出问题，就事说理，力图给人明确的解答，以帮助一线教师提高在某一问题上的认识，促进其教育教学水平的提高，如叶圣陶《语文教育书简》的语言表达；二是语言简洁，往往直接借用生活的话语来表达对语文的看法，而较少采用新概念、新术语，句子简短，很少采用句式复杂的欧式语言；三是常常以与教师对话甚至聊天的口吻来表达观点，题目中多用“启示”“建议”“我见”等字样，很少以专家自居。在中生代的语文教育研究者中，顾之川老师可算是坚持使用这种话语方式的代表，以《新论》中的文章来看，这个特点是很明显的。第一，《新论》中的百余篇文章，大多是基于当下语文教育中存在的某一现象或某一热点问题有感而发的，很少做纯学理的阐述。如社会上反复议论的关于经典阅读的问题、关于母语学习的地位问题、关于汉字繁简的问题、关于语文的工具性问题、关于高考试卷的问题、关于民间语文教改的问题、关于鲁迅文章的增删问题、关于民国教材热的问题，几乎是近几年语文教育热点问题大全。对于这些问题，顾老师都给出了积极的正面的回答。第二，顾老师文章里所用的语言，从词语、句式到概念，都力求简洁明了，很多都接近口语。采用这种话语方式，无疑会牺牲一些文章的学术性，但却更便于一线教师阅读和接受。第三，顾之川老师态度谦和，不以势压人。尽管顾之川老师长期致力于语文教育研究与实务，身兼中语会理事长、人教社语文教材主编等职务，文章中的许多说法都是很权威的解答，但是，他的表述常常用商量的口吻，很少使用“他们没有”“他们不会”“他们应该”等祈使句，更不会动辄说别人“讲错了”。比如谈到“题海战术”，他这样说，“教师教得苦，学生学得累。这种情况既不能怪校长，也不能怪教师，更不能怪学生和家长，而是我们的制度设计出了问题”，富有人情味，我想读者即使不同意顾老师的看法，也是愿意听他说完的。

我的一个感觉是，类似于顾老师这种对话式的话语方式以及温柔敦厚的文风，在语文教育研究领域虽然不能说久违，但已经越来越居于非主流地位，代之而起的是一种学术话语。这种学术话语有这样几个显著特点：（1）采取的往往是一种考察者立场，即以科学研究者的身份去分析研究语文教育，试图给出结论；（2）借助一定的研究工具——一般是西方理论，如课程论、心理学、语言学、文学、哲学甚至文化学中的某种理论，来观照语文教育中的某一话题；（3）从基本概念界定入手，运用判断、推理，试图给出定论；（4）文章的语言风格，带有明显的翻译过来的西方学术著作的味道。语文教育研究中的学术话语，是改革开放以来才诞生并逐渐流行于一些高等学校的研究队伍——尤其是流行于受过博士甚至受过西方科学研究范式训练的中青年教师中。这种研究的话语方式，突破了传统的语文教育研究方法局限，丰富了语文教育研究方法，促进了语文教育研究的科学化水平，从整体上说值得肯定。但是，这类学术话语的研究文章，往往存在着几个不足：其一是，这类研究预设的阅读对象，常常是为数不多的在高等学校同样从事语文教育理论研究的同行，比较难以得到一线语文教师的理解与认可，对教学的指导性不够强；其二是，研究课题容易空泛，有的热衷于建构学科体系，有的热衷于辨析两个概念之间的差别，如洋洋数万言辨析“写作”与“作文”、“教材”与“教科书”的差别。其实这种差异辨析对语文教学的意义是有限的；其三是，学术话语常常以冷冰冰的口吻和不容置疑的态度来表达观点，一不留神就会转向一种“布道者立场”，即表现出真理在胸、一统江湖的架势，动辄“转型”“重构”，给人唯我独尊的感觉。

现在的语文教育研究中，还存在着第三种话语方式，我把它称作“挑战者”话语，其主要特点是多持批判者立场、喜用带有暴力色彩的词语以及极端的思维方式，在网络和报刊等大众媒体上比较多见。这种话语方式的文章，对发现教育领域中的问题、引起社会重视有一定帮助，但常常夸大其词，诸如“鲁迅大撤退”“最语文”等。因为它很难摆脱现代大众传媒的影响，其写作指向重在吸引眼球而不在解决问题，最易引发无谓争论。上述纯学术话语和大众传媒话语在信息传达上有一个共同点，即倾向于作者单向的“发布”或“告知”，不利于与读者尤其是一线教师的平等交流，这是它们不及交流话语的地方。对我自己来说，迫于职称考评等公事的压力，也会写“学术论文”，但从内心来说，我还是更喜欢用那种直接面对教师的对话式的话语方式来写文章，喜欢读能解决具体问题的文章。

世界的一部分真相只能用一种特定的语言表述出来。顾之川老师受过严格的学术训练，他之所以选择这样的谈话式的话语方式来表达他对语文教育的看法，我想可能源于三方面的原因：第一，是受工作环境的影响。顾之川老师 1994 年博士毕业进入人教社，直接就教于张志公、刘国正、顾振彪等语文教育前辈，耳濡目染下，文风自然会受他们影响。我们从叶圣陶、吕叔湘等人的语文教育论著里的题目就可以看出，他们的文章往往针对性强、短小实在，在这一点上，《新论》可以说与他们一脉相承。第二，与顾老师求学和前期工作经历有关，顾老师 1976 年高中毕业后做民办教师，有在一线当语文教师的经历，他在多篇文章里都提到，他有过在乡村当民办教师的经历，深知农村中小学教师的艰辛，也一直对他们的默默坚守充满敬意。所以能为他们做点力所能及的事，他总是引以为荣并乐于从命。他衷心希望多为广大农村中小学教育做好事、做实事、做善事。这种服务于一线教师的初心，无疑也是他在研究方向和话语方式选择上的主要依据，正如他自己所言——语文教育研究要接地气，不尚空谈。但这种简短朴实的话语并非言之无物，而是需要高度的概括能力和深入浅出的表达能力。其实，他在这本文集中，或即兴发言，或为他人做序，常有珠玑之言，比如他谈教材——教材选文标准，一要尊重学术规律，选文出于公心，不因人废文，不掺杂个人喜恶；二要考虑文章本身确实文质兼美，传递正能量；三要有读者意识，明确是编给什么人读的，要有利于立德树人。很多概括都抓住关键，要言不烦。再如他谈“工具性”时说，工具论作为中小学语文教育的指导思想，是我国语文教育的优良传统之一，凝聚着几代语文教育工作者的心血和汗水，不宜轻易否定。工具论的核心，就是要让学生掌握语文这一交际工具，正确理解和熟练运用祖国的语言文字，在阅读、写作、口语交际等方面达到合格的程度，这一基本任务不能因课程改革而改变了，如果改变了，语文就不再是语文了。只是，以这种话语方式表达，人们轻易看不出其锋芒和才情而已。第三，还需要言说者具有足够的人文修养，语气平和的背后是心态平和，居高位而不自傲，理在手而不用强。顾之川老师在与普通教师的交流中，经常鼓励他们坚持自己的看法：“你不同意《教师教学用书》中的看法，是完全正常的，我想，这也正是语文课程标准中‘阅读教学是学生、教师、教科书编者、文本之间对话的过程’的意义所在吧。”这在《新论》中是常见表达。

阐释学家利科认为，一种文本一旦形成便有了自主性，其固化的意义便与语境无关。这一理论并不太适合评价顾之川老师的这些文章，正是那种直指当下问题、与读者平等对话的态度以及便于沟通的话语方式，使得这些文章在今天具有一种很高的开放性，这对那些每天都忙于繁琐的工作、无暇阅读深奥的理论读物的一线语文教师来说，更有直接的参考意义。

郑桂华

2017 年 5 月

沉潜深邃　奥博高远
——《顾之川语文教育新论》读后

《顾之川语文教育论》2013年入选《中国教育报》“教师喜爱的100本书”，有志于语文教育的朋友如获至宝，对之爱不释手。不想，《顾之川语文教育新论》又于2016年9月由陕西师范大学出版社隆重推出，惊喜连连。顾之川先生现任中语会理事长，在人民教育出版社做过二十多年的中学语文教材编辑，教过中小学语文，与几代语文人有过交往，经事无数。独特而持久的语文课程与教学阅历的浸渍，孕育了他沉潜深邃、奥博高远的语文教育思想。

一、人学思想：以成就人而成就语文思想

顾之川先生是许多语文人的朋友。他的朋友有提携他的前辈，如刘国正、于漪、张定远、钱梦龙、陈金明等，有他提携的语文界后起之秀，如张悦、周颖、李琳、时剑波等，更多的是和他一起拼搏的语文名师，如史绍典、蔡明、曹公奇、刘华、郭锋、卿平海等。对于前辈，他专门研究和深入阐发这些语文界前辈留下的传统与经验；对于后学，他不惜笔墨点评与奖掖；对于同辈学人，他更是精细了解他们的所学所长和对当前语文课程与教学的贡献，将每位专家名师介绍给急需帮助的广大语文教师和研究工作者。《顾之川语文教育新论》中为专家名师专著所做的序言，就达二十多篇，包括《马智君〈语文教师修养〉序》《刘华〈致思集〉序》《曹公奇〈超越梦想：语文思考与探索〉序》《靳彤〈语文综合性学习：理论与实践〉序》《郭锋〈语文四界〉序》《卿平海〈语文课堂创意教学〉序》《刘和程〈中学语文听课与反思〉序》《李永红〈创意写作〉序》《王德山〈让学生轻松写好个性化作文〉序》《王东〈语文：研读与反思〉序》《罗怀海〈古蔺文学选读〉序》《李万峰〈规范语言的模仿与超越〉序》等等。

光看这些序言标题，就能推想他涉猎了多少语文思想与实践经验，吸纳了多少专家名师的成名绝技，更不用说每一位专家名师都是一本读不尽的厚书。见多了，想多了，写多了，见识自然广了，眼界自然宽了。正因如此，才成就了他奥博高远的语文教育思想。

简单说来，刘国正先生的“生活教育思想”，于漪先生的“大爱思想”，蔡澄清先生的“点拨教学”，史绍典先生的“语文永远是语文思想”，蔡明先生的“生态语文”，龚如君先生的“趣味语文”，以及卿平海先生的“创意教学”，李永红先生的“创意写作”，王玉强先生的“诗化语文”，胡家曙先生的“疯狂作文”等，都应该是顾之川先生语文教育思想的有机组成部分。海纳百川，有容乃大。作者融各家之长，会而通之，终成就自我思想之广度、深度与精度。他以与广大语文人倾心相交而赢得了语文世界。他的语文世界里有千百个语文人的贡献，千百个语文人的贡献里有他的一份智慧。从本质上说，语文课程与教学是一种信仰体系。顾之川先生以他和他的众多同道的信仰建构了共同而广大的语文情感、态度和价值观。从范式的角度看，范式是一群人的贡献与执着，顾之川先生以他和好朋友们的贡献与执着维系着朴素而实在的语文课程与教学基础范式。

二、大学思想：以与时俱进而廓开语文境界

“大学之道，在明明德，在亲民，在止于至善。”大学者，旷达无垠之学问也。就语文课程与教学而言，大学思想即基于语文通于语文之外，超越语文的大语文思想。

顾之川先生思考的范围很广，教材编写是他的本行，教材编写的诸多问题，他一并兜着，自不待说。除此之外，他涉猎颇广，思考的话题包括微课、教师“范儿”、高考试题纠情、文章修养、作文规律、经典阅读、语言运用、学业评价、教学品质、语文核心素养、校园文学、汉字

繁简、大学语文边缘化、名家交往、教育生态、大学“去行政化”等等，凡语文人所能及，他无所不及。为学者必多情。世事洞明皆学问，人情练达即文章。一个人知识的积累、视野的开阔、心灵的培养、精神的丰富，语文教育起着极其重要的引领作用。语文教育以其不羁的边界昭示着作者的哲思。

顾之川先生作为资深编辑和中语会的领头人，时代在他的著作里留下了深刻的印记。这是语文教育作为上层建筑不可回避的。难得的是，“弄潮儿向涛头立，手把红旗旗不湿”。民国语文教材的优势至少在以下两点值得我们反思、借鉴和吸收：一是民国时期具有一个相对宽松的社会环境。主流价值观、社会舆论、教育生态、教材编写审查机制等是决定教材文化繁荣的基础和条件，也是教材质量提高的用本保证。语文学科与社会现实联系更加密切，社会关注度高，语文教材更是如此。营造一个充满活力的思想市场环境，有赖全社会的共同努力。我们欣喜地看到，近年来已有“教育去行政化”“教育独立”之类的呼声，提倡教育家办学也正在成为上下的共识。二是语文教材编写需要大批一流学者加入。

三、正学思题：语文守正方能出新

书中有一篇文章专门讨论“守正出新”，顾之川先生是就编辑“中国语文教育研究丛书”而言的：“坚持守正出新，注重原创研究。本丛书坚持守正出新，注重权威学与代表性，继承我国语文教育的优良传统，借鉴国外先进的母语教育理念和方法，注重吸收各种语文教育理论和各个教学流派的研究成果，反映作者最新的原创性研究成果。”究其实，这正是作者研究、实践的一贯思想。

顾之川先生的“语文学科核心素养”说非常新颖。当大家还在摸索探究就此内容如何写论文的时候，顾之川先生已经出版了把此类论文作为重要内容的专著了。这种敏锐不得不令人佩服。他认为，对于语文学科来说，核心素养包括社会参与、自主发展、文化修养三大领域，主要涉及国家认同、国际理解、沟通与合作、学会学习、主动适应与创新、语言符号与表达、人文与审美等，最终指向“全面发展的人”。依笔者看来，语文核心素养应该包含以下四个方面：一是必要的语文知识，包括语言文字、文学审美、人文素养等知识；二是具有较强的识字写字、阅读表达（包括口语与书面语）能力；三是语文学习的正确方法和习惯；四是独立思考能力、强烈的好奇心、丰富的想象力与强烈的创新欲望。深入分析，顾之川先生的语文学科核心素养包含三个层次：一是学科特色核心素养，依托于具体学习领域的知识体系；二是跨学科的共通素养，包括批判性思维、创造性解决问题、合作和沟通、社会交往、学会学习、自主学习等；三是自我发展素养，个人心智的成熟程度，对自己、他人、社会、人生的认识、理解和感悟，是教育“使人成其为人”的根本素养。语文学科核心素养三个层次的界定与划分，廓清了认知上的混乱与模糊，对语文学科自身建设有着特殊意义，自然也能引发人们对语文课程改革深度建构的深度思考。然而，仔细归类，我们不难从语文核心素养中发现语文“双基”（基础知识和基本技能）的影子，“素质教育”的底蕴，“语文素养”的构架，“语言文字运用”的精髓。这是集大成者，更是积淀式的守正出新。

顾之川先生对写作教学有自己的见解，他主张构建“一主四辅”式的写作体系。主系统是常规的整篇作文训练，每学期不少于6次。辅系统包括4个系统：一是与生活结合的系统，即指导学生练笔，把每天的所见所闻所感记录下来，当自己生活的“书记官”。二是与阅读结合的系统，应把写读书笔记（包括读后感、读写报告、读书心得、点评等）、改写、扩写、缩写、续写、补写等内容编入写作教材。三是与口语交际结合的系统。特别是小学、初中阶段的写作教材，可以先说后写，这样不仅能减少写作的难度，增强学生写作的自信心，而且能发挥说话的长处，锻炼学生快速组织语言的能力。四是与综合性学习结合的系统，一般以写研究报告、调查报告居多，有助于训练学生的独立思考能力、批判性思维能力和语言表达能力。不难看出，这又是守正出新：加强常规训练，掘开源头活水，老树发新枝。

四、朴学思想：立根原在语文中

朴学是清代一个学术流派，又叫考据学，这一流派注重资料的收集和证据的充分利用。我们在这里借用朴学思想来描述顾之川先生做学问的实事求是态度与扎实功夫。

顾之川先生是人民教育出版社的资深编辑，曾主编过多部教材，这些教材都有着深远而重要的影响。在总结现行教材编写的成败得失时，顾之川先生特别指出，现行的语文教材编写有两人弊端：一是为了与原人教版教材区别开来，有些选文一味求新，显得很偏、很怪。比如鲁迅的文章，有的故意回避《药》《祝福》等传统经典篇目，而选择《铸剑》《范爱农》等普通读者较生疏的作品；沈从文的作品，也从《边城》变成《箱子岩》;《史记》选文，也从传统的《鸿门宴》《廉颇蔺相如列传》变成《游侠列传》；柳宗元的《段太尉逸事状》，欧阳修的《与高司谏书》也不是这些作者最有代表性的作品。二是趋同化严重，特别令人遗憾的是，高中语文选修教材建设可谓盛况空前，各种版本选修教材达上百种之多。而深入比较后就会发现，林林总总的选修教材中，有特色的品种少，大同小异的品种多。这样的一种教材发展状况，是不能真正满足学生成长与教师教学的需要的。顾之川先生看问题很辩证，他认为语文教材必须重视鲁迅作品，但也并非“多多益善”，还要考虑教学实际。当今世界，文化多元，价值观多样，强调批判思维，注重个性发展。中学生不仅需要奶酪，也需要维生素，荤素搭配，方能营养均衡。而语文教材容量有限，应尽可能编选更多古今中外的名家名篇。当然，如果有些师生对鲁迅情有独钟，理应充分发挥其特长，而且应该受到鼓励。此外，顾之川先生又很坦诚地认为，语文教材建设任重道远，还有很长的路要走。他认为最大的不足就是对语文教材研究不够，教材编写往往受制于行政和利益这两只看不见的“手”，缺乏认真扎实的学理研究，今后语文教材编写应努力改善，使教材真正符合语文教育教学的规律。他的这些编辑思想朴实无华，却切中现实，足以令教材编写者反思和整改。

书中记述了作者和那么多语文人打交道的经历，读他的交往记事和研究所得，往往惊异于他超人之用心和细腻之笔。他对蒋百里先生的生活逸事了如指掌，描述蒋百里先生狱中叫女儿扮演老虎讲《水浒》“武松打虎”，蒋百里先生亲自扮演“第一扑、第二扑，第一次反扑、第二次反扑”，亲切感人；他从“五溪布衣张必锟”名片中推测用典“闻道龙标过五溪”或“五溪衣服共云山”，他知道张必锟先生中学六年读的是教会学校，1946 年同时考上南京大学外语系、复旦大学新闻系、北京大学教育系；他写《龚如君和他的趣味语文》能扯到德阳——“大德如阳”，挖出了诸葛亮、苏舜钦、李调元、戴季陶、黄继光等一大堆历史名人；他写史绍典先生，兜底“语文省长”，又把“公安三袁”请进来……我们不得不佩服他的博闻强记与探底钩沉，不得不佩服他对语文教育的热爱与反思。当然，以上所述，只是书中之一粟，更多的精彩还需读者自己去书中寻找、发现。

连中国　王元华
2017 年 3 月

语文大家顾之川
——《顾之川语文教育新论》读后感

新年伊始，收到顾之川先生托人转送给我的《顾之川语文教育新论》一书，欣喜感激之情无以言表。捧着这39万字的宏著，我如饥似渴，细读慢品，利用春节期间的空闲读完。

顾之川先生的这本新著分为上、中、下三卷，包括语文综论、语文人物、语文教材、语文考试等栏目，共119篇文章（不含附录的4篇文章），内容基本涵盖语文教育的各个方面，是一本不可多得的当代语文教育宏伟巨著。

顾之川先生态度谦和、学养深厚，这本专著有对语文教育的宏观综述，有对语文教材改革的探索研究，也有对语文教学现状的分析与指导、对语文考试改革的引领与展望；有对语文界前贤的回忆抒写，有对基层普通语文教师的序跋提携，还有对校园文学、学生语文学习的殷殷之情、谆谆之言……读着顾之川先生的文字，就如同见到了他本人，似乎他与我面对面而坐，温和而又微笑着侃侃而谈，谈教育，谈语文，谈人生……他就是这么一个德高望重、学识渊博、平易近人的语文大家——他的德行，令我肃然起敬；他的厚重，使我高山仰止；他的学养，指引着我研究语文教学的方向。

一、不懈追索的精神启迪着我们

顾之川先生从中师毕业，读到大学，到硕士，再到博士；从小学民办教师做到初中教师，到高中教师，到大学教师，再到教材编者……他怀揣梦想，无论身处何地，置身何境，有梦想就有希望。既要仰望星空，更要脚踏实地。学然后知不足，教然后知困。他就是凭着这种执着的精神，一路追逐，终于化茧为蝶，实现了人生的辉煌追求。

一分耕耘，一分收获。顾先生这种对人生、对梦想坚持不懈的顽强品质，对自我、对事业的拼搏精神，对于我、对于普通的语文教师来说，无不是一种激励，一种启迪。无论干什么，先要立鸿鹄之志，要有美好梦想，如果没有远大志向，即使机遇到你身边，也是无法青睐你的。理想的实现还需努力改变自己，我们无法改变社会，也改变不了现实，甚至也不能改变周围的人，唯一能改变的只有我们自己。顾之川先生努力奋进、勇于改变自己的精神，深深地触动、感动着我。我们遇到事情，常常抱怨，更多的是寻找客观原因，却不从自身立志开始，不从努力改变自我开始，这就是我们和顾之川先生的差别。

二、高屋建瓴地引领着语文教育

语文教育历来是舆论关注的热点和焦点。关于语文教育的许多问题，一直争论不休，见仁见智。顾之川先生在语文教育方面发表了许多高瞻远瞩的论述，对于热点和焦点问题提出了自己独到的见解，为广大语文教师引领着语文教育的方向。

关于语文教育的性质，一直争论不休。顾之川先生指出："新课标提出语文教育的性质是'工具性'与'人文性'的统一，在我看来，语文教育首先应该落实的是'工具性'目标，'工具性'应该是语文教学的第一要务，因为所谓'人文性'最终也要靠语文教育的内容来体现。"人文性是整个中小学教育的共同任务，是各门学科教育教学活动（包括演讲、体育、歌咏比赛、文学社团、春游秋游等）的共同追求，而不是语文这一门学科所能独自承担的任务。他的这些论述能使广大基层语文教师清楚地理解语文的性质，为我们阐明了工具性和人文性的关系。

关于语文的使命和任务，他说："语文是工具，运用于人们的交际交流，学习发展；语文是桥梁，沟通古今中外文化，传承精神血脉；语文是载体，承载公民人文素养，提供审美体验。语文课的任务，就是要引导学生说铿锵有力的中国话，书端正工整的中国字，读文采飞扬的中国书，写挥洒自如的中国文，做顶天立地的中国人。”这使我们在清楚理解语文性质的基础上，对我们天天教、学生日日学的语文课到底是什么，为什么非教非学不可，有了更清楚的认识，为我们实施语文教学指明了方向。

关于褒贬不一的比赛课，他说：“比赛课不同于常态课。比赛课有表演的性质，因为环境陌生，借班上课，备课时间短，大赛就是要在有限的时间内展现教师的基本素质。我想至少有三个方面的意义——一是向我们集中展示各种不同的授课形式，二是传递某种新的教学理念，三是引领中学语文教学的方向。”他充分肯定了比赛课的特点、意义和作用，还把比赛课与模特表演时装做类比，说明了比赛课对教学的引领作用。

关于语文教材的使用，他指出：“用教材教语文，不是教语文教材。使用语文教材要具体分析。”他还特别从整合、取舍、补充、纠错等方面阐述，强调要善于创造性地使用教材。他的这些谆谆教诲，为我们广大语文教师合理科学地使用教材教好语文课，指明正确的道路，提出具体可行的措施和方法。

顾之川先生在继承老一辈语文教育家思想精髓的基础上，结合当前语文教育的现状，产生了这些独到认识和新颖见解，可以说是字字珠玑，句句经典，篇篇精辟。他的这些论断是我们实施、研究语文教育的指路明灯。

三、热情无私地提携着语文教师

顾先生是语文教材主编、全国中语会理事长，又是语文大家，但他谦逊温和、平易近人，对普通教师极为关心，尽力帮助扶持，热情无私地提携。仅《顾之川语文教育新论》这部新著中，为普通语文教师写的序言和点评就有四十多篇，由此可见一斑。

很幸运，我也是蒙顾之川先生帮助、提携的普通教师之一。2011 年初，《语文教学通讯》（A）“教研方阵”栏目，拟全面介绍宝鸡语文教研状况。栏目设置有一栏“专家点评”，需邀请国内知名语文教育专家进行点评。我千思万虑，抱着试一试的心态，给顾之川先生说明了给我们“教研方阵”写点评的意图，他很爽快地答应了，不久，我就收到了顾之川先生发来的《宝鸡语文教研方阵点评》，刊登于2011年第9期《语文教学通讯》（A）上。同年下半年我“得寸进尺”，又邀请他为我的书作序，在中秋节之际，他发来给我写好的序言，后来我的《本真语文》一书直到2014年才由长春出版社出版。这两篇文章都收录在《顾之川语文教育新论》一书中。今年，我和我的工作室成员合署的《阅读教学教什么》一书，我还是请顾之川先生写序言。仅凭这点，就可以看出顾先生对于普通语文教师的关爱之心以及对语文教育的一片赤诚情怀。就像他在一篇序言中说的那样：“基层教师要出本书殊为不易，尤其是农村教师更是难能可贵，支持鼓励，乐观其成聊尽绵薄，理所当然。”

对普通语文教师，顾之川先生的序言或点评总是带着一颗善良的心，以激励为主，偏爱有加，肯定有余，期望满满。当然，对于存在的一些问题也是中肯地指出，彰显了一位语文大家的胸怀和气度！我们中学语文界有这么一位“掌门人”，我们普通语文教师有这么一位良师益友，这既是我们中学语文教学界的福气，也是我们语文教师的荣幸！

《顾之川语文教育新论》这本论著，视野开阔，气度恢宏，内容丰富，高屋建瓴，论述精辟。这里所述，挂一漏万，还需我今后继续细细品读，进一步深入领悟其思想精髓，值得特别一提的是，顾之川先生的这本论著传承了老一辈语文教育家叶圣陶等人的语言风格，用词贴切，准确规范，简洁凝练，平实质朴，自然流畅，耐人寻味。他的文章没有艰涩难懂的名词术语，也没有堆砌所谓的这理论、那原理，就好像与你面对面倾心交谈一样，让人如沐春风，充分展现了他师从著名语言学家的深厚语言功底，读者也能感受到他极高的语言表达能力，对于读者来说，他的著作更是我们学习语言、提高语言文字运用能力的典范。

曹公奇

2018 年 5 月

大运河畔话语文　两不厌居拳拳心
——读《顾之川语文教育新论》有感

丁酉年末，顾之川先生赴连云港讲学，邀我同去，就散文教学内容的选定做个报告，并赠新著一本。顾之川先生赠的书早已读完，一直想写点什么，于繁忙中搁置。近来，有老师频繁与我探讨语文核心素养的林林总总，我推荐其阅读《顾之川语文教育新论》，自己也捧起重温，追随先生的语文梦。

顾之川先生的语文缘，读之三分亲切七分钦佩。亲切源于农村生活经历的几分相似，钦佩则是先生不断地自我挑战，在汉语言文学领域日益丰厚渊博，惭愧自己缺乏钻研精神。虽说语文对于我来说，它不仅是安身立命之本，已然成为我兴趣之所在，徜徉其中，乐此不疲。可我还是缺少仰望星空的锐意，只有脚踏实地浅浅耕耘。激情倒还在，阅读写作，立德树人，累并快乐着。以“走近语文我就走近痛苦，离开语文我就离开幸福”形容最恰当不过。

顾之川先生关于传统文化与语文教育的思考给予了我深刻影响。传承不盲从，厚古不薄今，以中国心看世界，树立文化自信。这也是每个语文老师应该思考的问题。

顾之川先生勤读善思、笔耕不辍的务实精神堪称楷模。叶圣陶、刘国正、于漪、钱梦龙等语文人的著作、思想、人格魅力，先生娓娓道来，评价平实质朴，缅怀情感真挚。研究课标与教材、答记者问、写读后感、话语文教学与考试、驻足校园文学……先生始终脚踏实地，主编语文教材，思考语文价值，引领语文方向，致力于语文教育研究，并付诸笔端。我想，我们仰望名家的时候，更应该践行他们的精神。

纵观顾之川先生为多位语文老师著作撰写的序言，评价客观，点评精当，无夸大，不粉饰，简洁明了。细究先生每次观课之点评，紧扣教材，直击核心素养，优劣坦言相告，足见其严谨。

读顾之川先生的书，一气呵成，没有晦涩之感，语言明白如话。昨日刚和学生一起共读了《叶圣陶先生二三事》，叶老行文特别强调文章“写话”要清楚明白，要让人听着是说话而不是念稿，才算及格。我以为，顾之川先生的文字就是借此作行文用语的标准的，总是既正确又对症下药，我颇为喜欢。要知道，顾之川先生1985年就考取西南师范大学（今西南大学）汉语言文献研究所的研究生，1991年考取了中国社会科学院语言研究所博士生。要旁征博引、咬文嚼字，那功底绝非一般人可比。然而，“大道至简”，先生所作都是写话风格，平易自然，鲜明简洁，细致恳切。

读顾之川先生的文字，不仅在文风上潜移默化汲取营养，也在不知不觉中不断矫正和完善自己对教材的认知，开启语文的研究之路。先生读了《叶圣陶全传》后感慨：天才总是成群地走来。我想，这不仅仅是赞誉叶老为人谦和，能使文化大腕和学界名流聚集周围；也是在启迪我们这些天资愚钝却又热爱语文的人，在前进途中，应该寻找志同道合的伙伴，取长补短，成人达己吧。

停笔，脑海又浮现出顾先生平易近人的微笑，想象出他反复修改文字的场景。感谢相遇，感恩赠书，让我找寻更好的自己。

田　玲

2018 年 5 月

语文课程性质问题新论
——兼评顾之川《语文工具论》

语文课究竟姓啥？是姓“工具”还是姓“人文”，或者换个学术化的说法，作为中小学基础教育的核心课程，语文科的性质是什么？是“工具性”还是“思想性”“人文性”，抑或“工具性与人文性的统一”？这是一个老问题。记得差不多二十年前，世纪之交，国内课程与教学论专业语文教育方向的第一篇博士论文里，王荣生就建议，这个缠结了太多情感乃至情绪的老问题，大家还是超越了吧，或者索性忘掉了也好。在他看来，基于说不清理还乱的历史原因，只有扬弃乃至压抑语文科性质这一难题，“语文科课程论基础”的建构企图才有可能实现。即便当时，“新课标”——其实是共和国历史上第一次将“教学大纲”改为“课程标准”颁布不久，其中就一言九鼎，“工具性与人文性的统一，是语文课程的基本特点”，已经很努力地平衡两方，试图弥合争议，甚或一锤定音。

此中的良苦用心，作为全国中学语文教学专业委员会的理事长，顾之川当然心知肚明，而且他在《语文工具论》中为此追溯到了源头，是在 1996 年，教育部颁布修订后的《全日制普通高级中学语文教学大纲》，首次明确提出了语文是最重要的交际工具，是人类文化的重要载体。交际工具和文化载体这一语文学科性质的表述，基本上被后来的《全日制义务教育语文课程标准（实验稿）》和《普通高中语文课程标准（实验）》所沿用，只是在字句上略做调整。语文课程标准对工具性和人文性的融合，既承认了工具性，又给人文性以合法地位，这一表述，从积极的意义看，体现了兼容并包、和而不同的学术胸怀，好处是非常明显的，既继承了语文教育界传统的工具论，也吸收了新的人文因素，丰富了语文教育的内涵，关键是有利于团结一致向前看[①]。生怕没说清、被误解了似的，顾之川对新课标的引导作用和正能量反复申述。同时，为了中国语文事业长治久安与蓬勃发展，为了实现中国语文现代化和教育报国使命，这本以笔者的语文教育梦想起笔的书，本着“站在历史的高度，以严谨求实的科学态度，总结梳理中国语文教育教学所取得的成就，直面存在的困难和问题，深入剖析原因”[②]的初心，更坦言直陈“语文课程标准对工具性与人文性的融合，也给一线教学带来了一些混乱”[③]，“在语文教学中，二者又该如何统一？课程标准没有明确的说明，课标专家也没有给出一个明确的说法，语文教育理论工作者众说纷纭，广大教师在实际教学中无所适从”[④]，“新课程开始实施以后，广大一线教师经过学习、培训，掌握了新课程的基本理念，但一涉及具体的课堂教学，就不可避免地出现困惑与迷惘”[⑤]。事情的确正像王宁先生所说的那样，过去的语文教学有说教和灌输知识的倾向，为了克服这种偏颇，新课标强调“感悟”和“人文性”。但这两个概念带有不确定性，操作起来难以把握，因此，不论在教材编写中还是在实际的教学中，常常容易产生另一种偏颇，就是忽略

① 顾之川．语文工具论［M］．南宁：广西教育出版社，2021：193.

② 同① 304.

③ 同① 189.

④ 同① 187.

⑤ 同① 190.

语文课中科学理解的一面，使语文课变成一种没有客观规律依托的、主观感受型的课程。这种只凭感悟不讲理解、用“人文性”来冲击“科学性”的倾向，比之说教与灌输语言科学教条，同样具有危险性，是有违于语文教学改革初衷的。

依我看，正是由于熟悉基层，了解广大一线语文教师在教学中遇到的实际问题，看到诸多乱象忧心如焚，顾之川在十几年前——教育部启动实施的新中国成立以来的第八次课程改革大潮如火如荼之际，就开始了这本《语文工具论》的构思与写作。也因此不妨实话实说，这是一本学术著作，但却不是那种学究式、经院化的论著，而是立足现实、继往开来的忧患之书。凭着中语会当家人的接触面和判断力，作者意识到，新课改中人文论日渐成为文化教育的主流意识，而语文科性质这个大问题上的认识偏差，失之毫厘，谬以千里，体现在教材编撰上，很多教材编者认为，人文性才是语文新课程的精髓所在，更体现在语文教学上，人文性泛滥，所以他才最终克服了顾虑重重、患得患失，决意研究这一语文新课程在实施过程中不容回避也无法回避的问题，并爽直地亮出自己“工具性”的立场。其初衷和关切，很显著地表征在该书的总体结构设计上，“绪论”“结语”之外的四章，最吃重的，是第二章“语文工具论的形成”和第三章“语文工具论受到的挑战”。第二章，虽也发挥了作者出身古代汉语专业、又长期供职于人民教育出版社的优势，下力气讨论了语文工具论的“古代滥觞”和“近代草创”，但无疑地，惹人关注的重心依然是，二十世纪五六十年代语文工具论的形成史以及七十年代末开始的伴随着改革开放的复苏历程。尤其是，语文工具论复苏的时间下限，书中将其一直延展到了2000年，这在顾之川那里，是和那场发生于1997年、始于《北京文学》的“语文大讨论”一起放在第三章第一节，属于互为表里的同一个逻辑，但在不少专家那里，估计会被认为是简化了历史，也弱化了语文工具论形成之中便不断受到挑战、甚至始终与“思想性”“人文性”进行话语争夺的事实。在我看来，顾之川的认知容或也有偏差，但直面语文教育最近二十年的历史、直面语文教学一线的现状与流弊，历史梳理与理论思考都极具现实针对性，这正是本书的主要特点，也是贡献所在，特别是字里行间的拳拳之心，毋庸置疑，非常值得尊敬，包括他在书的最后旗帜鲜明的一个基本结论：

新课改以来语文教学人文性泛滥的现象应该得到纠正。必须明确语文课是一门基础性、工具性学科，主要任务是培养和提高学生正确理解和熟练运用国家语言文字的能力，即阅读、写作和口语交际的能力。当然，语文这个“工具”既不同于镰刀、锄头这样的工具，也不同于数学、计算机这样的工具，因为语文本身负载着思想、精神和文化，负有人文素养培养的任务。应以学习和掌握祖国的语言文字这个交际工具为“基本任务”。至于思想教育、文学审美教育、人文素养教育、科学知识教育，都是语文教育的“其他任务”。“其他任务”要为“基本任务”服务。“其他任务”的完成，要靠“基本任务”来带动，要靠语文学习中的逐渐积累、感染和熏陶，是一个春风化雨的过程。那种只顾人文性、弱化工具性甚至取消工具性的看法，是很不妥当的，也是十分有害的。[①]

这当然不是说顾之川所论就没有进一步讨论乃至争论的空间。事实上，关于语文科性质的问题，我十数年前的看法就和他有同更有异。

从字面上来看，“新课标”以“统一”二字整合了工具性与人文性的纷争，是关于语文性质问题的了不起的收获；但实际上，只有在工具性与人文性有如一张纸的两面，是“两面一体的统一”这等高度上来了解语文，才能真正地把握语文的特殊性。这样，对所谓“工具”是一种深

① 顾之川．语文工具论［M］．南宁：广西教育出版社，2021：289-290.

层次的理解，人之为人，就在于他能利用工具。工具性是人的存在的一部分，因此，随着工具的不断改进，人的存在方式也在不断改进。在这个意义上，工具是和人的文化世界、精神境界连在一起的。特别是语言，如果把它提高到人的存在方式——“语言乃存在之屋”的意义上来认识，那么，语文的人文性与工具性就须臾不可分离。所以，即使新的语文理念强调的是文化、文学的教育，语文还是不能离开语言，不能离开工具性。相反，那种把工具性、人文性看作是分属两端的各一极，语文是工具性和人文性缺一不可地焊接在一起的“两极统一论”，对于语文的深度理解并无助益。实际上，正由于“新课标”基本上没能在“两面统一论”的层次看待语文的工具性与人文性，所以，它总体上是从过去的工具性一极“矫枉过正”到了眼下的人文性一极，而由此带来的一大后果是，语文教育及其研究，好玄骛虚、好高骛远、好大喜功，在语文界内外弥散着一种不证自明的集体无意识，“语文不可教”。

相同的是，我对语文界的状况也忧心忡忡，也意识到了语文性质问题之重大。而差异也是明显的：当年，我对新课标的“统一论”寄予了很高的期待，希望能以此为起点，通过深度释解“统一”，尤其是从人的“存在之屋”高度来认识语言的“工具性”，从而促进语文实现工具性与人文性的统一之深度理解，进而以理论思考的方式应对时弊、革新除弊。然而十几年过去了，语文科性质的话题没有如王荣生所愿的那样消失，语文教育之怪现状更让我反省，自己的策略实乃软弱，立场的游移还导致了思想的含混，也许今天，我们该先学一学顾之川的简单明快！如在《语文工具论》的绪论里，顾之川写道：“语文是工具，运用于人们的交际交流、学习发展；语文是桥梁，沟通古今中外文化，传承精神血脉；语文是载体，承载公民素养，提供审美体验。语文的基本属性决定了语文是人们学习、工作和生活的基础工具，语文学科是学习其他各门学科的基础。”他指出，语文教学必须树立工具意识，工具只有在使用过程中才能发挥作用，因而语文教育又具有综合性、实践性的特点，工具论作为中小学语文教育的指导思想，是我国语文教育的优良传统之一，凝聚了几代语文教育工作者的心血和汗水，可以不断充实其内涵，但不宜轻易否定。工具论的核心在于，它明确指出语文教育教学的基本任务，即让学生掌握中华民族的母语——汉语这一基础工具，正确理解和熟练运用祖国的语言文字，在识字写字、阅读、写作、口语交际等方面达到合格的程度。同时，通过语文教学，丰富学生的精神世界，提高学生的文化素养。这一基本任务不能改变，改变了就不再是语文了，语文工具论不曾排斥对学生的政治思想教育和人文素养教育。语文课当然要注重人的发展和人格塑造，培养人的创新意识和创新能力，但人文性不是语文的特点，而是整个教育的总目标。[①]

之所以不惧大量引用，一来我试图更直观地展现该书语言表达上的优点，晓畅明白，乃至直白，一针见血，不拖泥带水；二来，《语文工具论》所涉及的一些理论议题也能因此直接呈示。譬如语文工具论，首先就有个语文“是什么的工具”的问题，很显然，书里的回答已经一清二楚。再就是一个核心问题，语文科的性质“为什么是工具性而不是人文性”，如何论证？对此，本书确乎是无心也无力于正面强攻，但这些引文又表明，作者并不是没有阐释说明乃至推理论证的意识。概而言之，一是作者从不讳言，语文科的性质认定是任务导向的，而并非缘于所谓纯粹的学理，这也是该书反复倡言语文课基本任务、主要目的的要义所在，培养和提高学生正确理解和熟练运用国家语言文字的能力，即阅读、写作和口语交际的能力，这样的任务、这样的目标、这样的能力要求，决

① 顾之川. 语文工具论［M］. 南宁：广西教育出版社，2021：288−289.

定了语文课必须上成语文课，决定了语文科的性质只能是工具性。二是通过排除法，既然“人文性”试图竞争上位为语文科的性质，那么一面抬高其重要性到整个教育的总目标，一面又不断强调它不是语文独有的特点，就成了作者有意无意采用的论述策略。当然，顾之川更自觉依托的则是，求诸语文历史和语文大家，力图将语文解析为“语言文字”:“语文工具论的立论基础是语言文字，所谓口头为语，书面为文，合在一起，就是‘语文’”，“语言文字是人们在社会生活中最重要的交际工具，也是彼此相互交流思想感情、表情达意的工具”，“也是思维、生活的工具，更是提高文化品位、提升人文素养、丰富精神世界，进而实现终身学习、自主发展的工具”[①]。这些内容主要在该书第一章“何为语文工具论”，而这部分，是我阅读中收获（也包括疑惑）最大的，更是促发思考最多的。其源头，则还是叶老：

“语文”一名，始用于1949年华北人民政府教科书编审委员会选用中小学课本之时。前此中学称“国文”，小学称“国语”，至是乃统而一之。彼时同人之意，以为口头为“语”，书面为“文”，文本于语，不可偏指，故合言之。亦见此学科“听”“说”“读”“写”宜并重，诵习课本，练习作文，因为读写之事，而苟忽于听说，不注意训练，则读写之成效将损。原意如是，兹承询及，特以奉告。其后有人释为“语言”“文字”，有人释为“语言”“文学”，皆非立此名之原意。第二种解释与原意为近，唯“文”字之含意较“文学”为广，缘书面之“文”不尽属于“文学”也。课本中有文学作品，有非文学之各体文章，可以证之。第一种解释之“文字”，如理解为成篇之书面语，则亦与原意合矣。[②]

① 顾之川．语文工具论［M］．南宁：广西教育出版社，2021：8.

② 叶圣陶．语文教育书简［M］// 中央教育科学研究所．叶圣陶语文教育论集（下册）．北京：教育科学出版社，1980：730.

书中援引叶圣陶先生的这段话，多年前我应当读过，可惜等于没有读，否则就不至于明显地犯“语言（学）帝国主义”的错误了——前文自我征引那么长文字的用意之一，也便是“自我暴露”；而顾之川此书看起来很是重视，但实际上也很遗憾地与其失之交臂了。可这次，我们真不该再错失了！我的意思是，以叶老为起点正可以帮助我们反省，反省我所谓的“语言（学）帝国主义”。2011 版《义务教育语文课程标准》指出，语言文字是人类社会最重要的交际工具和信息载体，是人类文化的重要组成部分。语言文字的运用，包括生活、工作和学习中的听说读写活动以及文学活动，存在于人类社会的各个领域；如今 2017 版《普通高中语文课程标准》继续沿用了，而且是显著地出现在课程性质的起首位置，也是课标正文的第一自然段。这意味着，课程标准现在是以语言文字解说语文，以语言文字为始点和焦点宣示课程性质的；同时“以及文学活动”这一表述，在这段话中特别吸引眼球，值得推敲一番。一方面，语文“听说读写”是大家习惯了的，这里却新来了个“以及文学”，很有“陌生化”效果，况且语义上，听说读写的对象是已包括了文学的，但课标作为政府文件，不惜貌似不合逻辑，也依然将文学单拎出来了，那势必需要将其解读为别有深意，是为了突出对文学活动的重视与强调；另一方面，文学活动再怎么重要，也依然清楚明白地归属在语言文字的运用之中，这就是说，文学之种种，不管有多么特殊，都是语言文字的一种运用，因而文学如果有其工具性一面的话，也是可以且应当落实到语言文字来阐明。如若不信，请看 2017 版课标紧接下来的第二自然段：“语文课程是一门学习祖国语言文字运用的综合性、实践性课程。工具性与人文性的统一，是语文课程的基本特点。语文课程应引导学生在真实的语言运用情境中，通过自主的语言实践活动，积累言语经验，把握祖国语言文字的特点和运用规律，加深对祖国语言文字的理解与热爱，培养运用祖国语言文字的能力；同时，发展思辨能力，提升思维品质，培育社会主义核心价值观，培养高尚的审美情趣，积累丰厚的文化底蕴，理解文化多样性。”上下贯通地互文阅读下来，想必会有更大的发现：首先难免令人怀疑，上文刚把听说读写活动与文学活动相提并论，下文很快又将工具性与人文性对举——哪怕说的其实是统一，这大约就是那种两端统一式误读的来由之一。其次，第二自然段并没有多长，却引人瞩目地出现了 7 次语言（含 1 次“言语”）、4 次文字（都是“语言文字”连用）；而文学则一次也没出现，与之看来较相关的内容呢，也只是在分号后作为“同时”项出现，且还寥寥可数没几句；这对比是如此显著，足以让我们更加确信，在新课标的理念中，文学活动隶属于语言文字运用，文学归属于语言文字。

读到这里，可能有人颇为疑惑：一者文学是语言文字的，这并没有错；二者，2017 版课标对语言文字运用的反复强调，事实上是有利于加强语文工具性的，这对顾之川及其支持者来说，不也是应该欢迎的吗？

顾之川的确目光如炬，说得相当到位。事实上文章到此，我的核心观点以及与顾之川的关键分歧，应该也可以表达得更显豁明了：在当今的语文状况下，凡是有助于阐明语文工具性的，当然都值得欢迎，但是学理上，也还需要追问是出于何种逻辑；这就好比文学在质料上、在根基上是语言文字的，固然没有错，然而，将文学的一切都划归到“语言文字”——此所谓“语言帝国主义”，将文学的一切都化约到语言文字的层面来讨论——此所谓“语言学帝国主义”，都是我当下绝对无法认同的，为节省篇幅，本文将其统称为“语言（学）帝国主义”进行讨论。很显然这就包括了，像我当年以及顾之川这样，全凭语言文字的工具性来论说语文的工具性。

让我们回过头来再看叶老蕴涵丰富的那段话。先生很通达、很宽容，但基本思想还是很坚定的，他清晰地指出语文之“文”，是指成篇的书面语即语篇，包括文学作品，也包括非文学作品。那么，可以相信如下判断并不是我的臆测：叶圣陶先生属意的语文工具论，虽然用语言文字的工具性很容易证成——这就像顾之川这书以及新课标论述课程性质时所做的那样，但在叶老的语文理念中，文学实乃语文工具论题中应有之义，语文之为语文，是“口头语+书面文”，而语文之“文”包括文学，和（口头）“语”一样，也理所当然地，是看待语文工具论的一个不可或缺的角度。易言之，一方面语文里有一个不可化约的文学层面，有大量难以化约到、也不必化约到语言文字知识的文学知识；另一方面，文学也是工具，且无须还原到语言文字层面、动用语言学知识，就应该足以认知，因为文学就其是文学本身来说，便有工具性。此处吃紧，不仅牵涉语文观，而且也牵涉文学观了；兹事体大，有待今后另文专论，这里只能扼要强调几处要津。

其一，文学当然是内容性的，但文学不仅是内容，也更是形式。文学呈现社会生活和情感世界，表达思想、观念和感情，因此文学凭借其丰富的内容，就能如课标所期待，培育社会主义核心价值观，培养高尚的审美情趣，积累丰厚的文化底蕴；但文学也是一种特别的跟世界打交道的方式，如朱光潜先生所说，“慢慢走，欣赏啊”，文学让人们在紧张忙碌的功利竞争的世界有了喘息透气之机，文学教会人们一种别样的人生态度和生活方式。当然这些也可以说属于人文和修养，是“内容”性的，但在我看来，人生和生活的方式之类，事实上更是属于“形式”性的。

其二，文学是形式性的，更是因为文学是一种特殊的认知世界的方式，“文学之眼”会让世界多一个面向、多一副面孔，在一种深刻的意义上，丰富文学图景也就是丰富世界图景。这就像我们十数年前认识到的：“好的小说正以某种特殊的形式凝固了作者的经验——这种经验往往我们也有，可是表达不出，或者说找不到恰当的形式来表达；好的小说恰恰把我们自己无以用语言表达的经验编织进了它的叙述之中……把我们生活世界中许许多多‘碎片化’的体验整合成了一个有意义的整体……重新塑造了我们与生活世界之间的关系，赐予了我们以另一种方式观察生活、体验人生的‘眼睛’；小说磨砺着我们的感官，小说擦亮了我们的心灵，让我们永葆梦想与激情。”①话的重心在小说，但所指何尝不是整个文学？也可以套用那句老话：文学既是认识论、方法论，也是世界观！所谓世界观，其基本含义不正是看待世界的方式方法、世界在你眼里所呈现的样子吗？

其三，文学是世界观，是认识世界的重要方式。话都说到这了，文学还不是工具吗？文学当然是工具；但是，这个工具不是或不仅仅是简单的“小工具”，而是人之为人生存的、生活的，成为全面发展的人的“大工具”。文学对于语文来说，不是锦上添花，文学是语文科的重要组成部分和学习领域，语文课程建设亟需大量文学知识；文学教育也不仅仅是人文教育，基于文学知识向来偏重内容和阐释学的惯习，当下尤其需要开发文学形式和诗学的知识。文学对于语文工具论来说，也不是锦上添花，文学之为工具，既小更大、大小兼具，但不是雕虫小技，也不是屠龙术，更不能是花架子；这样的工具，才足以如课标所期待，发展思辨能力，提升思维品质，理解文化多样性，这样的工具论，才能超越和克服“语言（学）帝国主义”，才会有语言和文学以及文章、文化等多轮驱动，使语文科发展的动力更足。这样全面的语文工具论，对语文工具性采取的是一种内外兼修而终于本体论的理解；这样一种工具，还算适切的例

① 倪文尖，朱羽．重塑小说观　建构新图式：《现代小说阅读》编写札记之一［J］．语文学习，2005（3）：15.

子是，从猿到人进化中的手，最初，手当然是采集、劳动的工具，而最终，手无疑是人身体的一部分。在这样的视野下，工具性与人文性的统一，是语文课程的基本特点，这句话依然可以成立，不过，这是因为“人文性”和“工具性”统一了，如今，假如还有人问语文课究竟姓啥、语文科的性质是什么，我愿意向顾之川学习，爽快地回答：工具性。因为说到底，在反本质主义早已成为学界常识的今天，语文科的性质再也不该想象成什么本质属性，像个秘密似的深藏在语文科的内部了，同样的，语文科性质问题之所以仍然值得研究追索，也不再是为了期待一个终极答案，而应该是为了立足语文现实，凸显鲜明的语文立场和真理主张。在这个意义上，《语文工具论》是一本适逢其时、发人深思的书，尤其是直言不讳的书名，想必会给当下的中国语文教育界带来警醒、启示及争鸣。

倪文尖

2018 年 11 月

语文属性的精准定位
——读顾之川先生《语文工具论》有感

关于语文课程的性质、关于语文工具论，一直以来，都是语文教育界以及作家、学者议论的重点。语文工具论自从诞生之日起，就一直处在争论、质疑的旋涡之中，对工具论的挑战和批判也一直没有停息过。直至今日，激进者还在试图彻底否定语文工具论。

作为著名语文教育家及多套中学语文教材主编的顾之川先生，他的新著《语文工具论》从中国语文教育发展史的角度，梳理语文工具论的来源、形成及发展变化，特别分析了语文大讨论、文学教育、语文人文论对工具论的冲击和影响，客观理性地论述了语文工具论的内涵，细致地剖析了对工具论的不同看法以及如何全面理解语文工具论，并从课程设计、教材编写、考试评价、教师素质等方面论述了语文工具论实施的方式策略，总结了语文工具论的基本结论，从语文教育的基本属性、指导思想、优良传统、基本任务等方面，全面阐述了语文工具论的性质及作用。

历来关于语文工具论的论述虽然不少，但都散见于各种书刊。顾之川先生的《语文工具论》，是中国语文教育史上第一部完整系统论述语文工具论的专著，是一部具有历史观、具有前瞻性、又充满学理分析的语文教育论著，它必将为语文教学提供切实可行的理论依据和方法策略，进一步推进我国语文教育的改革和发展。

一、精准确认工具论是语文学科的基本属性

语文学科历经百年之久，但其学科属性一直难以统一。特别是新中国成立以来，语文学科的基本属性和目的任务，更是伴随着政治形势的变化而变化，致使语文教育一直受到人们非议。新中国成立初期，语文工具论初步形成；“文化大革命”期间，语文教育成为政治的附庸；改革开放后，拨乱反正，重新确立了语文工具论的地位；世纪之交，语文大讨论的冲击，文学教育重新复苏，语文人文论逐渐兴起；新课改以来，工具性和人文性实现融合，研究者仍在反思……

在这种形势下，《语文工具论》的作者，站在历史的高度，全面梳理中国语文教育发展的历程，客观分析对语文学科的各种定性，明确提出工具性是语文学科的基本属性。顾之川先生认为，语文教学的任务，就是要教会学生掌握语文这一工具，为他们日后的学习、工作和生活打下扎实的语文基础。语文教学就是要培养学生掌握国家语言文字这一基础工具，培养其听、说、读、写的能力，使学生正确理解和熟练运用我们国家的通用语言文字。语文教学必须树立工具意识，工具只有在使用过程中才能发挥作用，因而语文教育又具有综合性、实践性的特点。中国语文教育的根本任务，就是引领新一代公民认端方典雅的中国字，读文采飞扬的中国书，说铿锵有力的中国话，做顶天立地的中国人。

这些掷地有声、铿锵有力的论断，不是随意地空喊口号，也不是重复前人论述或故意标新立异，而是作者在深入研究中国语文教育发展史的基础上，全面考察各种观点主张的本质，深入分析语文学科的性质和根本任务，以史为鉴，精准确认了工具论这一语文学科的基本属性，为广大教育工作者，特别是一线语文教师的教学实践，指明了正确的方向。

二、客观定位文学教育在语文教育中的地位

一直以来，一些作家、学者，极力倡导文学教育，批评语文教育缺少文学教育，甚至认为语文教育就应该是文学教育，想以文学教育代替语文教育。

在《语文工具论》中，作者以客观、冷静的姿态，全面分析文学教育的发展起伏，从中国古代的文学教育，到近代的文学教育，再到新中国初期的文学教育，以及新时期文学教育的复苏，最后到语文界对文学教育的反思，可以看出文学教育在中国语文教育发展过程中的腾挪跌宕，明确了文学教育在语文教育中的位置："尽管文学教育是语文教育的重要组成部分，但并不是语文教育的全部。也就是说，除了文学，语文教育还有更多实用的内容。中小学语文教育的任务并不是培养作家。"[①]"绝不能把语文课等同于文学课。这方面我们是有过教训的，也是由语文的工具性决定的。正如余有源所说：'语文教育绝不等于文学教育，文学

---

① 顾之川．语文工具论［M］．南宁：广西教育出版社，2021：156.

只是语文的一部分而已，况且中学的文学教育也不等同于大学的文学教育。'" ①

这些精辟的论述，对于那些过分夸大文学教育、否定语文教育丧失文学性的论调，是一个有力的回复与反击。正确看待语文教育中的文学教育，厘清语文教育和文学教育的从属关系，客观定位文学教育在语文教育中的地位，才能明确文学教育的任务，才能真正发挥文学教育在语文教育中的重要作用。

三、深入剖析人文论的主要内容和主要局限

新课改以来，语文人文论的旗帜被高高举起，好像成了语文教学改革的救命稻草。许多人认为语文就是一门人文课，人文性是语文教育的本质特征，语文课程的内在价值和意义就集中体现在人文性上，并且将工具性与人文性对立起来，认为是工具性导致了语文教育人文性的严重流失。在这种背景下，教材编排普遍以人文主题来组元，将同一人文主题、不同类型的文章编排成一个单元，好像语文教学就是为了进行人文主题教育；在语文教学中，处处凸显人文主题，教师把教学的着力点全放在挖掘人文主题的教育上，从文本中引出人文主题就侃侃而谈，大肆讨论，不断引申拓展人文主题的深度和广度。直到现在，有些语文课堂仍是这样，完全忘记了语文教学本来的任务。经过十多年轰轰烈烈的课改实践，许多有识之士都认识到了一味强调人文性对语文教学带来的影响，进而反思、讨论这一问题。新课标的修改，也是对这一问题的一种矫正。

正是基于这种情况，《语文工具论》的诞生，可谓恰逢其时。在这本书中，顾之川先生从中国文化的人文传统、人文论产生的背景出发，剖

① 顾之川．语文工具论［M］．南宁：广西教育出版社，2021：158.

析了人文论的主要内容，指出了人文论的主要局限，进而明确了人文论和语文教育的关系，提出了许多旗帜鲜明的观点：人文论混淆了教育与语文的界限，工具论由于准确揭示了语文和语文学科的特点，因而能够成为语文教学的指导思想。语文教育固然在立德树人方面具有先天的优势，与学生的健康成长，包括拓宽视野、培育心灵、丰富情感、培养独立思考能力等关系密切，但这些却是整个教育所应完成的任务，不是语文一门课所能独自承担的，其他学科也要承担这样的任务。换句话说，人文论无法揭示语文和语文学科的特点。语文课应该由一连串的语言运用实践活动组成，人文精神应该是“润物细无声”地渗透，没必要在语文课上高举着“精神”“人文”之类的旗帜。语文教师固然是“经师”“人师”，但首先是学生学习语言文字运用的引路人。语文工具论不曾排斥对学生的政治思想教育和人文素养教育。语文课当然要注重人的发展和人格塑造，培养人的创新意识和创新能力，但人文性不是语文的特点，而是整个教育的总目标。新课改以来语文人文性泛滥的现象应该得到纠正。进而指出：语文教育应以学习和掌握祖国的语言文字这个交际工具为基本任务。至于思想教育、文字审美教育、人文素养教育、科学知识教育，都是语文教育的其他任务。其他任务要为基本任务服务。其他任务的完成，要靠基本任务来带动，要靠语文学习中的逐渐积累、感染和熏陶，是一个春风化雨的过程。

这些振聋发聩、发人深省的话语，对于广大语文教育工作者，特别是一线语文教师而言，确实具有醍醐灌顶、茅塞顿开之感。语文教师常常被各种新潮的思想、理论吹得不知西东，《语文工具论》恰似一股清新和煦的春风，吹清了人们的头脑，吹醒了人们的认识。

四、积极落实语文工具论的具体看法和建议

既然明确了语文课程的性质就是工具性，语文课就是培养学生正确理解和熟练运用国家语言文字的一门课程，主要任务是培养阅读、写作等关键能力。那么，如何真正实施语文工具论呢？

顾之川先生从语文课程设计、教材编写、教学实施、考试评价、教师素养等方面阐述了语文工具论实施的一些看法，提出了一些具体建议。课程设计必须立足语文教学实际，从语文教育先驱的论著中获得有益启示，设计出体现国家意志的语文课程；教材编写要体现语文学科特点，落实好工具论属性，改革教材内容，坚持选择文质兼美、适合教学的文章进入教材，采用理想的编排形式，创新教材编写机制，编写出理想的语文教材；教学实施，要坚持语文教学的指导思想，树立语文工具论意识，用教材教语文，而不是教语文教材，科学合理，并且能够创造性地使用语文教材，真正培养和提高学生正确理解和熟练运用国家语言文字的关键能力与核心素养；考试评价改革，要突出“立德树人、服务选拔、引导教学”的核心立场，解决好考查“必备知识、关键能力、学科素养、核心价值”的内容问题，处理好“基础性、综合性、应用型、创新性”的考查要求，即“怎么考”的问题；教师素养方面，要加强语文教师的人格修养，提高语文教师的基本素养，促进语文教师的专业发展，通过专业阅读促进教师的专业成长。只有在这些方面共同努力，统筹规划，相互配合，方能落实语文工具论的目标。

学术研究，既要批判，又要立论，更重要的是还要拿出实施的方法策略，这样才能有破有立有措施。这本书正是这样，不但剖析了文学教育、人文论等说法的偏颇与局限，而且从学理的高度，确立了语文学科的基本属性是工具论，还提出了实施语文工具论的具体建议和策略，可以说整个论述是非常科学而客观、精准而完备的。

《语文工具论》的作者顾之川先生，站在历史的高度，以严谨求实的科学态度，总结梳理中国语文教育教学改革所取得的成就，直面存在的困难和问题，深入剖析原因，借鉴前人的研究成果，以史为鉴，史论结合，对中国语文学科的基本属性——工具论，做了全面、科学、深入的论述和探讨，这是指导我们语文教育改革和发展的“定海神针”。

曹公奇

2019 年 8 月

读书问学圆好梦

——读《顾之川语文人生随笔》

获赠作者签名的《顾之川语文人生随笔》(以下简称《随笔》)，30 万字差不多一口气读完。顾老师给人的第一印象是和善。他总是笑眯眯的，朋友很多。客观上，作为中语会的头儿，作为教材的主编，他站在高处，人人都能看到他的光鲜与成就，但这些都只是“面子”。若是走得更近一些，比如出差同处一个房间，你还能看到他的勤奋。一次我们在西藏同行，他早上 5 点多就起来爬格子。2018 年退休，2019 年发表了 11 篇文章。《随笔》向广大语文同人展示了顾老师的“里子”，一定会给人以某种启迪。出于教研员的“技痒”，把之川先生当作一位成功语文人的个案来观察，不揣浅陋，谈谈我阅读《随笔》的感受。

《随笔》不是一本学术专著，而是一位著名语文人在人生步入澄明之境的回顾总结。

《随笔》的七个专辑勾勒出之川先生快意人生的概貌：“往事依依”比较系统地记录了顾老师从 1976 年高中毕业到 2018 年退休的经历；“语文地图”展示的是之川先生作为全国中语会领导，到各地参加语文教研活动的工作层面“走遍全国”的缩影；“温馨记忆”是他对家乡、父母亲人、妻子女儿、师友情谊之撷英；“纵横华夏”是他作为语文教材编者与主编应邀到各地参加学术活动的记录；“漫游世界”是他周游二十多个国家的记游；“赏戏观影”是他欣赏戏曲、观看电影的观感集锦；“诗意人生”是他创作的诗歌。

吴静吉的《青年的四个大梦》得出这样一个结论：一个人在 17 ～ 33 岁之间要完成人生的四个大梦。第一个梦，寻求人生价值；第二个梦，寻求一位良师益友；第三个梦，寻求终身的职业或事业；第四个梦，爱的寻求。书中论及，若在这个年龄区间圆了四个梦，则其后的人生之路就顺遂，否则便充满荆棘。这样的归纳推理得出的结论自然有其普遍性，许多成功个案也的确在这个年龄区间脱颖而出。

大致说来，从 17 岁开始读高中，若是 19 岁高中毕业顺利读大学本科，23 岁大学毕业开始工作，到 33 岁正好是工作的第十个年头。若以顾老师在这个年龄区间的状况验之，除了第一个梦——寻求人生价值，在《随笔》中只能大致呈现，不能精确概括之外，其他三个梦竟惊人吻合。表面上看，这四个梦有前后顺序，其实不然，四个梦不是按顺序实现，往往是几个梦交织在一起，同时完成。

且看顾老师的圆梦历程。

他在“文化大革命”结束的 1976 年 19 岁高中毕业，因为没有升学考试机会只能回乡务农。但仅一年就幸运地赶上 1977 年恢复高考，对于有幸升学的人来说，这一年具有特定的意义。

弦歌台下奠基石

1978—1980 年，顾老师正值 21 ～ 23 岁的年纪。他考上淮阳师范学校，成为河南省 14 000 名中专生的一员，这是他生活轨迹发生改变的起点。虽然有把握复习一年重新考大学本科，但为了减轻家里的经济负担，他听从父兄的劝慰，便高高兴兴去读了中师。

若是正常年代，这本应是读大学本科的阶段。然而，中专就是他的学历起点。若没有这个起点，以后的生活轨迹将可能全然改变。恐怕没有谁从年轻时就具备了定型的“崇高理想”，很多人都是从迫切改变当前生存环境开始确立发展目标的。从这一点看，“吃上商品粮”或许就是他的第一个梦。从芸芸众生之中挤过升学的独木桥，是那个时代的青年尤其是农村青年改变出身的唯一选择。当然，这个梦是不断变化，不断被修改，不断趋于完美的。但这是他人生第一个大梦的开始，这个梦是开放的、流动的、充满不确定因素的，因此也是美好、迷人的。

圆了第一个梦，恰好表明他的成功选择是建立在务实与审时度势的前提之下的，其后的所有选择，都是建立在这个心理基础上的。

纬五路上得师友

1981—1984 年，顾老师正值 24 ～ 27 岁的年纪，这期间他成功进修本科学历。对于本科毕业的大学生而言，这三年是在工作岗位上的。而顾老师又得以幸运地在河南教育学院中文系进修本科课程。幸运的光顾令他无可回避，虽然是中专起点，因为本县没有合格人选推荐，他被“矬子里拔大个”，经过考试获得进修机会。

这三年为他开启了学历深造上的一扇光明之门。这期间，他的一个具体目标就是学识不能低于正规本科大学毕业生的水平，这个目标是关于学业的价值取向，是精神层面的追求。虽然仅仅是进修本科课程，他仍然是那股子积极进取、脚踏实地的劲头。

令他印象最深的则是沈伟方、张宝胜、俞绍初、王钦韶等几位老师，这几位老师的专业分别是古汉语、语言学、古代文学、文学概论。他最喜欢沈伟方老师的古代汉语课，张宝胜老师对他帮助最大，介绍他去河南大学中文系旁听研究生辅导课程。不能说河南教育学院没有名师大家从游，但是听到了张志公、张静、任访秋、霍松林等大家的讲座，还是让他扩大了知识视野，逐渐找到自己喜欢的专业——古代汉语。阅读专业著作，初步形成学问根底，这为他后来的专业发展打下了坚实基础。

大学招收硕士研究生要以本科学历为前提，虽然当时他并没有考硕士的想法，但若没有这三年的进修，学历进修之路休矣，“顾之川”不会产生，他还是那个“顾来喜”——一位安分守己的县城中学语文教师。

在河南教育学院进修，让他寻觅到几位良师益友，得到诸多切实的帮助。当然，这只是他在省城的交往，其后的经历他也总能结识到良师益友，总能获得助益。

嘉陵江畔遇佳偶

1985—1988 年，顾老师正值 28 ～ 31 岁的年纪。这时候他考取了硕士研究生。在西南师范大学汉语言文献研究所师从“招我入室，引我堂奥”的李运益先生，实现了第二个梦——寻求一位良师益友。李先生指导他读经典、治小学，奠定扎实的专业基础。读研期间的两次游学，更令他大开眼界，丰富了人生阅历，很可能他的心越来越“野”了，学问上的更高追求或许已开始酝酿了。

硕士专业的选择其实肇始于本科进修期间对古汉语的喜爱，但这还不是他选定的终身的职业或事业。

学业上的长进令人欣喜。在读期间，他在西南师范大学学报发表论文《“谐声同部说”评议》，从一个侧面揭示了学业的优秀。更为幸运的是，他圆了第四个梦——爱的寻求。嘉陵江畔，才子佳人，阴阳协调。研究生期间收获爱情，研究生毕业女儿出生。求学、寻爱两不误。《随笔》没有书写他的恋爱细节，但只要对他的夫人钟涛教授稍有了解，就会觉得顾老师的选择或曰追求，是十分“划算”的。钟涛教授在青海师范大学教书期间就发表了十多篇学术论文，在顾老师到中国社会科学院语言研究所读博期间，她也考到北京师范大学读博士，师从聂石樵先生治古代文学。从“诗意人生”专辑中收录的几首夫妻唱和的诗歌来看，钟涛教授的诗才不在顾老师之下。

青海师大结硕果

1988—1991 年，顾老师正值 31 ～ 34 岁的年纪，此时他在青海师范大学当学报编辑。“青海于我，既是家庭生活起步的关键时期，更为日后的事业打下坚实基础”，他圆了第三个梦——寻求终身的职业或事业。虽然博士毕业才到人民教育出版社中学语文编辑室做编辑，但是，在青海师范大学学报做编辑是他重新择业的重要因素之一。夫人硕士毕业先到青海师范大学中文系教书，他便“追随”而至，夫妻团圆了，家也安了，女儿也一岁了。他开始了真正意义上的专业研究，继续深入研究他喜欢的古汉语。

《随笔》中只是轻描淡写地说了一下他此时的专业发展状况：“学报编辑占有天时地利人和，还有其他学报同行的互相帮助……三年下来我竟发表了十几篇文章。”他自己说，硕士刚毕业，写文章不难。加上工作岗位的便利，便一发而不可收。他以《通雅》研究为核心，适度外扩研究范围，可谓硕果累累。1989 年就发表了 7 篇学术论文，两年间围绕《通雅》发表了 6 篇论文。通过写文章，架构自己的专业系统；借助工作的便利，“善假于物也”，发表论文促进研究的成果化，良性循环不仅增强了专业研究的信心与方向，每篇几十元的稿费也大大改善了他的生活。

从研究的角度看，他的谋略十分务实，也容易集中出成果。试想，若是一个巴掌打出去，哪有“一指禅”威力大？这种研究策略给我的最大启示，就是在硕士期间以撰写毕业论文为核心任务，通过导师指点，刻苦阅读专业书籍，形成规范的治学方法，明确发展路径，这样只要有时间与精力，别说是《通雅》，研究什么都会有成果。所以，成果虽然出在《青海师范大学学报》的编辑岗位上，学问根底却是在西南师范大学攻读硕士学位时打下的。

这期间的研究成果使他不仅顺利以“方以智及其《通雅》研究”通过青海省古籍整理课题立项，出乎意料，“《通雅》与明代汉语词汇研究”还成功获得 1991 年国家社会科学基金，获课题费 8 000 元。在青海的三年，他不仅专业研究硕果累累，名利双收，家庭幸福美满，更为他在望京的博士生涯做了充分的学问上的准备。

望京岁月谱新篇

1991—1994 年，顾老师正值 34 ～ 37 岁的年纪，此时他攻读中国社会科学院语言研究所博士学位研究生，师从刘坚先生。

顾老师自己说：“以 1994 年为界，大致可分为两个阶段。前 18 年在学校，身份在教师（中学、大学）与学生（淮阳师范学校、河南教育学院、西南师范大学、中国社会科学院）间转换；后 24 年在人教社，由编辑、副编审而编审。”

博士伉俪很有趣味，在青海师范大学，是夫人先到，丈夫追随；在北京读博期间则是丈夫先到，妻子追随。当然，夫人不是作为博士丈夫的“陪读”，而是自己考上了北京师范大学的古代文学专业，是以博士的身份与之川先生并肩站在一起的。

顾老师从西北偏远城市到达京师，扎实的学问根底进一步得到夯实，顺利毕业不在话下。关键是他结识的圈子更大，圈子里的人士层次更高。回顾他的职业生涯，明智的职业选择，是博士毕业到人民教育出版社做编辑，站在行业的制高点，就是“后 24 年在人教社，由编辑、副编审而编审”。这些经历相信语文人不必读《随笔》也都知晓的，我就不赘述了。

读《随笔》的过程中，我不断圈画、批注，记下自己的感悟。而读书改变命运这个真实的命题也不断在思绪中跳出。他出身河南农村，不仅干农活，还学过土法制糖。他高中毕业回乡做农村代课教师，与语文结缘。他中师毕业，从农村语文代课教师成为真正的农村语文教师，这是很多有类似经历的农村青年命运轨迹的终点。但是他跳出这个圈子，靠读书改变命运，不断读书，持续改变命运。

空间上看，顾老师从家乡到淮阳、郑州、重庆、青海，再到北京，在西部绕了一大圈蓄势待发，终于在首都站稳脚跟，一展宏图，达到人生的辉煌。

学历上看，他从中师一路攻读本科（进修）、硕士（委培）、博士，线索若隐若现，但始终曲折向上，由最低到最高。单从求学经历看，读到博士的人多矣，他们未必有一个自己喜欢的职业，未必在工作中做出成绩。

职业上看，他从农村代课教师转变为农村教师、大学学报编辑、人民教育出版社编辑，岗位的每一次调整都朝着更适合自己发挥潜能的方向挺进，直到确定终身的职业或事业。通过职业的变化改善工作环境，改变生活境遇，丰富人际交往的圈子。顾老师在圈子里的影响可谓大矣。

从地点变迁、工作变化、学历提升等方面观察，顾老师可谓圈子越来越大，层次越来越高，而这一切的变化，都集中在 19 ～ 34 岁这 15 年里，大体上合乎《青年的四个大梦》的论断。而诸条线索中最为关键的一条，就是他的学历提升、学问精进之路。在这条路上，啃读传统小学经典，使他找到治学的门径，在学问成果化的过程中架构体系，有效避免了传统治学重经验而轻架构的不足。这些努力，最终助其找到适合自己的职业，在职业发展中成就了著名语文人顾之川。

张玉新

2020 年 3 月

顾之川老师的“语文梦”

和顾之川老师的最初相识，是在不同版本的语文教材上。

记得初登四川师范大学附属中学的语文讲台时，总喜欢把教材中的“顾之川”三字熔炼成通向语文世界的桥梁。“顾”者，“回看”也；“之”者，“往”“到”“走向”也；“川”者，“河流”也。我们根据语文教材封面上的“顾之川”三字，总结了语文学习的门径：不断“回看（顾）”自己的所记所思，时刻巩固自己在语文学习中的所悟所得；但只有“回看（顾）”还不够，还必须让自己的心灵与思维动起来，在“温故”中“知新”，让自己“走向（之）”语文“长河（川）”的深处，才能真正进入语文的殿堂，领略语文的妙处，成为语文学习的优秀者。

对“顾之川”三字的内涵阐释，成了我所带的每一届学生拿到语文书后的第一件大事。从语文教材副主编或主编的名字说开去，看看我们应该追求怎样的语文，应该怎样学语文，应该用什么来衡量是否学好了语文……对这些问题的探讨，让我和学生们一道，共同筑起了通向语文世界的路径：不断回看，记住应该记住的，这是学好语文的基础；不断顺着文字指引的方向，让自己的思维和思想不断前进，抵达文字能够抵达的深处，这是学好语文的关键；语文是一条流动的长河，在学习语文的过程中，不能止步于语文长河溅起的几朵浪花，而应把浪花融入长河中，让其不断地向前奔涌，才能抓住语文精髓，让语文变为成长的力量，这是学好语文的保障。

正是因为这样的阐释，我和我的学生们都牢牢记住了“顾之川”这个名字，并享受着这个名字带给我们的有关语文学习的方法论意义。在我们看来，“顾之川”三个字，就是为“语文”而生，为“语文”而存续的，我们当时就惊叹：难怪顾老师当语文教材的主编。看完《顾之川语文人生随笔》后才知道，顾老师把自己的名改为“之川”，是“子在川上曰”的文化意象使然，是激励自己珍惜时间，勉励自己“要像黄河一样奔腾东流，奋斗不息”，这就进一步加深了我对如何才能学好语文的认识：要学好语文，需要珍惜时间长河中的点点滴滴，特别是在语文教学改革力度日渐加大的今天，引导学生在点滴时间中读书习文，把在点滴时间内收获的语文浪花凝结为向前涌动的语文长河，是学好语文的关键；学好语文不是举手投足就能完成的事，“要像黄河一样奔腾东流，奋斗不息”，才能在日积月累中获得满意的成效。

2009 年，在我进入四川师范大学文学院从事语文课程与教学论的研究与教学工作后，才密切接触了慈祥仁厚、敏锐精业、智慧专注的顾老师本人。在多次聆听顾老师的讲座，认真研习顾老师的著作，与顾老师反复交谈后，我进一步强化了这一印象：顾老师是为语文而生、为语文教育而活着的长者、学者、智者与仁者。从语文教师到语言文字学研究者，从人文学科学报的编辑到语文教材的编者和主编，从语文教材的研究者到全国语文教育教学的引领者……他这一路，写满了“语文”和“语文教育”“语文教研”“语文教师”等关键词。这些词的背后，蕴含了顾老师内心的追求与坚守——为中国人的“语文梦”执着前行。正如顾老师在《顾之川语文教育论》中所说：“国人有‘中国梦’‘民族梦’，语文人亦有‘语文梦’。立德树人，育人为先。语文教育，毁誉参半。语文改革，步履维艰。语文教坛，名家辈出；语文名师，捷报频传。逝者如斯，唯愿明天：语文天空，拨云见日，霾消雾散；语文同人，众志成城，气定神闲；语文教育，云蒸霞蔚，星汉灿烂。”

拨云见日、气定神闲、云蒸霞蔚、星汉灿烂，是顾老师追寻的中国“语文梦”。在顾老师的“语文梦”里，语文教育、语文改革、语文教师，交织成了语文人的语文时空。为了让语文天空拨云见日、雾霾消散，他在《顾之川语文教育新论》中提出了七点期待：①学好语文成为全社会的共识；②加强语文教育研究，使语文教育的优秀遗产得到充分整理，优良传统得到发扬光大；③加强语文教育顶层设计；④语文教材要着眼于培养学生的阅读能力和写作能力，符合语文训练的规律和程序；⑤语文教师教书育人，情有独钟，因材施教，甘为人梯，并有尊严地生活；⑥语文教学生动活泼，丰富多样，使学生学到合适的语文；⑦语文考试更加人性化，让不同考生参加不同的考试。为了实现这样的“语文梦”，顾老师不断跋涉，在语文学科性质、语文课程与考试、语文教育、语文教材、语文教师、语文教研等方面进行了卓有成效的研究与实践，提出了许多引领语文老师和语文教育研究者回归语文教育正途的思想与实践改革建议。

首先，正本清源，明确语文是什么，语文应该干什么。顾老师在《语文工具论》第一章的开篇，就引用了吕叔湘先生 1963 年在《关于语文教学的两点基本认识》中提出的主张：“第一，我认为每一个从事教学工作的人必须首先认清他教的是什么。从事语文教学就必须认清语言和文字的性质，从事汉语文教学就必须认清汉语各种形式——普通话和方言、现代汉语和古代汉语——的分别和他们的相互关系。第二，我认为从事语文教学必须认清人们学会一种语言的过程。”要回答“教的是什么”，要认清“学会一种语言的过程”，首先必须明确语文是什么，语文教学的根本任务是什么。顾老师在《语文工具论》中强调：“语文是工具，运用于人们的交际交流、学习发展；语文是桥梁，沟通古今中外文化，传承精神血脉；语文是载体，承载公民人文素养，提供审美体验。语文的基本属性决定了语文是人们学习、工作和生活的基础工具，语文学科是学生学习其他各门学科的基础。”[①] 语文学科的这一性质与特点，规定了语文教育的根本任务，所以顾老师在《语文工具论》中反复强调：“语文既是学习、工作和生活中的基础工具，也是立德树人的重要渠道。学语文同时学做人是中华民族历久不衰的优良传统。作为母语教育的语文教育，既要给学生打下听、说、读、写等语文学习的基础，又要给学生打下中华民族优秀精神文化的底子，为学生的全面发展、自主发展、和谐发展奠基。”[②] 顾老师在语文学科上的高立意，引领着我们从语文教学走向语文教育，并不断逼近语文教育的深处——在“语文”“做人”“做事”之间架起有效的桥梁，不但要让学生融入语文的长河，更要帮助学生借助语文这一桥梁，融入周围的生活，成就自己的人生，这才是语文应该干好的正事，才是顾老师“语文梦”里真正的语文。

其次，优化课程，提升语文的活性水平与学生灵活运用语文的能力。为了更好地体现语文学科的性质，完成语文教育的上述任务，顾老师在课程、教学与教材等方面进行了深入研究，就如何通过教材与教学改革推动语文课程的整体优化，提出了很多具有远见的思想与操作性建议。顾老师在《顾之川语文教育论》中强调，知识学习的目的在于运用。把语文知识转化为语文能力，把知识变成应用的智慧。我们的作文学习，目的不是为了考试，而是为了生活工作的需要。只要抱着这样的态度来对待写作，平时学得扎实，练得认真，那就等于给了学生一件以不变应万变的法宝。给学生以不变应万变的法宝，是优化语文课程、提升语文活性水平、提高学生活态运用语文能力的关键。顾老师因此倡导语文老师认真分析本地和本校的资源特点，充分利用已有的资源，积极开发潜

① 顾之川 . 语文工具论［M］. 南宁：广西教育出版社，2018：1.

② 同① 2.

在的资源，争取学校、家庭、社区和社会各方面的支持，给学生创设实践的环境，特别是要善于创造性地使用教材，在前后衔接、左右联系、内外沟通中整合、取舍、补充、用活教材资源，语文教育才能引领新一代公民认端方典雅的中国字，读文采飞扬的中国书，说铿锵有力的中国话，写声情并茂的中国文，做顶天立地的中国人。活性语文、活态资源、灵活运用，是顾老师"语文梦"的始终追求。

再次，强化保障，在教材、教研、评价的一体化创新中实现"语文梦"。教材、教研、评价是实现"语文梦"的关键性保障，顾老师在有关教材论、考试论、教学论、教师论、名师论等诸多论文中，始终强调依据母语的特殊性、教育的特殊性和基础教育的特殊性等进行一体化创新的思想。在顾老师看来，当语文教育改革进入深水区后，需要倡导核心价值理念、贴近现实、激发创新思考、创新多种试题设计等。要提升实现"语文梦"的一体化保障质量，语文教师的研究应有问题意识，要"小题大做"，要有严谨的治学态度，只有认真分析当今时代高科技信息社会、知识经济和世界经济一体化的特点，以此推动语文教育、语文课程、语文教材、语文考试、语文教师的一体化发展，才能切实提升语文学科的建设品质，助推"语文梦"的真正实现，这是顾老师对所有语文人做好"语文梦"的谆谆嘱托。

一路向前，一路回看（顾），在走向（之）语文学科深处的历程中，畅游于语文与人生的长河（川），这是顾老师的"语文梦"，也是他引领我们所有语文人坚守的"语文梦"。我们将在这样的"语文梦"里，一路向前，一路欢歌……

张　伟
2020 年 5 月

语文名师顾之川

顾之川先生就坐在我对面。

他红光满面，浓眉大眼，目光炯炯，不像一个退休老人，尤其是笑起来，一阵爽朗通透的赤子之声让整个房间充满愉悦气氛。他淳朴豪放，仁厚善良，真情流露，整个屋子顿时都暖融融起来。著名作家牛汉曾说“生命的内部酿出并积聚起隽永而仁慈的美好性灵”，先生如是。

机缘巧合，我和顾之川先生都是淮阳师范学校的毕业生。对先生的认识，还得从头说起。

1998 年我在河南教育学院学习，师从蔡明老师。从蔡明老师那里，第一次听到顾之川的名字。后来教中学语文，在初高中教材上看到“顾之川”三个字，才醒悟到蔡明老师说的顾之川应该是个名人。

其实我当时还是认识肤浅了。

顾之川先生是人民教育出版社语文学科的台柱子，他主持或参与主持编写的语文教材有十几套、上百个品种。人民教育出版社是一个语文人才辈出的地方，先有叶圣陶、吕叔湘、张中行、王泗原、张志公等老一辈语文大师，又有刘国正、张定远、顾振彪等语文知名前辈，顾之川先生是人教社新时期承前启后、继往开来的重要力量，在语文教材研发和语文教育研究上作出了卓越贡献。先生在学术方面成绩斐然。有专著和合著十几本，主编和编纂著作几十套，论文上百篇，重要课题多项。他是中国教育学会中学语文教学专业委员会第九届理事长。全国中语会的平台，加上教材主编的影响，使顾之川这个名字在语文教育界无人不晓。这不仅是他个人的荣誉，也为我们的母校淮阳师范学校带来莫大的声誉。

记得看过先生的一幅照片，低头伏案，心无旁骛，山一般沉稳，海一样博大，运笔疾书，似乎忘掉了俗尘世事。案头书卷垒起，错落参差，带着仔细翻阅后的蓬松感，似乎散发出知识的芬芳。这幅照片是他为读者签名时的留影，但是我更愿意把它想象成秉烛夜读笔耕不辍的场景，惜时如金拼搏进取，从淮阳师范学校到河南教育学院，从嘉陵江畔的西南师大硕士，到首都望京的中国社科院博士，先生砥砺磨炼，高歌奋进，把原名“来喜”改为“之川”，寄予“逝者如斯夫，不舍昼夜”的信念，激励自己像黄河水一样奔腾东流，奋斗不息。

我才疏学浅，不曾想过“顾之川”三字中有更深刻的含义，只是猜想他的老家应该是山川秀美，他经常去青山绿水中戏耍，沉醉于“浴乎沂，风乎舞雩”的欢乐时光，知道真相后不禁哑然失笑。四川师范大学张伟教授对顾之川三字也有自己的解释：“顾”者，“回看”也；“之”者，“往”“到”“走向”也；“川”者，“河流”也。我们根据语文教材封面上的“顾之川”三字，总结了语文学习的门径：不断“回看（顾）”自己的所记所思，时刻巩固自己在语文学习中的所悟所得；但只有“回看（顾）”还不够，还必须让自己的心灵与思维动起来，在“温故”中“知新”，让自己“走向（之）”语文“长河（川）”的深处，才能真正进入语文的殿堂，领略语文的妙处，成为语文学习的优秀者。

顾之川先生不仅是语文学习的优秀者、语文教学的优秀者，更是语文教材编著的优秀者、语文教育研究的优秀者。

他 1980 年 4 月从淮阳师范学校正式毕业，分到商水县化河完中，先教一学期初二语文，接着教一学期高二语文。他在化河虽然时间不长，但小学、初中、高中的语文课居然都教了个遍。1984 年他从河南教育学院毕业后，到了商水县高中当语文教师。大概从这时起，他开始试图将自己对古汉语学习的点滴心得，解决语文教学中遇到的具体问题。先生教《孔雀东南飞》时，对课本上“黄昏”“人定”的注释感到不满足，就到张汝舟的《二毋室古代天文历法论丛》中查找资料，写成《刘兰芝“举身赴清池”时间考》，很快就在《周口师专学报》发表，这是他发表的第一篇教研论文。可以想象，夜深人静之时，一个乡村青年教师，孤灯不眠形影相吊，在凄清冷静的环境中，思索“奄奄黄昏后，寂寂人定初”的释义，心潮翻滚热血澎湃，也许从来就没有感到孤寂冷落，他完全沉浸在对知识的探究求索之中了。

虽与先生神交已久，初识先生却是在多年之后。2000年8月29日，吉林省语文名师张玉新教授来京开会，我和管然荣教授一起为其接风洗尘，与先生相逢。宾主落座，寒暄介绍，先生爽朗的笑声便扑面而来。先生的笑有力量、有劲道、有温度、有余响，至今仍常在我耳畔萦绕。我仔细打量先生，红光满面，眉中带彩，慈祥敦厚，似有古风，长者就是这样吧！中国的宴席大致是相同的，许多人围上一个大桌子，敬酒喝茶山南海北朋友圈一顿狂聊海侃，热热闹闹其乐融融，走一轮给各位敬酒也就算认识了，是人生一种乐趣吧。曲终人散，先生赠我一本《顾之川语文人生随笔》并亲笔题字，笔锋遒劲，大气开阔，豪情壮志顿时在纸张上蔓延开来。

回家之后，我并没有随意地翻开先生的大作。既然是人生随笔，那必然有他的生平经历、拼搏努力、成绩贡献，我也一定需要一个阳光明媚的日子，坐在明净的玻璃窗下，泡上一壶清茶，细细品来，这种仪式感是对这本书的尊重，更是对顾先生的尊重。我教过多年语文课，先生的书我一上手就直奔主题，“语文地图”8篇文章我一口气读完了，歇息喝茶时，才被电话所打断。

2022年3月16日，因琐事烦劳顾之川先生。我们于月上柳梢头之际，约在北京通州黄昏之后。把茶言欢，又听到先生开心爽朗的笑声。小酌闲聊，就聊到了淮阳师范学校，我俩竟然是校友；再聊到河南教育学院，我俩竟然还是校友！《弦歌台下》《纬五路纪事》就是先生回忆当年上学时的文章，我回来后读，场景历历在目，过往烟云浮现在眼前。

淮阳师范学校创办于清宣统元年，是河南省较早创办的师范学校之一，被誉为“豫东教师的摇篮”，“重德、向农、严教、育人”是淮阳师范学校的校训。五四时期著名作家徐玉诺、著名教育家李秉德、天文地理学家曾次亮、语言学家李法白，还有复旦大学教授张默生，与郁达夫一起编过《大众文艺》的夏莱蒂，河南省教育厅厅长高镇五，郑州大学副校长李玉振，抗日英雄郭杰三等，都曾在这里任教；“活字典”张衡石，豫东才子萧士栋，河南省教委主任徐玉坤，语文教育家顾之川、戴俊贤、安玉炳、郭学礼等……都是从这里走出来的。淮阳师范学校是一个人才辈出、英才聚集之地。也就是这么一个起点，使我和顾之川先生一下子拉近了距离，觉得他是自己人。

我们有过一段共同的故事。西关古道、平信小桥、弦歌台下、画卦台前、太昊陵园、平粮台边，是我们曾经游玩嬉戏的场所，是我们拼搏奋进的地方，是我们人生的真正起点。不必说婆娑的垂柳、青圆的荷叶、流香的蒲棒，也不必说伏羲画八卦、孔子困弦歌、包公下陈州，单是淮阳师范的楼下一隅，就有着无限的风情。“昨晚看电影了么”“没有，昨晚不是停电了么”“没电点蜡嘛”……先生笔下靓女帅男的对话就是一道风景。点蜡看书，秉烛夜谈的事情我也有过。记得有一次，寝室停电，书看到一半不愿释卷，遂点蜡继续享受这饕餮大餐，殊不知，把上铺兄弟许中华的衬衣袖子给点燃了，幸亏都没睡觉，赶紧扑灭，后来就成了我们兄弟间茶余饭后的谈资。许中华后来也考上了研究生，目前在广州高校当领导了。点蜡，点蜡，多么熟悉的学习往事，顾之川先生也就是在这样的环境下，孜孜不倦，勤奋苦学，逝者如斯，不舍昼夜，遂成功名。淮师出名师，名师顾之川！

先生的笑声更爽朗了，那是一阵声浪，具有极强的穿透力，笑声的余味中可以品出对生活的热情，对世事的洞明，对人生的通达。穆旦诗云“我的全部努力，不过完成了普通的生活”。先生在《我的语文之路》中引用这句诗来谦虚比拟，其实不然。他从“文化大革命”时期的乡村中小学到中师，从中师到大专，从大专到本科，从本科到硕士，从硕士到博士，从不埋怨自己的处境和上学的艰难，心怀理想，一步一个脚印踏上了人生巅峰，是不折不扣的人生赢家！

谈到淮阳师范学校的一草一木、楼榭亭台，先生又笑了起来，暖融融的气氛在整个屋子再次弥漫开来……

王学义

2022 年 3 月

图书在版编目（CIP）数据

坐看云起时 ：顾之川随笔集 / 顾之川著. -- 南宁 ：广西教育出版社，2024.11
ISBN 978-7-5435-9391-6

Ⅰ. ①坐… Ⅱ. ①顾… Ⅲ. ①随笔-作品集-中国-当代 Ⅳ. ①I267.1

中国国家版本馆 CIP 数据核字(2024)第 069272 号

责任编辑：农　郁　　　　装帧设计：杨若媛
责任校对：陆婳澄　龙一新　　　责任技编：蒋　媛

出 版 人：石立民
出版发行：广西教育出版社
地　　址：广西南宁市鲤湾路 8 号　　邮政编码：530022
电　　话：0771-5865797
本社网址：http://www.gxeph.com
电子信箱：gxeph@vip.163.com
印　　刷：广西民族印刷包装集团有限公司
开　　本：787mm×1092mm　1/16
印　　张：29.5
字　　数：376 千字
版　　次：2024 年 11 月第 1 版
印　　次：2024 年 11 月第 1 次印刷
书　　号：ISBN 978-7-5435-9391-6
定　　价：75.00 元